国家出版基金项目
NATIONAL PUBLICATION FOUNDATION

龙平平 著

觉醒年代 上

2021年度『中国好书』

长篇历史小说

全国百佳图书出版单位
APTIME 时代出版传媒股份有限公司
安徽人民出版社

图书在版编目（CIP）数据

觉醒年代：上、下／龙平平著．--合肥：安徽人民出版社，2021.12

ISBN 978-7-212-10041-4

Ⅰ．①觉… Ⅱ．①龙… Ⅲ．①长篇历史小说-中国-当代 Ⅳ．①I247.5

中国版本图书馆 CIP 数据核字（2021）第 190793 号

觉醒年代（上、下）

龙平平 著

出 版 人：杨迎会　　　　　　图书策划：陈宝红　何军民

图书统筹：何军民　　　　　　责任编辑：朱　虹　陈　蕾　左孝翰

责任印制：董　亮　　　　　　特邀文学编辑：张万金　许长勋　周玉冰　张亚琴

装帧设计：程　慧　陈　爽　宋文岚

出版发行：安徽人民出版社 http://www.ahpeople.com

地　　址：合肥市政务文化新区翡翠路 1118 号出版传媒广场八楼

邮　　编：230071

电　　话：0551-63533258　0551-63533292（传真）

印　　刷：合肥杏花印务股份有限公司

开本：710mm×1010mm　　1/16　　印张：59.25　　字数：840 千

版次：2021 年 12 月第 1 版　　2023 年 1 月第 11 次印刷

ISBN 978-7-212-10041-4　　　　定价：138.00 元（上、下）

目　录
CONTENTS

第 一 章

国 难 家 愁

一

1915年5月7日,北京出现一个很少遇到的怪天气。上午,春光明媚,中央公园里,工人把花房里培植的各种花卉都搬了出来,举办花会。花团锦簇,游人如织,甚是热闹。按袁世凯的意思,从河南洛阳移植过来的牡丹开得正盛,一些外国人和京城的有钱人纷纷在花前留影,引来不少人围观。到了午时,突然变天了。天色灰蒙蒙的,狂风自漠北呼啸而至,大风肆虐中,天上下的不是雨或冰雹,而是黄土。来不及搬进花房的牡丹,花瓣零落,沾满了泥浆。外出的人们落荒而逃,生着炉子在街上卖各种小吃的慌忙收摊,乱成一团。下午,大栅栏的店铺都关门了,街面上空无一人。至戌时,风沙渐渐平息,惊魂甫定的人们渐渐安顿,夜幕笼罩下的四九城一片寂静,唯有紫禁城西边中南海里几点昏黄灯光下影影绰绰聚着一些人,偶尔传出一点嘈杂声。

西苑居仁堂,是中南海里最华贵漂亮的西式建筑。南楼门口,几个全副武装的卫兵笔直地站立着。

门外,外交次长曹汝霖低着头,手持一个文件袋来回踱步。总统府秘书长梁士诒从里面跑出来,气喘吁吁。曹汝霖见了,也不打招呼,手里挥舞着公文,拉起梁士诒就往里走,嘴里不停地嘟囔着:"日本人逼命了,我要觐见大总统。"

梁士诒拼命地挣脱开来,厉声呵斥:"润田,你疯了!大总统是你说见就见

的吗？你知道他这一天干了多少事吗？见了九拨人，开了好几个会，晚上裁缝来量准备登基穿的龙袍，从头到脚，里里外外量了近一个时辰，累得连说话的力气都没了，这会儿去见他，不抽你才怪呢。"

曹汝霖闻言，脸都绿了，再次拽住梁士诒，大声吼叫起来："我还不知道心疼大总统吗？不是十万火急，我怎敢来讨这个没趣！"

梁士诒从来没见过曹汝霖如此慌张，心想这小子准是摊上大事了，便轻声说："什么事能让你慌张成这个样子，明天行不行？这会儿九姨太正在给大总统洗脚，马上就要歇息了，这时候去，咱俩都得挨骂！"

曹汝霖把手上的公文塞给梁士诒，带着哭腔说："你看看吧。什么事，天大的事！日本人逼命了，限四十八小时答复。这会儿不去禀报，拖到明天，就不是挨骂的事，怕是总统府都得挪窝了。"

梁士诒接过公文看了看，倒吸一口凉气，拉起曹汝霖就走。

两人一路小跑，穿过上下两层的连接走廊，来到北楼，又穿过北楼大厅，上二楼绕过总统办公室，直接来到袁世凯的卧室。

卧室一共三进，第一进是警卫，第二进门口站着一个穿长衫的人，梁士诒招呼他过来附耳说了几句，把公文递过去，那人进屋去了。

两人毕恭毕敬地站在门帘外面。

内室里，袁世凯正半躺在一把龙椅上，肥胖的躯体把椅子塞得满满当当。九姨太半跪着给他捏脚，身后站着两个侍女。袁世凯微闭着肿胀的双眼，左手捋着钢针一般的一字胡，正在养神。

穿长衫者蹑手蹑脚地进来，垂着头在袁世凯身边说了几句。九姨太不耐烦地瞪了穿长衫的一眼："你看看，都亥时了，还让不让大总统睡觉！"

袁世凯睁开眼，扯着嗓门对着门外说："润田，我问你，我这总统府什么时候变成了妓院，改夜里上班了？你把老夫当婊子使唤啊。"

曹汝霖听了，吓得赶紧要下跪，被梁士诒拖起。他隔着帘子轻声禀报说：

"外交次长曹汝霖有要事急奏。"

内室，袁世凯拍了拍脑袋，冷笑一声："急奏？他外交总长陆徵祥不来，派次长来，能急到哪儿去？"

曹汝霖小心翼翼地回答："陆总长病了，起不了床。"

内室再次传来袁世凯的冷笑声："起不了床，吓的吧？行了，说吧，什么事？"

曹汝霖战战兢兢地说："日本公使日置益发来最后通牒，限四十八小时内答复。说如不在限定时间内接受'二十一条'，日本必将采取必要之手段。"

袁世凯第三次冷笑："这就把你吓着了？老把戏了，他能有什么手段？"

曹汝霖有点结巴地说："这回是来真的了。日置益说，日本内阁已经通过决议，如果大总统拒不接受'二十一条'，日本就将以东北模式接管山东；如果接受了，日本将赞同中国改变政体、拥戴大总统做皇帝。"

袁世凯这次变冷笑为嘲笑了："他日置益哄小孩玩呀？你告诉他，我袁世凯不稀罕当那个皇帝，用不着他拥戴。他要是真支持我，就拿点真金白银出来。没有钱，我这总统府就要关张了，还谈什么皇帝？"

曹汝霖闻言往内室靠近一步，提高了一点嗓门："借钱的事，章宗祥正在和他们谈。日本人说了，只要签了'二十一条'，借钱不是问题。"

没等袁世凯说话，九姨太开腔了："有这么借钱的吗？我看这小日本不是借钱，是想拿钱买大总统的命。润田，我下午听说日本海军编队要到我东南沿海搞演习，是真的吗？"

袁世凯惊得一下子从龙椅上站了起来。正在捏脚的九姨太没防备，一下子摔了个仰面朝天，尖叫起来。袁世凯拉起九姨太，用拳头在茶几上猛敲："怎么着，日本人还想来一场甲午大战吗？不要搞错了，我是袁世凯，不是李鸿章！"

曹汝霖不失时机地跟上一句："日本人知道大总统厉害，做出让步了。他

们同意第五项中各条可以日后商量,只要求条约马上签。"

内室沉寂了一会儿,又传来袁世凯一声冷笑:"曹汝霖呀,这时候你跑来叫几嗓子,是乌鸦还是喜鹊呀?"

在门外半晌没说话的梁士诒往前迈了一步,低声说:"大总统,依我看,这不算坏事。"

"怎么讲?你们两个进来说。"袁世凯声音柔和了许多。

穿长衫者拉开帘子,梁士诒和曹汝霖低着头走进内室。袁世凯对九姨太挥挥手,让她下去。九姨太不愿意走,示意两个侍女离开,悠然自得地点了一根烟,然后一屁股坐在龙椅上。袁世凯拿她没办法,皱着眉头来回踱步,两眼盯着梁士诒打转。

梁士诒是光绪二十年的进士,跟袁世凯交情很深,是帮助袁世凯胁迫清皇室退位的功臣,此时正在策划袁世凯称帝。对日本人提出的"二十一条",梁士诒给袁世凯出了很多计策,最了解袁世凯的心思。他非常清楚,"二十一条"这个问题已经拉锯了几个回合,到了该了结的时候了。所以,抬起头来看到袁世凯充满希望的眼神时,他便顺着袁世凯对李鸿章的看法亮出了自己的观点:"自同治年间开始,李鸿章就同日本人斗,斗得连日本人都佩服他。但是,李鸿章再有本事,却不能当家,他头上有个老佛爷,所以,斗来斗去,好处没捞到,反而落了个卖国贼的名声。大总统您不一样,您就是老佛爷,自己说了算,所以,您比李鸿章李中堂要高明得多。从年初到现在,通过这几个月的拉锯战,您的计划基本实现了。您把日本人的'二十一条'内容透露出去后,不光国内掀起了反日浪潮,美国人也对日本施加了很大压力,迫使他们不得不做了很多让步。现在不光是最要命的第五条去掉了,其他各条也都有缩减。依我看,您已经为国家做了最大的努力,大家都看在眼里,不必自责。"

袁世凯要的就是梁士诒这些话,但他嘴上却说:"我算是看出来了。你们呀,和日本人一样,都把我放火上烤,都想要我的命,巴不得我这个卖国贼早点死掉。"

傻乎乎的曹汝霖真的被袁世凯感动了，进言道："大总统，您已经尽力了。眼下我们只能在列强的夹缝里存活，万一日本人真要动手，大总统的宏大计划就很难实施了。现在好不容易争取到了去掉第五条这个台阶，就坡下驴也说得过去了。"

其实袁世凯心里早有主意。他瞪眼看着曹汝霖："就坡下驴，这是陆徵祥的意思吗？"

曹汝霖低头轻声道："我来之前去看了陆总长，他说唯大总统命是从。"

梁士诒不失时机地递上一句话："这个陆徵祥就是个老滑头，拿不出什么主张。"

袁世凯听了，拍着脑袋在屋子里来回走了好几趟，最终叹了一口气，恨恨地说："窝囊啊窝囊！我袁世凯一辈子就一个心愿，决不当李鸿章，可到头来还是做了回李鸿章。国运不济，我认了。但是你们给我听着，老天要是开眼，让我做十年皇帝，我就要跟他日本人分出个公母来。"

坐在龙椅上的九姨太忍不住了："要我说，跟日本人分出公母是日后的事情，当务之急是要防止孙中山、黄兴这些人拿'二十一条'做文章，煽动老百姓造反，坏了你登基的大事。"

袁世凯摆摆手说："孙中山那两下子，我早就见识了。他连黄克强都摆不平，还跟我斗？只要他找不到外国的新主子，任他闹去，他也就那么大的一个圈子。他也不看看，帝制三千年了，有几个老百姓知道什么是共和？"

梁士诒冲着袁世凯竖起大拇指："大总统英明。我看过汪大燮、林长民的一份调查，说中国四万万人，有三万万九千万人拜皇帝拜祖宗，根本弄不清共和为何物。所以孙中山不可怕，由他闹一阵子没关系。怕的是这乱世中蹦出别的高人来。"

袁世凯眼里露出凶光："现在有高人出来吗？"梁士诒和曹汝霖都不屑一顾

地摇摇头。

袁世凯冷笑:"我看也出不了什么高人。我告诉你们,对文人,只要他没有枪,没有队伍,就犯不着和他较真,给他点脸也没关系。现在是裉节上,对文人可以客气点。你们只要把蔡锷给我看住了,其他的我看都成不了什么气候。现在一切都要为登基这件大事让道。"

曹汝霖松了一口气,小心翼翼地问:"我怎么答复日置益?"

袁世凯再叹一口气:"罢了,小不忍则乱大谋。几号是日本人的最后期限?"

曹汝霖答:"9号。"

"那你就等9号晚上再通告小日本。还有,你让陆徵祥去和日置益谈,叫他们再让点,能减几条算几条。"看曹汝霖有些为难,袁世凯又叹了一口气,"得,我找他说吧。起用他当外交总长,就是要背锅的。这事能拖到现在,陆徵祥是费了心思的。要让全世界全中国都知道,这已经不是日本人最初提的那个'二十一条'了。"

曹汝霖说:"这个我们已经想好了,叫'中日民四条约'。"

"民四,什么意思?"

"民国四年。这是咱中国,不是当年的马关。"

袁世凯直着脖子翻白眼:"民四,这念起来挺晦气的。得,民四就民四吧。对了,翼夫,你通知下去,明天下午召开国务会议,我要宣布5月9日为国耻日。"

梁士诒一脸的佩服:"大总统英明!"

二

一代枭雄袁世凯,能在清末的乱世中脱颖而出,一靠拥兵自重,二靠善于阴谋算计。他和日本打了大半辈子交道,对日本人的心思,看得清楚,也算计得清楚。眼下欧洲打仗,德国人顾不上中国。要遏制日本的野心,得靠两张牌:一是美国,二是民众。在袁世凯眼里,中国能说话的民众,也就是一些读书人。这个时候,让读书人出来闹一闹,既能搪塞日本人,也能为他称帝治乱找个借口。

5月8日下午,袁世凯召集国务会议,宣布:为权衡利害,而至不得已接受日本通牒之要求,实为奇耻大辱。

有人做过调查,1900年至1920年,中国人的平均寿命是四十四岁多。袁世凯生于1859年,到1915年五十六岁,是个典型的老人了。这人一老,就要犯糊涂。算计了一辈子没走过背字的袁世凯,这一次算错了。

这年年初,袁世凯为了抵制日本,故意把"二十一条"的内容透露出来。一时间,国际国内舆论哗然。这"二十一条"可不是闹着玩的,条约规定:中国要承认日本继承德国在山东的一切权益;日本在中国南满和蒙古东部享有特殊权利;中国政府必须聘用日本人为政治、军事、财政等顾问;日本获得中国多条铁路的建筑权,在福建有投资筑路和开矿的优先权,等等。按照这个条约,中国就成了日本的附属国了。所以,条约内容一公布,不仅国内民众强烈反对,美国等西方列强也坐不住了,他们不能眼看着日本独霸中国,大家都支持中国政府抵制"二十一条"。在许多人眼里,袁世凯成了爱国救国的英雄。做个假设,五十六岁的袁世凯,要是死扛着不签"二十一条",他本人和中国的历史没准就是另外一种样子了。

宇宙万物,最不好琢磨的是人。人心能改朝换代,人的野心也能遮住太阳。袁世凯心里明白,尽管西方共和民主大潮滚滚,但西方那套政治制度在中国根本行不通。经人一鼓捣,他就起了恢复帝制当皇帝的野心。他在晚清乱局中摸爬滚打了几十年,得出一个结论:要是当时能有一个砥柱中流的铁血君主,甲午一战大清就不会败。甲午一战中国胜了,就会出现东方帝制与西方共和长期共存的格局,再造这个格局,是他最后的追求。尽管国运不济,他还是

想试一试,幻想着过一过万方来贺、山呼万岁的瘾。

其时欧战正酣,德、俄、英、法、美都无暇顾及中国。袁世凯想当皇帝,首先得过日本这道关。日本人比袁世凯明白,他们要的是实际利益。袁世凯费尽移山心计,逼迫日本人降低了条件,特别是去掉了最要命的第五条,但始终无法突破日本人的底线。无奈之下,他把"二十一条"改为"民四条约",签了城下之盟,同时宣布5月9日为国耻日。他想告诉国人,他不是李鸿章,而是卧薪尝胆的越王勾践。

精于算计的袁世凯把"二十一条"改为"民四条约",却恰恰忽视了"民四"这个概念。中华民国已经四年了,民众还会跟着你袁世凯走回头路吗?"五九国耻"一出,形势大变,拥袁抗日瞬间演变成了反袁抗日。"二次革命"后流亡日本的孙中山和黄兴联合发出号召,要求革命党人挺身而出,回国倒袁,拯救濒临危亡的中国。

春夏之交,日本樱花已进入果期。东京是流亡的革命党人和留学生集中的地方。留日学生,鱼龙混杂,各色人等都有,有十几岁的孩子,也有四五十岁的经历丰富的人。留日学生的政治态度,总体上看,反对"二十一条"是基本共识,但对袁世凯称帝,拥护和反对两种势力旗鼓相当。

早稻田大学政治经济学部楼前的一块草坪上,中国留日学生总会正在组织声讨袁世凯、反对"二十一条"集会,主持人是明治大学政法系的学生、三十岁的高一涵,演讲人是早稻田大学政治经济学部本科一年级学生李大钊,他是留日学生总会的文牍干事。

草坪一角小道上,青岛籍青年学生郭心刚一手舞着小旗,一手拉着女友白兰奔向会场。郭心刚跑得过急,捂着胸口大声地咳嗽,脸憋得通红。白兰赶忙过来拍着郭心刚的后背,郭心刚蹲下来摆摆手表示没事。

小道上,一个西装革履、油头粉面的年轻人高举手中的船票奔跑着,后面有几个青年男女狂追并将他按倒在白兰身旁。年轻人大叫："别抢,别抢! 每人一张,人人有份!"

这个人叫张丰载,是北京城的一个富家子弟。他的二叔张长礼,当过袁世凯的内务总管,如今是国会议员。张丰载等一帮京城混混,都是"二次革命"之后到日本来混学历的,仗着家里有钱,整天吃喝嫖赌,根本不上学。赶上"五九国耻",张长礼要他们回国襄助袁世凯称帝,差人送来了船票。

倒在地上的张丰载色眼迷离地盯着旁边的白兰,谄媚地问:"同学,想回国吗? 送你一张船票?"白兰瞪了张丰载一眼,扶起郭心刚,走了。

张丰载的小兄弟刘一品抢过船票,见是二等舱,顿时两眼放光,大呼:"弟兄们,我总算能回家了! 这个鬼地方,可是憋死我了。老大,你说,回去我们怎么谢你二叔?"

张丰载得意地瞥了他一眼说:"二等舱算什么。我二叔说了,袁世凯要是当了皇帝,他就是大内总管。各位回国后帮着多做些宣传,将来不会亏待大家的。"

刘一品兴奋地扑到张丰载的身上:"我说老大,为了襄助袁世凯称帝,我们可是连留学的招牌都不要了。你二叔打算怎么奖励我们呀?"

张丰载推开刘一品,咧大了嘴巴:"我二叔说了,只要事成了,让咱们都去北大上学。那可是做官的摇篮哟!"

大家欢呼起来。

有人质疑:"袁世凯能当上皇帝吗? 现在国内国外都在讨袁,我看他连这个大总统都快当不成了。"

张丰载从地上爬起来,脸上露出不屑的表情:"中国的事情你们不懂,都是暗箱操作的。讨袁那帮人是胡闹,穷得连回国的船票都买不起,还谈什么倒袁?"

刘一品深以为然:"就是! 袁世凯何等人物,是他们随便能倒掉的? 倒袁,

我看他们这是在倒霉！管他倒袁还是倒霉，咱们搅和搅和去。"

张丰载一挥手，一群人簇拥着他往教学楼方向跑去。草坪前人越聚越多，多数人手中挥舞着小旗子。

高一涵把李大钊从人群中拉出来："守常，差不多了，开始吧！今天来的各色人等都有，你嗓门大，得先把台子稳住了。"

李大钊中等身材，一张标准的国字脸，棱角分明，粗重的浓眉下是一双炯炯有神的大眼睛，鼻梁上架着一副方形眼镜，鼻梁下是一字形的整齐浓须，一身青色长衫显得庄重深沉，自上而下，全身散发出一股方正凛然之气。他朝高一涵点点头，健步登上几张课桌拼成的台子，挥舞着两只手，大声喊道："同胞们，同学们，大家听我说。"

人群安静下来，李大钊举起了拳头："天发杀机，战云四飞，倭族乘机，逼我夏宇。留日学子，羁身异域，回望神州，仰天悲愤。既然到了国亡人死之际，已无投鼠忌器之顾虑，应有破釜沉舟之决心！"声音悲壮慷慨，洪亮激越。

草坪上爆发出热烈的掌声和欢呼声。

张丰载在人群中扯着嗓子大叫道："我说这位老夫子，你别在这儿转文了。你到底想说什么，来点真格的行不行？"刘一品一帮人跟着起哄。

李大钊横眉怒怼张丰载："同胞们，同学们！现在，窃国大盗袁世凯要复辟当皇帝，中华民国危在旦夕了；卖国贼袁世凯签订了'二十一条'，中华民族危在旦夕了。共和就要死了，青岛就要没有了，同胞们，我们怎么办？"

郭心刚振臂高呼："回国去，倒袁！"

李大钊猛地一挥手臂："同胞们，我代表留日学生总会呼吁，一切爱国青年立即行动起来，响应孙中山、黄兴先生的号召——回国去，倒袁！"

几百名学生振臂高呼："回国！倒袁！"

章士钊和陈独秀等在一些同学簇拥下走过来。高一涵赶紧迎上去，对着大家大声宣布："同学们，讨袁军秘书长章士钊先生和大革命家陈独秀先生也来参加我们的集会了,大家欢迎。"

草坪上一片掌声,也有张丰载等人起哄的尖叫声。

一身西装的章士钊向大家挥手致意,看见李大钊要从台子上跳下来,连忙拦住说:"守常,你继续。"

李大钊不认识陈独秀,问章士钊:"行严先生,这位就是大名鼎鼎的陈仲甫先生吗?"

一身布衣、胡子拉碴的陈独秀朝李大钊点点头:"正是敝人。"

李大钊有点紧张,不大自然地说:"难得陈仲甫先生来了,我想借这个机会向您讨教一个问题,行吗?"

陈独秀豪爽地挥挥手:"守常兄不必拘礼,请直言。"李大钊点点头:"那我就不客气了。同学们,西方列强已经快要把我们偌大的一个中国瓜分完了,中华民族已经到了存亡绝续的关键时刻,可是,我们有位大革命家、大学问家却公开发表文章宣称'亡国无所惜',说什么'亡国为奴,何事可怖''残民之国,爱之也何居!'"

话音刚落,有人高喊:"我看过这篇文章,是陈独秀写的《爱国心与自觉心》。"

李大钊向陈独秀拱手道:"我想问问陈独秀先生,你说当亡国奴也比当腐朽政府的顺民强,是不是主张大家不要爱国?"

陈独秀哈哈大笑:"守常兄,你误会了。我写的那篇文章,是想告诉大家,爱国要有立场,不能把爱国和效忠反动政府混同起来,更不能打着爱国的旗号去掩饰袁世凯的窃国行为。"

李大钊显然不认可陈独秀的解释,反驳说:"您说爱国要有立场,不能打着爱国的旗号甘愿去当袁世凯的顺民,按您的意思,只要是袁世凯当政,大家就不要爱国了?国家是国家,政府是政府,这是两个概念。我们不能因为现政府腐败就不爱国了。大家都不爱国,中国就完了!"

　　陈独秀看着李大钊,向他招招手说:"守常,这个问题咱俩私聊吧。这不是一两句话能够讲清楚的。"

　　站在旁边的张丰载说话了:"干吗要私聊呀,有什么见不得人的?陈独秀,今天你要是不把话说清楚,就别想走出早稻田的大门!"众人一起起哄,李大钊也不依不饶,非要陈独秀说出个子丑寅卯。陈独秀被逼得没办法,心想,早就听说李守常是个认死理的汉子,果然不假呀。

　　陈独秀是安徽怀宁人,年轻时就参加革命,办过最早使用白话文进行通俗宣传的《安徽俗话报》,组织过安徽第一个具有军事色彩的革命组织岳王会,辛亥革命后,任安徽都督府秘书长,是老资格的革命家。1913年,他参加讨伐袁世凯的"二次革命",失败后被捕入狱。出狱后到日本,帮助章士钊创办《甲寅》杂志。1914年11月10日,《甲寅》杂志第一卷第四号发表了署名"独秀"的《爱国心与自觉心》一文,提出国家是为国人共谋安宁幸福之团体,我们爱的国家是为人民谋幸福的国家,不是人民为国家作牺牲的国家;今天的中国,国民缺少建设近世国家的自觉心,而袁世凯又在滥用国家权威进行卖国和祸民活动,使国家成了一个恶国家,恶国家甚于无国家。他提出:"国家国家!尔行尔法!吾人诚无之不为忧,有之不为喜。吾人非咒尔亡,实不禁以此自觉也。"此文一出,引起一场争论。有人认为这是高见,有人痛骂这是卖国言论,莫衷一是。

　　此时的李大钊,受章士钊调和论思想影响,主张国家政权内部各种政治力量共商国是,不赞成陈独秀的言论。陈独秀读过李大钊的不少文章,从字里行间看到了一种思想的穿透力,认为这是一个不可多得的人才。他正在筹谋一个大动作,急需志同道合的帮手,今天他是特意来找李大钊谈心的。没想到两人刚一见面就被僵到了大庭广众之下。他看到台子上的李大钊一脸认真,知道这是个值得深交的真汉子,便坦诚地说出了自己的观点:"守常,我说的自觉心,是讲爱国要有立场和鉴别力。你看,现在袁世凯签了'二十一条',他就是代表国家签的。如果爱国没有立场，我们今天就没有理由打倒袁世凯了。袁世凯也说他是爱国的，你愿意和他同流合污吗？"

台子上的李大钊一下子被噎住了，一时说不出话来。会场上，人们叽叽喳喳地议论起来。

突然，张丰载在人群中冒出头来，高喊一声："这个陈独秀是大汉奸，今天不能饶了他！"说着，他抓起一块草皮向陈独秀扔去，同时高喊，"打倒卖国贼陈独秀！"刘一品等人跟着高呼："打倒卖国贼陈独秀！"抓起草皮纷纷砸向陈独秀。

张丰载带着一些人冲上来拉扯、推搡陈独秀，讨袁大会瞬间变成了讨陈大会。

见此阵势，章士钊、高一涵赶忙指挥一些学生护住陈独秀。郭心刚脸憋得通红，一边为陈独秀挡住飞来的草皮，一边大声疾呼："同学们，不要听他人鼓动，国难当头，自己人不打自己人，我们不能自相残杀。"

站在台子上的李大钊急了，冲着张丰载大呼："你们要干什么？"

张丰载举着皮鞋恶狠狠地扑向陈独秀，李大钊从台子上跳下来把张丰载推倒，转身拉住陈独秀："仲甫兄，快跟我走，到教室里去！"

李大钊拉起陈独秀就向教学楼跑去，身后留下一块块草皮和几只皮鞋。

章士钊、高一涵领着一些学生拦住张丰载等人。高一涵对郭心刚喊道："你们几个跟着去保护仲甫先生！"

章士钊一把拉住郭心刚说："你们不用管，让他们俩单独谈去。"

草坪上乱成一团……

李大钊拉着陈独秀跑进了教室，两个人都气喘吁吁，咳嗽不停。看着陈独秀的狼狈相，长衫上还沾着一些泥土，李大钊十分过意不去，赶忙掏出手绢替陈独秀擦土。

这种场面陈独秀见得多了，他摆摆手，示意李大钊在长椅上坐下。

李大钊连连朝陈独秀拱手说:"仲甫先生,对不起,我没想到会是这样,我向您道歉,但是我还是想继续和您辩论。"

陈独秀倒也爽快:"好啊,我知道你李大钊是河北人。燕赵多慷慨悲歌之士,现在的中国缺的就是你这样认死理的真汉子!"

李大钊闻言,认真地说:"仲甫先生,我李大钊并非认死理之人。我只是认为,当今中国第一要务是唤醒民众的爱国心。西方列强正在瓜分我们中国,如果我们中国人自己都不爱国的话,那我们这个国家就真的没有希望了。"

陈独秀想了想,也是一脸认真地问:"守常,我问你,西方列强是靠什么来瓜分中国的?"

"坚船利炮!"李大钊冲口而出。

"非也!你说的那是鸦片战争和甲午海战。现在列强瓜分中国靠的是借债。中国政府每年向西方各国借的外债要占到国库总收入的一半以上。一个没有生产力的国家,只能靠以国税、铁路为抵押向外国借债来维持政权,这样的国家还能有什么指望?"陈独秀激动地站了起来。

李大钊也坐不住了:"正因为如此,我们才要倒袁,搞政治革命,推翻腐败的北洋政府,建设新的国家。"

陈独秀反问:"靠政治革命能救中国吗?你推翻了宣统皇帝,来了袁世凯,打倒了袁世凯,还会有张世凯、李世凯。中国的问题,积重难返,不是靠换人换政府能解决的。"

李大钊推了推眼镜:"这难道就是您说的不必爱国的理由吗?难道我们除了当亡国奴就没有别的出路了?"

陈独秀:"出路不是老路!我们只有找到一条新路,中国才不会亡。"

李大钊:"何谓老路?"

陈独秀沉思片刻:"流民起义,推翻一个旧王朝,建立一个同样性质的新王朝,循环往复,这就是老路。"

"何谓新路?"李大钊紧追不舍。

陈独秀摇摇头:"不知道,我正在找。守常,我看过你写的文章,非常欣赏你的见识与才华。说实话,今天到早稻田来,我就是想来见见你这个认死理的真汉子的。"

李大钊惊讶地问:"您是专门来找我的?"

陈独秀:"没错。我马上就要回国了,我得找个愿意和我一起为中国寻找新路的搭档,你愿意吗?"

李大钊有些激动:"搭档不敢当,不过我倒是想和您做个辩友。我想写篇文章与您的那个自觉心商榷商榷。"

陈独秀放声大笑:"好啊! 没有百家争鸣,哪里看得到真理! 守常兄,我等着你的挑战。希望你的雷声响一些,能唤醒这个沉睡的民族。"

李大钊认真地点点头:"放心吧,仲甫兄,我不会退缩的。我在这里等着听你的号角。"

两只大手紧紧地握在了一起。

这是陈独秀和李大钊的第一次见面。这一年,陈独秀三十六岁,李大钊比他小十岁。没有人能够想到,中国历史的转机,会出现在这两个人的身上。

三

暮色中,轮船行驶在苍茫的大海上。

这是一艘德国 19 世纪中叶制造的邮轮,年代已久,锈迹斑斑,专营日本东京至中国上海航线,客货两用,每月往返一趟。货物大多是东洋日用品,乘客则多为中国人,有官员、商人、学生、苦力、小偷各色人等,鱼龙混杂,只是舱位不同。没钱的苦力大多只能在闷热的货舱里铺一张凉席安身。

上船时,几百个携带行李的乘客一通疯挤。郭心刚和白兰每人各提一个大箱子,拥挤中,白兰的钱包连同船票被人偷走了。为躲避查票,丢了船票的

郭心刚和白兰只好躲在甲板上一个堆放杂物的角落里。白兰急得直抹眼泪，一个劲地摇着郭心刚的胳膊："怎么办？警察来了要把我们赶下船的。"白兰是东北人，很小的时候父母就去世了，是退职的爷爷把她带大并卖了家当送她去日本留学的。到日本不久，爷爷也病故了。白兰万念俱灰，想投海自杀，被郭心刚救了下来。郭心刚也是父母双亡，两个人同病相怜，成了恋人。郭心刚思想非常激进，在日本一门心思跟着革命党人搞活动。白兰没有了经济来源，两个人负担不了上学的费用，就响应孙中山的号召回国参加倒袁。现在船票和钱包丢了，白兰哭得像个泪人。一筹莫展的郭心刚突然想到刚才上船时看到了陈独秀，便兴奋地告诉白兰，陈独秀先生也在这条船上，等天亮了就去找他，他是著名的革命大侠，一定会提供帮助的。白兰也是陈独秀的崇拜者，郭心刚的话让她看到了希望。她擦了擦眼泪，把头靠在郭心刚的肩上。黑暗中，两人紧紧地依偎在一起。

……

大海的尽头渐渐地露出了鱼肚白。曙光之中，轮船由朦胧而清晰。三等舱是一间陋室，两张床铺挤在一起。曙光透过两个像眼睛一样的小玻璃窗洒进来，朦朦胧胧。

陈独秀趴在小窗前写文章，与他同行的易白沙打着均匀的呼噜，睡得正香。易白沙是湖南长沙人，也是"二次革命"失败后流亡日本的革命者，和陈独秀一同办《甲寅》杂志。此次陈独秀回国，硬拉着易白沙同行，说是要办一件大事。易白沙是陈独秀的铁杆，二话没说就跟着陈独秀上船了。

一阵嘈杂的吆喝声传来，易白沙被吵醒了。他睁开睡眼，看见就着窗前曙色写作的陈独秀，很是吃惊："仲甫兄，又写了一夜，太玩命了吧。"

陈独秀纹丝不动，边写边答："睡了不到一个时辰就醒了。想着马上船过山东，心中有气，就想写一篇文章，骂骂袁世凯。"

易白沙坐了起来，气愤地说："这个袁大头，你说他是怎么想的，居然就敢把青岛让给日本人！想做皇帝想昏了头了，要么就是吃错药了。"

陈独秀不写了，盯着易白沙说："不是袁世凯吃错了药，而是我们这个国家已经无药可治了。"见易白沙有些疑惑，陈独秀摆起了导师的架子，严肃地讲起课来："从道光年间林则徐禁烟起，到现在整整七十五年了。这中间多少人想了多少辙也没救得了一个大清王朝。孙中山从西洋引进了共和体制，国人都以为这是一剂救国富民的良药。谁曾想这共和在外国灵，到了中国它就不灵了。共和三四年下来，国家反倒不如以前了。既然无药可治，那还不如走老路顺当，把大权交给皇帝老子一个人管，大家都省心。这可不是一两个人的想法呀。"

听到陈独秀这一番宏论，易白沙若有所悟地点点头："可不是吗？现在不光是梁士诒一帮政客到处串联，上书劝进，就连杨虎公、严几道也在大肆鼓吹复辟帝制，实在是不可理喻。"

陈独秀冷笑道："杨度、严复是聪明一世糊涂一时，而梁士诒一伙则是没有道德底线的政治流氓。这帮人，我给他们起了个名字，叫'礼义廉'。"

"李易连？什么意思？"易白沙一脸的迷茫。只见陈独秀愤怒地把稿子拍在床上，大声吼道："礼义廉，无耻啊！无耻之极、无耻之尤！"

易白沙恍然大悟，笑得伏在了床上："绝妙好名字！好一个'礼义廉'！对，他们就是无'耻'的'礼义廉'。哎呀，仲甫兄，你可真是个一枝独秀的怪才呀。"

陈独秀也笑了，叹了口气，放缓了语气："越邨，惭愧呀。想我陈独秀十余年来先学康梁，后随中山，致力于政治革命，东奔西走，九死一生，光这日本就来了五次，至今却一事无成。中国的事情，光靠政治革命，解决不了根本问题，时至今日，我们得追根求源，换换思路了。"

易白沙这次之所以追随陈独秀回国，一个重要的原因是他通过一段时间的观察，看出陈独秀的思想正在发生大的变化，并且将要把这种变化转化为行

动。凭直觉,他认为陈独秀的这种思想变化将给中国带来一股清新的空气,尽管他还不清楚这股新空气是什么。现在听到陈独秀说要换思路,他迫不及待地下床站到了陈独秀的面前,一定要他把这个新思路说清楚。陈独秀也跳下床来,拉着易白沙的手说:"此番回国,我主意已定,二十年不谈政治。"

易白沙困惑地瞪着眼睛,自言自语:"二十年不谈政治,那你干什么?"

"我就干一件事:脱胎换骨,换人换脑子!"陈独秀激动地说。

易白沙不得要领地望着陈独秀,一脸茫然,一时无言以对。过了一小会儿,他打开舱门,对陈独秀说:"仲甫,天亮了,咱们出去透透气吧。"

黎明时分,风平浪静。

德国船的特点是皮实,甲板很宽敞。甲板一角有个观光餐厅,张丰载和刘一品等人在那里喝酒猜拳已经很长时间了。一张报纸上刊载的北京八大胡同妓女上街游行支持袁世凯称帝的消息成了这些纨绔子弟热议的话题。有人说没赶上这个场面亏大了。有人爆料说这是某些人花钱雇的妓女,每人三块大洋。有人反驳说妓女是自愿上街的——不光是妓女,好多行业的人都上街支持袁世凯称帝,废除共和、恢复帝制已是大势所趋、人心所向之事。刘一品提议说:"等我们一回到北京,立马就上街游行去,看张丰载二叔能给我们多少大洋。"大家一通狂笑。

陈独秀和易白沙来到甲板上的时候,火球一样的太阳正跳出海平面。易白沙兴奋地说:"仲甫,咱们真是好运气,赶上日出了。"

两人大步向船头走去。一位四十岁左右、军人模样的人敛声屏气,腾挪辗转,正在平台上打太极拳。看见陈独秀过来,他赶紧做了个收式,恭敬地站立一旁。陈独秀视而不见,径直走向船头。易白沙过意不去,连忙向那人点头致歉,然后紧赶几步追上陈独秀,轻声埋怨道:"仲甫,你太自傲了。人家主动为你让路,你却无动于衷,未免太不近情理吧。你知道这人是谁吗?他就是大名鼎鼎的同盟会元老、湘豫联军第三军军长邹永成将军。"

陈独秀不以为然："你知道我素来对官僚不感兴趣。"

"他可不是一般的官僚。民国二年宋教仁被杀,这位老兄深感民主共和将成泡影,郁闷不乐,留绝命诗一首后愤然跳入黄浦江自杀,幸得渔民救起。'轰轰革命十余年,驱逐胡虏着祖鞭。不料猿猴筋斗出,共和成梦我归天!'这首绝命诗令多少人荡气回肠呀!"易白沙是个血性汉子,说着说着激动了起来。

没想到陈独秀却甩出了一句:"我看他是个糊涂虫!革命者怎能轻生自杀?我陈独秀此生决不会做出自绝于革命的蠢事!"

易白沙生气了,背过身去不理陈独秀,心想:陈仲甫,你等着,没准哪一天我也会像邹永成一样投江自杀的,到那时你再来嘲笑我吧!

陈独秀看着生气的易白沙,有点不知所措。他愣了一会儿,自责地摇摇头,回走几步,双手搭在易白沙的双肩上,真诚地说:"越邨,对不起,我心情不好,失态了,请你原谅。"说完,转身走向船头,默默地望着大海。

这下易白沙反而不好意思了,也缓缓地走向船头,和陈独秀并肩站在一起。

霞光洒落在两个中年人身上,汹涌的波涛在两个落难革命者胸中翻滚。

抛妇别雏、流亡日本一年多的陈独秀身心疲惫,唯有一腔浓烈的乡愁。望着大海,他情不自禁地吟起诗来:"影事如烟泪暗弹,钗痕依约粉香残。伤心最是当前景,不似年时共倚阑。"吟毕,眼中不禁湿润起来。易白沙被感动了,他知道,这么缠绵婉约的诗,一定是君曼夫人的闺怨之作。这个看上去什么都不在乎的陈独秀,这会儿是真的想家了!

陈独秀的家事很复杂。他生于1879年,三岁时,生父病逝,之后他过继给叔父陈衍庶。十八岁时,考中秀才第一名。次年,由叔父和母亲做主,与曾任安庆副将的高登科之女高大众结婚,两人生有陈延年、陈玉莹、陈乔年和陈松年四个子女。陈独秀雄才大略、志存高远,高大众目不识丁、脾气暴躁,两人经常吵架或冷战。日子久了,便没了感情。高大众有个妹妹高小众,学名高君

曼,毕业于北京女子师范,有文学修养,思想新颖,与陈独秀志同道合。1909年,陈独秀三十一岁,与高君曼在杭州同居。辛亥革命后,陈独秀回安庆任都督府秘书长,和高君曼在家中同住,后与她生有陈子美、陈鹤年一双儿女。1913年,"二次革命"失败后,陈独秀携高君曼及两个子女逃亡上海,租住在法租界嵩山路,算起来已经两年多没回安庆了。高君曼身体不好,年纪轻轻就得了痨病,咯血,前一阵子来信说,两个儿子延年、乔年受吴稚晖影响,不在安庆读书侍母,跑到了上海,说是要去法国勤工俭学。而且,这两小子死活不愿住在家里,跑到法租界去扛大包,还经常为人打抱不平,跟工头打架。可怜君曼这个姨妈兼继母,生病又没钱,一家五六口,日子十分艰难。

易白沙知道陈独秀的家事,看他痛苦的样子,苦笑着摇摇头,心里想,陈独秀呀,国难家愁,我看你怎样一枝独秀?

太阳出来了,海水深蓝。

甲板堆杂物的角落里,两个日本船警发现睡着了的郭心刚和白兰,不由分说,一通棒打脚踢。郭心刚一面护着被吓哭了的白兰,一面申辩他们是回国上学的中国学生,船票被人偷走了,才躲到甲板上露宿的。得知两人没有船票,船警更加肆无忌惮了,一边打一边骂他们是可恶的"中国猪",不买票还扯谎,还敢到甲板上来偷情,叫嚣着要把他们扔到海里喂鱼去。两个船警缠着白兰,推推搡搡,乱摸乱捏一气。白兰死死地拉着郭心刚的手,拼命往外挣扎。四个人扭成一团。

张丰载和一些看日出的中国人闻声都围过来看热闹。张丰载摇头晃脑地尖叫起哄,旁边的男女青年一起跟着喝倒彩。船警更加来劲了,死死扯住白兰的衣服,要把衣服脱下来用它补票。

围观的中国青年起哄,让船警赶快脱。混乱中,只听陈独秀大吼一声:"住手!"他一个箭步冲上去,揪住一个船警,狠狠地将他推倒在地。日本船警被吓住了,趴在地上半天才缓过劲来。他爬起来,看见陈独秀不过是一个文弱的中年书生,恼羞成怒,举起警棍,嗷嗷叫着扑了过来。邹永成一个箭步向前,抓住那只高举警棍的手,只腕中发力,日本船警已痛苦得跪在了地上。围观的中国人又发出了一阵喝彩。另一个日本船警一看便知此人武功了得,赶紧跑过来打圆场,称他们只是查票的,这两个年轻人没有船票,只是照章办事让他们去补票的。

邹永成也不想把事情闹大,松开了手,表示他愿意帮这两个人补票。船警赶紧借坡下驴,连连点头。没想到陈独秀却不依不饶,非得让船警向这两个中国年轻人道歉。船警恨恨地盯着陈独秀,坚称他们是在执行公务。陈独秀双手一摊:"打人是执行公务吗? 侮辱妇女是执行公务吗? 脱女人的衣服是执行公务吗? 这就是你们大和民族的文明礼仪吗? 你不道歉,我就去找你们船长。"

围观的中国人一起高呼:"道歉!"

两个日本船警面面相觑,嘀咕了几句日语之后,不得已在白兰面前低下了头。围观的中国人欢呼起来。陈独秀转过身来对着起哄的年轻人厉声斥责:"你们看到自己的同胞受欺辱,不出手相救,冷眼旁观也就算了,反而助纣为虐,起哄架秧子!"

人群中有人低下了头。张丰载却怪声怪气地叫嚷,让陈独秀不要在这逞能,有能耐到欧洲打仗去,把八国联军给灭了! 陈独秀气得满脸通红,还想发作,邹永成拉住了他的手,劝解他别跟这帮孩子一般见识。

陈独秀无奈地摇摇头,恨恨地说:"国之所以不昌也,在于民智未开!"

四

上海法租界嵩山路南口吉谊里 21 号,高君曼在小院里洗衣裳,棒槌声和咳嗽声交织在一起,没洗几下,便捂着胸口剧烈地喘起气来。刚刚三岁的小女儿子美抹着眼泪走进来,看见母亲,忍不住号啕大哭。高君曼赶紧抱起子美,子美哭着说两个哥哥在搬运站跟人打架,延年的头被打破了。

高君曼大惊失色，抱起子美就往搬运站跑。

法租界搬运站，陈延年和弟弟陈乔年在这里当搬运工扛麻包。乔年刚刚十三岁，年小体弱，扛不稳一百多斤的麻包，摔了一跤，麻包里的粮食撒了一地。工头跑过来，二话不说，对着乔年就是一阵拳打脚踢。延年赶来时，看到工头还在对蜷缩成一团的弟弟不停猛踢，愤然一砖头拍得工头头破血流。工头唤来打手暴打陈氏兄弟，倔强的延年拼死抵抗，血流满面。周围很多人都在看热闹，有人甚至喝彩起哄。

一阵刺耳的哨声过后，巡捕房的巡捕来了。他们显然是常年收搬运站老板保护费的，不问青红皂白就要将陈氏兄弟带走。陈延年愤怒地申诉，与巡捕发生激烈冲突，又遭到巡捕一顿毒打。高君曼赶到，大口喘着气，脸色煞白，一面为延年、乔年擦血，一面央求巡捕放人。延年拉住高君曼："姨妈，你不用管，我倒要看看他们能把我怎么样。"

一个老巡捕看到高君曼的衣着打扮和言谈举止，知道她是体面之人，便把她拉到一边悄悄帮她出主意，说这俩小子把人打伤了，得在巡捕房里关起来。被打之人的头伤得不重，怕上头责怪，也没敢告，警方就当一般的斗殴处理了，要想救孩子，赶紧想办法托人保释。高君曼听了，千恩万谢，赶紧抱着子美找人去了。

当晚，陈独秀的老朋友，上海亚东图书馆经理汪孟邹到法租界巡捕房领陈延年、陈乔年。兄弟俩正在囚房里读书，十分专心，汪孟邹看了，非常感动。原来，兄弟俩一进囚房，就央求那个指点高君曼救人的老巡捕给他们找书看，哥俩看书一天没动窝，把念书当饭吃了。

看见汪孟邹进来，延年、乔年赶紧起身鞠躬。汪孟邹一手搂着一个走出了房间。高君曼领着子美在室外焦急地等候，看见延年、乔年兄弟出来，连忙扑了过来，拉着乔年询问有没有挨打。延年、乔年朝高君曼鞠了个躬，为又一次让姨妈受惊表示歉意。

高君曼心疼地说："快跟姨妈回家吧，别在外面游荡了。你们的父亲马上就要回来了。"

陈乔年犹豫不决，陈延年一把拉过弟弟说："我们就不给姨妈添麻烦了。"汪孟邹知道这两个孩子的秉性，低声对高君曼说："这两个孩子太犟，知道仲甫要回来，死活不愿意和你们住在一起。我看还是先在我的书社里住下来，干些杂活，等仲甫回来后再做安排。"

高君曼泪眼蒙眬："有劳孟邹先生了。"

……

1915 年 6 月，在日本漂泊了一年多的陈独秀终于回到了祖国。

上海十六铺码头，陈独秀与邹永成拱手作别。邹永成紧紧握着陈独秀的手，十分感谢他一路开导，让自己茅塞顿开，受益终身。陈独秀以习惯的方式搂着邹永成，附耳叮嘱他勿忘两个人的协定。

邹永成与陈独秀击掌为誓："断不敢忘！你办杂志我办报，为'吾人最后觉悟之最后觉悟'而奋斗！"

郭心刚和白兰恭敬地向陈独秀和邹永成鞠躬告别。郭心刚和白兰要去北京投奔亲戚，然后求学。他们非常感谢陈独秀和邹永成的搭救和教诲，感谢邹将军的慷慨解囊且永志不忘。邹永成从身上掏出几块银圆硬塞给郭心刚，鼓励他们到了北京好好读书。郭心刚和白兰再次深深地鞠躬，几个人一起走向码头出口处。

高君曼已经在出口处等了很久。她一大早就起来精心梳洗打扮，白皙的脸上略施粉黛，高挽的发髻束上了紫色流苏，一袭青花旗袍衬托出全身流畅的线条，显得高贵、典雅而庄重。她一手拉着子美，一手牵着不到两岁的小儿子鹤年，翘首以盼。

陈独秀走出码头，远远地看到了年轻漂亮的妻子，情不自禁地丢掉了手中的箱子，急速地跑过去。高君曼见状，也赶紧迎上。两人紧紧地拥抱在一起，

热烈地亲吻，久久不愿分开。这个举动把周围的人都惊动了。路人们驻足观看，有人议论，有人掩目，有人鄙视，有人嬉笑。

张丰载和他的一群男女伙伴打闹着过来，看见这个场景，疯狂地起哄。众人哄笑。有老者愤愤地指责："这么大年纪还当街搂抱，成何体统？"

您还甭说，没准这还真的是中华民国中年男女当街拥抱的惊天第一吻！那个年代，像这种事情，也只有特立独行的陈独秀能够做得出来。

半晌，看到陈独秀还没有松开的意思，汪孟邹走了过来，笑着喝道："好你个重色轻友的陈仲甫，光天化日之下，搂着女人缠绵，有辱斯文，色胆包天呀！"

高君曼不好意思地挣脱开来。陈独秀爽朗地大笑道："孟邹兄此言谬也！我陈独秀与自己的夫人亲热，与它斯文何干呀？"子美和鹤年扑上来，陈独秀把一双儿女揽入怀中，左亲右吻，心情大好。突然，他又沉下脸来，问："延年、乔年兄弟俩怎么没来？"

高君曼不语。小女儿子美拉父亲蹲下，悄悄地"告状"："延年哥哥说他不想见到你，还说要找你算账呢。"

陈独秀板起脸来："找我算什么账！他们不想认我这个父亲吗？"

高君曼赶紧抱起子美，拉着陈独秀说："回家再说，回家再说。"

五

夜已经很深了。久别重逢，陈独秀和高君曼还依偎在床上，无意入睡。陈独秀突然想起船上那篇没有写完的文章，就要起床，想连夜写完，争取赶上下一期的《甲寅》。

高君曼紧紧抱着陈独秀，不让走，央求他陪她说说话，讲讲在日本一年多的生活。陈独秀知道妻子的苦楚，便不再起身。他把高君曼揽在怀里，两个人聊起天来。陈独秀告诉高君曼，一年多来，他在日本很孤独，连个说话的人都没有，有时实在闷得憋不住了，就在身上捉虱子消磨时光。有一次，为了赶编一期稿子,他一个人憋在房间里半个多月,等把稿子编完,走出门来的时候,易白沙见了大吃一惊,因为他的长衫上爬的全都是白虱子。

高君曼听了,吓得把头深深埋在丈夫怀里,一任泪水奔涌,半晌才说:"先生,你受苦了。"

陈独秀捧起妻子的泪脸,深情地说:"这苦是我自找的,我情愿的,我自得其乐。只是把你给连累了,让你这个女师高才生跟着我吃苦,我对不起你呀。"

高君曼连忙捂住丈夫的嘴说:"吃苦我不怕,只是延年、乔年这两个孩子不愿意回家来住,我心里憋屈。仲甫,你明天去把他们找回来吧!别让他们在外面游荡了。"

对两个儿子,陈独秀有自己的培养方式。他劝高君曼不必操心,这两个小子有点骨气,就让他俩自己闯荡,自食其力。

高君曼告诉陈独秀:"延年、乔年是心有大志的好孩子。两个月前,两人跑来上海求学,见我们家境困难,硬是把从家里带来的一百大洋学费交给了我,自己出去打工,我怎么劝他们也不听。你说上海滩这么险恶,两个乡下来的小孩子,万一学坏了,出事了,怎么办?急死我了。"

陈独秀不但不急反而有点开心,他安慰妻子:"乱世出豪杰,英雄出少年。这两个孩子不会出事的。我心里有数,你放心!"

高君曼急了:"我怎么能放心?小小年纪,无家可归,整天饥一顿饱一顿的,还要受人欺负,遭人打骂,出了事情,我怎么向姐姐交代?仲甫,我求求你,你去把他们找回来吧。"

陈独秀意味深长地看着妻子:"君曼,我听说欧洲现在正流行一首歌曲,叫《国际歌》,虽然歌词还没有被翻译成中文,但里面有几句我印象非常深刻。大意是,从来就没有救世主,不能靠神仙上帝,要创造大家的幸福,只能靠我们自己。唱得有道理呀!大到国家,小到个体,自己的命运要自己去掌握。把命运寄托在老子和家庭身上,那是靠不住的。"

高君曼从陈独秀怀里挣脱开来,捏着他的鼻子问:"那还要你这个父亲干什么?你的责任何在?你的良心何在?"

陈独秀正色道:"我的责任就是让他们知道怎么担负起对国家、社会和历史的责任。当此乱世,做我陈独秀的儿子,就得先苦其心志、劳其筋骨、饿其体肤,日后方能担当大任。"

高君曼反唇相讥:"陈仲甫,你不是一贯反对孔孟之道的斗士吗,今天怎么把孟夫子的语录当作了圣旨?"

陈独秀严肃起来:"袁世凯把孔教当成国教,我当然要反对。但是你不要弄错了,我反对的是毒害人民的孔教三纲,并不反对孔夫子和孟夫子的合理主张。"

这一夜,两口子一直聊到天明,其中多半是在辩论。

六

上海江西路口福华里亚东图书馆,一座典型的徽派建筑,粉墙黛瓦,飞檐翘角,配以砖石浮雕,在洋房密布的上海格外显眼。今天,汪孟邹要在这里设宴为陈独秀接风。客厅里,潘赞化、潘玉良、高语罕、陈子寿、陈子沛等人在聊天。汪孟邹陪同易白沙和邹永成穿过伞形小门,来到客厅,大家一起起立,拱手致意。

汪孟邹朗声说道:"来,我给大家介绍两位湖南来的新朋友。这位就是遐迩闻名的湘军邹永成将军。邹将军前年在沪江的壮举,想必各位都早有耳闻,只是未见其人。这位易白沙先生是仲甫的好友,讨袁反孔的斗士,虽然也是湖南人,但以前一直在安徽教书,也算是我们的半个老乡。"

大家向邹永成、易白沙施礼,连称久仰。

潘赞化因为迎娶青楼女子潘玉良闻名于世。汪孟邹笑着介绍说:"这一对鸳鸯便是为追求爱情而传为美谈的才子佳人潘赞化夫妇,如今玉良已经改姓潘了。这两位是著名的出版家、群益书社的老板陈子寿、陈子沛兄弟,这位是当年的安徽青年军秘书长高语罕。我们都是安徽人,是陈仲甫多年的好朋友。"

大家拱手作揖,互致仰慕之意。汪孟邹热情招呼众人尝尝谢裕大茶庄刚刚上市的黄山毛峰。邹永成早就听说黄山毛峰,品了一口,连声称赞。

说话间,陈独秀挽着高君曼来了。人未进屋,铜钟般的声音先飘进来:"孟邹兄,又在吹嘘你们徽州的那点宝贝了。"

大家起身相迎,陈独秀一一拱手致意,随即露出了损人的本性,说汪孟邹抠门,请客不去馆子,不愧是会算计的徽商。潘赞化站起来为汪孟邹打抱不平:"仲甫你这是下车伊始,不知就里。是我点名要吃正宗徽菜的。你满上海打听去,一品锅、臭鳜鱼、毛豆腐,哪家馆子能做得出来?"

汪孟邹无奈地摇头——老潘一句话,让他可是跑断了腿。一品锅昨天晚上就蒸上了,不够十二个小时那味道出不来。臭鳜鱼、毛豆腐也不是现做现吃的。这些,都是为了陈独秀能吃到正宗的徽菜,为此还请了不少帮手。

陈独秀再次拱手致谢,话却不饶人:"不干我的事,是赞化想吃徽菜。赞化为什么想吃徽菜呢?因为他这个人的特点呀,和徽菜的特点是一模一样的。"

见潘赞化一脸困惑,陈独秀一本正经起来:"对徽菜,我是有研究的。我总结徽菜的特点是十二个字:严(盐)重好色、轻度腐败、臭味相投。诸位想想,这徽菜是不是和潘赞化一个胚子出来的?"众人听了,笑得前仰后合,潘玉良有点不好意思了。

潘赞化被陈独秀欺负惯了,无奈地摇摇头:"好你个陈独秀。江山易改,本性难移,出语伤人的老毛病一点没改啊!"

汪孟邹赶紧打圆场,请大家入座。

大家来到餐厅,陈独秀与邹永成谦让一番后坐了主席,其他几位也分别落座。

厨房里热火朝天。陈延年、陈乔年兄弟在给师傅打下手。大热的天，两兄弟光着膀子，仍大汗淋漓。汪孟邹的夫人一边清理荷叶，一边劝说两兄弟一会儿把压轴的徽菜极品荷叶包黄牛蹄送上去，去见见他们的父亲并敬杯酒。陈乔年跟哥哥交换个眼神，狡黠地点点头。

餐厅里已经开席了，吃的是徽菜，喝的是绍兴的女儿红。汪孟邹是东家且年龄最长，首先举杯致辞："欢迎仲甫归来，欢迎邹将军和越邨。各位，自'二次革命'失败后，革命党人大多逃到了海外。现在欧洲列强在打仗，本来是我们得以喘息的好机会，可是日本人又乘虚而入，向袁世凯提出了'二十一条'。袁世凯卖国求荣，遂有'五九国耻'，致民怨沸腾，全国抗争。今日之中华，就像一个大火炉，热气腾腾，到处是革命的生机，只等着我们去添柴加油了。来，我提议，为倒袁而干杯！"

一席话说得大家热血沸腾。

一饮而尽后，潘赞化说出了他的想法。他认为，当今中国之要务是打倒袁世凯，再造共和国。打倒袁世凯，就要有革命的军队，他现在正积极联络滇军，鼓动被袁世凯软禁在北京的蔡松坡武装倒袁；再造共和国，需要有先进的理念，他和潘玉良正在法租界苦读法文，准备一旦倒袁成功，即赴法兰西留学。

易白沙举杯称赏潘赞化有卓识远见，而立之年尚能新学法文，令人钦佩。潘赞化不好意思地指着潘玉良，说这是受夫人的影响，因为她很崇拜吴稚晖、蔡元培，准备将来留法勤工俭学。陈独秀听了，又拿潘赞化开涮，说他妇唱夫和，是好丈夫的表率。潘玉良闻言，表情奇怪地瞥了陈独秀一眼说："让仲甫先生见笑了，其实我和潘赞化在法租界补习法语，还是受安庆来的两个小英雄影响呢。"陈独秀不解其意，继续笑谑潘赞化这把年纪还去学法文，是想万一倒袁失败了给自己留一条后路。

潘赞化脸上挂不住了，气得不理陈独秀。高君曼见状连忙赔罪，要潘赞化不要往心里去。陈独秀也笑了，说："小老弟，我是逗你玩的。我认为吴敬恒这条老狗还是有见识的,鼓动青年留法勤工俭学不失为培养新人的一条捷径。不过你鼎鼎大名的潘赞化也来蹭这条捷径,未免有装嫩的嫌疑吧。"

潘赞化刚要反驳,汪孟邹连忙挥手制止说:"你们俩是怎么回事,一见面就掐。别闹了,我们还是说正事吧。"

邹永成举起酒杯站了起来:"各位皖籍同志,感谢你们邀请我来参加这个接风会。我是个军人,早在十年前就追随中山先生参加了同盟会,半生戎马,一事无成,所以就在前年跳了黄浦江。阎王爷不收我,还让我继续闹革命,我也就铁了心了。这次归国幸与仲甫先生同船,得先生一路教诲,茅塞顿开。刚才赞化先生一番宏论,我亦深有同感。趁现在欧战局面混沌、袁世凯急于登基当皇帝无暇'围剿'革命党的有利时机,我们当各显神通,大造舆论,发动民众,积极准备讨袁战争。一旦时机成熟,我们就揭竿而起,一举摧垮袁世凯政权,再造一个崭新的民主共和国!"

语毕,群情激昂,满堂喝彩。

众人一饮而尽,邹永成告诉大家,他受陈独秀启发,准备联络在沪的湘籍人士创办一份《救亡报》,大造反袁舆论,为倒袁摇旗呐喊,希望在座各位高人多多指教,赐稿提携。

陈子寿、陈子沛闻言,举杯走到邹永成面前,热情表示,近代自曾国藩、李鸿章起,湘皖两省多有连横,唇齿相依,现今邹将军为了讨袁,武人办报,值得钦佩,他们兄弟搞出版多年,但凡有用得着的地方,尽管吩咐,定当尽力。邹永成连连称谢。

汪孟邹拿出一封信来,大声宣布:"近日柏文蔚带来书信,说他已去南洋组建'水利促成社',在海外各埠筹款以备讨袁之用。他要在沪的皖籍同人与章士钊联络,谋划讨袁事宜。不日他将寄来活动经费。"

易白沙兴奋地接着报喜:章士钊已决定从日本回国了。他和陈独秀经略的《甲寅》杂志已决定移回上海,作为联络湘皖志士的纽带。湘皖在沪联手已

成定局,章士钊和陈独秀便是领头羊。吴稚晖也将在年内归国襄助,近日他对章陈联盟有一个形象的比喻,称这是周瑜和鲁肃的合作。章士钊是周瑜,陈独秀是鲁肃,谁也离不开谁。

众人会心大笑,唯潘赞化不以为然:"陈仲甫一枝独秀,会是鲁肃?敬恒先生此言谬也。"

大家的目光都聚集在陈独秀身上。

汪孟邹借着酒劲指着陈独秀说:"仲甫啊,千盼万盼总算把你给盼回来了,该听听你这个摇羽毛扇子的鲁肃的高见了。"易白沙也跟着帮腔:"仲甫兄,我知道你已经有了一套新的想法,快点亮出来吧,我早就迫不及待了。"

在众人期待的目光中,陈独秀神情严肃地站了起来。第五次流亡日本的一年多里,他一直在思考解决中国问题的新出路,现在总算有了一个新的思路,而且马上就要付诸行动了。想到这里,他有些激动,清了清嗓子,摆开了演讲的架势:"各位,看到你们对讨袁如此上心,我很高兴。但是,我想请教诸位,我们为什么要讨袁,讨袁之后我们要干什么,我们究竟要建立一个什么样的新国家,又为什么要建立那样一个新国家,这些问题你们想过没有?如果没有想过或者没有想明白,说明你们并没有找到解决中国问题的新出路。我想说的是,寻找拯救中国的新出路,首先得弄清楚我们中国现在所面临的根本问题是什么,要搞清楚我们所处的历史方位。位置不清楚,往哪儿走就没有方向。不知各位是否认同我的观点?"

果然开口不凡,发人深省。邹永成了站起来:"仲甫先生,您这个问题提得好,想得深,您给我们开开窍吧。"

陈独秀胸有成竹,侃侃而谈:"大家都清楚,自道光十九年林则徐烧鸦片、英吉利人用坚船利炮打开中国大门之后,我们这个国家就发生了一个大的变化。同治十三年,皖人李鸿章在《筹议海防折》中对我们的处境做出了一个判断,称我中华已处于'数千年未有之变局,数千年未有之强敌'的时代。我以为这讲的就是我们所处的历史方位和我们要解决的实际问题。为应付这个大变局，战胜这个大强敌，李鸿章精心办洋务、建海军，呕心沥血几十年搞自强自救，结果，甲午一战，北洋水师全军覆没，我们丧权辱国，不仅赔了几万万两白银，还把台湾割让给了日本。从那时起，大清朝就名存实亡了。辛亥年清廷瓦解，民国新生，孙中山靠的不是军队和枪炮，靠的是共和的理念。但是，什么是共和？中山先生也不甚了了，国人更是莫衷一是，各取所需。所以，闹来闹去，这袁世凯自己又要当皇帝了。而我们这些反帝制、求共和，出生入死几十年的人，现在倒又要回去做皇帝的顺民了。是历史在跟我们开玩笑吗？我想问问在座的各位，李鸿章所说的'数千年未有之变局''数千年未有之强敌'，指的是什么？"

屋子里静得出奇，厨房里的延年和乔年也完全被客厅里的谈话吸引住了，两兄弟静静地听着，都忘掉了手中的活。汪孟邹夫人望着这两个孩子，挥手示意他们到客厅里去听。乔年连忙摆手，请她不要说话。

见大家都在沉思，高语罕说出了他的见解："变局是指帝制的崩溃，强敌就是西洋列强。"

陈独秀不置可否，自说自话："说到变局，以往的三千年里，中国经历的变局多了去了。从秦始皇到小宣统，改朝换代大的几十次，小的不计其数，哪一次都是山呼海啸、血流成河。可是变来变去，到头来还不是大一统帝国体制的循环吗？三千年，我们经历了无数的灾难，中华民族不但没有削弱消亡，反而像滚雪球一样越滚越大，成为世界上唯一文明没有中断的国家。这就是中华三千年不变的历史格局，是我们的文化优势，也是我们直到今天还敢于自信的一个重要原因。"

陈子寿是个急性子："仲甫兄，你说的是历史。今天的中国已经与往日不能同日而语了。"

陈独秀一拍桌子："子寿，你说得太对了。是鸦片战争打破了这个格局。

这一次不同了,这一次我们遇到的是三千年来从未遇到过的强敌。这个强敌,不光是强在武力上,更重要的是强在思想上、理念上。过去遇到的强敌,都是军事强大、文化落后。今天不同了,今天是西洋列强要来同化我们,因为他们不仅有工业革命时代产生的先进武器,还有资本时代产生的先进理念以及与之相伴随的先进体制,特别是他们有用先进的现代科学知识武装起来的一大批人才。在他们面前,我们的经济文化落后了,制度落后了,思想落后了。一句话,我们的人落后了。这种落后,是泱泱中华几千年文明史上的第一次。面对这样的变局和强敌,我们何以自处呢?我以为,赶上时代,是我们唯一的目标和出路。中国要赶上时代,就必须从根本上改造我们的社会,而改造中国社会,首先就要改造中国人的思想,提高中国人的素质。要光复中华昔日的辉煌,首要之事是造就一代新人!"

陈独秀的这一番高论,把在场的所有人都镇住了,宴会变成了演讲会。没有人动酒动菜,人人都在聆听和思考。

回过神来的邹永成感叹道:"仲甫先生真是一语惊醒梦中人啊!开民智、造新人,这确实是民族复兴的根本大计,但这件事做起来很难,并非一日之功。"

陈独秀深以为然:"邹将军言之有理。要应对三千年未遇之大变局,战胜三千年未遇之大强敌,确实有一个很长的历史过程。以我的估计,如果从道光二十年算起的话,至少需要二百年。这是一个将近十代人的大事业,不能急功近利,更不能彷徨徘徊。天生我才,不敢担当就是失职,就会遗祸子孙。我们决不能作壁上观。"

潘赞化心悦诚服地朝着陈独秀竖起了大拇指:"仲甫兄,这次我和你观点一致。操大心,办大事,不当缩头乌龟,这才是士的本质。你说说,我们怎么样才能做到开民智、造新人?"

听到潘赞化喝彩,陈独秀精神大振:"中国要赶上时代,第一,启蒙思想,第

二,改造社会。悠悠万事,千头万绪,唯此两项为大。"

　　高语罕摇摇头:"启蒙思想固然重要,但靠什么去启蒙,这是个难题。现在,西洋的思想五花八门,西洋的制度也是五花八门,孰优孰劣,哪个适合中国,仲甫兄,你心里有数吗?"

　　高语罕所问的,正是陈独秀今天要说的主题,他提高了嗓门:"语罕这个问题问得好。对西洋先进思想和制度,我们必须辨析,找到它最核心、最普遍、最实用的东西,用以武装我们的青年。这个问题,我多年探索,已有明确结论,不日将昭告天下。因此,此次归国,我想创办一份杂志,作为唤醒国人政治觉悟和伦理觉悟的号角。我向各位保证,让我办十年杂志,全国思想都将改观。"说到这里,一个宏伟的政治蓝图已经浮现在陈独秀的脑海里。他略作停顿后继续慷慨陈词:"各位同人,中国要赶上时代,成功应对三千年未遇之大变局,战胜三千年未遇之大强敌,一代人有一代人的责任,每个人有每个人的责任。我陈独秀的责任就是,通过办杂志,辨析、选择和验证出一种当代最先进的思想理论,作为改造青年、改造中国的指导思想,探索出一条振兴中国的道路。为此,我愿意献出我的一切,九死而无悔。"

　　大家都听呆了,不约而同地鼓起掌来。

　　厨房里陈独秀的两个儿子也被父亲的话深深地震撼了。乔年悄声说:"他讲得真好。哥,那事咱们还做吗?"

　　延年想了一想,说:"听其言不如观其行,做! 不为我们,就算为咱死去的爷爷和受刑的堂哥讨个公道,也要惊他一惊。"

　　乔年点点头:"好,一会儿看我的。"

　　厅堂里,人们还在激动着。邹永成拎着酒壶走到陈独秀面前,大声提议:"为仲甫先生的这番宏论和伟业,我们大家敬他三杯。从今天起,我们就听仲甫的号令了。"

　　汪孟邹格外高兴:"各位,今天我们是群英会,大家不妨开怀畅饮。下面要

请大家品尝的是我老家徽州绩溪的当家菜,荷叶黄牛蹄。一般的徽菜馆里是没有这道菜的,因为原料太难搞,一水纯种的三岁半的小黄牛的蹄子,秘方制作,荷叶包裹,味美色香,可谓徽菜中的极品。"

潘赞化高兴地欢呼起来:"哎呀,老汪,你今天可是出大血了。十个人十只牛蹄,那可是两头半的黄牛呀。"

汪孟邹:"你们今天是沾仲甫和邹将军的光。为了表示对仲甫刚才那番高论的钦佩,我和夫人还特意挑选了上菜的伙计。现在就请来自安庆的两位小英雄闪亮登场!"

十三岁的陈乔年英姿勃发,手捧菜盘走了出来。高君曼见是乔年,惊喜地把桌上的筷子弄到了地上。陈独秀也不由自主地站了起来,脱口而出:"儿子?"两年前他从安庆逃出来的时候,乔年还是个顽童,现在站在他面前的已经是眉清目秀的少年了。

潘赞化朗声大笑,指着乔年说:"这就是先前潘玉良提到的和我们一同在法租界学习法文的安庆小英雄啊。"

陈乔年与父亲对视着,看到他惊喜且慈祥的眼神,心中很是慌乱,脸上也露出一丝愧疚和不安,但他很快镇定下来。他没有理会潘赞化的话,低着头一一给客人摆放荷叶包着的牛蹄。最后,他来到了父亲跟前。

看到神采俊朗的儿子,陈独秀情不自禁地摸摸他的头。陈乔年一扭身躲闪开来,把最后一个荷叶包放在陈独秀面前,说:"这是你的,请享用。"声音听起来有些特别。

众人都打开了荷叶,一边吃一边赞叹,色香味俱全,像是工艺品。邹永成尝了一口,对易白沙频频点头。唯有陈独秀坐在那里纹丝不动。他从乔年的话音和荷叶的形状上已经看出了其中的蹊跷。

乔年到底是个孩子,见陈独秀不动,忍不住催促起来。陈独秀这个时候已经完全知道儿子的诡计了。他没有生气,反而有点想笑,故意说:"我太累了,没有胃口,你帮我吃了吧。"

陈乔年急了:"这是给你的,你赶紧吃吧。"

汪孟邹不知其中猫腻,直朝陈独秀努嘴:"难得儿子小小年纪就有这等孝心,赶紧吃,别凉了。"

陈独秀不露声色地摆摆手:"我说话说累了,歇会儿,等你们吃完了我再吃。"

潘赞化感到有些奇怪:"仲甫兄,这可不是你的风格呀。吃喝玩乐,你可是样样精通的。"

陈独秀冷笑道:"赶紧吃你的吧,当心坏了你的胃口。"

一旁的高君曼问道:"怎么不吃呀?"说着就要打开荷叶。陈独秀连忙用手捂住,但已经来不及了。荷叶一撕开,高君曼吓得尖叫起来,倒在了陈独秀的怀里。原来荷叶里包的不是牛蹄,而是一只硕大的煮熟了的癞蛤蟆。

众人大惊失色,都把目光聚集在陈乔年的身上。

陈独秀扶起高君曼,笑呵呵地对陈乔年说:"小鬼头,就这点小把戏还能骗得了你老子! 我早就看出问题了。怎么着? 把你的后台老板请出来吧!"说着,他冲着厨房大声吼道,"陈延年,你给我出来,把你干的好事给大家说说。"

厨房里,汪孟邹夫人惊呆了,她一把拉住陈延年,使劲把他往外拖,让他赶快逃跑。陈延年挣脱汪夫人,穿上衣服,气宇轩昂地走进客厅。

面对众人责怪的眼光,延年把乔年拉到自己身后,对大家拱手说:"各位叔叔,这事我是主谋,有气你们冲着我来。"

潘赞化跟陈独秀相处多年,知道他不会因为这点事情真的生气,故而有点幸灾乐祸:"好你个安庆来的小英雄,亏你们想得出来,整出这么大一只癞蛤蟆来欢迎父亲。英雄豪气都用到这上面来了。我告诉你,这事要是传了出去,准能上报纸头条,那你俩可就成了上海滩的大英雄了。"

汪孟邹夫人跑出来不停地向陈独秀夫妇作揖:"陈先生息怒,陈夫人息怒,

都是我的错，都是我的错。"

事情出在自己家里，汪孟邹觉得在邹永成和易白沙面前丢了大脸，更觉得对不住挚友陈独秀，无地自容，恨不能找个地缝钻进去。他面带愠色，走到延年跟前严厉地训斥道："延年，今年你十七岁，已经是成年人了，怎么能做出如此荒谬之事！你父亲对你们的母亲和你们两兄弟关心不够，我们都看在眼里，也替你们鸣不平，然而他也有他的苦衷。你们对他有怨气，可以理解，但不能用这种方式对待他。你们这样做，是大逆不道。在我们家乡，这是要遭人唾骂，要遭天谴的！"话语很重，他是真的生气了。

陈延年很诚恳地向汪孟邹夫妇鞠了个躬，说道："对不起，汪经理和汪家大娘，让你们难堪了。我们今天这样做，并不是因为他陈独秀对我母亲和我们兄弟俩照顾不够，而是替我们死去的爷爷和因为他受尽酷刑的堂兄陈永年来教训他的。要说大逆不道，陈独秀才是真正大逆不道的伪君子。"延年一脸严肃，几个大人竟一时语塞。

陈子寿说话了："延年，原来你们俩的心结在这儿呀。来，今天你就痛痛快快地说，我们大家来给你们父子做个评判。"

陈延年把头一昂："好，今天当着各位叔伯的面，我就把陈独秀的所作所为说出来，请大家评判。前年秋，安庆'二次革命'失败后，陈独秀明知此事会殃及家人，仍然置奶奶和我们母子于不顾，自己弃家而逃。倪嗣冲派人抄了我们的家，我妹妹玉莹拼死挡在前堂，掩护我和乔年跳窗逃命。堂兄陈永年为保护弟弟松年，冒充是我而被捕，受到严刑拷打。此前病逝的爷爷尚停厝在家，奶奶卧病在床，命悬一线。族人赶到上海找陈独秀，要他回去为父亲送终，但他贪生怕死，不但不回去尽孝，反而劝说族人，说这事过几年再说。在别人眼里，陈独秀是义薄云天的大英雄，可是有谁知道，这个大英雄为了自己苟活，竟然置家人死活于不顾。这难道不是大逆不道，不应该遭天谴吗？"延年越说越激动，全身颤抖，眼睛直视父亲。

潘赞化听不下去了，连忙说："延年呀，你这么说可是冤枉你父亲啦。'二次革命'后我是亲眼看着你父亲冒死前往芜湖龚振鹏部，劝说他起兵回安庆讨袁的。结果，龚振鹏把他抓起来，枪毙的告示都贴出去了。生死关头，你父亲可是连眉头都没有皱一下呀。他亡命上海，政府悬赏大洋一千通缉他。那个时候，他怎么可能回得了安庆？"

汪孟邹也一个劲地摇头："延年，你还是年轻啊。你可知道，来上海找你父亲的族人是倪嗣冲派来的，这是一个圈套呀。你父亲本来是要冒死回去送葬的，是我们硬给拦了下来。那些日子你知道你父亲是怎么过来的吗？那些日子他天天指着倪嗣冲的相片说，恨不得肉食其人。"

出乎大家意料的是，陈延年一番指责，陈独秀非但没有生气，反而被感动得泪眼迷蒙。他站起来对汪孟邹摆摆手："你和他小孩子说这些干什么！我陈独秀不能为父亲送终，连累家人受苦，罪该万死。延年，你俩为这事记恨我，我不怪你们，反而高兴，这说明你们是懂仁义的人。"

延年平静了一些："你怪不怪我们无关紧要。今天我们就算给爷爷奶奶和堂兄一个交代了。我们之间的恩怨两清了，今后我们井水不犯河水，各走各的路。顺便说一句，我们来上海并不是来投靠你的。我们是看了吴稚晖先生留法勤工俭学的倡议书后才决定来上海补习法文，准备去法国勤工俭学的。我们的生活自己解决，不用你操心。"说着，延年拉着乔年走到高君曼面前鞠了个躬："对不起，姨妈，把您给吓着了，这不是我俩的本意。请您原谅。"说完，延年拉着乔年，昂首挺胸走出大门。一屋子人大眼瞪小眼地看着两人的背影，有点不知所措。

邹永成率先回过神来，冲着陈独秀竖起大拇指："仲甫，你这两个儿子不是凡人，将来必成大器。"

陈子寿也感叹道："难怪玉良说两位公子是安庆来的小英雄，今日看来，真乃实至名归。"

潘赞化略带浮夸地说:"这两个小子,在法租界的英雄事迹可多了,专为穷人打抱不平,鬼点子贼多,多少大佬都吃过他们的哑巴亏,我可是早就听说了。"

延年拉着乔年往外走。乔年突然挣脱哥哥的手,又跑回了客厅。他走到桌前,拿起那盘荷叶包着的癞蛤蟆,一本正经地对陈独秀说:"我们没有想害你。这里面虽然不是黄牛蹄,但也是一道名菜,上海人叫'望天鹅'。既然你不敢吃,那我们就自己享用了。"说完,陈乔年捧起荷叶包跑了出去。

满屋人哄堂大笑,就连高君曼也笑弯了腰,剧烈地咳嗽起来。

易白沙问汪孟邹:"上海真有这道菜吗?癞蛤蟆想吃天鹅肉,叫望天鹅。这小子真是太有才了!"

天空传来一声闷雷,紧接着一道闪电。

一场暴风雨就要来了。

第 二 章

"德先生""赛先生"

一

上海城隍庙附近闹市,报童叫卖声不绝于耳:"古德诺奇文共欣赏,共和不如帝制好;杨度串联六君子组建筹安会,为袁世凯当皇帝张目。"

从黄包车里走下来的汪孟邹挨个询问报童:"有新出版的杂志吗?来一本。"不一会儿工夫,他手上已有十几本杂志了。

春风得意楼是上海许多名人经常光顾的一家有名的老茶楼。汪孟邹抱着一堆杂志来到大堂,陈独秀已然等候多时了。因为身上没钱,他只能干坐着。汪孟邹见了连忙道歉,请他原谅。

陈独秀确实有些失落和着急,自我解嘲道:"这春风得意楼我第一次来,有些品位。不过我囊中羞涩,只能瞪着眼睛看别人品茶,不是滋味呀!孟邹兄,有何要事,非要到这里来谈?不知道这一阵子我忙得连睡觉的时间都没有吗?"

汪孟邹一边叫茶坊看茶上点心一边解释:"知道你忙,所以让你来放松一下。我书馆里两位公子在那里打工,不方便见。你家里孩子小,也不方便谈。想来想去,还是这里合适,这里的元宝茶可是一绝。"

"国难当头,哪还有这些闲情逸致?你约我出来,必不是为了喝茶。什么事?快说吧。"陈独秀是个急脾气。

汪孟邹反倒不紧不慢："那好,我先问你,这些天你老把自己关在家里,干什么?"

陈独秀瞪眼望着汪孟邹,心想,这老汪装傻,明知故问,就从皮包里拿出一摞稿子扔到桌上。汪孟邹拿起瞅了一眼,说:"好你个仲甫,八字还没有一撇,你就先开工了。"

"我想在章士钊先生回来之前,抓紧时间把第一期杂志编出来。创刊号很重要,我想自己弄,给世人一个惊喜。"陈独秀呷了一口茶,不无得意地说。

汪孟邹把一堆杂志放到陈独秀面前:"我就知道你在干这个。你看,我给你带什么来了。这些杂志可供你参考。"

陈独秀不屑一顾,连连摆手:"快把这些东西拿走。我陈独秀办杂志是要唤醒国人的觉悟,给新青年引路指航的,何用这些玩意做参考。"

汪孟邹和善地劝告陈独秀做人做事要低调谦虚些,别忘了三人行必有我师的古训。陈独秀听了,立马较起真来:"孔夫子的话说得不错,但自从董仲舒搞了罢黜百家、独尊儒术之后,他的思想就变味了。靠孔孟之道是救不了中国的。"

汪孟邹看到陈独秀摆开了辩论的架势,赶紧岔开话题:"先不说孔子,我问你,你的杂志打算怎么办?"

"我想先把文章写出来,然后拿着这些文章去找投资人,我相信偌大的上海滩总有识货的高人。"陈独秀自信满满。

"你的文章就有那么大的吸引力? 现在的人可是浮躁得很。乱世,不是讲理想的年代。"汪孟邹虽然嘴上这么说,心里是知道陈独秀文章分量的。

陈独秀提高了嗓门:"可我认为现在正是中国人要觉醒的年代。鸦片战争到今天已经七十五年了,中国人再不觉醒,这个国家就完了。"

邻桌的茶客都看着陈独秀,有点莫名其妙。汪孟邹赶紧把陈独秀摁倒:"你怎么一说到这些就像发了疯似的? 也不看看这是什么地方!"

陈独秀依然很亢奋,我行我素:"创刊号的主题是告诉青年,在当今社会应该做一个什么样的新人。我想了六条标准,说给你听听?"

汪孟邹连忙摆手:"打住,打住。我丝毫不怀疑你思想的光芒。我现在要问的是,你知道办一份杂志需要多少钱吗?"

陈独秀摇摇头:"我不知道,我准备把文章编好了再找你商量。"

"今天我约你来就是商量这个事情的。那天你说了要办杂志之后,我就在琢磨这事。如今办杂志,手续很简单,关键得有资金。我仔细核算过,开办费至少要五百大洋,你有五百大洋吗?"汪孟邹问。

陈独秀苦笑道:"我从日本回来时身上只有五百个白虱子,把君曼吓得够呛。"

"所以呀,这一阵子你写文章,我就忙着找银子。刮金佛面细搜求,无中觅有。"汪孟邹说着递给陈独秀一块点心。

陈独秀不好意思地接过点心,自责地叹了口气:"孟邹兄,我让你为难了。"

汪孟邹却来了精神:"国难当头,你陈独秀连身家性命都可以不要,我还能在乎这些身外之物吗?我今天约你来就是要告诉你,五百大洋我筹到了。"

陈独秀激动地站起来:"孟邹兄,我替延年、乔年这一代新青年谢谢你。"

汪孟邹连连摆手:"免了,免了。要说谢,我得先谢谢你才是。还记得三年前,你和柏文蔚主政安徽,我带着大洋去找你们,想回家乡谋个县长这事吗?是你一席话让我觉醒了。你说,这年代,做官是最高危、最短命的职业,说完蛋就完蛋。你有这些钱,不如去上海开个书社,为家人谋个稳定的生活,也可以为革命筹集些资金。"

陈独秀若有所思:"这你还记得?"

"救命的话,能忘吗?多亏你当时指点迷津,才有我汪孟邹的今天。你看看当年那些做官的,死的死,逃的逃,就像雨果写的《悲惨世界》。"汪孟邹感慨地说。

陈独秀笑了:"幸得有你这个悲惨世界里的觉醒者,才有我这个唤起国民觉醒的杂志。怪不得你今天请我来春风得意楼,人同楼名啊。"

汪孟邹告诉陈独秀,目前筹到的这五百大洋只是开办费,月供还是没着落。月供就是每一期杂志的编辑费和稿费,一个月至少要二百元,一年两千四百大洋,这样的数目,亚东图书馆这个小书社无论如何是负担不起的。他问陈独秀可曾想过月供问题。陈独秀笑了。他知道,既然汪孟邹约他来谈这件事,就说明他已经找到解决问题的办法了,便直言:"我没想过这个问题。你也不要绕弯子,就说要我干什么吧。就是下油锅,我也绝不含糊。"

汪孟邹看陈独秀又激动了,再次把他摁倒,轻声说:"筹钱的人我倒是找到了,不过,话得你自己去说。仲甫,这事你可不能怕丢面子。"

陈独秀苦笑道:"我现在这个样子还有什么面子可言。你说是谁,我去找他。"

汪孟邹面带微笑,慢慢地说出两个人的名字:"陈子寿、陈子沛。"

二

陈子寿、陈子沛兄弟经营的群益书社,是典型的徽式民居小院,白墙黛瓦,精美木雕,古色古香。

书童引领陈独秀和汪孟邹穿过花园般的前院向客厅走来,陈子寿、陈子沛兄弟在门前拱手相迎。自从陈独秀回到上海后,兄弟俩就想请他过来坐坐,没想到今天他不请自来,两人都有点受宠若惊。

陈独秀进门就夸这个院子典雅,是用书和花砌起来的人间仙境。

进了客厅,未等落座,陈独秀就双手奉上自己写的一幅字,虔诚地表示:"久闻您兄弟二人对书法颇有研究,我来给你们凑个热闹。我这手字,是流亡期间苦闷时练的,个个歪七扭八,像是喊冤,故自称苦体。让二位见笑了。"

两兄弟喜出望外,恭敬地接过礼物。陈子沛连声夸奖说:"仲甫先生的书法自成一体,千金难求,我们兄弟愧领了。"

落座上茶后,两兄弟双目对视,会心一笑,陈子沛转身去了内室。不一会儿,书童端上一个盘子,内有两包银圆。陈子寿面带微笑向陈独秀拱手说:"区区二百大洋,聊作酬金,望先生笑纳。"

陈独秀故意脸色一沉:"子寿兄,我陈独秀穷则穷也,但从不卖字。你这是何意?"

陈子寿笑着解释说:"仲甫先生的墨宝我们兄弟要定了,但一幅不够,请汪经理作保,我们签个合同吧,以后每月一幅,每幅二百大洋,期限暂定五年,您看如何?"

陈独秀假装没有听懂,侧身望着汪孟邹。汪孟邹此时心里已经乐开了花,他满脸堆笑地拍了一下陈独秀的肩膀:"吉人天相,天道酬勤,仲甫呀,你办杂志的月供解决了,还不赶紧谢谢陈家兄弟。"

这下陈独秀不装了,他爽声大笑,和陈家兄弟逐一拥抱。

四个男人的笑声震落了书架上的灰尘。

三

日本早稻田大学政治经济学部学生宿舍里,李大钊正伏案写作。盛夏季节,他还穿着整洁的长衫。章士钊和高一涵穿过安静的楼道,轻轻地叩门。

李大钊喊了一声:"请进。"头也没抬,继续写作。

直到章士钊走到跟前,李大钊才连忙起身让座。章士钊坐下,对李大钊说:"我要回国了,过来看看你。听说你现在公务甚多,很少在学校上课。今天怎么如此清闲?"

李大钊最近正在酝酿恢复中国留日学生总会,忙着筹备一本名叫《民彝》的杂志,所以学业上有所放松。章士钊提醒他,学业也是革命的本钱,进入大学就要把毕业证拿到,否则有些可惜。

李大钊有些无奈:"这个很难。革命形势逼人,恐怕很难两全。我现在有些茫然,革命和学习,孰轻孰重,很难拎得清楚。"他拿出刚刚写的几张纸,递给章士钊。原来,李大钊和陈独秀约好要辩论,他写下了《厌世心与自觉心》的观点,作为反驳。李大钊认为,陈独秀提倡的"有国家不为喜,无国家不为忧"的自觉心是一种悲观厌世的误国论调。自觉之义,即在改进立国之精神,自强不息地创造新的国家,而不能因这个国家不可爱就放弃爱国,更不能因为没有享受到国家的爱而迁怒甚至遗弃自己的国家。

章士钊点点头,同意这个观点,并建议这篇文章登在新一期《甲寅》上,看陈独秀接不接招。

半个月后,章士钊回到了上海。他和陈独秀约好,召开湘皖同志会。

亚东图书馆一间堆满书和杂志的小屋,是陈延年和陈乔年的居室。两兄弟一个趴在桌子上、一个躺在床上看书。室外人来人往,很是热闹。汪孟邹抱着一个大西瓜进来,让两位小英雄尝尝脆甜的湖南西瓜。

乔年从床上爬起来,高兴地接过西瓜谢过汪孟邹。汪孟邹拉起陈延年,温和地让延年要识大体、顾大局,千万不要再为难父亲,因为今天陈独秀和章士钊先生在这里主持湘皖同志会,要来很多人商量讨袁的大事。

陈延年站起来说自己知道轻重,他和陈独秀的过节那天已经说清楚了,不会再为难他。汪孟邹笑了。

屋外一阵喧闹。汪孟邹赶紧向两兄弟摆摆手说:"章先生来了,我得招呼去,你们就在屋里看书,别出去。"

陈乔年从厨房里拿来一把菜刀,一边切西瓜,一边好奇今天来了这么多人要干什么。陈延年告诉弟弟,他们是在商量讨袁,今天来的每个人都是干大事的,是把脑袋别在裤腰带上不要命的主。陈乔年一听讨袁,就急切地想参加,他要为爷爷报仇。陈延年放下书本,两个人走出小屋,顺着墙根悄悄地溜到大厅窗户下,偷听里面讲话。

陈独秀和章士钊这对久别重逢的老友,一见面就热烈地拥抱在一起。

"行严兄,终于把你盼回来了。"陈独秀的话语中带着一种莫名的轻松。

章士钊为见孙中山和黄兴,在路上耽搁了几天。现在看到湘皖同志会一下子来了这么多人,非常高兴,由衷称赞陈独秀号召力非凡,振臂一呼,应者云集。陈独秀连忙招呼大家坐好,听章士钊传达孙中山的指示。

章士钊给大家介绍了他与孙中山、黄兴见面的情况,说现在形势非常有利:国外,列强在欧洲打仗,顾不上中国;国内,袁世凯准备称帝,顾不上镇压革命。孙中山和黄兴要求各路人马积极行动起来,厉兵秣马,一旦时机成熟,立刻举兵护国,推翻袁世凯的反动统治,再造一个崭新的共和国。

潘赞化是个急性子,没等章士钊说完就表示,早已同蔡锷将军达成共识,在云南组建护国军,只要袁世凯敢称帝,云南就率先发难。邹永成也站了起来,说他以办杂志的名义回乡组建了一支队伍,现在已经发展到两千多人,一旦云南起事,湘人将带头响应,搅个天翻地覆。

章士钊一挥手:"邹将军干得好,我们湘人素来有领跑的传统。"这话刚出口,他突然觉得有点不合适,看了看身边的陈独秀,笑着说:"不过,今天倒像是皖人在坐镇中军呀。仲甫,看来我这个周瑜该和你这个鲁肃易位了。"

陈独秀一脸严肃,不说话。章士钊把他拉起来对大伙儿说:"士别三日,刮目相待,一向慷慨激昂的陈仲甫也学会深藏不露了。听说你有大手笔,快给我们说说吧。"

陈独秀扶章士钊坐下,然后从怀里掏出一摞纸,说:"使枪弄棒的事情我做不了,我只能干自己的老本行,写字。这两个月,我和越邨足不出户,办了个刊物,叫《青年杂志》。本意是鼓吹新文化、宣传新思想、造就新青年,就是要选择当今世界最先进的思想理论取代统治了中国几千年的孔教三纲,用科学和民主重塑新一代中国青年。这是创刊号的草样,请各位指教。"

大家一拥而上,争相传看。

　　看到屋里人都挤着抢看样稿,站在窗外的陈乔年十分好奇,忍不住也跑了进去。陈延年跟着走了几步,犹豫再三,还是站到了窗外。

　　邹永成指着杂志的封面问陈独秀:"仲甫,你这杂志的封面怎么是个外国人,这个大胡子是谁呀?"

　　陈独秀笑着介绍:"封面的卡内基是美国著名钢铁大王兼慈善家。他出生在苏格兰,十一岁时迫于生计移民美国,为了糊口,曾在纺织厂打过工,烧过锅炉,当过邮递员,后来靠自身才智和努力建立了自己的公司,创建了与洛克菲勒、摩根并立的钢铁帝国,成为美国钢铁经济的三大巨头之一。"

　　忽然间,陈独秀看到了从桌子底下钻过来的儿子陈乔年,便对着他刻意提高了声音:"我之所以选卡内基做创刊号的封面人物,就是想告诉那些还在吃苦受罪的中国孩子,不要放弃自己的梦想,天下的路是天下人走的。美国人有梦,中国人也可以有梦,有志者事竟成。"

　　邹永成把乔年拉到身边,说他将来也一定能成个什么大王。陈乔年不好意思了,挣开邹永成,跑了出去。

四

　　1915 年 9 月 15 日,陈独秀主编的《青年杂志》在上海出版。出刊时,除了陈独秀,很少有人认为这是一件惊天动地的事情。

　　9 月,上海城隍庙前的大街像往常一样,车水马龙,人声鼎沸。几个报童挥舞着新出版的《青年杂志》,大声叫卖:"快来看新出版的《青年杂志》,快来看陈独秀的奇文!"尽管报童喊破了嗓子,可买者寥寥。汪孟邹领着陈延年和陈乔年在旁边观望,皱起了眉头。延年把乔年拉到一旁,耳语片刻。乔年跑去把几个报童叫到一起,向他们一一交代,然后和报童一起高声叫卖:"陈独秀开出医治中国痼疾的两大药方———'德先生'和'赛先生';看卡内基如何从穷工人做到钢铁大王……"一个路人被吸引,两个、三个……杂志很快销售一空。

大喜过望的汪孟邹拉着延年、乔年两兄弟来到一家早点铺,三个人要了五碗馄饨,四笼包子,边吃边聊。汪孟邹问小哥俩对新出版的《青年杂志》的看法,延年如实回答说,他虽然不喜欢陈独秀,但是很喜欢这本杂志,它教给青年很多新鲜的东西。乔年则说他特别喜欢那篇发刊词,写得太棒了。汪孟邹乘机提出希望正式聘请哥俩来杂志社做工,当编务。陈延年表示他不想和陈独秀共事,汪孟邹耐心地做他的工作,说:"你别急着拒绝,听我给你说说道理。一来,你们现在住的房子就是杂志社的一间工作室。你们不来打工,别人就要来,你们就得搬走。二来,编务的工作就是校对、跑印刷间和送货,并不直接和编辑接触。三来,你们也知道,这本杂志是反对袁世凯的,有极大的政治风险,不能让不放心的人来干。你们俩有文化,既是自家人又需要这份工作,就算是来帮我个忙怎么样?"

延年不说话了。乔年看着他说:"哥,我想干。住在书社有书读,还可以见到许多有知识的人。"

延年想了想,说:"行,汪经理,我们愿意当编务。这是因为你,而不是因为他陈独秀。"

汪孟邹把陈独秀委托的事情办成了,很高兴。他拍了拍延年的头:"你这孩子,什么都好,就是太倔。好,你们慢慢吃,我办事去了。"

汪孟邹来到群益书社,陈独秀、易白沙正在和陈子寿两兄弟商量《青年杂志》发行的事情。他刚刚坐下,门外就传来邹永成的声音:"仲甫先生,好消息,好消息啊!"陈独秀赶紧起身相迎。邹永成迫不及待地说:"仲甫先生,两件好事。第一件,《青年杂志》在湖南反响很大,他们一下子就订了三百本,要你们赶紧发送。第二件,震旦学校校董柳文耀来找我,想请你今天下午去他们学校演讲,给师生们讲一讲你那个绕口的'最后觉悟之最后觉悟',讲一讲你提出的那个'新青年的六个标准'。我自作主张替你答应了,还替你收了三十块大洋的演讲费。"

陈独秀握着邹永成的手说:"好事呀！走,我们现在就去。"

当天下午,震旦学校礼堂里人挤得满满当当,走道上都站满了听众,延年、乔年也在其中。

陈独秀一身西装,在柳文耀的引导下红光满面地走上讲台。他手中没有讲稿,张口就来:"各位,有人说,你陈独秀提的那个'最后觉悟之最后觉悟'太绕口,我们听不懂。那我就给你们说得明白一些。大家知道,道光十九年,林则徐禁了鸦片,英国人打进了中国。人家船坚炮利,我们一败涂地。于是,就有人提出要'师夷长技以制夷',这是第一道觉悟——知道我们技不如人,要向人家学习。后来有人进一步认识到,我们不光是技不如人,最重要的是国不如人,是洋人的制度比我们先进。你看人家日本,弹丸小国,搞了明治维新,迅速崛起了,我们得向人家学。于是就有了戊戌变法、晚清新政,直至辛亥革命,推翻了帝制,建立了共和。这是第二道觉悟。可建立了民国又怎么样呢？洋人照样欺负我们,老百姓照样吃不饱饭,袁世凯照样要当皇帝。这是为什么？这就不光是我们技不如人、制度不如人了,最根本的是我们的思想、道德、理念不如人家先进。袁世凯要复辟,首先要拜孔教三纲为国教,要用这个统治了中国两千年的腐朽思想继续奴役人民,而国民也习惯和听命于这个腐朽的道德理念。这就是我们落后的最根本的原因。所以,我说的'最后觉悟之最后觉悟',就是思想的觉悟、道德理念的觉悟。说到底,是人的觉悟。这最后的觉悟就是要换脑子,要找到这个世界上最先进的思想来武装我们的人民,塑造新一代的青年,创造一个崭新的国家。"

讲到这里,陈独秀的眼睛凝视着远方,他看到了他的两个儿子。三个人的目光一碰撞,陈独秀立刻表现出异样的激动,提高了嗓门:"青年如初春,如朝日,如百卉之萌动,如利刃之新发于硎,是人生最可宝贵之时期。青年之于社会,犹如新鲜活泼细胞之在人身。我辈青年,应该是自觉其新鲜活泼之价值与责任的新青年,应该是奋其智能、力排陈腐朽败者以去的新青年。当代中国的新青年,我以为应该有六个标准:第一,自主的而非奴隶的;第二,进步的而非保守的;第三,进取的而非退隐的;第四,世界的而非锁国的;第五,实利的而非虚文的;第六,科学的而非想象的。六个标准,总的说来,就是民主与科学。造就中国的新青年,唯有民主和科学并重。民主与科学是检验一切政治、法律、伦理、学术以及社会风俗和人们日常生活一言一行的唯一准绳。凡违反民主与科学的,哪怕是祖宗之所遗留、圣贤之所垂教、政府之所提倡、社会之所崇尚,皆一文不值。民主和科学是朝阳,而现今的中国却是一个被捂得严严实实,发了霉、烂了疮、流着脓的老房子。怎样才能让民主和科学的阳光照亮老房子呢?过去,我们用的是最简单的方法,把房子给推倒。可是你推倒了房子,那霉、疮、脓依然藏在里面,长出来的依然是那些腐朽的脏东西。所以,中国要强大,不仅要推倒那所老房子,更重要的是挖掉腐朽的根源,来一场深刻的思想革命,用民主和科学的理念武装我们的青年。怎么武装?大家都在探索。我的意见是,让我们先从入心入脑的日常生活做起,从我们的说话、写字做起,我们要提倡白话文,说大家都懂的话,写大家都能明白的文字,我们要用新文学的力量去启蒙大众的思想……"

演讲结束了,礼堂里响起雷鸣般的掌声,响彻天宇,经久不息。人们沉浸在心灵的震撼和思想的碰撞中,久久不愿离去。

五

陈独秀创办的《青年杂志》,特别是他的那篇《敬告青年》,像一把火炬,把许多正在黑暗中苦苦寻找出路的青年的心点亮了。有人做过调查,最早一批共产党人,大都是因为受到《青年杂志》的影响而踏上追寻真理道路的。

深秋,日本早稻田大学,中国问题研究会的十余名学生聚在李大钊的宿舍里,热烈地讨论刚刚收到的《青年杂志》创刊号,一致赞扬陈独秀回国刚几个月,就办了件惊天动地的大事。李大钊感叹道:"虽然现在是深秋,但是我从这

本《青年杂志》中闻到了一股春天的气息。这个陈独秀,不简单,他终于出招了,而且一出招就是个惊天大炸雷。现在我总算搞清楚他说的那个'自觉心'是什么了。"

高一涵不无讽刺地说:"守常兄,两个月前你不还整天嚷嚷着要批评陈独秀悲观厌世的自觉心吗,怎么一转眼就成他的死党了?"

李大钊笑道:"岛上刚两月,中原已千年。想当初陈仲甫提出不能把爱国和爱腐败政府混为一谈的时候,海内外是骂声一片。现如今,倒袁和推翻北洋政府已然成为国人的共识。你不得不承认,陈独秀是有先知先觉的。一涵,我现在有一种感觉,好像我这一辈子都要和陈独秀绑在一起了。"说着,他从怀里掏出一封信来,大声说道,"同志们,仲甫先生来信,希望我们中国问题研究会的同人踊跃给《青年杂志》投稿。"

湖南长沙,秋之岳麓,万山红遍,层林尽染,漫江碧透,万类霜天竞自由。

岳麓书院是长沙学子经常聚集的地方。书院内走廊上有一块告示牌,不少人在围观。长沙第一师范学生蔡和森大声念道:"征友启事:二十八画生者,长沙布衣学子也。但有能耐艰苦劳顿,不惜己身而为国家者,修远求索,上下而欲觅同道属者,皆吾之所求也。故曰:愿嘤鸣以求友,敢步将伯之呼。敬启者二十八画生。"

一个学生模样的青年问:"这到底是征男友还是女友?难道是在为这个二十八画生招亲找媳妇?"

蔡和森连忙解释说是为二十八画生寻找志同道合、同心报效国家的诤友。一位穿着长衫的老者点头称赞,问他是否是这个二十八画生。蔡和森笑道:"二十八画生叫毛泽东,也是长沙一师的学生,我是替他贴告示的。"老者闻言,竖起大拇指:"这个二十八画生必不是凡人。"

长沙一中学生罗章龙手里拿着一张报纸问:"请问谁是二十八画生?我叫

罗章龙,是应征来会友的。"

蔡和森一边与罗章龙握手一边转身高呼:"润之,来新朋友了!"萧子升、何叔衡等齐声高喊:"毛泽东、毛泽东……"

书院前街的书摊前,二十二岁的长沙第一师范学生毛泽东正在入迷地读《青年杂志》。下雨了,老板要收摊,毛泽东倾其所有,买下全部六本杂志。老板大喜,恭维毛泽东是文曲星下凡,将来一定能当宰相。毛泽东当即脱掉长衫,露出结实的肌肉,他用长衫裹好杂志,双手紧紧捂住,一脸的光芒。

秋风落叶,秋雨蒙蒙,岳麓山下的小道上,毛泽东光着膀子,夹着长衫,欢呼着、跳跃着,一路狂奔而来……

跑进岳麓书院,毛泽东兴奋地向朋友们举起用长衫裹得严严实实的包袱。

三十九岁的何叔衡一脸困惑:"润之,你这唱的是哪一出?"

毛泽东打开长衫,拿出裹在里面的《青年杂志》,大呼:"我淘到宝贝了,淘到宝贝了。"众人好奇地围过来。毛泽东兴奋地给大家一人发了一本杂志,说:"你们看看,这真的是宝贝。我提议,今天的征友会,我们就谈这篇《敬告青年》。"

蔡和森是和毛泽东走得最近的好朋友。他迫不及待地打开《青年杂志》,无比兴奋地说:"还真是宝贝呀!诸位,这就是杨昌济老师多次向我们推荐的、陈独秀先生主编的《青年杂志》,说是开出了救国的药方。"

"润寰,你说得对,就是药方。我刚才浏览了一遍创刊词《敬告青年》,感到头顶上炸出来一声惊雷!醍醐灌顶,醍醐灌顶啊!"毛泽东依然陶醉在喜悦中。

何叔衡问:"润之,你一下子买了这么多杂志,这个月你吃什么?"

毛泽东大笑:"吾有此书足矣!"

比毛泽东小一岁的萧子升有些不屑:"有这么邪乎吗? 润之兄,你没病吧?"

毛泽东笑道:"我没病,我现在浑身是劲。各位,我们不是一直在说要造就

新民吗？你们看,陈仲甫先生明确地提出了新青年的六个标准。"

十八岁的周世钊念道:"自主的而非奴隶的,进步的而非保守的,进取的而非退隐的,世界的而非锁国的,实利的而非虚文的,科学的而非想象的……"

蔡和森:"说得太好了。仲甫先生提出的这六条,就是我辈青年今后努力的方向。"

毛泽东却摇摇头:"我以为,陈独秀先生关于新青年的六条标准还不全面,至少应该再加上一条'健壮的而非体弱的',外国人说我们是'东亚病夫',病夫是救不了中国的。"

何叔衡点头称是:"润之,我觉得你说得有道理,我赞成。"蔡和森举起手来:"我也赞成。"

毛泽东激动地挥舞着双手:"文明其思想,野蛮其体魄,这才是中国的新青年。各位,我要给《青年杂志》投稿,谈一谈中国人的体育。"

1915 年的秋天,和许多苦苦追求救国真理的青年学子一样,毛泽东被《青年杂志》打开了眼界。他开始循着初期新文化运动的思路探索。这期间,他在日记里写下了这样的话:"与天奋斗,其乐无穷! 与地奋斗,其乐无穷! 与人奋斗,其乐无穷!"

秋雨绵绵,天津,南开学校小礼堂正在举行学生古文朗读比赛。台上,一位同学正在朗读《岳阳楼记》:"嗟夫! 予尝求古仁人之心,或异二者之为,何哉? 不以物喜,不以己悲,居庙堂之高则忧其民,处江湖之远则忧其君。是进亦忧,退亦忧。然则何时而乐耶? 其必曰'先天下之忧而忧,后天下之乐而乐'乎。噫! 微斯人,吾谁与归?"

后台,报幕员在喊:"周恩来同学候场,请做好准备。"已经化好妆的青年周恩来正在后台一角聚精会神地阅读刚刚从同学那里借来的《青年杂志》创刊号。同学跑过来喊他上场。

十七岁的周恩来站起来向舞台走去,他向观众鞠了个躬,举起了手中的杂志:"各位观众,原来我要朗诵的是司马迁的《报任安书》,可是,刚才我在后台看到了这本新出刊的《青年杂志》,一下子就被陈独秀先生写的创刊词《敬告青年》吸引住了。它就像一盏明灯,照亮了我的心智,让我感到我以前的所思、所学、所行实在是一无所取。所以,我想更换一下我朗读的文章,读一读这篇《敬告青年》,和大家一起分享我心中的快活。

"国人而欲脱蒙昧时代,羞为浅化之民也,则急起直追,当以科学与人权并重。士不知科学,故袭阴阳家符瑞五行之说,惑世诬民……农不知科学,故无择种去虫之术;工不知科学,故货弃于地……仰给于异国;商不知科学,故惟识罔取近利,未来之胜算,无容心焉;医不知科学,既不解人身之构造……"

落叶秋风,美国哥伦比亚大学,风流倜傥的胡适手拿一本《青年杂志》,与前来探望的女友韦莲司手挽着手漫步。二十四岁的胡适激动地对韦莲司说:"亲爱的韦莲司,我已经兴奋好几天了。这本杂志点亮了我的心智,让我看到了我的祖国的希望。"

韦莲司不明白,为什么胡适平时看上去像个文静的绅士,可是一谈到祖国,总是那样冲动和狂热,简直就像换了个人。

胡适指着校园橱窗里的一幅油画对韦莲司说:"你想知道原因吗?那我就给你讲讲这幅油画的故事吧。这幅油画的主人公叫丁龙,是一名普通的中国劳工。他给著名的卡本蒂埃将军当仆人,终身未婚,为主人忠实服务了一辈子,与将军结下了深厚的友情。当他老了的时候,卡本蒂埃将军向他许诺,要帮助他完成一个心愿。丁龙拿出他一生积攒的一万两千美元,希望捐献给卡本蒂埃将军担任校董的哥伦比亚大学,以建立一个汉学研究系,传播中国的文明和文化。卡本蒂埃深受感动,陆续追加捐款五十万美元,终于帮助丁龙实现了他的心愿。这个汉学系,就是今天的哥伦比亚大学东亚系……"

胡适讲得心潮澎湃，韦莲司听得热泪盈眶。两人手拉着手，向丁龙的画像深深地鞠了个躬。

胡适接着说："我十九岁就来到美国，听了丁龙的故事之后就暗暗发誓，一定要像他那样为祖国做点事情，可是一直不知道从何处下手，直到前几天我看到这份杂志，心中才豁然开朗。"

韦莲司睁大眼睛，急切地问："你找到了什么？"

"讲白话，写白话文、白话诗，最终在中国掀起一场文学革命，启蒙国人的思想。"胡适的话像出了枪膛的子弹，急速而充满力量。

似懂非懂的韦莲司疑惑地问："你在美国搞这些，有人懂吗？你的学业怎么办？"

胡适说："美国人懂不懂与我无关，我的事业在中国，将来我是要回到中国去的！"

几周后，上海的亚东图书馆，汪孟邹拿着一封信向陈独秀和易白沙介绍胡适："这孩子是我的同乡，他父亲胡传，是台湾台东的直隶知府。《马关条约》签订之后，胡传和刘永福坚持留在台湾抗击日本人，战死在台湾。那时候，胡适刚刚三岁。他的母亲是个要强的人，居孀守节，教子极严。这孩子很争气，打小崇拜孔子，十一岁能看古文，还自己编了一部《历代帝王年号歌诀》。乡里先生教不了他，家里就送他来上海，在中国公学读书。他还当了白话报纸《竞业旬报》的主编，写了不少文章和诗，小有名气。十九岁时，胡适去美国留学，先在康奈尔大学学农学，后来改读文学，今年又去了哥伦比亚大学，跟着杜威教授攻读哲学博士学位，可以说文史哲样样精通，尤其擅长写诗，是留美学生中的佼佼者。最近他看到新出刊的《青年杂志》，想写一篇关于文学革命的文章，来信让我问问仲甫是否合适。"

陈独秀看了胡适的信，兴奋不已，大呼："'文学革命'，这个题目太好了！没想到一个在国外生活多年的留学生能够把我陈独秀办杂志的心思看得如此透彻,奇才呀!思想启蒙不能空谈,而要从具体做起,要从大众的生活着眼。《文学革命刍议》,这篇文章要是做好了,就是一颗炸弹,它的威力比推翻袁世凯还要大。后生可畏,后生可畏啊!孟邹兄,越邨,这个胡适对我们的《青年杂志》太重要了,一定要抓住他。"

易白沙没想到陈独秀会如此激动:"仲甫兄,真是少见呀,这世上居然还有能入你陈独秀法眼的英才。不过,这么出色的一个留美博士,又是杜威教授的门徒,怎么抓得住?他肯定不会回来的。"

汪孟邹摆摆手:"这个我敢打包票,胡适学成之后一定会回来。这孩子是个孝子。他母亲在他出国之前就给他定了一门娃娃亲,女方是安徽旌德县江村的。胡母抱孙子心切,三天两头去信要儿子学成之后就回来成亲。这个胡适是不敢违抗母命的。"

法国巴黎,香榭丽舍大街,繁华喧闹中有一处整洁安静的咖啡馆。三个穿长衫的中国人正在津津有味地阅读《青年杂志》。汪大燮和蔡元培都做过中华民国的教育总长,吴稚晖是同盟会元老,不愿做官,当过教育部读音统一会议长。三个人都是反袁斗士,难得在欧洲碰到一起,赶上吴稚晖收到国内寄来的两本《青年杂志》创刊号,便抱团在咖啡馆看起书来。看到精彩处,蔡元培猛地一拍桌子,盛咖啡的杯子被震起半尺来高,咖啡溅了吴稚晖一脸,女服务员吓得一阵尖叫。蔡元培很尴尬,不知所措,吴稚晖却满不在乎地撩起长衫擦脸。汪大燮送上纸巾,吴稚晖一摆手:"我老吴从来不用这擦屁股的东西擦脸。"

一通手忙脚乱的清理后,吴稚晖大大咧咧地问蔡元培:"孑民兄,何以春心大发呀?"

蔡元培抱歉地拱拱手:"你别说,你这个'春心'用得还真准。陈仲甫的这篇《敬告青年》,真的拨动了我的春心。'德先生''赛先生',说得多好呀。我们找了这么多年,总算找到了两个能够医治中国百病的洋医生了。敬恒兄、伯

棠兄,这两个大夫我们得请,这两面大旗我们得扛啊。"

吴稚晖也拍了桌子:"好,子民兄,你放心,我一回到上海就让陈仲甫给你备礼。既然他请的两个洋大夫给我们的蔡总长壮了阳,那他就得出钱让你老兄纳妾呀。"

汪大燮扑哧一笑,差一点把咖啡喷了出来:"你这个老不正经的吴敬恒,老拿我们不食人间烟火的书圣开涮,亏心不亏心呀?"

蔡元培向汪大燮摆摆手:"没关系,吴敬恒为老不尊、喜怒无常,我已经习惯了,不计较。我倒是真的觉得陈独秀提出的新青年的六大标准应该成为中国大学的校训。敬恒兄,你回去告诉陈独秀,我虽然不当教育总长了,但一定要找机会推荐他去当个大学校长。"

第 三 章

乱 世 情 缘

一

冬天来了。1915 年 12 月,历史在中国拐了一个弯。

上午,汪孟邹夹着皮包,打开家门,天上飘起了小雪。走到大街上,让他吃惊的是,大小店铺门前都挂上了袁世凯的头像。报童沿街叫卖,声音也不同于往常:"看万民拥戴,袁世凯就任中华帝国大皇帝! 看民国死了,洪宪来了!"

大街上人渐渐多了起来。有人买了张报纸,在袁世凯头像上吐了口唾沫后扔在了地上。不多会儿,印有袁世凯头像的报纸散落一地,一任路人践踏。

汪孟邹拦住一辆黄包车,上了车,小心翼翼地把皮包抱在胸前,挥手道:"去嵩山路法租界!"

陈独秀正拿着一张报纸发呆,汪孟邹走进来,打趣道:"怎么? 今天我们的大思想家的思想停止啦?"

陈独秀手指报纸上的袁世凯头像,气不打一处来:"你看这个猪头,这是自寻死路啊。孟邹兄,我敢断言,百日之内,袁世凯必亡。"

陈独秀认为,袁世凯冒天下之大不韪,开历史倒车,反而把中国混沌的局面解开了,否极泰来,是小丑就必定要被历史嘲弄;有了这场闹剧,中国就不再是死水一潭,革命者就有了舞台,历史就会更加精彩。

陈独秀大气磅礴、豪情万丈的一通分析把汪孟邹都感染了。他从皮包里

取出两包银圆递给陈独秀："你给我解了惑，我也给你添一喜。告诉你个好消息，刚才我一家一家地收了一圈的账，截至今天，《青年杂志》已经销售了两千本，本钱已经回笼了。这是你的报酬，扣去你借的钱，一共一百三十二块大洋。你点点。"

见陈独秀有点犯晕，汪孟邹更加来了精神："我早就说过，你陈独秀思想的光芒是任何人也遮挡不住的。加上这时候袁世凯登基当皇帝，天怒人怨，当局顾不上对付革命党人，这环境宽松了，商机也就来了。所以，我想再招几个股东。仲甫，今天你我都高兴，带上君曼和孩子，再叫上延年、乔年，我请你们全家吃大餐，今天我们就乐和一回。"

子美听了，高兴地嚷嚷要去吃法国大餐。一贯矜持的高君曼也兴奋起来，说话间就要带子美去码头找延年和乔年，被陈独秀拦住了。他告诉高君曼："延年太轴，你去叫他他不会买账的。我给你出个主意，你喊上潘赞化和他那位新夫人，他不是马上要去云南了吗？正好为他饯行。你们三个一起去请，或许延年会给面子的。"

法租界搬运站，延年扛麻包，乔年年纪小，负责记账，小哥俩忙得不亦乐乎。高君曼和潘赞化夫妇还有邹永成一起来了。子美和延年最亲，看见哥哥，老远就边跑边叫起来。延年赶紧迎上去，抱起子美，兄妹俩亲热极了。

君曼经常来这里给小哥俩送饭，和工友们都熟了，工友们纷纷和她打招呼。君曼对工头说："家里来亲戚了，想在一起聚聚，延年、乔年兄弟俩要提前收工，请工头行个方便。"工头很爽快地答应了。

延年是个极守规矩的青年，心想这也不是什么急事，不想早退，等收了工再过去也不迟。潘玉良给他解释说："袁世凯登基当皇帝了，你潘叔叔和邹将军明天就要离开上海去打仗，今晚和你们一家人一起吃顿饭，聊聊天，就算告别了。"

延年听着有点犹豫。邹永成知道他心里想什么,过来拍拍他的肩膀,拉起他就走。

延年抱着子美,乔年被潘玉良拉着,刚到法国餐馆门口,陈延年一眼看见坐在里面的陈独秀,死活不愿进去。他对高君曼说:"姨妈,我很想和你们一起吃饭,为邹将军和潘叔叔送行,但是我不想见到陈独秀,更不愿和他一起吃饭。这是我们俩为自己定的一条原则,我不能破。您就让我们在这儿和邹将军、潘叔叔说会话吧。"

君曼一听,急了:"我说延年呀,你和你父亲到底有多大仇恨,非得闹到老死不相往来的程度吗?你要是实在不想见他,我让他回去,我们一起吃。"

延年一脸严肃:"姨妈,你要是这么做,那我们只好现在就走了。"说着拉起乔年转身就走。邹永成赶紧把延年拉住,对君曼说:"夫人,既然延年这样较真,我看就不要勉强他了。你先进去和仲甫点菜,我和赞化在外面走走,跟小哥俩聊聊天。"

君曼抱起子美,抹着眼泪进了餐厅。陈独秀和易白沙正在看报纸,子美爬到陈独秀的腿上告诉他延年哥哥不愿意进来吃饭。高君曼指着陈独秀,埋怨他是个狠心的爹,弄得一家人不能团聚。

陈独秀早有预料,心里想,这两个小子够种,今天他们要是来了,就不是我陈独秀的儿子了。他拍了拍妻子的肩膀说:"别生气了,我给你补个台,给他们点了几个菜,一会儿你给他们送过去,让他俩回家吃。"

天渐渐黑了。陈延年、陈乔年和邹永成、潘赞化默默地走着。延年觉得搅了大家的局,很自责,一个劲地道歉。邹永成搂着他的肩膀问:"延年,你真是把我弄糊涂了。我看你也不是不明事理的人啊,你和你父亲那点事,那天汪经理和潘叔叔不是已经跟你俩解释清楚了吗?怎么还解不开这个心结呢?"

"邹将军您误会了。我们兄弟俩现在并不是还记恨陈独秀,我们只是在兑现我们的诺言:不依靠陈独秀,我们照样可以成为有出息的人。"陈延年解

释说。

潘赞化瞪了他一眼："我的小英雄，跟自己的父亲较劲，这算个什么出息？"

陈延年不再争辩，换了话题，央求潘赞化带他去云南参加护国军，他想为倒袁尽点力。

潘赞化问："你不是要去法国留学吗，怎么又想跟我去打仗了？那可是枪林弹雨，九死一生哟。"

延年说："枪林弹雨有什么可怕的！袁世凯还能活几天，等把他打倒了再去法国留学也不迟。"

邹永成不同意他的观点，语重心长地说："延年，我们这个国家并不缺打仗玩命的人，缺的是有觉悟、有知识、能带领人们改变国家命运的人，你应该成为那样的人。"

说话间，他们就走到法国餐馆门口了，高君曼和潘玉良拎着两个食盒迎了过来。高君曼对陈延年说："天黑了，你们实在不愿意和你父亲一起吃饭，我也就不勉强了。刚做好的牛排和面包，你们拿回去吃。"延年犹豫了一下，还是接了过来："谢谢姨妈。邹将军、潘叔叔，你们还要谈大事，我们俩先走了。明天我们去给你们送行。"

众人进了餐馆，陈独秀招呼大家一一坐定后，举起酒杯致辞："今天的晚宴是为邹永成将军、潘赞化先生出征壮行的。国家兴亡，匹夫有责。国难当头，国人如果都能像邹将军和潘先生一样共赴国难，何愁袁贼不倒、国之不兴！让我们共同举杯敬两位英雄。"大家一饮而尽。

潘赞化拉着潘玉良，端着酒杯来到陈独秀和高君曼跟前："仲甫兄、君曼嫂子，我这一走，不知何时能回，玉良就拜托你们二位多费心了。她在美专上学，还要到震旦学校补习法语，准备去法国留学。"潘赞化眼睛有些湿润。

高君曼拉着潘玉良的手说："赞化，你就放心去吧。我会常去看玉良的，我们子美还想跟玉良娘娘学画画呢。你要是还不放心，就让玉良住到我们家里来,本来留给延年、乔年的那间房子正好空着。"

潘赞化忙说："那倒不必。我走了,玉良就到美专住校去,那里学生多,热闹。"

看到潘赞化伤心的样子,陈独秀想放松一下他的情绪,一本正经地问："赞化,我听说这次蔡锷在北京能够成功地从袁世凯身边跑出来,是你给他支的招啊。这是真的吗?"

"我哪有那么大的本事!"潘赞化刚刚说完,立马就感到上当了,急忙责问,"陈仲甫,你这话里有话呀,你什么意思?"

陈独秀依然假装着一本正经："我听说这小凤仙原来是袁世凯派去监视蔡锷的,结果被蔡锷获取了芳心,反倒成了他出逃护国的帮手。蔡锷的这一招青楼反间计是跟你潘赞化学的吧?"

众人大笑,潘玉良的脸一下子红了。

高君曼狠狠地拍了一下陈独秀："你这张嘴呀,什么话都说得出!多亏赞化是你小兄弟,换了别人,早跟你翻脸了。"

"我不在乎,我就当仲甫在启蒙你们的思想,教化国民的观念。青楼怎么啦?谁敢说小凤仙不是英雄,谁敢说我们玉良将来不是个人物?"潘赞化明白了陈独秀的用意,不但不生气,反而有点得意。

陈独秀一拍手："对,玉良将来一定比赞化有名,这个我敢打包票。来,我们为玉良干一杯。"

饭后,陈独秀和大家一一告别。邹永成还没有走,他对陈独秀说："我的车还没到,仲甫先生,你陪我走走,我跟你说个事。我在湖南整编了一个旅参加护国军,我要求每个连都要发一本《青年杂志》。当兵的也要武装思想。这个国家究竟走什么路,我还是很迷茫,所以想听听你的点拨。"自从在回国的船上相遇后,邹永成就把陈独秀当成了老师,遇事总要征求他的意见。陈独秀是个好为人师的直爽人,有问必答。对邹永成提的这个问题,他毫不隐晦地说出了

自己的看法:"以我的估计,袁世凯的皇帝梦做不长。因为共和已经长进人心了,逆天者必亡。问题是袁世凯之后怎么办? 没了独裁者,势必军阀混战,这个局面恐怕要持续相当长一段时间,直到另一个独裁者出现。邹将军,你要有这个思想准备呀。"

邹永成很是感动:"我是个粗人,只能跟着潮流走。先生是智者,是引领潮流的人。希望先生能尽快给中国找到一条新的路子。"

听了这话,陈独秀非常感慨:"我也是个过客,但是我不敢放弃我的责任。邹将军,咱们共勉吧。"

二

春天来了。

日本东京,高一涵手里拿着一些杂志来到早稻田大学政治经济学部楼前,一大群学生正在看橱窗里刚刚贴出的一张告示。有人念道:"政治经济学部二年级学生李大钊不守校规,长期缺席,予以除名。"

同学们议论纷纷:"李大钊我认识,留日学生总会文事委员会的编辑主任、正在筹办的《民彝》杂志的主编,好像有两个月没来上课了。""学校这是杀鸡给猴子看,在给我们发警告呢。"……

高一涵听不下去了,拨开人群,急忙向学生宿舍跑去。宿舍里,李大钊正在埋头写作,像是什么事也没发生。高一涵喘着粗气说:"守常兄,你还沉得住气写作啊,看到大楼橱窗里贴的告示了吗?"

李大钊头也没抬:"早看到了。意料之中的事情,纠结了好几个月,总算有了结果。这下好了,我可以心无旁骛地闹革命了。"

高一涵看得出李大钊内心也很痛苦,愧疚地表示不该硬拉他来当《民彝》杂志主编,耽误了学业。李大钊反倒安慰高一涵不必自责,说他自己喜欢编杂志,何况现在袁世凯当皇帝了,国内乱成一锅粥,他怎么可能静下心来在这里读书？高一涵问他有什么打算。李大钊表示现在还没有想好，先全力以赴把《民彝》杂志创刊号编好，让它成为海外讨袁的号角，找到适当机会就回国去上战场讨袁。

听李大钊这么一说，高一涵也表示要放弃毕业后在日本教书的计划，和李大钊一起回国去讨袁。不过他也有担心，怕自己这样的文弱书生在真刀真枪的战场上起不了作用。李大钊劝他不必多虑，并非真刀真枪才是讨袁的战场，办杂志、搞思想启蒙一样是讨袁，而且是从根子上讨袁，不比枪炮的动静小。

高一涵说："陈独秀办的《青年杂志》不是遇到了麻烦，早就停刊了吗？"

李大钊告诉他："一个小麻烦，快解决了，可能要换个刊名。我正在给他的复刊号写文章呢。这篇《青春》，算是我在人生遇到挫折时的一个态度吧。怎么样，我给你念一段听听？'地球即成白首，吾人尚在青春，以吾人之青春，柔化地球之白首，虽老犹未老也。是则地球一日存在，即吾人之青春一日存在。吾人之青春一日存在，即地球之青春一日存在……'"

1916 年初，李大钊在日本写下了著名的《青春》一文。文章以昂扬的革命精神和科学的人生态度，表达了明显的唯物主义思想，提出了再造青春中华的理想主张，号召青年"冲决过去历史之网罗，破坏陈腐学说之囹圄"，以青春的精神不断改造自我，以青春的朝气、青春的理想、青春的精神，唤醒百年沉睡的旧中国，建立青春之中华。

……

1916 年 5 月，李大钊离开日本回到上海。6 月 6 日，在海内外一片讨伐声中，做了八十三天皇帝的袁世凯病亡。之后，继任大总统黎元洪和新任内阁总理段祺瑞先后发布命令，承诺召开国会、制定宪法、惩办帝制祸首。7 月，受汤化龙邀请，李大钊赴北京担任《晨钟报》主编。赴京途中，他回了一趟老家。

7 月的冀东平原，麦子刚刚收完，乡间小道却已经出现携家带口外出逃荒的饥民了。

河北省乐亭县大黑坨村,这是紧靠滦河的一个普通村庄。

李大钊的老宅是一个典型的冀东农村穿堂院,砖木结构建筑,分前、中、后三院。

前院,夫人赵纫兰一个人推磨碾玉米面,女儿李星华坐在地上剥玉米。看到母亲这样吃力,星华对母亲说:"爸爸要去做官了,等他再寄钱回来,咱家就去买头毛驴吧。"

儿子李葆华抱着一把雨伞跑进小院子,一路高喊:"妈,爸爸回来了,爸爸回来了。"

李星华高兴地跳起来:"妈妈,别推磨了。爸爸回来就有钱买驴了。"

赵纫兰朝门外望去,问:"人呢?"

李葆华说:"二大爷家卖地,把爸爸截去写地契了,一会儿就回来。"

赵纫兰擦擦汗,对星华说:"闺女,关上门,抓鸡,咱们把芦花鸡杀了。你爸爸离家好几年了,吃了不少苦,咱们给他补补。葆华,你去二大爷家盯着,别让你爸爸在他家吃饭。"

李葆华应了一声,兴奋地跑了。

李大钊本家哥哥卖地给媳妇治病。买卖双方都蹲在地上,李大钊伏案给他们写契约。内屋有女人的抽泣声。

李大钊写好地契说:"你们二位画押按手印吧。我的活做完了。"

买主说:"李先生,这买卖得有第三方,劳您驾做个保人吧。"

李大钊摇摇头说:"这个保人我不忍心做,你们找别人吧。"又问,"二哥,你把地卖了,往后靠什么生活呀?"

李二哥摇头叹气:"有什么办法,咱大黑坨现在还有几家有地的? 你回去看看,就这半年,你们家的地也卖得差不多了。我说你怎么混的,十里八乡就你一个读书人,不给家里寄钱,还要家里倒贴。你看看你媳妇孩子,那过的是什么日子。"

李大钊有点不知所措。李二哥把他推出门外,说:"行了,我不留你了。你快回家看看吧。赶紧想办法把老婆孩子接走,别在这儿受罪了。"

李大钊牵着儿子的手回到家里,恭恭敬敬地给赵纫兰鞠了个躬,深情地说道:"兰姐,憨坨回来了。"

赵纫兰上上下下给李大钊扫了一遍,有点伤心地说:"憨坨,这几年在外面吃了很多苦吧?看你这又黑又瘦的,才二十几岁就老成这样。"

赵纫兰比李大钊年长六岁,识字不多,勉强能读书。李赵两家在大黑坨村以前都算是富户,李家因缺少女眷,在李大钊十一岁时由爷爷做主把赵纫兰迎娶进家,可以说,李大钊是自己的妻子带大的。两个人虽然各方面差异都很大,但互相尊重,日子过得非常顺心。李大钊称赵纫兰兰姐,赵纫兰一直叫他的小名憨坨。自十七岁始,李大钊一直在外读书,夫妻俩聚少离多。国运不济,农村萧条,李赵两家日子也是越过越差。赵纫兰识大体,能吃苦,辛勤操持家中一切,从不拖李大钊后腿。李大钊品质高贵,在外多年,从不拈花惹草,与赵纫兰恩爱如初。赵纫兰生过四个孩子,农村条件差,两个夭折。如今儿子葆华八岁,女儿星华六岁。一家三口靠家中不多的农田过活,日子艰难。

李大钊拉着妻子的手,不无内疚地说:"兰姐,我不苦,有朋友帮忙,好着呢。这么长时间顾不上家,让你们娘仨受苦了。我对不起你们。"

李葆华和李星华忙着翻弄李大钊的小藤箱,什么也没找到。李星华问:"爹,你给我带好吃的了吗?"

李大钊摇摇头:"没有。"

李葆华问:"爹,你给我们带钱了吗?"

李大钊摇摇头:"没有。"

李葆华再问:"你做官了吗?"

李大钊还是摇摇头:"没有。"

李葆华十分失望,一屁股坐在地上:"那我们怎么办?"

赵纫兰拍了一下葆华:"你这孩子,别这么跟你爹说话。"

李大钊把两个孩子搂在怀里,对赵纫兰说:"别怪他,是我不好。不过你们放心,我会想办法让家里好起来的。兰姐,你过来,咱们一家四口说说话。现在确实有朋友请我去南京做官,还是个很肥的差事,能挣很多钱。"

葆华和星华高兴地拍起手来。星华说:"爹,等你有了钱给咱家买头驴,娘就不用自己推磨了。"

李大钊心疼地抚摸着星华的头,看着赵纫兰说:"兰姐,我想对你们说,我李大钊是一个正直的人,此生决不与军阀为伍,决不在反动政府里做官,这是我从日本回来后就发下的誓言。现在这些军阀祸国殃民,把老百姓的日子弄得这么苦。我决不能与他们同流合污。所以,这个官我是万万不能去做的,请你理解。"

赵纫兰知道李大钊的为人和秉性,点头说:"这事你自己做主,我听你的。听人家说你要去做官,我心里就在打鼓。我知道你是不会去做祸害老百姓的事的。再说,我从心眼里也不希望你去做官,让人家戳我们脊梁骨。你愿意干什么就干什么。我们娘仁你不用担心,我们在乡下怎么都能过。"

李葆华问:"爹,你不当官那做什么,跟我娘一起种地吗?"

李大钊抱起李葆华:"兰姐、孩子们,我找到差事了。我要去北京办报纸,虽然工资没有做官的多,但也足够我们家用的了,而且,这是我非常想去做的事情。我去北京办报,你们同意吗?"听到李大钊工作有着落了,赵纫兰松了一口气,高兴地说:"同意。"李大钊深情地看着妻子说:"家里的事也不能光靠你一个人操心,等我在北京安定了,就接你们过去。"

两个孩子高兴得跳了起来。

五天后,李大钊拎着行李出现在北京前门火车站。出站口,《晨钟报》庶务老张来接他,交给他一把钥匙和一张银票,告诉他:"报社在西单皮库胡同租了间房子,您先去那里安顿一下,明天再到报社上班,八十块大洋是报社给您的安家费。"然后,庶务叫了一辆黄包车,告诉车夫把客人送到皮库胡同,便与李大钊拱手道别,忙别的事去了。

车夫是个中年汉子,他帮李大钊放上行李,扶上车,炫耀道:"先生,您坐好,满四九城您打听去,就我跑得稳当,包您满意。"

李大钊很久没来北京了,就和车夫聊起天来,问他住哪儿。车夫说他家住南城永定门外,是又贱又贫的地界,拉车、耍把式、剃头、杀猪、抬棺材的都住在那里。说起北京人的生活,车夫摇摇头,说苦到顶了,按老辈人话说,一辈子也没有碰到这么憋屈的日子。老百姓们都很愤怒,黎大总统光忙着跟段祺瑞争权夺利,哪里顾得上穷人的死活。

聊着聊着就到了前门大街。前面路边围着一群人,把马路挡住了一半,还有不少小孩往那儿跑。李大钊不知道出了什么事清,车夫说:"不是喊冤告状的,就是当街卖孩子的,这种事见天都有。"

李大钊招呼车夫靠边,下车挤进人群,只见一个年轻妇女怀抱一个小孩跪在街边,一边流泪一边不停地给围观的人磕头。母子二人前面,一块石头下压着一张纸,上面写着几行字:孩子病危,无钱就医,恳请救命。围观的人议论纷纷。有人唏嘘抹泪,有人冷眼旁观,有人上前丢下几个铜板。

一个青年汉子扒开人群,气冲冲地跑进来对着女人直跺脚,吼道:"谁叫你跑这儿来丢人现眼的!走,我们回长辛店借钱去!"女人不肯走,哭着说:"到哪儿能借到钱呀!""借不到也不能在这儿丢人现眼。"汉子生气地抱起孩子就走。女人紧紧抱住汉子的腿,哭喊着:"不能走啊,走了孩子就是个死。""死也不能在大街上跪着!"青年汉子一使劲,女人被掀倒在地上,大哭起来。

看到这情景,一个小伙子冲进来拉住汉子说:"你一个大男人,怎么能在大街上打女人呢?"

汉子脖子一梗,瞪着眼问:"我打自己的媳妇,你管得着吗?"

"自己的媳妇也不能打！这位大哥,打自己的媳妇算什么本事!"小伙子愤怒地反驳道。

女人连忙从地上爬起来,不停地作揖:"这位小先生,他是孩子的爹,急昏了头,您千万不要跟他计较。"

小伙子从兜里掏出一块银圆,对女人说:"这位大嫂,我是个学生,没有钱,这块银圆你们拿去给孩子治病。"接着转身对着人群大声说,"请大伙儿帮帮忙,给孩子凑点救命钱吧!"

人群中有人摇头叹气,有人骂街。

李大钊大步走上前来扶起女人:"这位大姐,快抱上孩子,我领你们看病去。"说着对车夫招手道:"来,快把车拉过来。"车夫拉车过来,李大钊扶女人抱孩子上车,问小伙子:"同学,哪个医院最近?"学生说:"前边就是法国医院,我领你们去。"李大钊和小伙子扶着人力车,女人抱孩子坐在车上,青年汉子尴尬地跟在后面。

到了法国医院,医生说孩子得了肺炎,需要住院治疗。李大钊和小伙子赶紧去缴费办住院手续,然后来到病房,医生正在给孩子打针。问了情况后,李大钊对孩子父母说:"你们放心吧,没有生命危险,在医院住几天,烧退了就能回家了。"

女人跪下来感恩叩谢,孩子父亲感动得泪流满面,连连拱手作揖,语无伦次。李大钊连忙将女人扶起,对他俩说:"你们不要客气,我也是穷人,刚到北京来办报纸,赶巧领了一笔钱,派上用场了。我叫李大钊,我们认识一下吧。"

跟着帮忙的学生惊讶地叫起来:"原来您就是李守常先生,我读过您的文章,很崇拜您。"

李大钊亲热地拍拍他的双肩:"小同学,你是一位见义勇为的好汉,我也很敬佩你呀。你叫什么名字?"

小伙说:"我叫赵世炎,是北京高等师范附中的学生。"汉子说:"我叫葛树贵,是长辛店的工人,修火车机车的苦力。"

李大钊非常高兴:"十年修得同船渡,缘分呀。你们看,我刚来北京,人生地不熟的,咱们三人交个朋友吧。"赵世炎没想到李大钊这样随和,欢呼起来:"我愿意追随先生。"葛树贵却说:"和您二位交朋友我可高攀不起。"

李大钊批评葛树贵说:"树贵,你这个想法可不对。天下的人都是平等的,没有高低贵贱之分。"

葛树贵听了连连摆手:"可不敢这么说。您瞧,先生您说的话,我都接不上。"

李大钊笑了:"谁说的,你刚才在大街上说的那些硬气的话可是把我们都给镇住了。我是佩服你,才和你交朋友的。"赵世炎也说:"就是,葛大哥是个硬汉子,有骨气!"

过晌午了,几个人忙活大半天,都饿了。李大钊对赵世炎说:"这地你熟,找个饭馆,我们吃饭去。晚上大嫂在医院陪孩子,树贵就跟我住西单,咱们好好聊聊。"赵世炎高兴地说:"行,晚上我也去。"

就这样,三个原本毫无交集的人在这个乱世相识了,沉重的生活和多舛的命运把他们紧紧联系在一起。

三

上海十六铺码头,客货混杂,忙乱不堪。

吴稚晖提着皮箱走出码头。章士钊等人前来迎接,吴稚晖与他们一一握手,互致问候。左顾右盼的吴稚晖脸上露出一些失望:"行严兄,看来咱们这革命队伍里出叛徒了,有人不欢迎我回国呀。不知是怕我抢了他的彩头,还是在跟我要大牌呀?"

章士钊知道他说的是谁,连忙打圆场:"仲甫本来说好要来接你的,不巧他的杂志出了问题,跟人家重了名,成了被告,正打官司呢。您老就多包涵吧。"

吴稚晖一声冷笑:"癞蛤蟆日狗,生出个混儿子。谁这么没有眼力见儿,敢和我们的启蒙大师陈独秀打官司,这不是自取其辱吗?"

章士钊拱拱手:"敬恒兄息怒。陈仲甫虽然没来,他的两个公子可来了。"说着他转身挥手招呼道,"延年、乔年,来见过吴先生。"

吴稚晖眼睛一亮,一把把延年和乔年揽在怀里:"来,让我看看,比我想象的还要俊。走,你俩跟我去酒店,我要和你们好好地聊一聊。"

三人同车到了四马路一品香旅社,在预订的一间普通客房里,吴稚晖亲自给陈延年、陈乔年沏茶,神采飞扬地对他们说:"我这趟回国,一是襄助倒袁护国;二是启动留法勤工俭学运动;三是推动汉字注音;这第四嘛,就是来看看你们。你们给我写的信我都收到了,你们想去法国勤工俭学,这很好,我全力支持。这法国是西方现代文明的发源地,更是现代文明先进思想和理念的荟萃之地。来,我考考你们,现在西方最流行的理论是什么?"

乔年立马抢答:"达尔文的进化论。"

吴稚晖竖起大拇指:"哟,不简单呀,谁告诉你的。"

乔年:"我是偷听来的。湘皖同志会开会,陈独秀给大家讲了一上午的进化论,说物竞天择是万古不变的真理,也是人类进步的动力。"

吴稚晖哈哈大笑:"我告诉你们,陈独秀这是坐井观天,只知其一不知其二。其实,当今世界最流行的不是达尔文的进化论,而是克鲁泡特金的互助论。这个克鲁泡特金提出,互助是包括人类在内的一切物种得以保存下来并不断进化的主要因素。这个理论是对达尔文适者生存学说的一种补充,为达尔文主义弥补了一个重大的空白。所以,它是现在欧洲最流行的一种理论。"

陈延年来了精神:"我在亚东图书馆读过一个叫'真'的人翻译的《互助(进化之大原因)》,让我一下子开窍了许多。"

吴稚晖告诉延年:"这'真'就是你们的李石曾伯伯,哪天我带你们去见见他。这个克鲁泡特金的互助论意义非常重大。他认为,由于人类具有互助的本能,因而没有国家和没有任何权力支配的社会不仅是完全可能的,而且较之有国家和有权力支配的社会更完善、更理想、更富有生命力。这可是对无政府主义理论的一个重大发挥。"

延年听得着迷了,脱口而出:"吴伯伯,我喜欢这个理论。"

吴稚晖拿出一摞材料递给延年,希望他好好看看:"有看不懂的地方我们一起讨论。现在我去春风得意楼,章士钊说找我有要事商量,过两天我们再聊。"

吴稚晖到了春风得意楼,四处张望,见有人招手,走近一看,原来是陈独秀,十分诧异:"怎么,行严没来,是启蒙大师请我呀?"

陈独秀和吴稚晖早年在日本相识,都是革命党人。两个人都是特立独行的怪脾气,见面就掐,常常不欢而散。但是两人都很有才学,难免惺惺相惜,常有书信往来。

陈独秀招呼吴稚晖坐下,递上一碗香茶。吴稚晖抿了一口,眯着眼打量陈独秀:"春风得意楼,元宝茶,看来你陈仲甫是春风送爽,得意非凡呀。"

"敬恒兄谬奖,与你老兄相比,我不过是泰山上的一抔土,黄浦江里的一瓢水。"陈独秀不卑不亢。

吴稚晖扯着嗓子说:"哟,新鲜,陈独秀居然也会如此谦卑。不能够啊!你现在不是名冠中华、牛气冲天的启蒙大师吗?"

陈独秀拱手相敬:"岂敢,在你吴大牛人面前吹牛,那不是自讨没趣吗?我陈独秀可不干这样的傻事。敬恒兄,实不相瞒,我今天是来向您求救的。"

吴稚晖瞪大了眼睛:"你向我求救?找错人了吧,我现在可是穷得叮当响,连回国的盘缠都是别人襄助的。"

陈独秀笑着对他说:"老兄误会了。我不向你借钱,是来向你征文的。"

"征文?你那个杂志不是吃了官司,停刊了吗,怎么还问我要文章?"吴稚晖疑惑地问道。

陈独秀解释说："官司打完了，《青年杂志》改了个名，马上就要复刊，还要借重你吴稚晖的虎威才行呀。"

吴稚晖不无遗憾："改名啦？刚刚叫响了又要改名，多可惜呀。改什么名？"

"《新青年》，怎么样？"陈独秀问道。

吴稚晖眼睛一亮："新青年？好啊！这个名字比以前更响亮，更符合思想启蒙的宗旨。行，我给你写文章。我给你写一篇介绍克鲁泡特金互助论的文章，怎么样，够前卫的吧？"

陈独秀摆摆手："我想约敬恒兄写一篇关于汉字注音的文章。"

"汉字注音，这太专业了吧，有人看吗？"吴稚晖问。

"汉字注音，国之所需，民之所需，更是新青年所需。如果连字都不认识，读不准，何谈思想启蒙？"陈独秀慷慨激昂。

吴稚晖频频点头："行啊，陈仲甫，你总算知道干点实事了。好啊，你看你把我老吴的兴致都给勾出来了。我这就回去给你写去。"

陈独秀再次拱手："敬恒兄且慢，我还有一事相求。"说着，他将一个口袋双手奉上，"这一百大洋请你收下。"

吴稚晖疑惑地望着陈独秀："陈仲甫，你葫芦里卖的什么药？你不是穷得连两个儿子都被你轰出家门不愿抚养了吗，怎么还有钱来贿赂我？你到底想让我干什么？"

陈独秀恳切地说："听说敬恒兄是震旦学校的独立校董，我想送两个犬子延年、乔年去震旦学校学习法语，将来去法国留学，这是学费，请敬恒兄帮忙。"

吴稚晖恍然大悟："我说你陈独秀怎么会屈尊请我老吴来这个地方喝茶呢，原来是为儿子的前程呀。行，这是好事呀，延年和乔年是受我影响来上海学法语的，也算是我的儿子。你放心，我去办，我一准让他们上震旦学校的法语补习班。"

陈独秀三度拱手相求:"想必老兄也清楚两个犬子和我有些芥蒂,因此这学费的事情还望吴兄帮忙遮掩,不然延年他们必不领情。"

吴稚晖叹了一口气:"都说你陈独秀为父不仁,看来并不尽然。行,我就替你当一回爹吧。"

四

在吴稚晖的帮助下,延年、乔年两兄弟到震旦学校法语班学习的事很快就办好了。

汪孟邹夫人帮着延年、乔年往三轮车上放行李,汪孟邹把延年叫到一边,语气里满是高兴:"袁世凯死了,共和回来了,你爸爸的杂志改了名字复刊了,你们俩也进了震旦学校,妥妥的大四喜,值得庆贺呀!延年,你们去上学,我也帮不上什么忙,这点钱是你们哥俩在杂志社当编务的工钱,你们带上到学校用吧。"

陈延年不想要,推托说:"汪经理,我们边上学边做零工,勤工俭学,可以自己养活自己的。"

听了这话,汪孟邹高兴地说:"对对对,你们就继续在《新青年》杂志社勤工俭学。这间屋子还给你们留着,放学放假你们就回来当编务,让汪婶给你们做一品锅。"

正说着,高君曼坐黄包车过来了,刚下车就喊道:"乔年,快过来搬行李,姨妈给你们做了新被褥和新衣裳。"

大家赶忙一起搬东西。乔年换上了新衣裳,格外精神,抱着一摞书问汪孟邹:"汪叔叔,这几本书和杂志我能拿到学校去看吗?我看这一期的文章特别适合青年学生。"

汪孟邹连声说:"行,行,亚东书社的书你随便拿。多带些《新青年》杂志给同学们看,你父亲现在正需要宣传他的杂志呢。"

乔年一听,兴奋地大叫道:"太好了!那我们先带一百本到学校卖去,就算我们勤工俭学了。"

几天后,延年和乔年在震旦学校礼堂前摆起地摊叫卖《新青年》,吸引了不少学生,很快就卖出了好多本。乔年看见人多,来了精神,大声喊:"同学们,你们看过李大钊先生写的《青春》吗?就刊登在这一期《新青年》上,现在我给大家念一段,'为世界进文明,为人类造幸福,以青春之我,创建青春之家庭,青春之国家,青春之民族,青春之人类,青春之地球,青春之宇宙,资以乐其无涯之生'。"乔年激情澎湃的朗诵赢得了围观学生一片叫好。

女学生柳眉挤到人群前面说:"小弟弟,这文章写得真好,你朗诵得也好。我买一本,不,买两本,给我爸爸也买一本。"乔年高兴地接过钱,不失时机地恭维了一句:"姐姐,你真漂亮!"

柳眉笑着说:"小弟弟,你可真会做生意,跑到学校里来摆地摊,要是让校监看见麻烦就大了。我劝你见好就收,赶快走吧。"

乔年忙问蹲在地上摆放杂志的延年:"哥,咱们走吗?"

延年头也没抬:"不走!你不要听风就是雨,学校里哪有那么多清规戒律。就是有,我也要把它给破了!"

柳眉一下子被噎住了,气得嚷嚷起来:"你这人怎么不知好歹!你是干什么的?怎么混到校园里来的?"

乔年赶紧出来打圆场:"漂亮姐姐别生气,我们是法语班的新生,不知道学校的规矩。"

柳眉听说他俩是学生,更加生气了:"既然你们是学生,那就更应该遵守校规了。学生不好好学习,却做生意赚钱,耽误了学业,怎么对得起供养你们上学的父母?"

陈延年不高兴了:"谁说我们不好好学习了,我们只是在勤工俭学。法语班不就是留法勤工俭学的预备班吗?我们去法国可以勤工俭学,而在自己的国家却不能勤工俭学,这是什么规矩!"

柳眉毫不示弱,大声反驳:"你这是强词夺理! 我是说学校里不能摆地摊,并没有说不可以勤工俭学。"

陈延年不屑一顾:"学校里为什么不能摆地摊? 我看你是饱汉子不知饿汉子饥,狗拿耗子多管闲事!"

柳眉气得说不出话来,转身就走,边走边说:"好,你等着,我去找校监,让他来和你理论!"

一个老师模样的中年人走过来对陈延年说:"小同学,那个姑娘说得没错,校园里是严禁摆地摊的。她要是真把校监找来,你的麻烦就大了。你要是真的想勤工俭学,我给你找个地方。学校对门有个报亭,你到那里去卖,肯定比校园里生意好。"

陈延年想了想,向老师鞠了一个躬:"谢谢老师!"

延年和乔年很快在报亭旁边摆了个地摊,不少路人驻足翻看《新青年》,有的蹲下来读,有的买了带走,生意还真不错。一个穿长衫的老者眯着眼坐在黄包车上,听到陈乔年叫卖《新青年》,赶紧让车停下。他夹个皮包下了车,问道:"小伙子,你这里有刊登李大钊的《青春》的那一期杂志吗?"

乔年高兴地说:"有啊,《新青年》第二卷第一号。老伯伯您先看看。"

老者:"拿来我看看。"他接过杂志翻了翻,兴奋地说,"对,就是它,老爷让我找了好几天,总算找到了。来,我买两本。"然后拿着杂志兴高采烈地上车走了,随身携带的皮包落下了,老者浑然不觉。

天色渐渐暗下来。一阵狂风过后,下雨了。街上的行人四处躲雨。延年、乔年手忙脚乱地收拾地摊上的杂志。

延年发现了角落里的皮包,问乔年:"谁把皮包丢这儿了?"

乔年接过皮包说:"还挺漂亮的。"打开一看,吃了一惊,"哥,全是银票,我们发财了。"

"别想坏主意,你好好想想,会是谁丢的。"延年严肃地说。

乔年想了半天说:"可能是那个买两本杂志的老伯伯,他下车的时候,手里好像拿着个皮包。"

"那我们在这儿等他回来找吧。"延年一边收拾杂志一边说。

小哥俩守着皮包,在寒风中等着。延年对乔年说:"你数数包里银票是多少钱,看还有些什么东西,防止有人来冒领。"

暮色笼罩的上海街头,一个老者眼神呆滞,四处张望,偶尔遇到一个路人就上前拱手作揖,路人纷纷摇头,消失在夜色中。正绝望时,老人看到了报亭,发疯似的向报亭跑来,向延年、乔年两兄弟奔来。

乔年迎上前去,一眼便认出是下午买杂志的老伯,赶忙说:"您不是下午来买杂志的那个老伯伯吗?"

老者急切地说:"是啊,小先生,你们看到我的皮包了吗?"说话时身子抖动得都站不稳了。

延年过来扶着老者说:"老先生,您丢的是什么皮包呀?"

"黑皮包,里面装的全是东家的银票。"老者的声音颤抖得厉害。

延年从地摊上拿起皮包:"老先生,您看是这个皮包吗?"

老者看见皮包,饿虎扑食般扑了上来,一把抓住皮包抱在怀里,连声说:"就是这个,就是这个! 谢天谢地,谢天谢地!"老者的动作快得让兄弟俩都没反应过来。

"老先生,您这包里一共有多少钱呀?"反应过来的乔年赶忙问。

老者答道:"六张银票,一共五百八十三块大洋。还有一个账单,上面有我的名字,我叫宋阿弟。"

"老先生,您说的钱数和账单的名字都对,这个皮包您拿走吧。"延年放心地说。

老者激动得跪在地上,一个劲地向延年、乔年磕头说:"谢谢两位小先生,你们真是救了老朽一条命了。我本来想,这钱要是找不回来,我就去跳黄浦江了。"延年、乔年赶紧扶起老者。

老者爬起来,拉住延年的手说:"请两位小先生跟我一起去见见我家主人,他一定会有重谢的。"

延年说:"重谢就不必了。您快走吧,您家主人还在等您的消息,我们也该回学校了。"

老者见说不动延年,心生一计:"两位小先生,救人救到底,天这么晚了,老朽一个人带着这么多银票也不安全,还烦二位送我回家吧。"

乔年见哥哥犹豫,便说:"哥,我们就把老伯伯送回家吧。"

约莫半个时辰过后,老者领着两兄弟来到一座大宅前停下。延年抬眼望去,高大的房屋耸立着,夜色中只能看个轮廓,大门两边各有一个石雕狮子,一看便知这是一个大户人家。

老者说:"请两位小先生稍候,我去请老爷。"

延年说:"老爷我们就不见了,我们得赶紧赶回学校去,再晚学校就要关门了。"

老者坚持说:"既然已经来了,还请二位小先生替我做个明证,不然老爷会说我说谎的。"延年没办法,只好点点头。

老者提着皮包进了里屋,不一会儿领着两个人回来了。老者边走边说:"二位恩人,我家老爷和小姐来看你们了。"

那位小姐见到延年、乔年,失声尖叫道:"怎么会是你们?"

原来,这位名叫宋阿弟的老者是震旦学校校董柳文耀的管家。那位小姐,也就是在地摊边和陈延年闹得不欢而散的女学生柳眉,正是柳文耀的宝贝女儿。

不打不相识。延年、乔年和柳眉从此成了朋友。

课余时间,延年、乔年继续摆地摊,卖《新青年》。

新一期杂志来了,乔年大声叫卖:"看易白沙著《孔子平议》纵论显学春秋,看吴稚晖创汉字注音倡导文字改革!"

不时有人来翻看和买杂志。

柳眉一阵风似的跑过来:"乔年,我买两本《新青年》。"

乔年递过两本杂志说:"姐姐,这两本杂志送给你,不要钱。"

柳眉也不客气,神秘地笑着说:"那好呀,谢谢啦。不过我也送你俩一件东西。"说着从包里拿出两个信封。乔年接过来一看,惊喜地叫道:"哥,是请柬!"柳眉冲着蹲在地上看书的延年说:"陈延年,后天我过生日,请你们俩参加我的生日派对。"

延年头也没抬:"不去!"

"为什么?"

"我们还要上课呢。"

"周末晚上上什么课!你是看不起我吗?"

"岂敢!我们是乡下人,没见过世面,去了会给你丢脸的。"

"陈延年,你不要再装了,你是大名鼎鼎的陈独秀的大公子,别以为我不知道你的底细!"

延年不好意思地站起来:"我是从安徽乡下来的,没有骗你。陈独秀是陈独秀,我是我。"

乔年兴奋地问:"柳姐姐,你是怎么知道我们的?"

"是吴稚晖伯伯告诉我的。"

"你也认识吴伯伯?"乔年更兴奋了。

柳眉得意扬扬地说:"吴伯伯是我爸爸的老师和同事。我爸爸是震旦学校的校董,也是令尊的崇拜者,还请令尊去学校讲过课呢。"

"陈独秀有那么有名吗?"

"当然,崇拜他的人可多了!"

"那吴伯伯去参加你的生日派对吗?"

"他当然要去,而且,他要我告诉你们,到时候他来接你们,还有重要的事情要跟你们说呢。"

乔年高兴得跳了起来:"好呀。哥,我们去吧!"

延年还在低头看书,一言不发。

柳眉生日转眼就到了,柳公馆门庭若市、热闹非凡。来宾多为青年男女,打扮时尚,几乎人人都捧着鲜花。身着长衫的宋阿弟在门前张罗着。吴稚晖带着延年和乔年步行而来。吴稚晖是粗布长衫,延年和乔年一身学生装,乔年手里还抱着一摞杂志。三个人的穿着和其他客人相比显得格格不入。宋阿弟老远看见吴稚晖,赶紧进去通报。

柳文耀迎出门外,拱手施礼:"敬恒兄大驾光临,蓬荜生辉啊!"

吴稚晖还了礼,然后大大咧咧地说:"要不是为了这两个小子,我才不来凑这个热闹呢。"

延年和乔年向柳文耀鞠躬致意:"柳先生好!"

柳文耀高兴地拉着延年、乔年的手:"两位陈公子英雄少年,品格高尚。小女说了,你们俩是她今天最尊贵的客人。快请,小女在里面恭候呢。"

柳公馆大厅里张灯结彩、富丽堂皇,乐队演奏的迎宾曲在大厅里回响。一身盛装的柳眉和母亲一起招呼来宾,接受贺礼和鲜花。

吴稚晖对延年、乔年说:"这是你们年轻人的天下,我这个糟老头子就不去凑热闹了。我找人聊天去,你们俩沉住气,按我说的做就行。"

延年和乔年点点头,走进大厅。

西装革履的柳眉表哥黄成龙手捧硕大的一捧玫瑰,很绅士地献给柳眉,又送上一个漂亮的翡翠佩件。柳母在一旁说:"小眉还是个孩子,不能收这么贵重的礼物。"

黄成龙有些尴尬："这是家母在南洋特意挑选的。"说完，又有些得意。

这时，柳眉一眼发现了刚刚走进来的陈延年，连忙把手中鲜花交给身边的母亲，异常兴奋地跑了过去。黄成龙感到很是无趣。

柳眉跑到陈延年面前，热情大方地伸出手来："欢迎你，陈延年，谢谢你来参加我的生日派对。还有你，陈乔年。"

陈延年不好意思地握了一下柳眉的手，赶紧松开说："祝你生日快乐！对不起，我们不能送给你贵重的生日礼物，这是一套《新青年》杂志，送给你，希望你不要嫌弃。"

柳眉没有想到陈延年还为她准备了礼物，高兴得满脸通红："谢谢你们，这是我今天收到的最珍贵的礼物。"

柳母也过来了，柳眉赶紧向她介绍陈氏两兄弟。

晚会开始了。柳文耀夫妇拉着柳眉走向场地中央。

柳文耀在一片掌声中致辞："各位女士、先生，各位同人，今天是小女柳眉十五岁生日，非常感谢大家光临。因为小女尚未成年，就不举行什么仪式了。今天来的除了亲戚长辈，都是年轻人。新青年，新风尚，你们就尽情地跳舞狂欢吧！今天的主角是小女柳眉，下面就让小女挑选舞伴跳第一支舞。"

黄成龙等几个富家公子都信心满满地望着柳眉。只见柳眉在众人期盼的目光中款款移步，越过了黄成龙等人，走到陈延年面前，做了一个优美的请的姿势。延年的脸唰的红了，但并没有慌乱。他向前走了一步，大方地说："实在对不起，柳小姐，我刚从乡下到上海来不久，还不会跳舞，请你原谅。"

柳眉不相信延年不会跳舞，以为这是有意拒绝她，顿时满脸委屈，泪珠儿在眼眶里打转。

全场鸦雀无声。

吴稚晖赶紧出来打圆场："丫头，我证明，这延年是个土包子，确实不会跳舞。我看这样吧，罚他给你表演个节目，你看行不行？"

柳文耀是个要面子的人,赶紧接过话来:"对,表演节目比跳舞更时尚。我给大家介绍一下,这两位青年才俊是陈独秀先生的公子,是我们震旦学校法语班的学生,也是拾金不昧、品格高尚的新青年。延年,你给我们表演个什么节目呀?"

陈延年走到舞池的中央,落落大方地说:"其实我也不会表演节目,我和弟弟在《新青年》杂志勤工俭学。《新青年》下一期将刊登美国哥伦比亚大学博士生胡适先生的一组白话诗,这将是中国白话文学的开山之作,我想在这里朗诵其中的一首,献给柳小姐。"

延年镇定了一下,开始朗诵:

夜

吹了灯儿,卷开窗幕,放进月光满地。

对着这般月色,教我要睡也如何睡。

我待要起来遮着窗儿,推出月光,又觉得有点对他月亮儿不起。

我终日里讲王充,仲长统,阿里士多德,爱比苦拉斯……

几乎全忘了我自己。

多谢你殷勤好月,提起我过来哀怨,过来情思。

我就千思万想,直到月落天明,也甘心愿意!

怕明朝,云密遮天,风狂打屋,何处能寻你!

朗诵完了,大厅中的人们一时没有反应过来,柳文耀带头鼓掌,场上响起了并不热烈的掌声。

有人开始议论。

黄成龙对柳母说:"舅妈,这也叫诗?就是大白话嘛,乱七八糟的。"

柳眉却十分感动,走上前对延年说:"这诗能送给我吗?"

延年爽快地答道:"当然可以。"

第 四 章

三顾频烦天下计

一

晚上十点的北京街头少有行人。张丰载和他的一帮哥儿们喝得醉醺醺的，在街上左摇右晃。

从日本回来还没多长时间，张丰载和他的一帮哥儿们靠张长礼的关系，走后门进了北京大学，成了法学院的学生。

袁世凯死后，张长礼不但没倒台，继续当国会议员，反而又靠巴结段祺瑞谋了个京师工程监理的肥差。他是个喜欢附庸风雅、极善钻营的政治流氓，因曾跟着翻译家林纾念过书，就到处自吹是林纾的门生。他花钱赞助京师孔学会，混了个副会长，又联络前清的一些遗老遗少，成立了京城花鸟协会，自任会长。他出钱让侄儿张丰载专门结交安福系大员的孩子，形成了一个京师少爷圈，整天吃喝玩乐。前几天，靠张丰载几个小哥儿们的亲戚帮忙，张长礼又拿到了一个大的工程项目，张丰载在前门烤鸭店包了两桌，宴请众哥儿们。酒足饭饱之后，刘一品急着要去八大胡同，张丰载掏出银票拍着胸脯说："哥儿们，我二叔说了，他能拿下那个工程，哥儿几个都出了大力，今儿要好好地犒劳犒劳你们。今天咱们不去三流的'下处'，也不去二流的'茶室'，咱们要拔个份子，这八大胡同的院子，哥儿几个想去哪一家都行，兄弟我全包了！"

刘一品色眯眯地说："丰载兄要出血，那我们就不客气了。咱们去百顺胡同的清吟小班吧。你听这琴声,真要把人的魂给勾去了呢!"

张丰载:"一品兄不愧是情场老手呀,一开口就是清吟小班。哥几个,知道这清吟小班的头牌是谁吗? 小凤梨,小凤仙的干妹妹,样样功夫都是拔头份的。行,咱今天就到这百顺胡同的兰香班去会会小凤梨去,也给咱们北京大学长长脸。"

张丰载口中的百顺胡同是京都有名的花柳之地,北京一流妓院大多聚集在这里,一到晚上,灯红酒绿之中,淫声浪语不断。那些道貌岸然的达官贵人,一到晚上就在夜色遮掩下猫着腰往胡同里钻。

张丰载和他的一帮兄弟进了兰香班大堂,老鸨赶紧迎上来,脸上堆着笑:"是张公子呀,可有段时间没来了,今天稀客呀。怎么,还带了一帮小潘安,馋得老身都受不了了!"

张丰载拧了一下老鸨浑圆的屁股:"妈妈,他们都是我北京大学的师兄学弟,个个学富五车、才高八斗,前途无量,你们可要伺候好了。快把小凤梨请出来,今晚哥几个要好好领教一下她吹拉弹唱的功夫。"

老鸨尖着嗓子说:"张公子您是这儿来得太少了,小凤梨可从来不接散客的,排着队包月的人多着呢。"

张丰载瞪着眼睛说:"怎么着! 狗眼看人低,看不上我们北大的学生是吗? 告诉你,这几个将来都是大官,还不赶紧让小凤梨出来伺候着。"

老鸨赶紧赔上笑脸说:"张公子误会了。不瞒您说,小凤梨这会儿正在伺候你们北大的胡老爷呢。您听,这楼上的琴声就是她屋里的。"

张丰载问:"胡老爷? 哪个胡老爷?"

老鸨神秘地说:"就是你们北大的胡均胡老爷啊,他都在这儿待了好几天了。"

一旁的刘一品插话道:"胡均呀,我知道,人称北大探艳团团长,仗着是段祺瑞的亲戚,混了个教授,拿着高薪不上课,整天吃喝嫖赌,名声臭到家了。"

张丰载淫笑道："既然他都来好几天了，那就让他歇歇吧，我们替他出点力气。再说，他当老师的也该让着学生点。妈妈，你去跟他说，今天小凤梨归我们哥几个了。"

老鸨急了眼，连忙说："张公子，那可不行。这胡老爷的路子可硬了，我们是得罪不起的。再者说，这也不合我们的行规呀。"

张丰载不屑地说："他路子野？那你知道我们这位小爷是谁的外甥吗？说出来吓死你，你惹得起吗？"

老鸨连声说："惹不起，惹不起，我谁都惹不起。可是今儿我实在不能让小凤梨见你们。"

张丰载不耐烦了："你不让，我们自己去请。走，哥几个，咱们上去把胡教授给请出去。"一帮人冲上楼去。

只听得楼上房间里一声尖叫，接着就是一通乒乒乓乓的打斗。不一会儿，一个鼻青脸肿的中年男子被推下楼来。

男子爬起来，恨恨地指着楼上说："小兔崽子，你们等着。"

老鸨和伙计在大堂里急得团团转，口里不停地说："这可怎么办？这可怎么办？"

说话间，只听楼上的琴声又响了起来，夹带着抽泣和喝彩声。

不到十分钟，胡均就带着七八个壮汉冲进来，直奔楼上。伙计乘乱溜出去报警，楼上打成了一团，桌椅板凳扔得楼下满地都是。两伙人从楼上打到楼下，兰香班一片狼藉。正打斗间，伙计领着几十个警察来了，还有一些闻风而来的记者。记者们蜂拥而上，镁光灯乱闪，散落在地上的北大听课证被践踏得面目全非。

第二天，这件丑闻就上了报纸头条。一时舆论大哗，北京大学斯文扫地，段祺瑞因此也吃了瓜落。黎元洪借机发难，提出更换北京大学校长，整顿校风。

历史的脚步有时候走得非常随意，一件不经意的小事就演变成一个转折。

二

北京前门火车站，风尘仆仆的蔡元培走出站台，汪大燮快步迎上去，两人先是抱拳，再做拥抱，东西方的礼数都用上了。

汪大燮兴奋地说："孑民老弟，你终于回来了。京城盼你这个学界泰斗可谓望眼欲穿啊。哪曾想到你老先生一回国就去了老家，迟迟不肯北上，可是急坏了我们的黎大总统了。"

蔡元培声音低沉地说："一回国就赶上黄克强和蔡松坡的丧事，我的确心灰意冷，真想就在绍兴了此残生，哪还有心思北上？"

"孑民老弟，你这一说倒勾起了我的许多乡愁。我做梦都想回徽州老房子里住上一段，只是恐怕今生都不会再有这个机会了。"汪大燮不无伤感地说。

汽车很快停在汪府门前，两人手拉着手走进厅堂。汪夫人在堂前恭迎，奉上茶来。汪大燮对夫人说："你去备饭吧，我和孑民单独谈谈。"

汪夫人刚走，蔡元培一把拉住汪大燮："我正想向你讨教。这黎元洪抽什么疯，连着三道金牌非要我回来当这个北大校长？"

汪大燮朝他挤挤眼："府院之争！黎元洪这个大总统被段祺瑞排挤得够呛，他想做点实事，收买人心，与段祺瑞抗衡。这武的他不行，就来文的吧。正赶上北大出丑闻，黎大总统就趁机撤了段祺瑞的亲信胡仁源的校长职务。你的门生范源濂推荐了你。您老先生德高望重，自然是不二人选了。"

蔡元培故作清高："这北大是个是非之地，而且已经从根子上烂透了，我可不想蹚这个浑水。"

汪大燮笑了："孑民老弟言不由衷呀。你到北京来，就说明了你的态度。"

蔡元培也笑了："什么都瞒不过你伯棠兄。老实说，这段时间许多人鼓动我回去主政浙江，我也动过心。只是中山先生专门找我长谈，希望我能出任北

大校长,我怎能拂了中山先生的心意?"

"恐怕还是你蔡元培自己对北大校长这个职位心有所属吧。你心里清楚,真正能够施展你的抱负、将来能够让你在中国历史上留下名字的,恐怕还是北大这个舞台。"

汪大燮一番话点破了蔡元培的心思。蔡元培佩服地点点头:"知我者,伯棠兄也。"

汪大燮心情大好:"当今中国,百废待兴。开风气之先的,莫过于陈独秀倡导的新文化;最有吸引力的,也莫过于陈独秀高擎的科学和民主两面大旗。普及科学与民主,关键在教育。你蔡元培如能借北大这块宝地改革创新,培育出一块科学和民主的示范田,就是我中华民国的第一功臣,必将彪炳史册!"

蔡元培激动地站了起来:"伯棠兄所言,正是元培的心志。好,我明天就去回复黎元洪,尽快去北大上任。"

汪大燮双手拦住蔡元培:"子民老弟且慢。任要上,谱也要摆。水不到,渠难成。要想在北大这块是非之地干出一番事业,还非得使一番心机才行。"

汪大燮从清朝到民国,阅历颇深,足智多谋,蔡元培俯首握拳:"愿听伯棠兄指教。"

汪大燮推心置腹地说:"我知道你对革新教育定有一套成熟的想法。但是,要实现你的志向,就得让黎元洪满足你开出的条件。保证经费、吸纳人才、乾纲独断,没有这三条,你的图纸设计得再好也还只是一张图纸,成不了高楼大厦。"

蔡元培哈哈大笑:"伯棠兄大才。有你给我运筹,北大这个校长我当定了。"

第二天,北京便宜坊,一间贵宾包房内,教育总长范源濂坐在沙发上,微闭双眼,手指敲着茶几,悠然自得地哼着《萧何月下追韩信》中的一段唱腔:"今日里萧何荐良将,但愿得言听计从重整汉家邦,一同回故乡。"

正陶醉中,有人敲门,范源濂起身开门。蔡元培在汤尔和、沈尹默的陪同下走了进来。

范源濂和蔡元培又握手又拥抱:"孑民兄,一向可好?想死我啦!"

蔡元培道:"静生,你也让我想苦了。幸亏还有你这个老友想着我,不然我也回不了北京呀。"

一番寒暄后,众人落座。

范源濂进入正题:"孑民兄,黎元洪决心已下,请你入主北大,月薪六百大洋,老兄打算何时上任呀?"

汤尔和紧跟着说:"据我所知,京城学界盼孑民归来的热情空前高涨,您可别辜负了静生兄一番苦心哟。"

蔡元培一脸认真:"实话实说,这件事情我也是权衡再三,听取了多方意见。今天既然到北京来,心迹不辩自明。客套话我就不说了,静生,请你转告黎大总统,只要准了我的约法三章,这个北大校长我就当了。"

"老兄请讲,哪三章?"

"这第一,思想自由;第二,兼容并包;第三,民主管理。"

范源濂一听来劲了,兴奋地说:"孑民兄果然与众不同,愿闻其详。"

蔡元培从皮包里拿出几张纸:"这是我全部的设想,请你过目。"

范源濂接过来,仔细阅读,逐渐皱起了眉头:"孑民兄,你这口开得也太大了吧?光说这一条教授治校,你要从国内外自主聘任百名教授。文科学长月薪三百大洋,教授月薪一百二十至二百八十大洋不等,这一年的薪水是现在北大的几十倍,这不要了黎大总统的命吗?"

"静生呀,这就把你给吓住了?实话告诉你,这只是我的初步设想,关于北大校园建设的二期方案还没有出来呢。"

范源濂摇摇头说:"这恐怕不好办。"

蔡元培一脸严肃:"静生,你应该知道,现代国家,教育为本。经费保障,这

是先决条件。我想不远万里把我召回国来当北大维持会长总不是黎大总统的本意吧？"

范源濂把那几张纸放进了自己的皮包："子民兄，我看咱们还是先喝酒吧。这北大的事，要黎大总统说了算。来，今天咱们喝个痛快。"

众人推杯换盏，开怀畅饮，直到都有醉意才拱手作别。

之后的几天，蔡元培就待在六国饭店的客房里足不出户，每天和朋友们聊天。

这天，汤尔和与沈尹默来访，三人谈得正欢时，范源濂突然推门进来，大呼："子民兄，好消息啊！你的办学方案，黎元洪批准了！"

汤尔和腾的一下站了起来："静生，你这个教育总长可真是神通广大呀，这么快就把黎大总统搞定了。"

范源濂情绪大好："岂止是搞定，他连委任状都签了！"

蔡元培笑了："这黎元洪什么时候变得这么有魄力了，大大出乎我的预料呀！"

范源濂撩起长衫坐下："一波三折。子民兄，该着你要当这个北大校长啊。本来呀，我一大早就去了总统府，排了一个时辰的队才轮到晋见黎元洪。没想到这黎大总统刚听我说了一半就发了脾气，说我请了个败家子搞了个败家的方案。我被骂了出来。一出门遇到了汪大燮，他给我支了一着，让我去找段祺瑞。我就去执政府见了段祺瑞，这老兄听我说了后来了精神，立马驱车去了中南海居仁堂。你猜怎么着，他去找黎元洪算账去了。"

一旁的汤尔和插话道："静生兄，我可算知道这府院之争是怎么回事了，敢情都是被你们这帮幕僚煽动起来的。汪大燮可真是老谋深算呀。"

范源濂笑着说："可不是嘛！下午我一上班，就听说这府院又斗起来了。段祺瑞大骂黎元洪占着茅坑不拉屎，除了捅娄子干不了一件正经事，逼迫黎元洪立即恢复胡仁源北大校长的职务。这黎元洪被骂急了，请出了临时约法，表示从即日起要依法行使大总统权力,任何人不得干预。果不其然,没一会儿总统府就来电话要我带上孑民兄的方案去见黎元洪。我到了居仁堂,这黎大总统还满脸通红着呢。他二话没说,先是批准了北大的办学方案,接着又签发了校长任命书。他对我说,你告诉蔡元培,不要有顾虑,大胆改革、大胆做事、大胆创新,要拿出成绩给中华民国挣点脸面。说得我呀,高兴得差点在总统府叫起来。"说着,拿出了黎元洪签名的委任状双手递给蔡元培,"孑民兄,拜托了!"

蔡元培接过委任状,有点激动:"感谢各位鼎力相助,蔡元培一定不辱使命。"

"孑民兄,你打算何时上任,从何入手呀?"范源濂迫不及待地问。

蔡元培答道:"上任的时间由你定。要说从何入手,我想,第一是网罗人才,首先是文科人才。我要找一位能够树起革新大旗的文科学长,还请诸位举荐。"

范源濂颇感为难:"文科学长,此人既要与你蔡元培志同道合,又要德才兼备,有学术影响,还要能够冲锋陷阵,可不好找呀。"

"我想起了一个人,陈仲甫陈独秀,这可是当今中国引领文化潮流的人物,他定能担此重任。"汤尔和脱口而出。

"我也想到了陈独秀。"沈尹默附和说。

蔡元培稍作沉思,问:"陈独秀,你们跟他熟悉吗?了解他吗?"

"认识而已。他创办的《新青年》我倒是期期都读。"汤尔和说。

蔡元培哈哈大笑:"英雄所见略同啊!陈独秀,我和他可是老交情了。我要当北大校长,文科学长非他莫属!"

三

这时候,不经意改变历史轨迹的还有一件小事情。

就在蔡元培从欧洲归国准备接任北京大学校长的时候,远在太平洋彼岸

的胡适正在苦思冥想,专心写作一篇文章。

哥伦比亚大学学生公寓,博士生胡适伏案沉思,女友韦莲司抱着一摞资料推门进来。一番亲热之后,两个人蹲在地上整理资料,韦莲司边翻检边说:"这是你要的中国国内文学动态方面的资料,这是莎士比亚研究方面的资料,这是美国的新诗选。我想这些资料对你研究中国文学革命问题应该有所帮助。"

胡适拉起韦莲司:"亲爱的,这些资料对我太重要了,我的文章架构已经出来了,我讲给你听听。"

胡适让韦莲司坐下,自己站在屋子中间,摇头晃脑地说起来:"我想了很久,提炼出了中国文学改革八个方面的主要问题。一曰,须言之有物。二曰,不模仿古人。三曰,须讲求文法。四曰,不作无病之呻吟。五曰,务去滥调套语。六曰,不用典。七曰,不讲对仗。八曰,不避俗字俗语。"似懂非懂的韦莲司痴痴地看着越说越兴奋的胡适,胡乱地点头。

胡适说完了,见韦莲司没有反应,担心地问:"亲爱的,你觉得这八个问题概括得准确吗?"

韦莲司笑了:"我看你这样子,倒很像其中的一个问题——无病呻吟。"

胡适像被浇了一头冷水,不高兴了:"你这样认为吗?"

韦莲司赶紧更正:"逗你玩的。我是搞美术的,虽然不大懂中国文学,看你讲得这么兴高采烈、手舞足蹈,就知道一定是你的高见宏论。"看着胡适,她突发奇想,"适之,你别动,我给你画张像。"说着,她拿出画夹,几笔就勾画出来一个头像,又把脸涂黑了一半,递给胡适:"怎么样,像你吗?"

胡适看着画像,不解地问:"我怎么是半个白脸半个黑脸的两面人?你什么意思?"

韦莲司笑着说:"你这个人,从头脑到表情,中间有一条线,线两边是新与旧、传统与现代、革命与改良。你总是举棋不定、犹豫不决,对人也是这样。老家的未婚妻,连面都没有见过,更谈不上爱情,明明是父母包办的,却不忍也不敢割舍。优柔寡断,结果是当断不断,反受其乱,自寻烦恼。难道不是一个两面人吗?"

胡适哑口无言。

半个月后,陈独秀在亚东图书馆看到胡适寄来的文章,兴奋得脸都扭曲了,放下文稿,把桌子拍得山响:"太好了!后生可畏、后生可畏呀!这个胡适,一下子就发出了八颗炮弹,颗颗击中旧文学的命门。越邨,赶紧发排,元旦刊出。《新青年》要给中国献上一个新年大礼!"

"明年第一期不是要发表胡适的八首白话诗吗,总不能让这一期成了胡适专刊吧? 现在全中国几乎没有人知道胡适这个名字,没有人买账怎么办? 咱们可赔不起呀。"易白沙有点犹豫。

"白话诗可以往后面放放,先发这篇《文学改良刍议》。"陈独秀的态度十分坚决。

"这个胡适之,不是说好是文学革命吗,怎么又成改良了? 分量一下子减轻了许多。他是不是害怕了?"

"青年人有顾虑,可以理解。改良就改良吧。这一篇我给他写个编者按。下一篇我来写《文学革命论》。"

陈独秀又对汪孟邹说:"孟邹兄,咱们《新青年》的影响越来越大,发行的事你可要多动脑子。特别是学校和一些大城市,要成为我们发行的主要阵地。"

汪孟邹一听,来了精神:"我正要和你商量去北京招股的事情。北京的许多文化商十分看好《新青年》,也十分看重你陈独秀,都想投资入股。我们最近去一趟北京吧。"

"好啊,我也正想去北京看看。吴稚晖说要给我介绍北京的几位国学大师,让我去拜访他们,请他们给《新青年》撰稿。他说得有道理,这新文化运动北京要是不动就算不上什么运动,这《新青年》北京要是没有人捧场就谈不上

有什么影响。我看这事不能拖,下周我们就动身。"

汪孟邹突然拍了拍脑袋:"差点忘了,上午我碰到吴稚晖,他要我约你傍晚城隍庙见面,说有事商量。"

冬日黄昏,上海城隍庙,陈独秀坐着黄包车看见了站在大街边的吴稚晖,忙对车夫说:"停、停,就这儿了。"

陈独秀下车向吴稚晖伸出手去,吴稚晖并不理会:"你这个陈仲甫目无尊长,让我老吴在这寒风里站了半个时辰了。"

陈独秀直叫委屈:"你老兄让我来城隍庙,也不说个准地,城隍庙这么大,我都转了两圈了。幸亏你出来了,不然我上哪儿找你去。"

吴稚晖还在生气:"我一直就站在这街边,你什么眼神?"

陈独秀连忙拱手:"好了,算我眼拙。你定的是哪家茶楼?"

吴稚晖说:"我没定茶楼,咱俩就在这街上边走边说吧。"

"我说敬恒兄,这天寒地冻的,我们两个半大老头来这压马路喝西北风,你不是有病吧?"陈独秀大声嚷了起来。

吴稚晖瞪了他一眼:"陈仲甫,我看你是好了伤疤忘了疼,忘了你在日本没饭吃养了一身虱子的时候了。"

陈独秀苦笑着自认倒霉:"好你个吴老抠。行、行,我请客,咱们还是春风得意楼。"

春风得意楼,两人落座,吴稚晖唤来伙计:"两碗元宝茶,一套头牌点心。"

陈独秀笑言:"敬恒兄,你这刀可够快的啊。"

吴稚晖反问:"你陈仲甫办的《新青年》如日中天,还不该请我吃几块小点心?"

陈独秀笑脸变苦脸:"吴敬恒,你讲不讲道理?你约我来谈事,要我请客,说得过去吗?"

吴稚晖一脸的认真："我约你来，是为你办事，我没问你要手续费就不错了。"

陈独秀认栽："说吧，什么事？"

吴稚晖抿了一口茶："第一，你不是要去北京约稿吗，给你介绍几个人：钱夏，现在叫钱玄同，音韵学、语言学和文字学专家，你搞新文化运动必不可少的推手；周作人，精通希腊文和欧洲文学，不过他人可能不在北京。这钱玄同身边有个小伙伴叫刘半农，虽说没上过什么学，可是一身的学问。钱玄同还有个老同学叫周树人，那更是学问了得。你要是把这几个人拉进《新青年》的圈子，你就真的是新文化运动的总司令了。"

陈独秀点头称是："这几个人我确实是久闻大名、如雷贯耳，烦请老兄引见。"

吴稚晖掏出一封信："这是我给钱玄同的手书，找到他，其他人都可以搞定。"

陈独秀起身俯首："多谢老兄提携。"

吴稚晖摆摆手："谢就不必了。伙计，这头牌小点心再给我来两份，我要打包。"

陈独秀大呼："敬恒兄，你这是要打劫呀？"

"这也叫打劫？你满世界打听去，我吴稚晖一纸手书值多少袁大头？你要是这么小气，那下一个好事我就不说了。"

陈独秀有些好奇："我还有好事？"

吴稚晖站起来拍了一下陈独秀的脑袋："仲甫老弟，你算是否极泰来，走狗屎运啦。这可是一桩天大的好事。"

陈独秀故作彷徨："得了，那咱们还是到大街上去说吧。"

吴稚晖一脸的嘲笑："瞧你那点出息，能成什么气候。我看你呀，小姐的身子丫鬟的命，这辈子也只能为他人作嫁衣裳。"

陈独秀脖子一梗："虽九死而无悔。"

吴稚晖哼了一声："你瞧你还来劲了。得了，我不说了还不行嘛。"

陈独秀一本正经地说："扭扭捏捏做小娘子状可不是你吴稚晖的风格。不说，那还不憋死你?"

吴稚晖哈哈大笑："知我者，陈仲甫也!"

满屋子喝茶的人都被吴稚晖的笑声惊住了，跑堂的赶紧过来询问："这位老爷，您这是怎么啦?"

吴稚晖对跑堂的摆摆手："没事，没事，我听他说相声呢。"

陈独秀双手一摊："我说完了，该你啦。"

吴稚晖摇摇头："行、行，我斗不过你陈独秀，这桩好事我就免费为你说了。告诉你吧，柳文耀要出资送延年去美国留学。"

陈独秀惊讶地问："凭什么?"

这下吴稚晖认真了："延年拾金不昧，将捡到的几百大洋银票送回了柳家，柳家千金柳眉一见倾心。柳眉过生日，邀请延年参加派对，这延年不会跳舞，就朗诵了一首不知什么人写的白话新诗，博得了柳眉的芳心。柳眉原来要去美国留学，这下反悔了，死活要和延年一起在震旦学校学法语，将来一起去法国勤工俭学。这柳文耀一来看好延年的人品和才华，二来敬重你陈独秀的名望，三来也拗不过柳眉，就提出愿意出资送延年和柳眉一起去美国留学。"

陈独秀问："延年答应了?"

吴稚晖摆摆手："柳文耀托我先问问你的意见，然后再和延年谈。"

陈独秀漫不经心地问："你说的好事就是这个?"

吴稚晖拍着桌子："是啊，这还不是天大的好事?"

陈独秀站了起来："你还有别的事吗?"

吴稚晖一摊手："没了。"

陈独秀说："没了好。伙计，结账!"

吴稚晖也站了起来："怎么,这等好事你不愿意?"

陈独秀没好气地说："我愿意管用吗?这陈延年的事情我陈独秀都管不了,他柳文耀能管得了?我看你们这叫瞎耽误工夫。"

吴稚晖看陈独秀不领情,劝道："那就死马当作活马医,试试看吧。"

陈独秀拿起账单边走边说："你吴疯子愿意做疯事你去做,我不奉陪。我回家写稿子去了。"

四

上海卢湾,吴稚晖拉着陈延年来到柳公馆门前。

柳文耀夫妇迎接吴稚晖和陈延年走进客厅。陈延年有些拘束,在吴稚晖的下首不知是站好还是坐好。

"陈公子不必拘束,请坐下用茶。"柳文耀夫人招呼道。

"谢谢夫人。请不要叫我陈公子,我就是一个从乡下来的学生。"陈延年还是有些拘谨。

吴稚晖和柳文耀夫妇交换了一下眼神,转过头来说："延年,今天柳经理夫妇有重要的事情跟你商量。柳公,你就直言吧。"

柳文耀和颜悦色地说："那我就叫你延年了。延年,我们夫妇想请你帮我们一个忙,不知你是否愿意?"

陈延年："柳先生请讲。"

柳文耀："小女柳眉要去美国留学。她是我们唯一的女儿,年纪小,不懂事,几乎没有自理能力。她一个人漂洋过海去读书,我们实在不放心。小女对陈公子十分敬仰,我们夫妇也非常看重你的人品与才华,所以,我们就想邀请陈公子和小女一同去美国留学,一应费用和手续都由我们负责。今天请陈公子来,就是想听听你的意见。如果公子有意,我们就请敬恒先生帮助去教育部申请名额。"

吴稚晖赶紧帮腔道："延年，我看这是好事呀。去年我写信让你们到上海来，就是想送你们去法国勤工俭学。可是现在欧洲打仗，法国经济萧条，这美国远离战场，已经占据了现代文明的制高点，能有机会去美国留学，那可是千载难逢的机会啊。既然柳先生有此美意，我看你就答应了吧。"

陈延年听柳文耀说话时就站了起来，再听吴稚晖这么一劝，更着急了。好容易等到吴稚晖说完，他赶紧走上前去分别给柳文耀夫妇和吴稚晖鞠了个躬，红着脸，语气急促地说："感谢柳先生和伯母的美意，只是延年断然不能从命。我和弟弟之所以从安庆乡下到上海来，就是想靠自己的力量走自己的路。我们到法国留学，也要靠自己勤工俭学，不接受任何人的同情和接济，这是我们离开家乡时做出的承诺，我不能违背。"

柳夫人赶紧上前拉着延年的手说："孩子，你多虑了。我们不是要接济你，而是想请你帮忙的。"

陈延年诚恳而坚定地对柳夫人说："感谢夫人的好意，可是我确实不能答应。三位长辈，请原谅延年失礼，我告辞了。"

说完，他再次向三人分别鞠了个躬，转身走出了大厅。

屋里的三个人互相看看，一起笑出声来。吴稚晖对柳文耀夫妇说："眼见为实，这下你们该相信了吧？"

柳眉从里屋跑了出来，大声说："本小姐郑重声明，让美利坚见鬼去吧！"

五

年底，陈独秀和汪孟邹经天津来到北京，住进了前门中西旅社。

汪孟邹对陈独秀说："仲甫，给你开个套间吧？跟人家谈事情，不能太寒酸了。"

陈独秀："不用摆谱，有个单间就行了。来谈投资的都是文化人，人家不看重这个，能省点就省点吧。"

汪孟邹："不行,这天子脚下都是讲排场的人,咱不能让大名鼎鼎的陈独秀丢了面子。来,伙计,给我们开个套间。"

陈独秀上前拦住说："就来两个单间。讲什么排场!他要是嫌我穷我还不让他入股呢。孟邹兄,这住的不用讲究,但吃一定要吃好。伙计,哪儿有涮羊肉的馆子,给我们推荐一家。"

伙计随口答道："出了门就是。不过这时候正是人力车夫的专场,您二位要是讲究,就多走几步,北面不远就是东来顺。"

"那我们就去东来顺吧。"没等陈独秀答话,汪孟邹赶紧说。

陈独秀一摆手："不用,就门口的挺好。和车夫一起涮,吃着香。"

涮羊肉馆前挤满了人力车。饭馆里热火朝天,车夫们大块吃肉、大碗喝酒,猜拳行令,好不热闹。看到这场景,汪孟邹直摆手："仲甫,我们还是换一家吧。"

"就这儿了,你看多热闹呀。"陈独秀头也不回地直往里走。

进了饭馆,伙计招呼他们坐下后,端上一个热气腾腾的炭木火锅来,说:"两位先生,就这一个火锅了,您看,和这位大哥合着用行吗?"

陈独秀不解地问："怎么个合法?"

伙计拿出两个铁片往锅里一放："您瞧,一家一半,井水不犯河水。"

陈独秀问旁边的车夫："老弟,咱们合着用,行吗?"

车夫回答："只要您不讲究就行,我见天跟人合着涮。"

陈独秀拉汪孟邹坐下,点了两盘羊肉,一盘毛肚,还有大白菜、冻豆腐、粉丝、糖蒜。

陈独秀一面拌着调料,一面给汪孟邹讲解涮羊肉的程序:"这老北京涮羊肉最讲究的是调料,芝麻酱、酱豆腐、韭菜花必不可少,外加葱花、香菜、辣椒油。这涮毛肚要肚不离筷子,涮够七下就吃,不然就老了,吃不动了。"

汪孟邹用手推了一下陈独秀,朝桌子对面努了努嘴。陈独秀顺着汪孟邹

指的方向看过去,瞬间瞪大了眼睛。只见对面的车夫把两大盘羊肉一起倒进火锅里,用筷子扒拉几下就捞进了一个大碗,倒上调好的调料,拌了几下,大口吃了起来,没过几分钟,一大碗羊肉已经下肚了。车夫喝了一碗汤,又一口气吃了四个火烧。陈独秀还没反应过来,车夫已经站了起来,一抹嘴,说:"您二位慢用,我揽活去了。"

陈独秀和汪孟邹看得目瞪口呆——他俩还没动筷子呢。

汪孟邹笑着说:"仲甫啊,你看人家这才叫地道的老北京涮羊肉,你讲的那一套,是被有钱人异化了的吃法,不正宗。"

陈独秀摇摇头说:"我算是服了。"

正说着,伙计又领着一男一女两个年轻人在对面坐下了。

小伙子站起来问陈独秀:"先生,您不介意合用吧?"

陈独秀抬眼看去,觉得小伙子很面熟。小伙子也盯着陈独秀,瞬间两眼发光,大呼:"是陈独秀先生!"旁边的女孩也跟着喊了一声。

陈独秀站了起来:"你们是——?"

小伙子激动地说:"仲甫先生,我是郭心刚啊,她是白兰。您还记得去年从日本回国的轮船吗?"

陈独秀一拍脑袋,说道:"哎呀,记得,记得。真的是你们俩,郭心刚、白兰。太巧了!"

汪孟邹也站了起来:"我在上海码头见过你们俩。我记得你们是青岛人,怎么到北京来了?"

郭心刚赶紧回答:"回国后我们就到北京求学来了。我考上了北京大学。因为北大不收女生,白兰就在东交民巷给人家做家庭教师,同时补习法语,准备去法国勤工俭学。今天白兰刚领了工钱,我俩就来这儿打牙祭,没想到碰到了仲甫先生,真是太高兴了!"

陈独秀:"你在北大读书,太好了,我正想去北大看看,你给我带路吧。"

郭心刚："好呀,您在我们北大名气可大了,很多老师学生都喜欢您办的《新青年》,都是您的 fans(崇拜者)。"

陈独秀叫来伙计,对他说:"伙计,快把这锅里的隔板撤了吧,给我们加肉,再来一瓶二锅头。"

伙计吆喝起来:"好嘞,两盘涮羊肉,一瓶二锅头。您看,缘分吧。这涮着涮着就涮成一拨的了。"

陈独秀二话不说,从锅里捞起半碗羊肉,学着那位车夫,把芝麻酱和各种调料倒进碗里,一通搅拌,大口吃了起来。一旁,白兰看得目瞪口呆。汪孟邹摇摇头,哈哈大笑。

隔天,郭心刚和白兰陪陈独秀去北大,汪孟邹去和人商量入股事宜。傍晚,陈独秀和郭心刚回到房间,商量着要去吃炸酱面,汪孟邹推门进来,大喊:"小郭叫上白兰去全聚德吃烤鸭。"陈独秀奇怪:汪老板虽然财大气粗,但为何突然要请吃大餐?汪孟邹说一定要好好庆祝一下,他真的没想到陈独秀在这京城还有这么大的号召力,一出面就搞定了十几万元的股金。"敢情这有钱的大佬都猫在这北京呢,皇家气派,能成大事。有了资金,我们就可以大干一场了。仲甫,现在我信了你去年说的那句话了。"

陈独秀问:"哪句话?"

汪孟邹说:"你说给你十年时间,全国的思想都将为之改观。"

陈独秀断言:"从现在看,要不了十年了。"

有人敲门,郭心刚跑去开门。

蔡元培站在门口问:"陈独秀先生住在这里吗?我是蔡元培,专程前来拜访。"

陈独秀闻言急忙起身到门口迎接,两个人对视片刻后紧紧地拥抱在一起。

屋里只有一把椅子。蔡元培坐在椅子上,陈独秀坐在床沿,两人促膝交谈。

蔡元培拉着陈独秀的手,亲切地说:"仲甫老弟,要是我没记错的话,你属兔,光绪己卯年生。我也属兔,同治丁卯年生,整整大你一轮。你还记得十二年前我们两个在上海参加暗杀团、试制炸药的事情吗?"

一句话勾起了陈独秀的回忆:1904年,陈独秀应章士钊邀请到上海参加"军国民教育会暗杀团",与蔡元培相识,两人常在一起试制炸药。有一次蔡元培操作不当,炸药起火,旁边的陈独秀一把将他推倒,救了他一命。两人由此成了过命的朋友。

提及往事,蔡元培感慨万千,说:"十二年前,我就是你现在这个年龄,无事不敢干、无话不敢讲。现在老了,没有棱角了。而如今你老弟树起了科学和民主两面大旗,给这个国家带来了一股新鲜的空气。你办的《新青年》我是期期必读,天天受益啊。"

陈独秀称赞蔡元培如今是中国学界泰斗,高山仰止,无人可及,恳请他为《新青年》赐稿。

蔡元培说:"为《新青年》写稿,是我分内的事,自当效力。不过今天我来找你,是请你帮忙的。我已于昨日正式就任北京大学校长,想请你担任北大文科学长。仲甫,文科学长实际上是北大的副校长,统领文学、社会科学各个门类,正是你鼓吹科学和民主最好的舞台。请贤弟万勿推辞。"

陈独秀听了浑身一激灵,他站起来,沉思了一会儿,拱手致谢:"多谢子民兄提携。只是事出突然,我毫无思想准备。文科学长责任重大,在下不敢贸然从命。我毕竟没有正经地读过大学,也没有教书育人的经历,滥竽充数,岂不误人子弟?耽误了老兄的宏伟大业,罪莫大焉。"

蔡元培并不着急,真诚地说:"仲甫你先不要推辞,事出突然,你考虑之后再做决断吧。我是求贤心切,一心一意请你到北京来共事,轰轰烈烈地干一番事业。今天算是初顾茅庐,改日我再来。"说完,拱手告辞。

陈独秀一直把蔡元培送到街口,眼看着蔡元培坐上马车远去才转身往回走。

路人行色匆匆,报童的叫卖声、摊点的吆喝声、车夫的借道声不绝于耳,喧嚣一片。陈独秀的心也纷乱起来。蔡元培诚恳的话语、期盼的目光不时在他脑海里闪现。能到大学教书,是他的一个梦想,但费尽心血创办的《新青年》又是那样让他难以割舍,何去何从,实在难以定夺。

北方的冬天,寒风凛冽,陈独秀捂着耳朵回到宿舍。

六

第三天上午,陈独秀和汪孟邹一同走出旅社。到了大门口,陈独秀突然向汪孟邹拱手说:"签约的事全拜托你了,我跟那些商人无话可说,在一起待着别扭,我要去陶然亭会见钱玄同。"

汪孟邹一听,急了:"人家可都是冲着你的面子,签约这么大的事,你不到场,我怎么跟人家解释?再说了,这冰天雪地的,你约人家钱玄同到陶然亭见面,喝西北风呀?"

陈独秀和善地拍着汪孟邹的肩膀说:"你看看,这就是读书人和卖书人的区别。苦中作乐,才是'士'的本质。"

汪孟邹不以为然:"我看你陈独秀的毛病就是太清高。这年头,阳春白雪,和者盖寡,只怕人家钱大少爷不买你的账。"

陈独秀笑道:"我和你打个赌,此时钱玄同必在路上。"

果不其然,当陈独秀坐着黄包车来到陶然亭时,钱玄同和刘半农已在亭外翘首以盼多时了。

冬日的陶然亭,游人稀少,寒山瘦水间,几间亭子在寒风里倔强地站立着,仿佛还沉浸在白乐天的"与君一醉一陶然"的回忆中。

钱玄同紧紧拉住陈独秀的双手:"仲甫兄,久闻大名,如雷贯耳,在日本时就想拜访您,今日总算得识真颜了。"

陈独秀激动不已："万物玄同,相忘于道。我与德潜虽然天南地北,从未谋面,却好像神交已久了。"

钱玄同连连点头,称自己是《新青年》的忠实读者和陈独秀的追随者。陈独秀抱歉地表示不该在大冷的天约他到这荒凉之地见面,让他吃苦。

钱玄同说:"这是哪里话!与您见面,如沐春风,我毫无寒意。再说,巧了,今天还有一位高人也邀我同游陶然亭。仲甫兄,我给您介绍,这位是刘半农,文学翻译家,也是上海著名的鸳鸯蝴蝶派报人。"

刘半农上前给陈独秀鞠了个躬,陈独秀热情地拉住他的手说:"半农老弟,我可是读过你翻译的不少欧洲小说,受益匪浅啊。"刘半农自谦道:"与仲甫先生相比,我不过是泰山上的一抔土啊。"

陈独秀听说刘半农要应聘到北大教书,有点不解,问道:"我知道你在上海办报名气很大,收入颇丰,怎么也赶时髦来北京了,这北京对文化人真有那么大的吸引力吗?"

钱玄同解释说:"这北京呀,奇怪得很,就像是一块冻土高地,爬进来不容易,可一旦爬了上来,就不想下去,下去了也活不了。"

陈独秀问:"为什么?"

钱玄同模棱两可:"大概是天子脚下待惯了,不接地气,其他地方不适应。"

陈独秀说:"可我也听人家讲,这北京像今天的天气,稍不留神,就会伤风感冒的。"

钱玄同笑着说:"这北京就是一把双刃剑,机遇与风险共存,看你追求什么。来,仲甫兄,咱们到亭内说话。"

陶然亭三面临湖,东与中央岛揽翠亭对景,北与窑台隔湖相望,西与云绘楼、清音阁为伴。亭内面阔三间,进深一间半。亭上有苏式彩绘,屋内梁栋饰有山水花鸟彩画。南北墙上有四方石刻,一是江藻撰写的《陶然吟》引并跋,二是江皋撰写的《陶然亭记》,三是谭嗣同著的《城南思旧铭》并序,四是王昶写的《邀同竹君编修陶然亭小集》。陶然亭建成后,江藻经常邀请一些文人墨客、同僚好友到亭内饮宴、赋诗,这里就变成了文人墨客"红尘中清净世界"了。

三人踏雪来到亭内,有人在弹古琴,琴声悠扬悦耳,这是钱玄同特意请来的琴师。陈独秀驻足观赏,心旷神怡,兴奋地说:"我慕名而来,本来只想亲眼一睹江藻写的《陶然吟》,没想到还有白雪、红梅和古琴相伴,真是太美了。唯一的遗憾是今日无酒啊。"

钱玄同哈哈大笑:"仲甫兄来了,岂能无酒!"说着向后亭大声喊道,"来,摆上!"

说话间,两个人从后亭走过来,一个提着折叠桌,拎着食盒,一个抱着一坛酒,两人支好桌子,摆好菜,倒上酒,酒还冒着热气呢。

陈独秀吃惊地问:"德潜,你这是变的什么戏法,怎么酒还是热的?"

钱玄同答:"这是我老家的花雕。烫热后用棉被包裹,黄包车拉来的。"

陈独秀直摇头说:"京师做派,讲究! 德潜,劳你用心了。"

钱玄同端起酒杯:"更待菊黄家酿熟,共君一醉一陶然。得识仲甫兄,玄同三生有幸。《新青年》就像冬天里的一把火,点燃了振兴中华的希望之光,我们都是这把火的追随者。"

陈独秀一饮而尽:"独秀此次来京,就是为了拜谒各位,诚请襄助《新青年》,把新文化的这把火烧得更旺些。"

钱玄同也是豪气冲天:"思想启蒙乃国家千秋大业,我等责无旁贷。只是这《新青年》要是能搬到京城来办就好了。要说舞台,那还是北京大呀。"

陈独秀陷入了沉思。

七

第四天上午,蔡元培独自一人再次来到中西旅社。伙计领他来到陈独秀房间门口,只见房门紧闭。伙计说这位客人昨晚回来得很晚,好像喝多了,估

计还没有起床。蔡元培拉住伙计说:"不要惊动他,让他多睡会。你给我拿个凳子来,我在门口等他。"

伙计拿来个小板凳,蔡元培坐下,从怀里掏出一本书来读。隔壁房间汪孟邹开门出来,看见蔡元培大冬天的坐在门口,十分吃惊。蔡元培示意汪孟邹不要出声,悄声说:"我就在这儿等,你不要叫醒他,让他多睡一会儿。"

汪孟邹急了:"这怎么可以!普天之下,谁敢如此慢待蔡公!"说着,不顾蔡元培阻拦,使劲地拍打陈独秀的房门,高呼,"仲甫,蔡总长看你来了。"

陈独秀衣冠不整地开门出来,睡眼惺忪,看见蔡元培,吓了一跳,立刻拱手作揖:"子民兄啊,失礼了,失礼了!"

蔡元培反倒不好意思了:"仲甫兄,原谅我求贤心切,堵到你门口了。得罪,得罪!"

陈独秀赶紧请蔡元培进屋,让汪孟邹上茶,自己则慌忙铺床叠被,整理衣裳。

待陈独秀整理停当,蔡元培这才开口:"贸然来访,实在是想早日知道仲甫的意向,不知这两日考虑得如何了?"

陈独秀想了一会说:"蔡公如此抬举小弟,实在让我感激涕零。北京大学乃中国最高学府,是弘扬科学和民主最好的舞台,能有机会追随子民兄在北大做一番事业,三生有幸,求之不得。这两日我夜不能寐,激动不已。蔡公啊,思之再三,不是我不识抬举,实在是因为我放不下手中的《新青年》。这本杂志还在草创阶段,刚刚有些起色。实不相瞒,此次独秀进京,就是为《新青年》融资招股,昨日已经正式签下十余万元的股金,算是大获成功。您说,这个时候我要是丢下《新青年》来北大上任,怎么对得起各方人士的厚爱!"

蔡元培站起来:"你这么一说我就明白了。今天我早早来访,就是想早点弄清楚你的态度和想法。你说得确实有道理。老实说,要是因为你来了北大而导致《新青年》停刊,不说别人,就是我这里也通不过。现在我就回去商量解决《新青年》的问题,看看有什么两全其美的方法。"

陈独秀连忙说:"《新青年》和我是分不开的,这个事情很难两全。蔡公,我给您推荐一位文科学长怎样?肯定比我更合适。"

蔡元培好奇地问:"何人能与仲甫比肩?"

陈独秀说:"我给您推荐的这个人叫胡适,是美国哥伦比亚大学博士生,杜威教授的高足,很快就要毕业回国。《新青年》下一期将刊登他的《文学改良刍议》,我相信,届时整个中国都将为之一振。"

蔡元培摇摇头,不以为然:"一个尚未毕业的学生怎能与你陈独秀相提并论。仲甫啊,你说的这个胡适,等到他毕业回国时我欢迎他来北大教书,但这个文科学长非你莫属。明天我再来找你。"

蔡元培刚走,高一涵来了。他对陈独秀说:"章士钊先生专门发来电报,让我来接先生去《甲寅》编辑部看看,给予指导。"

陈独秀握着高一涵的手久久不放:"他就是不请我,我也是要去看看的,《甲寅》是我的老东家呀。这次章士钊要把它办成日刊,由李大钊、邵飘萍和你主撰,我焉能不来助阵?今天我要和守常痛饮几杯,聊个通透。"

高一涵领着陈独秀、汪孟邹还有郭心刚、白兰等来到《甲寅》编辑部,李大钊和赵世炎已在门口等候。

李大钊与陈独秀紧紧拥抱:"仲甫兄,想死我了。没能前去接您,失敬啦。"

陈独秀搂着李大钊不放,说:"你我就不必拘礼了。你守常现在是大忙人,了不起呀,一转眼就成京城有名的报人了。这次《甲寅》日刊由你来主笔,大家都非常期待呀!"

"行严先生说了,我们是东施效颦,跟在《新青年》后面爬行。"李大钊被夸得不好意思了。

陈独秀摆了摆手:"行严言过其实了。不过我倒是十分期待《甲寅》日刊能和《新青年》一南一北遥相呼应,开一代风气。守常,创刊词写好了吗?你上次

写的那篇《晨钟之使命》非常有激情，读起来让人热血澎湃！我家那两个小子都能背下来。"

李大钊说："我正在写，正想请你给点拨点拨。"陈独秀也不客气，马上建议他多找些年轻人特别是学生聊聊，弄清楚他们需要什么，才好对症下药。

李大钊听了，把赵世炎拉到身边介绍说："他叫赵世炎，北京高等师范学校附中的学生，是我在《晨钟报》做主编时的一个兼职编辑，早就仰慕你陈独秀的大名，非要跟我来见你。"

赵世炎恭敬地给陈独秀鞠了一个躬，递上手中的《新青年》请陈独秀签名。陈独秀一边签名一边询问北京有多少青年学生知道《新青年》，有什么看法。赵世炎说他专门做过调查，凡是关心政治的学生，基本上每期必读，只是北京的学生很难弄到《新青年》。李大钊趁机鼓动陈独秀把《新青年》搬到北京来办，这样既可扩大影响，又能加强编辑力量。

李大钊说："现在有影响的刊物都实行同人编辑。《新青年》单靠你和易白沙两个人断然不能满足读者需求。"

陈独秀笑了："我正想和你商量这事呢，咱们找个酒馆好好聊聊吧。"

李大钊说："去我家吧，正巧今天长辛店的工人朋友过来。"

陈独秀没想到李大钊还有工人朋友，来了兴趣，嘱咐汪孟邹买上几坛子二锅头后，就出发了。

朝阳门一个简陋的独门独院，是章士钊为李大钊租的新家。李大钊推门引导陈独秀等人进屋。葛树贵和他的徒弟李小山正在忙着炖野兔。李大钊高声招呼来客人了。葛树贵迎出门外，李大钊介绍说这就是他经常说起的陈独秀先生。葛树贵、李小山恭敬地向陈独秀鞠躬，陈独秀连忙还礼。葛树贵连连拱手，说："陈先生抬举我们了。按老北京的话说，我们是出苦力的力巴，还得请先生多多指教才是。"

说话间大家进了里屋。人多屋子小，赵世炎、郭心刚、白兰和高一涵围坐在炕上,陈独秀、李大钊、葛树贵、汪孟邹围坐在一个小桌子旁。李小山端上热气腾腾的炖野兔要往炕上挤,被陈独秀硬拉在自己身边坐下。

李大钊举起酒杯说:"今天是朋友相聚,我借汪经理带来的酒说几句。我和仲甫先生是在日本吵架吵出来的朋友。"

陈独秀闻言连忙补充:"可不光是吵架哟,那天在早稻田大学,我可是被人当作卖国贼打得落花流水。"

李大钊笑了:"说来惭愧,那个时候我们都认为仲甫先生太偏激、太极端了。可是现在,我们成了一条战壕的战友。一本《新青年》,让中国人认识了'赛先生'和'德先生';一声新文化的呐喊,让中国人看到了新生活的曙光。来,这杯酒我敬仲甫兄,就算小弟我给您赔罪了。我是真的希望你能把《新青年》搬到北京来办。"言罢,一饮而尽。

陈独秀酒量不大,抿了一口,问:"这北京城衙门林立、官僚扎堆,能有《新青年》的立足之地吗?"

李大钊答道:"北京不光有衙门,还有数不清的大大小小的胡同、学校和工厂。仲甫兄,别怪我说话不好听,这新文化要是进不了小胡同,那是成不了气候的。"

这番话直戳陈独秀的心窝,他一下子站了起来:"说得好,李守常果然看得透彻。来,就为这句话,我敬你一杯!"

看到陈独秀如此豪爽,葛树贵也端起酒杯站起来说:"我也想敬陈先生一杯酒。我们铁路上很多有文化的人都很崇拜您,我经常听到他们议论《新青年》、新文化。我们识字不多,不懂'德先生''赛先生'那一套,但我们喜欢白话文。这个比那些老古董好懂,离我们近。感谢您给我们带来了新文化、新思想。"

陈独秀来了兴趣:"这么说,你们工人也都关心国家大事,也希望《新青年》到北京来办?"

葛树贵说:"自己家的事情怎能不关心呢? 看到国家现在这个样子,我们

心里着急啊！但是我们没文化，不知道劲往哪里使，干着急！陈先生，我们老盼着有人带着我们找出一条正道来，就是上刀山下火海也愿意。"

陈独秀感动了。他给葛树贵斟满酒，说："来，我敬你一杯！葛师傅，今天你给我上了一课呀。"

李大钊也很激动："仲甫兄，下决心来北京吧。好多事情都等着你来挑头呢。"

陈独秀转身问汪孟邹："孟邹兄，要是真把《新青年》搬到北京来办，你看可行吗？"

汪孟邹笑道："我早就看出来你已经被蔡元培说动心了。昨晚我想了一夜，《新青年》编辑部在北京，印刷在上海，全国发行，这样可能更好一些。"

陈独秀仰天大笑："好，今晚我就在家坐等蔡子民三顾茅庐了。"

晚上，蔡元培真的又来了。此时，陈独秀早已为他沏好了极品茉莉花茶。

蔡元培恳切地说："仲甫，我急着晚上来找你，就是想告诉你，我和范源濂以及北大的同人商量后都认为，你可以把《新青年》带到北大来办。《新青年》可以在北大实行教授同人编辑，北大也可以把《新青年》作为宣传'德先生''赛先生'的一个平台，以此倡导和推广新文化运动。另外我还要告诉你，文科学长月薪三百大洋，你可以举家北上，来北京过一段安定的日子。怎么样？仲甫，下决心来北大吧。我确实需要你的帮助。"

陈独秀激动地站起来："陈独秀何德何能，蒙子民兄三顾茅庐！只是我从来没有在大学教过书，又没有什么学位、头衔，能否胜任，不得而知。这样吧，我试干三个月，如能胜任则继续任职，如不胜任就再回上海。"

蔡元培一下子把陈独秀抱住："北大欢迎你，今晚我可以睡个安稳觉了。"

第 五 章

北 上 风 云

一

震旦学校法语班实际是赴法勤工俭学预科班,学生年龄差别很大,有三十多岁的,也有像陈乔年那样十四五岁的,班里有三十多人,陈延年是班长。

上课了,陈延年领着同学们起立,向老师鞠躬。老师招呼大家坐下,招手示意站在教室门口的柳眉进来。

老师介绍说:"今天我们法语班又来了一位新同学,她叫柳眉。大家欢迎。"

同学们集体鼓掌,柳眉礼貌地向大家鞠躬。

老师对还站着的柳眉说:"柳眉同学,我们法语班人多课桌少,有的一个人一张课桌,有的两个人一张课桌。你愿意坐哪儿自己挑吧。"

潘玉良向柳眉招手,示意柳眉坐到她旁边。柳眉装作没看见,眼睛一阵搜寻之后,大大方方地来到延年旁边:"陈班长,我可以坐这儿吗?"

陈延年一下子红了脸,同学们开始交头接耳议论起来。陈延年坐不住了,拿起书本就要走。柳眉一把拉住延年,说道:"为什么不愿意和我同桌?妨碍你学习吗?"语气咄咄逼人。

陈延年无奈,只好坐下。这节课,陈延年如坐针毡,同学们时不时投来的异样目光让他如芒在背。好不容易等到下课铃响,延年低声问柳眉:"你不是

要去美国吗？怎么又来学法语？"

柳眉把头一扬："我改主意了，我要去法国，而且是勤工俭学。"

延年低下头，脸又红了。

上课铃响了，柳文耀领着吴稚晖走进教室。

柳文耀走上讲台，不紧不慢地说："同学们，今天我给大家请来一位大师——吴稚晖先生。吴先生和蔡元培、李石曾、吴玉章等先生一起，是留法勤工俭学的发起人，我请他来给你们讲讲法国和赴法勤工俭学的相关事宜，这对你们来说是一次非常难得的机会。"同学们欢呼着鼓掌。

吴稚晖向同学们摆摆手，开始讲话："原来我是准备给大家讲一讲法国的，可是昨天下午柳眉同学请我的时候给了我一本杂志，我看到了其中的一篇文章，叫《文学改良刍议》，读后感慨良多，一晚上没睡好觉。我这个人，有话存不住，所以今天不讲法国了，我给大家讲一讲中国的文学革命问题。"

柳文耀急了："吴公呀，你给这法语补习班的学生讲文学革命，不是对牛弹琴吗？"

吴稚晖："谁说的？你也太小看这些学生了吧。我来问问看，延年、乔年，还有柳眉，你们愿意听我讲文学革命吗？"

乔年和柳眉站起来大声说："愿意。"

吴稚晖又问全班同学："你们大家都愿意吗？"

同学们齐声回答："愿意！"

吴稚晖面向柳文耀："你看看，你这个校董是怎么当的，一点也不了解学生！这样，你走人吧，我要开始讲课了。"

柳文耀无可奈何地走了。

大约讲了十分钟，吴稚晖已经满头大汗："这个胡适是美国哥伦比亚大学的博士生，还没有毕业，应该还不到三十岁。"

陈延年插话道："我知道，胡适先生今年刚满二十五岁。"

　　吴稚晖点点头："对,这位陈延年同学是《新青年》的编务,知道胡适和这篇文章的来历。一个二十五岁、打小在美国读书的后生,对中国旧文学的弊端看得如此透彻,实在让老夫刮目相看、自愧不如啊。我断言,这篇《文学改良刍议》必将对我中华新文化的发展起到革命性的推动作用。我相信,在座的各位都将是这篇文章的受益者。这就是我今天执意改变讲课题目的一个重要原因。当然,在老夫看来,这篇文章也不是没有缺点。比如题目叫'文学改良',这就有点像大姑娘上轿——羞羞答答,犹抱琵琶半遮面嘛!"

　　同学们哄堂大笑。

　　吴稚晖依然口若悬河："不彻底、不过瘾! 革命就是革命,不能做小娘子状。还有,既然是改革,既然是提倡写白话文,那就应该用白话文来写,用文言文写作,减少了战斗力和说服力。延年,请你把我的意见转告陈独秀,就说我希望《新青年》能够刊登更有战斗力和说服力的文章。"

　　陈延年不知道该不该接吴稚晖的话茬,坐在那里有点尴尬:不接话不礼貌,接了又不知说什么。犹豫间,下课铃声响了。

　　吴稚晖一抬手："好了,今天就讲到这里。同学们有什么问题,可以直接来找我讨论,也可以通过陈延年和柳眉同学转告我。我非常乐意和你们交流。现在下课!"陈延年和柳眉带头鼓掌。有同学拿着笔记本请吴稚晖签名。

　　门房来到教室高喊："陈延年、陈乔年,你们的母亲来了,请到传达室会客。"

　　见到高君曼和汪孟邹,陈延年和陈乔年很是吃惊。延年急切地问:"姨妈,您怎么找到学校来了? 出什么事了?"

　　高君曼说："延年你别着急,没出什么事。是你爸爸答应了蔡元培先生去北京大学任教,他让我和汪经理来叫你俩回去一趟开个家庭会议。"

　　陈延年一听,不高兴地说："好端端的又要跑北京去干什么,这家还要不要了,《新青年》还办不办了? 他怎么老是干这种半吊子的事情!"

汪孟邹赶紧解释说："延年你不了解情况。你爸爸去北大担任文科学长，是因为蔡元培校长三顾茅庐，盛情难却。蔡校长已经同意《新青年》带到北大去办，这样编辑的力量更强，影响也更大，是好事啊。"

延年："好事他自己去做就行了，找我们商量什么？我不回去。"

高君曼劝说道："延年，到了北京，经济条件比上海好，你和乔年可以在北京上学，一家人在一起多好呀。"

延年："我和乔年不去北京。我们就在震旦学校上补习班，将来从这里去法国。"

汪孟邹生气了："延年，过分了。家里有了这么大的好事，还不要商量商量、规划规划？延年、乔年，跟你们的姨妈回家去。"

当晚，陈独秀在家里客厅主持陈家的第一次家庭会议。参加人有高君曼、陈延年、陈乔年、陈子美、陈鹤年。汪孟邹列席。

陈独秀有些激动："今天是我们召开的第一次家庭会议，延年和乔年能来参加，我很高兴。请孟邹兄列席，是因为好多事情要拜托他处理，何况这么多年来，他实际上也是我们家庭的一个成员。"

汪孟邹站起来："仲甫，你言重了。"

陈独秀没开过家庭会议，习惯性地把这当成了讲坛："我办《新青年》，灵魂是民主与科学。这两样东西不是摆设，而是要渗透于社会生活和家庭生活各个方面的。家庭的事情，过去是家长一个人说了算，这是孔教三纲的一个具体表现，应该彻底废除。家里有事，采用召开家庭会议的办法民主协商、科学决策，这应该是我们提倡的新文化的一项内容。"

高君曼笑了："我说陈老夫子，这不是北大的课堂，你就不要高谈阔论了，赶紧议事吧。我还要给两个儿子收拾房间呢。"

延年不愿意住在家里，赶紧声明："姨妈，我们回学校住。"

高君曼急了："那怎么行！说好的事，不能反悔呀。床铺是现成的，一直给你们预备着的,方便。仲甫,赶紧议事吧。"

陈独秀说:"好吧,既然是民主,那我就从善如流,接受批评,赶紧进入正题。我受蔡元培三顾之恩,出任北京大学文科学长,不日将北上。我答应蔡校长,试干三个月,胜任就留下,不胜任就回上海。所以,我想先一人去北京,一来可以尽快熟悉工作,二来尽快安排住所,为你们打前站,房子找好了,你们再去。今后我们就要在北京定居了,这是件大事,所以要全家人在一起商量、决定。"

高君曼率先表态:"我同意。你先走,我和孟邹先生把善后的事情处理完了再带着四个孩子去北京与你会合。"

陈延年站起来反对:"我和乔年不去北京。我们就在上海上学,勤工俭学。"

高君曼又急了:"不行,我们一家人东藏西躲这么多年,快要散架了。如今好不容易有了稳定的工作和收入,我们再也不能分开了。延年、乔年,这次你们一定要和我们一起去北京。"

陈独秀跟着表态:"延年,你听着,过去我没有管过你们,你记恨我,我认账。现在你们既然投奔我来了,而且家里的经济条件马上就要好转和稳定了,我就不能再不管你们。找你俩来开会,就是要你们和我们一起去北京。你们可以在北京上北大、清华,要出国留学那里也比这里便利。"

陈延年根本不买账:"我们的路我们自己走。以前我们没要你抚养我们,今后我们也不要你管。我和乔年决不会跟你去北京的,这没有商量的余地。"

陈独秀一下子火了,刚要站起来,被汪孟邹双手压了下去:"仲甫你先别激动。延年呀,这事我要劝劝你。我是主张你们哥俩去北京的,主要是为你们的学业和前途考虑。中国最好的学校在北京,中国最重要的事情也都发生在北京,北京是干大事的地方。另外,你们去了,可以把《新青年》在北京的发行工作挑起来,这就是勤工俭学,两不耽误。"

陈延年依然倔强："汪伯伯，您不要劝了。我们是绝对不去北京的。《新青年》在上海印刷，我们哥俩可以帮您做很多事情。我们就是要靠自己，不靠别人。"

陈独秀还是忍不住："陈延年，我看你就是存心跟全家人过不去。你大老远从老家安庆跑出来，不就是为了读书学习奔前程吗？这个法文补习班也不是什么正经的学业，留法勤工俭学，更是八字没有一撇的事情。你为了跟你老子赌气，不惜耽误自己的学业和前程，还要把乔年也带上，你这是自私、狭隘、不可理喻！"

陈延年冷笑道："这就是你说的民主、科学？不顺从你的旨意就是自私、狭隘，坚持自己的意见和追求就是不可理喻？既然这样，那还有什么好协商的。我算看明白了，到哪天你也还是一个封建家长。乔年，我们走！"

高君曼和汪孟邹赶紧把延年摁住。

汪孟邹连连摆手："仲甫啊，我看这会就开到这儿吧，以后我们再慢慢地协商。这延年说的也不是完全没有道理。别勉强孩子。"

高君曼生怕延年走了，顺着汪孟邹的话说："就是、就是，好不容易一家人团聚了，你发什么火。不说了，延年，来，跟我收拾房间去。子美、鹤年，拉着哥哥一起去。"

汪孟邹、高君曼和子美、鹤年强拉硬拽，把延年、乔年拉走了。

二

北京大学礼堂已经坐得满满当当，连走廊上都站满了学生。讲台上挂着一条醒目的横幅：蔡元培先生就职演说。

庶务长和一些官员、教授、记者聚在礼堂门口等候。人群中，身穿马褂、头戴瓜皮帽、拖着一条长辫子的辜鸿铭格外引人注目。好几个教授手上都拿着新出版的第二卷第五期《新青年》，胡适的《文学改良刍议》引起了教授们的热议。

北京大学教授黄侃指着胡适的文章问辜鸿铭："汤生先生，这篇文章您看了吗？从哪儿冒出来一个叫胡适的浑小子，居然给我们中华文学开列了八宗罪，狂妄至极、可恶至极！"

辜鸿铭轻蔑地说："这类数典忘祖的东西我从来不看，倒是听我的车夫说起过。"

旁边的记者听到了，凑上来问："辜教授，您的车夫也懂文言文吗？"

辜鸿铭傲慢地说："因为是我辜鸿铭的车夫啊，他不但听得懂文言文，还听得懂英文。知道这叫什么吗？这就叫耳濡目染，言传身教。"

记者恭维道："辜教授调教有方。请问您的车夫是怎么评价胡适这篇《文学改良刍议》的？"

辜鸿铭做出一个奇怪的表情："他说，这大冬天的怎么还能听到蝲蝲蛄子的叫唤。"

黄侃在旁边拍手叫好。记者为了套话，继续恭维辜鸿铭，说："您这车夫可是太有才了。您又是怎么看这个问题的呢？"

"时局艰难，世风日下，出几个崇洋媚外的跳梁小丑不足为怪，可怕的是营造这些小丑的有头有脸的大人物。"辜鸿铭感叹道。

黄侃接过话茬："我听说这《新青年》主笔陈独秀就要到北大来当文科学长了。"

辜鸿铭告诉他："不是听说，委任状马上就到，月薪三百大洋。"

黄侃闻言，勃然大怒："我和这个陈独秀在日本较量过。他既没上过什么正规大学，也没有教授资历，月薪凭什么比您学贯中西的辜汤生教授还多二十大洋？"

一旁的钱玄同听不下去了，挥舞着手中的《新青年》对黄侃说："潮流！世界潮流浩浩荡荡，顺之则昌，逆之者亡。季刚兄，我看你那套引经据典、模仿古

人、无病呻吟的做派今后在北大混不下去了。"

黄侃和钱玄同都是章太炎的门生："怎么,德潜师弟也赶时髦,什么时候成了文学改良的吹鼓手了?"

钱玄同吼叫道："岂止改良!是要洗心革面。不铲除六朝骈文的陋习,不打倒那些'桐城谬种'和'选学妖孽',中国的文学就没有出路。"

说话间,一辆汽车和一辆马车在礼堂前停下,人们赶紧围了过去。

范源濂从前面的汽车上下来,然后扶着从马车上下来的蔡元培,两人拾级而上。记者们围了上来,范源濂赶紧阻拦："各位,请先让蔡校长发表就职演说,会后再接受你们的采访。"

又一辆汽车开过来,汪大燮从车上下来,蔡元培、范源濂赶紧回身相迎。

蔡元培拱手说道："伯棠兄也来了,真是让我惶恐啊!"

汪大燮笑道："蔡元培的就职演讲,将来是要编入教材的,我不亲自到场恭听,那不就亏大了吗?"

中华民国的三任教育总长手拉着手走进礼堂,全场掌声雷动。

范源濂首先登台宣读委任状："各位,民国五年十二月二十六日,奉大总统令,任命蔡元培为北京大学校长。此令。"

掌声过后,范源濂亲自扶蔡元培上台："蔡先生是我中华民国首任教育总长,可以说是我国现代教育的开创者和奠基人。今天他出任北大校长,乃众望所归,相信他定能给民国的教育和北大的发展带来一股清新的空气。现在有请蔡校长发表就职演说。"

为了今天的演讲,蔡元培精心准备了一周。他刻意穿了平时很少穿的西装,戴上了金丝眼镜,显得格外儒雅端庄。他手无片纸,胸有成竹,声如洪钟,侃侃而谈："各位同学,五年前,严复先生做北大校长时,我刚刚在教育部工作,开学那天曾为北大做了一点事情。各位都是从预科读下来的,所以想必也听说过我。士别三日,当刮目相看。何况已经过去了好几年,各位一定有了长足的进步。我今天就要服务于北大,所以有三件事要告诉各位。一是抱定宗旨。大学是研究高深学问的地方,外人常常指责咱们北大腐败,因为在北大读书的人,都有着当官发财的梦。因为一心想做官,所以不问老师的学问深浅,而是问官职大小。官阶大的人特别受欢迎,大概是为了方便毕业时有人提携吧。这是北大学风败坏的一个重要原因。我的看法,不能把北大当作升官发财的基地。真要有做官发财目的的话,北京有很多专科学校,进入法律系可以在法律学校学习,进入经济系可以在商业学校报考,又何必来北大呢?所以各位要抱定宗旨,为了寻求知识而来。进入法律系,不是为了做官;进入经济系,不是为了发财。宗旨定下来,事情就都进入正轨了。大家一定还记得辛亥革命。我们之所以革命,就是因为清廷的腐败啊。就是现在,有很多人对政府不满意,也是因为社会的道德沦丧啊。现在各位如果不在这个时候打好基础,勤奋学习,那么将来为生计所迫,担任讲师,一定会耽误学生啊。进入官场,则会耽误国家、耽误别人啊。误人误己,谁又愿意这样呢?所以宗旨不可以不正大。这是我对各位的第一点希望。"

礼堂里掌声雷动。汪大燮感慨地对范源濂说:"到底是蔡元培,上来就找到了北大的病根。"

拖着小辫子的辜鸿铭站起来大声说:"蔡校长,您说得太好了,我辜鸿铭坚决拥护您!"

全场的人都站了起来。

蔡元培示意大家坐下,继续演讲:"第二,努力将德行砥砺磨炼。现今的风气越来越苟且敷衍,只顾眼前,道德沦丧,北京尤其是这样,败坏德行的事情,比比皆是。不是德行根基牢固的人,少有不被这种风气污染的。国家的兴衰,要看社会风气是高尚还是低劣,如果都流于这种风气,前途不堪设想。所以必须有卓越的人士,以身作则,尽力矫正颓废的社会风气。不修德,不讲学,和颓废的社会风气同流合污,已是侮辱自己,更何谈成为他人的榜样。所以品行不

可以不严谨对待和修养。三是敬爱师友。对教员、职员，应该以诚相待，尊敬有礼。至于同学之间，更应该互相关爱，不光要开诚布公，更要互相勉励，都在北大，则要荣辱与共。如果有同学道德有问题，举止有不当，在社会上遭到批评，即使你自己德行合体，也难以辩解，所以大家更要互相勉励。对于师友要敬爱，这是我对各位的第三点希望。我刚刚掌管北大，很多校务还不是很了解，现有两个计划。一是改良讲义；二是添购书籍，筹集钱款，多多购买新书，将来书籍满架，大家就不会有知识上的缺乏。今天和各位说的就这么多，来日方长，随时再为商榷。"

会场上再次响起掌声。

掌声中，有人两眼发光，有人低下了头。

走出礼堂的蔡元培被记者团团围住，上不了汽车。

庶务长喊来邓中夏、傅斯年、郭心刚等学生组成人墙将记者隔开。蔡元培向大家挥手致歉："我刚刚上任，所以今天只能抱歉地讲这些了。"

有记者并不放弃："蔡校长，就回答我们一个问题可以吗？"

蔡元培厚道地点点头："那好吧，就一个问题。"

几位记者商量后由一人提问："听说您有一个很庞大的改革计划，能说说它的基本理念，从何处入手吗？"

蔡元培："你这个问题相当于好几个问题。简单地说，我关于北大改革的理念就二十个字：教育独立，思想自由，兼容并包，教授治校，民主管理。至于改革从何处入手，当然是从文科入手。新任文科学长陈独秀先生不日将到任，具体的方案要等陈学长来了之后再商量，我现在还无可奉告。"

三

上海，汪孟邹和陈子沛、陈子寿兄弟设宴为陈独秀饯行。章士钊、吴稚晖、柳文耀、易白沙等应邀参加。宴会开始前，众人沉默不语，气氛有些沉重。

汪孟邹站起来致辞:"各位兄台,今天我和子沛、子寿联合做东为仲甫送行。我和仲甫相识已经十余年了,我看着他这十余年为寻找救国救民之路颠沛流离、九死一生、惨淡经营,不知道为他担了多少惊怕。现在,他终于站到一个新的起点上了。我相信,在北大这个舞台上,仲甫一定会有闪光的亮相、精彩的表演。来,让我们共同举杯,为仲甫的宏愿大志、为中国的光明未来干杯!"

众人站起,一饮而尽。

易白沙说话了:"仲甫兄,此次北上,前途未卜,你责任重大啊。放开手脚大刀阔斧地干吧,我易白沙永远都是你坚强的后盾。"

陈独秀激动不已,起身满斟一杯:"各位兄长、贤弟,独秀这些年感于国运衰微,民生艰难,弃家别雏,东奔西走,时至今日,一事无成,心中惭愧。感谢各位不离不弃,知遇之恩,永志不忘。此番进京,深感责任重大,定当竭尽全力以赴国事,不成功则成仁。独秀敬各位一杯以表心迹。"

汪孟邹再次站起:"各位大贤,此次仲甫进京,把《新青年》带到北大实行同人编辑,我认为这是一件大好事。仲甫,从今之后,你在北京好好地编,我们在上海好好地印,一定把新文化这把火在全中国都烧起来。"

章士钊借着酒劲发泄不满:"仲甫,我对这一期《新青年》胡适的文章很不感冒。你倡导科学、民主我不反对,但是你要批孔、用白话文代替文言文,我以为是走了极端。"

吴稚晖大大咧咧地一把将章士钊摁下:"行严老弟,你的思想落伍了。今天你是少数派,还是免开金口吧。"

平时温文尔雅的章士钊今天有点急切:"我不是反对新文化,只是不主张你们走极端。"

柳文耀是吴稚晖的门生,态度鲜明:"矫枉过正,势在必行。我倒是觉得胡适的文章不是过了,而是火力不够,有点羞羞答答。"

吴稚晖指着陈独秀问："仲甫，我让延年把我对胡适的批评带给你，你知道了吗？我认为，文学革命，还要再加一把火，观点更明确、火力更猛烈，才能成燎原之势。"

陈独秀答道："近日我已经写成了一篇《文学革命论》，下期刊出。"

易白沙补充道："胡适的八首白话诗也在下一期。白话文、白话诗很快就会成为全社会的热门话题。"

陈子寿感慨："旧时王谢堂前燕，飞入寻常百姓家。这文化接了地气，就有了新的活力，接下去就要改变社会。《新青年》功不可没呀。"

陈独秀特意走到易白沙跟前，恭恭敬敬地敬上一杯酒，感谢他为《新青年》付出的心血，恳请他一同进京。易白沙是个固执且容易走极端的人，他对陈独秀说："你在北京身边有一群高人，我就不去凑那个热闹了。我跟你不一样，只想做些具体的事情，不愿意去京城那个大染缸。我已经想好了，回湖南教书去。"

陈独秀说："不行啊，越邨，我离不开你。你不在我身边，我会把好多事情办砸的。"

易白沙摇摇头："你是乐观派，是找出路的。我是悲观派，是看不到这个国家有什么出路的。我这辈子只能走极端，到头来会影响《新青年》的。"

章士钊和易白沙是同乡，也过来敬酒："越邨啊，你的才华绝对在我和仲甫之上，我是一向看好你的。"

易白沙并不领情："不说这个，喝酒，今天一醉方休。"

……

次日，上海火车站，高君曼带着子美、鹤年为陈独秀送行。陈独秀看着日渐消瘦的妻子和一双小儿女，不禁心头一酸。他深情地对高君曼说："君曼，这些年你跟着我受苦了。我去北京，这个家就交给你了。你身体不好，要按时吃药，不要太劳累，等我安顿好了就回来接你们。"高君曼并不理会陈独秀，四处张望着。陈独秀知道她在找什么,便说:"你别找了。这两个小子犟得很,不会来的。"

高君曼说:"我看你并不了解延年。你知道吗?昨天早上我收拾他睡的床铺,发现他的枕头是湿的,说明他心里很痛苦。"

陈独秀心头一热,嘴上却说:"那说明他还是没出息。"

高君曼瞪了他一眼:"我看你们爷俩一样,都是嘴硬。"

汪孟邹发现陈乔年远远地躲在电线杆后面,便走过去说:"乔年,躲在这后面干什么,怎么不过去呀?"

陈乔年不好意思地说:"我想去送送他,又怕我哥说我。"

汪孟邹:"是你自己不好意思去吧。来,你帮我做件事情。这是你易白沙叔叔给你父亲的一封信,他有事情来不了,你替我送去。"说着,汪孟邹把信交给乔年,拉着他走过去向陈独秀打招呼,"仲甫,越邨有事来不了了,他让乔年给你带了封信。"乔年有点不好意思地走近父亲,陈独秀爱怜地摸摸他的头,这次乔年没有拒绝。

乔年把信递给陈独秀,又塞上一个荷叶包说:"望天鹅,上次你没吃成,送你车上吃。"陈独秀感动了,抱着陈乔年情不自禁地亲了一口。

火车上,陈独秀打开易白沙的信,信中写道:"仲甫兄,我不去车站送你了,实在是不忍相别。原谅我不能和你一起去北京继续编辑《新青年》。不是我不愿编,而是我不愿意去北京。北京是帝王之都,我不愿意和统治者住在一个屋檐下,更不愿意在不得已的时候为他们做事或者捧场。我要是去北京,只有一种可能,那就是和统治者刀枪相见。我憎恶古今的帝王,我要回湖南写一本书,书名就叫《帝王春秋》。我要把历代帝王的暴政暴行公布于众,让他们遗臭万年,以此警醒我们的民众,只有推翻一切反动的统治者,民众才有可能过上好日子。可是我知道,统治者是赶不尽的,旧的去了,新的又来,所以我对现实是悲观的。我看不到中国的出路,也就不再陪伴你这个寻路的人了。原谅我,

仲甫,无论在哪里我都会挂念你的。白沙。"

陈独秀泪眼迷离,他放下信,望着窗外,看到了一个山河破碎、民不聊生的中国:成群结队的难民扶老携幼,沿着铁路艰难前行。

四

北京大学,教室里冷冷清清。黄侃正在讲《文心雕龙》,台下只有一个学生——傅斯年。黄侃不管不顾,依然摇头晃脑,讲得津津有味。傅斯年倒也听得饶有兴趣。

蔡元培在教务长陪同下巡视教学情况。两人在教室外看了半天,心情复杂。蔡元培焦急地问:"文科学长陈独秀怎么还没有到任?"教务长告诉他,陈学长已经到京,钱玄同教授帮他找了个小院子,在箭杆胡同,此时正忙于安顿呢。

蔡元培急了:"这个时候哪里有时间容他先安家?箭杆胡同不就在学校附近吗?我去看看。你马上发通知,明天上午召开校务会议,专门研究文科事宜。"

箭杆胡同9号,一个清净小院,是陈独秀刚刚租下的新居。陈独秀正在门口挂一个牌子——新青年编辑部。钱玄同带着一帮学生来了,看到牌子,赞道:"好啊,仲甫兄,一头是北京大学文科学长,一头是《新青年》杂志老板,亦学亦商两不误呀。"

陈独秀赶忙迎上去:"德潜来了。真得谢谢你帮我租下这个院子,比我在上海法租界的房子宽敞多了。来,大家请进屋说话。"

进了院子,陈独秀领着大家屋内屋外转了一圈,然后招呼众人在厅堂里坐下。陈独秀看着几个学生说:"都是北大的同学吧,除了郭心刚,其他的我都不认识。"

钱玄同介绍说:"这几位都是北大文科高才生,也是你陈独秀和《新青年》

的追随者。来,你们都做个自我介绍吧。"罗家伦、许德珩、张国焘、邓中夏、罗章龙等逐一自我介绍。

陈独秀和他们一一握手:"好啊,见到这么多优秀青年,我更有信心了。《新青年》就是为你们办的,希望你们多多投稿,多提意见,也欢迎你们以后常来编辑部看看。"

这时院外传来蔡元培的声音:"陈独秀可在?"陈独秀赶紧迎出门来,连连向蔡元培拱手。

蔡元培指着《新青年》编辑部的牌子说:"仲甫,刚才我想了半天,这个牌子是挂在这里好,还是挂在北大校园里好,想来想去觉得恐怕还是挂在你这里好。放在北大太招摇,容易惹事。"

陈独秀点了点头:"我是想先把牌子挂出来,出个安民告示,表明《新青年》进驻北京了。子民兄,快请里面坐。"

进到院内,看到这么多同学,蔡元培高兴地指着陈独秀说:"我说的不错吧,《新青年》和新文化在北大是很有号召力的。"

陈独秀连连点头说:"是啊,我也没想到有这么多同学喜欢《新青年》。"

蔡元培话锋一转:"仲甫兄,我要提醒你,切不可盲目乐观。北大历来是各种社会思潮相互激荡的地方。你看这一期《新青年》上胡适的文章,在北大就是褒贬不一。"

钱玄同接过话茬:"蔡公说得没错,一个黄侃,一个辜鸿铭,是死硬的反对派。"

蔡元培叹了一口气:"可不光是他们俩,林纾、严复、章太炎、章士钊、刘师培,都是个顶个的学界泰斗,他们的意见举足轻重,不可轻视。仲甫兄,你要有思想准备呀。"

陈独秀笑道:"蔡公放心,我到北京来,就是来战斗的。我喜欢战斗,渴望战斗。这个社会,再不战斗,还有什么出路!"

蔡元培赞许地看着陈独秀:"我欣赏你的勇气,也会竭尽全力支持你。但是,我们不能做堂吉诃德。仲甫,你明白我的意思吗?"

"多谢蔡公提醒。"陈独秀显然明白蔡元培的深意。

蔡元培:"你明白就好。我今天来是催你上班的。仲甫,北大改革,我决定从文科入手。明天上午召开校务会议,专项研究文科改革问题,我等着听你的意见。"

次日清晨,北大校门口熙熙攘攘,多是匆匆赶来上课的学生和老师。离校门不远,蔡元培下了马车,对庶务长说:"北大校门是走人的,马车要走旁门,我走过去。"

蔡元培走到校门口,两个门房躬身向他致意。蔡元培恭恭敬敬地向两个门房各鞠了一个躬,然后与他们握手说:"你们辛苦了。"

门房激动得不知所措,因为这是之前从未有过的事情。出入校园的师生看到这一幕,都停下脚步,情不自禁地鼓掌致意。

北京大学校务委员会会议室,文科学长陈独秀和理科学长夏元瑮领衔分坐两旁。蔡元培走进会议室,大家起立。蔡元培示意大家坐下,开口就检讨:"对不起,因为内急,迟到了一会儿,让大家久等了。我迟到了,应该给大家赔礼,可是我进来的时候,大家却起立向我致敬,这很不合理。所以我要先做一个声明,开会既然是协商事情,那么参会者就应该人人平等,不必为我起立。家长制、一言堂,这是封建的东西,北大从今日起一律废止。"众人热烈鼓掌。

蔡元培接着说:"各位同人,我来北大已经半月,这是我主持的第一次校委会。我先向各位介绍新来的两位学长,文科学长陈独秀,理科学长夏元瑮。"

陈独秀、夏元瑮起身向大家致意,刚要坐下,辜鸿铭说话了:"陈学长,开会之前,我想请教几个问题。蔡公,不知可否?"蔡元培未置可否,陈独秀却非常爽快:"辜先生不必客气。"

辜鸿铭一本正经:"那好,请问陈学长毕业于哪一所大学?"

陈独秀答："我在日本上过早稻田大学,但没毕业。"

辜鸿铭又问："那么,请问陈学长在哪个学科有所专长?又有哪些学术专著呢?"

陈独秀不卑不亢："我忙碌半生,没有专修过哪门学问,更没有什么学术专著。不过写几本学术专著,倒是我毕生的追求。"

辜鸿铭开始发难："既然如此,你又凭什么来担当我们北京大学文科的学长呢?"

黄侃也站了起来说："对呀!你说一下,没有文凭,没有专著,凭什么做我们学长?"

陈独秀笑道："我陈某一生追求真理,所以我愿意追随蔡先生,为再造一个新北大做一些力所能及的事情。陈某说过,我可以试做三个月,如果不合格,自动辞职。"

辜鸿铭冷笑："三个月?如果这三个月我们北大的名声扫地,你能担当得起吗?谁又能承担这个责任呢?"

黄侃附和道："对呀,我们北大的名声怎么办!谁来担这个责任呢?"

蔡元培听不下去了："汤生兄、季刚兄,我看你们这些话有些过分了!陈学长是当今文化界公认的思想家,也是应我蔡元培三顾茅庐之邀请,更是教育部正式委任的北京大学的文科学长,他的资质没有任何问题。仲甫先生,辜教授他是一个直肠子,说话不把风,您不必介意。"

陈独秀站了起来："陈某不才,倒很愿意找机会和辜教授切磋切磋一些学术上的问题。"

辜鸿铭一脸的不屑："好啊,我知道你是新文化的旗手。什么时候切磋,我随时恭候!"

陈独秀摆出一个请的姿势："那就今天吧!"

蔡元培厉声喝道："行了!这是北京大学的校务委员会,不是打擂台的场

子。各位坐好,现在开会。"

会场安静了。蔡元培清了清嗓子:"今天开会的议题是改革北大的办学方针,实行教授治校、民主管理。这个话题是五年前我担任教育总长的时候提出来的,今天才真正进入实施阶段,可见改革之艰难。教学改革,目的是把推动学校发展的责任交给教授,让真正懂得学术的人来管理学校。所以,改革的第一步是成立北京大学评议会。评议会由校长、各科学长和教授组成。从全校每五名教授中选举评议员一人,校长为评议长。评议会为全校最高权力机构,凡学校重大事务都必须经过评议会审核通过,如制定和审核学校各种章程、条令,决定学科的废立,评定审核教师学衔,提出学校经费的预决算等。教授是大学的灵魂。因此,我们首先要进行的是各科教授的重新聘任工作。要把国内甚至国外最优秀的人才引进到北大,要裁撤那些不称职的教授,包括外籍教授。这项工作很复杂,首先从文科做起。陈学长,目前你要把主要精力放到这个方面,尽快拿出具体方案提交校委会讨论。"

陈独秀点点头,恭敬地说:"我尽力。"

散会了,陈独秀和辜鸿铭站起来目光对视。陈独秀主动挑战:"辜教授,要不要去切磋一下学术问题?"

蔡元培连忙拦住:"仲甫,这就是你的不是了,怎么没完没了呀!汤生兄,你先走,仲甫留下。"

辜鸿铭走了。蔡元培指着陈独秀摇着头说:"仲甫兄,十二年了,你还是当年造炸药时的老脾气啊!"

陈独秀笑了:"蔡公,您让我来当这个文科学长,不就是来当先锋、来战斗的吗?"

蔡元培急了:"你这是在和谁战斗呀?你忘了我昨天怎么跟你说的,不能当堂吉诃德吗?"

看到蔡元培上火了,陈独秀冷静下来,检讨说:"蔡公,我给您惹麻烦了。"

蔡元培指着窗外："你看，月亮出来了，你陪我到校园里走走吧，我们俩聊聊天。"

月光似水银泻地，幽静的马神庙校园，蔡元培、陈独秀边走边谈，路上留下两个长长的身影。

蔡元培说："仲甫兄，你是研究历史的。你可知道，听了你刚才和辜鸿铭的争吵，让我想起了中国历史上的一个时代，先秦的春秋战国时代。那时候，西周灭、礼乐崩，没有人知道往下该怎么走，大家都在寻找出路。没有了统一王权的限制，就出现了各种各样的学说。你说你的，我说我的，诸子百家争得一塌糊涂。"

陈独秀来了情绪："那是一个令人心驰神往的时代，思想自由、百家争鸣，好不热闹。"

蔡元培感慨道："百家争鸣，各种思想的大撞击引发出了中华文化的繁荣发展，造就了后来大秦帝国集权政治的鼎盛期，中国历史完成了一次大转折。所以，文化是政治的先导啊。"

陈独秀受到了启发，甚为感佩："蔡公您明察秋毫，一下子就把我们倡导新文化的意义讲清楚了。"

蔡元培的思想开了闸，一发而不能止："我感到，中国好像又回到了先秦时代，现在是先什么时代，我还不清楚，但是我知道，无论将来出现的是什么时代，它终将是以我们今天倡导的新文化为先导的。"

陈独秀补充道："也是以与旧文化的决裂为基础的。"

蔡元培站住不走了。他严肃地对陈独秀说："不，我不同意你这个观点。文化是割不断的。新文化只能在旧文化的襁褓里生长，是对旧文化的扬弃和革新。"

陈独秀没想到蔡元培这样激动，问："蔡公，您的意思是——"

蔡元培一挥手，提高了声调："我的意思就是我反复强调的北大的一个办

学方针——学术自由、兼容并包。学术研究不能搞清一色,要允许并鼓励百家争鸣。这是我听到你们争吵后得出的第一个感受。"

陈独秀问:"蔡公的意思是北大要继续聘任那些复古派、顽固派教授?"

"是的!北大的讲堂,应该是当今中国古、今、新、旧各个学派领军人物的大讲堂,应该是各种学术流派百家争鸣的大讲堂。只有这样,北大才能成为中国顶尖的大学。"蔡元培旗帜鲜明地亮出了他的观点。

陈独秀有些不明白:"蔡公,新文化是刚刚破土的小草,怎能禁得住旧势力的疯狂践踏?"

蔡元培笑道:"怎么了?连你陈独秀也不自信了?前几天你是怎么跟我说的?"

陈独秀眨眨眼,还是有点糊涂:"我是说我渴望战斗,可是我确实不愿与那些思想顽固的复古派终日为伍。"

蔡元培拉起陈独秀的手,语重心长地说:"仲甫兄,文科学长不容人那可不行啊。你应该清楚,人和文化都是很复杂的,在这样一个混沌的时代,其实大家都在为这个国家寻找出路,只是各人的思路不同罢了。比如辜鸿铭,铁杆的保皇党,满嘴的春秋大义,但他对西方文化弊病的揭露和批判还是有很大积极意义的。"

陈独秀并不完全赞同蔡元培的观点:"可有不少人提出北大应该解聘辜鸿铭。"

蔡元培摇摇头:"辜鸿铭精通多国语言,在西洋文学的研究方面造诣很深,这样的人我不主张解聘。还有你我当年岳王会的同人刘师培,著名的'筹安六君子',为袁世凯写过《君政复古论》。最近他给我写了一封信,一是驳斥胡适的《文学改良刍议》,二是希望能来北大任教。"

对刘师培,陈独秀非常熟悉,他感慨道:"这个刘师培,做过很多蠢事,不过本质上他还是个读书人,犯糊涂也是权作稻粱谋而已。"

蔡元培敞开了心扉："我的理想是,把北大办成群贤毕至的学术大舞台,各个学派、各种思想百家争鸣,这样才能滋生出健康的新文化。仲甫,请你来当这个文科学长,盖源于此。"

陈独秀被感动了,心悦诚服地说："蔡公匠心,我当悉心领会,争取不负重托。"

月色溶溶,两个清晰的身影在北大校园中交融在一起。

五

第二天早上,陈独秀一大早就走上大街,买上两根油条,又买了两盒点心,一手提着点心,一边吃着油条,拦住一辆黄包车,直奔广安门外。

郊外一座寺庙前,陈独秀叫车停下,对车夫说："这车今天我包了,你就在这儿等着,一会儿拉人去法国医院。"

车夫揽了个好活,高兴得直点头："听先生的。"

这是一座没有香火的破庙。庙门紧闭,门上的铁环锈迹斑斑,四周一片荒芜。门里传来一阵阵剧烈的咳嗽声。陈独秀上前敲门,一声沉重的"吱呀"声过后,门开了,走出来一个僧人。

僧人问道："施主因何来此?"

陈独秀赶紧施礼说："我是来拜访刘师培施主的,烦请通报一声。"说着递上帖子。

不一会儿,僧人出来回道："刘施主说了,请先生回去,他不忍相见。"

陈独秀不解地问："为何?"

僧人不答,却反问："先生可是来救刘施主的?"

陈独秀："此话怎讲?"

僧人答："刘施主病得厉害,如果再不医治,恐怕不久于人世。"

陈独秀听了这话,急忙走进刘师培的屋子,只见刘师培躺在炕上不停地

咳嗽。

陈独秀急忙扶起刘师培:"申叔,你这是怎么啦?"

刘师培捂着嘴,一边咳嗽一边说:"仲甫,你走吧,我们还是不见的好。"

陈独秀着急了:"申叔,我是受蔡元培蔡校长的委托来看你的,他收到了你的信,让我来与你洽谈聘任你为北大文科教授事宜。申叔,你病成这个样子,怎么不去看大夫?"

刘师培上气不接下气地说:"我不需要你的怜悯,也不想成为你的同事。你我道不同,不相为谋。"

陈独秀觉得好笑:"刘申叔,这袁世凯都死了,你还为他守哪门子孝呀。"

刘师培气得声嘶力竭:"当今中国一盘散沙,唯有恢复大一统的帝王权威方能振兴我中华。"

陈独秀扶刘师培躺下,问:"你主张你的帝制,我宣传我的民主,我们怎么就不能成为同事?"

刘师培瞪大眼睛:"我不能容忍你玷污我中华国粹,辱没祖宗。"说着,从枕头下面抽出几本《新青年》,扔到地上说,"这就是你陈仲甫宣扬的新文化?废除孔教、废止文言文、废止汉字,你就是无恶不作的千古罪人!"

陈独秀笑了:"好你个刘师培,落魄成这个样子还研究我的《新青年》,就冲这个,我这趟就没有白来。不过我真是不明白,这提倡白话文、白话诗碍着你什么事了,怎么一说到这就像挖了你的祖坟似的?"

刘师培恨恨地说:"挖我祖坟可以,毁我国粹不行,任你们这样胡闹,非亡国灭种不可。"

陈独秀摇摇头:"就你这德行,不亡国灭种才怪呢!"

刘师培一阵剧烈咳嗽,憋红了脸,说:"陈仲甫,我与你势不两立,老死不相往来。"

陈独秀正色道:"刘申叔,你给我听好了。按你这几年的德行,我本不想再见你。可是我今天来了，看到你这个样子，就不能不管你。一来，念你是个国学大师，一肚子学问；二来念你我是多年的朋友；三来也念你是个不认输的对手。来，起床，跟我进城，先治病，再去北大教书，咱俩在讲台上接着斗。"说着他就去拉刘师培起身，刘师培耍赖不起，僧人在一旁劝道："刘施主，你就赶紧跟这位先生进城治病吧，别可惜了你一身的学问。"刘师培半推半就起床："陈仲甫，你听好了，我不会因为你救了我就向你服输的。"陈独秀笑了："你放心，这辈子只有你刘师培负我，我决不会负你。"

陈独秀把刘师培送到法国医院，安顿好了，回到箭杆胡同，已是夜里了。

夜深了，陈独秀坐在案桌旁心绪难平。他摊开稿纸，握笔沉思。白天刘师培憋红了脸吼叫的"废除孔教、废止文言文、废止汉字，你就是无恶不作的千古罪人"一遍遍在他耳边回响。

第二天，陈独秀走上讲台。蔡元培坐在教室的最后一排。

陈独秀在黑板上写出五个大字：文学革命论。转过身来，他说："同学们，文学革命之气运，酝酿已非一日，其首举大旗之急先锋，则为吾友胡适。余甘冒全国学究之敌，高举'文化革命军'大旗，以为吾友之声援。旗上大书特书吾革命军三大主义。曰，推倒雕琢的阿谀的贵族文学，建设平易的抒情的国民文学；曰，推倒陈腐的铺张的古典文学，建设新鲜的立诚的写实文学；曰，推倒迂晦的艰涩的山林文学，建设明了的通俗的社会文学……"

蔡元培站起来带头鼓掌，同学们一片叫好。

课后，蔡元培把陈独秀叫到校长室，和他商量文科教授聘任事宜。

蔡元培给陈独秀倒了一杯茶，拿出一份名单来，说："仲甫兄，你们文科报上来的教授名单，我看了，不错，胆大心细，各方面都照顾到了。只是这么多人要一下子解决的话，教育部那里很难批准，可以分期、分批、分不同途径解决。比如章士钊、吴稚晖、刘师培，报教育部备案就行了。年轻、名不见经传的，特别是没有学历的，可以分批解决。最近要开校评议会，确定第一批聘任人员。"

陈独秀："青年才俊分三类。留美的一般都有正规学位;留日的很少有正式文凭;还有一些没上过大学,但在国内小有名气,如刘半农、梁漱溟等。"

"'我劝天公重抖擞,不拘一格降人才。'仲甫兄,我认为龚自珍的这两句诗可以作为这次北大招聘教授的总原则。所谓不拘一格,就是要学会变通,利用各种方式和途径。比如李大钊,现在办的《甲寅》离不开他,而章士钊又不愿意当教授,只想当北大图书馆主任,而且只干半年,半年后由李大钊接替。这样李大钊和章士钊的问题就都解决了。像刘半农,没有学历,可以聘为预科教授。吴敬恒则可以不占教授名额,当学监。总之要千方百计招揽人才才是。"蔡元培说得语重心长。

陈独秀想了想,说:"有些人现在还在外地甚至国外,一时还不能到位,是不是也要先考虑? 比如胡适、吴虞。"

蔡元培点点头:"胡适确实是个不可多得的人才,他有博士学位,破格聘任也说得过去。希望他毕业后即来北大。说到外地,我还想起一个人来,杨昌济,现在长沙教书。你跟他联系一下,请他到北大来。"

听到胡适能来北大了,陈独秀高兴起来:"太好了,我现在就给胡适写信,让他早点回来。"

蔡元培笑着说:"胡适的事情不着急,我着急的是你要赶紧把家搬到北京来。"

六

震旦学校大门外,陈延年、陈乔年的书摊上摆着新出版的《新青年》和《甲寅》,柳眉在旁边帮忙叫卖。

柳眉刚有新角色,热情很足:"快来买新出版的《新青年》杂志! 看陈独秀《文学革命论》,提出文学革命三大主张,向旧道德、旧文化开战!"陈延年声音也不小:"快来买新出版的《甲寅》日刊! 看李大钊新作《孔子与宪法》,主张从根本上改造国民!"陈乔年不甘示弱:"看胡适的自由体白话诗,点燃诗界革命启明灯!"

此起彼伏的叫卖声吸引了不少人,三个人忙得不亦乐乎。

陈延年把小板凳递给柳眉,让她歇一会儿——虽是大冷的天,可柳眉吆喝得一头汗。柳眉擦了擦额头,她一点没觉得累,反而觉得勤工俭学挺好玩的。陈延年很是怜惜,他和乔年是勤工俭学,柳眉不必整天跟着他们,耽误学习。柳眉抬头,扬言陈延年别想甩掉她,陈延年干什么她就干什么,就当一个跟屁虫。

陈延年笑了,柳眉怎么也说这种粗话!陈乔年凑上来支持柳眉。陈延年瞪了陈乔年一眼:"跟屁虫,我们今天早点收工,晚上还要回法租界帮姨妈收拾东西呢。明天她们就要去北京了。"

柳眉也要去。陈延年不同意,柳眉说:"我不管,反正我是跟屁虫。"

1917年,早春二月的北京,春寒料峭,冰封大地。高君曼带着子美和鹤年,跟随着春天的脚步来到了北京。箭杆胡同九号,陈独秀领着妻子儿女在院子里栽下一棵酸枣树,夫妻俩培土,子美和鹤年浇水,一家人其乐融融,小院充满了春天的生机。

出汗了,陈独秀想脱掉长衫,高君曼赶紧制止:早春时节,一不注意就会伤风。陈独秀伸伸胳膊,说没有那么娇气。高君曼想起上海冬天也很冷,乔年脚上都有好几处冻疮了。

君曼的话让陈独秀想起了两个儿子。高君曼慢慢说着家常:哥俩住到上海家里来了,自己跟他们聊得挺好的,延年特别崇拜吴稚晖,迷上了他的无政府主义,一心想去法国勤工俭学,他们还在《新青年》当编务搞发行,汪孟邹跟他俩签了合同,按劳付酬……

陈独秀却说留法勤工俭学没有那么容易。这法国在打仗,不知道哪一天

结束,他俩也不能老在法文补习班里耗着。高君曼告诉陈独秀,吴稚晖正和蔡元培、李石曾策划在法国办一个中法大学,要是弄成了,两个孩子就有着落了。陈独秀有些不安,他觉得不能全听吴稚晖的,因为这个人看似简单,其实很有心计,让人捉摸不定,延年不能跟他走得太近。

高君曼神秘地看了陈独秀一眼,又说:"最近延年身边老跟着一个小姑娘,叫柳眉,还来家里好几次帮我收拾东西,人长得很是水灵,像个大家闺秀,特别招人喜欢。"

陈独秀脱口而出:"是柳文耀的女儿吧。"高君曼忙追问是怎么回事。

陈独秀把延年和柳眉的事从头至尾说了一遍,高君曼惊讶还有这档子事。陈独秀得意地说:"这延年别看他长得黑不溜秋的,可身上有一股硬气,很招女孩子喜欢。"

高君曼白了陈独秀一眼:"有其父必有其子嘛!"

门外传来一阵嘈杂声。

赵世炎蹬着一辆平板车,拉着一个梳妆台,李大钊和郭心刚、白兰左右扶着,来到陈独秀家小院门口。陈独秀夫妇把他们迎进门,几个年轻人忙着抬家具进屋,高君曼忙着指挥安放。

李大钊说:"嫂夫人来了。我碰巧在琉璃厂淘到了这老式玩意儿,想必用得着。"陈独秀这才想起忘了介绍,赶紧对高君曼说:"这位是李大钊先生,我在日本认识的早稻田大学的才子,现如今和章士钊一起编《甲寅》,也是《新青年》的同人编辑。"

高君曼躬身打招呼:"久仰守常先生大名,你写的《青春》让人热血澎湃、荡气回肠,我经常独自吟诵,非常喜欢。"

李大钊不好意思了,赶紧说:"我也读过嫂夫人写的诗,缠绵比义山,婉约如易安,让人黯然销魂啊。"

高君曼谦虚道:"我哪里会写诗,不过是一时寂寞,自遣罢了。"

陈独秀继续介绍赵世炎、郭心刚和白兰。

三个年轻人一起向高君曼鞠躬问安。高君曼赶紧还礼，说改日请他们来吃徽菜，品尝自己做的一品锅。

陈独秀关切地询问李大钊的家眷情况。

李大钊赶忙解释，他和夫人是娃娃亲。十岁时，家里缺少女眷，就让他成亲了。夫人大李大钊六岁，地道的村妇，大字不识几个，不过他们俩感情很好。

高君曼觉得李大钊品德高贵，令人钦佩。陈独秀有些尴尬："无论怎样，还是尽快把夫人孩子接到北京来吧。"

李大钊答道："我早有此意，只是现在军阀混战，时局艰难，北京也不安稳，加上我自己还没有安稳，等等再说吧。"

第 六 章

山雨欲来风满楼

一

黄侃一手拿着粉笔盒一手捧着讲义走进课堂,他今天要给文科学生讲授《文心雕龙》选修课。上了讲台,黄侃从讲义夹中取出一本《新青年》直接扔到地上,表情有些夸张:"各位同学,奇文共欣赏。近日,有一个叫胡适的愣头青用白话写了几首诗,居然在大名鼎鼎的《新青年》杂志刊登出来了,还得到一片叫好声。这种伤风败俗、辱没祖宗的丑恶行径让我一连做了好几天噩梦。所以,从今天起,我要立个规矩,每次上课之前,我要用五分钟的时间痛批白话文、白话诗,直到把它批倒批臭为止。"

郭心刚举手道:"先生,您扔在地上的《新青年》不要了吧,那我就捡起来了,可以吗?"说着就要上前来捡。

黄侃马上制止:"且慢,你捡起来可以,但要放回我的讲台上。"

"您不是把它扔了吗?"郭心刚回了一句。

黄侃说:"我还要再扔它一百次、一千次,你捡了我再扔什么?"

张丰载跑过来捡起《新青年》,双手送上讲台:"先生,我给您捡。以后您扔多少次我给您捡多少次。"听着让人肉麻。

黄侃满意地说:"好,我们言归正传。用白话写诗,笑话! 那就相当于白日做梦,就是白痴。诗是什么? 诗的要义、诗的精髓就是一个字:雅! 白话是什么? 一

136

字以蔽之，就是俗。雅与俗，一个天上，一个地上，岂能鱼目混珠、鱼龙混杂！"

邓中夏举手："先生，我认为文学应该是雅俗共赏。听惯了阳春白雪不一定就是风雅之士，听惯了下里巴人也不一定就是粗俗之人。旧体诗和白话诗并行不悖、自由发展，岂不更好？"

黄侃气恼地说："胡闹！诗是诗，文是文，话是话，用说话包揽一切，还要诗文干什么？那还要北大做什么？你还用得着从湖南跑到北京来上学吗？"

郭心刚不顾黄侃的气恼，帮着邓中夏说话："先生，白话诗挺受欢迎的，特别是女高师的学生，整天都在传看胡适先生的白话诗，还举行白话诗朗诵会呢。"

邓中夏接着补充："我们北大学生会也正在筹备白话诗朗诵会，陈独秀先生、钱玄同先生、沈尹默先生等许多知名教授都要来参加呢。"

黄侃严厉地说："邓中夏，你到底是谁的学生？你是我黄侃的门生还是陈独秀的孝子贤孙？"

邓中夏愣住了，过了一会儿，缓过神来，梗着脖子说："吾爱吾师，吾更爱真理。"

黄侃是个要面子的人，没想到邓中夏会当众反驳他，气得直拍桌子："邓中夏，你知道什么是真理吗？我告诉你，在北京大学，老师讲的就是真理，师道尊严就是真理。你连这个都不懂吗？"

郭心刚小声嘟囔道："您这是强词夺理！"

黄侃瞪眼道："郭心刚，你在嘟囔什么？"

张丰载站起来高声叫道："老师，他说您是强词夺理！"

同学们哄笑起来。

黄侃恼羞成怒地把讲义扔到讲台上，大声说："郭心刚、邓中夏，你们扰乱课堂纪律、辱骂老师，该当何罪？这堂课不上了！"

黄侃在一片哄笑声中拂袖而去。

当天下午,北大教务长主持教务会议。教务长直奔主题:"文科教授黄侃致信蔡校长,诉学生邓中夏、郭心刚等扰乱课堂秩序,辱骂师长,离经叛道,要求给予他们校纪处分。蔡校长指示教务处牵头调查,弄清原委并提出处理意见。为慎重起见,蔡校长亲自参加此次讨论会。首先请黄侃教授提出诉求。"

黄侃一脸愤怒:"北大历来讲究师道尊严,是有规矩的学校,可是最近在所谓新文化思潮的蛊惑下,一些学生思想混乱、纪律松懈,竟在课堂上公然起哄、辱骂教授,是可忍孰不可忍!主谋邓中夏、郭心刚,必须给予校纪处分。"

教务长:"现在由邓中夏同学申辩。"

邓中夏从座位上站起来:"各位师长,我们并没有扰乱课堂纪律,我们只是不同意黄侃教授关于白话诗的观点,并与他辩论了几句。这应该属于学术自由的范围,谈不上辱骂老师。"

张丰载迫不及待地站起来:"我证明,郭心刚确实辱骂了黄侃教授,说他是强词夺理。"

郭心刚回击道:"黄侃教授以一己之见攻击白话诗和《新青年》伤风败俗、辱没祖宗、有损国格,说白话诗的作者胡适是白痴,并说他自己的观点就是真理,不容置疑,这难道不是强词夺理吗?"

会场上顿时议论开了。

教务长望着陈独秀:"陈学长,这是文科的事情,请你发表意见。"

陈独秀站起来不慌不忙地说:"事情的起因是白话诗和《新青年》杂志,我是重要当事人,也就是黄侃教授所说的最大的白痴,所以还是三缄其口为佳。"

全场哄堂大笑。

钱玄同站了起来:"各位,我看事情的原委已经基本清楚了,谁是谁非不辩自明。我认为,应该受处分的不是几个敢于坚持真理的同学,而是利用课堂泄私愤、骂大街、有损师德又恶人先告状的黄侃教授。黄侃为师不尊、言语粗俗、行为荒诞,与北大的校训和蔡公提出的办学宗旨大相径庭,应该被逐出北大教授行列。"

全场再次议论纷纷。

这时辜鸿铭站了起来："德潜老弟言重了。黄季刚出于公心维护国粹、驳斥异端,何罪之有?"

沈尹默迅即发声："那同学们拥护新文化、发扬民主、宣传《新青年》,又有什么错?"

双方你一言我一语争执起来。教务长满头大汗,不知所措。

蔡元培站了起来。教务长看到了救星,连忙挥手大呼："肃静! 肃静! 现在请蔡校长讲话。"

蔡元培面色平静,神态从容："我本来只是听听大家的意见,不想讲话的。现在这个局面,大家似乎都在等我表态,那我就直言不讳了。这个会开得好。有了问题,民主讨论,集思广益,也算是北大改革的一项举措吧。今天讨论的是北大的校规问题。北大是有规矩的,我认为北大最大的规矩就是学术自由、兼容并包。自由的前提是平等,真理面前人人平等,何况师生? 兼容并包,就是各种学术观点共存一校,自由讨论,百家争鸣。我听了各方当事人的诉说,觉得今天讨论的案例应该属于自由讨论、百家争鸣的范畴。这是第一例,以后这样的事情在我们北大会成为常态。我看大家不必大惊小怪。我的意见完了。"

教务长赶紧宣布："散会。"

郭心刚和同学们欢呼起来。

二

长沙,湖南省立第一师范学校操场一角,一群学生在比赛摔跤。青年毛泽东体格健壮,身材高大,英武神勇,一连摔倒了好几个同学,以至于一时没人敢应战。

比毛泽东小两岁的蔡和森站出来,脱掉上衣,露出了结实的胸肌。

毛泽东看了看蔡和森,说:"怎么,润寰你还不服气?"

蔡和森也看了看毛泽东:"润之兄,我看你已然是强弩之末了,还能战否?"

毛泽东毫不退缩:"屡败之人,还敢言勇。来吧。"

两个人抱在了一起。几个回合下来,在同伴的呐喊声中,蔡和森功亏一篑,被毛泽东重重地摔倒在地。

毛泽东扶起蔡和森,双手抱拳:"润寰,承让啦。"蔡和森不服气,一甩手说:"再来。"毛泽东摆摆手:"算了,换人吧。我说过了,一天只摔你一次。"

众人大笑。

杨昌济领着易白沙来了,同学们马上围了过去。

杨昌济给同学们介绍易白沙:"同学们,这位是新来的易白沙先生。易先生大家应该并不陌生,他是《新青年》主笔之一,也是《孔子平议》的作者。现在他到我们学校任教来了。"

大家鼓掌,热烈欢迎。

杨昌济指着周围的学生对易白沙说:"这些学生都是《新青年》的追随者,而且是铁杆级的。特别是这位毛泽东,谈论国事,言必称《新青年》,还经常给《新青年》纠错。"

易白沙认真地打量了一下毛泽东,说:"给《新青年》纠错,不简单呀。你都找出什么错了?"

毛泽东正视着易白沙,镇定自若地说:"我认为陈独秀先生关于新青年的六条标准不全面,应该再加一条'健壮的而非体弱的'。外国人常说我们是'东亚病夫',病夫是救不了中国的。"

易白沙一拍手,高声说:"说得好,有见地。这一条我替你转告仲甫先生。"

毛泽东接着说:"易先生,我写了一篇文章,想请您指教,可以吗?"

易白沙爽快地说:"当然可以,现在我就想拜读。"

毛泽东健步如飞跑到教室,立马拿来文稿,双手递给易白沙。易白沙接过文稿,读出题目:"体育之研究。"又默看正文:"国力茶弱,武风不振,民族之体质,日趋轻细,此甚可忧之现象也。提倡之者,不得其本,久而无效。长是不改,弱且加其……"

易白沙频频点头:"好,开篇不俗。我认真看看,同学们自便吧。"

十分钟、二十分钟,易白沙聚精会神地阅读文章,毛泽东在一旁耐心等候。

半个时辰过去了,易白沙一拍大腿,高声赞道:"不错,好文章,有见地!"

毛泽东恭敬地说:"请先生指教。"

易白沙看着毛泽东说:"你不简单呀。也许我孤陋寡闻,这可是我见过的第一篇系统研究中国体育的文章,对推动新文化、新生活有很好的实际效益。老实说,我写不出来这样的文章。"

毛泽东有点不好意思:"先生过奖了。"

易白沙:"这样,我给你写一封推荐信,你把文章连同我的信寄给北大陈独秀先生,我想他一定会刊用的。"

毛泽东想了想说:"如果先生觉得可以,我直接寄给陈独秀先生,推荐信就不麻烦先生了,免得影响仲甫先生的判断。"

易白沙对毛泽东竖起了大拇指:"好样的,有出息。"

一周后,北京《新青年》编辑部,钱玄同把毛泽东寄来的《体育之研究》一文递给陈独秀,说:"这篇文章刘半农看了,认为写得不错,有见解。但是,鉴于尚没有关于体育研究的文章可以参照,加上作者只是一个师范学校的学生,缺乏影响力,他建议先放一放,以后再说。"

陈独秀问:"你的意见呢?"

钱玄同说:"我看了这篇文章,的确写得很好。但这一期发的都是名家之作,这个'二十八画生'无人知晓,还是放一放再说。"

陈独秀:"我不同意你俩的意见。这篇文章可以说是体育研究的开篇之

作,对青年有很好的指导作用。这个署名'二十八画生'的毛泽东,今年只有二十四岁,能写出这样的文章,很不简单。发表这篇文章对青年读者有很大的激励和促进意义。我的意见,这一期就发。"

三

北京大学,蔡元培主持第一次校评议会,开门见山:"各位,今天北京大学召开第一次校评议会,议题是讨论文科报上来的拟聘任教授名单。名单已经发给各位评议员了,现在请文科学长陈独秀对这份名单做一说明。"

陈独秀为确定这份名单忙乎了半个月,见天找人谈话,征求意见,眼睛都熬红了。他站起来,表情非常严肃:"各位评议员,现在提供给大家的这个名单,是根据蔡校长确定的北大教学改革的总体思路,在对文科各个门类的顶尖人才系统摸底的基础上,针对北大文科建设的实际需要拟订的。按照蔡校长立足于北大长远发展的指导思想和'不拘一格降人才'的用人原则,这份名单对中青年人才给予了较多关注。总的来说,这份名单大致包括三种人才:一是学界公认的有成就、有影响的专家,如章士钊、吴稚晖、辜鸿铭、杨昌济、刘师培、黄侃等;二是在国外留学、学成归国或即将归国的已经崭露头角的青年才俊,如蒋梦麟、胡适、徐悲鸿、高一涵、李大钊等;三是虽然没有学历但确实有真才实学且小有名气的英才,如梁漱溟、刘半农等。需要说明的是,这是一份分批、分等次、分不同途径聘任的大名单,实际上是一个资格名单,并不是马上就要全部聘任的名单。鉴于人数较多,且各位评议员对所列人员都很熟悉,我就不一一介绍了。"

大家交头接耳,议论纷纷。

蔡元培站起来制止了大家的议论,说:"好,现在就请各位评议员履行职责,开始评议。"

钱玄同是个炮筒子,站起来就亮出了自己的主张:"我认为,北大教授的标准应是德才兼备,以德为先。有些人,虽然有学问、有名气,却甘愿做袁世凯的走狗,是臭名昭著的保皇党,这样的人我觉得不够资格做新北大的教授。"

辜鸿铭一听,晃着辫子站了起来:"德潜贤弟,你说的'有些人'是指我吧,看来你是要砸我老辜的饭碗啦。"

钱玄同并不否认,直截了当地说:"难道我说的不是事实吗?"

辜鸿铭指着钱玄同说:"钱爷,你可看好了,在座的和名单里的保皇党可不止我一人。"

钱玄同答道:"当然不止你一个,还有……"

不等钱玄同说完,蔡元培赶紧打断了他的发言:"对不起,钱教授,恕我冒昧打断您的发言。您说北大用人应德才兼备,这我完全同意。但您说保皇党即无德,这我不敢苟同。当今中国,变局转型,大家都在寻找出路,孰优孰劣,并无定论,各种政见理应相互激荡。我北京大学是教书育人、研究学问的地方,学术观点不应为政治左右,而应该兼容并包。比如文化研究,维新与守旧,可以各抒己见,百家争鸣,唯有如此,先进文化才能脱颖而出,得到弘扬。陈学长,你是新文化的旗手,我想你不会因为今天在座诸位当中有人尊孔就说他无德吧?"

陈独秀起身应道:"我从来不认为尊孔即无德。尊孔有两种,一种是学问尊孔,一种是政治尊孔。孔子儒学原本是春秋诸子百家的一个流派、一种学问,博大精深、源远流长,是我中华文化的一个源头,理应受到尊重。北京大学作为中华最高学府,讲授和研究儒学是责之所在,因此,我并不反对研究孔学的人做北大教授。"

辜鸿铭反问道:"久闻陈学长是表里如一的爽直人,今天看来名不副实呀。请问,砸烂孔家店不是您陈学长主笔的《新青年》杂志树起的一杆大旗吗?您陈学长的麾下如湖南易白沙、四川吴虞,北京李大钊、钱玄同等,哪一个不是反孔急先锋?尔等身上哪有一丝尊敬孔子儒学的味道?"

陈独秀坦然相对："辜教授能赏光阅读《新青年》，倒真让我等感到三生有幸。不过，辜教授好像并没有看懂啊。《新青年》提出砸烂孔家店，要砸烂的不是孔子儒学，而是孔教的三纲五常，要反对的不是学问尊孔，而是政治尊孔。众所周知，自董仲舒罢黜百家、独尊儒术起，孔子儒学就变味了，成了历代帝王统治国家的权术和愚弄民众的武器。所谓君为臣纲、父为子纲、夫为妻纲，窒息了国家的活力，祸害了民众的生活，阻碍了文明的进步。一句话，政治尊孔造成了中国的落后。请问，这样的孔教三纲，难道不应该被打倒吗？"

黄侃出来为辜鸿铭帮腔："陈学长真不愧是诡辩大师呀。孔夫子已经远去了两千多年，他与我们今天的政治何干？难道要他对中国今天的落后负责吗？"

陈独秀反驳："袁世凯一复辟帝制当皇帝，就拜孔教为国教，尊孔学为国学，这不就是眼前的政治吗？封建礼教至今还在实际上统治着中国的社会生活，奴役着人民的思想，这难道不是中国落后的原因吗？"

蔡元培赶紧打断陈独秀的发言："仲甫，扯远了。你的思想和主张，可以到北大讲台上去演讲。现在我要问你的是，作为文科学长，你是否同意学术水平是聘任北大教授的重要标准？"

陈独秀马上表态："我同意，我们提供的这个名单就是以此为标准的。"

蔡元培朝钱玄同点头道："好，德潜先生，你的问题解决了。你的意见可以保留，而且，我也非常同意你提出的德才兼备的观点。北大教授不能无德，这也是一个原则。我一直想，适当的时候我要在北大成立一个进德会，立上几条规矩，以此规范我们北大人的行为。"

黄侃又一次站起来对蔡元培说："蔡公，我还有个意见。我认为陈学长提供的教授名单聘任条件太宽，门槛太低。比如胡适，乳臭未干的洋学生，还未毕业就要聘请他来北大当教授；还有刘半农，鸳鸯蝴蝶派文人，没有任何学历也当北大教授。这样不但坏了北大名声，更降低了北大的水平。"

蔡元培解释道："这个问题陈学长一开始已经解释了,我们的用人原则是'不拘一格降人才',不看资历看水平。至于能不能胜任北大教授,这要看实践。如果确实不能胜任,还可以解聘嘛。"

评议会结束时天已经黑透了。评议员们一边走一边议论着会上的情况。

钱玄同把陈独秀拉到一边,让他早做思想准备,因为北大很快就会成为战场。蔡元培改革壮大,保皇党有增无减,这吵架要成家常便饭了。

吵架陈独秀倒是不怕,他只是担心《新青年》能不能起到引导作用,看来还要多挖掘一些作者才行。他让在北京时间长的钱玄同多想想办法。钱玄同提到了两个人的名字:周树人、周作人。陈独秀高兴得直拍手,想晚上就去拜会。

钱玄同知道周树人住绍兴会馆,但是此人性格古怪,最近有些消沉,不愿见人,因此决定还是自己先去沟通,免得尴尬。陈独秀点头,同意钱玄同先去找周树人,他自己回家给胡适写信,催胡适早点回来。

此时,大洋彼岸纽约的时间正是上午10点。哥伦比亚大学学生公寓,胡适和他的导师杜威相对而坐。杜威拿着新寄来的《新青年》对胡适说:"密斯特胡,我没有想到你的那篇《文学改良刍议》和白话诗会在中国引起那么大的反响。我看陈独秀先生对你的评价太高了,有些言过其实。"

胡适:"杜威先生,您可能还不太了解我的祖国。墨守成规的文化传统延续了几千年,哪怕是一点小小的创新,也会引起社会的大震动。我的那篇文章和白话诗,在很多人看来,是离经叛道的异端,引起议论是意料之中的。"

杜威惊讶得几乎叫出来:"中国实在是太神秘了,我一定要去看一看。"

胡适高兴地说:"先生应该到中国去'布道',我认为您的实用主义哲学是帮助中国走出困境的一剂良药。"

"我们还是先说说你现在的困境吧。新文化与博士论文、哥伦比亚大学与北京大学、娃娃亲和心上人,这么多的选择,你怎么决断?"

胡适面带忧虑："杜威先生,我今天同时收到了三封信。一封是陈独秀先生催促我尽快回国去北京大学任教,一封是我母亲催促我毕业后尽快回乡结婚,还有一封是我的未婚妻写给我的情书。"

杜威惊奇地问："你的未婚妻不是识字不多吗,怎么给你写情书?"

胡适："是托别人代写的。"

"情书还可以请别人代写,真是不可思议。"杜威更惊讶了。

胡适平静地说："在中国,像这种不可思议的事情比比皆是。"

杜威关心地说："密斯特胡,我认为你现在真正的麻烦有两个,一个是能不能确保博士论文顺利通过,一个是怎样处理好与韦莲司的关系。"

"对博士论文,我有足够的自信。"胡适一点都不担心。

杜威善意提醒道："你不能掉以轻心,毕竟其他评委对你的论题并不熟悉,再说你选的题目也确实有些偏。"

这时,有人敲门,蒋梦麟进来对胡适说："适之,韦莲司在你的宿舍等你半天了。"

杜威笑着说："密斯特胡,选择的难题留待以后决断,这会儿你可以尽情去享受现实的甜蜜。"

胡适急匆匆来到宿舍,压低嗓门喊："韦莲司,韦莲司。"没人回应。

胡适朝内室走去,韦莲司突然从后面抱住了他。

四

广和居坐落在宣武门外菜市口附近的北半截胡同南口路东,是一套大四合院。钱玄同夹个皮包走进院内,老板、伙计都是他的熟人。

伙计引领钱玄同走向一个房间,问："钱先生,今天几位?"

钱玄同答道："两个人,老四样。"

伙计应道："明白!炒腰花、五柳鱼、江豆腐、它似蜜,外加一坛女儿红。"

钱玄同吩咐："还要备上一包香烟。客人是教育部的周先生,一会儿你在门口迎一下。"

伙计:"好嘞!"

大门外响起有点沙哑的军歌,一队军人雄赳赳地走过,领头的是个矮胖子,手上挎着一把大刀。军队过后,周树人进了大门。他穿着皱巴巴的、胸前有几处油渍的青色长衫,身材矮小,胡子拉碴,一脸倦意,在伙计引领下走进包间。钱玄同赶紧起身致意。

周树人一屁股坐在椅子上,看见桌上有一包洋烟,拿起来打开,抽出一支,点上火,猛吸一口,喷出一股浓烟,这才开口说:"还是德潜懂我啊!"

钱玄同招呼伙计上菜,接着给周树人倒上一杯清茶,问:"豫才兄公务繁忙,现在才下班呀?"

周树人喷出一口浓烟,说:"哪里,我去白塔寺看一个拓片,路上有所耽误,让你久等了。我的恩师蔡校长还好吧?"

钱玄同答道:"蔡公新官上任,精神抖擞,雄心勃勃,看着比你老兄还要精神呢。"

伙计端上酒菜,给二人斟了酒。

周树人看了钱玄同一眼:"德潜,今天怎么想起来请我喝酒,鸿门宴吧?"

钱玄同笑道:"你一个教育部科员,我跟你摆什么鸿门宴? 来,喝酒,听说这广和居要关门了,这以后咱们到哪儿喝女儿红去?"

周树人端起酒杯,一饮而尽:"想喝酒,你找我,我管你喝够。"

钱玄同问:"豫才兄最近忙什么呢?"

周树人抿了一口酒:"德潜老弟,别卖关子了。说吧,找我有何事?"

钱玄同拿出几本《新青年》递给周树人:"豫才兄,我受陈独秀的委托,请你出山为《新青年》写稿。"

周树人把杂志扔到桌上,满不在乎地说:"这是什么杂志,没听说过,为何

要请我？"

钱玄同看了一眼周树人，说："豫才兄，你可真是太逍遥了，居然没看过《新青年》？"

周树人不以为然地说："躲进小楼成一统，管他春夏与秋冬。我现在只干三件事，抄古碑、辑录金石碑帖、校对古籍，别的一概没有兴趣。所以，请我喝酒可以，要我写稿免谈。"

"怎么，一点家庭琐事就让气冲斗牛的周树人消沉了？我不信。"钱玄同用起了激将法。

周树人叹了口气："不是消沉，是看不到前程。家事国事一个样。"

钱玄同指着周树人的那些拓片说："你天天抄这些有什么意思？"

周树人："没有什么意思。"

"既然没有意思，何不做点文章？听说了吗，最近有人要复辟帝制，想把小宣统扶上龙椅呢。"

周树人摇头苦笑道："帝制也好，共和也罢，都不关我周树人的事。"

钱玄同冷笑："豫才兄，言不由衷啊。你真的能眼看着这个国家就这么一天天烂下去而无动于衷吗？"

周树人两眼直勾勾地看着钱玄同，摇摇头："德潜老弟，不是我无动于衷，而是无力回天。我给你讲个道理：假如一间铁屋子，是绝无窗户而万难破毁的，里面有许多熟睡的人们，不久都要闷死了，然而从昏睡入死，并不感到就要死的悲哀。现在你大嚷起来，惊起了较为清醒的几个人，使这不幸的少数者来受无可挽救的临终的苦楚，你倒以为对得起他们吗？"

钱玄同猛地站了起来，说："豫才兄，你错了！我以为，只要有几个人能醒过来，你就不能说绝没有毁坏这铁屋的希望！"

周树人望着钱玄同，朝他摆摆手："老弟，犯不上这样激动，你去菜市口看看，那儿有多少老妇人手里拿着洋钱和馒头在等着蘸被砍了头的犯人的血回去给家人治病。这样的国民,你钱玄同能唤醒吗?"

钱玄同激动道:"我不行,你豫才行啊。你不是学医的吗,就不能给开个方子吗?"

周树人摆摆手:"你高抬我了。来,你坐下,我们喝酒。今朝有酒今朝醉,我不管别的。"

钱玄同坐下来真诚地说:"豫才兄,我知道你不是个不管国事的人。这样吧,这几本杂志你带回去抽空翻翻。近期有两篇文章你好好看看,一篇是胡适的《文学改良刍议》,另一篇是陈独秀的《文学革命论》。我相信老兄看过之后一定会心有所动的。至于给《新青年》写稿子的事,等你看完以后咱们再说,怎么样?"

周树人随口答道:"行,看在你请我喝酒的情分上,我翻翻看。"

钱玄同正色道:"我告诉你,蔡公是我们这本杂志的编外编辑,他可是每篇文章必读的。"

周树人说:"知道了,我一准看。来,咱们喝酒。"

五

《甲寅》日刊编辑部,陈独秀推门而入,房间里烟雾缭绕。章士钊、李大钊、高一涵面对面坐着,默不作声,个个眉头紧锁。陈独秀不明就里,满是不解地问:"三位这是怎么啦?"章士钊赶忙起身,他正好要去找陈独秀,陈独秀就来了。

章士钊拿出一封信递给陈独秀,原来是黎元洪下了最后通牒,要《甲寅》立刻停刊。陈独秀知道,又是府院之争,黎元洪是要拿《甲寅》日刊开刀。章士钊拿起桌上的一个信封,从中倒出两颗子弹,愤怒地说不是开刀,是要动枪,子弹就是今天早上收到的。陈独秀一脸惊愕,他还不知道有这么严重,看来前一阶段李大钊在《甲寅》日刊发表的文章火力太猛,击中他们要害了。李大钊自己倒是很坦然,但让行严先生受了连累,心里很是不安。

章士钊摆摆手:"连累谈不上,我也是要和他们战斗的,只是和你们的方式不同罢了。"

陈独秀问李大钊打算怎么办。李大钊说:"我们想让行严先生发表个与《甲寅》日刊脱离关系的声明,先到天津躲躲。"

章士钊坚决反对,说:"这个时候我一溜了之,怎么面对公众舆论?再说,这《甲寅》日刊是我办起来的,你们是我请来的,我得对你们负责任。"

陈独秀瞪眼望着章士钊,耐心地给他讲道理:"你都自顾不暇了,还怎么负责?再说了,手握几十万雄兵的段祺瑞都被黎元洪逼到了天津,你出去躲几天不算丢人。"

章士钊直言陈独秀不懂政治,跟他理论说:"我在这儿,黎元洪还会有所顾忌。我走了,他们就可以肆无忌惮地对你们下手了。张勋就要进京了,他在徐州可是杀了不少革命党呀。看这情形,《甲寅》日刊是不可能再办下去了。我看我们只好先停刊,避过这个风头再说。"

李大钊不同意停刊,说:"行严先生您是有影响的名流,您走了,他们就顾不上我们了。我和一涵在这儿盯着。高压之下,我们总不能都认输吧。"

陈独秀表示同意守常的意见:"行严先撤,但《甲寅》日刊不能停。"

章士钊对陈独秀瞪眼说:"陈仲甫,你是来搅局的吗?"

陈独秀微微一笑:"我不是来搅局的,而是来布局的。我是来给守常和一涵送聘书的,我决定正式聘请李大钊、高一涵为《新青年》的同人编辑。"

章士钊高兴地说:"这个我同意。《新青年》现在搬到了北大,黎元洪不敢动它。加上我们都是北大的员工,名正言顺。"

李大钊却不领情,说:"《新青年》同人编辑的事可以暂缓。现在《甲寅》日刊正在节骨眼上,没准最近北京就要出大事,我得在这儿盯着。"

高一涵认为现在最危险的是李大钊,说:"我觉得守常也得出去躲一躲,张勋可是把你给盯上了。这次黎元洪请他来北京调停府院之争,听说他的辫子军已经兵临城下了。"

章士钊赞同李大钊先离开北京,说:"你的那个同学白坚武不是好几次来电报请你去帮忙吗?你到南京避一避,过了风头再回来。这儿交给一涵。这样的话,我去天津也放心些。"

李大钊说:"行严先生您先走,我看看再说。"众人最终达成了一致意见。

李大钊送陈独秀出来,两人边走边谈。陈独秀提醒他要多留点心,不可大意,因为那帮人不是善茬。李大钊说前一阶段他回河北已经把家里安排好了。现在一个人在北京无牵无挂,心里已经做了最坏的打算,要是真出了事,大不了就做第二个谭嗣同。

陈独秀一听,板起脸来:"那可不行!《新青年》和新文化不能没有你李大钊。我都想好了,到了秋天,你、我,还有胡适,我们'三驾马车',为《新青年》冲锋陷阵,我相信要不了多长时间,新文化就会深入人心。"

李大钊说:"我答应和你一起编辑《新青年》,不会食言的。但是,仲甫兄,我最近想了很多,我认为我们不光要办好《新青年》,更重要的是给这个国家找到一条强大起来的路子。为了这个,李大钊不在乎这一百多斤的身子。"

陈独秀紧紧握住李大钊的双手:"守常,我已经被你说得热血沸腾了,让我们一起努力吧!"

六

北京大学校长室,蔡元培刚收拾好一大堆公文信函,正准备回家,陈独秀、钱玄同、沈尹默来了。蔡元培连忙招呼他们坐下,并吩咐校役沏茶。

蔡元培抿了一口茶:"你们几位有口福,汪大燮刚刚送来的明前黄山毛峰,我还没来得及拿回家呢。"

陈独秀连忙说:"不好意思,又要耽误蔡公回家吃饭啦。"

蔡元培笑了笑:"是啊,最近夫人意见很大,晚饭总是要等到很晚。几位有

什么事情,请讲。"

陈独秀说:"《新青年》在北大实行同人编辑的事情一直没有明确,我因学校事务较多,近来杂志编辑主要靠德潜和半农帮忙。我们商量了一下,《新青年》同人编辑,还是要依靠北大,所以想请蔡公鼎力促成两件事情。"

蔡元培挥挥手说:"《新青年》理应成为新北大的形象代言和新文化的一面旗帜,有什么事需要我解决的尽管说。"

陈独秀递上一张纸说:"这是我们拟的一个《新青年》同人编辑的名单,请蔡公过目。"

蔡元培接过名单,念出声来:"陈独秀、李大钊、胡适、钱玄同、刘半农、吴虞、高一涵、沈尹默、周树人、周作人。好啊,个个都是新文化的干将!不过这胡适还在美国,他能来做同人编辑吗?"

陈独秀解释说:"他很快就要毕业回国了,他来北大任教的事情,还请蔡公能早点定下来。搞新文化运动没有胡适可不行。"

蔡元培表示:"聘胡适做北大教授,这没问题。其他的人,都和他们沟通了吗?"

陈独秀说:"都做了沟通,有的还要再做些工作,像周树人。"

蔡元培爽快地说:"周树人的工作我来做。德潜,你替我给他带个话,请他哪天到我家去一趟,我想请他给北大设计一枚校徽。这两天我在校门口做了调查,进进出出的人很杂,应该有个校徽作为识别身份的标志。"

"校长找对人了。豫才现在正沉湎于这些东西。"钱玄同脱口而出。

蔡元培叹了口气:"他是因为家事心烦,过一段时间就会好的。这个人是不会自我沉沦的。仲甫,这个名单很好,这些人要是都来了,《新青年》就会阵容强大、坚不可摧、锐不可当。说吧,还需要我做什么?"

陈独秀说:"需要尽快把这些人招到北大来。这些人都在教授资格名单中,但真的要聘任下来,现在看还有一定的阻力,因此要请校长尽早决断。还有就是,能否明确《新青年》是北大的校刊?这样便于发行推广,也更有权威性。"

蔡元培抿了一口茶,说:"仲甫啊,聘任的事情不是已经说清楚了吗?要分批分途径解决,不能着急。这几个人中,我看最急的是刘半农,可先聘他为预科教授。其他的按程序走,不要给人一种印象,说你陈独秀在北大拉帮结派,搞团团伙伙。至于《新青年》,我的意见还是先不要冠以北大之名,但同人编辑应该都是北大教授。也就是说,它实际上是北大的。你看可好?"

陈独秀表示同意,解释说:"我只是有些着急,一是人手不够,二是局势不稳。这黎元洪的大总统未必能做几天,一旦形势变化,旧势力随时都有可能翻盘。一旦翻盘,《新青年》必将首当其冲。蔡公,你现在是京城新派旗帜,未雨绸缪,方能临危不乱啊。"

蔡元培觉得陈独秀把问题想复杂了,说:"仲甫,你多虑了。袁世凯之后,虽然军阀割据、战乱不断,北京也有府院之争,但总的形势还是稳定的。最近黎元洪电请张勋来京调停,形势有望更加缓和。"

钱玄同提醒说:"蔡公,我听说张勋的辫子军已经兵临城下,康有为也成了张勋的座上客,就要进京了。"

一旁的沈尹默插话说:"还有人说,张勋正在和紫禁城联系,想进殿朝觐。"

陈独秀见蔡元培态度模糊,有点着急,加重了语气说:"蔡公,我绝不是杞人忧天。你看辜鸿铭最近格外兴奋,经常在校园里散布很快就能见到皇上的言论。这些都是预兆,我们不可不防呀。"

电话铃响了,蔡元培接起电话:"哪位?哦,是伯棠兄,这么晚了,有事吗?"

电话里传来汪大燮惊慌的声音:"子民,赶快回家吧,今晚可能要出事,张勋的辫子军要进城了。张勋要干什么我不知道,但康有为也化装进城了,这是个信号。老弟,什么也别说了,赶紧回家,晚了就走不掉了。你那个北大可是在风口浪尖上呀。"

蔡元培放下电话,对陈独秀等人说:"还真让你们说准了。汪大燮的电话,

说是今晚要出事。赶紧回家吧。明天看情况再说。"

北大校门口,钱玄同和沈尹默坐上黄包车走了。蔡元培对陈独秀说:"仲甫,你上我的车,我送你回去。"

陈独秀摆摆手:"不用,我住得近,溜达回家,正好放松一下心情。"

"那就快走,还是小心点为好。"蔡元培再三叮嘱。

马车和黄包车都走了。陈独秀踏着月色,独自走在大街上。

第 七 章

张勋复辟风波

一

京城一处颇为豪华的戏院内,身着军服、头顶大辫子的张勋半躺在大椅子上听戏,两眼半闭半睁,身旁站着两个辫子军。戏台上正唱着《凤还巢》。已是午夜,不少前清遗老遗少已经困得东倒西歪,但没人敢走。辜鸿铭也在听戏,他倒是兴趣盎然。一个辫子军抱着一座钟走到张勋面前,张勋坐起来看了看,正好12点,于是起身大喊一声:"回府!"众人纷纷跟着离场。唯辜鸿铭意犹未尽,还想接着看,一个辫子军走到他身边耳语几句,辜鸿铭突然兴奋起来,赶紧跟着辫子军匆忙离去。

王府井大街西侧翠花胡同9号,是张勋在北京的住所。张勋匆匆进院,副官前来报告:"京津临时警备总司令王士珍、副司令江朝宗和陈光远已经到了,京师警察厅总监吴炳湘正在路上。"

张勋对副官说:"这吴炳湘是九门提督,段祺瑞的心腹,至关重要,今晚他必须到场。"

副官立正报告:"卫队一个排去请的,万无一失。"

张勋又问:"康有为到了吗?"

副官回答:"正在西厢房起草文告。"

张勋对副官说:"我去看看他,等吴炳湘到了立马叫我。"

全副武装的警察厅总监吴炳湘在客厅被拦住,辫子军要他交出手枪,他甚是不满但也无可奈何。进屋后,看见王士珍等都在,吴炳湘很是吃惊,忙问:"王司令,这老张唱的是哪一出呀?"

已干等一个多时辰的王士珍正生闷气,头也没抬地说:"等着吧,我看要出大事。"

辫子军高喊:"张大帅到!"

张勋一身军装,威风凛凛,身后跟着康有为等人,辜鸿铭也夹在其中。

张勋走到大厅中央,清了清喉咙,说:"各位,本帅此次率兵入京,并非为某人调解而来,而是为了圣上复位,光复大清江山。"

众人闻言,面面相觑,无人吭声。

张勋旁若无人,亢奋地宣布:"今日傍晚,我已和康有为进宫面圣,召开了'御前会议',决定明晨恭请皇上复位。诸位尊意如何?"

辜鸿铭等鼓掌欢呼。

张勋扫了一眼王士珍等,问:"你们几位京畿大员意下如何呀?"

吴炳湘是个不怕事的主,严肃地问:"张帅这么做,与各省及外交部知会过吗?"

张勋煞有介事地说:"冯国璋、陆荣廷均表赞同,各省督军也一致拥护。"

吴炳湘又问:"黎元洪和段帅是什么意思?"

"我就是他们两人请来的,他们当然赞成。"张勋显然被问得不耐烦了。

吴炳湘还是不依不饶:"京师警察厅向来听命于段帅,张帅若能有段帅一纸手令,吴某方好行事。"

张勋勃然大怒:"恢复帝位,我志在必行。你们同意,则立开城门,放我兵马进来,否则我们兵戎相见,决一死战!"

内屋荷枪实弹的辫子军一哄而上,吴炳湘等人被团团围住。

王士珍一看这情形,惊惶失色,赶紧赔罪:"张帅何必如此,我等听命就是。"

"好,请你和吴总监联合签署手令,打开城门。"张勋步步紧逼。

吴炳湘两只眼睛滴溜溜地打转,他拉了一下身旁的王士珍,大声说道:"既然如此,请张帅容我等回去布置。"

张勋鼠眉一挑,冷冷地说:"想走,那可不行。在座的都得跟我立马进宫面圣,奏请皇上复位。来,给我更衣。"

当晚,五千辫子军浩浩荡荡开进北京城,路上行人吓得魂飞魄散。

鸡鸣时分,紫禁城养心殿上演了一出闹剧。

十二岁的小皇帝溥仪身穿龙袍,坐在龙椅上左右摇摆,四下张望。

两名太妃侍坐左右,太傅陈宝琛立于龙椅之后。

张勋身穿蓝纱袍、黄马褂,头戴红顶花翎,带领康有为、辜鸿铭等跪在殿前,向溥仪行三跪九叩大礼。王士珍、江朝宗、陈光远、吴炳湘等文武官员被辫子军挟持着站在殿外。

张勋向溥仪呈上奏章:"五年前隆裕皇太后不忍为了一姓尊荣让百姓遭殃,才下诏办了共和,谁知办得民不聊生。共和不合咱的国情,只有皇上复位,万民才能得救。"张勋念念有词,溥仪不知所云。

陈宝琛对着溥仪一番耳语,溥仪结结巴巴地说:"我年龄太小,无才无德,担不了如此大任。"

张勋上前行臣子之礼,奏道:"皇上睿圣,天下皆知,过去圣祖皇帝康熙爷也是冲龄践祚。"

溥仪听了太傅陈宝琛耳语后又说:"既然如此,我就勉为其难吧!"

张勋、康有为、辜鸿铭等跪拜在地,高呼万岁。

陈宝琛又在溥仪耳边嘀咕了几句,然后说:"皇上有旨,张爱卿此次厥功甚伟,如何封赏,请奏呈。"

张勋:"张勋进京只为大清,非为一己之私。"

陈宝琛:"复国伊始,百废待兴,一切都靠张帅操持,总得有个官职吧。"

张勋:"如果皇上一定要封老臣一个官职,那就赐我个直隶总督吧。"

陈宝琛颇感意外,与溥仪低声商量后说:"皇上说了,张爱卿德高望重,所请准奏。其他有功人员如何封赏,概由张爱卿主持,商定后报皇上审批。"

张勋赶忙叩拜:"谢主隆恩,吾皇万岁!"康有为、辜鸿铭等也再次跪拜在地上,山呼万岁。殿外,吴炳湘、王士珍等人被辫子军强行摁倒在地,跟着高呼万岁。

这是中国历史上唯一一次在黑夜里举行的登基大典。见不得人,也就注定不能长久。

二

月黑风高,高一涵和赵世炎急匆匆叩响李大钊的家门。正在写作的李大钊闻声忙出来开门。赵世炎惊慌地告诉李大钊,张勋的辫子军已经进城了。据说这会儿张勋、康有为正在紫禁城里叩拜溥仪,奏请他复辟呢。李大钊愤慨万分:袁世凯称帝的闹剧刚刚演完,这张勋还敢冒天下之大不韪,简直是丧心病狂!高一涵很焦急,他清楚张勋复辟蓄谋已久,而李大钊是上了黑名单的,当务之急是赶快找地方避一避。李大钊冷笑:"张勋的军队和大炮都进城了,我还往哪儿避?"李大钊赶忙安排高一涵次日在《甲寅》日刊编辑部守着,他带着赵世炎到街上去看看,如果邓中夏、张国焘、郭心刚这些同学能一道去最好。

第二天,停业五年多的清朝黄龙旗店又重操旧业,门前排起了长队,商品一时供不应求,不少店家只好用纸糊的龙旗来应付。大街上,那些早就盼望清室复辟的王公贵族、遗老遗少穿上长袍马褂,晃着真真假假的大辫子招摇过市,互行清朝大礼。旧衣铺前,许多没有朝服的人在抢购朝服。戏装店里,张丰载和一帮公子哥买了一批用马尾制作的假发辫戴在头上,到大街上嬉闹,行人纷纷对其投以鄙视的目光。一支辫子军马队当街巡逻。路人一边躲闪,一边指指戳戳,有人偷偷地朝马队吐口水。两个穿着黑衣制服的巡警正在疏散人群。有人起哄:"都改朝换代了,巡警怎么还在这儿巡街,都没辫子在这儿冒充什么大尾巴狼呀?"

巡警恐吓说:"别在这儿嘚瑟,听说宣武门那儿打伤好几个了。"

邓中夏、郭心刚等人和一群学生手持小彩旗聚拢在街头。李大钊身穿长衫,戴着压低的礼帽走过来。邓中夏赶忙迎上前去,着急地问:"李先生怎么来了?听说辫子军要查封《甲寅》日刊,您已经上了黑名单了。"

李大钊从容不迫:"这个时候我不下地狱谁下地狱?"

邓中夏拿出昨晚忙了一个通宵印出来的传单,从一家商铺抬出两张桌子,郭心刚则带领学生向行人发传单。传单上写着:李大钊呼吁民众团结起来,抵制复辟,维护共和。大个子学生刘海威登上一张桌子抛撒传单,并领着民众高呼口号:"反对张勋复辟,誓死维护共和……"口号声一浪高过一浪,此起彼伏,震天动地。

大街上聚集的人越来越多。

刘海威、邓中夏把李大钊扶上桌子,刘海威高喊:"大家静一下,请李大钊先生发表演讲。"

李大钊撩起长衫,登上桌子,慷慨陈词:"同胞们,逆贼张勋,冒天下之大不韪,携五千辫子军闯入我京师,悍然发动政变,复辟已经死了六年的腐朽的清王朝。去年,我们中华民国就被窃国大盗袁世凯蹂躏过一次。现在,这帮肮脏的、可耻的辫子军又一次用卑鄙手段弄死了我们的民国。他们可以掐死我们的民国,但是,他们掐不死长在国民心里的共和;他们可以遮住太阳,但是他们无法阻挡民主的光芒。不自由,毋宁死!同胞们,京师是首善之地,我们决不能再让那些前清遗老遗少们戴着马尾巴做的假辫子在前门大街招摇过市了!我们决不能让张勋复辟帝制的阴谋得逞!"李大钊双目圆睁,双拳紧握。

邓中夏振臂高呼："反对张勋复辟,誓死维护共和!"

前门大街上,口号震天,群情沸腾,激动的人们排山倒海般涌向前方。有的人当场摘掉了刚买的假辫子;有的人脱掉刚刚换上的长袍,当场点火焚烧。刘海威一把扯住张丰载的假辫子,张丰载惊叫着赶紧逃窜,气喘吁吁地跑到大栅栏,拉着两个巡街的警察,告发前门大街有"刁民"和学生煽动民众反对朝廷。巡警抓住张丰载用力一推,张丰载跌了个仰面朝天,活像个王八。

只听那巡警厉声说："小子,你看好了,我们穿的可是民国的制服,戴的是大檐帽,朝廷的事我们管不着。"

张丰载爬起来,气得直跺脚,不敢跟他们费劲,径自去找辫子军的马队。

两个巡警匆匆来到集会民众队伍前高喊让大家解散,因为有人去找辫子军了。人群开始骚动。邓中夏问站在台上的李大钊怎么办,李大钊决定让大伙儿都散了,到崇文门那边继续。邓中夏让大家赶快散去。两个巡警手持警棍指挥群众分头跑开。

正说着,张丰载等带着一队荷枪实弹的辫子军马队赶了过来。张丰载指着站在台上的李大钊,声嘶力竭地叫嚷着："那个留着小胡子的是领头的,快去抓住他!"邓中夏和郭心刚搀起李大钊就跑。巡警在旁边小声提醒他们往小胡同里钻,因为马队进不去。张丰载领着辫子军紧紧追赶李大钊。辫子军马队挥舞着皮鞭抽打、驱赶人群。邓中夏领着李大钊和郭心刚在小胡同里奔跑,张丰载带着辫子军在后面追,情况十分紧急。转到胡同的一个丁字路口,邓中夏让郭心刚领着李大钊往另一边跑,他在这边把辫子军引过来,然后在崇文门会合。郭心刚拉着李大钊拐进窄胡同。邓中夏站在胡同口,刚看见马队过来,就迅速向相反方向跑去。

马队到达丁字路口,失去方向,不知往哪里追了。张丰载小眼一眨,对辫子军头目建议分头追,抓不到的话就领军爷们去北大拿人。辫子军头领挥舞着马鞭下令分头追。

李大钊和郭心刚沿着窄小的胡同一路奔跑,到了尽头,一户民房堵住了去路——他们闯进了死胡同。后面的马蹄声已经清晰可闻。正当两人不知所措时,民房门开了,葛树贵和赵世炎迅速把他俩拉进屋里。张丰载带着辫子军随后赶到,几匹马围着狭小的胡同直打转。张丰载瞄了一下四周,对辫子军说:"死胡同,他们跑不了,肯定藏在这些民房里,我们挨家挨户地搜。"

辫子军头领骑在马上,向张丰载瞪眼:"扯淡!骑着马怎么挨家挨户搜,赶快领着到学校拿人去!"

葛树贵和赵世炎领着李大钊穿过大杂院,从后门走到另一个胡同。李大钊好奇地问他们怎么在这。原来,天不亮赵世炎就跑到长辛店找葛树贵,说张勋的辫子军要抓李大钊。葛树贵闻言就急忙赶来了。到了李大钊家,他收拾了几件衣裳就奔前门大街来了。看见马队追李大钊,他俩就跟着过来了。

赵世炎转达了章士钊的意思,让李大钊赶紧离开北京,到南方去躲一躲,并送来了盘缠。葛树贵让小山套了辆驴车,准备送李大钊到天津去。

四人走到胡同口,那里果然停了辆驴车,车把式是李小山。李大钊担心自己走了之后《甲寅》日刊不好再办。赵世炎告诉他,《甲寅》日刊已经被查封了,高一涵也躲到北大去了。

远处又传来马队的声音。

葛树贵觉得不能再犹豫,两人强行把李大钊拽上车。李大钊让郭心刚找到陈独秀报个平安:"就说我去南方看看,可能要几个月,我会给他写信的。"郭心刚答应了,葛树贵把驴车的帘子放下,一行人出发了。

三

北大校长室,蔡元培、陈独秀、夏元瑮一干人等正听教务长通报时局。教务长神情严肃:"大总统黎元洪不听梁鼎芬劝说,拒绝辞去总统职务,已移至东交民巷日本使馆区避难;孙中山上海发表讨逆宣言,号召组织武力讨伐张勋;

南方各大省会均在筹备召开万人大会,声讨张勋复辟。"

蔡元培手一摆不让他念了,他想先了解北大的情况。

陈独秀起身说了学校的概况:绝大多数师生反对复辟,不少学生自制了横幅和小旗,准备上街游行,有些学生今天一早就自发上街去宣传鼓动民众了;校内也有少数拥护复辟者,比如辜鸿铭,据说他将被任命为清廷外交部侍郎。

蔡元培询问刘师培有什么动静,陈独秀表示还未曾听说。正说着,庶务长推门而入,拉起蔡元培就往内室走。

蔡元培不耐烦地说:"都什么时候了还遮遮掩掩的,有什么事当着大家的面说。"

庶务长无奈,停住脚步对蔡元培说:"辫子军的马队到学校门口了,声称要捉拿反抗朝廷的叛逆。"

蔡元培急忙问:"他们要拿谁?"庶务长马上告诉蔡元培,名单上有文科学生郭心刚、邓中夏,还有李大钊。

蔡元培愤然说道:"岂有此理!"陈独秀焦急地让庶务长通知门卫紧闭校门,决不能让辫子军马队冲到校园里来。

蔡元培高声说道:"备车,我要去抗议!我要辞职!"

"蔡公不要激动,我料定张勋复辟不过是一场闹剧,不会成气候,我们还是以静制动的好。"陈独秀赶忙劝说。

"仲甫,如今的北大是新思潮的标杆,在这样的大是大非面前,我岂能袖手旁观!态度,是一定要表的。我这就去教育部。你们要把学校看好,决不能让辫子军进来抓人。另外,赶紧通知守常先出去避一避。"蔡元培语气稍稍平缓了一些。

陈独秀略微平复了一下情绪,说李大钊已经离京去上海了。蔡元培这才放心。他准备去教育部看看情况,让陈独秀等人赶紧回家猫起来。

天上下着小雨,大街上空无一人,有点瘆人。蔡元培在马车里心慌意乱。

教育部大门前,周树人身着长衫,一动不动地坐在台阶上,身旁竖着个牌子,上书三个大字:不干了!

蔡元培下了马车,拾级而上,看见周树人,很是吃惊,问他这是干什么。周树人朝蔡元培拱手,愤愤地说:"我来表个态度,免得日后有人说我和张勋之流同流合污。"

蔡元培惊喜地竖起大拇指:"这才是你周树人嘛!我就知道你豫才是不会自甘沉沦的。等这出闹剧过去了,你到北大来教书吧。倡导新文化可不能少了你这个干将呀!"接着,意味深长地拍了拍周树人的肩膀,"好了,态度亮明了就行了,回去吧。哪天你到我家去一趟,我有事请你帮忙。"周树人爽快答应:"好,我随时听候蔡公召唤。蔡公,您可要多保重啊,这兵荒马乱的,怎么还出来公干呀?"

蔡元培苦笑,指了指周树人身旁的牌子说:"我和你一样,是来表态的。"

周树人夹着牌子走了,蔡元培急匆匆地来到范源濂的办公室,把辞呈拍到桌子上。范源濂见了,哈哈大笑。汪大燮也笑着从内屋走了出来。蔡元培有点莫名其妙,没好气地问:"这个时候二位怎么还笑得出来?"

范源濂连忙解释:"是汪大燮神机妙算,算准你蔡元培一会儿准来递辞呈。"

蔡元培无心调侃,正色道:"我正是来向伯棠兄讨教的。这是怎么回事,一眨眼这北京城又成了辫子党的天下了?"

"闹剧!要说因,那还是府院之争,亲日的段祺瑞要出兵欧洲,而黎元洪不愿意让段祺瑞专权;要说果,那就是黎元洪上了张勋的当,张勋又上了段祺瑞的当。"汪大燮侃侃而谈。

余怒未消的蔡元培似乎没听懂。汪大燮继续他的时局分析:"黎元洪请张勋来调停府院之争,结果是引狼入室。张勋受段祺瑞怂恿,逼黎元洪退位,扶小宣统复位,结果是天怒人怨、骂声一片。"

蔡元培追问时局将如何发展。汪大燮看着蔡元培期待的眼神,分析得更来劲了:"天下大乱达到天下大治。现在全国都在声讨张勋,段祺瑞已经在天津发布讨逆檄文,并组织了讨逆军,准备攻打京城。张勋那区区五千辫子军肯定不堪一击,到头来段祺瑞卷土重来,既打垮了张勋,又赶跑了黎元洪,还落得个维护共和的好名声。一石三鸟啊!"

蔡元培觉得汪大燮分析得有道理,接着询问眼下北大将如何自处。汪大燮早有对策,说他和范源濂可以不动声色,静观时局发展,而蔡元培则应尽快离开京城避一避。

蔡元培一听,急了:"为何我要出去避一避?"

汪大燮说:"北大是新思潮的主阵地,一旦开战,要防止辫子党狗急跳墙,拿北大开刀。"

蔡元培不语。范源濂也劝他还是出去避避再说,但是走前要关照好陈独秀他们,千万不要冲动惹事。蔡元培说这个不必担心,他来前陈独秀对他说这场闹剧很快就会过去,劝他要以静制动。

汪大燮冷笑一声,说道:"这陈独秀真是城府莫测,嘴上说二十年不谈政治,心里琢磨的全是政事。"

四

张勋复辟,京城大乱。难得清闲的陈独秀终于能够坐到书房里写作了。

高君曼在外屋哄子美和鹤年睡觉,街上不时有枪声传来。几声闷雷般的巨响震得窗户上的玻璃吱吱作响,鹤年和子美吓得紧紧搂着妈妈。高君曼惊慌地大喊:"仲甫,外面怎么啦?"陈独秀走过来安慰妻儿,要他们别怕,以他的分析,这是段祺瑞的讨逆军和张勋的辫子军开战了,离这儿远着呢。

高君曼问段祺瑞会不会开炮,陈独秀断言段祺瑞和张勋不敢。正说着,远处传来两声闷雷般的巨响。子美尖叫起来。高君曼搂着子美问:"你还说不会开炮,这是什么?"

陈独秀仔细听了听,说:"这不是打炮,可能是讨逆军在用炸药炸城门。我和蔡子民一起做过炸药,就是这个动静。"

高君曼叹了口气:"我们怎么这么倒霉,刚过上两天安稳的日子,又遇到战乱了。这个国家是怎么啦?到哪天才是个头呀!仲甫,上海会不会也打起来了?也不知道延年和乔年怎么样了。"

陈独秀安慰高君曼说:"上海倒是不至于打仗,至多跟着乱几天。不过你放心,我已经托人带信给汪孟邹,请他想办法把延年、乔年送到北京来。"

高君曼不以为然:"就凭你那几个字,延年、乔年能来北京?我来之前那么劝他们都不听。"

陈独秀告诉她:"我已经去信让汪孟邹找吴稚晖帮忙。吴稚晖要来北大当学监了,请他想办法把两个小子带过来。延年不是就崇拜吴稚晖吗?"

高君曼叹了口气:"但愿吴稚晖能帮到这个忙。"

张勋复辟,时局混乱。上海的很多店铺都歇业了,大街上不时有三五成群的学生拿着小旗子去参加反对张勋复辟的集会,那些拖着真假辫子的遗老遗少却兴高采烈地赶去参加庆祝集会。震旦学院门口的报亭关门了,陈延年、陈乔年和柳眉还在报亭旁边摆地摊卖杂志。乔年手拿两本《新青年》吆喝着,延年坐在地上发呆,柳眉坐在延年旁边心不在焉地看书。

陈乔年垂头丧气地把手中的杂志扔到书摊上:"这个该死的张勋搞什么复辟,弄得学校停了课、商店关了门,也没人来买杂志了。"

柳眉愤愤地说:"这两天我妈每天都不让我出门,生怕会出什么事情。真是没劲透了!"说着看了一眼陈延年,见陈延年还在那里发呆,就碰了碰他的胳膊,"陈延年,你怎么啦?都发好几天呆了,不会是傻了吧?"

陈延年叹了一口气:"要是傻了倒好了,也用不着去想那些烦心的事情。

我们这个国家是怎么啦？共和还不到六年，复辟就来了两次。照这样下去，中国还有救吗？"

柳眉说："我觉得与其在这里苦闷，不如写信去问问你爸爸。"

陈延年不屑一顾："问他，管用吗？他又不是救世主！"

柳眉不服："昨天我听见我爸对我妈说，看来仲甫先生说的'这个国家只有从根本上改造才能有出路'这句话是对的。"

陈延年是个固执的人，最近他受无政府主义影响，认为社会革命不过是统治者争权夺利的一个借口，只要有统治者，国家就没个好。陈独秀也就是那么点嘴上和纸上功夫，拿不出什么治理国家的灵丹妙药来。

乔年年纪小，听说北京打仗，连飞机大炮都用上了，担心姨妈和子美她们的安全，小心翼翼地说反正现在不上课，也没有事情做，让延年带他去北京。

延年知道父亲是个不顾家的人，心里也很担心，便对乔年说："再等等看吧。北京那边要是真有事，汪经理会知道的。"

正说着，亚东书社的伙计阿四来了。阿四对陈延年说："陈少爷，让我好找呀。"

陈延年不高兴地说："阿四，跟你说了多少次了，别喊我们陈少爷。我们和你一样，都是亚东书社的伙计。你找我们有什么事？"

阿四说北京来客人了，让他俩晚上过去吃饭。

"什么客人？你知道他叫什么名字吗？"陈延年问得很仔细。

阿四想了想，说："叫李大钊。"

柳眉一听，欢呼起来："李大钊，我读过他写的《青春》，太励志了！延年，我也要去见他。"

阿四连忙说："正好柳小姐也在，汪经理也请了柳先生，这请柬就烦请您转交吧。"柳眉接过请柬。

阿四又对陈延年说："汪经理还请了吴稚晖先生，怕他不给面子，特地写了封信,要我转交给你,请你送给吴先生。"

陈延年接过信和请柬,对陈乔年说:"乔年,收摊子。我们先送柳眉回家,然后去见吴先生。"

延年、乔年到了酒店,把汪孟邹的信交给吴稚晖。吴稚晖阅毕,将信搁在桌上,说:"延年,你转告汪经理,饭我就不去吃了,事我一定尽力去办。"

陈延年有些为难:"吴伯伯,李大钊先生现在是《新青年》杂志的同人编辑,汪经理是特地请你和柳校董作陪的,你不去恐怕不妥吧?"

吴稚晖很严肃地告诉陈延年:"我吴稚晖和你老子不同。我一生最不愿和三种人一起吃饭,一是官僚,二是商人,三是狂妄之士。这汪孟邹是个商人,李大钊我虽然未曾谋面,但读过他的文章,字里行间透着一股君临天下的傲气。你看,这犯了两忌,所以,饭我就不去吃了。你跟汪经理说我已经和人有约在先了。"

陈延年无奈地点点头。吴稚晖又说:"延年、乔年呀,汪孟邹在信上说,你父亲托我劝说你俩去北京上学,你们愿意去吗?"

陈延年毫不犹豫地说:"这件事情我们早就说定了,我们就在上海补习法文,以后去法国勤工俭学。"乔年却吞吞吐吐地表示他有些想姨妈和子美、鹤年。

吴稚晖拉起陈延年的手,很认真地说:"延年啊,你俩是看到我写的留法勤工俭学倡议书才从安庆乡下来上海读书的。可眼下欧洲正在打仗,留法勤工俭学的事遥遥无期,你们也不能老在震旦学校补习法文。我呢,也不能老在上海待着。时局一旦稳定下来,我就要北上。一是蔡元培在北大给我安了个学监,我得去上任;二是我想到唐山去办一所正规的中国式现代大学。所以我答应了你们的父亲,想带你们到北京去。对你们而言,那里的条件确实要比上海好得多。"

陈延年看着吴稚晖,语气稍有缓和:"吴伯伯,我和乔年都是大人了,我们

的路我们自己走。去北京的事情我们先不说了,行吗?我向您请教一个问题吧。"

"好啊,有什么事情不明白的尽管说,我和你俩之间没有禁区。"吴稚晖也不想在麻烦问题上纠缠。

陈延年认真地说:"吴伯伯,这几天我一直在思考一个问题,我们这个国家现在是怎么了,共和才六年,就发生了两次复辟,时局越来越乱,情况越来越糟,中国还有救吗?"

吴稚晖没想到陈延年会问出这样的问题,略作思索后答道:"延年啊,这个问题好像不是你这个年纪的人问的呀。我这么跟你说吧,我们这个国家劣根太深,积重难返,不经过九九八十一难是很难走出泥潭的。但出路肯定是有的,你父亲一直都在寻找出路啊。"

陈延年对这样的回答似乎不够满意,说:"可是人家欧洲过去不是比我们落后得多吗?他们怎么一下子就变强大了,而我们怎么就这么难呢?"

吴稚晖摆出一副教师爷的姿态说:"因为历史、文化不同嘛!我们的历史包袱太重,文化积淀太深,统治意识、国家机器意识、追逐权力的意识都根深蒂固。"见陈延年不明白,他提高了嗓门,"延年,我问你,为什么袁世凯和张勋都要搞复辟呢?归根到底,是追逐权力。权力是哪儿来的?是国家给的,是国家赋予政府的功能。所以,政府是万恶之源。"

陈延年问:"您这是克鲁泡特金的无政府主义理论?"

"是的,你不是看过许多这类的书吗?中国的出路在哪里?你父亲说在民主与科学。可是他并不清楚什么是真正的民主。我认为,没有人统治人的无政府状态才是最高形式的民主。一个社会,不是靠政府去统治,而是靠个体和组织之间的互助与协作,同时,这个社会中的每个个体又都具有高度自律的互助心与协作的自觉心,这才是最完美的和谐社会。这种社会形态应该是我辈追求的目标。"吴稚晖越说越激动,越说越玄乎了。

"吴伯伯,我是信奉无政府主义的。可是我觉得中国要达到那种境界太难了,或者根本就没有可能。"陈延年对无政府主义显然没有那么强烈的信心。

"正因为难,才需要有人去追求,特别是年轻人锲而不舍地去追求。延年,你愿意追求吗?"吴稚晖期待地看着陈延年。

陈延年模棱两可地点点头,拉着乔年走了。

到了亚东书社,李大钊一见面就把延年和乔年揽在身旁,高兴地说:"我早就听说仲甫先生家里有两位安庆小英雄,求知好学、拾金不昧、见义勇为、侠肝义胆。今日一见,果然是气度不凡啊。"

陈乔年兴奋地说:"李叔叔,我们全家都是您的铁杆崇拜者。您的那篇《青春》,我和我哥,还有好多同学都会背诵。"

正说着,汪孟邹引着柳文耀和柳眉来了。

柳文耀上前向李大钊拱手施礼,并请他一定抽空到震旦学校去做一次演讲。

李大钊说:"惭愧呀,我这次是仓皇出逃,狼狈不堪。仲甫先生带来口信让我来亚东书社看看,一是给大家报个平安,二是了解一下《新青年》的发行情况,三是结识一些新朋友。给各位添麻烦了。"

柳文耀忙问:"仲甫先生现在还好吧?"

李大钊说:"挺好的,比起两年前我在日本看见他的时候好多了。那时候,他穷困潦倒,现在至少是衣食无忧了。他现在可是个大忙人,在北大襄助蔡元培搞改革搞得风生水起,办《新青年》倡导新文化更是如火如荼。只是时局艰难,每一步都不容易,能日拱一卒,便是效率了。"

柳文耀接着问道:"这次张勋复辟对北大改革会有影响吧?"

李大钊答道:"影响肯定是有的,北大倡导的新思潮肯定为张勋之流所不容。不过照现在的情形看,复辟必定夭折,以后怎样,还得看时局的发展。"

柳文耀又问:"守常先生对时局有什么高见?"

李大钊叹了口气:"时局不容乐观。仲甫先生曾经说过,袁世凯之后中国必然会出现一个军阀混战的局面。如今他的预言成为现实。现在欧洲在打仗,整个世界乱成了一锅粥。中国既积贫积弱,又是一盘散沙,内忧外患,多灾多难啊。"

陈延年忧心忡忡地问:"李叔叔,难道中国就真的没有希望了?"

李大钊苦笑道:"这次张勋复辟对大家打击很大,听说又有一些志士自杀了。中国的出路何在,至少现在还看不出端倪。不过我们都没有放弃寻找。"

"守常先生来沪有什么打算?"柳文耀试探性地问了一句。

李大钊答道:"我想趁这个机会彻底地放松一下,清理一下思路,思考一些问题。"

汪夫人进来向汪孟邹招招手,汪孟邹便招呼大家:"菜已上桌,酒也烫好,请大家入席吧,咱们边喝边谈。"

五

果然不出陈独秀、汪大燮等人的预料,张勋复辟的闹剧只上演了十二天,溥仪的龙椅还没坐热就给搬走了。

大街上,报童大声吆喝着:"宣统皇帝再度退位,辫帅张勋出逃荷兰使馆;黎元洪引咎辞职,冯国璋代行总统,共和英雄段祺瑞再度入主京城!"

北京城更加热闹了。大街上,胡同里,满地的青龙旗、满地的真辫子和假辫子。戏装店前挂着醒目招牌:回收清朝官服。店内挤满了人,有人愤怒地说他八块大洋买的官服,刚穿了两天,店家就一块钱回收。有人大骂,因为他是借钱买的这身衣裳。

蔡元培、汪大燮、范源濂三人兴高采烈地聚在一起。汪大燮给蔡元培送上一包新买的黄山毛峰,以示给蔡元培压惊。范源濂从皮包里掏出三卷纸,双手为蔡元培奉上:"这一,是您老兄的辞职书,原物退回;这二,是段祺瑞给您的嘉奖令和追加北大经费的手令;这三,是教育部同意北大改革和招聘教授的一揽子方案的批复。老兄,这可都是大礼呀。"

蔡元培喜不自胜,没想到这张勋的辫子军倒是帮了北大一个忙。汪大燮在一旁打趣:"时局混乱,政坛大佬们谁都想拿蔡元培和北大撑个门面,北大现在可是个香饽饽了。"

范源濂表示赞同:"段祺瑞再度出山之后,北洋政府权力争斗必定更加激烈,北大反而成了世外桃源。现在正是蔡公大显身手的好机会。"蔡元培精神大振,表示一定不辱使命。

两天后,蔡元培在北大会议室主持召开张勋复辟流产后的第一次校评议会。章士钊、吴稚晖、刘师培、杨昌济等是第一次参会。

蔡元培开始讲话:"各位教授,因时局混乱,北大被迫停课两周。现在一切恢复正常。我首先要告诉各位的是,国民政府已经批复了我们北大改革和招聘人才的一揽子方案,并且给我们增加了教育经费。我们正在兴建的一万多平方米的北大红楼即将竣工,年内即可交付使用。北大将迎来最好的发展机遇。"大家高兴得纷纷起立鼓掌。蔡元培继续说:"各位同人,学校很快就要放暑假了。这个假期对我们北大来说至关重要,各科要制定并实施新学期课程改革、教学管理和人员评聘的方案。文科是改革的试点,陈学长,你有什么要说的吗?"

陈独秀站起来,说道:"在所有改革中,人是第一位的因素,也是最棘手的事。文科教授的聘任,上次会议已经通过了一个资格名单,现在既然教育部批复了这个名单,就没有障碍了,聘任的工作马上就可以进行。麻烦的是解聘,特别是外籍教授的解聘。北大现有的外籍教授,是国民政府通过教育部确定的,学校只是象征性地发放证书,也就是说,外籍教授的聘任和管理的权限在教育部。这种体制造成了许多外籍人员滥竽充数,引起了广大师生强烈不满。如果这个问题得不到解决,北大的改革必定功亏一篑。"

会场一片哗然，人们议论纷纷。

夏元瑮站起来，说道："这个问题在理科也非常突出。"

吴稚晖在北大挂了个学监的名义，也来参加会议。他站起来说："蔡校长，既然是改革，就要有职有权。我建议把外籍教授的聘任权收归学校所有。"

蔡元培做出决定，各科先摸一摸底，看有多少不合格的外籍教授，搞个细致的材料报上来，下次评议会专门讨论这个问题。

陈独秀又提出来国内教授的解聘也是难题，不少师生提出辜鸿铭投靠张勋，参与复辟，应该被清除出北大。钱玄同笑说："这老辜今天不来开会，就是心虚了。"会场上又开始议论起来，坐在角落里的黄侃默不作声。

蔡元培向大家摆摆手，表示今天不讨论辜鸿铭的问题。新学期开学以后，根据教育部的要求，将调整校评议委员会成员，教育部正在拟定资格条件。关于教员解聘定岗的问题，将由新学期的校评议会讨论决定。

散会了。大家都往外走，蔡元培叫住了陈独秀，让他抓紧办引进人才的事宜，特别是胡适，赶紧催他回来争取一开学就能上课。陈独秀满口答应，夹着包急匆匆地走了。

走廊上，吴稚晖追了出来，大呼："仲甫，你跑什么，抢孝帽子呀？"

陈独秀头也不回："你有什么事，以后再说行不行？我要去给胡适之发电报，电报局快下班了。"

"是胡适之重要还是你儿子重要？"吴稚晖没好气地说。

没料到陈独秀竟然回答："当然是胡适之重要！"接着开始批评吴稚晖，"我说你老兄也太狂了吧，请你去汪孟邹那亚东书社吃顿饭你都不给面子。"

"你那帮朋友思想都太激进，我吴稚晖不感冒。"吴稚晖辩解道。

陈独秀一听，不乐意了："那你干吗还死乞白赖地缠着我的两个儿子。如果不是你吴稚晖鼓捣那个遥遥无期的留法勤工俭学，延年他俩也不至于不跟到北京来。"

吴稚晖不高兴了——他找陈独秀就是为了说这个事："我和李石曾、蔡元培商量好了,准备在北京也办个留法补习班和法文进修馆。等办起来了,就让延年和乔年过来学习,这样你们一家就团圆了。"

陈独秀哈哈大笑："真能折腾!"

六

胡适遇到麻烦了。哥伦比亚大学,胡适的博士论文答辩会已经结束,教室里只剩下胡适一人,目光呆滞,一动不动,泪流满面。韦莲司手捧鲜花兴冲冲走来,胡适的导师杜威教授在学院门口拦住了她,告知她一件不幸的事情:在刚刚结束的博士论文答辩会上,胡适的论文没有通过。

韦莲司一脸惊愕,因为杜威一直说胡适是哥伦比亚大学最优秀的哲学博士。杜威有些尴尬地表示,这只是他个人的看法,可是别的评委并不这样认为。他说:"你要知道对于中国古代的哲学思想,美国人了解的只是皮毛,而胡适的论文研究的是墨子的思想,这对美国教授来说几乎是个盲区,悲剧就这样发生了。"

韦莲司点点头:"这对心高气傲的胡适打击太大了,他可一直都是信心满满的。他现在在哪里?"

"他还在会场独自流泪呢。现在只有你去安慰他才合适。你告诉他,这并不是最后的结果,还有修改的机会。另外,你还要告诉他,我已准备正式提名他留校当助教了。"杜威说完便走了。

韦莲司把鲜花放到身旁的邮筒上,急速向教学楼跑去。她推门走进教室,缓缓地走到胡适面前,把他的头轻轻地揽进自己怀里,擦着胡适的泪眼,就像一个母亲安抚一个受伤的孩子。许久,胡适才说了一句:"亲爱的韦莲司,我让你失望了。"

韦莲司温柔地抚摸着胡适:"适之,你不要难过。在美国大学里,博士论文

第一次没有通过是司空见惯的事情,没什么丢人的。"

韦莲司转告了杜威教授的话:第一,不是他的论文质量不高,而是美国的教授对胡适的研究对象了解得太少。他只要在论文的导语部分再补充一些对墨子的生平和思想精华的介绍,就不难获得通过。第二,杜威教授准备正式提名他留校当助教了。以他的学术潜力,在美国学术界的前途不可限量。

胡适抬起头来,望着韦莲司:"我真诚感谢杜威先生对我的培养和器重,可是我不能留在美国,我要回到我的祖国去了。"

韦莲司不解地问:"为什么?中国留学生能够得到你这样待遇的并不多见。"

胡适从口袋里掏出一份电报递给韦莲司,是陈独秀发来的急电:"适之吾弟,北京大学已经正式聘你为文科教授,月薪二百六十大洋。北大非常需要你,中国非常需要你,恳请莫负众望,急速归国效力。切切!"

韦莲司捧起胡适的脸:"我要跟你一起到中国去。"胡适不敢直视韦莲司,低声说再做商量。

几天后,杜威教授的别墅难得的热闹。杜威夫妇邀请胡适和几位中国留学生来家里做客。杜威叼着烟斗,把陈独秀的电报还给了胡适:"胡,今天我和爱丽丝邀请你们到家里来做客,是为你送行的。我想明白了,你的国家的确需要你,你在那里可以实现更大的价值,获得更高的回报。所以,我赞同你回国去北京大学当教授。遗憾的是,我的两个最好的学生蒋梦麟和你都走了,陶行知也将在今年秋天回国。离开了你们,我会感到寂寞的。"

胡适对杜威也十分感恩与不舍,一再表示自己不仅是他的学生,还是他忠实的信徒,而且自己将终身致力于在中国推广和实践他的实用主义哲学,并希望能够尽早在中国见到导师。

杜威激动地说:"我一定会去中国的。中国是个神奇的国度,那里不仅有我最好的学生,更有着高深莫测、魅力无限的历史文化。我想我和爱丽丝都会喜爱中国的。胡,对于你,我还有一个遗憾,你和韦莲司是多好的一对啊,现在你们要分开了,我很为你们惋惜。希望你临走之前好好和她谈谈,安慰安慰她。"

胡适郑重地点点头,来到后院,看见韦莲司泪眼迷离地站在梧桐树下,他走上前去郑重而虔诚地向韦莲司鞠了一躬,久久地不愿抬头。韦莲司低声问:"你是来告别的吗?"胡适抬起头来,深情地望着韦莲司:"是的,我要回国了,而且是一个人回去,我不得不和你分别了。"

韦莲司很伤心,她不明白胡适为什么不同意和她一起回到中国。胡适心里很难受,他是非常非常爱韦莲司的,但他有两个使命,不能自己决定自己的命运:一个是国家的使命,祖国需要他;另一个是家庭的使命,母亲需要他,胡适不能违抗母命。

韦莲司握住胡适的双手。对于男友不能违抗母命,必须和不爱的、连面都没见过的女人结婚,她不能理解。这样的行为,让胡适看起来不像一个在美国读过书的博士,而更像一个大清朝的进士。胡适理解韦莲司的看法,因为她没有去过中国,不知道中国人身上有多少历史文化的羁绊。

胡适四岁丧父,母亲那时候只有二十三岁。她终身守寡,含辛茹苦地抚养儿子长大。可以说,胡适是她活着的唯一支柱,这一情况给了胡适很大的压力。胡适无奈地从口袋里掏出一封母亲的来信。韦莲司接过,可看不懂。胡适念道:"欣闻吾儿学业有成,急盼归国完婚。如吾儿决意不归国而退婚,吾就只能等儿回来收尸了。"

韦莲司沉默了。

胡适一脸无奈,声音已然哽咽:"对不起,韦莲司,你并不了解中国的女人。我本来是准备留在美国的,家母的来信让我不得不回去。请原谅我的懦弱。"

韦莲司愤怒了:"你不是懦弱,是愚昧。你口口声声要废除孔教三纲,实际上还是中国封建礼教的奴隶和殉葬品。"韦莲司的观点让胡适心痛,但又无可

反驳。他痛苦地说:"韦莲司,你说得对,我们这个时代的中国人,确实每天都面临新伦理和旧道德的选择,每天都处于矛盾与痛苦的彷徨之中。在中国,要想做成一件事,你首先必须做出以痛苦为代价的选择。"

韦莲司摇摇头:"疯了,疯了! 天下居然有这样荒唐的逻辑!"

胡适拿出一张纸,这是他昨晚一宿未眠写的一首白话诗,是中英文对照的,送给爱人留作纪念。韦莲司接过胡适的诗,轻轻地念道:"两个黄蝴蝶,双双飞上天。不知为什么;一个忽飞还。剩下那一个,孤单怪可怜。也无心上天,天上太孤单。"

读完最后一句,韦莲司再也控制不住了,泪流满面的她拿着胡适的诗不顾一切地跑开了。胡适看着韦莲司逐渐消失的背影,无力地坐在梧桐树下。

第 八 章

胡 适 来 了

一

蔡元培看得很准,周树人天生就是个忧国忧民的人。张勋复辟失败之后,他的心情好了许多,因为蔡元培一再说要找他,就来到了北大。

他和蔡元培是同乡,对北大更是熟门熟路。到了校长室,他轻轻地叩了两下门,叫了一声蔡公。

蔡元培正在伏案写字,闻声就听出了是谁,高兴地喊道:"豫才来了,快请进。"

周树人一身青色长衫,丛林般浓密的短发倔强地向上竖立着,标志性的一字胡修剪得干净利落,两道剑眉之下放射出闪电一般的目光。

蔡元培抬头望去,见他仿佛换了一个人,频频点头:"嗯,精神不错嘛!"

一如既往,周树人恭敬地鞠了个躬:"蔡先生好!"

老熟人了,蔡元培也不客套:"你先坐,我还有几个字,写完我们聊。"

周树人:"德潜说您找我,我就急急忙忙赶来了。您要是有事就先忙,我出去转一会儿再来。"

蔡元培连忙摆手:"没事,没事,见你豫才就是最大的事。"说着大声招呼校役,"看茶,沥新送来的西湖龙井。"

等校役端上茶水,蔡元培也忙完了,他坐到周树人对面,亲切地问:"怎么

样,绍兴老家的事情处理妥当了吗？"

周树人站起来,有些为难地说:"蔡公,我们不说这个。"

蔡元培示意他坐下:"好,我们说正事。请你来有两件事:一是来北大讲课。我问了范源濂,他说你最好是来北大做个兼职教师,不要丢了教育部的公职。我认为这样也好,只要你能来北大讲课就行。你看怎样？"

周树人恭敬地回答:"全听蔡公安排。"

蔡元培高兴地说:"那好,就这么定了。第二件事是请你给北大设计一枚校徽。"

周树人来了精神:"校徽？"

蔡元培:"对呀,新北大得有一个新标志、新面孔！"

周树人再次鞠躬:"谢蔡公抬举。蔡公有什么具体的要求和想法？"

蔡元培笑了:"你豫才的想法就是我蔡元培的想法,我没有具体的要求。"

"蔡公高抬我了。"周树人谦虚地说。

蔡元培朗声大笑道:"我从来不奉承人。我之所以请你来设计北大校徽,是我认为当今中国看问题最尖锐最深刻的莫过于你周树人。你独具慧眼,设计的校徽一定是内涵丰富、风格独特的。"

周树人站起来,依然谦虚地说:"既然蔡公这么说了,那我就试试看。"

办公室的房门突然被推开,陈独秀手持电报兴冲冲地闯了进来,大呼:"胡适回国了,胡适回国了！"看到周树人,陈独秀顿时一脸尴尬,不好意思地说,"对不起,蔡公,您这儿有客人呀。"

蔡元培毫不介意陈独秀的不请自到:"在我这北大校长室,也只有你陈独秀一人敢如此肆无忌惮。来,我给你们介绍一下,周树人、陈独秀,二位应该都是互相久闻大名吧？"

周树人站起来,对陈独秀抱拳致意:"久闻大名,如雷贯耳！"

陈独秀非常兴奋:"周先生一身才学,大名远扬,今日相见,三生有幸啊！"

蔡元培告诉陈独秀："豫才即将被聘为文科兼职教师,他的课程还得你这个文科学长安排。"

"太好了,我们北大又添一员主将。"陈独秀满口答应。

蔡元培望着周树人："应该说我们的新文化运动又添了一员主将。豫才要是发动起来,火力定是凶猛无比。来《新青年》做个同人编辑吧。新文化要是没有你这个先锋,战斗力肯定大打折扣啊。怎么样,没问题吧?"

周树人："我听蔡公的。"

陈独秀高兴地张开双臂："今天是个好日子,周树人、胡适一起来了,《新青年》一下子增添了两员大将。"

蔡元培手指陈独秀："别高兴得忘了老朋友,还有李大钊,让他早点回来接章士钊的班。"

周树人看着蔡元培："蔡公,您二位还有公事要谈,我就先告辞了。"

周树人和陈独秀拱手告别。陈独秀大声叮嘱："豫才兄,请一定给《新青年》赐稿啊!"

送走周树人,蔡元培返回办公室,陈独秀还在那里兴奋地转圈。见蔡元培回来,陈独秀把手中电报递给蔡元培,说："胡适已经回国,后天抵达上海。蔡公,我去上海接他吧。"

蔡元培惊讶地看着陈独秀："你要去上海接他,有点过分了吧?"

陈独秀难掩激动之情："蔡公您为了聘我还三顾旅社呢,我去上海接一位大才,不算过分吧!"

蔡元培摇摇头："都说你陈独秀目中无人,我看并不尽然。行,你是文科学长,职责内的事情你自己做主。"

说着,蔡元培从抽屉里拿出一张聘书递给陈独秀："你去上海,把这个带上。"

陈独秀接过聘书,只见上面写着："特聘美国哥伦比亚大学哲学博士胡适

之为北京大学文科教授,讲授中国哲学,月薪两百六十大洋。"

陈独秀有些疑惑:"蒋梦麟不是说胡适还没有拿到博士学位吗?"

蔡元培狡黠地看着陈独秀:"你还记得吗?当初我给你的委任状是这样写的,前安徽高等学校校长陈独秀品学兼优,堪胜文科学长之任。仲甫啊,用人之道,要义是让反对者找不到理由。所以,要学会变通。"

陈独秀会意地点点头:"蔡公高明,让蔡公费心了。"

蔡元培指着聘书:"仲甫啊,对这个胡适,我除了看过他写的一些文章和白话诗,道德人品、秉性脾气,我都一无所知,全凭你的推荐。这么年轻拿这么高的薪水,在北大是破例中的破例,希望他能不负众望、不辱使命。"

陈独秀信心满满地说:"其实我也没有见过胡适本人,我是被他的才气征服的。我相信我的直觉,此人必为我北大之骄傲。"

二

上海火车站出站口,陈独秀拎着大包小包,歪着肩膀走出来。汪孟邹赶紧上前拿了两个,笑话他:"这样子哪像个大教授,简直就是搬运站的力巴嘛!"

陈独秀埋怨道:"都是君曼搞的鬼,非要给两个小子带吃穿用的,可把我累惨了。"

汪孟邹叹道:"可怜天下父母心。君曼对延年和乔年视如己出,很是不错。"

陈独秀放下行李四处张望,当然找的是胡适。汪孟邹解释说,昨天上午胡适接到老家发来的电报,说是他母亲病了,十分想念儿子,他下午就急匆匆赶回去了,同时为此致歉,说是把家事处理完了就去北大。陈独秀大为失望,白跑一趟,空欢喜一场。汪孟邹本想发电报给陈独秀,可陈独秀昨天已经在路上了。既来之,则安之。胡适走了,有个老朋友来了。

陈独秀惊问:"谁来上海了?"

汪孟邹笑道:"今晚亚东书社,请客接风,到时候就知道是谁了。"

日落浦江,晚霞满天。

陈独秀随汪孟邹走进客厅,厨房里香气传来,他禁不住使劲吸了吸鼻子:"又闻到臭鳜鱼的香味了。孟邹兄,你把我的馋虫给勾出来了,快开席吧。"

汪孟邹却说:"你鞍马劳顿,先休息一会儿,我去请客人。"陈独秀以为客人是李大钊,他来上海可是不少天了。没想到汪孟邹说:"李大钊已经去南京多日了。他不知道你要来。"

陈独秀嘴里嘀咕道:"客人,还是老朋友,会是谁呢?"

汪孟邹故意不说:"不要心急。我现在去找延年、乔年,让他们和柳文耀父女一起过来,不然的话,我怕延年这孩子不给你面子。"

陈独秀急忙问道:"这延年还成天和那柳小姐在一起呀,这算怎么回事?"

汪孟邹说:"是柳小姐天天要跟着延年。据我观察,这两个孩子倒像青梅竹马、两小无猜,纯得很。你不要瞎猜测。"

陈独秀假装大大咧咧地说:"我可懒得管这些事,是君曼整天在那儿瞎嘀咕。"

汪孟邹刚刚走到院子里,就听到前屋有人高呼:"汪经理,仲甫先生在哪里呀?"

汪孟邹转身对陈独秀说:"嗨,本来想给你一个惊喜,不曾想这两位老先生沉不住气,提前来了。"

陈独秀惊喜地站了起来:"是邹将军!"

陈独秀迎出门外,邹永成和易白沙快步上前,三个人紧紧地拥抱在一起。邹永成老泪纵横:"仲甫先生,想你呀!"

陈独秀看着流泪的邹永成,心里极为感动,拍着他的后背说:"邹将军别来无恙,我也想你啊。"两人手拉手走进院中。

陈独秀对邹永成提议道:"你看漫天的晚霞多么绚烂壮观,我们就在这院

子里喝茶吧。"

三个人坐下。陈独秀问:"你们俩怎么走到一起了?"

邹永成告诉他:"那天我们在上海分手后,我和潘赞化就去了广州。半路上听到我们的部队解散了,我就回到了长沙,在督军署里当个顾问,没什么具体的事情。这越邨在长沙教书,我俩就经常在一起聚。这次我来上海给湘军买军火,越邨是陪我来的。"

陈独秀很是吃惊:"越邨,你这个夫子也玩起火器来了?"

"我怎么就不能玩火器,当年你不也与蔡子民一起做过炸弹吗?"易白沙的话不冷不热,陈独秀好像听出了什么,忙问他有什么不顺心的事。易白沙摇摇头,不吭声。

邹永成忍不住告诉陈独秀:"越邨刚去了趟广州,见了孙中山先生,亲眼看到中山先生在南方政府中受排挤,受窝囊气。他心里憋屈,这两天一直在生闷气。"

陈独秀问易白沙:"中山先生跟你说什么了吗?"

"中山先生说,军阀混战是目前中国的主要问题,必须打倒反动军阀,建立强有力的统一的中央政府,否则中国永远是一盘散沙。"易白沙还是余怒未消。

陈独秀点头:"我完全赞同中山先生的观点。但是,打倒军阀谈何容易!你知道中国现在有多少军阀?哪一个军阀背后没有一股外国势力?幸好现在欧洲在打仗,西方列强一时顾不上中国,不然中国早就被他们瓜分完了。"

邹永成感叹道:"可悲呀! 偌大一个中国,没有一个能够发号施令的领袖,搞得军阀混战,一个个你方唱罢我登场。政坛乌烟瘴气,乱七八糟,让人心寒啊。"

"仲甫,我真的想不通啊。共和国的缔造者、革命党的领袖,如今却被一个个军阀玩弄于股掌之上,处处受气、屡屡蒙羞。这次我亲眼看到中山先生的处境,真是欲哭无泪、心如死灰啊。"说到伤心处,易白沙禁不住掩面而泣。

陈独秀赶忙安慰他："越邨,你是个文化人,不适合搞政治,千万不能陷到这个旋涡里去。我看你还是跟我到北大教书吧,咱们还是一起编《新青年》。"

"我不跟你去北大。这次见了中山先生之后我就下定决心,我要站出来和这个烂透了的社会血拼到底。"易白沙面露凛然之色。

天色渐晚,陈子寿、陈子沛兄弟,柳文耀、柳眉父女都来了。陈独秀等人赶紧迎上前去,大家互致问候。

陈独秀往众人后面望去,看见陈乔年躲在汪孟邹身后,不觉心头一酸,走过去把他搂在怀里。

陈独秀问汪孟邹："延年不来?"

柳眉接过话头："他来了,在厨房帮忙,我看他有点不敢见您。"

陈独秀笑着问柳眉："我真的有那么可怕吗?"柳眉认真地说："您不可怕,我们学校的许多同学都非常崇拜您。"说着指指陈乔年："还有他也是。"乔年不好意思地把头埋进父亲的长衫里。

大家都笑了。

酒席散了,易白沙和邹永成都喝醉了。汪孟邹叫了车来,让阿四送他俩去了旅社。

柳文耀的汽车还没到,他对汪孟邹说："我想单独和仲甫先生说几句话。"汪孟邹心领神会,招呼几个孩子去了书房。

客厅里,陈独秀看出柳文耀心中有事,就说："柳先生有什么吩咐,请讲。"

柳文耀说："我首先要谢谢仲甫先生一家对小女的关照。现在小女和延年、乔年同在法文班学习,三个人情同兄妹,形影不离。有两位公子陪伴照顾,小女非常快乐,我和夫人也十分放心。今天机会难得,我想和仲甫先生商量一件事。现在政局混乱,因张勋复辟,学校已经停课多日。欧洲还在大战,留法勤工俭学不知何时能够提上日程,长久拖下去岂不耽误了孩子们的前程?所以,我和夫人商量,还想和仲甫先生重提那个老话题,把三个孩子一起送到美

国去留学,手续我来办理,费用我们也可以多负担一些,不知仲甫先生意下如何?"

陈独秀皱起了眉头,问:"这事你和孩子们商量过吗?"

柳文耀摇摇头:"我想先征得您的同意后再和他们商量。"

陈独秀直言不讳:"柳先生,这件事你已是第二次提起了。我感谢你的美意,也理解你的心情,但是我还是要坦率地告诉你,这件事并不可行。"

柳文耀有些不快:"仲甫先生何以如此武断?"

陈独秀说:"道理很简单,我当不了延年的家。惭愧呀,我这个做父亲的恰恰是在他面前最没有话语权的人,而延年也决不会接受别人的资助。这个话好像他早就当面和你们说过。"

柳文耀叹了一口气:"这孩子太自律也太自信,没法劝呀。可是两个孩子现在已然成了这种关系,我们做长辈的总得为他们的前途考虑呀。"

"这两个孩子现在到底是个什么关系?"陈独秀急切地问。

柳文耀摇头道:"说不好,我内人问过小女,小女说她就是崇拜延年,没想过别的。"

陈独秀问:"那延年怎么说?"

柳文耀苦笑道:"你那个公子,总是拒人于千里之外,谁敢问呀!"

陈独秀想了想,说:"柳先生,延年让你操心了,他和令爱的事我今晚找他谈谈,然后我们再商量,你看可好?"

柳文耀非常高兴:"好,我等你消息。"

汪孟邹家,客房不大,只有一张床。汪孟邹夫妇忙着给延年、乔年打地铺。陈乔年和柳眉忙得不亦乐乎,陈延年站在一边发呆,他问汪夫人:"为什么要打地铺?我们又不是没有房间。"

汪夫人轻轻拍了一下延年,说:"瞧你这孩子问的,你爸爸好不容易来一趟,一家人在一起说说话,多好。"

陈延年立刻变了脸:"我和他无话可谈。要不然乔年你在这儿睡,我回我的房间。"

陈乔年:"哥,今晚就在这儿打地铺吧,我都答应爸爸了。你不是也和姨妈说过,不再记恨爸爸了吗?"

汪孟邹走过来:"延年,听汪伯伯一句劝。你父亲不是你想象的那种人,他是爱你和乔年的,只是爱的方式不同,以后你就会理解的。兵荒马乱的,见一面不容易,你就和他好好谈谈吧。"

柳眉赶紧帮腔:"陈延年,你不要太小家子气了。今天你要是不和陈伯伯和好,我就看不起你,不和你玩了。"

正说着,陈独秀进来了,汪孟邹夫妇和柳眉赶紧借故离开。

陈独秀打开行李,一件一件往外拿东西,边拿边解释:"这是姨妈给你们做的衣服,这是吃的,这是子美画的画,说是一定要送给延年哥哥。"

延年接过子美的画,半天才挤出来一句:"姨妈和子美、鹤年都好吗?"

陈独秀高兴得不知所措。这是他自日本回国后听到儿子对他说的最平和的一句话,尽管延年说话时还没有称呼他为爸爸。

"好。我们租了个带小院的房子,栽了树,种了花。你姨妈总是和我说,现在条件好了,要把你们接到北京上学。"陈独秀有些反常,居然说起了这些小事。

乔年高兴地说:"我能去北京学法语吗?我好想去看看长城啊。"

延年狠狠地瞪了乔年一眼,又踢了他一脚。

陈独秀看着两个儿子,放下手中的东西说:"来,今天我们父子三人好好谈谈,行吗?"

沉默半晌,延年终于说了一句:"谈吧。"

陈独秀和两个儿子面对面坐在地铺上,说:"我们父子隔阂多年,要谈的话

太多。今天就谈三个问题,怎样?"

　　见两个儿子不吭声,陈独秀继续说道:"那我就说了。第一,我和你们母亲的事情是一个悲剧。从根本上讲,是那个时代的悲剧,有一定的必然性。我不否认,在这个事情的处理上,我有一定的责任和过失,但是在理念和道德上我没有错。这件事对你们造成了伤害,我很愧疚。但我和你们母亲的感情问题,是我们之间的事情,与你们无涉,这不应该成为影响我们父子关系的因素。你们同意吗?"

　　乔年眨巴着眼睛,望着哥哥不敢说话。

　　延年低着头:"这件事我早就说过,这不是事,我们哥俩包括玉莹和松年从来没有因为这事怪过你。"

　　陈独秀略感轻松:"好,那我谢谢你们。第二,你们哥俩小小年纪就出来闯荡世界,自食其力,我很高兴。你们要去法国勤工俭学,我也很支持。但是现在世界大战,留法的事情遥遥无期,国内又非常混乱,你们总不能老待在上海补习法文吧? 人无远虑,必有近忧,我很想知道你们是怎么打算的。"

　　这次延年没有犹豫,他很认真地对父亲说:"我们哥俩自己的路自己走,既不依靠家庭也不依靠别人。勤工俭学对我们来说是最合适的路。我们很想到法国去留学,现在我们的法语已经有了很好的基础,决不能半途而废。所以,我们决定留在上海上学。现在亚东书社生意也不错,我们勤工俭学没有问题。"

　　乔年插话道:"哥,放假的时候我们可以去北京玩。"

　　陈独秀看着两个儿子说:"既然你们已经想得很清楚了,那我尊重你们的意愿。还有第三个问题。延年,你能跟我说说你和柳眉是怎么回事吗?"

　　延年愣住了:"什么怎么回事?"

　　陈独秀露出了父亲的慈祥:"你知道我说的意思,你不认为大家都很关心这个问题吗?"

延年望着父亲:"大家关心并不奇怪,我以为你不会关心的。"

"为什么?"陈独秀不解地问。

陈延年答道:"我原本以为你这个整天宣传新思想的人没有那么世俗。"

陈独秀完全没有想到延年会说出这样的话,一下子被噎住了。

延年站了起来,很冷静地接着说:"既然你也和他们一样关心这个问题,那我就明确地告诉你,我,柳眉,还有乔年,我们是一种纯洁高尚的互助合作关系。"

陈独秀不解:"儿子,我听不懂。"

延年问:"你读过克鲁泡特金和托尔斯泰的书吗?"

陈独秀点头:"读过。"

"那你知道互助主义、无政府主义和泛劳动主义吗?"延年又问。

陈独秀说:"知道一点,不甚了了,愿闻其详。"

"行,那我就给您启蒙一下。人类社会的理想形态是没有统治、没有政府,只有社会成员在相互平等基础上的互助、合作、自由发展。在这种状态下,社会成员通过自律不断地实现道德的自我完善,结成超越家庭、恋爱的友爱关系。"延年把他从《互助论》中看到的东西全都搬了过来。

陈独秀半晌才回过味来:"等会儿,儿子,你的意思是说你和柳眉就是这样的关系?"

延年认真地说:"这是我的追求。"

陈独秀还是糊涂,说:"可是在别人眼里,你们俩是情投意合、郎才女貌、门当户对、天作之合的一对恋人呀。"

延年冷笑道:"那是世俗的眼光,正是我们要冲破的藩篱。我们追求的是永远的情投意合、纯洁高尚。"

"可是人家并不知道你这种纯洁高尚的追求。"陈独秀还是不明白。

延年平静地说:"我会告诉他们的。我正在制定一个自律守则,其中就有

一条——不谈恋爱、不作私交。"

陈独秀头脑一片空白,一时语塞,说不出话来。

三

在美国漂泊了十一年的胡适终于回到了故乡。

回乡路上,胡适的心情异常复杂。他急切地盼望见到母亲,向她倾诉十一年的思念与牵挂,为十一年远游的不孝赎罪。但他又怕看到母亲为儿子自豪的眼神。博士论文没有通过,他深感愧疚。韦莲司的泪光直刺他的心扉,还有家中苦等他十一年的未婚妻,又将如何面对?不知不觉到了村口,胡适强迫自己不再想下去。

西装革履、风流倜傥的胡适带着挑夫一进村就被很多人围观。有老者上前问道:"先生从何而来?要去谁家?"

胡适恭敬地回答:"我是胡传的儿子胡适,从美国回来,探望家母冯顺弟。"

老者道:"原来是嗣穈啊。"

胡适说:"我小时候是叫嗣穈,现在叫胡适。"

老者长叹一声:"苍天有眼,你母亲总算没有白等十几年,总算把儿子盼回来了。"

在族人的簇拥下,胡适走进了自家的老宅子。摆满兰花的大院子,马头墙,大白房,依然是儿时的记忆。

进得厅堂,胡母冯顺弟端坐在堂前。十一年没见,母亲虽然只有四十四岁,却已是满头白发、满脸皱纹。

胡适强忍泪水,注视着母亲。族长在胡母面前放上一个布垫,胡适犹豫片刻,没有下跪,而是向母亲深深地鞠了一个躬,然后抱住母亲,泪如雨下。

屋中有人悄悄议论起来:"这娃儿行的是什么礼数?见到母亲居然不下跪!"

许久，胡母给儿子擦了擦眼泪，起身拉着他走到父亲胡传的牌位前。她自己先上了香，低头合手，喃喃自语，然后退到一旁。

族长照例又在胡适面前放了一个布垫。

胡适望着父亲的画像和牌位，依然没有下跪，而是深深地鞠躬三次。

屋内屋外的议论声更大了。

族长看不下去了，把胡母拉到一旁，严肃地说："你这个儿子留洋十几载，如今衣锦还乡、荣归故里，他不拜你，也就算了。可是他不拜父亲，那可是有悖族规，天理不容，要受惩罚的。"

胡母看着族长，低声说："他不是拜了吗？"

"他行的是洋人的礼数，那叫数典忘祖，不行的！"族长愤愤不平地说道。

胡母说："族长大人，我儿子自小去了美国，学的是西洋的礼数，不懂得我们的族规，如今已是民国了，就随着潮流走吧。"

族长生气了："你们家的事情，我们不管了。走，大家都散了。"说完，拂袖而去。

胡适转过身来："各位乡亲别走呀，我请大家吃糖。"说着，他打开行李，捧出大把糖果分给众人。

乡里人没见过美国糖果，都被那花花绿绿的包装吸引住了。小孩子们一拥而上。

通往上庄的乡间官道，两匹快马飞驰而来。

"喜报，喜报！县长派人送礼来了！"上庄小学校长急匆匆地跑进胡家院子，大呼道。

胡适和母亲赶紧迎出大门。快马赶到，一个公人手持信札问："哪位是胡适博士？"公人的后面，两个差役抬着一扇猪肉，还有一个猪头。

"我是胡适。"胡适说着便要跟公人握手。

公人望着胡适伸出的手，愣了一下，不知道该怎么办，慌乱中只好双手把

信札送上："绩溪县长得知胡适博士荣归故里,专门杀了一头本县特产'荆州黑铁',派小人送来,聊表敬意。县长说,明日他专程前来拜访,并请胡博士一同参观上庄小学。"

胡适看过信,对公人说："感谢县长盛情,明日我一定在此恭迎大驾。您也辛苦了,请屋里用茶。"

公人连忙推辞："不用了,县长还等着我回禀,我得赶紧回去,好几十里地呢。"

有人在胡宅门前放起了鞭炮。

天色渐晚,胡母半靠在床上,胡适坐在床沿,一边给母亲捏肩膀,一边陪母亲说话。茶几上点着一盏擦得亮晃晃的油灯,明亮而温暖。

胡母说："你回来了,我就放心了。你的事情我不懂,也不干涉,全凭你自己做主。只有两件事情,你要依着母亲。"

胡适毕恭毕敬："母亲请讲。"

胡母接着说道："第一件事,你父亲原本是做学问的人,后来入了仕途,做了武将,在你四岁时就病死在任上。现在的世道比你父亲在世时还要乱,你既然学有专长,又是师从名家,那就不要进入仕途。娘自嫁入胡家,一直跟随你父亲在外面漂泊,深知官场险恶。你要记住,不是有人把刀架在脖子上逼你,千万不要去做官。这也是你父亲的遗训。"

胡适赶紧站起来："儿子一定谨遵母训。"

胡母还是不放心："世上之事,最能诱惑人的莫过于'权力'二字。所以,你光答应我不行,还要到你父亲牌位前去发誓才行。"

胡适说："我一定照办。"

胡母放心了许多,继续说："第二件事,娘给你在旌德县江村定了一门亲,已经十三年了。你留洋期间,屡屡有传言说你移情别恋,甚至说你已经另娶妻室,为娘一直不信。现在你回来了,娘想让你尽早与江村的冬秀姑娘见面,把婚期定下来,把婚事在家里办了。婚事办了就堵住了那些人的嘴,为娘也就心安了。"

胡适沉默了一会,对母亲说:"娘,我与冬秀虽然未曾谋面,但既然是母亲的安排,儿一定按照母亲的意愿尽快把婚期定下来。"

母亲拉着胡适的手说:"娘知道我儿是个孝顺的孩子,儿这么说,娘就放心了。"

胡适说:"母亲大人,经陈独秀先生推荐,儿已被聘为北京大学教授,月薪两百六十大洋,很快就要去北京任教。儿有个心愿,希望母亲大人能随儿一同前往,让儿尽尽孝道。"

胡母摆摆手:"有你这份孝心娘就满足了。你刚刚毕业就能担任北京大学教授,这是胡氏家族甚至整个绩溪少有的荣耀,当倍加珍惜。娘这些年苦熬,已近灯枯油尽,如今心愿已了,今后就在这老宅里安度余生,不离故土半步了。"

胡适望着母亲说:"娘,我们已经分别十一年了,我不能再让您像以前那样受苦了。"

胡母平静地说:"娘想儿也是一种幸福,娘已经习惯了。你成亲后把冬秀带去,娘就靠思念着你们过活。"

灯花噼啪作响,油灯快没油了。胡母站起来说:"这些天我儿日夜兼程,早些去睡吧,明天还会有不少应酬呢。"

次日,黎明时分,胡适身着鲜艳的运动服在户外跑步,村里不少孩子跟在后面嬉闹。祠堂前,胡适伸胳膊、踢腿,做早操,引来许多村民围观。

胡适招呼孩子们:"来,跟我一起做操吧,我教你们。"有几个胆大的小孩跟着他比画起来。

围观的村民指指戳戳,议论纷纷。一个妇女强行把一个跟着做操的小女孩拽回家去。

上午,绩溪县长陪同胡适参观上庄小学,还有一位照相的记者随行。

县长恭维胡适:"胡博士虽然一直求学海外,但在国内早已大名鼎鼎、万众敬仰。特别是大作《文学改良刍议》和白话诗,引领新潮,意义深远,绩溪人都为胡博士感到骄傲啊!"

胡适谦虚道:"县长谬奖了。"

说话间,众人来到教室。校长正在摇头晃脑地讲授韩愈的《师说》:"嗟乎!师道之不传也久矣,欲人之无惑也难矣!古之圣人,其出人也远矣……"下面的学生睁大眼睛望着校长,显然不知道校长讲的是什么。

看见胡适来了,校长放下书本:"请胡博士指教。"

胡适问学生们:"你们能用白话说说这段话的意思吗?"

全班学生都摇头。

胡适又问:"那你们听得懂吗?"

大部分学生还是摇摇头。

胡适回头问校长:"校长,您能用白话讲解《师说》吗?"

"老朽不能,愿听胡博士教诲。"校长不明白胡适话中之意,摇摇头。

胡适要的就是校长这句话,说:"那我试试,可以吗?"

说着他拿起书本,走上讲台:"同学们,校长刚才给你们读的这段文言文,如果用白话,应该这样说:'唉,从师的风尚不流传已经很久了,想要人没有疑惑难啊!古代的圣人,他们超出一般人很远,尚且跟从老师而请教……'。"学生们不时地点头。

讲完了,胡适问学生:"我这样说大家能听懂吗?"

学生们齐声说:"能!"

胡适又问校长:"您看您能这样教学生吗?"

校长斜眼瞥了一下胡适:"老朽不能!"

胡适:"为什么?"

校长："没有这个规矩。课堂是斯文之地,怎么能说大白话呢? 这不是有辱斯文吗?"

胡适反问道:"您现在跟我讲的不就是大白话吗? 难道这叫有辱斯文吗? 难道让学生听不懂就叫斯文吗?"

校长生气了,拂袖而去。记者赶紧拍下一张照片。

一连好几天,胡适被县长拉着游历绩溪古迹,讲习新文化,忙得不亦乐乎。

晚上,胡适回到家中,母亲一把将他拉住,着急地说:"你还有心情在外面游玩! 你回来好几天了,我两次托人带信去江村叫冬秀过来小住几日,都没有回音。莫非出了什么差错?"

胡适急忙安慰母亲:"不会的。表哥今早又专程去了,想必一会儿就有消息的。"

正说着,表哥回来了。胡母忙问:"冬秀来了吗?"

表哥摇摇头:"江家根本不让见人。冬秀的哥哥把我拦在门外,说他们高攀不起,叫适之亲自把休书送到他家。"胡母闻言,大惊失色。胡适微微一笑,若无其事地说:"母亲别急坏了身子,明天我就去江村。"

第二天一大早,表哥套上牛车,胡适坐在上面,两人直奔江村而去。

远处是连绵起伏的群山,或卧或坐,形态各异。翠绿的竹海翻卷起层层碧浪,山坳间隐约有几处白墙民居点缀在绿海中。一条蜿蜒曲折的河流像调皮的少女时隐时现,一溪清流在乱石间跳跃翻腾,雪白的浪花谢了又开,开了又谢,引得几条游鱼躲躲藏藏。远处炊烟袅袅,鸡鸣声声。如此美景让胡适诗兴大发,他情不自禁地吟诵起来:"两岸峭壁柱晴空,一溪碧水印朝霞。山里人家炊烟早,锄禾扶犁种桑麻。"

牛车载着胡适和他的情思缓缓驶进江村。

表哥也是读书人,又精通当地人文地理,听到胡适吟诗,也想显摆一下,就向胡适介绍说:"这个江村始建于隋末唐初,已有一千二百余年的历史。据说

咸丰初年时江村人丁达八万口,号称'小杭州'。有宗祠八座,牌坊十八座,书舍九所,藏书万册。真可谓进村有故事,入目皆文章。"

胡适感慨不已:"我原来以为上庄规模已属罕见,没想到山外有山,与江村相比,竟是小巫见大巫了。"

表哥继续介绍:"江村人杰地灵。刚刚卸任的民国总理江朝宗就是江村人。你未过门的媳妇江冬秀,虽然识字不多,却也是大家闺秀。她父亲江世贤,供职于前朝布政司,母亲吕贤音是清光绪进士、翰林院编修吕佩芬之女。他们家父亲死得早,家道已然衰落,现在是她哥哥当家。"

说着,牛车已经来到江冬秀家门前。这是一座典型的徽州民居,马头墙,大白房,甚是好看。

胡适提着点心跟在表哥后面。表哥叩门高呼:"绩溪上庄胡适之博士前来拜访。"只听院子里面一阵嘈杂,但没有人开门。

表哥再喊:"绩溪上庄胡适之博士前来拜访。"喊声引得不少村民跑出来观望。

表哥刚要喊第三遍,门开了。

开门的是江冬秀的哥哥江耘圃,表哥赶忙迎上去:"大哥,我和表弟胡适之前来拜访。"

江耘圃上上下下打量着胡适,胡适赶紧给江耘圃鞠躬。江耘圃拱手还礼,将胡适让进院内。

胡适奉上礼品,说:"我奉母命前来接冬秀去上庄小住。"

江耘圃面带为难之色说:"不巧得很,家妹生病卧床,一时不方便相见。请在院中稍坐,我去备饭。"

江耘圃请胡适和表哥在院中落座,端上茶水,转身走了。

胡适和表哥坐着喝茶。不时有人从江家进进出出,有人在胡适面前停下来看看,既不打招呼也不说话,弄得胡适很不自在。

一群孩子先是围在门口,后来干脆拥进院子。门口挤满了人,多是妇女。人们指指点点,说三道四,胡适隐约听出"陈世美"三个字。

胡适早有心理准备,也不搭茬。江耘圃出来把孩子们轰走了。几个人在院子里搭起桌子,摆上饭菜。

江耘圃对胡适说:"不好意思,屋子太小,就在院子里招待你们了。我请叔公来陪你。"

胡适点头不语。

来了两位老者,一位还拄着拐杖。江耘圃向胡适介绍:"这两位都是本家的叔叔。"胡适赶紧鞠躬。江耘圃安排胡适在叔公下首坐,倒上酒。一桌七个人,另外两个是江冬秀的堂兄。

酒过三巡,年长的叔公端起酒杯对胡适说:"胡公子,你的父亲胡铁花我见过,是个有本事的人,也很厚道。你留洋多年,据说比你父亲名气还要大。关于你的传闻很多,我们听了都很气愤。但是不管怎样,你今天来了,就是我们的客人。你和冬秀的事情,你当面去和她说,我们江家人不掺和。现在我们喝酒,我先干为敬。"

表哥有些看不下去,站起来想说话,被胡适拉住。

胡适端起酒杯:"我借江家的酒敬二位叔公和三位兄长。我想向各位解释的是,大家听到的那些传闻纯属子虚乌有。今天我来了,就是来和兄长、长辈商量我和冬秀的婚期的。"说完,一饮而尽。

江耘圃连忙站起:"既然这样,那就好,那就好。"

胡适放下酒杯对江耘圃说:"大哥,我来江家已经半天了,到现在还没有见到冬秀,我想去看看她,你看如何?"

江耘圃犹豫了一下说:"你随我来。"

江耘圃引胡适来到阁楼前,对他说:"冬秀在上面,好几位女眷陪着她。我先上去跟她说一下。"

胡适点头。

没过一会儿，胡适听到上面七嘴八舌地议论起来，有的劝见，有的反对，不时有女子的哭声传来。

胡适心中料定那哭的人就是未婚妻江冬秀。哭声越来越大，胡适心中实在不是滋味，既为自己委屈，也为冬秀担忧。他想了想，径直登上楼梯，上了阁楼。

江冬秀的房间里有好几位妇女，看见胡适贸然进来，都大惊失色。江耘圃向她们使了使眼色，女人们纷纷下楼去了。

阁楼的左首放着一张徽州风格的木架床，床沿下放了一块踏板，床的对面摆放着一个古色古香的梳妆台，隔着帐帘，胡适隐约看到有个青年女子躺在里面，是江冬秀无疑了。江耘圃要去拉开蚊帐，胡适赶忙摆手制止。

江耘圃退了出去。

胡适走到床前，隔着蚊帐说："冬秀，我是适之。我来看你了，你能坐起来和我说几句话吗？"

江冬秀没有作声，过了一会儿，又抽泣起来。

胡适有点不知所措，想了想，对着蚊帐说："冬秀，你不要难过，更不要相信那些传言。"

抽泣声渐渐停了，但江冬秀还是不说话。

胡适不知道怎么办。过了半晌，他从口袋里掏出一张纸，对江冬秀说："冬秀，你给我写信说，你虽然识字不多，但很喜欢我的白话诗。我为你写了一首白话诗，念给你听听吧。"

见江冬秀还是不吭声，胡适就念起诗来：

　　　　我从异国他乡，

　　　　万里漂洋、千里跋涉，

　　　　回到了故乡，

为的是，

见一见从未见过的心上人，

谈一谈憧憬已久的风花雪月。

现在，

我面对着谎言，

真实地站到了你的面前，

期待着你在真实和谎言之间，

做出正确的选择！

胡适念完了，把诗稿塞进了蚊帐。

江冬秀终于说话了："你写的什么呀，什么心上人，什么风花雪月，我都没听懂。"胡适听出了她娇羞的满足。

胡适扒开蚊帐，对蒙着头的未婚妻说了两句话："冬秀，你要好好地治病，等我寒假回来我们就举行婚礼。"

说完，胡适转过身来，下了楼梯。

院子里，男人们还在喝酒，女人们在门口叽叽喳喳地议论着。

胡适冲着表哥大声说："大功告成，打道回府。"

牛车吱吱作响，胡适坐在车上不时地朝身后张望。

果然，江耘圃气喘吁吁地追来了，一边跑一边喊："妹夫，妹夫，等等我，冬秀有话跟你说。"

胡适赶紧让车停下。

江耘圃追上来说："妹夫，冬秀让我告诉你，她误会先生了，请你原谅。她说，婚期由先生确定即可，一切听从先生的安排。"

胡适哈哈大笑。

四

早晨,北京街头,人们行色匆匆。身穿长衫的陈独秀夹着皮包,一手拿着一份报纸,一手举着刚买的煎饼走进北大校门,不时有人和他打招呼。

抬头望去,北大红楼已经封顶了。校长办公室里,蔡元培、章士钊和吴稚晖正在谈话。蔡元培听到有人敲门,说了声:"请进。"陈独秀推门进屋。

蔡元培:"仲甫,你来得正好,看到今天的报纸了吗?"

陈独秀挥了挥手中的报纸:"还没来得及细读。"

蔡元培十分兴奋:"我告诉你吧,中国政府近日宣布向德国开战,我们正在议论中国参战的事情,你有什么高见?"

陈独秀指了指章士钊:"行严是国会议员,应该问他。"

"秃子头上的虱子,明摆着的事。府院之争,段祺瑞赢了;德日之争,日本人赢了。这就是问题的实质。"章士钊说。

吴稚晖接过话来:"日本人精得很,起初他们不同意中国参战,是怕列强与中国联合起来削弱他们在中国的势力。现在亲日派段祺瑞掌权了,中国参战有利于日本获取德国和俄罗斯在中国的利益。我看日本迟早要在中国惹出大事。"

蔡元培分析说:"日本人同意中国参战,但坚决反对中国向欧洲出兵,这就把他们对中国的野心完全暴露出来了。"

陈独秀说:"相比之下,我倒觉得美国野心没那么大。我看了威尔逊总统的宣战演讲,他提出的一些原则对解决中国问题是有利的。"

一旁的吴稚晖频频点头:"这一点,我和仲甫的意见是一致的。"

"仲甫,说到美国,我倒要问你,这胡适什么时候来北大上任呀?"蔡元培突然想到了胡适。

"他回老家省亲、定亲去了,估计这几天该到了。"陈独秀回答。

蔡元培又问：“他来了教什么课，定了吗？”

陈独秀回答：“没有，等他来了再商量吧。文科的许多同学都希望他讲授中国文学，他的白话诗现在可是时尚，风靡得很呢。”

章士钊不以为然：“我看你们把这个年轻人捧得太过了，张口闭口就是胡适和他的白话诗，要防止矫枉过正。”

陈独秀刚想争辩，被蔡元培制止了。蔡元培岔开话题说：“仲甫，我请周树人给北大设计的校徽图样他送来了，你拿去找文科的教授、学生征求意见，看看要不要修改。我和敬恒兄约了范源濂谈在北京建法文进修馆的事情，回来后我去找你。”

陈独秀拿着校徽图样回到文科学长室，把钱玄同、刘师培、沈尹默、刘半农、高一涵以及学生邓中夏、郭心刚、傅斯年、罗家伦等喊来提意见。众人传看着周树人设计的校徽图样，议论纷纷。

钱玄同自然是赞不绝口：“我说嘛，豫才就是大才呀，这枚校徽立意深远、蕴涵丰富、简洁大气，透出浓厚的书卷气和文人风格，真是不可多得的精品啊！”

陈独秀说：“德潜的评价带有乡党感情，不足为凭。尹默，你是书法家，又懂美学，你给我们说说。”

沈尹默并不推辞：“我的评价，超凡脱俗。你看这枚徽章，以‘北大’两个篆体字上下排列，上部的‘北’字是背对背侧立的两个人像，下部的‘大’字是一个正面站立的人像，犹如一人背负二人，构成了‘三人成众’的意象，蕴涵着北大人肩负开启民智重任的深意。”

邓中夏称赞说：“对，这就是以人为本的理念。我觉得这徽章还有一层意思。你们看这三个人的排列，上面两个人是学生，下面是一个弓腰驼背的老师，寓意老师甘为人梯，让学生站在巨人的肩膀上，青出于蓝而胜于蓝。”

高一涵补充道：“依我看，这‘北大’二字还有‘脊梁’的象征意义。周先生

把'北大'两个字做成了一具形象的脊梁骨,是想表达北大人应该成为国家民主和进步的脊梁的意思。"

刘师培不以为然:"你们说的都有点牵强附会,我看这个设计是西洋的风格,太抽象,没有反映出北大的精髓。北大者,'上承太学正统,下立大学祖庭',是传承我中华文化传统的学府,怎么能用西洋的手段来体现呢?"

钱玄同反问:"这瓦当的形象不就是中国特色吗?"

陈独秀听了大家的争论,说:"仁者见仁、智者见智,各抒己见、百家争鸣,这就是我们北大的风气。郭心刚,你有什么看法?"

郭心刚刚要说话,门口有人敲门,陈独秀忙喊道:"请进。"

大热的天,西装革履的胡适推门进来:"请问陈学长在吗?"

陈独秀一脸疑惑:"我是陈独秀,你是——"突然,他像是意识到了什么,一下子两眼放光,"你是胡适吧?"

胡适行俯首礼:"我是胡适,前来向陈学长报到。"

胡适见陈独秀向自己走来,连忙伸出手去,没想到陈独秀一把把他揽过来,两人紧紧地拥抱在一起。陈独秀异常高兴:"适之贤弟,总算把你盼来了!"

陈独秀拉着胡适向他一一介绍在座的各位同事:"钱玄同、刘师培、沈尹默、刘半农、高一涵。"胡适与众人热情握手,唯有刘师培不冷不热地向胡适拱了拱手。

陈独秀拉胡适坐下。刘师培起身说:"仲甫,我的意见说完了,告辞。"不等陈独秀说话,径直离去。

钱玄同等见状,也纷纷起身:"仲甫,你和适之谈,我们也告辞。"

陈独秀见胡适只提着一个皮箱,便问高一涵:"你可知道适之先生的行李来了没有?"

高一涵答道:"从美国托运的行李已经搬到胡教授的单身宿舍了。"

陈独秀对邓中夏等同学说:"这样吧,我领适之先生先到教务处办手续,你们几位同学找些工具到南池子等着,我们在那儿会合,然后一起帮胡教授收拾房间。适之,北大的条件在国内算是一流的了,但比美国的大学还要差很多。你先在那里凑合着住,过段时间我让内人帮你物色一套合适的房子。"

胡适连忙说:"仲甫先生,我打小就住宿舍,习惯了,不用再麻烦嫂夫人了。"

郭心刚兴奋地说:"陈学长您放心吧,我们一定把胡教授的房间收拾好,不劳二位先生亲自动手了。"

陈独秀说:"也好。适之,这个郭心刚可是你的铁杆崇拜者。"

郭心刚笑着说:"胡先生,这里除了傅斯年,我们都很痴迷您的白话诗。"

陈独秀问傅斯年:"你不喜欢白话诗?"

傅斯年回答:"也不是,我只是痴迷《文心雕龙》。"

邓中夏在一旁插话说:"他是黄侃先生的信徒。"

听到在场有这么多人喜欢自己的作品,胡适颇为惊喜:"你们都读过我写的白话诗吗?"

话音刚落,郭心刚抢着说:"岂止读过,我还会背诵呢!您听这首《梦与诗》。"

梦与诗

都是平常经验,

都是平常影像,

偶然涌到梦中来,

变幻出多少新奇花样!

罗家伦接着背诵:

都是平常情感，

都是平常言语，

偶然碰着个诗人，

变幻出多少新奇诗句。

邓中夏不甘落后："我最喜欢的是最后一节，您听——"

醉过才知酒浓，

爱过才知情重；

你不能做我的诗，

正如我不能做你的梦。

胡适被感动了："同学们如果喜欢我的白话诗，我愿意经常和大家交流。"

郭心刚说："胡教授，您给我们教授中国文学课吧。"

胡适看了看陈独秀，说："听学校的安排吧。"

陈独秀摆摆手："好了，以后你们有的是时间向胡教授请教，现在大家都去干活吧。"

五

北大对门学士居饭庄一个雅间，桌上四碟小菜，一壶老酒。

陈独秀为胡适斟酒："盼了你小半年了，终于如愿以偿。今天只是小酌，不算接风。改日我们去全聚德，请你品尝正宗的北京烤鸭。"

胡适起身向陈独秀郑重地鞠了一个躬："感谢仲甫先生的栽培和提携。先生对我恩同再造，适之无以回报。"

陈独秀连忙扶胡适坐下："贤弟不必客气，坐下喝酒。这是老北京的二锅头,是经过第二锅烧制的'锅头'酒,醇厚绵香,浓度高而不烈。'自古人才千载恨,至今甘醴二锅头。'来,我敬贤弟一杯。"

两个人一饮而尽。胡适抢过酒壶为陈独秀倒酒。

陈独秀用一种特殊的眼光看着胡适,由衷地感叹说:"适之贤弟,我陈独秀半生漂泊,结识的饱学之士可谓不少,但大都浪得虚名。唯有贤弟,虽未曾谋面,却让我心驰神往已久。一篇《文学改良刍议》、几首白话诗,犹如高山流水,常让我心旷神怡、宠辱皆忘。不怕老弟笑话,每每给你写信,我总会想起伯牙、子期。"

胡适站起来恭敬地鞠躬:"先生过奖了。适之能有今日,全仗先生的启发与鞭策。今后当在先生麾下为新文化冲锋陷阵,当一名马前卒。"

陈独秀示意他坐下:"你来了就好了。《新青年》就交给你和守常了。新文化在中国还只是个幽灵,随时都可能夭折。北大是各种政治思潮相互激荡之地,复杂得很,你可要有足够的思想准备啊。"

胡适问:"先生所说的守常是河北李大钊吗?"

陈独秀道:"正是。这是一位见识超人、侠肝义胆的慷慨之士。我相信,我们三个人在一起,一定能够把新文化运动推动起来。"

胡适再次站起:"好,为先生的理想,胡适愿尽绵薄之力。我信奉先生的一句话,'二十年不谈政治,致力于开发民智、启蒙思想'。适之愿意追随先生,做一个国民导师。"

陈独秀兴奋地一拍桌子:"好,做一个国民导师。不过这可不是说几句气壮的话就能做到的。你看,说是二十年不谈政治,谈何容易。一个张勋复辟,就搅得天翻地覆。他要是真的成功了,《新青年》、新文化必然会被扼杀。"

胡适说:"仲甫先生,我在回国之时就下定决心,无怨无悔地做一头弘扬新文化的徽骆驼。"

"徽骆驼?形象,贴切!"陈独秀举起酒杯提议道,"我们这两头徽骆驼就入

乡随俗,按照老北京的话说,走一个!"

两人正在兴头上,蔡元培来了。

蔡元培上午去教育部,事没办成,心里不痛快。回到北大,听庶务长说陈独秀正在学士居给胡教授接风,就匆匆赶来了。

陈独秀看到蔡元培,连忙起身拉起胡适:"你面子太大,蔡校长看你来了。"

蔡元培一拱手:"听说有两只兔子在吃窝边草,我这只老兔子也来打个牙祭,二位不会反对吧?"

胡适恭恭敬敬地向蔡元培鞠躬:"蔡校长是学界泰斗、世人楷模,适之刚刚归国,便能投身大师门下,实在是三生有幸。"

蔡元培连忙让胡适坐下:"适之谦虚啦。后生可畏,我在你这个年纪的时候,才刚刚接触西学,而你小小年纪就已是西学博士、青年导师。北京大学的未来是你们的。"

陈独秀赶紧请蔡元培上座:"孑民兄刚才说三只兔子吃窝边草,不知所指何意?"

蔡元培笑了起来,对陈独秀解释道:"你们两人都属兔,你正好大他一轮。我也属兔,我大你一轮。我们现在不正是偷吃窝边草的三只兔子吗?"

陈独秀和胡适听了,恍然大悟,哈哈大笑。

一番畅谈之后,蔡元培举起酒杯对胡适说:"来,我这只老兔子借他这只大兔子的酒敬你这只小兔子一杯,算是为你接风吧。新北大继往开来、任重道远,还要靠你们这些年轻人锐意开拓才行啊。"

胡适一饮而尽,恭敬地说:"学生一定竭尽全力,不辱使命。"

"刚才我进门时,看见二位谈笑风生,谈什么呢?"蔡元培颇有兴趣地问道。

陈独秀回答:"我和适之在谈新文化和《新青年》。"

蔡元培点点头:"我就知道你们在谈这个。新文化方兴未艾,每一步都如履薄冰。你们二位,一个是主帅,一个是先锋,可谓珠联璧合。希望二位与北大同人精诚团结,办好《新青年》,领历史潮流,开一代新风。"

陈独秀端起酒杯:"有蔡公掌舵,我辈自当奋勇向前。"

蔡元培摆摆手:"我给你们当个后勤部长就行了,冲锋陷阵还得靠适之、守常他们。对了,还有豫才,那可是一员干将。"

"蔡公和我想到一块去了。"陈独秀深表赞同。

蔡元培想到了教学的事:"对了,适之下学期打算开什么课? 你们商量好了吗?"

胡适看了看陈独秀,说:"我想开的第一门课是中国哲学史。"

蔡元培听了,有点惊讶:"这倒有点出乎我的预料,大家可是对你讲授中国文学期望很高啊。"

胡适说:"蔡校长、陈学长,我以为现在国内外对新文化运动在认识上有个误区,以为新文化就是对中国传统文化的彻底否定。其实,新文化是在传统文化的襁褓里生成的。所以我想把中国思想文化的发展过程做一个系统梳理,帮助大家厘清二者的关系。这也正是我博士论文的选题。"

蔡元培对陈独秀说:"我觉得适之的这个想法很好,也很有针对性,我赞成。"

胡适:"我还想向蔡校长说明一件事情。我的博士论文第一轮没有通过,我正在杜威导师的指导下做进一步的修改补充,争取下一轮能够通过。"

蔡元培:"这事我知道,你不必刻意强调了。"

第 九 章

怪才辜鸿铭

一

9月中旬的北京,炎热渐渐退去。校园里,师生都穿起了长衫。受张勋复辟的干扰,北大新学期开学时间比往年推迟了很多。

教学楼前聚集了不少师生,大家都在观看校长室刚刚贴出的新学期的校评议委员会候选人名单,议论纷纷。

文科教职工会议刚刚散会,老师们三五成群走出教学楼。辜鸿铭、黄侃、刘师培也凑到了告示牌前。张丰载阴阳怪气地念着新一届评议委员会候选人的名字:陈独秀、夏元瑮、王建祖、温宗禹、章士钊、陈垣、马裕藻、李四光、王星拱、吴梅、钱玄同、陶孟和、沈尹默、王世杰、马寅初、胡适、刘文典、丁西林、任鸿隽……

黄侃挤上前去,不一会儿又挤出人群,脸色铁青,气冲冲地对辜鸿铭和刘师培说:"这是什么名单!黄毛小儿胡适榜上有名,我等三人却名落孙山。汤生兄,您老可是我们北大的元勋,不能这样受挤对。"

辜鸿铭涨红了脸,无奈地摇头:"此一时,彼一时,我老辜落伍了。"

张丰载因八大胡同事件背了个处分,一直对学校怀恨在心,趁机煽动说:"北大这样对待三位国学大师,我们不服。"

黄侃拉起辜鸿铭和刘师培:"我们去找蔡校长讨个说法。"

刘师培挣脱了黄侃,说:"我是个病秧子,不当那个评议员倒落得省心。"

黄侃还是一脸怒气:"申叔兄,士可杀不可辱,大不了我再送你回那座破庙里住去。"

北大校长室,蔡元培招呼黄侃等人落座,亲自为他们倒茶。

黄侃打了头阵:"蔡公,我们不是来喝茶的,而是来讨个说法的。"

蔡元培笑道:"三位国学大师联袂向我问罪,倒是件新鲜事。说吧,诸位都有什么冤屈,我蔡元培一定为你们公断。"

黄侃直言不讳:"我们想请教蔡公,这校评议委员会候选人名单是怎么产生的?"

蔡元培沉着应对,说出了原委:"张勋复辟之后,教育部要求我们根据北大师资的变化情况,重新调整原来的校评议会成员。根据教育部的要求,校委会经过多次酝酿,形成了一个候选人名单,张榜公示,征求意见。三位有什么意见,可以直接向我反映。"

黄侃不服说:"我记得蔡校长曾经说过,学术水平是北大评聘教授的唯一标准。如果按照这个标准,我等认为这名单水分太大,有不少人是滥竽充数,会砸了北大的牌子。比如胡适,一个乳臭未干的黄毛小子,能有几斤几两!堂堂中国最高学府,怎能让一个只会唱几句不伦不类童谣的后生做评议员!"

辜鸿铭跟着附和:"蔡公,恕我直言,如果因为胡适会说几句大白话就让他当教授和评议员,我看北京大学就不要叫北京大学,干脆改名叫白话大学算了。"

蔡元培耐心地解释说:"胡适是哥伦比亚大学的高才生,是北大从海外引进的青年才俊,虽然年轻,但著述甚丰、造诣深厚,在青年中有广泛影响。选他当评议员,是对青年的一个鼓舞,更能彰显北大兼容并包的精神。"

辜鸿铭一声冷笑:"敢问蔡公,我老辜十四岁留学英国,二十岁获爱丁堡大学文学硕士学位,通晓九门外语,尚不能当评议员,他胡适刚刚归国,寸功未

立,何德何能?"

蔡元培叹了口气:"你辜鸿铭确实四海闻名,但你襄助张勋复辟,已激起民愤,不少师生写信要求解聘你,这个时候你怎么能够再当评议员。"

黄侃争辩道:"蔡公不是一再强调北大用人只看学术,不管政治倾向吗?要真的论政治倾向,我黄侃干革命的时候,胡适还不知道在做什么呢。"

蔡元培依然非常有耐心:"我是主张业务至上的,但是国家不允许。我可以告诉三位,这次调整校评议会,教育部是提出了明确标准的,其中就包括校评议员在政治上必须赞同共和体制,为人师表,要有良好的私德,必须有不同年龄层的代表,等等。三位大师为何落选,个中缘由想必就不用我一一细说了吧。"

三个人面面相觑,一时哑口无言。

蔡元培笑了笑,主动为他们解围:"我知道你们对胡适不服,说实话,我对他心里也没底。但他毕竟是新文化的一个代表人物,是美国实用主义哲学大师杜威教授的高足,所以,在后天的开学典礼上,我专门安排胡适开办一个讲座,题目是《大学与中国高等学问之关系》。究竟他是不是水货,水平咋样,讲得如何,到时不辩自明。"

辜鸿铭不屑地说:"好,届时我老辜一定去捧场。"

蔡元培亲自将辜鸿铭、黄侃、刘师培送出校长室,看着三人远去,摇头叹了口气,漫步沉思片刻,心里烦躁,忍不住唱了起来:"俺诸葛怎比得前辈的先生,闲无事在敌楼我亮一亮琴音,我面前缺少个知音的人……"

看见庶务长过来,蔡元培向他招招手说:"你去把胡适教授请来,我要和他谈点事情。"

二

1917年9月21日,北大举行开学典礼,礼堂里座无虚席。陈独秀、夏元瑑、王建祖、温宗禹、章士钊、钱玄同、黄侃、刘师培、辜鸿铭、胡适等坐在第一排。

蔡元培上台致辞："各位同学，张勋搞复辟，北大闹地震，这一耽搁就是三个月，令人痛心。所幸的是，现在我们又开学了。时局动乱，北大该怎么办，改革还搞不搞，这是大家关注的焦点。在这里，我要告诉诸位八个字——初心不改，坚定不移！"

大家热烈鼓掌。

蔡元培挥手示意大家安静："我曾经说过，大学者，囊括大典、网罗众家之学府也。也就是说，大学是纯粹研究学问之机关，大学的教员当有研究学问之兴趣，尤当养成学问家之人格。乱世之中，北大怎样去研究学问，这个问题我思考了很多年，也没有形成一个很系统的想法。前几天，胡适教授来北大报到，给了我一篇三年前他在美国发表的文章《非留学篇》，谈的就是大学怎样研究学问的问题，我读了很受启发。所以，今天的开学典礼，我想变个花样，请胡适博士给我们做一个演讲，题目就是《大学与中国高等学问之关系》。现在请胡适博士上台。"

蔡元培走下讲台，请胡适上台。

陈独秀起身引导，全场起立鼓掌。唯辜鸿铭、黄侃等少数人视而不见，坐得稳如泰山，刘师培站起后又做了个半蹲的姿势。

西装革履的胡适气宇轩昂地走上讲台。他没有讲稿，向全场点头示意后以一句英语开始了演讲："You shall see the difference now that we are back again."

礼堂内顿时安静下来。

胡适稍作停顿，说："这是希腊《荷马史诗》中的一句话，翻译成中文就是'如今我们回来了，你们请看分晓吧'。这句话表达了我们新一代北大学人现在的心情。"

台下年轻人啧啧称赞。陈独秀带头鼓掌。

突然，拖着小辫、戴着瓜皮帽、提着水烟袋的辜鸿铭站了起来，他摇头晃脑地念了一通谁也听不懂的话。礼堂里一阵骚动，待听众们安静下来后，辜鸿铭问胡适："胡博士，请问我说的是什么？"

台上的胡适有些尴尬，但并不慌乱，老老实实地说："晚生确实听不懂先生所云。"

辜鸿铭得意地说："你不懂，我告诉你。这是希腊语，原汁原味的《荷马史诗》。翻译成中文，意思是尊贵的王者也要倾听别人的意见，谨慎行事。就当我给你的一句忠告，不要置之脑后。"

场内一阵掌声。

辜鸿铭更加兴奋："胡博士，你不懂希腊语，用英语朗读《荷马史诗》也未尝不可。但是，你应该知道，朗诵《荷马史诗》应该使用正宗的英国绅士英语，你刚才的英语说得太不地道了，那是英国下等人的发音。我可以教给你，你听——"辜鸿铭摇头晃脑地用英语把胡适刚才那句话重复了一遍。

场内又是一阵掌声，继而哄堂大笑，还伴随着窃窃私语，秩序一时有些混乱。

陈独秀着急地望着蔡元培，希望他能出面维持秩序。蔡元培冷静地示意陈独秀坐下，并指了指台上的胡适。

胡适还是不慌不忙，他离开讲台，走下来向站在台下趾高气扬的辜鸿铭虔诚地鞠了一个躬，做出一个优雅的请的姿势，待辜鸿铭坐回座位后彬彬有礼地说："这位就是鼎鼎大名的辜鸿铭先生吧？初次见面就劳您教诲，晚辈十分荣幸。"

辜鸿铭傲慢地摆摆手："不必客气。"

胡适回到讲台："我非常感谢辜教授对我英语发音的纠正。不过我引用荷马的这句诗，不在于它的发音，而在于它所表达的内容。'如今我们回来了，你们请看分晓吧。'这句话也正是我要对辜先生说的。"说到这里，胡适突然用力地举起双手，提高了嗓门，"对，不光是对辜先生，也是我们北大学人对一个旧的中国、一个旧的文化的宣言，还是我们对办好新北大的一个郑重的承诺。"

场内郭心刚带头叫好，有人开始鼓掌。

胡适向场内挥手示意，说："各位前辈、各位同人、各位同学，乱世之中，北大将何去何从？这是我们北大人殚精竭虑思考的问题。记得还在1915年1月时，我和竺可桢即谈过创办国内著名大学的强烈愿望，以后又和英文教师亚丹谈过中国无著名大学的耻辱。我在当天的日记中大发感慨：'他日能见中国有一国家大学，可比此邦之哈佛，英国之剑桥、牛津，德国之柏林，法国之巴黎，吾死瞑目矣。'第二天，我仍觉意犹未尽，又在日记上写道：'国无海军，不足耻也；国无陆军，不足耻也；国无大学，无公共藏书楼，无博物馆，无美术馆，乃可耻耳！'今天，我终于带着建好中国大学的愿望回来了。我胡适今天郑重宣布，回国后别无奢望，但求以一张苦口、一支秃笔，献身于北大迈向世界著名大学的进程！"

胡适的话铿锵有力，掷地有声，让人热血沸腾、灵魂激荡。

蔡元培、陈独秀等率先站起来鼓掌，全场随之掌声雷动。

演讲结束，胡适被一群学生包围起来。陈独秀和钱玄同、高一涵等在门口等待，大家都很激动。胡适出来，钱玄同向他伸出大拇指："不错，不愧是旧学邃密、新知深沉的博士。"

高一涵抱住胡适，兴奋地说："适之，你也太厉害了。遇到这种突然袭击的场面居然能一丝不乱、应对自如，你练的是什么功呀？"

胡适依然谦虚："我哪有那么老练，多亏蔡校长昨晚一再告诫我要做好充分准备。我故意把英语念得结巴些，让他们挑刺。果不其然，辜鸿铭上当了。"

陈独秀哈哈大笑："痛快！看来还是老兔子狡猾呀。"

三

郭心刚等人正在学校告示牌上贴小字报,有学生念道:"强烈要求把张勋复辟的帮凶辜鸿铭逐出北大!"大个子山东学生刘海威接着念道:"决不允许北大成为清廷遗老遗少的庇护所!"围观者议论纷纷。

郭心刚对围观的同学们说:"同学们,蔡校长正在主持校评议委员会会议,我们请愿去。"

刘海威振臂一呼:"走,咱们请愿去!"

蔡元培主持召开新一届校评议委员会会议,主要议题是研究文科教学改革和外籍教员的聘任问题。突然,门口一阵嘈杂,庶务长在走廊上竭力拦住郭心刚等人,让他们千万不要冲动,不要影响学校的秩序,不要闹事。郭心刚坚持说他们不是闹事,而是响应蔡校长的号召,行使民主权利。

会议室内,所有参会人员都盯着门口。蔡元培笑了笑:"北大的改革开始了。"

陈独秀站起来要出去看看,蔡元培朝他摆摆手,对大家说:"请各位稍候,我去见见他们。"

蔡元培走出会议室,同学们围了上来。郭心刚递上要求学校解聘辜鸿铭的请愿书。蔡元培问:"你们说辜鸿铭是张勋复辟的帮凶,可有确凿证据?"郭心刚拿出一张报纸,说:"报上是这么写的。"刘海威补充说:"有人看见辜鸿铭跟张勋在一起看戏。"

蔡元培向同学们摆摆手说:"做学问不能靠道听途说、人云亦云,这可是我反复强调的北大学风。"

郭心刚上前一步:"蔡校长,您也多次说过,北大的改革要认真听取和尊重学生的意见。"

蔡元培说:"同学们,你们的心情我理解,你们的意见我也知道了。解聘教授,权利在校评议委员会,不在我个人。同学们的意见,我负责提交给校评议会,由他们讨论决断。大家先回去学习,好不好?"

郭心刚和几个同学商量后说:"蔡校长,我们请求旁听校评议会。"

蔡元培笑着说:"你们这个要求倒是很新鲜啊,是西洋的做派。不过这个我做不了主,我要和评议员们商量一下。"

蔡元培回到会议室,郭心刚等同学可以清楚地听到里面的说话声。蔡元培对评议员们说了两个问题,一是是否现在就讨论解聘辜鸿铭的问题,二是是否同意同学们旁听,请众人都发表意见。大家议论纷纷,莫衷一是。

没有人说话。

蔡元培扫视全场,说道:"既然大家都不表态,那我就说说我的意见。北大改革怎么搞,一个重要的原则就是要依靠广大教员和同学,充分尊重和吸收大家的意见、要求。所以,对今天同学们的这个举动,我们应该看作是他们对北大改革的积极参与和支持。我提议接受同学们的请求。"

场内又议论起来,多数人点头同意。

蔡元培见大家意见基本统一,就要请同学们进来。胡适举手站起来,他认为为了体现校评议委员会的权威性和严肃性,应该同意请愿的同学派一两个代表参加旁听,其他同学回去学习。章士钊同意胡适的这个意见。于是,郭心刚和刘海威作为学生代表被安排在后排记录员旁边坐下。蔡元培让大家根据部分同学的请求,对辜鸿铭教授的聘任问题发表意见。

见没有人发言,蔡元培点名陈独秀表态。陈独秀说:"关于辜先生是否胜任教授岗位一事,文科内部确有两种意见。一种认为,辜鸿铭参与张勋复辟,有辱师德,应予解聘;另一种意见认为,评聘教授,主要应该看教学水平,不应以个人的政治态度为标准。文科做过调查,持这两种意见的人数相当。有鉴于此,这次文科没有将辜鸿铭列入解聘人员名单。"

蔡元培问他个人是什么意见,陈独秀称自己说过二十年不谈政治,所以弃

权。章士钊站了起来,为辜鸿铭辩护,说:"据我所知,辜汤生是被张勋硬拉去看戏的,事先并不知道复辟的事。去皇宫见溥仪确有其事,但说委任他当外交部侍郎却是谣传。前些日子他来找我诉苦,也是满肚子的懊悔。他已经是六十岁的人了,又有一身花钱的毛病,砸了他的饭碗就断了他的生路,所以建议还是放他一马。"

钱玄同不同意,说辜鸿铭主张复辟帝制,确实有失师德,即便不解聘,也应对他提出警告。马叙伦则提出,辜鸿铭的问题,关键要看他是否利用北大课堂鼓动学生支持帝制复辟、反对共和,如果没有,则不应解聘。

蔡元培看着郭心刚和刘海威,问他们是否能够拿出辜鸿铭在课堂上鼓吹帝制复辟的证据。郭心刚回答说拿不出来。蔡元培把目光投向胡适,询问美国的大学是怎样处理这类问题的。胡适说,据他所知,美国大学对言论要求比较宽松,但在教学上有严格的管理制度。

蔡元培见说得差不多了,就谈了自己的意见:"辜鸿铭的问题上次就议论过,我的意见很明确,如果辜鸿铭参与张勋复辟,犯了法,该由政府追究,与北大无关。至于他当教授是不是合格,主要应看教学水平和业绩。"他又问二位学生代表,"你们认为辜鸿铭的教学水平不合格吗?"

没等学生开口,章士钊说话了:"辜汤生在东交民巷给外国人办讲座,场场爆满。梅兰芳的戏票是一块二一张,辜汤生的听课证两块钱一张你还买不到。"

郭心刚马上说:"可是辜鸿铭在北大上课没人听。他在文科教授英国诗歌,一年只讲授六首零十几行诗,纯属误人子弟。他上课经常只有一两个学生。"

大家又议论起来。

蔡元培问陈独秀这个情况是否属实,陈独秀说他做过调查,确实如此。蔡元培不满地指责陈独秀:"那你们是怎样管理的?有没有对他进行过诚勉?"

陈独秀苦笑:"这辜鸿铭耍大牌,谁的话他也听不进去。"

蔡元培觉得这个事情基本清楚了。辜鸿铭教学确实有问题,问题不是学问不够,而是教学态度不端正。但是,辜鸿铭毕竟是在海内外有影响的大学者,同时,他的这个问题也与北大的教学管理体制不无关系,因而不能不教而诛。因此,蔡元培向校评议委员会建议:"由我出面找辜鸿铭做一次诚勉谈话,给他一个月的时间。一个月内,如果同学们愿意听他的课,就续聘。如果同学们不买他的账,就解聘。大家同意不同意?"

全体评议员一致表示同意。

郭心刚站起来还想说话,被陈独秀制止了。蔡元培请两位学生代表离席,接着讨论下一个议题。

四

9月的北京,秋高气爽。黄昏时分,蔡元培从家里出来,溜达着走到柏树胡同26号辜鸿铭寓所。

蔡元培叩门,一个身着旧式长衫、留着大辫子的人开了门,蔡元培吓了一跳。

蔡元培刚要问话,那人却单腿半跪行叩首礼道:"奴才刘二恭迎蔡总长。"

蔡元培问:"你怎么知道我是蔡元培?"

刘二答道:"我家老爷去前门稻香村买点心去了,出门时交代,要小人在此恭候。"

蔡元培又问:"你家老爷对点心还这么讲究? 稻香村离这可不近啊。"

"老爷说蔡总长是南方人,习惯吃南货,不喜欢北京的点心。请蔡总长屋里用茶。"刘二领蔡元培进北屋厅堂用茶,然后弓着腰侍立在旁。

蔡元培感到浑身不自在,只好没话找话:"听闻辜汤生家有一妻一妾,怎么都不在家?"

刘二答道:"老爷知道蔡总长要来,刻意让两位夫人回避了。"

蔡元培起身道:"既然如此,你也不必拘泥,领我看看可好?"

刘二躬身说道:"蔡总长请。"

院子不大,内有三间北房是起脊瓦房,一间南房是灰顶平台。厅堂条案上有一匾额,上书四个大字——"晋安寄庐",下方一行小字——"生在南洋,学在西洋,婚在东洋,仕在北洋"。

看了一遭,蔡元培对刘二说:"看样子,你家主人晋安寄庐斋主眼下的日子并不宽裕呀。"

"比前朝的时候败落了许多。我家老爷嗜好太多,花销太大,常常入不敷出。"刘二倒也没有隐瞒。

蔡元培又问:"你一直跟着汤生吗?"

刘二答:"我原是前朝总理衙门的杂役,辛亥年后老爷收留了我。"

正说着,辜鸿铭急匆匆地走进院子,人未见,声音先到:"蔡公,失礼了,恕鸿铭未能远迎。"

刘二接过点心,辜鸿铭赶紧向蔡元培施礼。

蔡元培拱手答礼:"汤生兄客气了,大可不必如此铺张。"

"蔡公大驾光临,蓬荜生辉,属下怎敢怠慢。"说着,辜鸿铭招呼刘二摆点心、上烟。

落座后,辜鸿铭指着盘子说:"这稻香村的点心不知蔡公习惯否?"

蔡元培摇头笑道:"谢谢汤生美意,我没有吃零食的习惯,喝茶即可。"

辜鸿铭又递上一个鼻烟壶:"不知蔡公是否习惯用烟?这个鼻烟壶可是皇上所赐,您试试。"

蔡元培摆摆手:"我不好此物,你不必客气。"顿了顿,接着说,"汤生兄,今天我是受北京大学教授评议委员会委托来和你谈话的,事关私密,你的这位仆人还是请他自便吧。"

辜鸿铭看着蔡元培,起身说:"蔡校长,既然如此郑重,那咱俩就换个地方,到南书房谈吧。"

蔡元培摆摆手:"不必拘泥形式,此地就行。"

辜鸿铭一本正经地说:"此地是应酬客人、谈天说地的场合,书房是谈论学问的地方,不可混淆。来,我们把茶带上。"

辜鸿铭的书房里又是一番景象,满屋的中国古籍,满屋的书香。

一张书案,一杯清茶,两个人相对而坐。辜鸿铭向蔡元培拱手道:"请蔡公指教。"

蔡元培说:"此地甚好,那我就开门见山、直奔主题了。"

辜鸿铭谦卑地说:"我洗耳恭听。"

蔡元培清了清嗓子:"汤生兄,我先问你,如果此时让你离开北大,你愿意吗?"

辜鸿铭干脆地回答:"不愿意。"

蔡元培问道:"为何?"

辜鸿铭实话实说:"不瞒蔡公,今日中国,时局混乱,帝制无望,除北大外已无鸿铭立足之地,离开北大鸿铭恐怕就要流落街头了。"

蔡元培正色道:"既然如此,那我下面的话你就要认真考虑了。"

辜鸿铭起身道:"庸人谨遵训示。"

蔡元培说:"北大改革,首当其冲的是教学管理制度的改革。广招天下英才,解聘不合格的庸才,是改革的一项重要内容。对你辜鸿铭,现在校内外非议甚多,吁请解聘你的呼声很高。"

辜鸿铭拍案而起:"请问蔡公,我辜鸿铭是不合格的庸才吗?"

蔡元培声音平静但态度很严肃:"你辜鸿铭不是庸才,但不合格却是证据确凿。"

辜鸿铭叫起屈来:"蔡公呀,新来的胡适之不过是个候补博士,北大尚能委

以重任,而我身背众多学术头衔,却不能在北大立足,这是哪家的道理、哪门子的改革?"

蔡元培拍着桌子说:"你辜鸿铭在北大教书,一年的英国诗歌课程只讲了六首诗,大多时间在讲你那套'君师主义',听课的学生寥寥无几,这难道不是事实吗?"

辜鸿铭依然不服:"蔡公莫动怒。北大的课堂上,一对一授课的并非我辜鸿铭专利。英国教授克德莱讲课时教室里经常空无一人,不是一直拿着最高的聘金吗?"

蔡元培严肃地说:"那我现在就告诉你,克德莱正是北大要解聘的第一个外籍教授。"

辜鸿铭有些慌乱,问:"蔡公真的要解聘我?"

看到辜鸿铭惊慌的眼神,蔡元培缓和了一下语气:"校评议委员会认真研究了你的问题,决定由我对你进行一次诚勉谈话。给你一个月的时间,让学生回到你的课堂。否则的话,你将失去在北大教书的资格。"

辜鸿铭愣了愣神,继而哈哈大笑:"蔡公呀,你吓死我了。让学生都来听我的课,那还不好办! 我只怕北大没有那么大的教室。"

蔡元培问:"汤生兄如此自信?"

辜鸿铭又恢复了本性,飘飘然起来:"别人笑我太疯癫,我笑他人看不穿。蔡公,从下周起,我在北大文科办一个系列讲座,题目是《中国人的精神》。到时如果同学们不愿意来听我讲课,无须学校解聘,我当自动辞职。"

蔡元培瞪大了眼睛:"此话当真?"

辜鸿铭伸出手掌:"军中无戏言。我可以向蔡公立军令状。"

蔡元培与辜鸿铭击掌为誓:"好! 既然如此,那我就告辞了。"

五

北大教学楼前围着不少师生看新贴的告示,大家议论纷纷。

郭心刚大声念道:"系列讲座《中国人的精神》。主讲人:辜鸿铭;时间:1917年10月3日至6日上午;地点:北大文科小礼堂;10月3日第一讲《中国精神》;10月4日第二讲《中国妇女》;10月5日第三讲《中国语言》;10月6日第四讲《中国学》。欢迎本校师生踊跃参加。"

傅斯年对旁边人说道:"听说辜教授在东交民巷给外国人讲《中国人的精神》,每张门票两块大洋,比梅兰芳的戏票还贵。"

张国焘不屑地说:"瞎编的吧。这辜鸿铭在北大讲课都没人听,还能卖票?"

白兰赶紧证明说:"是真的。我在东交民巷一个外国人家做家教,听他家人说,辜教授的名声可大了。他们都说,到中国可以不看三大殿,不可不看辜鸿铭。"

见陈独秀和章士钊过来了,同学们都围了上来。郭心刚问陈独秀:"陈先生,这辜鸿铭是不是又要借北大的讲台鼓吹帝制呀?"

白兰扯了扯郭心刚的衣服:"你不要乱讲,人家辜教授讲的是学问。"

陈独秀笑了笑,对郭心刚说:"他讲的是什么,你来听听不就知道了吗?"

白兰赶忙问:"陈先生,我可以来听吗?"

陈独秀想了想,说:"北大现在还没有招收女生。不过,你们来旁听学术讲座,应该是允许的。"

章士钊语带深意地说:"我劝同学们都来听听。辜汤生的这个讲座,在外面可真是一票难求的。"

10月3日清晨,一辆黄包车拉着辜鸿铭来了,还是那身打扮,拖着一条久不梳理的小辫子,辫子上面压着一顶平顶红结的瓜皮小帽,身着枣红色的旧马褂和长衫,袖子上面斑斑点点,净是鼻涕和唾液的痕迹。拉车的叫王三,以前是辫子

军的士兵,人高马大,穿个背心,拖着一根长辫子。刘二跟在车后跑,也拖着一根长辫子。三根辫子成为校园里一道独特的风景,吸引了很多人驻足观看。

辜鸿铭来到小礼堂后台,庶务长已在那里恭候。辜鸿铭指着刘二和王三说:"这两个仆人得跟着我在台上站着伺候。"

庶务长不知所措:"这恐怕不合适吧?"

"怎么不合适!这也是讲课的需要。我这一讲就是一个半时辰,中间要是跑出来喝水、抽烟,不是耽误事吗?"

庶务长不敢做主,只好说:"您先喝点水、抽口烟,我去问问陈学长。"

小礼堂里已经满满当当,连两旁过道都站满了人。白兰和高师附中的几个女学生格外引人注目。蔡元培、章士钊、陈独秀、钱玄同、胡适、刘师培等都来了。蔡元培故意坐在后面,其他几位坐在前排。

庶务长过来向陈独秀耳语。陈独秀笑着对蔡元培说:"我去后台看看。"说着,他和庶务长来到后台。辜鸿铭正在抽水烟,看见陈独秀,并不搭理。

陈独秀恭维道:"辜教授,今天可是盛况空前呀。"

辜鸿铭并不正眼看他,说:"陈学长抬举,但愿这不是我辜汤生在北大最后的演讲。"

陈独秀佯装不明就里:"我奉蔡公之命来给您做好服务,您有什么要求请讲。"

辜鸿铭指了指讲台:"我今天是演讲,不要讲台。请把那个桌子撤了。"

陈独秀说:"好的,这就办。"

辜鸿铭又说:"还有,我做演讲时,这两个仆人得在台上伺候我。"

陈独秀想了想,说:"这个您自便。您看,一会儿要不要我先给您做个引见,垫个场?"

辜鸿铭不屑地说:"北大我比你熟悉,就不劳驾陈学长了。"

陈独秀点点头:"辜教授辛苦,我到台下当学生去了。"

辜鸿铭出场了。他大摇大摆地走到讲台中央。刘二和王三,一个拿着水烟,一个捧着茶壶,左右站立。三根辫子一出现,全场哄堂大笑。

辜鸿铭手无片纸。他一挥手,全场静了下来,演讲开始了:"诸位,我知道你们笑什么。你们在笑我的辫子。这辫子好笑吗?辫子是我中华文化一条斩不断的根。在座的各位,不管你是否愿意,只要你是中国人,终究都是要依附于这条辫子的。我和诸位不同的是:我的这条辫子是有形的,顶在头上;你们的辫子是无形的,藏在心里!"

辜鸿铭别出心裁的开场白一下子就吸引了听众的兴趣,台下一阵骚动,继之是几片掌声。

辜鸿铭挥手示意大家安静:"诸位,今天我给大家演讲的题目叫《中国人的精神》。这个题目我给外国人多次讲过。给外国人讲课,我不仅要收他们每人两块大洋的门票,还坚决不给他们提问和插话的机会。今天不同,今天我在北大给我的学生讲课,既是演讲,也是交流。同学们可以随时打断我的演讲,可以随时向我提出任何问题,我保证满足同学们的一切要求。"

台下有人叫好,有人鼓掌。

辜鸿铭示意王三上前,接过王三手上的茶壶,喝了一口,正式开讲:"何谓中国人的精神?众所周知,在我们今天生活的这个世界里,各个国家的人有不同的精神。比如美国人,一般说来,他们博大、纯朴,但不深沉;英国人,一般说来深沉、纯朴,却不博大;德国人,特别是受过教育的德国人,一般说来深沉、博大,却不纯朴。我还曾经听一位外国朋友这样说过:作为外国人,在日本居住的时间越长,就越发讨厌日本人;相反,在中国居住的时间越长,就越发喜欢中国人。这是为什么呢?"

礼堂里十分安静,大家都瞪着眼睛等待辜鸿铭的答案。辜鸿铭却故意停下来,向刘二做了个手势,刘二上前递过水烟枪,辜鸿铭悠然自得地吸了一口,眯起了小眼睛。

台下有人高喊:"辜教授,别卖关子了,赶紧告诉我们答案吧!"

人们哄笑起来。

辜鸿铭要的就是这个效果。他吐出一口烟,猛然提高了嗓门:"好,现在我就告诉你们答案。我们中国人,尽管我们缺乏卫生习惯,生活不甚讲究,尽管我们的思想和性格有许多缺点,但是,在我们的身上,却蕴藏着一种其他民族所不具备的难以形容的东西,这就是温良!我想请教在座的各位同学,什么是温良?郭心刚同学,你能回答这个问题吗?"

坐在第一排的郭心刚站了起来,想了想,大声回答:"温良就是温顺和懦弱。在我看来,温良并不是什么好的精神,而恰恰是中国人体质和道德上的一种缺陷。"

全场哗然,人们开始议论起来。

辜鸿铭大手一挥,厉声喝道:"你错了!温良不是温顺,更不是懦弱。温良是一种力量,是一种源于同情心和真正人类智慧的伟大力量。在这里,我要告诉你们一个秘密:中国人之所以有这种强大的同情的力量,是因为他们完全地或几乎完全地过着一种心灵的生活。就是说,和西方人不同,中国人的全部生活是一种情感的生活,这种情感是一种产生于我们人性深处的情感,是心灵的激情和人类之爱的情感。"

大家都被辜鸿铭的声音和表情感染了,场内鸦雀无声。

傅斯年站了起来:"辜教授,您能不能说得具体一些?"

辜鸿铭点点头:"好,我给你举个例子。为什么与欧洲人相比,中国人具有惊人的记忆力?原因就在于中国人是用心而非脑去记忆的。用具有同情力量的心灵记事,比用头脑或智力去记忆要好得多,因为后者是枯燥乏味的。再举个例子:中国人比外国人讲礼貌,这是举世公认的事实。礼貌的本质是什么呢?就是体谅、照顾他人的感情。中国人有礼貌是因为他们过着一种心灵的生活。他们完全了解自己的这份情感,很容易将心比心、推己及人,显示出体谅、照顾他人情感的特征。当然,日本人也讲礼貌。不过在我看来,日本人的礼貌是一朵没有芳香的花,中国人的礼貌则是发自内心的,充满了一种类似于名贵香水的奇异芳香。"

礼堂里笑声和掌声此起彼伏,听众的情绪完全被调动起来了。

罗家伦站起来提问:"辜教授,您的意思是说中国人和外国人的主要区别是中国人用心、外国人用脑吗?"

辜鸿铭点点头:"你可以这样理解。"

郭心刚又站起来:"辜鸿铭先生,按您的说法,中国人的精神是完美无缺的,根本不需要进行社会改造?"

辜鸿铭摇头:"非也!中国人的缺陷是显而易见的,我可以给你举几个例子……"

讲座在继续,精彩在继续。

文科小礼堂门口聚集的学生越来越多,大家都想往里挤。庶务长和邓中夏等同学维持秩序越来越困难。

陈独秀被庶务长喊了出来。他招呼邓中夏赶紧关上礼堂大门,然后站在台阶上高喊:"同学们,不要拥挤。学校已经决定,辜鸿铭教授今天的演讲将印成讲义发给大家,明天的讲座将改在学校大礼堂举行。"

台上,辜鸿铭摇头晃脑、声情并茂,已然是天马行空,到了忘我的境界。他大汗淋漓,索性摘掉头上的瓜皮帽,高举双手向全场挥舞:"同学们,现在让我来揭开谜底,告诉你们什么是真正的中国人吧。真正的中国人就是有着赤子之心和成年人的智慧、过着心灵生活的这样一种人,是有着童子之心和成人之思的人!中国人的精神是一种永葆青春的精神。中国人永远年轻的秘密就在于他们具有那种难以言表的温良。如果说中华民族之精神是一种青春永葆的精神,那么,民族精神不朽的秘密就是中国人心灵与理智的完美谐和。我辜鸿铭将终身致力于传播与弘扬这种伟大的中国人的精神,虽九死而无悔!"

场内的情绪再次被调动到高潮。

坐在后排的蔡元培连连点头:"怪才!奇才!"

六

天色微明,北大校园已然热气腾腾。

开展体育活动,是蔡元培办学的一项新举措。庶务长带着一些员工在操场上安装新添的单杠、双杠等体育器械。邓中夏、郭心刚等同学在操场一角做早操。张国焘和傅斯年、刘海威等人在打篮球。

蔡元培和胡适围着操场并肩跑步。蔡元培身穿马甲,头上扎着一条白毛巾。胡适则是一身从美国带回来的运动服,英气十足。几圈下来,蔡元培已是气喘吁吁。他和胡适走到操场北面小树林边,扩胸踢腿,舒展身体。两人又谈起这几天北大的热门话题。

蔡元培感叹道:"这个辜汤生果然是个满腹经纶的饱学之士,一连四天的讲座,场场爆满。在北大,甚至整个北京的高校中都掀起了一股研究中国精神的热潮。昨天章士钊对我说,辜鸿铭现在已经成了'辜旋风'了。"

胡适也是真心地服气:"尽管我并不同意辜教授的观点,但对他的学问却是打心里佩服。他的演讲生动活泼、雅俗共赏,显示出了很高的学术造诣。"

蔡元培严肃地说:"对我们这些提倡新文化的人来说,辜鸿铭的观点是一个必要的、很好的提醒,提醒我们不要走极端。"

胡适对蔡元培的观点并不完全赞同:"平心而论,如果仅仅从做学问的角度看,辜鸿铭的观点不仅无可厚非,而且很有益处。但是他总是想把学术研究作为表达政治倾向的平台,借以宣扬复古的主张,这就非常有害了。您听他后两天的讲座,又在有意无意地鼓吹帝制了。"

蔡元培大度地说:"这个辜汤生是个怪才、文坛狂士,只要他不出大格,就不要计较了。但你刚才提的那个问题很重要。你也办个讲座吧,讲讲新文化和文学革命。"

胡适想了想,也提出一个建议:"新文化是一个系统工程,我一个人势单力薄,难担大任。如果能把《新青年》同人编辑组织起来,集各人所长,搞一个新文化系列讲座,必定立竿见影,可收奇效。"

蔡元培闻言大喜:"这个主意好,马上请仲甫他们来商量。"

当天下午,蔡元培就召集陈独秀、钱玄同、沈尹默、刘半农、高一涵等来商量举办新文化系列讲座事宜。蔡元培说:"在北大举办一个新文化系列学术讲座,是适之提出的一个建议,我觉得非常好。新文化运动的发起人是仲甫,平台是《新青年》杂志。现在人和杂志都到了北大,北大也就成了新文化的策源地了。新文化现在可以说是我们新北大的一块招牌和一面旗帜。诸位都是《新青年》的编辑,虽然编委会的架构还没有正式搭建起来,但作为同人编辑的也就是这些人了。"

陈独秀补充道:"还有李大钊和周树人、周作人兄弟。"

蔡元培说:"守常接替章士钊做北大图书馆主任已经定了。仲甫,你赶快联系他来上任。周树人在教育部有职位,只能在北大兼职。周作人很快就会来任文科教授。等守常一到位,《新青年》就正式实行同人编辑制,把新文化的旗帜高高地举起来。"

夜已经很深了,北大校园里还亮着一处灯光,陈独秀正在给李大钊写信:

> 守常兄:
>
> 　　北大平安度过张勋复辟一劫,已于近日恢复正常。经章士钊先生鼎力推荐,你已被正式聘为北京大学图书馆主任。望兄接信后即刻返京,切切。

七

秋雨绵绵的南京,李大钊打着油布雨伞在街道上徘徊。突然,一个头插草标、跪在泥地里的小女孩拉住了李大钊的长衫,一边磕头一边哀求:"老爷,您

买了我吧！我什么活都能干，我只要一块银圆把我父亲安葬了。我伺候您一辈子，给您做牛做马。求求您，可怜可怜我吧。"

李大钊俯身扶起小女孩，拔掉她头上的草标，从包袱里掏出两块银圆："孩子，快起来，拿着这钱安葬了你父亲，再想办法讨个生路去吧。"

小女孩千恩万谢，磕头不止。李大钊把雨伞送给小女孩，转身跑开，泪水流在他的脸上，泥水溅了他一身。

1917 年下半年，李大钊在中国南方深入考察中国社会，重新探索中国民主革命新道路。这期间，通过对伪调和论、伪国家主义和梁启超改良主义的批判，李大钊开始丢弃对西方民主制和议会政治的幻想。他提出，对于像袁世凯、段祺瑞那样的反动暴力政治，善良公民有革命的权利。

11 月，接到陈独秀的来信后，李大钊决定去北大任职。离开南京前，他到江苏督军府向好友白坚武辞行。

白坚武此时担任江苏督军顾问，看到李大钊来了，高兴地拉他坐下："守常兄，你总算来了。告诉你一个好消息，江苏督军李纯已经决定聘任你为督军府法律顾问，专门负责处理与日本的相关事务，不日将委派你去日本考察，这可是个美差呀。恭喜老兄。"

李大钊面露歉意："坚武兄，我是来向你辞行的，我要去北京了。"

白坚武一脸诧异："这样兵荒马乱的年头你去北京干什么？我已经和李督军说好，准备派人去把你的家人都接到南京来。这可是千载难逢的好机会啊，你时来运转了。"

李大钊拱手致谢："谢谢坚武兄的美意。大钊早就立誓，此生决不做官。国难当头，我还是去北大和陈独秀他们一起编辑《新青年》，为唤醒民众做些事情吧。"

白坚武摇摇头，长叹一声："守常兄，你这是何苦呢！"

绿皮火车徐徐开进北京站，李大钊手提皮箱在车门口张望，赵世炎、葛树贵、郭心刚跑过来,葛树贵接过皮箱。

李大钊问葛树贵:"你们怎么来了?"

葛树贵说:"是琴生老弟跑到长辛店告诉我的,说您今天要回北京,我就让小山套上驴车来接您了。"

李大钊笑了:"好嘛,走的时候是坐你的驴车,回来还是坐你的驴车。有你这样的朋友,有你这样的驴车,我李大钊知足了。"

葛树贵也笑了:"先生可别这样说,能跟先生做朋友是我葛树贵的荣幸。陈先生也亲自来接您了。"

李大钊一听陈独秀来了,惊讶地问:"陈先生,他在哪儿?"

李大钊顺着葛树贵手指的方向望去,只见陈独秀在站台上向李大钊招手。他急忙跑过去,和陈独秀紧紧拥抱,说:"仲甫兄,没想到你还亲自来接我。"

陈独秀拍着李大钊的后背:"守常,可是想死我啦。来,我给你介绍一下,胡适教授,也是特意来接你的。"

李大钊和胡适热烈握手:"久仰,久仰!"

陈独秀右手拉着李大钊,左手牵着胡适,满脸高兴:"守常,你终于回来了,《新青年》的同人编辑制可以正式开始了,下一期就由你负责,怎么样?"

李大钊毫不犹豫地说:"听你的调遣。百日面壁,我正有一肚子的话要和你说呢。"

陈独秀非常高兴:"好啊,说来听听。"

李大钊表情复杂:"一言难尽,你要是有兴趣,今晚我和你聊个通宵。"

陈独秀一听,来了兴致:"好啊,君曼一早就把一品锅蒸上了,今晚我们'三驾马车'一醉方休!"

第 十 章

解聘克德莱

一

秋去冬来，北京大学新教学楼封顶了，正在进行内部装修。新任教育总长傅增湘来校考察，蔡元培携陈独秀、教务长、庶务长等陪同。

傅增湘对蔡元培说："蔡公，范源濂跑美国考察去了，上面赶鸭子上架安排我接替他，我就勉为其难了。我上任的第一件事就是来北大拜见您，还请蔡公多多关照。"

蔡元培答道："傅总长客气了。您看，您一上任，我们北大的教学楼就竣工了，真可谓吉星高照呀。我们去那边看看吧。"

刚竣工的教学楼前，蔡元培给傅增湘逐一介绍："这栋大楼共四层，有半地下室，总面积约一万平方米。"

傅增湘看了，连连称赞："气派，这栋楼一启用，将成为北大乃至北京的一个标志性建筑，北大就鸟枪换炮了。得给它起个好名字。"蔡元培说："我们已经想好了，叫它红楼，图个吉祥喜庆。"

傅增湘眨眨眼："红楼？太艳了吧？容易招事。"

蔡元培笑道："我们北大不怕事！走，我陪您进去看看。"

一楼东头，工匠在门前钉牌子：图书馆主任室。

蔡元培向傅增湘介绍："红楼主要供校本部、文科和图书馆使用。第一层为图书馆,第二层为行政办公室,第三、四层为教室,半地下室设有印刷厂。"

这傅增湘是光绪年的进士,翰林院庶吉士,酷爱藏书。他看见图书馆,马上来了兴趣,一头转进去就不见了踪影。蔡元培急了,问陈独秀:"新任图书馆主任李大钊到职了没有,快请他来陪陪傅总长。"

陈独秀说:"李大钊去新闻编译社开会了,邵飘萍从日本进了一批新书,请守常帮助鉴赏,他不知道傅总长今天要来。"

蔡元培看似温柔,其实脾气很暴,有点不满地瞪了陈独秀一眼,说:"我说得很明确,图书馆在红楼,暂时归你这个文科学长代管,你得把它看好了。图书馆是大学的招牌,章士钊一再向我推荐,说李大钊忠厚、博学、认真,但我担心他在南方云游了四个月,心玩野了,一时收不回来。"

陈独秀说:"蔡公放心,李大钊绝对称职。他这次南方之行实是忧国忧民的苦心之旅,一路实地考察民间疾苦,寻求救国良方,感受颇多。我和他聊了几次,非常受益,《新青年》又添了一个主力。"

蔡元培见傅增湘蹲在地上专心看书,不便打扰,于是对陈独秀说:"守常到位了,我看你那个《新青年》的编辑部就可以正式挂牌了。实行同人编辑,减少一些你的负担,也有利于提升质量。"

陈独秀点头道:"明天在我家召开《新青年》第一次编委会,您来参加吧。"

蔡元培摆摆手:"我就不去了,免得人家说我眼里只有一个《新青年》。主帅是你,带着这几员干将好好规划一番,把新文化的大旗树起来。"

冬日的北京,雪花飘飘洒洒地落下。

陈独秀居所,北厅堂正中放着一个带烟囱的煤炉,炉子旁边是一个小木桌,上面几个碟子里放着花生、瓜子、糖果。陈独秀、胡适、李大钊、钱玄同、刘半农、高一涵、陶孟和、沈尹默和周作人围炉而坐,高君曼给大家沏茶倒水。

高君曼抓了一把花生送给偏坐在外围的胡适,胡适连忙起身接过:"谢谢

嫂子。"

高君曼道:"有什么可谢的,我还得好好谢谢你呢。幸亏你告诉我泰丰楼可以定做一品锅,不然的话我得忙乎半天呢。"

陈独秀接过话茬:"君曼,先说好,今天泰丰楼的一品锅得让适之付账。他又涨薪水了。月薪二百八十大洋,一级教授的待遇,还不该请客?"

"要我说,请客就算了,还是赶紧请我们大家喝喜酒,免得这北京城里的洋妞大姑娘整天惦记着。"高君曼的话引得大家哈哈大笑。

高一涵埋怨道:"可不是吗? 我和适之合租一个小院算是倒了霉了,每天大姑娘小媳妇成群结队来找,害得我不得安宁。"

钱玄同一本正经地问:"适之,你老实回答我,听说你在学校里每天至少收到五封信、会见三个女人,有没有这回事?"

"没影的事,谁存心编派我?"胡适大声说,但明显底气不足。

"我还听说黄侃在上课时跟学生讲,陈独秀鼓吹新文化给北大引进了'三白'——白话文、白话诗和小白脸,弄得一帮追求新时尚的女孩子整天追着小白脸胡适,败坏了北大门风。"沈尹默趁机添油加醋。

高君曼笑了:"你看看,惹事了不是! 人都说女大不能留,依我看呀,男大更加留不得。你一个拿着二百八十大洋、风流倜傥的北大教授、博士打光棍,还不把那些大姑娘馋死了,能不招闲话吗?"

大家都笑起来。胡适脸红了。

高君曼又转身对李大钊说:"还有你,赶紧把老婆孩子接过来,免得那些大姑娘也打你的主意。"

大家又是一阵哄笑。陈独秀连忙起身打断高君曼:"行了,行了,你就别在这儿打岔了。忙你的去吧,我们要谈正事了。"

高君曼走了。陈独秀清了清嗓子:"各位同人,今天就算是我们《新青年》编辑部的第一次会议了。过去,《新青年》主要是我一个人编辑,主要靠约稿和投稿。从今天起,《新青年》正式改为同人刊物,在座的各位都是同人编辑。如果各位没有异议,我们就以茶代酒,共饮一杯,庆祝《新青年》的新生。"九个大茶杯碰到了一起。

陈独秀接着说:"采取同人编辑以后,《新青年》从第四卷第一号起,正式取消征稿投稿,刊登的所有文章,包括译文,一律由编辑部同人撰写。用稿采取集体商议制度,每出一期召开一次编辑会,商定下一期的稿件。"

钱玄同说:"同人编辑、集体议稿定稿没问题,但还是要有一个主事的,我认为这个人非仲甫莫属。大家同意吧?"

全体鼓掌通过。

陈独秀站起身来向大家拱手说:"感谢各位的信任。各位同人,我们《新青年》以北大为依托,以科学和民主为旗帜,以倡导新文化、宣传新思想、培养新青年为基本宗旨,意在掀起一场广泛、深刻的思想启蒙运动,找到一条科学的救国道路。希望各位同人齐心协力,担负起这个神圣使命。"

陈独秀一番话说得大家心里热乎乎的。李大钊说:"听着仲甫的话,我直想哭! 这四个多月,我在南方到处游说、到处碰壁。整个中国都处在麻木的状态中。启蒙思想、唤醒民众,对今天的中国太重要了,刻不容缓啊。"

钱玄同接着说道:"启蒙要有针对性,倡导新文化就要批判旧思想。《新青年》要以复古思潮为靶子,对那些'桐城谬种、选学妖孽'发起猛攻。不破不立,不把那些复古派、复辟狂批倒批臭,哪儿来的新文化? 不批倒他们,《新青年》就很难立足!"

李大钊建议道:"《新青年》对青年的号召力和吸引力在于评议时事,这方面的稿件应该加强。"

胡适不同意李大钊的观点:"《新青年》还是要坚持仲甫最初的办刊宗旨,二十年不谈政治。现在中国是南北两个政府对峙和各派军阀大肆割据的局面,政坛上的水太浑,我们最好不要去蹚。"

李大钊反驳道："二十年不谈政治？可能吗？这是个幻想。"

两个人争论起来，谁也说服不了谁，脸红脖子粗的。

陈独秀朝两人摆摆手："好了，你们两个就不要再争论。依我看，这个问题可以从长计议。当务之急是围绕新文化这个主题发一批有分量的稿子。"接着又问周作人，"星杓最近有什么大作？"周作人答道："我初来乍到，还要适应一段时间，现在还把握不住《新青年》的要义呢。"

陈独秀又问钱玄同："周树人最近状态如何？我们现在可戴着他设计的校徽呢，他不能老是游离在新文化之外吧。他是员大将呀，德潜，你再去请请他。"

钱玄同有点为难，说："要想请他出山，恐怕还得你这个主帅亲自出马才行。"

陈独秀说："行，哪天我去拜访他，就是三顾茅庐也要把他请出山。好，时间也不早了，大家都饿了吧，今天就谈到这里，我们开始喝酒。"

酒足饭饱，陈独秀和高君曼站在门口送客。李大钊和胡适刚出门就被陈独秀叫住："二位留步，我们一起走走，我有话说。"

东华门前，三人踏雪漫步。

陈独秀说："我看得出，二位对办刊各有想法。刚才我没让你们说，是怕搅乱了大家的思想。现在就我们三人，可以敞开了谈，无所顾忌，没有禁区。"

胡适先亮出自己的观点："我的想法很简单，《新青年》的宗旨是思想启蒙，以改造国民性为救国根本道路，而不是直接解决政治问题。"

李大钊反驳道："你这是一厢情愿！身处这群魔乱舞的时代，我们怎么可能回避关系国家民族存亡的政治问题？"

胡适争辩道："政治是权术、交易，是一种肮脏的游戏，跟做学问风马牛不相及。"

李大钊反唇相讥："你这是偷换概念！谈政治和玩权术是两回事。思想启蒙不和评论时事结合起来,那就是清谈、空谈。空谈误国,从来如此。"

胡适毫不退让:"什么是时事?北洋政府和南方政府对立是不是时事?难道你要《新青年》去议论两个政府是打还是和吗?你搅到这里面还能做学问吗?"

两人唇枪舌剑,争论得很是激烈。见胡适有点急了,厚道的李大钊语气软了下来:"适之,我说的是大政治,比如中国的发展应该走哪条道路,这总可以探讨吧?"

胡适仍然不依不饶:"那你说中国应该走什么道路?"

李大钊说:"我不知道。正因为大家都不清楚,所以才要探讨呀。比如最近俄国发生了一场革命,布尔什维克通过暴力革命夺取了政权。我看了他们发布的一些纲领,觉得对我们解决中国问题很有启发,最近我想研究它。"

李大钊和胡适争论的时候,陈独秀一言不发。听到俄国革命,他说话了:"我对刚刚发生的俄国革命也很有兴趣,我们一起研究吧。"

胡适说道:"我认为,俄国最近的十月革命是在二月革命的基础上发生的,二月革命推翻了罗曼诺夫王朝,结束了君主专制的统治,说到底,还是思想启蒙的结果。"

陈独秀笑了:"你看,说着说着不就说到同一个话题上了吗?我过去说二十年不谈政治,是说不再像过去那样直接去搞政治斗争,要一心一意致力于思想启蒙。思想启蒙本质上也属于政治范畴,只是我们《新青年》现在的主题是新文化,是要把国民从复辟复古的旧思想中解放出来。二位先锋,这样说你们同意吗?"

二

文科学长室在新落成的红楼二层东头,是个套间,正好在李大钊的图书馆主任室楼上。陈独秀刚刚上班,正在打扫办公室,李大钊推门进来:"仲甫兄,

昨晚我拟了下一期《新青年》的编辑方案,想和你商量一下。"

陈独秀很高兴:"好啊,你去把适之、德潜、半农、一涵喊来一起听听。"

不一会儿,胡适等人都来了。刚刚落座,蔡元培推门而入,大家又连忙站起。

蔡元培对大家说:"正好,你们都在,我跟大家说个事。刚才林纾老先生给我带了话,说是他也希望能来北大办个讲座,讲一讲桐城学派!"

刘半农有点惊讶:"林纾,他应该来讲西方文学名著呀,讲什么桐城学派!"

钱玄同看了刘半农一眼:"这你还看不出来啊,不明摆着要跟我们叫板吗?"

蔡元培点头道:"没错,他就是来叫板的。辜鸿铭开了个头,一下子把师生搞学术研究的积极性鼓动起来了。我看呀,诸位再不出头,新文化阵地怕就要没了。"

陈独秀坐不住了:"形势逼人,新文化的系列讲座确实不能再等了。适之,把你的想法跟蔡校长说说吧。"

胡适站了起来:"我也没有想清楚。办讲座的目的是宣传新思想,但是从哪儿着手是个问题。现在时局很乱,社会问题很多,青年学生关注的焦点是中国的去向。所以我有一个纠结,我们这个系列讲座,是谈时事呢,还是谈学术?"

李大钊刚要说话,被陈独秀阻止了:"守常你先坐下,现在不是辩论的时候。二十年不谈政治,是当初我创办《新青年》时提出的一个办刊宗旨。不过什么是政治,这很难界定。回过头来看,其实《新青年》议论的很多问题都是时事,大家感兴趣的也是时事。所以要我看,既然是争夺阵地,就要有针对性,抓住青年最关心的话题。"刘半农举手同意,他认为不要自己把自己给束缚了,大家关心什么问题就应该谈什么问题,不要有条条框框。大家七嘴八舌地讨论起来。

有人敲门,庶务长来了。他把蔡元培拉到门外说:"汪大燮打电话到处找您,要您赶紧到外交部找他一趟,说事情很急。"

蔡元培有点奇怪:"汪大燮现在是外交总长,他能有什么急事找我?"

庶务长说:"听汪大燮的口气,好像是我们解聘英籍教授克德莱的事情出了问题。据说克德莱给英国首相写信,把北大告了。英国使馆给民国政府发了照会,惊动了冯国璋和段祺瑞。汪总长在电话里说蔡元培这下把天给捅破了,要你赶紧去见他。"

蔡元培说:"看来事情不小,那你赶紧备车,我去和陈学长他们交代一下就走。"

屋里还在热议。李大钊主张谈时事,胡适主张谈学术,两个人争得面红耳赤。见蔡元培进来,陈独秀示意大家安静,说:"蔡校长,这事还是请您做个决断吧。大家各执一词,意见很难统一。"

蔡元培火急火燎地说:"我现在有急事要去外交部。依我看,还是叫学术讲座为好。主题当然是新文化,讲具体问题,比如白话文、白话诗、汉字改革、丧葬习俗等。时事也可以谈,但不要谈政治问题,比如孙中山的护法军政府、军阀混战等,免得政府干涉。现在是多事之秋,稍不留神就会惹麻烦。解聘克德莱的事情就惹麻烦了。"

陈独秀不解:"解聘克德莱是我们北大内部的事情,能有什么麻烦?"

蔡元培说:"具体什么问题我也不清楚,我这就到外交部去。你们文科要做好打官司的思想准备。"

庶务长进来说车到门口了。蔡元培起身就走,边走边说:"仲甫,你继续主持讨论,演讲题目先确定下来,整体上要形成一个新文化系列。我和吴稚晖也算一个。你们等我回来,可能还有急事需要商量。"

蔡元培乘马车到了外交部。外交总长汪大燮办公室门前,不少人在排队等着召见。秘书看见蔡元培匆匆走来,赶紧拨开众人,将他引入室内。

汪大燮正在和人议事,看见蔡元培进来,忙对面前的人说:"我有要事处理,你们先回避吧。"说着过来和蔡元培握手,"孑民兄,你总算来了。你这个北大校长比我这个外交总长还要忙呀。"

蔡元培无心闲聊:"我怎敢和伯棠兄比。您汪总长一发话,我蔡元培就得屁颠屁颠地跑过来。说吧,召我来此有何训示?"

汪大燮无奈地说:"不是十万火急,我怎敢惊动你蔡校长!你们北大解聘克德莱的事情惹麻烦了。这个克德莱是英国贵族后裔,他给英国首相劳合·乔治写了一封信,状告你蔡元培越权、毁约,歧视英国公民,要求北京大学向他和其他被解聘的英籍教员道歉,赔偿并恢复他们的职务。劳合·乔治指示英国驻华公使朱尔典负责处理此事。英国驻华使馆已经就此事向北洋政府发了照会。冯国璋和段祺瑞都责令我立即办理此事。"

蔡元培:"伯棠兄,这事我听着够新鲜的。北京大学是中华民国国立大学,招聘和解聘教员是国家赋予学校的权利和责任,与他英国首相和英国使馆有什么干系?再者说,清华、北洋等大学都有解聘外籍教员的先例,也没有发生过什么纠纷。怎么这事到了我蔡元培身上就成了麻烦了?"

汪大燮:"克德莱状告你们的理由有两条,一是他来北大任教是教育部与他签约的,北京大学无权解聘他;二是他的任教合同期限是四年,还有两年到期,现在北大解聘他属于毁约,是违法的。"

蔡元培:"这好办,我们可以通过教育部与他解约。至于毁约,纯属无稽之谈。聘任合同写得明明白白,不能胜任工作或违反学校规定的可以解约。严格地说,他不能胜任教学工作,给学校造成了损失,是他毁约,应该追究他的责任才对。"

汪大燮:"老兄,事情远没有你想的那样简单。英国使馆发来了抗议照会,这个事情就变成外交事件了。外交无小事,更何况现在是战时。段祺瑞再三要我转告你,北洋政府刚刚宣布参加世界大战,中国和英国都是协约国。希望北大以大局为重,不要因此影响中国和英国的关系。"

蔡元培:"这么说这事还真是麻烦大了?"

汪大燮:"所以我才急着把你请来。你再不来,我就准备晚上去你府上了。"

蔡元培:"你是诸葛亮,你要给我想办法。这北大改革第一炮就哑了,我这个校长还怎么当? 更不要说这还事关国格和公理,我蔡元培怎么向北大师生解释?"

汪大燮:"孑民老弟,我知道你的难处。不过这件事非同一般,非常棘手,我劝你不要意气用事,先回去好好商量商量,把内部意见统一了,我们才好做下一步的筹谋。"

蔡元培:"解聘克德莱等不合格的外籍教授,是北大校评议委员会的决定。要推翻这个决定,当然还要经过校评议委员会。不过以我的估计,这个决定很难被推翻。"

汪大燮露出狡黠的眼神:"孑民老弟,我请你来这里是奉命行事。你回去传达,也是奉命行事。至于到底怎么做,那是你北大的权利。别说外国人,就是国民政府也不能越俎代庖。等你有了决定,我们再行商量,好不好?"

蔡元培一听汪大燮话里有话,略感轻松:"好,我明白你的意思,我回去就召开校评议委员会商量怎么办。"

回北大的路上,蔡元培坐在马车里回想汪大燮的话,心中不踏实,便对车夫说:"先不回北大了。掉头,去教育部。"

蔡元培走进教育总长傅增湘的办公室,傅增湘连忙起身相迎:"蔡公,我打电话到处找你,没想到你自己找上门来了,咱俩还真是心有灵犀呀。"

蔡元培顾不上寒暄,直截了当地说:"我刚从外交部汪大燮那里出来。你找我也是为了克德莱解聘的事吧?"

傅增湘说:"可不是嘛! 段祺瑞把英国使馆的照会副本给了我,还批了十

二个字:'大局为重,大事化小,小事化了。'"

蔡元培急了,问:"这事已经出了,怎么能化得了?"

"化不了也得化呀。外交无小事,现在又是战时,弄不好就要捅出大娄子。蔡公,这事可是逞强不得啊。"傅增湘说得非常郑重。

蔡元培叹了口气:"我蔡元培从来就不是逞强之人。可这件事关乎公理和国格,如果就这样不了了之,你让我怎么面对北大师生?"

傅增湘劝道:"蔡公,你这样想就小气了。这哪里是你个人的事情?这是国家的事情,是涉及大国关系的事情,甚至关系到世界大战的走向,轻重利害,明眼人一看便知啊。"

蔡元培讥讽道:"傅总长危言耸听了吧?我北京大学解聘个教员就能影响欧洲战场的走向?果真如此,这世界大战恐怕早就结束了。"

傅增湘见说不动蔡元培,不得已交了底:"实话跟你说吧。蔡公,这段祺瑞知道你的脾气,特意打电话交代我要好好劝劝你。北洋政府获得参战权不容易,千万不能因为这点小事让英国人不高兴,不能因小失大。"

蔡元培不以为然:"为了哄英国人高兴,我们就得丧权辱国,这是什么逻辑?"

傅增湘说:"蔡公,你不能这么钻牛角尖,不值得。"

蔡元培十分为难:"不是我要钻牛角尖,而是木已成舟、覆水难收了。开除克德莱等人是校评议委员会的决定,已经公告出去了。如果现在洋人一发脾气就不作数了,你让我怎么向全校师生解释?北大的改革还怎么进行?再者说,这次裁撤外籍教员,是学生们提出来的,他们还参与了打分和评定,裁撤的外籍教员多达十人,有英国的,也有法国的、美国的、日本的,克德莱这么一闹,必定引起连锁反应,难道我要把这十个人都请回来?北大的学生你是知道的,要是真引起公愤,闹起事来后果不堪设想,我们可怎么收场?"

傅增湘也觉得事情复杂了,说:"听你这么一说,这事还真是有点麻烦了。

这样吧,蔡公,你带上这些材料先回去做工作,把民国政府的决定和难处、把事情的利害关系跟大家讲清楚,希望大家能顾全大局。如果需要,我和你一起去也行。一个原则,千万不能让学生闹事。"

蔡元培说:"工作我可以去做,做得通做不通很难说,你要有思想准备。"

傅增湘连称明白,再三叮嘱:"事关重大,千万要慎重行事、妥善处理,我们随时保持联系。"

蔡元培火速赶回学校,天已经黑了。他吩咐庶务长:"赶快发通知,明天上午召开校评议委员会紧急会议,并问陈学长那边散会了没有。"

庶务长说:"好像还没有,争吵得很激烈。"

蔡元培问:"谁和谁吵?"

庶务长说:"还是胡适和李大钊、刘半农。胡适说刘半农没有学历,刘半农说胡适有学历没魄力,两个人谁也不服谁。"

蔡元培听了,说:"这个胡适心气太高,有点忘乎所以了。这样吧,你请陈学长和李大钊到我这里来一趟。"

夜幕降临,屋里只开了一盏台灯,有些昏暗。跑了一天的蔡元培一脸疲倦地半躺在沙发上。听到陈独秀和李大钊急匆匆的脚步声,蔡元培从沙发上坐起来。

陈独秀和李大钊走进屋里,只见蔡元培沉着脸一言不发。陈独秀知道事情不妙,忙上前低声问:"怎么啦? 子民兄,真的出事啦?"

蔡元培指指桌上英国使馆的照会副本:"你们看看吧。"

李大钊打开灯,拿起照会递给陈独秀。陈独秀仔细阅读照会,眉头越锁越紧,终于勃然大怒:"强盗逻辑,欺人太甚!"

蔡元培站了起来:"仲甫、守常,现在不是发怒的时候,还是赶紧想想对策吧,你们看这事该怎么处理?"

陈独秀余怒未消:"置之不理,我行我素。"

蔡元培一点都不感到意外:"我就知道你是这个态度。"

陈独秀有些吃惊:"难道蔡公你不是这个态度?"

蔡元培被陈独秀问得一时语塞,停了停,说:"这件事情现在复杂了。克德莱给劳合·乔治写了信,劳合·乔治给朱尔典发了指示,朱尔典又给中华民国外交部发了照会,这就成了外交事件。我们这边呢,冯国璋和段祺瑞都做了明确批示,外交部和教育部也下了指令。"

李大钊气愤地说:"合着就没有我们北大什么事!"

蔡元培拿来副本指给李大钊看:"有啊!这不是十二个字吗?'大局为重,大事化小,小事化了。'"

陈独秀十分气愤:"怎么化?公告都贴出去了,泼出去的水还能再收回来?"

"所以才棘手呀。我已经通知明天上午召开校评议委员会专题会议,商讨此事。"蔡元培说。

陈独秀气得直拍桌子:"这有什么好商量的!难道要我们北大丧权辱国,向洋人低头不成?蔡公,这事可草率不得。"

蔡元培在屋里不停地走动:"我现在已经乱了方寸。段祺瑞再三嘱咐,现在是战时,英国是盟友,不能因小失大,损害国家利益。"

李大钊脸色沉重地提醒蔡元培:"主权才是最大的国家利益。孰大孰小,不辩自明。"

"既然成了外交事件,北大和克德莱就成了两个国家利益的代表。北大现在一手托着国格,一手托着公理,失掉了哪一个都是对国家的犯罪。"陈独秀义正词严。

蔡元培一拍脑袋:"仲甫、守常,你们这么一说,倒把我给说清醒了。来,我们三个好好筹划一下明天这会怎么开。"

第二天,北大红楼,校评议委员会召开专题会议,蔡元培将克德莱事件的来龙去脉叙述了一遍，说："现在形势很严峻。克德莱要求我们北大道歉、赔偿、收回成命。英国政府发了照会，冯国璋和段祺瑞做了批示，外交部和教育部要我们限期解决问题，刚才教育部傅增湘总长又打来电话，说英国使馆正在等待北大的决定。我们怎么办？是妥协还是抗命，请各位评议员发表意见。另外，给各位说明一下，因为这件事情涉及一些历史资料，所以我请图书馆主任李大钊也列席今天的评议会。"

陈独秀要求发言，蔡元培说："好，请陈学长先发表意见。"

陈独秀慷慨陈词："我听了蔡校长的介绍，感到非常气愤，一下子就想到了七十多年前的鸦片战争。西方列强欺负中国，始作俑者就是英国。1840 年，英国政府以保护在华侨民利益为借口，动用坚船利炮，打开了中国大门。国门洞开，欧洲列强蜂拥而至，清朝政府开始赔款割地，中华民族由此衰落。现在，英国又以保护在华英人利益为借口，干涉我北京大学内部事务，这是赤裸裸的强盗行径！是可忍，孰不可忍！我的意见很明确，北大决不能妥协。妥协了，我们就成了历史的罪人。"

胡适激动地站了起来："我不远万里回到祖国，就是想做一个堂堂正正的中国人。英国人的做法太荒唐了，如果连这样无耻的要求我们都要屈从，那还谈什么主权、国格！就连起码的人格也没有了。"

评议员们大都义愤填膺，纷纷表示不能屈服。

教务长看到这种情形，赶忙说："诸位，我们要对北大和蔡校长负责。当务之急是要想出一个万全的对策，不能蛮干。"

陈独秀胸有成竹地站起来："昨晚守常查阅了这件事情的全部资料，我提议请他发言。"

蔡元培点头："守常，你说。"

李大钊站起来："各位评议员，我查了蔡校长上任时呈报给教育部的北大教改方案，其中有一条，学校有权自主决定教员的聘任和解聘。这个方案是经

当时民国大总统黎元洪批准的,具有法定效力。我又查了教育部关于同意北大成立校评议委员会的批复文件,其中一条是校评议委员会有权根据教学需求和实际情况裁撤不合格教员。这两条足以说明北大解聘克德莱有理有据。"

蔡元培高兴地向李大钊伸出大拇指:"好你个守常,昨晚没有白白熬夜。"

胡适站了起来:"我也查找了国外类似的案例,像这种情况,可以由学校组成教授团直接和当事人所在国的使馆进行协调,协调无效时可以向法院提起民事诉讼。"

蔡元培惊喜地问道:"这么说胡教授也是一宿没睡?"

陈独秀激动地说:"一宿没睡的岂止守常、适之、德潜、半农、一涵,还有郭心刚、邓中夏等不少同学,都在文科办公室查了一夜的资料。邓中夏他们还起草了北大学生给英国驻华使馆的抗议书和致北洋政府的公开信,以备不时之需。"

蔡元培眼睛湿润了:"好啊,你们想得真周到,看来我这个北大校长当对了。谢谢诸位!这样吧,时间也不早了,我看大家的意见是一致的,就不用表决了。我这就去给傅增湘打电话,告诉他我们北大的态度。另外,大家酝酿一下,赶紧把教授团和同学后援团都组织起来。这件事就请陈学长负责,诸位有没有不同意见?"

全体鼓掌通过。

三

蔡元培回到办公室就给汪大燮打电话,正式报告北大校评议委员会一致决定,否决克德莱及英国使馆的申诉,坚决捍卫国家主权和北大权威。汪大燮表示支持北大的决定,希望他们首先争取傅增湘的同情和支持。蔡元培说已经向傅增湘做了口头报告,傅增湘态度模棱两可,表示自己只好引咎辞职。汪大燮告诉蔡元培,傅增湘这是要滑头,不想担责任,不能放过他。通话快结束时,蔡元培说:"正巧昨晚老家送来了阳澄湖的大闸蟹,拜托你中午把傅增湘拉上到舍下一起品尝。"

汪大燮笑道:"好你个蔡元培,你这是公然拉拢、腐蚀政府要员。"

中午,蔡元培府上,桌上一坛女儿红、几盘绍兴菜和八只大闸蟹早已备好。蔡元培在门口迎接汪大燮、傅增湘。

傅增湘一进门就嚷道:"蔡公你好手段,我傅增湘明明知道这是一场鸿门宴,还心甘情愿前来受死,这样的冤大头天下少有吧!"

蔡元培赔上笑脸:"傅总长多心了。你看这螃蟹都上桌了,咱们赶快入席吧。"

"这会儿谁还有心思吃螃蟹!你有什么阴谋诡计,赶紧出招吧。段祺瑞下午就要听汇报,这一关过不去,咱俩都得辞职。"傅增湘并不急于满足口腹之欲。

汪大燮连忙附和:"对、对、对,事情紧急,事态严重,还是先议事吧。朱尔典那里一上午三个电话催问结果呢。"

蔡元培:"既然这样,那就对不住二位了。我先汇报一下情况。不瞒二位,我北大评议会没有一个怂人。上午开会,我还没有说完,会场就炸了锅,大家一致决定抗争到底,决不给政府和北大丢脸。"

傅增湘问:"你们打算怎么抗争?"

蔡元培答道:"借鉴国外经验,组成北大教授团与英国驻华使馆谈判。"

汪大燮问:"谈不拢怎么办?"

"谈不拢就上法庭。"蔡元培回答得很坚定。

傅增湘担心道:"段祺瑞那里怎么办? 他可是个说翻脸就翻脸的主。"

蔡元培答道:"段祺瑞也是中国人,总不能胳膊肘向外拐。再说,我们可以跟他讲道理说服他。"

傅增湘还是不放心:"只怕他听不进去你那些'小道理'啊。"

蔡元培拿出两份公文说："这两份政府文件足以证明我们解聘克德莱的合法性;我们有大量确凿的证据,足以证明解聘克德莱的合理性。作为政府总理,他段祺瑞应当维护我们的合法权益,而不是反其道而行之。"

傅增湘不以为然："我可以肯定地说,段祺瑞不会理睬你们提供的这些证据。"

汪大燮对傅增湘说："傅总长不要着急,蔡校长既然请我们来赴鸿门宴,必然还有更高明的手段。"

蔡元培一脸无奈："汪总长抬举我了。元培一介书生,已然黔驴技穷了。"

汪大燮等不及了："蔡校长就不要卖关子了,快把你的撒手锏亮出来吧。"

蔡元培又从皮包里拿出两份材料递给傅增湘："除了刚才讲的那些证据之外,我们还给段总理准备了两样东西,一份是北大师生致北洋政府的公开信,一份是北大学生给英国使馆的抗议书。"

"这东西能管用?"傅增湘疑惑地问。

汪大燮哈哈大笑："管用! 好你个蔡子民,果然阴险狡诈,一下子就抓住了段祺瑞的软肋。傅总长,你下午就拿着这些材料去见段祺瑞,我保管他不但不会向你发火,还会低三下四地向你问计。到那时,你就让他来找我。"

傅增湘非常不解："你俩可是把我弄糊涂了。"

汪大燮笑道："你糊涂了,段祺瑞可不会糊涂。段祺瑞不怕蔡元培,但是他怕蔡元培的学生。这学生一上街游行,段政府就得垮台。哪头轻哪头重,他段祺瑞拎得清。"

傅增湘恍然大悟："原来如此。没想到子民兄还有如此心计,佩服!"

蔡元培朝汪大燮努了努嘴："这叫近朱者赤,近墨者黑。"

汪大燮哈哈大笑："蔡子民,你太厉害了。没准中华民国外交战场上的第一个胜仗就让你给打下来了。"

第二天,文科学长室里,陈独秀和胡适、李大钊等人还在研究对策,蔡元培兴冲冲地走进来:"仲甫,好消息,段祺瑞同意了我们的方案,批准北大组成教授团与英国使馆谈判解决克德莱事件。傅增湘在电话里说,段祺瑞再三嘱咐,一定要稳住北大学生,确保学生不上街游行,不冲击英国使馆,不和外国人发生冲突。"

胡适轻蔑地笑道:"这个段祺瑞,果然害怕学生。"

蔡元培继续说:"汪大燮也打来电话,要我们抓紧准备和英国使馆谈判的方案,他正在和朱尔典约时间。"

陈独秀报告说:"各种材料和证据都准备得差不多了。后援团由邓中夏、张国焘和傅斯年组织,同学们的积极性很高。只是谈判团的人员还在斟酌,初步设想由我和适之、守常组成。适之主谈,守常负责材料。"

蔡元培一拍手:"陈独秀、李大钊、胡适,'三驾马车',这个团队好!我再给你们一个建议,把辜鸿铭也吸收进来。第一,他外语好;第二,他在国外影响大,在华的外国人都很崇拜他。"

陈独秀有点为难:"我们也有过这样的想法。只是这老先生太古怪,毛病也多。一是怕请不动他,二是怕他来了闹事。"

蔡元培笑道:"那是你们不了解辜鸿铭,他最看不起外国人。跟外国人斗,他有积极性也有经验,不会闹事的。不过这个人喜欢摆谱,你们去请他出山态度要谦虚一些,多给他戴些高帽子,哄他高兴。我看,还是由仲甫出面,请他吃顿饭。他要是提什么条件,尽量满足他。"

陈独秀点点头,说:"这是块难啃的骨头,我试试。适之、守常,咱们'三驾马车'一起出动吧。"

蔡元培拍手叫好:"趁热打铁,你们现在就去,我在这儿静候佳音。"

三人上了四楼,辜鸿铭正在上课。教室里基本上坐满了。

辜鸿铭在黑板上写字,刘二端着茶壶站在讲台旁边。陈独秀、胡适、李大钊从教室后门进入,悄悄地坐到后排。

辜鸿铭转过身来用教鞭指着黑板,念道:

To be, or not to be—that is the question.

Whether 'tis nobler in the mind to suffer

The slings and arrows of outrageous fortune,

Or to take arms against a sea of troubles,

And by opposing end them.

他看到了陈独秀等人,有点诧异,马上就提高了嗓门:"同学们,这是英国伟大的剧作家莎士比亚在《哈姆雷特》当中一段最著名的独白,也是丹麦王子哈姆雷特关于人生和命运的思考。汉语的意思是这样的:'生存还是毁灭,这是一个值得考虑的问题。是默默忍受命运的暴虐的毒箭,还是挺身反抗人世的无涯的苦难,在奋斗中扫清那一切? 这两种行为,哪一种更高贵?'诸位,你们想过这个问题吗? 如果没有想过,请一定好好地想一想。记住,你所给出的答案,就是你的人生观。有了正确的人生观,你们的人生就有了方向,你们的命运就有了光明。我们学好英文诗,学好英文,就是把我们中国人做人的道理、把我们温情敦厚的智慧传布于四夷之邦。"

大家被感染了,都热烈鼓掌。

下课铃响了。同学们分别向辜鸿铭鞠躬退出。教室里只剩下陈独秀三人。

辜鸿铭笑呵呵走下讲台。他不敢得罪陈独秀,就拿胡适开涮:"胡教授稀客呀,今儿怎么得闲跑来跟老辜学英语啦?"

胡适一脸虔诚:"胡适今儿确实是来拜师的。"

辜鸿铭甚为诧异:"你要拜我为师? 新鲜啊,你一个讲白话的向我这教洋诗的拜师,也不搭呀。"

胡适诚恳地说："胡适确实是来向辜教授请教的。"

辜鸿铭故意问："既然拜师,带拜师礼了吗?"

胡适说："礼没带,我们请辜教授吃饭。"

辜鸿铭轻蔑地一笑,用词极其尖刻："就凭你一张小白脸够资格请我吃饭?我老辜跟皇上吃过饭,也跟力巴吃过饭,就是不跟那些数典忘祖、崇洋媚外的人一起吃饭。"

见胡适下不了台,陈独秀连忙打圆场："汤生兄不要误会,我们是奉蔡校长之命代表北大来请你的。"

辜鸿铭有些诧异："是蔡校长让你们请我吃饭?"

"没错,我们确实是奉蔡公之命而来。"陈独秀说。

辜鸿铭得意起来："既然是蔡公的主意,那这个面子得给。不过有言在先,我老辜吃饭可有讲究,饭馆、菜单和酒水得由我定,我的仆人也得在我身旁伺候,你们同意吗?"

陈独秀说："没问题,全听辜教授安排。"

"那行,我让仆人去安排,你们等通知吧。"辜鸿铭说完,扬长而去。

四

北京东兴楼饭庄是一座前出廊后出厦的大四合院。陈独秀、胡适、李大钊由伙计引领穿过长廊。陈独秀和李大钊一身长衫,胡适依旧是西装革履。

陈独秀问伙计："客人来了吗,一共几位?"

伙计说："三位。今儿我们东兴楼可是长了见识了。这位请客的辜老爷谱摆大发了!两个仆人跟着伺候,一水的大辫子,晃眼。"

李大钊拍着手上的提包,对陈独秀说："我这心里直打鼓,万一钱带得不够怎么办,这位爷可是个怎么邪乎怎么做的主。"

陈独秀很镇定："不至于,我看得出,他这么做是故意的,生怕人家冷落了

247

他,其实内心里虚得很。"

伙计领着陈独秀、李大钊、胡适来到包房。辜鸿铭已经端坐在主位上,刘二和王三,一个拿烟枪,一个端茶壶,侍立两旁。桌上的凉菜已经摆上了。

陈独秀赶紧上前一步:"不好意思,倒让辜教授久等了。"

辜鸿铭伸手请陈独秀入座:"我们都是北大同人,今天的座位我来安排。论资排辈,我坐主席,陈学长次之,李主任再次之。要是按大清朝的规矩,胡博士还不够入座资格,不过今天你是受蔡校长派遣,那就请在末席就座吧。"

胡适做出受宠若惊状,又是鞠躬又是拱手:"谢辜教授赐座。"

辜鸿铭一挥手:"伙计,可以走热菜了。"

伙计应声答道:"好嘞。"

辜鸿铭端起酒杯:"大千世界,朗朗乾坤。要说现在的中国,只有两个好人,一个是蔡元培先生,一个是我辜鸿铭。因为蔡先生点了翰林之后不肯做官而是去革命,到现在还在革命;我呢,自从跟张之洞做了前朝的官员以后,到现在还是保皇党。我这个保皇党,如今只听两个人的使唤,一个是皇上,一个是蔡元培。蔡元培是我的校长,他要我来吃饭,我就不能不来。这第一杯酒,是敬蔡校长的。"

说着,他一饮而尽,刘二赶紧给他斟酒。

辜鸿铭洋洋洒洒,侃侃而谈:"要论美食,这北京城当首推八大楼,而八大楼中拔头份的,便是这东兴楼,专营胶东菜系。一会儿二位将能品尝到这儿的名菜,芙蓉鸡片、烩乌鱼蛋、酱爆鸡丁、葱烧海参、炸鸭胗,等等。胡博士,想必你是第一次来吧。"

胡适恭敬地回答:"今天跟着辜教授开眼了。来,我敬辜教授一杯。"

辜鸿铭伸手拦住:"你不是说要拜我为师吗?那我要先考考你的学问。"

胡适弯腰做受训状:"请辜教授指教。"

辜鸿铭颇感满足:"去年张小轩张勋过生日,我送了他一副对子,上联是

'荷尽已无擎雨盖',下联是'菊残犹有傲霜枝',你说说这副对子的意思吧。"

胡适眨了眨眼,看到陈独秀一个奇怪的眼神,立刻心领神会,故作沉思状,说:"这'菊残犹有傲霜枝'中的'傲霜枝',应该是说张勋和您老先生的辫子吧。这'擎雨盖'是什么呢?我还真的不知道。"

辜鸿铭得意起来,看了李大钊一眼,说:"李主任,你是图书馆主任,应该是个百事通,你知道吗?"

李大钊也看到了陈独秀鼓励的眼神,便站起来说:"李某不才,我猜想这'擎雨盖'就是清朝官员的大帽子吧。"

辜鸿铭一拍手:"聪明,不愧是图书馆主任。胡博士,你开眼了吧?"

胡适不住地点头:"承蒙教诲,承蒙教诲。胡适才疏学浅,自罚一杯。"

辜鸿铭侧身看着陈独秀:"陈学长一向快人快语,今天怎么不说话啦?"

陈独秀端起酒杯:"来,我先敬辜先生一杯。"

辜鸿铭用手挡住:"陈学长是新文化的旗手,辜某人是复古派的清流,我们俩是两股道上跑的车,永远没有交会点的。陈学长今天如此礼贤下士,专门为老朽摆下这顿酒席,难得,必定是有事相求。现在酒过三巡,就请陈学长直言吧。"

陈独秀:"那好,我先敬辜教授一杯。今天确实有事相求。辜教授想必已经知道本校解聘英籍教授克德莱一事了。"说完,端起酒杯一饮而尽。

辜鸿铭冷笑:"当然。如果不是蔡校长慈悲,辜某现在恐怕早已被陈学长划归克德莱一类了。"

陈独秀依然非常恭敬:"如今辜教授的事情早有定论,但克德莱的裁撤却成了一桩棘手的悬案。克德莱动用英国首相和英国驻华使馆等多方力量状告蔡校长,对我北大施压,诬陷北大违法、毁约、歧视外国人,要求蔡校长道歉、赔款,为其复职。"

辜鸿铭一拍桌子:"岂有此理!克德莱胆敢害我蔡公,辜鸿铭誓与他血战

到底!"

陈独秀暗自高兴:"辜教授息怒,请听我把事情讲完。几经周折,北洋政府已经同意由我北大组成教授团,与英国驻华使馆谈判协商解决克德莱解聘案。蔡校长说了,与英国人打官司,怎么能少了辜汤生这个英国通呢? 所以,今天我等三人受蔡校长委托,代表北大来请辜教授出山,与英国人一决高低。"

辜鸿铭闻之大喜,把头往椅子上一靠,仰天长啸:"知我者,蔡元培也!"一激动,头仰得太靠后,帽子掉了。刘二赶紧捡起小帽,顺势把辜鸿铭扶住。

辜鸿铭咳嗽了几声,端起酒杯:"陈学长、李主任、胡博士,这个教授团我辜某人参加了。来,就为这个,我们干一杯。"

几杯酒下肚后,辜鸿铭来了精神,摇头晃脑说了起来:"我辜鸿铭十四岁留学欧洲,在英国待了有小十年,对他们的脾气秉性太熟悉了。下面我给你们说说英国人的特性:第一,冷漠、滑头,不愿意承担责任,能逃避就逃避;第二,虚伪、虚荣,重利益又羞于谈利益,喜欢做表面文章;第三,exclusiveness,孤傲、木讷、固执、排外,很难与外族人相处,典型的岛国心态;第四,conservativeness,保守,不愿接受新生事物。知己知彼,方能百战百胜! 谈判的事情就交给我了。我一出马,他们保准落荒而逃。"

陈独秀拍手叫好:"有辜教授压阵,我们就稳操胜券了。不过,有件事蔡校长还让我告诉您,这次教授团的首席谈判代表是胡适教授,其他人主要是配合。"

手舞足蹈的辜鸿铭一下子愣住了,尴尬地问:"蔡公是这样安排的?"

陈独秀:"正是。"

辜鸿铭略作沉思,然后大度地哈哈一笑:"桐花万里丹山路,雏凤清于老凤声。为了蔡公和北大,我老辜就豁出这张老脸,给胡博士这个白话娃娃当一回军师吧。"

五

英国驻华使馆是东交民巷使馆区里占地面积最大的一个使馆，人称"英国府"。一名职员引领北大教授团谈判代表陈独秀、胡适、辜鸿铭、李大钊和外交部的一名官员到一间会议室坐下。辜鸿铭是使馆区的常客，为了显摆他在英使馆的地位，主动替英使馆职员问："诸位是喝茶还是咖啡？"

陈独秀回答："我喝茶。"

辜鸿铭提醒道："陈学长，此茶非彼茶。这是英国的红茶，你要加糖和奶吗？"

陈独秀笑笑："辜教授拿我当土包子了。你可能不知道，我就是喝祁门红茶长大的。我只喝原汁原味的红茶。"

走廊上，英国驻中国公使朱尔典和一等秘书查尔顿边走边商量，克德莱在后面匆匆赶上："公使先生，今天来的这几位可都是北京大学的铁嘴，您千万注意，不要被他们绕了进去。"

朱尔典不屑地说："放心吧，克德莱。北京大学今天派出了一个一老带三新的奇怪的谈判阵容，新旧两派的领军人物都到了我英国使馆。如果在这里给他们开一个中国文化辩论会，倒也是我们的荣幸。"

克德莱连忙小声问："您是说辜鸿铭？"

"正是。据我所知，这个辜鸿铭可是陈独秀和胡适的死对头。"朱尔典说。

克德莱不解："您的意思是让他们在这儿吵起来？"

朱尔典阴险地笑着说："果真如此的话，那不是一场很好看的大戏吗？"

到了会客室，朱尔典等人径直坐到北大教授团对面，并不急于说话。

中国外交部官员站起来，用汉语对陈独秀等人说："我来介绍一下，这位是英国驻华公使朱尔典先生，这位是大使馆一等秘书查尔顿先生，这位大家都认识，是克德莱先生。"

克德莱用汉语打断外交部官员的话:"外交官先生,你应该称呼我为克德莱教授。"

外交部官员没理他,接着改用英语为朱尔典等人介绍:"这位是北京大学文科学长陈独秀教授,这位是胡适教授,这位是李大钊先生。"

外交部官员刚要介绍辜鸿铭,朱尔典却恭敬地站起来向辜鸿铭致意:"欢迎辜鸿铭教授大驾光临。"

辜鸿铭并不起身,只是点头示意。

中国官员介绍完了,回到自己的座位。

朱尔典正了一下领结,站起来说:"各位先生,我代表英国使馆欢迎北京大学各位教授,特别是辜鸿铭教授,我们十分尊敬的大学者。能和辜先生在一个桌子上谈判,是一件十分荣幸和愉快的事情。我们开始吧,贵方谁先谈?"

外交部官员:"胡适先生是北大教授团的首席谈判代表,请胡教授先说吧。"

胡适礼貌地起身向对方鞠躬,然后坐下:"我们接到我国外交部转来的英国驻华使馆关于抗议北京大学无故解聘克德莱教授的照会后十分震惊。北京大学与外籍教员解除聘任关系,是学校在教学管理中经常发生的一种普遍现象。北京大学根据学生的举报,对克德莱先生的教学水平、教学态度、教学行为等方面进行了深入细致的调查,大量确凿的证据表明,克德莱先生不仅完全不能胜任教学工作,而且还存在严重违反校规校纪等问题,给北大的教学造成了许多无法挽回的损失,同时也严重败坏了北大的声誉。有鉴于此,校评议委员会依据国家和学校制定的相关条例,解除了克德莱的聘任合同。这件事,完全是北京大学的内部事务,与英国政府、英国驻华使馆没有半点关系。英国使馆不分青红皂白就给中国外交部发来抗议照会,没有任何道理,应该予以驳回。"胡适不卑不亢地陈述了自己的观点。

朱尔典面色凝重:"听胡教授的口气,不像是来商量事情,而是来兴师问罪的。如果是这种态度的话,那谈判就变得毫无意义了。克德莱教授是英国公民,他是英国使馆介绍给中国教育部去北大任教的。现在他在中国的利益受到了损害,英国使馆当然不能置之不理,当然要提出抗议,这是我们神圣不可侵犯的权利。"

胡适立刻回应道:"如果说克德莱先生的利益受到了损害,那也完全是他自己造成的,是咎由自取。请问公使先生,如果一个英国人在中国犯了法,杀了人,中国政府依法追究他的刑事责任,英国使馆也要提出抗议吗?"

朱尔典沉不住气了:"你这是在偷换概念。英国使馆在照会中写得清清楚楚,克德莱教授的任教合同是贵国教育部签发的,北京大学根本无权解聘。还有,克德莱的任教期限是四年,还有两年到期,合同条款规定不得无故提前解聘。现在北京大学单方面解聘英籍教授,既越权又违规。如此行径,难道我大使馆无权交涉吗?"

朱尔典话音刚落,李大钊就站了起来:"公使先生,我要纠正你刚才说的一句话,我们不是'无故'提前解聘克德莱,而是'有故'。胡适先生刚才已经用大量确凿的证据表明克德莱不仅完全不能胜任教学工作,而且严重败坏了北大声誉,这怎么能说是'无故'呢?解聘克德莱,北京大学完全是照章办事。公使先生,我们带来了几份中国教育部和北京大学颁布的条令、文件,足以证明解聘克德莱是合法的;还有克德莱根本不能胜任教学工作、严重违反校规校纪的大量证据,足以证明解聘他是合理的、必须的。这些材料,请公使先生过目。"

李大钊把几份复制的文件和一摞厚厚的证明材料交给朱尔典。

朱尔典随手翻了翻,站了起来,盯着辜鸿铭,耸了耸肩:"亲爱的辜鸿铭教授,我曾经花两块大洋买了门票去听您的讲座。我记得您曾经说过,中国人与欧洲人最大的区别在中国人始终像小孩子一样靠心灵的感觉做事情,欧洲人是靠成年人成熟的头脑思考事情。您说得太对了。您看你们的这些文件,就

像小孩子做事情一样太随意了。这一份是黎元洪签署的，这一份是胡仁源的，这一份是范源濂的，这一份又是蔡元培自己制定的。你们这个国家就像小孩子玩游戏，每一个人上台都要制定一套规矩。现在你拿出这么多的文件，你让我听谁的？"朱尔典的话语带着浓浓的对中国人的轻蔑之情。

辜鸿铭甩了一下辫子，慢条斯理地说："公使先生，看来你那两块大洋的听课钱是白花了。你完全没有听懂我的讲座。我现在免费再给你讲述一遍我的观点吧。你听好了，我认为，我们中国人是有着童子之心和成人之思的人；温良是中国人的特质，这种温良是同情与智能的有机结合，是人心与人脑的调和，是心灵与理智的和谐。公使先生，我再补充一句：您所具有的那种傲慢与偏见在中国人身上是很难找到的。"

朱尔典本来是想用辜鸿铭做挡箭牌，没想到辜鸿铭不但不买账，反而使他陷入更加难堪的境地，便赶紧岔开话题："亲爱的辜教授，今天我不是来听您讲课的。我想知道的是这黎元洪早就下台了，他的文件还管用吗？"

"您说的不错，中国现在的确经常更换领导人，也经常颁布各种法规、文件，可是中国有句老话，叫'万变不离其宗'。请您仔细阅读一下这些文件，您会发现它们始终贯穿着一条原则，那就是，中国的事情要由中国人自己来管。聘任和解聘教授，是国家赋予北京大学的自主权，无论是总统、总理还是教育部长，统统无权干涉，更不要说你们英国人了。公使先生，其实这一套管理办法，我们还是从贵国那里学来的呢。这又应了中国的一句古话，'以其人之道还治其人之身'。今天我免费教了你两个中国古语。"说罢，辜鸿铭对着朱尔典哈哈大笑。

"英国是一个尊重人权、遵守契约的国家，英国大学里绝不会发生违反契约提前裁撤外籍教员的事情。"朱尔典显然黔驴技穷了。

辜鸿铭马上反驳："看来公使先生在中国待的时间太长，已经忘了贵国的历史，那就让我来告诉你吧。1886 年，贵国爱丁堡大学提前解聘了两名酗酒闹事的德国教授;1889年,牛津大学裁撤了十多名外籍教授,其中有八人合同期未满;1902年,剑桥大学解聘了一名美国籍教授和一名日本籍讲师;去年,因为战争的原因,英国、法国许多大学都纷纷与德国、奥匈帝国的教学人员废止了契约。请问公使先生,这样的事情,你们可以做,为什么我们就不能做呢? 难道这就是你们奉为神灵的民主、自由、平等吗?"

一听到"战争"二字,朱尔典像抓到了救命稻草,马上说:"感谢辜教授提到了战争。我要提醒诸位,英国和中国现在正在协同作战,你们的这种做法已经影响了两国的合作。你们想过后果,负得起这个责任吗?"

陈独秀拍案而起:"公使先生,你是在威胁吗?"

"我是要你们正视现实。这件事已经引起英国首相和贵国总统、总理的高度关注。你们如此一意孤行,蔡元培还想不想做这个北大校长了?"黔驴技穷的朱尔典要起了无赖。

陈独秀义正词严地说:"如果我们放弃原则、屈从权势,我们就不来谈判了。"

朱尔典的最后一招被陈独秀迎刃而解,黔驴技穷的朱尔典只好说:"我看这个谈判可以结束了。"

克德莱大声叫嚷:"我要把你们告上法庭。"

英国大使馆外,邓中夏、张国焘、郭心刚、傅斯年、罗家伦等人在东交民巷路口焦急地张望着。陈独秀一行刚出来,同学们就蜂拥而上,围了过去。

郭心刚抢着开口:"陈先生,您要是再不出来,我们就准备冲进去救人了。"

胡适:"这儿可是使馆区,你们要文明些,不可乱来。"

首战告捷,学生们簇拥着几位老师回到学校,一路上谈笑风生。

李大钊对辜鸿铭说:"辜先生,您真是太厉害了,怎么记得住这么多的数字? 昨晚做功课了吧?"

辜鸿铭十分得意地说:"雕虫小技,信手拈来,不值一谈。"

陈独秀也是由衷佩服:"辜教授谦虚啦,您是北大的功臣!"

六

蔡元培当天与汪大燮通了电话,请教下一步对策。

汪大燮平静地告诉蔡元培:"朱尔典直接给段祺瑞打电话了,还是以协约国为要挟,希望政府出面干涉,不然英国政府将支持克德莱上告法庭。段祺瑞怕事,专门给我打来电话,提出最好协商解决,尽量不要上法庭。"

蔡元培激动地拍着桌子:"不是我们北大要上法庭,是克德莱要告我们,和北大打官司,我们不能不奉陪呀。"

汪大燮果然老谋深算:"孑民兄,不要着急嘛!他英国人要打官司,我们当然要奉陪。放心吧,律师我都给你请好了,都是你们北大的教授,一个是王宠惠,一个是张耀曾。怎么样,够级别吧?"

蔡元培非常高兴:"中华民国的两位前司法总长都出山了,那就胜券在握了。"

汪大燮换了口气:"孑民兄,你要清楚,上法庭是最后一招。现在是战时,事情闹大了影响中英两国关系就不划算了,能协商解决最好。我和傅增湘商量了,当务之急是要把克德莱的嚣张气焰压下去,让他自知理亏,知道闹下去和上法庭的结果对他来说只能是身败名裂。"

蔡元培心领神会:"那好办,把他那些烂事抖出来,他就知道厉害了。"

汪大燮极表赞同:"对,用好你手上的两张牌——学生和报纸。你要记住这两句话:洋人怕记者,老段怕学生。"

"哈哈,这老段有你这个外交总长算是倒了霉了。"蔡元培在电话里发出爽朗的笑声。

第二天,邓中夏、郭心刚、傅斯年等北大学生来到英国使馆门前散发传单。

郭心刚高呼："抗议英国使馆庇护流氓教授克德莱、干涉中国内政；请看流氓教授克德莱在北大的无耻行径！"人越来越多，把郭心刚围在中间，水泄不通。

克德莱解聘事件闹得沸沸扬扬，各国记者纷纷来到北大采访。教授团安排胡适和辜鸿铭在会议室接待记者。

西装革履、风流倜傥的胡适站在会议室中间，格外引人注目："女士们、先生们，感谢大家对北大的关爱。为了方便各国记者采访，我们特意准备了英、法、俄、日等各种语言的文字材料供各位阅览。各位有什么问题，亦可以自由提问。"

记者们把胡适团团围住，胡适侃侃而谈，镁光灯闪个不停。

辜鸿铭还是老打扮，头上瓜皮帽，身上长袍油光闪亮，两只衣袖秽迹斑斑，特别是那根长辫子，看上去让人感到非常滑稽。他孤零零地端坐在沙发上，没有人注意他。

一位金发女郎问胡适："我是西班牙记者，刚来中国不久，不知北大能不能给我提供一些西班牙文的资料？"

胡适刚要致歉，辜鸿铭站起来用西班牙语答道："这位女士，请问你需要什么资料？"

所有人的目光都投向了这个留着长辫子的小老头。

辜鸿铭一口气说了好几种语言：德语、拉丁语、希腊语、马来语，记者们目瞪口呆。有记者好奇地问："这位老先生是谁？"

胡适赶紧上前介绍："这位就是北大鼎鼎有名的辜鸿铭教授。"

有人尖叫起来："国学大师、'英国通'啊！"

记者们全都奔向了辜鸿铭，镁光灯闪个不停。

胡适被人遗忘了。老半天，他一个人站在那里，竟然再没有一个记者对他提问。

克德莱事件轰动了北京城。各家报纸无一例外都在头版刊登克德莱要与北大打官司的消息。

报童们不断沿街吆喝："看克德莱不满解聘,将与北京大学对簿公堂!著名大律师王宠惠、张耀曾领衔担任北大辩护人!看英籍教授克德莱无德无才、劣迹斑斑……"

朱尔典的办公桌上摊放着各种报纸,克德莱垂头丧气地坐在沙发上。

朱尔典拿起一张报纸对克德莱说:"克德莱,这是怎么回事!铺天盖地的舆论都在指责我们。你惹了大麻烦,你让英国人在中国人面前丢尽了脸,你要我们怎么收场?"

"朱尔典先生,我们不能退让,我们不能输给中国人。你给段祺瑞打电话,你要向他施加压力,让他撤换蔡元培。"克德莱还不死心。

朱尔典吼道:"克德莱,你疯了!事情到了这个地步,不要说段祺瑞,就是汪大燮也不接我的电话了。你以为你是谁,能让乾坤倒转吗?"

"那我就跟他们上法庭。"克德莱还要强辩。

"你以为上法庭就能赢吗?只会输得更惨!你看看他们的辩护人都是谁,一个是英美法系的王宠惠,一个是大陆法系的张耀曾。这二位都是举世公认的法学大师,都当过中华民国的司法总长。你跟他们斗,只能是自取其辱!"

克德莱乞求说:"公使先生,你要帮我啊!"

"事到如今,谁也帮不了你了,屈服吧。中国有句古话,小不忍则乱大谋。中国人现在是铁了心要跟我们斗,再顽抗下去我们只会受到更大的损失。现在英国正在打仗,英国政府不希望因为你这事节外生枝。段祺瑞和冯国璋正在为南方政府的事情斗法,不可能因为我们的事情去得罪蔡元培和他的学生。没办法,我们退让吧。"

"怎么个退让法?"克德莱不解。

"明天我约见汪大燮,请他从中斡旋,给个台阶下。"朱尔典不想再理克德莱了。

七

汪大燮兴高采烈地拿起电话："给我接北京大学蔡元培校长。"等待中,他喜滋滋地哼起了《空城计》来,"我本是卧龙岗散淡的人,凭阴阳如反掌保定乾坤……"

铃声响起,汪大燮一把抓起电话："孑民呀,你府上还有阳澄湖大闸蟹吗?"

蔡元培："怎么? 伯棠兄,你还吃上瘾了?"

汪大燮："你要是舍不得,那就算了。"

蔡元培："你就别卖关子了,你不说我挂了啊。"

汪大燮："别挂啊,天大的好事,朱尔典和克德莱投降了!"

"太好了! 你一张口我就知道肯定是好事,晚上我请客。"蔡元培大喜过望。

电话那边汪大燮嘱咐："把你的心腹爱将也叫上,这次我们能完胜不可一世的英国人,他们可是功不可没啊。"

天色刚黑,汪大燮和傅增湘就有说有笑地来到蔡元培府上。蔡元培带着陈独秀、辜鸿铭、胡适、李大钊迎上去。汪大燮对陈、辜、胡、李四位一一拱手。介绍到胡适时,汪大燮说："我认识你父亲,也早就知道你。你我两家相距不到四十里地,我还特地去上庄品尝过你们的胡氏一品锅呢。"

胡适恭敬地说："晚辈在家也听家母说到前辈,久仰大名,今日得以幸会,还请多多关照。"

蔡元培不失时机地插话道："巧了,今天除了有阳澄湖大闸蟹,适之还特意从泰丰楼叫了一品锅,二位总长有口福呀。"

汪大燮喜形于色："那我今天要多喝上几杯了。来,喝酒之前我们先说正事。"

"就等着听你报喜呢。"蔡元培早就迫不及待了。

汪大燮娓娓道来:"今天一早,朱尔典就打电话紧急约我面谈克德莱事件,说是英国政府有了新的指示。我有意拖到中午才和他见面。朱尔典一见面就对我说,劳合·乔治首相考虑到英国和中国的协约国关系,决定从大局着眼,淡化克德莱解聘之事,要他劝说克德莱放弃诉讼,尊重北京大学的裁决,尽快回国。"

蔡元培诧异道:"这会儿欧战正紧,劳合·乔治还有工夫管这些事情?"

汪大燮笑了笑:"自己找台阶下呗。朱尔典说,他们已经说服克德莱撤诉,希望北京大学也让一步,给克德莱一个台阶。"

蔡元培赶忙问:"他要什么台阶?"

汪大燮笑笑:"朱尔典说,希望北大不要再向中外报界扩散克德莱事件,同时,希望能在经济上给克德莱以适当的补偿。"

蔡元培:"这个朱尔典够狡猾的。给他补偿不就是说明我们有错吗?仲甫,你认为这一条能答应吗?"

陈独秀想了想,说:"蔡公,恐怕不行。"

汪大燮急了:"你们听我把话说完。今天下午,总理府分别给我和傅总长打来电话,传达段祺瑞指示:'英国人要求不高,应积极配合,切勿再节外生枝。'我和傅总长合计了,这个结果对我们来说已经很好了,超出了我们的预想,可以说是鸦片战争以来中英外交上一个空前的大胜利。经济上的补偿,可以变通,由教育部解决。理由是克德莱的合同确实是与教育部签订的。你们看行不行?"

蔡元培问陈独秀、辜鸿铭、胡适、李大钊:"你们几位意下如何?"

胡适说:"我觉得可以,这算完胜了。"

辜鸿铭高傲地对汪大燮哼了一声:"你们这个老段呀,还是害怕洋人。"

蔡元培看着李大钊说:"守常,都说你认死理,你说说该怎么办?"

　　李大钊和陈独秀交换了一个眼色,说:"二位总长,从大局计,我觉得朱尔典提的条件我们可以答应。不过,我们能不能也提一个条件?让克德莱到北大来当众在解聘书上签字,以正视听。"

　　一旁的傅增湘想见好就收,说道:"我看算了,别再节外生枝了。"

　　汪大燮却说:"我看行。他朱尔典不是说双方都给个台阶吗?明天一早我就照会他。"

　　蔡元培一拍手:"好!那我们的庆功宴现在就开席。"

　　第二天,北京大学解聘克德莱仪式正式举行。北大校评议委员会全体委员、教授团成员、学生后援团成员近百人列成两队。众目睽睽之下,克德莱低头走到桌前,极不情愿地在解聘书上签下了自己的名字,然后灰溜溜地走出会议室。

　　有同学在北操场放起了鞭炮。辜鸿铭和胡适、李大钊并肩而立,击掌欢庆。

　　辜鸿铭晃着小辫子对胡适说:"白话娃娃,对外,你我联手,我们赢了。对内,我们之间的胜负还未见分晓呢。"

　　胡适望着辜鸿铭,认真地说:"辜教授,晚辈愿意奉陪。"

第十一章

全是新鲜事

一

1917 年,北京的冬天来得比往年要早,也比往年更冷。12 月初,已经下了大雪,鹅毛般的雪花在京城上空纷纷扬扬。

紫禁城外,护城河里已是一片冰封。护城河畔,胡适和李大钊一边漫步,一边激烈地争论着什么。最后,两个人都拂袖而去。雪地上留下两串长长的背道而驰的脚印。

宣武门外,通往南半截胡同绍兴会馆的路上,钱玄同、周作人陪陈独秀去看周树人。

陈独秀第一次来到这里,看到那些颓败的老建筑,有点好奇。钱玄同边走边介绍说:"绍兴会馆建于清道光六年,原名山阴会稽两邑会馆,主要招待山阴、会稽两县进京赶考的举人。这些建筑距今快一百年了。"

周作人在前面引路,对陈独秀说:"我本来是和大哥住在一起的,他现在很抑郁,不愿意我打扰他,就在这附近给我租了间小屋,他自己一个人住补树书屋。"

一听补树书屋,钱玄同便说:"补树书屋曾经吊死过一个女人,没人敢住,正适合豫才隐居,钻研佛经和抄写古碑。"

陈独秀自言自语道:"这豫才还真是个怪人呀。"

补树书屋面积不小,地上铺着脱了漆的地板,四周裱着墙纸,已经发黄。室内一张大桌子,上面堆满各种碑文、佛经。周树人身穿棉长袍,胡子拉碴,看到周作人领着陈独秀和钱玄同进来,赶忙起身相迎,拱手道:"两位贵客屈尊蜗居,让树人惭愧,惭愧。"

屋里只有一把椅子和一个小板凳,周树人让陈独秀坐椅子,钱玄同坐小板凳,周作人坐床上,他自己则坐在一个装碑文的大木箱上。陈独秀送上一幅自己的书法,对周树人说:"豫才,你是大家,请多指教。"

周树人仔细看了约莫两分钟,很是赞赏:"仲甫兄这手字独树一帜,苍劲坚挺,风骨峭峻,大有魏晋遗风,堪称书法奇葩,值得收藏。"

陈独秀听了很高兴:"承蒙豫才夸奖,我这手字是在精神极度颓废时练就的,人称苦体,禁不起推敲。"

周树人:"如此说来,咱俩也算是同病相怜。不过你现在已经上岸,我还在苦海里挣扎。"

陈独秀:"我这次就是来请豫才兄上岸的。豫才大才,你不上岸,就会有很多人被旧礼教、旧文学的苦海淹死啊。"

周树人摆了摆手:"我知道仲甫兄是新文化运动和文学革命的旗手,不过我对你们提出的那个文学革命其实没有热情。"

陈独秀不解:"豫才兄何出此言?"

周树人感叹道:"因为看不到前途。这些年,我见过辛亥革命,见过二次革命,见过袁世凯称帝、张勋复辟,革来革去,还不是老样子?换汤不换药。这个社会烂透了,无药可救。"

陈独秀表情严肃地说:"上苍既然造了人,就该给人以活路。药还是有的,只是得有人去找。我正是受蔡子民先生之托,来请豫才加盟《新青年》同人编辑的。"

周树人再次摆了摆手:"你们的那个《新青年》我看了,温吞水,不够劲。"

陈独秀肃然起敬:"请豫才兄指教。"

周树人:"指教谈不上,我就谈谈我的看法吧。其一,你们倡导白话文,自己却用文言文或半文言文写作,犹抱琵琶半遮面。其二,倡导和普及白话文,最根本的是要有大众喜闻乐见的作品。我认为,用白话文写小说,是普及白话文最好的形式,而你们《新青年》没有这方面的作品。其三,最重要的是,你们口口声声讨伐孔教三纲,讲的都是道理,却没有形象思维的作品,很难触及人的灵魂。"

陈独秀听得激动起来,连忙站起来抱拳施礼:"豫才兄一番话,入木三分,句句切中要害,令独秀茅塞顿开。先生既然已经把准了脉,就请赶紧动手对症下药,莫再作壁上观了。"

周树人笑了笑,连忙还礼:"仲甫兄客气了。既然贵刊和蔡公都如此看得起我,那我就试试吧。毕竟我现在也是北大的兼职教员。"

钱玄同一把抱住周树人:"豫才兄,我看好你。你只要一出手,必是一把利刃;你若站立,必是一面大旗。"

周树人谦虚地说:"旗帜是他陈独秀,我就做一名护旗兵吧。"

一番畅谈过后,周树人与陈独秀等人在大槐树下话别。陈独秀再三拱手致礼:"豫才,从今日起,我就无时无刻不盼望你的大作了。"

周作人回身将周树人拉到一边,说:"昔日南京水师学堂任学明等几个老同学来京公干,他们都想和你见上一面,叙叙旧。"

周树人诧异道:"他们是来教育部办事的吗,怎么不直接找我?"

周作人低声道:"人家都知道你心情不好,不敢贸然打扰。"

周树人摇头:"哪里的话!有朋自远方来,不亦乐乎。你安排一下,晚上我请他们吃涮锅子。"

北京同兴居酒楼,周树人、周作人兄弟宴请昔日老同学。羊肉火锅已上,热气腾腾。

周树人举杯说道："各位，这兵荒马乱的年头，老同学能在北京相聚，实属不易，我敬大家一杯。"

众人一饮而尽，周树人又举杯对老同学任学明道："学明兄，我记得你是个酒篓子，打小就从家里偷酒喝，今天你可要一醉方休。"

任学明感慨地说："树人贤弟，这一晃就是二十多年了，你还记得吗？那一年你和我，还有杨开铭，我们躲到杨开铭家的酒窖里偷酒喝，三个人都喝醉了，在酒窖里睡了一宿，第二天中午才爬出来。"

周树人笑了："怎么能不记得！我们喝了一坛'女儿红'。对了，杨开铭现在怎么样了？一直没有他的消息。"

几个老同学都不作声。

周树人诧异地问："怎么啦？他出事啦？"

任学明难过地说："杨开铭师范毕业后就回到老家教书了。他心善，时常接济一个寡妇，族里人非议甚多。有一天，杨开铭喝醉了，就在寡妇家桌子上趴了一宿，天快亮时，寡妇家的族人把他给捉住了。族长在祠堂召集族人开会，按照族规，活活把寡妇沉了塘。这杨开铭受了刺激，就疯了。现在整天在大街上乞讨、说疯话，谁也不认识了。"

周树人听了，半晌说不出话来。突然，他猛地把酒杯摔到地上，歇斯底里地大叫道："疯了，人疯了，天也疯了！"

周作人架着喝得酩酊大醉的周树人回补树书屋，一路上周树人都在喃喃自语："疯了，疯了，全都疯了。"

到了家门口，大槐树下突然蹿出一个人来，那人一把抓住周树人，大叫道："表哥救我，表哥救我！"

周树人的酒一下子被惊醒了，定眼一看，是来自山西的表弟，于是惊慌失措地问："表弟，这深更半夜的，你怎么在这？"

表弟看着周树人，神色极度紧张，语无伦次地说："有人要杀我，有人追着

要杀我!"

周树人把表弟拉进屋里,表弟蜷缩成一团,瑟瑟发抖,嘴里一个劲儿地喊:"救我,救我!"

周树人吃惊地问:"谁要杀你? 干吗要杀你呀?"

表弟不敢抬头:"所有人都要杀我,都想把我吃了。"

周作人看了看,对周树人说:"我看他神经错乱,好像是疯了。"

正说着,有人敲门,表弟吓得大叫,一头钻到了床底下。

周作人开门,进来的人自我介绍,说是和表弟一起来京办事的同僚,他告诉周树人:"你表弟在来北京的路上看见不少饿死的人,受了刺激。这两天住客栈,每夜要换好几个房间,总是大喊大叫,生怕被人杀了。今天天一黑他就说要来找你,说自己今夜就要被人捉去杀头了!"

三个人把周树人表弟从床下拖出来。周树人心情沉重地说:"他肯定是精神错乱,赶紧带他去看医生吧。"

送走了表弟,夜已深了。周树人瘫坐在椅子上,想了许久,走出门外,连围脖和帽子也没戴。

大雪纷飞,周树人使劲拍打着商铺的门。门开了,老板见是一个胡子拉碴的小个子,对着周树人劈头盖脸就是一顿斥责:"你有神经病呀,半夜三更砸什么门?"

周树人掏出一把钱来:"给我两条洋烟,我有急用。"

这一晚,补树书屋的灯一直亮着。屋里烟雾缭绕,一地的烟头,一地的碎纸。周树人伏案疾书,在稿纸上留下几行清秀的小楷:"我翻开历史一查,这历史没有年代,歪歪斜斜的每页上都写着'仁义道德'几个字。我横竖睡不着,仔细看了半夜,才从字缝里看出字来,满本都写着两个字是'吃人'。"

二

北大红楼走廊里,汪孟邹提着个皮箱,焦急地东张西望着,看见迎面走来一个教员,急忙上前问道:"请问胡适之教授在哪间办公室?"

教员笑笑:"哪间有女士笑声哪间就是。"

汪孟邹半信半疑地走到一间办公室门口,只听里面传出几个女人的声音。他犹豫片刻,还是敲了几下门框。

胡适开门,看见汪孟邹,甚是惊喜:"汪经理,你怎么来了?"拉着汪孟邹就往屋里走,边走边对几位女士说,"不好意思,我家乡来了客人,改日再谈吧。"说着,将几位女士送至门口,与她们一一握手,最后一位女士还与胡适做了个拥抱。

胡适再次进屋,汪孟邹问:"你们北大现在招女生啦?"

胡适被问得一愣,但马上反应过来,说:"你是说刚才那几位呀,她们不是北大的,是北京诗友会的诗友,来找我谈白话诗的。"

汪孟邹叹了一口气:"怪不得你母亲不放心呢。"

胡适不解:"怎么啦?"

汪孟邹掏出一封信:"你母亲托人给我捎来一封信,说是家乡关于你在北京的传说、议论甚多,她很不放心,希望我劝你尽早回乡完婚。"

胡适看完信,忿然作色:"完全是无稽之谈!"

汪孟邹:"我原来也不相信,可现在我倒有点相信了。"

胡适尴尬地说:"汪经理,你误会了。现在不谈这个,我俩到仲甫兄那里吃火锅去。"

箭杆胡同,高君曼、汪孟邹联袂批判胡适。

高君曼轻轻地戳着胡适的脑袋说:"我说什么来着,男大不能留,闲话都传到安徽了吧?哪天你老娘带着你那未过门的媳妇找上门来,那可就真成了京

城一大新闻了。"

汪孟邹也是少有的激愤："适之,你说你从美国回来不就是为了孝敬你妈妈的吗? 这婚事干吗还老耗着呀!"

胡适摊着双手："我这不是一直忙得脱不开身吗。"

汪孟邹："这学校都放假了,就不能回去一趟吗?"

胡适狡辩道："我跟着蔡公和仲甫在教育部搞标点符号和拼音规范化方案,这是大事。"

高君曼又轻轻地戳了胡适一下："托词。我看你心里的疙瘩还是没有完全解开。"

陈独秀瞪了高君曼一眼："行了,你就别添乱了。适之,我看这样,离开学还有一段时间,教育部那边也差不多了,你就回去一趟把婚结了。或者让你母亲带着媳妇一起来北京办事,那更好。"

汪孟邹："不行,他母亲说了,婚一定要在上庄结。"

陈独秀："那你就下决心回去吧。这事也确实不能拖了。"

胡适想了想："行,我回去。"

从陈独秀家出来,把汪孟邹安顿好,胡适回到宿舍,端坐在书桌旁发呆。桌上摆着已经写好的两封信,信封上分别写着:安徽绩溪县上庄冯顺弟收、安徽旌德县江村江冬秀收。

即将启程回家完婚的胡适思绪万千,他想起了韦莲司,脑海里一幕幕地闪现着他与韦莲司相亲相爱的甜蜜镜头。过了许久,他终于提起笔来,给远在纽约的韦莲司写了一封信——

亲爱的韦莲司:

    北京下雪了,我也要去安徽老家结婚了。在这个寂寞难熬的寒冬雪夜,我想起了纽约的中央公园,想起了一位曾经给我画过一张阴阳脸素描的美国女画家。韦莲司,你看得太准了。此时的胡适,身体和灵魂已然阴阳两隔,身在东方,心在西方……

第二天,蔡元培让高一涵用他的马车把胡适送到了前门火车站。回到红楼,听见二楼声音嘈杂,蔡元培便去了文科学长室。

学长室门开着,陈独秀正在一张大红纸上书写礼单。刘半农研墨,李大钊一边压平纸张一边朗读:"谨奉银杯一对、银箸两双、桌毡一条、手帕四条,以祝适之先生结婚之喜!沈尹默、刘文典、马叙伦、夏元瑮、蔡元培、章士钊、朱家骅、陶履恭、王星拱、马裕藻、周作人、钱玄同、刘半农、高一涵、李大钊、陈独秀同拜贺!"

陈独秀对高一涵说:"适之已经走了,你把这张礼单贴到他办公室墙上,算是安民告示。一是让天天惦记着他的那些女诗友死了心,二是让那些诋毁他的人少一些口舌。"

蔡元培点头称是:"陈学长想得周到。"

三

绩溪上庄胡家老宅,胡适回到家里,恭恭敬敬地给端坐堂上的母亲鞠躬。胡母大喜,连忙把胡适表哥喊来,派他即刻去旌德江村报信,让江家做好送亲准备。表哥走后,胡母又请来胡姓族长和长辈,宣布胡适即将结婚的喜讯,大家都非常高兴。

胡适虔诚地对族长说:"族长和各位长辈,这次我是专程回家完婚的。现在已经是中华民国了,适之留学西洋多年,一贯倡导新文化、新生活、新风俗,现又在北京大学教书,为人师表。所以此次回乡结婚,当率先示范,除旧布新,改革婚礼,新事新办,坚决摒弃那些封建迷信的旧俗,还请各位长辈理解和

支持。"

胡适上次回乡时,族长已领教了他的做派,便说:"你是国家栋梁,可不受族规约束。婚礼怎么办,全听你母亲意见,族里出人出力帮衬就是了。"

胡适问母亲:"儿的婚礼要新事新办,母亲可同意?"

胡母看着族长,模棱两可地说:"依我看,只要能热热闹闹地把媳妇迎进家来就行。"

胡母下厨为胡适做了几个他爱吃的菜。饭桌上,母子两人开始讨论怎样操办婚事。她告诉胡适:"我已托人去绩溪县城请算命先生明天过来取你的生辰八字,确定娶亲的良辰吉日。"

胡适一听,急了:"娘,下午不是当众说好新事新办吗,怎么又要请算命先生?"

胡母:"结婚是大事,操办可以简约,但日子一定要选好。这是老辈留下来的规矩,不可废除。"

胡适:"娘,儿子是大学教授,怎能让一个满嘴胡言乱语的算命先生来决定我的终身大事?这要是传到北京,儿子还怎么教书育人?"

胡母:"让你回乡来办婚事,就是为了昭告四乡八邻。要是按照你讲的去做,定会招来漫天闲话。再说,还有江家呢。江家本来就对你不放心,现在你又把什么都免了,人家能愿意吗?"

胡适:"江村是有名的礼仪之村,冬秀家也是书香门第,这些道理他们会懂的。"

胡母:"正因为江村是礼仪之村,才更要讲究这些。你一向跟我讲平等,怎么结婚这样的大事就可以你一个人说了算,完全不顾及冬秀的感受?"

胡适一下子理屈词穷了。

正说着,胡适的表哥和江冬秀的哥哥江耘圃来了,胡适赶紧让座沏茶。胡母准备下厨添菜,江耘圃连忙把她拦住:"别忙乎了,我们抓紧说事,家里还在等我回信,晚上我还要赶回去呢。"

胡适说:"大哥来得正好,我和母亲正在商量结婚的日子呢。"

江耘圃忙问:"你们准备定在哪天?"

胡适说:"还没有定下来。"

江耘圃:"赶快定,我们也好做准备。"

胡适:"大哥,本来我准备明天去江村和你们商量的,现在你来了,正好,那我就跟你说说我的一些想法。我今天已经和母亲还有族里的长辈都说好了,就这几天选个日子把冬秀娶过来。"

江耘圃:"你这婚再不结啊,我们家在江村就住不下去了。"

胡适:"婚当然要结,但也要移风易俗、新事新办,不能搞封建迷信那一套。"

江耘圃:"你打算怎么个新事新办法?"

胡适:"免除过去那种烦琐庸俗的婚庆仪式,简单地说,就是不送彩礼、不坐花轿、不发喜帖、不大宴宾客。"

胡适话还没说完,江耘圃就火了:"我说我们怎么在家里左等右等,就是不见胡家的彩礼过来呢,原来你是想免送彩礼啊。我问你,不坐花轿,冬秀怎么进你们家门? 不发喜帖,我们娘家还来不来人? 不摆酒席、不搞仪式,谁知道你们结婚了?"

胡适赶忙解释:"大哥息怒。也不是完全不搞仪式,到时候我们家里自然要张灯结彩,布置一番。结婚时,当然要请伴娘伴郎,要有主婚人、证婚人,要放些鞭炮、给大伙撒些糖果,大家互相致贺词,等等,这些都还是要有的。"

江耘圃坐不住了:"适之兄弟,从古至今,还没听说有这样办喜事的,你胡家不怕人说闲话,我江家可丢不起这个脸!"说完,江耘圃抬脚就走,胡适表哥怎么拦也拦不下来。

江耘圃这一走可把胡母急坏了,一时急火攻心,竟病倒了。是夜,胡适坐

在床头给母亲喂药,胡母生气不吃。

胡适心中很是内疚:"儿子不孝,让母亲伤心了,请您原谅。"

胡母叹了口气:"儿啊,我知道这么多年来在和冬秀结婚这件事情上你受委屈了,可娘也是不得已,娘心里苦啊。你忍辱负重这么多年,这九九八十一难都过来了,又何必在这最后关口较劲呢。"

胡适:"儿子向母亲保证,一定热热闹闹把媳妇娶进门来。只是在这仪式上,儿子确有苦衷,还请母亲一定体谅。"

胡母:"你究竟有什么苦衷,说给娘听听。"

胡适:"儿子正在做一件大事,就是反对旧礼教,倡导新风俗、新生活。儿子如果连自己都做不到,又怎么去教化别人?"

胡母:"儿子,你说的大事,娘也不是很明白,但娘知道,我儿从小就是一个孝顺听话的孩子,既然如此,为娘就不难为你了。算命先生我也不请了,哪天结婚,你自己定吧。"

胡适:"母亲,再过八天就是我的生日,我想把婚期定在我生日那天,你看可好?"

胡母大喜:"如此甚好。结婚的事情你去和冬秀好好商量吧。只要她同意,我没有意见。"

胡适:"那我明天就去江村。"

第二天,胡适和表哥坐着牛车,直奔江村而去。

牛车吱吱呀呀到了江村,一群妇女带着一帮小孩子站在村口看热闹。看见胡适,小孩都围了上来,一起喊:"新郎官来了,新郎官来了!"

有的孩子唱起了当地的歌谣:"闹新房,喜洋洋,江家淑女配才郎。一把花生一把糖,抛抛撒撒打新郎。喜糖到口甜如蜜,花生到口喷喷香,撒帐撒上象牙床,象牙床上凤求凰。"

胡适听到歌谣,很是惊奇,对表哥说:"没想到这江村的孩子也会唱白话诗。可惜我今天没带糖果来。"

表哥说:"这是知道我们要来,故意安排的。你等着,好戏还在后头呢。"

果然,牛车来到江家门口时,已经有很多人在那里等候了。拄拐杖的叔公身旁站着一群老者,中年妇女堵在门口,有二三十人,有纳鞋底的,有抱着孩子的,大家指指戳戳、叽叽喳喳,听不清在说什么。

看到这场面,表哥小声对胡适说:"表弟,我看今天咱俩是回不去了。"

胡适拍了拍表哥的肩膀:"别怕,沉住气,看我的。"说着,不慌不忙地跳下车,刚要起步,就听得拄拐杖的叔公大喝一声:"胡适之,你不要动步,我要问你几件事情!"

胡适只得站住,鞠了个躬:"叔公请讲。"

叔公:"我问你,你今天是干什么来了?"

胡适:"奉母亲之命,来和我的未婚妻江冬秀商量结婚的事情来了。"

叔公:"这么说,你是来预报婚期的了?"

胡适一时语塞,想了想,说:"就算是吧。"

叔公:"既来预报婚期,可曾带来彩礼?"

胡适:"未曾。"

叔公:"你们胡家可曾准备了彩礼?"

胡适:"不曾。"

叔公:"那就是说,你们胡家不准备送彩礼了?"

胡适:"不瞒叔公,胡适确实是这样想的。"

周围的妇女们炸了锅:"不送彩礼就想娶媳妇,这不是欺负人吗?"

叔公敲打拐杖示意妇女们安静,接着问:"听冬秀的哥哥说,你们胡家不但不准备送彩礼,而且打算结婚时不请花轿仪仗、不发喜帖、不拜堂、不办酒席?"

胡适:"确有此想法。"

此话一出,人群更加炸了锅了。一位妇女站出来,指着胡适说:"你们胡家

也太欺负人了吧！就是买个老婆,也得花钱呀,拿我们冬秀当什么了!"

一位老者走上前指着胡适:"你这个胡适之,亏你还是个读书人,怎么能做出这样大逆不道的事情！你为了出风头,赶时髦,把老祖宗定下的规矩都扔掉了。你这是辱没祖宗,败坏家风!"

老者气得差点昏了过去。人们纷纷上前指责胡适,妇女怀中的孩子吓得哇哇大哭。叔公好不容易让大家安静下来,然后严肃地说:"胡适之,你今天既然来了,就得给我们江村人一个交代。你是不是觉得江冬秀配不上你,想悔婚?"

胡适:"叔公,我大老远从北京赶回来,就是来和冬秀结婚的。"

叔公口气依然强硬:"既然你不想悔婚,为什么要这么做？你们胡家不是没有钱,你是想羞辱我们江家吗？今天你不把这些事情说清楚了,就别想跨进江家的大门。"

叔公的话把在场的人情绪都调动了起来。人群里不断发出"不让他进门""让他说清楚""回去,回去"等叫声。表哥慌了,胡适却不急不躁,给叔公鞠了个躬,说:"好,叔公,我这就给大家一个交代。"

说着,他站到牛车上,大声说道:"各位乡亲,我知道你们听到了不少关于我的传闻,担心我辜负了冬秀。我谢谢大家的关心。今天当着乡亲们的面,我正式宣布,我胡适过来就是为了迎娶江冬秀的,我们就要结婚了。我向大家保证,结婚以后,我一定善待冬秀,和她好好生活,请乡亲们放心。"

大家都静了下来。

胡适:"刚才叔公问我,胡家又不是没有钱,为什么不送彩礼,不按旧的风俗办喜事。现在我回答你们,因为现在是民国了,不兴过去有皇帝时的那些陈规陋习了。有皇帝的时候,老百姓做什么事都得听皇帝的;现在是民国了,自己的事情要自己做主。我和冬秀结婚,是我们两个人的事情,任何人都不能干涉我们的自由。"

人们又议论起来了，有的点头，有的摇头。

胡适见有人同意自己的观点，信心更足了："我胡适为什么不愿意按照旧习俗办婚事呢？因为这些旧习俗是陋俗，有百害而无一利，应当彻底废除。大家想一想，多少年来，这些陋俗毁了多少人家。就拿送彩礼来说，我们上庄就有好几户因送不起彩礼，好好的一对被拆散；也有不少人家为送彩礼不得已去借高利贷，结果穷了一辈子。这样的事情我想江村也是有的。"

大家又议论起来，这会儿点头的人多了起来。

胡适："还有这坐花轿迎亲，江村到上庄三十多里地，一路上吹吹打打地走一天。新娘子不吃不喝不能上厕所，等到了家不饿晕了也被颠散架了。你们说，我舍得让我媳妇遭这么大的罪吗？"

大家都哄笑起来。

胡适还想解释，江耘圃走出来打断了他："妹夫，别说了，冬秀请你过去喝茶说话。"

胡适松了一口气："好啊，还是我媳妇心疼我呀。"

大家又笑了。

胡适跳下牛车，跟着江耘圃走向屋里，孩子们又跟在后面唱起歌来："闹新房，喜洋洋，江家淑女配才郎。一把花生一把糖，抛抛撒撒打新郎。"

挂拐杖的叔公朝大家挥挥手："没事了，都散了吧，散了吧。"

胡适站在牛车上说话的时候，江冬秀悄悄从阁楼上走下来，在堂屋里仔仔细细、上上下下地打量着这个即将和她过一辈子的人。看到西装革履、腰板挺直、英俊潇洒的胡适，她心中暗自欢喜；又听到胡适侃侃而谈、风趣幽默，心里更加高兴，更加踏实了。

江耘圃领着胡适进得屋来，冬秀连忙起身致意："先生辛苦了。"

胡适有些紧张，一时竟不知该还什么礼，站在那里直瞪瞪地望着未婚妻，弄得江冬秀不好意思地低下了头。

江耘圃见状,赶紧招呼胡适坐下,让江冬秀倒茶。

江耘圃对胡适的敌意显然减弱了不少:"妹夫,刚才你说的那些话我都明白了。你和小妹的婚事你们俩自己商量,我们江家全听小妹的意见。"

胡适赶紧站起来:"谢谢大哥。"

"你们谈,我备饭去。"说完,江耘圃迅速闪开了。

江耘圃走了,胡适端起茶碗,借着喝茶仔细端详江冬秀。只见江冬秀上身穿着一件蓝色的大襟袄子,下身穿着一件青色围裙,个头不高,文静清秀,一副大家闺秀模样,虽然是一双小脚,但看上去很利索。胡适感到很是安慰,镇定下来,小声对江冬秀说:"冬秀,我是奉母亲之命来和你商量你我结婚事宜的,你有什么想法请对我说。"

江冬秀不敢直视胡适:"刚才让先生受惊了,请先生勿怪。实在是乡间传闻太多,族人不放心,才出此下策,请先生原谅。"

"冬秀何出此言。终究是我做事不周全,让你们担心了。要说原谅,当请你原谅我才是。"胡适看着江冬秀,说得很恳切。

江冬秀:"刚才先生一席话讲得真好,大家的疑虑都消除了。结婚的事情全听先生安排。"

胡适大喜,赶紧趁热打铁,说:"我想新事新办,破除那些旧风俗,你看行吗?"

江冬秀脸上泛起一抹娇羞:"我马上就是先生的人了,夫唱妇随。先生是做大事、开风气的人,我听先生的就是了。"

胡适:"你们族人能同意吗?"

江冬秀:"先生放心,昨晚族人已经在一起议论过了,都说这件事情一波三折,拖了十三年了,事到如今,一切都以我的意见为准。先生打算何时办事?"

胡适:"我想定在阳历 12 月 30 日。那天是我的生日,又是除旧迎新之日。双喜临门,你看如何?"

江冬秀："好啊,那我就抓紧准备了。"

胡适："也不用准备什么。我让表哥提前一天来接你。"

江冬秀："那江家要不要去人?"

胡适："当然要去人了,还要请大哥做主婚人呢。去多少人,谁去,都由你定。"

江冬秀满心欢喜,轻声说了一句:"那我就清楚了。"

门外,江耘圃喊道:"冬秀,饭菜上桌了,带妹夫来吃饭吧。"

四

绩溪上庄,胡家老宅张灯结彩,欢声笑语不断。院子里,一群孩子围成一圈看屠夫杀猪。胡母带着几个老妇人布置新房。堂屋里,表哥和一群青年男女在看胡适写对联。

一联已经写好:"守约十三年,环游七万里。"

表哥看了不解,问胡适:"适之,你这副对联是什么意思?"

胡适："大白话,你还看不懂吗?"

表哥："看不懂,给我们说说呗。"

胡适："这是说我和冬秀是父母包办的婚约,我和她历经十三年方成正果。这十三年里我从上海到美国,再从美国到北京,游历了七万里的行程。"

"我知道了,就是显摆你阅历深呗。"

"不是显摆,是感叹。感叹岁月蹉跎,人生就是一场漫长的旅行。"

"你就别感叹了,再写一副吧。"

"还要写啊,我可没有现成的了。"

"你老弟出口成章,何患无辞!"

"那……我想好了一句,快拿纸来。"

有人递过纸和笔,胡适一挥而就:"三十夜大月亮。"

表哥打趣道："你这是怎么写的？三十晚上哪来的月亮！"

胡适微微一笑："这你就不懂啦。我是阳历三十结婚，阴历是冬月十七，正是月圆之时。"

表哥："你这是阴阳通吃，全都占着呀。"

胡适："你看，让你一打岔，这下联没了。你们帮我想想。"

表哥继续打趣："这还不容易，十五晚小阴天，咋样？"

大家都笑了。

胡适在那儿摇头晃脑，苦思冥想。旁边有人突然冒出一句："廿七岁老新郎。"

胡适跟着念了一句："廿七岁老新郎，不错，有意思。"定眼看去，说话的竟是一个小姑娘，忙问："你是怎么想起这一句的，说说看。"

女孩笑着回答："你不就是二十七岁的老新郎吗？"

大家都笑了。

胡适问女孩："你是谁家的？我怎么没见过呀。"

女孩大大方方地自报家门："我叫曹诚英，是旺川的。"

胡适："好，下联就用你这句了。三十夜大月亮，廿七岁老新郎。工整、对仗，还有意境，谢谢你了。表哥，记着明天多给她发些喜糖。"

表哥说："几颗喜糖可打发不了她，她是你三嫂的妹妹，绩溪中学的高才生，人家是来当伴娘的。"

胡适连忙向曹诚英致意："辛苦你啦。"

第二天早晨，乡间小路上铺上了一层白霜。有晨练习惯的胡适一身运动服在乡间小道上跑步，跑着跑着，觉得后面有人在追赶，回头一看，竟是昨晚给他想出下联的曹诚英。

十六岁的中学生曹诚英也是一身运动服，浑身上下洋溢着青春的活力，脸蛋被冻得红扑扑的,一双乌溜溜的大眼睛忽闪忽闪着。她很快就赶上了胡适,两个人并排跑起来。

胡适问:"你也喜欢跑步?"

曹诚英:"我喜欢体育,是我们学校的长跑冠军。"

胡适一听,打量了她一番:"那你可真不简单。除了跑步,还喜欢什么?"

曹诚英:"喜欢诗词和花草。"

胡适:"怪不得昨晚你说要跟我学白话诗呢。"

曹诚英:"我读过你在《新青年》上发表的白话诗,一下子就喜欢上了,特别是那首《蝴蝶》。"

胡适一听在这乡间竟有人喜欢《新青年》,喜欢他的诗,高兴地对曹诚英说:"以后我再有什么诗,就给你寄来。"

曹诚英:"那太好了。你能从北京找一些花草的种子寄给我吗?我们这儿的品种太少了。"

胡适:"没问题,我在美国最初学的就是农学,种花养草难不住我,我可以给你当老师。"

曹诚英:"那就先谢谢老师啦。"

胡适:"别客气。我得谢谢你来当伴娘。"

停了一会,曹诚英突然偏头问:"你媳妇长得好看吗?"

"她来了你就知道了。没你好看。"胡适笑着说。

"我才不信呢。"说完,曹诚英扭头就跑了。

胡适看着曹诚英的背影,笑了。

五

胡家大院粉刷一新,门头大红灯笼高高挂,门上贴着胡适亲自书写的"囍"字,院内张灯结彩,摆上了十几盆胡适最喜爱的兰花草。一大早,院子里就挤

满了人。四邻八村都知道上庄的胡适要举行一场所有人都没见过的新式婚礼,纷纷赶来看热闹。

江冬秀和哥哥江耘圃前一天晚上就被表哥用牛车接来了,来的时候既没有带送亲的队伍,胡家也没有迎亲的仪仗。江家一些至亲也是一大早赶着牛车过来的。到了中午,县长和县里一些头面人物还有记者都赶来了。

1917 年 12 月 30 日,农历冬月十七,胡适在绩溪胡家大院举行婚礼。婚礼由江耘圃主持,胡家宗亲胡昭浦做证婚人。

江耘圃穿着新做的棉长衫,头戴礼帽,一本正经地宣布:"上庄胡适、江村江冬秀婚礼现在开始,有请新郎新娘!"

门口放起了鞭炮。

胡适穿的是黑呢西装礼服,头戴黑呢礼帽,脚穿黑皮鞋,四个伴郎前呼后拥;江冬秀身穿黑花缎棉袄,花缎裙子,大红缎子绣花鞋,也是由四位伴娘左右相扶。

江耘圃高声喊道:"请新郎新娘在结婚证上盖章。"

证婚人胡昭浦手捧结婚证走到两位新人面前,胡适拿出自己的印章,江冬秀则由曹诚英搀扶,从胡昭浦手中接过新刻的印章,两人同时盖上。

江耘圃再喊:"新郎新娘交换金戒指。"

两人各从身上拿出一枚金戒指给对方戴上。

江耘圃:"一拜高堂!"

胡适拉着江冬秀向端坐在上方的母亲深深地鞠了一躬,抬起头来,看到了母亲眼里满是喜悦的泪花。

江耘圃:"二拜乡邻!"

胡适拉着江冬秀的手向乡亲们鞠躬。

江耘圃:"夫妻互拜!"

胡适、江冬秀相对而视,恭恭敬敬地当众互行鞠躬礼。

江耘圃："请县长致贺词！"

县长上台："各位乡亲，今天我来上庄，看到了一场新鲜别致的婚礼，内心非常激动、感慨。胡适先生用他的行动告诉我们应该怎样做一个民国新人，为我们做出了表率。所以，敝县长在这里不仅要向胡适先生祝贺，而且要向他学习，也希望胡适先生能对家乡的工作给予更多更好的指导。"

大家一阵欢呼。

江耘圃："请新郎胡适先生致答谢词！"

胡适把礼帽捧在手上，清了清嗓子，大声说："县长大人，各位父老乡亲，感谢你们来参加我的婚礼。我刚才下去给大家发喜糖的时候，听到不少人都在议论，说我胡适标新立异，办了一个奇怪的婚礼。大家说得对，我的这个婚礼确实很奇怪。奇怪在哪里呢？我先给大家报个账。我的这个婚礼，拢共花了不到五十大洋。有人告诉我，像我和冬秀这样的家庭，如果按照旧习俗，办一场婚礼至少要花费八百到一千大洋。所以，我要告诉大家，我胡适今天结婚节省了八百大洋。有了这八百大洋，我和冬秀可以在北京租个不错的小院子，过上美滋滋的小日子。大家说，我这个奇怪的婚礼是不是很值得推广呀？"

底下的姑娘、小伙子哄叫起来："好，我们以后也这么办！"

胡适："各位乡亲，现在已经是民国了。这民国和过去的大清朝有什么区别呢？"

"男人不用留辫子了。"胡适寻声望去，是表哥。

在台上扶着江冬秀的曹诚英跟了一句："女孩子不用非得裹小脚了。"

胡适看了曹诚英一眼："说得好！为什么现在男人不用留辫子、女孩不用裹小脚呢？因为这都是过去的陋习，是限制人的自由、损害我们生活质量的旧传统。刚才我看到我媳妇冬秀的小脚就很担心，将来她要和我去北京生活，每天要去菜市场买菜，就她这小脚，去一趟菜市场来回得走一两个时辰，那我不是每天都得挨饿吗？"

大家都笑了起来,现场气氛非常活跃,江冬秀有点不知所措。

胡适:"各位乡亲,孔教三纲统治中国几千年,形成了许多很坏的旧风俗、旧礼节、旧制度,祸害了我们的生活,造成了多少人间悲剧。这两天我看了绩溪县的县志,光是抗婚、逃婚这一项,有记载的就死了几十个青年男女。如果我们现在还不废除或者改革这些旧礼教、旧礼节,死人的事情还会继续发生。所以今天我胡适带个头,我希望大家能从我身上看到新事新办、移风易俗的好处,一起奔向新的生活。"

县长带头鼓掌叫好。胡家大院一片欢腾。

江耘圃高呼:"礼成!"

孩子们欢呼起来,门口又放起了鞭炮。曹诚英端着一盘胡适从北京带回来的糖果,胡适和江冬秀挨个给客人送喜糖。院子里欢声笑语,喜气洋洋。

入夜,人散了。胡适和江冬秀到胡母床前问安。胡母高兴地招呼儿媳江冬秀坐到床前,从枕头底下拿出一副玉镯:"冬秀,这是我结婚时你公公送给我的,现在我把它和嗣穈一起交给你了,希望你好好珍惜。"

冬秀接过玉镯,按旧俗给婆婆磕了一个头。

胡母高兴地摆摆手:"好了,今天你们完婚了,我多年的心事也就了了。你们小两口累了一天,早点休息去吧。"

胡适拉着冬秀向母亲鞠了一个躬,然后小两口手拉手进了洞房。

六

震旦学校放假,陈延年和陈乔年搬回亚东书社来住了。《新青年》业务扩大,兄弟俩不再摆书摊叫卖,而是改为定点销售。没事的时候,他们就在亚东书社看书。两人都是书虫,看起书来废寝忘食。柳眉还是赶也赶不走的跟屁虫。受延年影响,她也迷上了无政府主义,两人经常在一起讨论克鲁泡特金的互助论。

冬天的上海,太阳一出来,外面比屋里暖和。院子里,延年对柳眉说:"我有一个想法,从下学期起找一些同学一起去做一个关于互助社的调查,看看有没有可能搞一个互助社的试点。你觉得这个想法可行吗?"

柳眉忽闪着大眼睛,歪着头想了想,说:"互助的前提是自愿,你要人家参加互助,首先得让他知道互助论的道理和好处。我觉得在上海很难找到这样一个群体。所以,你这个想法有点不切实际。"

陈延年:"可是我们光看书不去实践也不行呀,没法证明这一套互助理论在中国究竟能不能行得通。"

柳眉:"我觉得我们应该先去搞宣传,让更多的人了解互助论和无政府主义,特别是让普通的人了解它。比如,我们可以到我爸爸的工厂里去搞演讲,你去讲,怎么样?"

陈延年:"那你爸爸会同意吗?"

柳眉:"他会同意的,他也是克鲁泡特金的追随者,我可以让他出钱帮我们印讲义,我们自己编,怎么样?"

陈延年:"好啊,我们试试。"

正说着,汪孟邹兴冲冲地跑进来:"延年、乔年,有好事。"

乔年一听有好事,连忙问:"汪经理,该不是又给我们涨工钱了吧?"

汪孟邹:"你这个小鬼头,尽想着涨工钱的好事,这事可比涨工钱美多了。吴稚晖先生来信了,他和李石曾、蔡元培先生在北京开办的法文进修馆春节后就开馆了。第一期是试点班,他给你们哥俩留了两个名额,你们准备一下去北京过春节吧。"

柳眉一听延年要走,急了:"汪经理,那他们不在震旦学校法文班上学了吗?"

汪孟邹:"吴先生说了,这北京的法文进修馆和震旦的法文补习班是一体的,将来去法国勤工俭学也是统一办理的。"

"延年,你去吗?"柳眉不安地问。

没等延年回答,乔年先表了态:"哥,我想去。"

延年有点拿不定主意:"汪经理,我们要是去北京了,亚东书社这边的工作怎么办?"

汪孟邹:"《新青年》在北京实行同人编辑了,虽然印刷还在上海,但发行的大头已经移到北京了,那边正需要人手,你们俩就在那里搞发行。"

乔年高兴得跳了起来:"太好了,我们要去北京了!"

汪孟邹看延年没说话,就说:"延年,别犹豫了。吴先生特别说了,你应该去北京看看,长长见识,那里是新文化、新思潮交汇的中心,能历练人。这也是你爸爸的一片苦心。"

延年看看柳眉。柳眉坚定地说:"我也去北京上法文进修馆。我姑姑家在北京。"

阿四来了:"柳小姐,柳公馆来电话,让你早点回家,说是你舅舅、舅妈从南洋来了。"

柳公馆豪华宽敞的客厅里欢声笑语,柳文耀夫妇正在和刚从南洋归来的大哥一家热烈地交谈。大家聊了一会儿家常,黄母对儿子黄成龙说:"你去门口接一下柳眉表妹,我们大人要谈些事情。"

黄成龙走了,黄母对柳文耀夫妇说:"小妹、妹夫,我把成龙打发走了,是想趁两个孩子都不在场跟你们商量一件事情。"

柳母:"大嫂有话请讲。"

黄母未开口眼圈先红了:"我家成龙今年已经二十一岁了,在南洋有不少人家前来提亲,其中也不乏我们中意的,可是成龙却一概置之不理,连见都不愿见人家一面。他在大学也不好好读书,老想着到中国来,说是喜欢和你们家柳眉一起玩。前一段时间,他精神恍惚,茶饭不思,问他为什么他也不说。无意之中,我看到了他的日记,才知道他喜欢柳眉,可是柳眉不喜欢他,跟别人好了。他很痛苦,甚至觉得人生没有意义……"

黄母说不下去了。

黄父接着说:"小妹呀,我们黄家就成龙一根独苗。看到他这个样子,我们很担心。所以,我们这次到上海来,就是想和你们商量,看看这两个孩子有没有可能在一起。"

柳母看着柳文耀,见他态度漠然,便说:"大哥大嫂,这个事我们可从来没有想过。柳眉才十六岁,整天没心没肺的,只知道疯玩呢。"

柳文耀开口了:"你们说让两个孩子在一起是什么意思?"

黄父连忙说:"如果你们觉得合适,我们就正式找媒人来提亲。"

柳文耀马上对黄父说:"大哥,你这个思想可是落伍了。现在是民国,父母包办、媒妁之言那一套已经过时了。"

黄母改口道:"不提亲也行,那让柳眉到南洋上学去,住在我们家,让两个孩子多接触接触,这样行不行?"

柳母一听要柳眉去南洋,便说:"你们家成龙不是喜欢上海吗?让他到上海来上学吧。"

黄母有些为难:"小妹啊,我们就成龙一个孩子,南洋的生意将来都得交给他,他怎么能来上海?你们家孩子多,让柳眉到南洋去发展,我们两家可以合伙做生意,不是很好吗?"

柳文耀听黄母这么一说,有点不高兴:"大哥大嫂,你们听我说。这时代不同了,现在的中国,讲自由、平等、民主、解放。孩子们的事情得他们自己做主。现在我们在这里瞎商量没用。你们要是着急,不妨直接问柳眉去。"

黄母望着柳文耀:"我们直接问合适吗?"

柳文耀:"合适! 一会儿吃晚饭时,你就当着两个孩子的面直接问,听听他们的意见,免得我们做父母的瞎操心。"

说话间,柳眉和黄成龙一起来了。

柳眉先见过舅舅,然后高兴地扑向舅妈的怀里。

柳家的欢迎晚宴很快结束,柳眉的两个哥哥都有事,晚饭后匆匆向舅舅一家告辞。柳眉也想走,但被柳文耀拦住了:"你不要走,舅舅和舅妈有事情要和你商量。"

柳眉诧异地望着舅舅:"你们有事情和我商量?"

黄母把柳眉拉到身边,从身上拿出一个小玉佛:"来,舅妈送你一件东西。这是我结婚时我妈妈送给我的,我现在把它送给你。"

柳眉看着舅妈,一脸不解地问:"舅妈,这么贵重的东西为什么要送给我?再说我也不信佛,我不要。"

黄母拉着柳眉的手说:"眉眉,舅舅和舅妈一直想要个女孩,可是老天爷不成全,只给了我们一个成龙。你打小的时候我们就想把你接到南洋去,可是你父母舍不得。这次我们回来,看到国内军阀割据,战乱不已,很担心。所以就和你父母商量,想把你接到南洋去读书。一来那里比较安定,二来也遂了我和你舅舅的念想。你看行吗?"

柳眉挣脱了舅妈的手,说:"我可不去南洋。对了,爸爸,我正想和你们说,我要和陈延年、陈乔年一起去北京上学。"

全家愕然。

柳母诧异地问:"你到北京去上学干什么?"

柳眉:"吴伯伯在北京办了法文进修馆,延年和乔年要转到那里去进修,我要和他们一起去。"

柳文耀:"法文进修馆我知道,我还是股东呢,可是这和你有什么关系?"

黄成龙沉不住气了:"你和那个陈延年到底是什么关系?"

柳眉看着黄成龙,有点莫名其妙:"表哥,你怎么啦?我和陈延年、陈乔年是同学呀。"

黄成龙没好气地说:"有你们这样整天在一起的同学吗?"

柳眉也生气了："怎么啦，这与你有关系吗？"

柳文耀赶紧制止："柳眉，跟表哥好好说话。今天当着两家长辈的面，你告诉你表哥，你和陈延年到底是什么关系。"

柳母："你是不是在和延年谈恋爱啊？"

柳眉笑了起来："你们误会了，陈延年是独身主义者，不谈恋爱的。"

柳母不解："什么意思？"

柳眉："陈延年是个苦行僧，他给自己定了六条规矩，'不闲游、不看戏、不照相、不下馆子、不讲衣着、不谈恋爱'，还把它贴在自己的床头，号称'六不'原则，要大家监督他。"

柳母又问："那你呢？你也不谈恋爱？"

柳眉："我做不到陈延年的'六不'，但是我也给自己立了规矩，二十岁之前不谈恋爱。"

"你既然没和他谈恋爱，为什么还整天和他在一起？"黄成龙的语气稍稍缓和了一些。

柳眉："我崇拜他，为什么不能和他在一起？"

柳文耀："我们是想知道你和陈延年到底是一种什么关系。"

面对接二连三的追问，柳眉有些恼怒："你们是审问我吗？那好，我现在就明确告诉你们，我和陈延年、陈乔年是同学加同志的关系。"

"同志？这是什么意思？"柳文耀还是第一次听说"同志"这个词。

"我和延年有共同的理想志向，我们共同信仰克鲁泡特金和托尔斯泰的学说，并有志于实践他们的理论。爸爸，这个你懂的。"

柳母急了："就因为这个你要和他们去北京吗？他俩在北京有家，你去住哪儿？"

柳眉："我可以住姑姑家，也可以住法文进修馆呀。"

"我不同意，你这孩子也太任性了。"柳母表明了态度。

柳眉："妈,你认为你能够阻止我的任性吗?"

柳文耀赶紧转换话题："先不说去北京的事。趁这个机会,你再回答你舅妈的一个问题。"

柳眉看着黄母说："舅妈还有什么问题?"

黄母有些犹豫,柳文耀只好代劳："我替你说吧。柳眉,你舅舅和舅妈希望你将来能和成龙在一起,你同意吗?"

"开什么玩笑! 你们不知道近亲不能结婚吗? 爸爸,幸亏你还是个进化论者!"柳眉一句话顶得在场所有人都目瞪口呆。

晚上,柳文耀夫妇靠在床上,还在谈论柳眉的事。

柳母："文耀,你也太老奸巨猾了,你自己不说,让柳眉搬出个达尔文来堵我哥哥嫂子的嘴,弄得他们很难堪。"

柳文耀："堵你哥哥嫂子的嘴事小,让成龙死了那条心事大。什么年月了,还讲究姑生舅养、亲上加亲那套害死人的旧习俗,愚昧!"

柳母："看你的意思,你真的同意柳眉去北京?"

柳文耀："就你这女儿,她想办的事情,你拦得住吗?"

柳母："这孩子真是不撞南墙不回头,愁死我这个当妈的了。"

柳文耀："有什么好愁的。我看好延年,将来必成大器。"

柳母："你看好有什么用,他不是不谈恋爱吗?"

柳文耀哈哈一笑："小孩子的把戏你也当真? 你见过有本事的人打光棍的吗?"

柳母："可我总觉得延年这孩子太认死理,将来恐怕要吃亏。"

柳文耀："你不懂。时代变了,现在已经不是政客们打打杀杀创江山的年代了,只有认死理的殉道者才能真正救中国。"

柳母："奇了怪了,你不是一向崇尚实业救国的吗?"

柳文耀："商人可以得利于一时，政客可以得势于一时，只有坚守信仰的思想者才能够名垂千古。你看延年，小小年纪就如此自律，从他制定的'六不'原则就可见他的志向与品质，这样的人才能办大事。"

柳母不无忧虑地说："峣峣者易折，皎皎者易污。"

柳文耀："我跟你打个赌，百年之后，如果有人要评选一百位中国名人，陈延年必在其中。"

柳母用力地拍了他一下："昏话！我们谁还能再活一百年？睡觉。"

七

蜜月还没有度完，胡适就急着赶回北大。他让冬秀暂时在家里陪母亲，自己按照陈独秀来信的吩咐，先到上海，接上陈延年、陈乔年和柳眉一起进京。

柳文耀夫妇来送柳眉，柳母泪水涟涟。柳眉大大咧咧地说："妈，你不用担心，到了北京我就给你写信。"

柳文耀不停地安慰妻子："好了，别哭了。北京那边我都安排好了，大姐会去车站接她的。法文进修馆也安排妥了，这一期有八个女生，柳眉不会寂寞的。"

汪孟邹和阿四帮着陈延年、陈乔年把两个木箱搬上车。汪孟邹对陈延年说："这两箱子书是李大钊先生要的，他会派人到车站来取。"

柳文耀把胡适拉到一边："几个孩子一路上就请适之先生多关照了。还有，这是我给仲甫先生的一封信，烦请您转交。"

胡适："请柳先生放心，一路上有几个孩子做伴，大家都不寂寞，我还可以和他们探讨白话诗，大家一定会很开心的。"

柳眉快活地叫起来："太好了，我和延年都很喜欢您的白话诗。"

第十二章

小 试 锋 芒

一

雪花飘飘,寒风瑟瑟。长辛店铁路工人棚户区,几十间低矮的土墙茅屋横七竖八地挤在一起,家家门口都堆放着柴火、稻草。几口酸菜缸倒扣在一旁。寒风发出呜呜的哀号,远处不时传来鞭炮沉闷的钝响,似乎在告诉人们,今天是大年三十。

大中午,棚户区里没有行人,没有声响,工人们都猫在家里。

葛树贵一家四口坐在炕上。两个孩子中,六岁的老大拉着妈妈的衣服可怜兮兮地问:"妈,今天过年了,我们家包饺子吗?"

葛树贵的老婆看着冷锅冷灶,没有说话,只是不停地流泪。

老二看着爸爸说:"我要放鞭炮。"

葛树贵双手抱头,一声不吭。

葛妻抱起老二:"他爸,我去刘师傅家看看能不能借点白面,给孩子包几个酸菜饺子。"

葛树贵连忙拦住妻子:"不许去。这年头谁家有富余的白面!不要去丢人。"

葛妻:"你就知道要脸,这年还过不过了!"

葛树贵:"你看看这道上有半点动静吗?谁不猫在家里躲着呢。年是给富人过的,穷人那叫过关。"

葛妻:"过年都不发工钱,你不会去找工头问问?"

葛树贵:"我问过了。工头说现在欧洲打仗,工钱都被拿去打仗了。"

葛妻:"他们打仗,扣我们工钱,这是什么世道!"

葛树贵:"小山昨天不是拿来一盆猪血吗? 做个血豆腐炖酸菜。再把咱地窖里那几个白薯拿出来熬糖,给两孩子做几个糖窝头,这年不就过了吗?"

葛妻气得直跺脚:"自打跟了你就没过过一个像样的年,这两个孩子也投错了胎!"

夫妻俩正生着闷气,外面传来李小山的喊声:"师傅,您快出来,看看谁来了!"

葛树贵夫妇赶紧开门,只见李小山赶着一辆驴车,李大钊和赵世炎正从驴车上下来。葛树贵快步迎上去:"李先生,这大雪天的,您怎么来了?"

李大钊拍打着身上的雪:"我来和你们一起过年。来,赶紧卸货。"

李小山兴奋地说:"师傅,李先生给我们送年货来了。"

李小山和赵世炎从驴车上抬下一扇猪肉。李大钊拍了拍发呆的葛树贵:"还愣着干什么,快动手吧!"

李大钊带来的东西可真不少,除了猪肉,还有两袋白面、几坛老酒、大白菜、粉条、萝卜,以及一匹花布、两挂炮仗。

听到李大钊的声音,工友们都从工棚里走出来,棚户区一下子热闹起来。

葛树贵激动得流下了眼泪,拉着李大钊的手,语无伦次:"李先生,你……我……这么多猪肉啊。"

李小山赶忙挤过来说:"师傅,什么都别说了,赶紧带李先生回屋吧。"

赵世炎告诉葛树贵:"李先生可是把这个月的薪水都用上了。"

葛树贵:"那您这个月怎么过呀?"

李大钊毫不在乎地对葛树贵说:"你放心,饿不着我的。看见《晨报》上说

今年春节长辛店发不出工资,我知道你们不好过,就和琴生一起过来看看大家。今晚我们一起包饺子过大年。"

葛树贵高兴地大声喊道:"他娘,快招呼大伙儿剁肉和面包饺子,今天我们过一个大年!"

长辛店棚户区从来没有这样热闹过。十几户人家都在包饺子,孩子们在外面放鞭炮。

葛树贵家里,李大钊、赵世炎和工友们围坐在两张拼凑在一起的条桌四周,一起喝酒、吃饺子。李大钊边喝酒边给工友们介绍俄国十月革命:"几个月前,俄国发生了一次震惊整个世界的革命。俄国工人和士兵在以列宁为首的布尔什维克的领导下,在圣彼得堡举行武装起义,推翻了临时政府,建立了苏维埃政权。"

工友们睁大眼睛,静静地听着李大钊的介绍,"列宁""布尔什维克""苏维埃",这些他们从没听过的词语让他们心中充满了好奇。

李小山:"我听张工程师说过,俄国的皇帝叫沙皇。"

李大钊:"对,俄国原来是沙俄帝国,但是去年的 3 月,俄国工人联合各种力量把沙皇的统治给推翻了,成立了许多阶层联合的临时政府,到了 11 月,列宁又领导布尔什维克推翻了临时政府,建立了世界上第一个人民当家做主的社会主义国家。"

葛树贵:"俄国的工人这么能干呀,比我们强多了。"

李大钊对葛树贵说:"葛师傅,你可不能小看自己呀。德国有一位大思想家,叫卡尔·马克思,是个大胡子。他认为工人是人类社会最先进的阶层,最先进的社会应该是工人阶级领导的社会。俄国的列宁就是根据他提出的这个理论发动革命,推翻了反动统治,建立了工人阶级领导的苏维埃政权。"

"这么说俄国现在是工人当家了?"葛树贵睁大了眼睛。

李大钊:"对呀。十月革命成功之后,俄国立刻宣布各地全部政权一律转归由工人、农民、士兵组成的苏维埃,颁布了列宁起草的《和平法令》和《土地法令》,宣布俄国退出世界大战,规定立即废除地主土地所有制,全部土地收归国有,交给劳动农民使用,紧接着又选举成立了世界上第一个工农兵苏维埃政府——人民委员会,建立了世界上第一个劳动人民当家做主的社会主义国家。现在在俄国,人剥削人的制度已经被推翻,再也没有人欺负穷人了……"

葛树贵六岁的儿子趴在李大钊的背上从后面揪他的胡子玩。葛树贵妻子连忙把儿子抱走。没想到小儿子指着李大钊突然冒出一句:"他就是那个大胡子!"

众人哈哈大笑。

这个夜晚,李大钊和工人们在一起聊了一个通宵。

二

除夕夜,陈独秀一家终于在北京团圆了。延年、乔年、柳眉带着子美、鹤年在院子里放鞭炮,子美强拉着陈独秀放了一个钻天雷。小院里欢歌笑语,年味十足。

高君曼把胡适和郭心刚、白兰都拉来了。白兰现在被法文进修馆试点班录取了,和延年、柳眉、乔年同班。

高君曼昨天就去东兴楼订了菜,早上两个伙计抬过来,摆了满满一大桌子。

陈独秀看着一大家子人,十分高兴,又四周看了看,发现没有李大钊,就问高君曼:"守常呢,不是让你去叫了吗?"

高君曼:"我去了。高一涵说守常和赵世炎去长辛店给工友们送年货去了,怕是就在那儿过年了。"

陈独秀:"我知道了,他是去葛树贵那儿了。守常是个重情义的人。我们开席吧。"

高君曼对陈独秀说："老头子，今天难得我们一家人团圆，还有适之兄弟、心刚、白兰、柳眉陪我们一起过年，你先说两句吧。"

"大嫂，仲甫还不到四十岁呢，你就叫他老头子，不怕真的把他叫老了？"胡适在一旁打趣道。

高君曼对胡适说："他这个人嘴上讲民主，骨子里专制得很，什么事都得他说了算。在我们家里，他就是个专制的老头子。"

陈独秀急忙打断高君曼："好了，大过年的，别在孩子们面前说这些不好听的。我来说两句吧。今天是大年三十，辞旧迎新，我们欢聚一堂，喜事多多。好多年了，第一次这么多人这么喜庆地过春节，不容易，这是第一喜。这第二喜自然是适之的新婚大喜。十三年的长跑，从大清朝一直跑到民国，终成正果，实在是一个传奇。"

高君曼插话道："适之，你这个婚结得动静可大了，闹得满城风雨呀。"

陈独秀："岂止是满城风雨！新文化大师娶了个小脚妇人，不送彩礼不坐花轿，人称民国第一奇婚。"

郭心刚也凑上来补充："胡教授，报纸上关于您移风易俗办婚礼的报道和传说可多了，说得神乎其神的。"

陈乔年接过郭心刚的话头："我统计过上海报纸的各种传闻，不下十个版本。"

高君曼："听说黄侃教授在北师大讲课，把你的婚礼编成了教案，把整个教室都笑翻了。"

陈独秀："那是黄侃故意编派适之的，没想到适得其反，反而给适之做了宣传。"

"陈伯伯，您还没说第三喜呢。"一旁的柳眉着急了。

陈独秀："这第三喜自然是你们年轻人的事情了。吴稚晖办了件好事，把法文进修馆建成了。虽然是临时培训性质，但总算把你们都弄到北京来了。

这北京可是我大中华的中心,年轻人可以在这里大显身手,大展宏图。"

"姨妈,听说北京春节的庙会很热闹,带我们去逛逛吧。"乔年不失时机地插了一句。

高君曼:"好啊!初二,我们全家一起去。"

子美和鹤年欢呼起来:"逛庙会啰!"

陈独秀:"庙会要逛,但你们更应该去逛逛北京的两个'城'。一个是我们家旁边的紫禁城。延年,我建议你明天一早带上弟弟妹妹们沿着紫禁城的护城河跑上一圈。我相信,这一圈下来,你会对民主和革命这两个概念有新的思考。"

郭心刚对白兰说:"明早我们也来跑吧。"

陈独秀继续讲述自己的道理:"还有一个是长城,看了长城你们会对开放和自由有更多思考。"停了停,他又说,"还有第四喜,《新青年》自实行同人编辑以来,发行量猛增,现在已突破一万份,并且仍在疯长。这说明什么?说明新文化的高潮就要到来了。适之,我们的心血没有白费呀。当然,还有第五喜,那就是我们北大的红楼读书会马上就要开张了。"

高君曼嗔怪道:"那是你们北大的喜,别拿到家里来说,跟我们没关系。"

陈独秀:"怎么没关系?这读书会成立了,延年、乔年,你们都可以参加。"

乔年和柳眉高兴地叫了起来:"太好了!我们一定要参加。"

高君曼不耐烦地打断了陈独秀的话:"老头子,你还有完没完,还让不让人吃饭了?"

陈独秀不为所动:"最后一喜,去年俄国发生了十月革命,布尔什维克领导工人阶级发动武装暴动,成立了人类历史上第一个社会主义国家。我看了他们的纲领,很受启发,我们要好好地研究俄国的问题。"

高君曼:"好了,把外国的事情也搬到家里来了。不许说了,你还真把自己当成老头子了。"

陈独秀:"我看你才是我们家的西太后老佛爷。行,我不说了,你说吧。"

高君曼:"好,为了我们今天的欢聚,为了春天的到来,为了孩子们的欢乐,我们共同举杯。"

大年初一,清晨,陈延年、陈乔年、柳眉、郭心刚和白兰五位青年沿紫禁城护城河跑了一圈,除陈延年外,个个气喘吁吁。特别是郭心刚,咳嗽不停。白兰不停地帮他拍着后背,并递给他一块手绢。郭心刚吐痰,发现痰里带血,连忙掩饰。

延年、乔年望着紫禁城,陷入了沉思。

柳眉:"你俩在想什么呢?"

乔年:"这紫禁城好大啊,刚才我一边跑一边往里面看,怎么也看不出来里面有多少房子。"

延年:"傻瓜,让你看得出来那还叫紫禁城吗?我告诉你吧,这里一共有八千七百零三间房。"

乔年好奇地问:"哥,你说这个宣统皇帝,比我还小四岁,被圈在这里面那么多年了,居然还有那么多有学问的人想跑进去给他磕头,为什么呀?"

延年很肯定地说:"心魔!三千年后遗症。"

乔年不解:"什么意思?"

延年解释道:"把皇帝圈起来容易,把皇帝从人的心里面赶走不容易。我在想,还有多少年中国人才能真正过上没有皇帝的生活呢?"

乔年:"多少年?一百年够吗?"

"难说。"陈延年望着远方,又陷入了沉思。

大年初二,高君曼带着几个孩子去白云观逛庙会,陈独秀独自一人留在家里写文章。

延年不想去,对高君曼说:"姨妈,我定的'六不'原则第一条就是'不闲游',我还是在家看书吧。"

柳眉一听,马上说:"逛庙会不是闲游。一是了解风俗民情,增长知识;二是尊老爱幼,尽陈家长子的责任。"

子美抱着延年的大腿不放,哭着喊着非要哥哥去不可。

延年没办法,加上他也不愿意和陈独秀同时待在家里,就跟着大家一起去了。

庙会现场人头攒动。延年驮着子美,柳眉牵着鹤年,乔年扶着姨妈,每人手中拿着一串大冰糖葫芦,其乐融融。

拱形门前,游人正排队摸石猴。高君曼说:"摸石猴是白云观庙会的一个特色,据说摸了它可以清心明目,不患眼病,即使患病亦可痊愈。"子美和鹤年吵嚷着要去摸,延年一手抱着一个,把弟弟妹妹举到石猴前,两个孩子高兴得哈哈大笑。

进得门来,第一进院落中有三座石桥。这个时节桥下无水,三座桥只开中间一个桥洞,桥洞中一鹤发童颜的道士正襟危坐,身披衲衣,头前脑后各悬一硬纸做的大钱,钱孔内挂一铜铃。游客们立于两侧桥面上,手持钱币,瞄准五米开外的金钱孔上的小铜铃投掷。传说谁能把铜铃打响,这一年他就会顺顺当当、事事如意。这就是著名的打金钱眼。

高君曼花两角钱兑换了二十个制钱,乔年和柳眉打了半天,一个也没有打中。眼看手中就剩两个制钱了,乔年把它给了延年,延年并不瞄准,信手掷去,两发两中,引起游人一片惊叫。子美、鹤年拍手欢呼。

到了中午,一行人来到小吃摊前,要了几碗豆汁和灌肠、炒肝、卤煮火烧等各种小吃。柳眉喝不惯豆汁,刚一口下去就咧嘴不止,剩下的半碗正准备倒掉,延年接过来一饮而尽。

高君曼对子美、鹤年说:"你们俩快点吃,你爸爸一个人在家要挨饿了。"

高君曼带着孩子们回到家里，家里已经来了一屋子客人，原来是刚刚从长辛店回来的李大钊带着他的几个弟子拜年来了。

看到邓中夏等人都穿着学生制服，延年、乔年有些拘束，李大钊赶紧让他的弟子们自我介绍。

"邓中夏，北京大学文科国文门学生，湖南宜章人，二十四岁。"

"张国焘，北京大学文科哲学门学生，江西萍乡人，二十一岁。"

"罗章龙，北京大学文科哲学门学生，湖南浏阳人，二十二岁。"

"赵世炎，北京高等师范学校附中学生，四川酉阳人，十七岁。"

陈延年等人也作了自我介绍："我叫陈延年，震旦学校法文班学生，安徽安庆人，十九岁。""我叫陈乔年，震旦学校法文班学生，安徽安庆人，十五岁。""我叫柳眉，震旦学校法文班学生，江苏南通人，十六岁。"

陈独秀对延年、乔年说："他们可都是北大的高才生啊，也是你李叔叔的得意门生，你们刚来北京，要多向他们请教。"接着又对邓中夏说，"仲澥，他们三个在法文进修馆进修，你要多带带他们。"

邓中夏应道："早就听守常先生讲过两位安庆小英雄的故事，今后我们定会相互关照的。"

赵世炎走过来对陈延年说："太好了，我是法文进修馆第一期的进修生，以后我们就是同学了。"陈延年赶紧和赵世炎握手。

李大钊对陈延年说："延年，我在北大红楼图书馆办了个假期读书会。'破五'之后就开班，我知道你们三个都是书虫，来参加吧。"

陈延年高兴地说："太好了！我们参加。"

邓中夏喜道："那我们就是同学了。"

李大钊："延年，你不是《新青年》北京发行站的负责人吗？你可以把读书会的同学组织起来一块儿搞发行。"

陈延年："要是能这样，那就太好了！我正为《新青年》在北京的发行发愁呢。"

赵世炎笑着说:"这么说,我们又成'工友'了。"

一屋子人都笑了起来。

高君曼拿来花生、瓜子、糕点、水果糖,对李大钊说:"守常,你家安顿好了吗?夫人和孩子什么时候过来?"

李大钊:"我在西单那儿租了个小院子,准备过了正月就把他们都接过来。"

高君曼:"这就对了。哪天我帮你收拾去。"

李大钊对陈独秀说:"仲甫兄,仲澥他们几个今天来,一是给你拜年,二来也有一个请求。"

陈独秀:"好啊,你们想让我做什么,不必客气。"

李大钊向邓中夏努努嘴:"仲澥,你说吧。"

邓中夏站起来,恭敬地说:"陈学长,现在新文化已经成了全社会关注的热点。我们大家一起讨论时常常遇到一些问题,现在我们办了读书会,想请您来给我们讲一次。"

陈独秀:"你们都有些什么问题,说来听听。"

邓中夏:"我们归纳了一下,主要有这样几个问题,比如倡导新文化与思想启蒙、改造国民性有什么关系,我们传统文化的局限性和国民劣根性最突出的表现是什么,倡导新文化和引进西方先进思想理论是什么关系,推进新文化应该从哪些方面入手,等等。"

陈独秀笑了:"你们研究得很深入啊!你们提的这些问题,也是我们《新青年》正在探讨和致力于解决的问题。不过这些问题都很大,也很复杂,不是哪个人或者哪种观点一下子能够说清楚的。我陈独秀没有这个本事,也开不出一个万能的药方。不过开学以后,我们北大将举办新文化系列讲座,由蔡校长领衔,新文化运动的大将们悉数登台亮相,到时候欢迎同学们踊跃参加,好

不好？"

几位年轻人都鼓掌欢呼起来。

三

红楼门前停了几辆大车，里面装的都是书。李大钊指挥工人们搬书，邓中夏带领一些同学打扫和布置阅览室。延年、乔年、柳眉和赵世炎等也在其中。

李大钊对领头的同学说："记住，从马神庙老图书馆运来的书籍统统放进地下书库，期刊一律放到一层阅览室。"

延年和几个青年抬着两个木箱走进来，问李大钊："这是上海亚东书社汪经理让我们带来的两箱书，是放书库还是阅览室？"

"这是我要的近两年出版的新书，大多是介绍西方新思想的译著，很珍贵。你和乔年辛苦一下，柳眉负责登记造册，然后摆放在阅览室里吧，这样利用率会高一些。"

延年他们几个忙着开箱登记。

邓中夏、张国焘、罗章龙、赵世炎、郭心刚、白兰、刘仁静、刘海威等人忙着布置阅览室。张国焘做了一个横幅，上面写着五个大字：假期读书会。李大钊走过来，看了看，说："读书会不要搞形式主义，这个横幅就不要挂了。另外我们这个读书会也不限于假期，而是要常态化。读书会不能影响其他读者看书，以后你们要讨论就到我办公室外屋的会议室吧，这样更方便。"

晚上，红楼图书馆阅览室里灯火通明，邓中夏、张国焘、罗章龙、赵世炎、陈延年、陈乔年、柳眉、郭心刚、白兰、刘海威、刘仁静等青年正在认真读书。

阅览室对面的图书馆主任室里，李大钊正在奋笔疾书。

蔡元培、章士钊、吴稚晖和陈独秀穿过北操场，向红楼走来，四个人边走边聊。

吴稚晖："你还别说，这北京的春天来得还真挺早的。你看，说不冷就不冷了。行严,你穿得太多了。"

陈独秀:"谁能和你这吴疯子比呀。我看你就应了一句老北京土话——傻小子睡凉炕,全凭火力壮。"

吴稚晖冷笑一声:"知道我为什么火力壮吗? 我一生只娶一个老婆。不像你们三个,一个比一个风流。"

蔡元培:"听说你老吴对养生很有研究,哪天来给北大办个养生讲座吧。"

陈独秀赶忙阻止:"蔡公,那可不行,他为老不尊,学生还不都被他给带坏了。"

吴稚晖:"仲甫,这你就不懂了,这养生也是一门科学,养生的要义是调和,青年人应该了解。"

陈独秀:"班门弄斧了吧。要讲调和理论,行严才是公认的祖师爷,哪儿轮得到你呀。"

蔡元培:"就是,行严,你办个讲座,讲讲你那一套调和立国论。"

章士钊轻叹一声,说道:"我倒是很想讲,可是马上就要走了。"

吴稚晖:"我看你就是个官迷。你说那个南方政府的秘书长有什么意思,说白了就是个办事员。"

章士钊:"中山先生点名要我,我能不从命吗?"

蔡元培:"没关系,北大的教授职位给你保留着,新办公室也给你留了一间,北大欢迎你随时回来。你还有什么要求尽管说。"

章士钊:"我没有什么要求,我们还是先去图书馆看看守常吧。"

北大红楼,邓中夏正在主持讨论会:"各位同学,今晚我们读书会的主题是每月时事评论。分两段进行,第一段请陈延年同学主讲一个月来的国际国内形势,第二段是自由发言。现在进行第一段。"

陈延年:"同学们,最近一个月国内外形势可以用八个字概括——危机四伏、扑朔迷离。国内,第一,段祺瑞的皖系和冯国璋的直系闹得不可开交,段祺

瑞占得上风后再度出山,正在组织武力讨伐南方政府。第二,南方政府内乱不已,孙中山大权旁落。第三,张作霖的奉军入关,截取了陆军军部向日本订购的十万支步枪,实力大增。国际上,第一,列宁领导的俄国为退出世界大战,被迫与德国签署了《布列斯特和约》。和约规定,俄国割让一百二十五万平方英里的领土,而这些领土上有俄国一半的工厂和三分之一的产粮区,有占俄国四分之三储量的铁和煤。第二,欧洲战场混沌不清,德军开始在西线发动大规模攻势,意在美军到达欧洲之前,于1918年夏季打败英法两国,以扭转局势。第三,1月8日,美国总统威尔逊在国会发表十四条和平原则,首次阐述了成立国际联盟的想法。这个联盟的目标应该是保证各大小国家的领土完整以及他们的政治独立。两个多月来,威尔逊的和平计划正在持续发酵……"

参会者个个听得津津有味,有的还对陈延年竖起了大拇指。

陈延年正说着,有人敲门,乔年跑去开门,是李大钊带着蔡元培、吴稚晖、章士钊和陈独秀来了。

李大钊:"同学们,蔡校长来看你们了。"

大家起立鼓掌。

蔡元培对陈延年说:"你就是传说中的安庆小英雄喽。名不虚传呀,刚才我们在门口听了你的发言,你对近来国际国内形势了解得很全面,讲述得也很清楚,不简单啊。"

陈延年被夸得有点不好意思:"主要是北大图书馆的信息丰富,我不过是把各种信息搜集整理一下而已。"

吴稚晖看到了一个好机会,不失时机鼓动说:"延年,你应该给他们讲讲互助论。你不是要搞实验吗?可以和他们一起做啊。"

陈延年:"他们都不信克鲁泡特金。"

"那就跟他们辩论嘛。"吴稚晖极力想促成此事。

陈独秀:"信仰自由,你不能要求青年人都跟着你的信仰走。"

蔡元培很是赞同："对,我赞成仲甫的观点,政治信仰也应该百家争鸣,不能搞清一色。好,同学们,我们是来表明我们对你们读书会的支持态度的。你们继续,我们到二楼陈学长的'官邸'说话去。"

陈独秀的文科学长室在红楼二层东头。吴稚晖头一次来,一进门就说:"仲甫,你这是鸟枪换炮了。这么大的办公室,能开会还能睡觉,功能齐全呀,是不是还想金屋藏娇啊?"

陈独秀:"你就是三句话不离本行,我自己放了张床,有时候晚上写稿子熬夜就不回家了。"

"这就对了。你也是快四十的人了,不能天天晚上在家跟老婆黏糊。你不是讲科学吗?这夫妻生活也要讲科学、讲调和。"吴稚晖到哪里都不忘笑话陈独秀。

陈独秀有点不悦:"你懂什么科学?顶多算懂点黄学。"

蔡元培:"好了,开个玩笑而已,怎么当真了?仲甫,说到新文化,你那个系列讲座筹备得怎么样了?"

陈独秀:"议了几次了,准备明天再议一次,把最后的题目确定下来。你们三位都没有问题吧?"

章士钊:"我不行,我马上就要到南方去上任。"

蔡元培突然想起周树人来,便说:"豫才最近在做什么?得让他也来讲一讲。他的思想特别犀利,很有鼓动性和穿透力。"

……

四个人从红楼走出来。

蔡元培对吴稚晖说:"敬恒兄,我送你回家吧。"

吴稚晖:"好啊,那我就蹭你的车了。"

蔡元培:"车停在我办公室那边,咱俩走过去吧。"

月光下,两人漫步闲聊。

蔡元培:"敬恒兄,我看你和仲甫一见面就掐架,怎么回事?"

吴稚晖:"这个人心太傲,必须经常挤对他才行。"

蔡元培:"敬恒兄,你怎么看仲甫这个人?"

吴稚晖想了想,说:"当今中国思想界,陈独秀是唯一在思想上没有任何束缚的人。但是,这个人思想一旦走向极端,其煽动力和影响力足以改变一个国家的方向。"

蔡元培:"这个我也有同感,仲甫确实是个能量很大的人才。"

吴稚晖:"孑民呀,我得给你提个醒,使用仲甫这样的人是有讲究的。拿三国时期你我的老家东吴为例,对陈独秀,上策是让他当鲁肃,做谋士;中策是做周瑜,当都督;下策是做孙权,当主帅。我敢断言,一旦此人做了孙权,后果必然不堪设想。"

蔡元培不以为然:"敬恒兄,你把仲甫看得太高了吧?"

吴稚晖:"那咱俩就骑驴看唱本,走着瞧吧。"

四

补树书屋,雾气缭绕,满地烟蒂。周树人足不出户已经很多天了,他一直在伏案写作。书桌上已经垒了一摞稿子,稿纸第一页醒目地写着四个字:狂人日记。

他在沉思,脑海里浮现同学杨开铭精神失常、沿街乞讨、被人侮辱的画面,继而又闪出那天被吓疯了的表弟惊恐的眼神。他思绪难平,最后在稿纸上写下了两行字:

没有吃过人的孩子,或者还有?

救救孩子……

钱玄同站在南半截胡同口,指着对面的广和居对刘半农说:"今天要是能拿到豫才的稿子,我就请你到广和居喝酒。"

刘半农:"这广和居看样子要关门了。"

钱玄同:"可不是吗?再不来就尝不到它这儿的三不沾和它似蜜了。"

刘半农:"得,咱俩还是先去取稿子吧。"

两人由绍兴会馆来到补树书屋,穿过月亮门,刘半农见大槐树旁有一块石匾,上面有署名"阿尧"的人的题词,便驻足辨认,过了片刻,点头对钱玄同说:"我说为什么叫补树书屋呢,原来这棵大槐树是补栽的。"

钱玄同对刘半农说:"这棵树上可是吊死过人的。"

两人正说着,门开了,周树人蓬头垢面走出来:"我听到外面有人说话,原来是德潜和半农来了。"

钱玄同:"我俩来半天了,怕打搅你老先生写作,没敢敲门。"

周树人一脸怀疑:"霹雳火钱玄同能有这么老实?我不信。二位赶紧进屋吧。"

钱玄同拦住周树人:"且慢!我俩是奉仲甫之命来取您大作的。要是成了,我们就拿上手稿上广和居撮一顿。要是没成,我们就不进屋了,直接走人。"

周树人:"那就快进屋吧。成了。"

三人进得屋来,屋里散发出一股浓浓的烟味,钱玄同被呛得直咳嗽。

周树人捧起书桌上的手稿交给钱玄同:"还真得感谢陈独秀隔三岔五来催稿,不然我也写不出来。"

钱玄同翻阅手稿:"狂人日记!这么说,我现在手上捧着的就是中国第一部白话文小说的手稿啰。你俩作证,我钱玄同是中国第一个看《狂人日记》的人。"说完哈哈大笑。

周树人:"就算是吧。这孩子生得晚了点。"

钱玄同:"来,半农,立此存照,这手稿将来可是价值连城。"

刘半农:"照你这么说,今天真该带个照相机来。"

钱玄同拿着书稿,打趣说:"我说豫才,怎么没署名?这孩子的爹是谁呀?"

周树人拿过第一张稿纸,在"狂人日记"下面写下两个字:鲁迅。

钱玄同诧异地问:"鲁迅,什么意思?"

周树人:"没什么意思,瞎起的。你记住,我周树人以后就叫鲁迅了。"

别过刘半农和周树人,钱玄同兴冲冲地把书稿交给陈独秀。

陈独秀高兴地问道:"成了?"

钱玄同高兴地答道:"成了!"

陈独秀:"你应该看过了,觉得怎么样?"

钱玄同:"你自己看,平心静气地看,我不打搅你。"

陈独秀坐下来看稿子,看着看着就念出声来:

> 吃人的是我哥哥!
>
> 我是吃人的人的兄弟!
>
> 我自己被人吃了,可仍然是吃人的人的兄弟!

陈独秀把稿子看了又看,激动不已:"过瘾,太过瘾了!"说着拿起电话,"子民兄,你等着,我过去让你看个东西。"

陈独秀捧着一摞稿子一路小跑着向校长室赶,钱玄同跟在后面,气喘吁吁。路人不知怎么回事,都好奇地望着他们。

蔡元培正在和胡适说事,陈独秀抱着稿子冲进来:"子民兄,豫才的小说写成了。"

蔡元培接过手稿:"'狂人日记,鲁迅。'这是豫才写的?"

陈独秀激动地说:"钱玄同刚刚去讨回来的,不长,你看看。"

看着看着,蔡元培也不自觉地念出声来:

我翻开历史一查,这历史没有年代,歪歪斜斜的每页上都写着
"仁义道德"几个字。我横竖睡不着,仔细看了半夜,才从字缝里看出
字来,满本都写着两个字是"吃人"!

念着念着,蔡元培一拍桌子:"好!这哪里是小说,这是刀,这是枪!
过瘾!"

说着,把手稿递给旁边的胡适,胡适看着看着,也念出声来:

妹子是被大哥吃了,母亲知道没有,我可不得而知……
我未必无意之中,不吃了我妹子的几片肉,现在也轮到我自
己……
有了四千年吃人履历的我,当初虽然不知道,现在明白,难见真
的人!

大家都不说话了。过了半晌,陈独秀说:"子民兄,我真是太激动了。我现
在的心情就像当年拿到适之的《文学改良刍议》一样,心里燃起了一团火。"

蔡元培:"豫才看问题就是尖锐。这篇小说对国民性的批判和封建礼教的
揭露可谓入木三分。"

胡适有点担忧:"会不会过于激烈了?"

陈独秀:"不为过!下一期《新青年》就发。适之,这可是白话文的一个里
程碑呀,你可别怕它抢了你倡导白话文的头功哟。"

胡适有些不好意思了。

五

《新青年》编委会办公室,编委们正在开会,蔡元培和鲁迅也来了。

陈独秀手持新一期《新青年》,兴奋地说:"各位同人,在大家的共同努力下,《新青年》已经成为中国最有影响力的刊物。特别是这一期鲁迅的白话文小说《狂人日记》的发表,引起各界强烈关注,被称为新文化的一个里程碑。现在,《新青年》的发行量已经突破一万五千份,效益上了新台阶啊!"

蔡元培高兴地说:"好啊,看来各位同人编辑的稿费和编辑费都要上涨啦。"

陈独秀:"稿费和编辑费要上涨,但杂志定价要下调,这就是本刊实行的让利于读者的原则。"

蔡元培表示赞同:"仲甫,这个原则好。"

陈独秀继续说:"今天的编委会很重要,有三件事情要讨论。第一,从第五卷第一号这一期开始,《新青年》的排版由过去的竖式排版改为横式排版,正式与国际接轨。第二,从这一期开始,所有文章一律采用白话文。这两项创举都将作为出版界新文化的标杆逐步向社会推广。第三,从下一期开始,《新青年》杂志实行编委会负责制,由编委轮流负责每一期的编辑事务。编委会负责人是陈独秀,在座的都是编委会正式成员。由此,我们《新青年》将进入一个新的阶段。"

大家都情不自禁地热烈鼓掌。

陈独秀:"既然掌声这么热烈,那就算通过了。下面请蔡校长讲话。"

蔡元培看了一圈,不紧不慢地说:"各位编委,今天我很高兴。一年多前,仲甫来北大的时候,我就要他把《新青年》带过来,现在,这本作为新文化标杆的杂志终于在北京、在中国独树一帜了。我们要乘势而上,首先要在北大掀起一个新文化的高潮。同时,我们也要利用《新青年》这个标杆,鼓动北大师生多办几份杂志,最好是多几种声音,赞成的、反对的,都要让他们说话,百家争鸣,让新文化在骂声中和斗争中逐渐发育、壮实起来。"

听到这里,钱玄同插了一句:"蔡公,我听说黄侃最近拉上刘师培和辜鸿铭老去林纾家里聚会,好像他们正在策划一个复古的杂志,要与《新青年》针锋相对。"

蔡元培:"不错,林琴南给我写了一封信,表达了对北大倡导新文化的强烈不满。我请他来北大看看,愿意的话也可以来北大办个讲座,甚至办份杂志。我们搞新文化,一定要有这个气量,要让反对新文化的国学大师们也有发声的舞台。你们觉得怎么样?"

陈独秀马上表态:"没问题,我们不怕挑战。"

蔡元培接着说:"现在的关键是要找准一个主题。各位,我觉得自豫才的《狂人日记》发表后,白话文就成为社会上一个引人注目的话题了。我们能不能从下周起,就在我们北大,以白话文为主题,举办一个系列讲座,把白话文运动推动和普及起来?"

陈独秀:"我同意,说干就干,现在大家就报题目,明天就把海报贴出去。"

次日,北大礼堂门口,许多学生围观大字告示,郭心刚念出声来:"第一讲,陈独秀,文学革命论;第二讲,吴稚晖,注音符号作用之辨证;第三讲,钱玄同,中国今后的文字问题;第四讲,胡适,白话文与白话诗;第五讲,鲁迅,论白话文小说;第六讲,李大钊,我之文学观;第七讲,蔡元培,国文之将来。"

张丰载拿个小本子把海报内容抄了下来,直奔林纾的家。

一座古色古香的四合院里,一间堆满国学经典和西洋译著的大书房里,大翻译家林纾正拱手迎接辜鸿铭、刘师培和黄侃的到来:"各位都是北京大学的饱学之士,光临寒舍,蓬荜生辉。"

辜鸿铭哈哈大笑:"琴南兄,我辜鸿铭走遍世界,还是第一次见到这么华丽的'寒舍'呢,能让我先参观一下吗?"

"荣幸之至。"林纾做了一个请的动作。

林纾陪辜鸿铭等人来到书房。

看到书架上摆满了林纾的译作,辜鸿铭问:"琴南兄,你已经出版的翻译作品一共有多少?"

林纾:"大概一百八十种,其中属于世界名著的有四十余种。"

辜鸿铭:"琴南兄,单就翻译的种类和篇数而言,在中国你恐怕是空前绝后的。"

林纾谦虚道:"汤生先生谬奖了。与汤生先生相比,我不过是泰山上的一抔土。"

辜鸿铭:"咱俩是一个行当,只不过你把西洋名著翻译成国文,我把中国经典翻译成洋文,异曲同工。这陈独秀、胡适鼓吹什么新文化,他们懂什么是新文化吗?我辜鸿铭和林琴南合在一起才是真正的新文化。"

刘师培击掌表示同意:"精辟!高论!陈独秀和我说过,他接触西方文化,还是从看琴南先生翻译的西方名著开始的呢。您还别说,我突然有了一个想法,假如您二位联手去翻译一个作品,那肯定是中西合璧的千古绝唱啊!"

林纾连忙摆手:"老朽恐怕高攀不起汤生先生。"

"这倒不失为一个很好的主意。不过……"辜鸿铭欲言又止。

刘师培忙问:"不过什么?万众翘首以待的好事呀。"

"好事是好事,只是……看天意吧。"辜鸿铭又卖了一个关子。

说话间,林府仆人引领着张长礼和张丰载进来了,林纾给辜鸿铭等人作了介绍:"这位张长礼是我的学生,热衷于整理国故,现在是国民议会的议员,正准备向国会提交振兴国教的提案。这位后生张丰载是张议员的堂侄,也是我在五城中学堂教书时的学生,现在是北大国学门的学生,还兼任《神州日报》记者。"

张丰载向几位先生鞠躬。

林纾见人都到齐了,便开始说正事:"今天请各位来,是想商量一件事情。

陈仲甫鼓吹砸烂孔家店,搞什么白话文、白话诗和所谓的新文化,已经不是一天两天了。今年以来,这些人在蔡元培的庇护下,以北京大学为据点,推波助澜,妖言惑众,严重损害了国学传统,败坏了北大学风。我知道,各位都是国学大师,对此早已深恶痛绝。"

黄侃咬牙切齿道:"岂止深恶痛绝,我等早就与他们势不两立了。"

林纾点点头:"老朽不才,早年曾追随恩师吴汝纶创办京师大学堂,实不忍见北大和国粹毁在这帮人手中。前几日,我致信蔡鹤卿提出质问,蔡氏复信说欢迎我等去北大办讲座或杂志,开展学术争鸣。今日请各位来,就是想听听各位的高论,是否要与他们争一争高低。"

辜鸿铭问:"敢问琴南兄,您这么做的目的何在?"

林纾看起来有些激动:"不瞒诸位,老朽一生,做学问唯崇尚程朱理学、桐城学派,做子民只效忠大清皇帝。我曾十谒光绪帝的陵墓,为的就是光复我大清正统,匡扶我孔教三纲。"

辜鸿铭一脸认真:"我要表明我的态度。琴南兄若为复古和恢复帝制,我辜鸿铭义不容辞;若为了推翻蔡元培,我坚决反对。"

刘师培接话道:"我赞成复古和恢复帝制,但决不反对蔡元培和陈独秀。"

黄侃:"我和你们略有不同。众所周知,我是反清的革命者。所以,我赞成文化复古,但反对复辟帝制。我不反对蔡元培,但反对陈独秀和胡适。"

林纾见众人各有倾向,便说:"不管怎么说,文化复古都是我们的共同点。我们需要具体商量一下办什么样的杂志和讲座来跟他们对抗。还有,张议员的复古提案应该提些什么内容,也请大家出出主意。"

张长礼对林纾说:"小侄张丰载掌握了北大的一些新动态,可否让他作些介绍?"

林纾点点头:"好啊,知己知彼方能百战不殆。"

张丰载从口袋里拿出一张纸递给林纾:"北大已经贴出告示,从下周起将

举办以白话文为主题的新文化系列讲座,这是讲座的题目和主讲人名单。"

林纾看过名单,高声说:"好啊,连蔡鹤卿和吴敬恒都要粉墨登场了。这个鲁迅就是那个写《狂人日记》的狂徒吧?"

张丰载:"正是,这篇小说的影响大得没边。"

林纾愤愤地说:"荡子人含禽兽性,吾曹岂可与同群。"

黄侃:"琴南兄先不必动怒,我倒是建议琴南兄去北大看看,听听他们的讲座,知道他们在贩卖些什么,然后才好对症下药。"

林纾:"好啊,烦请你替我通知蔡鹤卿,我要去北大听讲座。"

六

北大红楼礼堂,灯火通明,座无虚席。

林纾、张长礼在黄侃和张丰载的陪同下坐在了后排。台上,陈独秀正在激情昂扬地宣传文学革命主张:"在这个文学革新的时代,凡属贵族文学、古典文学、山林文学,均在排斥之列。为什么呢?盖因此三种文学,与我们现在阿谀夸张虚伪迂阔之国民性,是互为因果的。所以,今天我们要革新政治,就不得不首先革新盘踞于运用此政治者精神界之文学。各位,近代欧洲文明从何而来?源于文艺复兴!将来我中华的复兴从何而来?我斗胆预言,必源于今日之文学革命!"

台下的林纾看着台上的陈独秀,恶狠狠地挤出几个字:"狂妄至极!荒谬至极!"

钱玄同主讲《中国今后的文字问题》,一开口就语出惊人:"我的观点很明确,中国要发展,必须废除汉字。汉字不除,中国必亡!"

台下一片议论,有人高喊:"你这是胡说八道。"

钱玄同:"各位少安毋躁,听我给你们讲讲道理。世界上各文明、各民族的文字,大多经历了一个从表形文字到表意文字再到表音文字的进化过程。表音文字如罗马字,代表的是文字进化的高级阶段,汉字不是表音文字,而是表形和表意文字,所以是一种野蛮落后的文字,因此必须废除。"

台下又是一阵议论。山东大个子刘海威站起来问:"钱教授,废除了汉字我们用什么?"

钱玄同:"问得好!文字者,不过是语言事物的记号而已。甲国此语无记号,乙国有之,就该采乙国的记号来补缺。我以为,废汉字之后,我们应该采用一种文法简赅、发音整齐、语根精良的文字,Esperanto,这就是'世界语'。"

台下章士钊坐不住了,愤怒地说:"钱教授,你这个观点也太荒谬了吧?按你的意思,我们全体中国人都要从头去学外国的文字喽?"

钱玄同不慌不忙地答道:"行严兄,这又有何不可呢?我要告诉各位,欲使中国不亡,欲使中华民族为二十世纪文明之民族,必以废孔学、灭道教为根本之解决,而废记载孔门学说及道教妖言之汉文,尤为根本解决之根本解决。"

"德潜先生,我绝对不能同意你的观点,我认为你这样做不是在搞新文化,而是在毁灭文化。说得重一点,你这是要灭我族类!"章士钊几乎是在大喊。

钱玄同面向章士钊,问道:"行严兄,矫枉必须过正。不下点猛药,中国怎么前进?"

对钱玄同的演讲,多数人不赞同,台下嘘声一片。

林纾气得直发抖:"这是什么教授,简直是衣冠禽兽!"

林纾拄着拐杖对张长礼、黄侃和张丰载说:"反击,反击!决不能让他们这样胡作非为!"

张长礼赶忙上前搀扶踉踉跄跄的林纾:"恩师莫急。依我之见,这些人当中,吴稚晖你惹不得,蔡子民和陈独秀你惹不起,钱玄同是个疯子,不用惹,软柿子是乳臭未干的胡适和刘半农,咱们要抓住这两人的软肋,把他们的气焰打下去。"

黄侃点头称是:"长礼兄言之有理。我来打头炮,给小白脸胡适一个下马威。"

第三天是胡适主讲,标题是《白话文与白话诗》。

北大红楼前人头攒动,红楼旁的空地上还停了不少小汽车和马车,一些穿着入时的夫人、女士手里拿着油印的胡适的白话诗,三五成群地议论着。她们有的是奔白话诗和白话文来的,更多的是奔胡适的风流倜傥来的。高君曼和柳眉、白兰也在人群之中。

高君曼一看现场这么多的女人,便说:"都说适之有女人缘,果然不假。我看得赶紧让他媳妇到北京来管着他,不然早晚得出事。"

柳眉凑上来调皮地说:"有人说胡叔叔的白话文是写情书写出来的,因为他媳妇是个小脚农妇,看不懂文言文。"

高君曼瞪了柳眉一眼:"你姑娘家别听这些谣言,那是黄侃他们编派适之的,其实适之媳妇也是大家闺秀,认得一些字。"

林纾、黄侃和张长礼等人来了。张丰载带着一帮青年迎上去,前呼后拥地把他们迎进了礼堂。

礼堂里坐得满满当当,连走道上都站满了人。黄侃、林纾等人坐在第一排正中间。

西装革履的胡适走上讲台,台下女生发出一片尖叫声。

胡适清清嗓子,开始说话:"女士们、先生们,春天好!今天我讲座的题目是《白话文与白话诗》。有很多人问我,为什么你胡适非要提倡白话文而弃用传统的文言文?我的回答是:第一,今日的文言文乃是一种半死的文字,老百姓看不懂更听不懂;第二,今天我们倡导的白话是一种活的语言,并不鄙俗;第三,白话不但不鄙俗,而且非常优美实用,因为白话文是一种最能表情达意的语言。我们知道,达意是语言文字的主要功能,不能达意的语言是不美的。举个例子,我们看鲁迅先生的白话文小说,里面有一段描写:'赵老头回过身来,趴在街上,扑通扑通磕了三个响头。'这段白描,生动、形象、鲜活,文言文是难以企及的。我这样说,不知道大家是否赞同?"

胡适故意停下来,等着听众表态,没想到黄侃站了起来:"我不同意胡教授的说法。既然胡教授认为白话文既优美又达意,为什么你的名字要用文言而不用白话呢?"

胡适一愣:"我不明白黄教授是什么意思。"

黄侃面露得意之色:"众所周知,'胡适'二字就是一句文言,它的意思是'到哪里去'。请问,既然白话优美而达意,那么你为什么要叫'胡适'而不叫'到哪里去'呢?"

全场哄堂大笑。

张丰载领着一帮青年齐声喊道:"到哪里去,到哪里去。"

胡适镇定下来,举手示意大家安静:"看来今天黄侃先生是给我挑刺来了。欢迎。不过您这刺挑得不在理呀,因为'胡适'并不是一句文言,而是一个活生生的人,是一个人的代号,是由姓和名组合的一个代号。堂堂国学大师怎么能这样不负责任地望文生义呢?"

场内又笑了起来。这次是笑话黄侃的。

胡适得理不饶人:"再者说了,即便'胡适'二字是一句文言,那它也是一句不适用的、绕口的、别人听不懂的文言。比如黄侃先生早晨起来,看见夫人要出门,难道你不问她'到哪里去'而要问'胡适'吗?"

场上一片笑声,女孩子更是欢呼起来。

黄侃有些恼怒,再次站起来:"胡教授说白话文与文言文相比可以删繁就简,更加便捷有效,这不是事实。举个例子,比如胡适教授的太太死了,他的家人用白话文打电报,必云:'你的太太死了! 赶快回来吧!'长达十一字,而用文言文则仅需'妻丧速归'四字即可,电报费就可省三分之二。请问是胡先生提

倡的白话文精练还是我们老祖宗发明的文言文精练呢?"

刘海威站了起来,直指黄侃:"黄教授,我看您这不是辩论,而是诅咒,这有损师德吧。"

场上嘘声一片。

胡适再次挥手示意大家安静:"各位,刚才黄先生说用白话文打电报比文言文用字多,花钱多,那是他不懂得如何正确使用白话文。我们不妨做个比较。比如,前几天,教育部有位朋友给我打来电报,邀我去做行政秘书,我不愿从政,决定不去,为这件事我想请黄侃教授用文言文帮我写一份拒绝的电文,而我则用白话文写一份电文,两相比较,请各位看哪个更精练、省钱。大家说好不好?"

几分钟过去,黄侃站起来说:"我的电文共十二个字:'才疏学浅,恐难胜任,不堪从命。'"

张丰载等人立刻叫好。

胡适胸有成竹地说:"黄教授用了十二个字,确实简练。各位还有比这个用字更少的吗?没人回答,那就是没有。那好,我现在公布我用白话文写的电文,'干不了,谢谢',一共五个字。"

黄侃哈哈大笑:"你这电文太粗俗,既没有文采,更没有礼貌,完全表达不了我那个电文的含义。"

"我看未必吧。'干不了'就含有才疏学浅、恐难胜任之意;'谢谢'既对友人费心介绍表示感谢,又暗示拒绝之意。这样既省钱又达意的电文我们何乐而不为呢?"胡适针锋相对。

场内再次响起了掌声和女孩子的尖叫声。

胡适乘胜追击:"由此看来,语言的精练与否,不在于白话与文言的差别,而在于能否恰如其分地选用字词,准确地表达意思。请问黄先生,您同意我的这个观点吗?"

黄侃一时语塞。

七

北大白话文讲座很快成为轰动一时的大新闻，很多报纸迅速做了重点报道。

陈延年蹬着三轮车，和乔年、柳眉、白兰等人一起给报亭送新一期《新青年》，人们在报亭前排起了长队。

报童沿街吆喝："看报喽，北京大学新文化讲座誉满京城，白话小生胡适舌战国学大师黄侃！"

林纾将一摞报纸摔在桌上："数典忘祖，斯文扫地，妖言惑众，丧心病狂！"

张长礼连忙劝说："恩师莫急，恩师莫急。"

林纾："长礼，你赶紧写提案，吁请政府整肃北京大学，撤换蔡元培、陈独秀，开除钱玄同、胡适。再不整肃，这北京大学必将成为亡国灭种的温床。"

张长礼："恩师莫急。学生正在准备弹劾蔡元培、陈独秀等人的议案，只是目前材料的分量还不够。"

林纾："他们已经公然叫嚣砸烂孔家店、废除汉字、废止各种礼仪，这分量还不够吗？这是毁灭文化罪、亡国灭种罪！"

张长礼："恩师息怒。从现在的情况看，除了废除汉字这一条引起公愤外，其他的都还有不少支持者，贸然提案，恐难通过。"

林纾："那你说怎么办？难道就眼睁睁地看着他们把青年人都带到邪路上去，让他们把这个国家毁了不成？"林纾不停地用拐杖敲打地面。

张长礼："恩师莫急。"

林纾："你难道就只会说这一句吗？"

张长礼："恩师莫急。办法还是有的，不过得请您老亲自出山，引蛇出洞。"

听到张长礼说有办法,林纾急忙问:"什么意思?"

张长礼:"恩师莫急。据我观察,北大这帮人都是一些思想极端的激进分子,尤以陈独秀、钱玄同、李大钊为最。只要恩师出手,再给他们点上一把火,把他们惹毛了,他们必定做出更多出格的事情来,那时我们就能够抓住他们的狐狸尾巴,稳操胜券了。"

林纾:"你这叫什么办法?落井下石,这样有些下作吧?非士之所为。"

这时张丰载跳了出来:"二叔,我看你就别难为林大师了,还是我来吧。"

张长礼:"你有何高招?"

张丰载:"二叔,我觉得我们策略有误。你总说陈独秀、蔡元培我们惹不起,可是你不惹他,他就欺负你。依我看,冤有头,债有主,要反击就得拿陈独秀这个总司令开刀,不能怕。"

林纾一拍桌子:"对,丰载言之有理!陈独秀是个狂徒,只有抓住这个靶子穷追猛打,才能把这伙人的气焰压下去。"

"丰载,你打算怎么做?我给你财力支持。"张长礼似乎抓住了一根救命稻草。

张丰载:"林大师,二叔,你们就瞧好吧。"

当晚,在夜色的掩护下,张丰载和几个长发青年提着糨糊桶在校园里紧张地张贴小传单。

第二天一大早,不少师生围在红楼告示牌前议论传单。

刘一品高声念道:"北京大学文科学长陈独秀私德败坏,在流亡日本期间充当汉奸,鼓吹爱国有罪、卖国光荣。"

人们议论纷纷。

张丰载指着郭心刚说:"你看看,这就是你崇拜的新文化旗手,简直就是政治流氓,外加大色狼。"

郭心刚上去一把撕掉了贴在告示牌上的传单,对着张丰载大吼:"张丰载,你这个八大胡同的常客,还有脸说别人是色狼。你才是一个不折不扣的大流氓!"

在场的学生都哄笑起来。

张丰载气急败坏,招呼刘一品等人:"哥们,打丫挺的!"

两拨人推推搡搡,扭打起来,现场乱成了一团。

第十三章

双 簧 戏

一

北京闹市口南端回回营 2 号院,一个简陋的独门小院子,这是李大钊租下的新家。

快过年了,街头寒风凛冽。

一辆驴车停到小院门口。李葆华、李星华蹦下驴车,一脸的兴奋。李大钊扶赵纫兰下车:"兰姐,到家了。葆华、星华,这就是我们的新家。"

李大钊向着院内喊道:"小山,你嫂子来了。"

院内李小山应了一声跑了出来,朝赵纫兰鞠了一个躬:"大嫂您好!"

赵纫兰连忙还礼,有点不知所措。

李大钊:"李小山,我的一个朋友,长辛店的工人,过来帮忙的。"

李小山忙着搬车上的东西,两个孩子欢跳着跑进院子,李大钊付完车钱,搀着赵纫兰进屋。

房子不大,家具也很简陋,但收拾得干干净净。内室是一个新盘的火炕,整个房子里暖烘烘的。

李小山指着火炕说:"守常先生,我把这炕点着了,烧了有一个时辰了。您看可行?"

李大钊拉着赵纫兰坐到炕上:"兰姐,你验收一下,看看合不合格?"

赵纫兰疑惑地看着李大钊:"听人家说北京没有火炕,可我瞅着这个火炕比我们大黑坨的还排场呢。"

李小山:"嫂子,您说对了,咱北京可不是没有火炕吗。守常先生怕您和孩子冻着,特地给您新盘了个火炕。费了老鼻子劲了。看得出,他对您可上心了。"

赵纫兰深受感动:"憨坨,难为你了。"

李大钊:"不难为。小山老家是张家口的,他父亲会盘火炕,我就请他过来帮个忙。北京的冬天,家里要是没个火,清冷,怕你受不了。这不,小山过来忙活两天了,刚弄好,你看看行不行。哪儿不合适,让小山重新弄。"

赵纫兰:"行、行,你瞧这屋里多暖和。谢谢你了,大兄弟。"

李小山:"嫂子您客气了,能给您和先生做点事,我心里高兴着呢。这一年里,净给先生添麻烦了。我除了一身力气,没什么报答他。先生,这炕要是没问题,我就回去了。您一家子先归置归置。"

李大钊:"别走,说好了今天中午东来顺涮羊肉,给你嫂子接风。"

李小山:"您一家子大团圆,我就不去了。家里还有事呢。"

门口葛树贵高叫道:"守常先生,小山在这儿吗?"

葛树贵急匆匆地跑来:"小山,你家老爷子晕过去了,像是病得不轻,正往医院送呢。"

李小山急忙就往外跑,被李大钊一把拉住:"小山,你别急,等等。"

李大钊转身从皮包里拿出一把银圆:"来,把这个带上。"

李小山不接:"先生,怎么能老用您的钱呢。我去想办法。"

李大钊:"你上哪儿去想办法?救命要紧。跟我还客气什么?"

李小山犹豫不决。

赵纫兰过来把钱塞在他手里:"大兄弟,你就拿着吧,快上医院给老爷子看病去。"

李小山感恩不尽："嫂子,谢谢您啦。用不了这么多,有几块就够了。"

李大钊："好,我留下两块中午吃饭,这些你拿走。别耽误时间,快去吧。树贵,你陪着小山,有什么事再过来告诉我,我再想办法。"

葛树贵："先生您放心吧。这是嫂子吧,过两天我来看您。"

李小山走后,李大钊拿着手里的两块大洋对孩子们说:"来,宝贝,咱们打扮一下,东来顺涮羊肉去。"

葆华、星华跳了起来。

李大钊打开柜子,拿出新棉衣:"这是你们的君曼婶子给你们做的新棉衣,穿上试试,不合身的话让你妈改改。兰姐,这是我从瑞蚨祥给你买的棉袍子,你穿上看看,不合适可以换。"

赵纫兰:"这是绸子的,我一个乡下人穿这么贵的衣服干什么？憨坨,你把它退了吧。"

李大钊:"怎么不能穿？对了,兰姐,我要正经地和你说两件事,行吗？"

赵纫兰有些紧张:"你说吧。"

李大钊:"第一,以后别再喊我小名憨坨了,行吗？"

赵纫兰:"那叫你什么？"

李大钊:"叫我寿昌或者守常就行。"

赵纫兰:"行,那我就跟人家一样,叫你守常吧。还有什么？"

李大钊:"我在大学教书,家里经常要来客人,你作为女主人,要出来应酬,所以穿着要端庄一些,这是对客人的礼貌。"

赵纫兰面露难色:"我挺犯怵的。"

李大钊:"习惯了就好了。来,你先把这个棉袍子换上。"

门外有人喊门:"守常先生在家吗？"

李大钊:"你看,说曹操曹操到,真有客人来了。"

李葆华:"我去开门。"

不一会儿,李葆华领着罗章龙和刘海威进得屋来。

罗章龙和刘海威向李大钊鞠躬:"守常先生好!"

李大钊还礼:"罗章龙、刘海威,你们怎么知道我住这儿?"

罗章龙:"教务处告诉我们的,说您刚搬了新家。贸然来访,打扰了。"

李大钊:"欢迎你们常来。正好我内人来了,你们见见吧。"

李大钊进屋看见刚换了衣服的妻子,满意地说:"不错,面目一新。"

他上前帮妻子整理一下衣服,轻声说:"两个学生,出来见见。"

李大钊拉着赵纫兰出来。罗章龙、刘海威向她鞠躬:"师母好,不知道您今天刚到,打扰了,请原谅。"

赵纫兰连连摆手:"没关系,没关系,你们请坐。"

李大钊:"两位同学来找我有事吗?"

罗章龙和刘海威互相看看,有点尴尬。

罗章龙:"实在是不知道师母刚来,唐突了,我们没什么大不了的事情,改日再来请教吧。"

两人站起来要走。

李大钊赶忙拉住他们:"你们两个肯定有事。不要有顾虑,直说吧。"

两人互相看了一眼。

刘海威:"守常先生,不好意思,那我就直说了。我们俩欠学校这学期的学费,家里的钱还没寄到,教务处要我们打个欠条,并要有老师做担保。我们是来请守常先生给我俩做个保人的。"

李大钊哈哈大笑:"你说你们两个,这点事有什么不好意思的。行,我给你们做个保人。你们欠学校多少钱?"

罗章龙:"其实就是两块大洋的押金而已。交了押金,等家里钱寄来缴足就行了。"

李大钊:"两块大洋做什么担保,一共四块钱,我替你们出了。"

他摸了摸口袋,一拍脑袋:“你别说,我身上还真的只有两块大洋了,怎么办?”

赵纫兰站起来:“你给我们寄的盘缠还剩两块大洋,我给你拿去。”

罗章龙、刘海威脸红了,连忙站起:“那怎么行?还是请先生给我们做个担保吧,这就已经是帮了我们大忙了。”

李大钊硬把钱塞给他们:“你俩就别磨叽了,赶紧去教务处交钱去,千万别耽误了上课。”

说着,李大钊连推带搡把两人送出门外。

送走罗章龙和刘海威,李大钊回到屋里,朝葆华、星华挤了挤眼:“没钱了。兰姐,你还有钱吗?”

赵纫兰摇摇头:“没了。”

李大钊两手一摊:“对不起,宝贝们,涮羊肉今天吃不成了。不过我向你们保证,等工资一下来,我一定带你们去吃两次涮羊肉,行吗?”

李星华:“爹,我饿了。”

李大钊:“昨天我刚买了两袋面。对,我给你们做老北京炸酱面,可好吃了。”

葆华、星华噘着嘴,哼了一声。

门外又有人喊:“守常先生在家吗?”

李大钊:“又来人了。今天这是怎么啦?”

葆华这次不主动去开门了。

李大钊出去开门,是北京大学庶务长。

进得门来,庶务长向赵纫兰问好:“守常先生,在下不是来找您的,我是来找夫人的。”

赵纫兰疑惑地问:“您找我?”

庶务长打开皮包,拿出三包大洋递给赵纫兰:“夫人,我奉蔡元培校长之命给您送工资来了。"

赵纫兰一头雾水,不敢接。

李大钊:"我说你这葫芦里卖的是什么药?"

庶务长笑道:"李夫人,蔡校长知道李主任是一个大手大脚、喜欢助人为乐的慷慨之士,每月工资大多用来做善事。所以,他私自决定,每月从守常先生的工资里扣下三十大洋,命我亲手交给夫人专做家用。蔡公知道夫人今天来了,料定李先生没钱安家,就赶紧让我送钱来了。夫人,请您收下。"

赵纫兰不知怎么办,问李大钊:"憨……哦,错了,守常,这合适吗?"

李大钊哈哈大笑:"合适!夫人,你就收下吧。蔡公真是有心之人,帮我解决了大问题。请您替我谢谢他。"

庶务长:"蔡公吩咐了,让您在家歇两天,带夫人、孩子出去逛逛。"

李大钊高兴地搂着葆华、星华:"走,宝贝,我们涮羊肉去。"

小院里一片笑声。

二

陈独秀主持《新青年》编辑部会议,陈延年作为发行人员被特邀参加。陈独秀介绍会议内容:"今天会议有两项议程,一是通报《新青年》发行情况,二是商量、确定下一期的内容。首先请《新青年》北京发行站的陈延年通报发行情况。"

陈延年站了起来:"各位叔叔……"

胡适打断他:"延年,我要纠正一下你的称呼。这是正式的工作会议,不是你们的家庭会议,因此你不能称我们为叔叔,而应该称'各位编委'。"

陈独秀赞同:"对,延年,你重新开始。"

陈延年脸色略红,重新开始:"各位编委,我受汪孟邹经理的委托向各位汇报《新青年》的发行情况。《新青年》上一期首印一万五千本,后又加印三千

325

本,已经全部售完。现在《新青年》以上海为发行总部,以北京为龙头,代派处遍布全国数十个城市的书局,在新加坡和日本也设有代派处。为促进销售,让利于读者,自上期起,已将定价由每册二角二分降为二角,并实行多买打折:一元半年,二元一年。从下期起,还将下调邮费:国内邮费由三分下调至一分半,日本由三分下调至一分。此外,我们出版的《新青年》合订本,定价为每册四元,现在市场上已经涨到每册六元了。这说明《新青年》已经成为具有收藏价值的名刊。"

大家都情不自禁地鼓起掌来。

"我的汇报完了,各位编委有什么问题或者建议吗?"看到大家反应热烈,陈延年非常高兴。

李大钊:"我有两个建议。一是建议你们北京代派处把发行范围再扩大一些,不要局限于学校机关,工厂也是个市场,工人中也有识字和关心时事的,不要把他们给忽视了;二是建议你们搞发行的时候要注意收集读者的意见和建议,把它们及时反馈给编辑部。"

陈独秀对陈延年说:"守常到底是办过报纸的,这两个建议都很重要,你们要好好落实。"

陈延年答道:"好的。"

"各位还有什么问题?"陈独秀期待地看着大家。

刘半农:"我觉得延年他们做得很好,应该给他们涨工钱,发红包。"

李大钊:"其实搞发行可以实行按劳分配、多劳多得的原则。你们可以试着搞承包,这样可以调动大家的积极性。"

陈独秀并没顺着他们的意思往下说:"这是汪孟邹要考虑的事情,就不在这里讨论了。大家还有什么问题?如果没有,那就请陈延年离席,我们研究下一个议题。"

陈延年向各位编委致意后离开房间,来到南厢房,乔年、柳眉、赵世炎、白兰等人一下子围了上来。

柳眉:"他们满意吗? 没批评你吧?"

陈延年长出了一口气:"他们表扬我们了,刘半农叔叔还提议要给我们涨工资呢。"

大家高兴地欢呼起来。

《新青年》编委会继续开会。

陈独秀提请大家讨论第二个议题:"守常最近收集了一些对我们举办的新文化系列讲座的反响,请他说说。"

李大钊发言:"各位同人,北大的新文化系列讲座开办之后,社会反响强烈。总的看,正面的比较多,最可喜的是一些文化程度不高的人群支持率很高,这说明新文化开始走向普及了。负面反映主要集中在是否取消汉字这个问题上,现在钱玄同教授成了众矢之的,不赞同的占到80%,人们普遍认为这个观点太极端,不可取。"

陈独秀沉思了一会儿,说:"看来对这个问题我们应该好好反思一下。连章士钊、严复都在骂人,这就严重了。"

"我现在成了过街老鼠,人人喊打,臭到家了。"钱玄同有点委屈。

李大钊:"我的意见,以后不要再公开提这个问题了。仔细想想,废除汉字的说法确实失之偏颇。"

陈独秀点头:"我同意守常的意见。好,我们现在来议一议下一期《新青年》的组稿问题。德潜,下一期的责任编辑是你,你说说。"

钱玄同:"最近出现了一个奇怪的现象,编辑部每天都收到十几封骂《新青年》的信,而且都是点名道姓攻击仲甫的。我和半农仔细研究了这些信,发现是有人花钱雇人写的。光骂人,不讲道理,不是唱世上只有皇帝好,就是骂陈独秀是祸国殃民的大流氓。请大家帮助分析一下这是什么情况。"

李大钊仿佛想起了什么,说:"郭心刚前天跟我说,有一个叫张丰载的学生

花钱收买学生帮他贴传单,都是攻击仲甫的。"

刘半农也提供了新情况:"有一个叫张长礼的国会议员花钱雇人写谩骂陈独秀和蔡元培的文章。"

听了这些,高一涵说:"我知道,张长礼和张丰载都是林纾老先生的学生。"

鲁迅分析说:"我觉得复古派的风向转了,以前他们主要是攻击胡适,现在则把矛头对准陈独秀和蔡元培,看来是要撕破脸皮了。"

钱玄同一拍桌子:"反击!下一期《新青年》的主题就是反击。现在我向各位征稿。豫才,你要写一部像《狂人日记》那样的白话小说。"

鲁迅:"我正在写,不过下一期可能赶不上。"

钱玄同:"守常,你是斗士,你要写一篇战斗檄文。"

李大钊:"行,我写一篇。"

钱玄同:"适之,你呢?"

胡适:"我还是两首白话诗,怎样?"

刘半农一脸不屑:"白话诗不给劲,现在需要的是电闪雷鸣。"

胡适不高兴了:"什么给劲!鸳鸯蝴蝶派文章给劲,你来一篇?"

刘半农脖子一梗:"胡适之,你什么意思?"

胡适:"《新青年》是思想启蒙的杂志,不是骂街打口水仗的街头小报。"

刘半农气得满脸通红:"《新青年》怎么就不能借鉴办报纸的经验?我看你是坐井观天,少见多怪!"

陈独秀赶紧调解:"好了,好了,还没开战你俩倒先斗起来了。我看这样,最近德潜在教育部忙着标点符号规范化的事情,下一期的稿子就请半农协助德潜来弄。"

钱玄同大喜:"那是再好不过的了。半农,中午我请你吃饭。"

中午,学士居,钱玄同和刘半农要了两壶老酒、几碟小菜,边喝边商量下一期稿件的安排。

钱玄同:"半农老弟,我敬你一杯酒,你要给我出个好主意。"

刘半农:"德潜兄高抬我了。我刘半农不过是个只念过中学的鸳鸯蝴蝶派报人,哪里有什么好主意!"

钱玄同:"正因为你是鸳鸯蝴蝶派报人,你才能够想出好主意来。"

刘半农:"德潜兄真是这么想的? 真的信得过我?"

钱玄同:"当然。不然我干吗要请你来喝酒?"

刘半农:"那我就给你出个主意。咱俩来演个双簧如何?"

钱玄同:"什么意思? 怎么演?"

刘半农:"我问你,现在京城反对新文化、反对《新青年》的主帅是谁?"

钱玄同不假思索:"那还用问,自然是林纾老先生,就是他纠集了一帮'选学妖孽、桐城谬种'。"

刘半农点点头:"那我们就以林老先生为原型,把以他为代表的复古派攻击新文化的那些谬论集中起来,编成一封读者来信,然后我们再以《新青年》记者的名义写一篇文章,对这封读者来信逐条批驳。这一问一答的形式新颖活泼,定会引起读者的好奇和兴趣,甚至可能引发一场争论。"

钱玄同一下子兴奋起来:"半农兄,我看你改名叫半仙得了。你太有才了,真不枉做过鸳鸯蝴蝶派报人!"

刘半农:"你真的觉得这个双簧戏能演?"

钱玄同:"太能演了,简直就是天才构想! 咱们说干就干,我来写读者来信,你来写反驳文章,怎样?"

刘半农也来劲了:"好,今晚就写。"

两个人顾不上喝酒吃饭,掏出小本本开始商量起来。

钱玄同在小本子上写下一行字——《给〈新青年〉编者的一封信》,问:"用这个题目,你看怎样?"

刘半农:"我看行,一目了然。不过既然是读者来信,就得有署名。"刘半农

想得很细致。

钱玄同:"名字我也想好了,叫王敬轩。"

刘半农:"叫什么都行。那我的文章就叫《复王敬轩书》了。"

钱玄同:"王敬轩既然是个复古派,那我的这封读者来信就不用标点符号了。信里一共提出八个反对新文化的谬论,你看如何?"

刘半农:"你是攻,我是守,你提几个我就反驳几个,保证让你这个王敬轩体无完肤、屁滚尿流。"

钱玄同:"好,过瘾!"

刘半农忽然想起了什么,看了看钱玄同,低声说:"德潜,我觉得这事咱俩先得保密,突然登出来,才能收到出其不意的奇效。"

钱玄同一拍桌子:"好你个刘半仙,鬼点子还挺多,就这么定了!"

钱、刘二人的双簧戏很快就上演了。这天,胡适在教育部开完试行标点符号的会议,回校路上就听见报童大呼:"看新旧两派激战《新青年》,看王敬轩大骂《新青年》,看记者痛斥王敬轩!"

胡适甚是好奇,买了一本,翻了翻,皱起了眉头,嘴里嘀咕了一句:"谁出的这下三烂主意!"

胡适回到北大,看到红楼大门前聚了不少学生,都在议论刚刚出刊的《新青年》。郭心刚看见胡适,连忙上前向他打听:"胡先生,王敬轩是谁呀?"

胡适耸了耸肩:"我也正在找这个王敬轩呢。"

傅斯年凑到胡适跟前:"胡先生,有人猜测这个《复王敬轩书》的作者是您,很像您的观点,但不像您的文风。"

胡适没好气地说:"你抬举我了,我胡适可没有这么聪明的想象力和创造力。"

傅斯年第一次受到老师的抢白,感到莫名其妙。

胡适来到二楼文科办公室,《新青年》编辑部的同人编辑和一些教师也都在议论新一期《新青年》。

陈独秀异常兴奋："德潜，你这一期编得好。特别是王敬轩的读者来信，把反对派攻击新文化的主要论点都列出来了，而本刊记者对这些论点的批驳也可谓鞭辟入里、入木三分，把我们在这些基本问题上的观点都讲清楚了。这种形式很好，开创了一种新的体裁。没想到我们的文弱书生钱玄同居然能想出这样好的主意，太有才了！"

钱玄同连忙摆手："仲甫兄，我可不敢贪天之功。主意是刘半农出的，王敬轩的来信是我编的，记者的答复是半农写的。所以，要说有功的话，那也主要是半农的。"

胡适："我说呢，除了刘半农这个半仙，谁能想出这么个馊主意。用办街头小报的办法办《新青年》，用这么低的格调去说新文化，我看是自毁长城。"

刘半农生气了："胡适之，你给我说清楚，我怎么就格调低了？"

胡适："至少你没有经过我的同意就把攻击我的言论写进去，这是侵犯人权！"

钱玄同："适之，我用的可都是报纸上公开攻击你的言论，半农引用你反驳的话也都是你公开发表过的，怎么就侵犯你的人权了？"

陈独秀赶紧调解："适之言重了。我看这种自问自答的方式不错，新鲜、活泼、有看头，是新文化、新事物、新手段。"

胡适不服："《新青年》是很严肃的学术刊物，不能为了吸引读者去搞那些媚俗的东西。"

蔡元培来了，一进门就说："仲甫，这一期《新青年》办得不错。特别是这个《复王敬轩书》编得好，我看这个王敬轩活脱脱就是林纾老先生的代言人呀。好！好！"

胡适本来还想说些什么，一看蔡元培也这么说，就不再吭声了。

林纾的书房里,张丰载正在念《复王敬轩书》:"林先生所译的小说,还是半点儿文学的意味也没有!何以呢?因为他所译的书,第一是原稿选择得不精,往往把外国极没有价值的著作也译了出来,真正的好著作却没有过问。第二是谬误太多。把译本和原本对照,删的删,改的改,精神全失,面目皆非。"

林纾气得一把夺过张丰载手中的《新青年》狠狠地摔到地上:"行了,别念了。什么王敬轩,明明就是在说我林纾。可恶之至,我要反击!"

红楼读书会也正在热火朝天地讨论《复王敬轩书》,李大钊带着傅斯年进来了。

李大钊:"同学们,今天读书会讨论的议题是《新青年》第四卷第三号刊登的《复王敬轩书》。傅斯年同学知道这个议题后,很感兴趣,主动要求来参加,大家欢迎。"

郭心刚对傅斯年说:"傅斯年,你不是黄侃教授的门生吗?怎么改换门庭了?"

傅斯年:"我只是来旁听而已。"

李大钊示意大家安静:"好,讨论现在开始,我们先请赵世炎同学对这个作品作简单的分析介绍。"

赵世炎:"其实也没有什么好介绍的了。这篇作品由一问一答两封信组成。据我所知,提问的信是钱玄同教授编的。它以读者王敬轩的名义,站在复古派的立场上,以激烈的言辞向《新青年》编辑部提出了八个问题,质问和攻击新文化运动。而刘半农教授以《新青年》杂志记者名义撰写的《复王敬轩书》,则以洋洋万字的篇幅逐一驳斥王敬轩的观点,比较全面系统地阐述了新文化的立场。可以说,这一问一答的两封信,是新旧两种势力在思想文化领域里的一场论战。论战的实质性内容,是中华文化该复古还是该创新。"

柳眉率先为赵世炎的思辨和口才鼓掌,其他人也跟着鼓起掌来。

赵世炎:"我要介绍的就是这些,大家讨论吧。"

邓中夏:"我觉得对新文化,我们读书会的同学基本观点是一致的。对这两封信中涉及的问题,大家平时都很关注,多有议论,是非很分明。所以我觉得我们要做的不是在这里坐而论道,而是应该走出去宣传,去启蒙更多人的思想。"

郭心刚:"仲澥兄,你说在座的都赞成新文化,我看未必,不信你问问这位黄侃先生的高足、我们的学生会主席傅斯年同学吧。"

傅斯年涨红了脸:"郭心刚你不要激我,我崇拜黄侃先生的学问不假,但是,吾爱吾师,吾更爱真理。我今天来就是要了解一下我们学生会能为新文化做些什么的。"

张国焘:"我觉得仲澥兄说得很对,向民众宣传普及新文化知识、启蒙思想是当务之急。我们读书会应该在这方面做点事情。"

柳眉冷不丁插话道:"这《复王敬轩书》不是个双簧戏吗? 我们干脆把它演出来吧。"

赵世炎拍手称赞:"好主意呀! 双簧戏既好演又好看,演出来效果肯定好。"

陈延年:"双簧戏是两个人演一个人的戏,而《复王敬轩书》是两个人的一问一答,应该是演活报剧才对。"

邓中夏:"我赞成,活报剧更生动活泼。"

傅斯年:"我也赞成陈延年的提议,我们学生会支持,可以提供服装和场地。"

李大钊:"我看这样,我们就以读书会的名义试着排演活报剧。不过在演出之前,这事不宜张扬,可以在法文进修馆排练。仲澥和世炎演过活报剧,你们俩一个做编剧一个做导演。演员由导演确定,大家都参与,怎么样?"

青年们欢呼起来。

柳眉问:"活报剧排练好了到哪儿演呀?"

郭心刚:"去天桥,那儿人多。"

大家都笑了。

李大钊:"你们先排练,到时候我让《新青年》编委们先看第一场。今天的讨论就到这里。"

第二天晚上,红楼图书馆会议室里灯火通明。邓中夏召集读书会的同学商量排练活报剧事宜,傅斯年和罗家伦应邀参加。

邓中夏:"根据守常先生的安排,这次活报剧的排练和演出由我和赵世炎负责。我们俩做了分工,我负责改编剧本,世炎负责导演。我先就剧本做两点说明:第一,剧本根据《复王敬轩书》改编,暂定名《红楼钟声》。第二,剧中主要角色共两人:一个是王敬轩,原型人物是大翻译家林纾,人物形象设计参照辜鸿铭教授;另一个是《新青年》记者,人物原型是陈独秀学长,人物形象设计参照胡适教授。下面请世炎做导演阐述。"

赵世炎:"我重点说一下分工。演员分 A、B 角,共四人。记者,A 角陈延年,B 角张国焘;王敬轩,A 角柳眉,B 角郭心刚。"

大家愕然,柳眉也感到很吃惊。

白兰望着赵世炎:"柳眉演王敬轩?女扮男装呀。"

赵世炎:"这两个 A 角是我经过慎重考虑确定的,相信他俩一定会不负众望的。"

大家鼓掌。

赵世炎:"服装很重要,由傅斯年负责。"

傅斯年:"记者的服装可以向胡适教授借,王敬轩的服装怎么办? 总不能去向辜鸿铭先生借吧?"

白兰:"辜先生的衣服借来也不能穿呀,脏死了。"

大家笑得前仰后合。

罗家伦自告奋勇:"这事交给我来办,我去戏装店租。"

赵世炎接着分工:"道具组,罗章龙、刘海威;宣传组,罗家伦、白兰;场记,邓中夏;报幕,白兰、罗家伦。"

邓中夏一挥手:"对导演安排的这个分工,大家如果没有意见,那就各司其职,开始工作吧。"

三

陈乔年兴冲冲地回家,一推开院门,就看见高君曼背对着院门在水池边洗衣服,便蹑手蹑脚地走过去,用双手蒙住了她的眼睛。

高君曼这几天因为一些小报刊登陈独秀有失私德的传闻,心中郁闷,心事重重,被乔年吓了一跳,气呼呼地说:"谁呀,吓我一跳!"

乔年一听姨妈不高兴,赶忙放开双手:"姨妈,是我,乔年。"

子美、鹤年闻声从屋里跑出来,看见乔年,高兴地叫喊着扑过来:"乔年哥哥,乔年哥哥回来啦。"

乔年转身抱起鹤年和子美。

君曼为自己刚才的失态有些不安,赶忙把手擦干,高兴地拍拍乔年:"你这孩子,这么多天都不回家,把姨妈忘了吧?"

乔年:"姨妈,最近我们学校有任务,实在忙不过来。"

高君曼:"今天怎么有空啦?也不是星期天,你怎么不上课跑回家来了?延年和柳眉怎么没来?"

乔年:"他们忙着呢,我是奉命回来接您去看戏的。"

高君曼吃惊地看着乔年:"看戏?看什么戏?你奉谁的命?"

乔年:"我们红楼读书会排了一出活报剧,叫《红楼钟声》,今天下午在法文进修馆举行汇报演出,李大钊先生让我来接您去观摩。"

高君曼:"你们还会演戏?都有谁去看你们的演出?"

乔年："《新青年》全体编委,还有蔡元培先生和吴稚晖伯伯。"

高君曼："这么多人,我去合适吗?"

乔年："你去再合适不过了,李大钊先生说您是演活报剧的高手,一定要请您去指导、提意见。"

高君曼："好吧,你胡适叔叔的夫人也到北京了,我们去南池子喊上她一起去吧。"

乔年："好啊,来看的人越多越好。"

乔年看见地上有几张小报,心里明白了刚才姨妈为什么生气:"姨妈,您看这些报纸干什么? 这都是坏人花钱雇人写的,您不要相信这些。"

高君曼叹了一口气:"人言可畏啊。"

乔年："姨妈,您放心,我们一定把幕后黑手挖出来。"

高君曼感动地抚摸着乔年的头:"真是个懂事的好孩子。"

高君曼找到江冬秀,乔年领着子美和鹤年,一行人来到法文进修馆,《新青年》编辑部的同人编辑和蔡元培、吴稚晖等已经坐下了。

胡适看见江冬秀,很是吃惊:"你怎么也来了?"

江冬秀不知道胡适对她的到来是什么心思,便怯怯地说:"陈家大嫂非拉我过来看戏,我实在没办法推辞。"接着,她压低声音问,"不会给你丢脸吧?"

胡适笑道:"你多心了,来得正好,来见过蔡校长和吴先生。"

吴稚晖虽是第一次见到江冬秀,却大大咧咧地打趣说:"大妹子,你可是个大名人啊。听说你把适之堵在牛车上,非要他当众向你求婚方肯让他进家门。不愧是女中豪杰,佩服!"

江冬秀红着脸说不出话来。

陈独秀赶紧过来打圆场:"他这个吴疯子净说些疯话。别理他,我们坐下来看戏。"

李大钊环顾四周,看人都到齐了,忙站到观众席前面说:"我先给各位同人解释一下。红楼青年读书会在北大学生会的支持下,利用课外时间排了一幕活报剧,是根据《新青年》第四卷第三号所载《复王敬轩书》改编的。今天算是给《新青年》编委作汇报演出。蔡校长和吴先生是《新青年》的老作者,也是编外的编委。陈夫人和胡夫人是特邀观众。我要是早知道胡夫人来的话,就把我那糟糠之妻也喊来开开眼界了。"

大家都笑了。

李大钊对邓中夏说:"仲澥,开始吧。"

一身学生装的白兰和罗家伦出场报幕。

白兰:"像一根火柴在摩擦中燃烧,黑暗的夜空看到了光明。"

罗家伦:"像一声嘹亮的号角破空而来,唤醒了沉睡的思想和灵魂。"

白兰:"《新青年》的呐喊,招来了多少卫道士横眉冷对的目光。"

罗家伦:"红楼的曙光,引导着多少斗士勇敢地走上了战场。"

白兰、罗家伦:"请看活报剧《红楼钟声》。"

柳眉扮演的王敬轩和陈延年扮演的记者分别从两边登台。柳眉的打扮让高君曼和江冬秀笑出声来。

头戴小帽、拖着长辫的王敬轩说道:"我乃王敬轩也,曾东渡扶桑,学习法政。归国以后,见国内道德败坏,一落千丈,青年学子动辄诋毁圣贤,蔑弃儒书,倡家庭革命之邪说,驯致父子伦亡,夫妇道苦。凡此种种,皆为新学所致。今日路过《新青年》门口,老夫忍不住要进去痛斥一番。喂,你是何人?"

子美惊呼道:"这是柳眉姐姐。妈妈,柳眉姐姐怎么变成老头了?"

众人大笑不止。

吴稚晖笑道:"哎呀,都说女大十八变,可是要真把这么漂亮的丫头变成辜鸿铭那糟老头子,那还是太可惜了。"

西装革履的《新青年》记者应道:"我是《新青年》的一名记者,敢问老先生有何指教?"

王敬轩:"贵报名曰《新青年》,理当扶持大教、昌明圣道,然尔等却鼓吹新学,以狂吠之谈,致纪纲扫地,名教沦胥,贵报诸子犹以青年之沦于夷狄为未足,必欲使之违禽兽不远乎?"

记者:"可笑!先生将'上下五千年,纵横九万里'的一切罪恶,完全归到本刊倡导的新文化上,实在荒谬。我要问您,辛亥国变以前,'扶持大教,昌明圣道'那套老曲子已唱了两千多年,为什么会弄到'朝政不纲、强邻虎视、国土沦丧'的地步呢?"

王敬轩:"这……国之不昌,实乃西洋邪教所为,但贵刊对于西洋学说,从不排斥。尔等同人编辑,多为西教信徒,崇洋媚外不失为尔等本性。"

记者义正词严:"本刊记者并非西教信徒。本刊所信仰和倡导的是陈独秀先生树起的科学和民主两面大旗。用科学和民主的精神提升我们的国民性,这难道不是抵御外辱、振兴中华的根本之道吗?"

众人齐声叫好,热烈鼓掌。

王敬轩:"贵刊创刊以来,大倡文学革命之论。自四卷一号,更以白话行文,且用种种奇形怪状之钩挑以代圈点。贵刊诸子,工于媚外,唯强是从,可见一斑!"

记者:"句读之学,中国向来就有的,本刊采用西式标点符号,是因为中国原有的符号不够用,乐得把人家已造成的借来用用。先生不知'钩挑'有辨别句读的功用,却说它是代替圈点的。知识如此鄙陋,本记者唯有敬请先生去读三年外国书,再来同鄙人说话。如先生以为读外国书是'工于媚外,唯强是从',不愿下这功夫,那么,先生便到了'墓木拱矣'的时候,还是个不明白!"

两个人惟妙惟肖的表演,再次赢得观众的热烈掌声。

吴稚晖站起来大叫道:"好!实在是高!实在是高!"

戏演完了,大家都很兴奋,三三两两地聚在一起议论。

高君曼拉着江冬秀和两个孩子到处找柳眉。乔年告诉她,柳眉正在卸妆。

李大钊问高君曼："大嫂,我知道你曾经是女高师演活报剧的高手,给提提意见吧。"

高君曼有些不好意思,又有些高兴："那都是二十年前的城南旧事了,江山代有才人出,各领风骚数百年,现在的青年人比我们那个时候聪明多了。就说这化妆,我们那时就没有这么讲究。演得太好了,我提不出意见来。"

柳眉和延年卸完妆出来了,子美和鹤年跑过去拉着柳眉："姐姐,你的瓜皮帽呢? 你是怎么变成老头的?"

江冬秀第一次看活报剧,见到卸了妆的柳眉,甚是吃惊,拉着她的手左看右看："刚才那么丑的一个小老头怎么变成了这么漂亮的大姑娘,你们变的是什么戏法?"

胡适对妻子打趣道："你要不要试一试,把你也变成个小老头?"

江冬秀不好意思地转过身去。

吴稚晖和蔡元培拉着延年夸他演得好。吴稚晖煞有介事地说："延年,我给你的评价是,形似胡适之、神似陈独秀、魂似吴稚晖,三位一体,高不可攀。"

蔡元培不无讥讽地说："敬恒兄,你这是夸延年还是夸你自己呢?"

陈独秀："我也送你四个字,恬不知耻!"

众人大笑。

李大钊对众人说："请各位大师给提提意见吧。同学们想到学校和街头去演出,大家看行不行?"

钱玄同："我觉得演得很好,把我们文章的战斗力一下子提升了很多。如果公开演出,肯定会引起轰动。"

大家纷纷表示赞同。

李大钊又说："请蔡校长讲几句吧。"

蔡元培难掩兴奋之情："我很高兴,北大有这么多有才华的青年,新文化何愁不能兴旺! 活报剧这种形式很实用,不像话剧,更不像西洋的歌剧那么讲究

排场,但同样有很强的艺术感染力,能产生很好的宣传鼓动效果。我同意你们去公开演出,一定要把新文化扩展到民众中去!"

青年们欢呼雀跃,激动地拥抱在一起。

很快,活报剧《红楼钟声》就在北京女子师范学校礼堂公开演出了。

舞台上,王敬轩摇头晃脑:"尔等提倡新学,流弊甚多,特别是妇女,一入学堂,尤喜摭拾新学之口头禅,语以贤母良妻为不足学,以自由恋爱为正理,以再嫁失节为当然,甚至剪发髻、曳革履,高视阔步,恬不知耻。"

记者一身正气、气宇轩昂:"孔教三纲统治中国几千年,受害最甚者莫过于妇女。'三从四德''男尊女卑''夫为妻纲''饿死事小,失节事大''女子无才便是德'等封建教条,像一张张血盆大口,无情地吞噬了妇女的尊严、情趣、自由甚至生命,造成了多少惨绝人寰的人间悲剧!请问,像这样罪恶的封建礼教难道不应该废除吗?先生号称贤德之士,却把这种吃人的礼教奉若神明,请问,你的老母妻女能答应吗?台下在座的这些女学子们能够答应吗?"

台下数百女学生齐声高呼:"我们不答应!"

北京大栅栏,八大胡同里灯笼高悬,红男绿女打情骂俏,张长礼、张丰载叔侄钻进了兰香班。

涂脂抹粉的老鸨满脸堆笑迎上来:"张议员、张少爷,二位爷最近可是少见呀。凤兰,赶紧的,张议员来了。"

小凤兰扭着蛇腰,摇着手帕,一溜烟从楼上跑下来,扑向张长礼。

张长礼亲了一下小凤兰:"宝贝,你先回避一下,我们爷俩到你屋里说个事,办完了事再来办你。"

张丰载色眯眯地盯着小凤兰,偷偷向她抛了个媚眼。

小凤兰假装没看见:"得嘞,我先打一圈去,输了您可得给我兜着。"

进得房间,老鸨让伙计端上茶和水果,知趣地带上门,走了。

张长礼告诉张丰载:"林老先生发火了,非要硬闯总统府,状告陈独秀、蔡元培,被我给拦下来了。"

张丰载:"二叔,你干吗低头哈腰地巴结林纾,他不过一介腐儒,有什么用呀?"

张长礼:"你懂个屁。他是个门面,有这么个清流领袖老师的光环罩着,能办成好多事情。"

张丰载:"那您说这事怎么办?"

张长礼:"当务之急是要阻止那帮穷学生演那个活报剧。那个影响太坏,点着名骂林纾,老先生受不了。"

张丰载:"这个怎么阻止?除非政府出面干涉。"

张长礼:"我和林纾都分别给警察总监吴炳湘打了电话,要求取缔活报剧公演。林纾告他们诽谤,我告他们煽动民众、扰乱治安。吴炳湘答应出面干涉,责成前门警局处理此事,要我直接跟那个魏局长联系。我不方便出面,你去找他。"

"我去他会理我吗?我怎么说?"张丰载挠挠头,显得很为难。

张长礼拿出几张银票:"就用这个说话。"

"有这个就什么也不用多说了。"张丰载迅速把银票收下。

张长礼:"光用这个不行,你还要找一些人配合警察,尽量把现场搞复杂,最好是发生冲突,抓几个人,把事情闹大。"

张丰载拍拍胸脯说:"二叔,你放心,这个我在行。"

张长礼又交代道:"另外,要利用你的记者身份多找些人写文章,直接对着陈独秀和蔡元培开火。特别是对陈独秀,重点攻两个问题:一是私德,二是思想极端。要大造舆论,把他搞臭。同时,也要在北大内部给他多树立几个对立面。你要记住,堡垒最容易从内部攻破。"

张丰载:"二叔,我觉得您不该做生意,应该当个军师。您这么老谋深算,

不当军师亏大了。"

张长礼："你懂什么，做生意可比打仗难得多。"说着又掏出几张银票，"要花血本的，这就叫投资。"

四

前门大街全聚德烤鸭店前有一块空地，是专门停放接送客人的汽车、黄包车的。傅斯年托人把它租了下来，作为演活报剧的场地。头一次走上街头，大家都很兴奋。出乎他们意料的是，演出前，突然来了一些人，满大街地帮着吆喝："快来看呀，不要钱的活报剧，不看白不看呀。"

聚集的人越来越多，演出的人也格外兴奋。

柳眉一身辜鸿铭的打扮，没有人看出她是女扮男装。她一本正经地责问记者："尔等大逆不道，竟然以白话取代文言，实在荒唐。我中华文言，文有骈散，各极其妙。选学之文，宜于抒情，桐城之文，宜于议论，悉心研求，终身受用不穷，与西人之白话诗文岂可同日而语！"

观众中有人开始叫好。

陈延年扮演的记者一如既往地大义凛然："本刊提倡白话文，反对'桐城谬种、选学妖孽'，早已将他们的弊病逐一揭露得清清楚楚。过时的文言，气魄既不厚，意境也不高，像个涂脂抹粉、搔首弄姿的荡妇，早已不能再登现代中国的大雅之堂。我们倡导的白话文，通俗简明，直言达意，雅俗共赏，方便实用，不似那文言文，未言先做三分秀，绕来绕去，吞吞吐吐，犹抱琵琶半遮面，如同那既要偷汉，又要请圣旨、竖牌坊的烂污寡妇一样。"

观众大笑。

这时，围观的人群中突然站出来一个小混混："你们这演的是什么戏，这不是在骂人吗？别演了，滚回去！"

傅斯年傻了：这不是刚才帮着他们吆喝的那帮人吗？没等他反应过来，十几个小混混一起跳出来高喊:"别演了,滚回去!"

小混混们对延年和柳眉又推又搡。一个小混混摘掉柳眉的瓜皮帽和假辫子:"快来看呀,这老头原来是个黄花大姑娘呀,不害臊。"柳眉没受过这等羞辱,不知所措,眼泪汪汪。

陈延年一个箭步冲上去,一拳把小混混打翻在地,同时把柳眉护在身后。

有人大叫:"北大学生打人啦!"小混混一哄而上,双方打成一团。

警察来了,躲在远处的张丰载一声口哨,大声招呼那些小混混赶快溜。郭心刚一眼认出了张丰载,大叫:"你这个小人!"张丰载赶紧溜了,小混混也作鸟兽散,都跑了,只剩下演活报剧的学生被警察围在了中间。

一个警官指着同学们说:"你们非法演出、聚众闹事、扰乱治安、阻碍交通,我奉命取缔你们的演出。"

邓中夏站了出来:"我们是北京大学的学生,我们上街宣传新思想、新文化,何罪之有?"

警官:"我知道你们是学生,但并不都是北大的。谁是邓中夏、赵世炎、陈延年和柳眉?你们四人是主谋,必须跟我去警局一趟,其余人交由学校处理。"

郭心刚想上来跟警官理论,一个警察一警棍把他打翻在地,同学们立刻围住打人的警察。

邓中夏见状连忙制止:"同学们,不要冲动。既然已经这样,我们就按警察说的做。张国焘,你带同学们回去向守常先生报告,我们四人跟他们走一趟。"

张国焘带着同学们回到北大,大家情绪非常激动。刘海威和白兰架着郭心刚。张国焘说:"刘海威和白兰把郭心刚送到校医务室去包扎一下。我和傅斯年去找守常先生汇报,其他同学先回教室听候通知。"

罗家伦:"还是一起去吧,现在回教室同学们问起来,我们也不知道该怎么说,而且大家心里也很着急。"

张国焘想了想,说:"也好。"

陈乔年:"我去找我爸爸去。"

一楼图书馆,李大钊听完张国焘的叙述后拍案而起:"流氓!土匪!阴谋!光天化日之下,警察居然敢抓学生、打学生,一定是有人在搞鬼!"

陈独秀和胡适听到消息从二楼下来了,三楼四楼也有同学下来了。

傅斯年:"我们学生会组织同学上街游行去。"同学们齐声响应。

胡适连忙制止:"大家先不要激动。仲甫兄,赶紧去向蔡校长汇报,不然会出大事的。"

陈独秀:"好,适之,你在这里先把同学们稳住,我和守常去找蔡校长。乔年,你也先在这里待着,不要告诉你姨妈。"

校长室外面已经聚集了不少学生,有的还打着旗帜。庶务长和几个职工守在校长室门口,不让学生们进去。

蔡元培在给汪大燮打电话:"伯棠兄,你是代理国务总理,你要对我北大负责任啊。"

汪大燮:"蔡公息怒,我已经派人向警察厅询问过了,他们说抓的人中只有一个是北大的。"

蔡元培:"他们抓了四个学生,有三个来自法文进修馆,那也是我蔡元培的学生,我是法文进修馆的创办人,是副馆长。再说,同学们上街演活报剧,是我们北大组织的,是学校同意的,我这个北大校长不能不管。"

汪大燮:"我知道了,我已经叫警察厅放人了,可是到现在一直找不到吴炳湘,我继续找。北大那边你一定要稳住了,别再让学生给我捅娄子了。"

蔡元培:"实话跟你说,我这校长室门口已经全是学生了。你告诉吴炳湘赶紧放人,不然的话,学生可真要上街了。这个后果他担得起吗?好,我等你电话。要抓紧啊,这儿的学生我快要捂不住了。"

蔡元培放下电话,一直在屋子里走来走去的陈独秀赶紧问:"怎么样?"

蔡元培:"总理衙门和教育部都解释清楚了,他们也打电话和京师警察厅交涉要求放人了,可就是找不到警察总监吴炳湘。据警察厅官员说有人把北大告了,已经记录在案,要放人必须经吴炳湘批准。现在他们到处在找吴炳湘,要我们等电话。"

李大钊急忙说:"可是这边学生已经等不及了,特别是郭心刚挨了打,山东的同学准备抬着他到总统府请愿去。"

蔡元培:"守常,我和仲甫在这里等电话,你去做同学们的工作吧。告诉大家千万不要冲动,现在方方面面都在想办法,事情今晚一定能解决。"

电话铃响了。

蔡元培拿起电话:"是吴总监吗?我是蔡元培。你终于来电话了!你说,你说。什么?要我去京师警察厅面谈,有这个必要吗?复杂?程序?抓人的时候你不讲程序,放人倒要讲程序了。你说,你说。嗯,好吧,我去可以,但是有个前提,你必须保证放人。好,你不用来车,我自己去。"

蔡元培放下电话:"吴炳湘同意放人了,但要我们去面谈并履行担保手续。"

陈独秀一听就火了:"为什么还要担保?难道孩子们犯法了吗?"

蔡元培:"吴炳湘说是司法程序,还说仲甫也必须去。"

李大钊:"为什么?"

蔡元培:"电话里说不清楚,我们抓紧去了再说。"

李大钊:"我陪你们去,毕竟演活报剧是我提议的。"

五

校长室门口聚了很多学生,蔡元培对同学们发表讲话:"同学们,大家都回去吧。经过交涉,警察厅已经同意放人了,现在我和陈学长去和他们面谈此事。请大家放心,我们一定把同学们安全地带回来。"

两辆马车一起来了,胡适从其中一辆车上下来,对陈独秀说:"仲甫兄,我

和你们一起去,这个时候我要和你们站在一起。"

陈独秀、李大钊、胡适,三双大手紧紧地握在一起。

京师警察厅,邓中夏、赵世炎、陈延年和柳眉四人被关在一间房子里。柳眉和延年还带着妆,柳眉的瓜皮帽和假辫子都没有了,但长衫还穿着,样子十分狼狈。延年的脸被打青了,额头上还带着血,柳眉撩开长衫为延年擦血。

来了两个警官,其中一个拿出登记本要他们填写,另一个警官训话:"进了这里你们就是犯罪嫌疑人了,希望你们明白自己的处境,老老实实地遵守规矩,不要自找麻烦。也不知道你们走了哪门路子,长官特意吩咐了,要对你们优待。现在你们可以提一项要求。"

邓中夏、赵世炎和柳眉都是第一次进警察局,想不出来有什么要求。延年算是二进宫了,对警官说:"我们没有别的要求,只要求给我们找一些书来,我们要看书。"

警官:"这里是监狱,你还有心思看书啊!再说这里也没有适合你们看的书。"

赵世炎是个书虫,一听能看书,立刻来了精神:"什么书都行,最好是翻译的外国书。"

警官看了他一眼:"行,我去警员阅览室看看,给你们找一些书来。"

警官走了。陈延年对邓中夏他们三个说:"你们别害怕,我是进过班房的,他们不敢把我们怎么样的。"

柳眉望着延年:"只要有你在,我就不怕。"

赵世炎:"我无所谓,只要有书看就行。"

邓中夏:"我本来还想安慰你们,看来是自作多情了。好,我们就在这里慢慢等着吧,看他们怎么把我们请出去。"

蔡元培一行急匆匆来到京师警察厅,吴炳湘满脸堆笑地把蔡元培一行迎进他的办公室:"蔡校长多多包涵,把各位大贤请到这里相见,实在是唐突了。不过在下职责所在,也是不得已而为之。"

蔡元培神色严峻:"吴总监客气了。恕我等愚钝,不知是什么职责要让吴总监的人无故殴打、关押我蔡元培的学生?"

吴炳湘是老政客,他不温不火地说:"蔡校长误会了。不是在下职责所在,就是借给我十个胆也不敢冒犯蔡校长和陈学长的虎威呀。"

蔡元培一声冷笑:"吴总监,恭维的话就不要说了,我们还是谈正事吧。"

吴炳湘从抽屉里拿出一摞卷宗:"蔡校长请看,这是近一个月来京师警察厅收到的各种举报信,举报北京大学陈独秀、蔡元培鼓吹邪说、诽谤先贤、妖言惑众、侵犯人权,同时还煽动和纵容学生非法演出、攻击社会、扰乱治安,要求警察厅依法严惩。"

陈独秀猛地站起来:"请问吴总监,既然这些都是对我二人的举报,警察厅为什么不来抓我而要殴打和抓捕我的学生?"

吴炳湘看看陈独秀:"这位想必就是鼎鼎大名的陈独秀先生喽。早就听说你能言善辩,今日一见,果然名不虚传。听口音就知道你是安庆人。我是安徽合肥人,都是皖人,也算是同乡了。老乡你问得好!为什么在下不去抓你?说实话,不是在下不敢,而是在下尚未找到你触犯法律的直接证据。同样的道理,在下今天收容了你的学生,正是因为他们确实触犯了法律。"

胡适闻听此言,也站了起来:"请问吴总监,学生们上街演出,宣传新思想,触犯了什么法律?"

吴炳湘盯着胡适:"听口音这又是一位老乡。好,我来告诉你这几位学生触犯了什么法律。"说着他从桌上拿起一摞纸,"这是今天下午两点半钟京师警察厅接到的三个举报电话,举报有人在京师闹市区非法演出、扰乱治安;这是今天下午四点半钟,前门警所呈报的关于收容邓中夏等四人的报告,收容的理由是煽动民众、扰乱治安、破坏交通、打架斗殴。还有这些,都是取证的材料。"

李大钊也站了起来:"吴总监,欲加之罪,何患无辞!你这些材料都具有法律效力吗?"

吴炳湘反问:"你说呢?"

蔡元培怕闹僵了,连忙上前:"吴总监,我们是来领人的。天色已晚,请放人吧,我们几百名学生还在学校等消息呢。"

吴炳湘:"蔡校长少安毋躁。我在电话里说过,放人可以,但要履行手续。"

蔡元培:"什么手续?"

吴炳湘:"首先我要告诉各位的是,几位学子本应依法惩处,但鉴于他们是初犯,同时出于其他考虑,我们还是决定给予宽大处理,具保释放,交学校和家长严加管束。"

说着,吴炳湘从桌上拿起几张纸:"这是具保单,请蔡校长和陈学长认真填写,并承担相应的法律责任。"

陈独秀:"我要是不写呢?"

吴炳湘一摊手:"那我就只能按章办理了。"

蔡元培把陈独秀拉到一旁:"好了,仲甫,领人要紧。我们具保,我来填写。"

吴炳湘对陈独秀说:"陈独秀先生,请允许我特别地叮嘱你几句,今天之所以非要你来,还有一层意思。你已经在警察厅有记录了,万望谨慎行事,切莫一意孤行。要是真到了那个时候,我这个老乡也爱莫能助。"

陈独秀冷笑道:"多谢吴总监提醒。"

蔡元培填好了保单,着急地说:"我们去领人吧。"

吴炳湘带着蔡元培等四人来到收容房,他们看到了一幅令人动容的画面:四个衣冠不整带着伤的学生正围在一盏油灯下聚精会神地看书,全然没有察觉蔡元培等人的到来。

这场景连吴炳湘也感动了,他不无钦佩地对蔡元培说:"蔡校长,平心而论,这几个孩子都是可造之才,只要好好管教,日后定能成为国之栋梁。"

陈独秀看到延年瘀青的脸上还残留着几道血痕,心头一酸,走过去问了一句:"还疼吗?"声音竟有些颤抖。

陈延年看着父亲,慢慢地站起来。

陈独秀拉起陈延年:"走,跟我回家!"

陈独秀和陈延年、柳眉回到家时,天已经完全黑了。饭菜早已上桌,高君曼和陈乔年在桌旁坐着,看来等了很长时间了。

陈延年和柳眉卸好妆,换了衣服,坐下来准备吃饭。高君曼拿出一瓶二锅头,看着陈延年:"延年,今天你陪你爸爸喝一杯吧。"

陈延年看了看陈独秀,然后指了指贴在墙上的"六不原则":"我不能破戒。"

陈独秀很高兴:"好,大丈夫言必信、行必果。你们喝茶,我自斟自饮。"

两杯酒下肚,陈独秀的兴致来了:"延年,你还是笃信无政府主义吗?"

陈延年答道:"最近黄凌霜他们要在上海创办一本《进化》月刊,要我参加编辑,我准备写一篇关于互助论的文章。"

陈独秀:"好啊,我也挺欣赏克鲁泡特金的互助论,并且想找机会做个实验。"

柳眉一听,高兴地说:"陈叔叔,您跟我们想到一块去了。现在我们三人就是个小互助社。"

陈延年:"我们这个现在还不算。王光祈他们正在筹划搞一个真正的工读互助社,我们准备加入。"

陈独秀:"好啊,我和蔡校长、守常、适之等人也有此打算。不过我想跟你们说的是,寻找真理要有比较和鉴别,不能局限于一种理论,眼界要开阔。"

陈延年:"我们想把无政府主义彻底搞清楚了再说。"

陈独秀:"你们不妨也研究一下去年发生的俄国革命。"

陈乔年马上说:"邓中夏、赵世炎他们受守常先生的影响,对俄国十月革命特别感兴趣,我们还准备跟他们搞一场辩论会呢。"

陈独秀兴奋地说:"好啊,你们何时辩论,我也去听听。"

高君曼:"延年,今晚你们是住家里还是回法文进修馆?"

陈延年:"我们还是回学校吧,明天一早还要上课呢。"

陈独秀:"也好,你们回去吧,我今晚还要熬夜开戒呢。"

高君曼不解地问:"开什么戒?"

陈独秀:"开二十年不谈政治的戒。从今天起,我陈独秀要谈政治了!"

第十四章

助理员毛泽东

一

春之岳麓,万物复苏,百花盛开,生机勃勃,好一个人间四月天。

湘江之西,长沙岳麓山刘家台子里有一所凹字形平房,竹木结构,白墙青瓦,菜畦纵横,竹篱环绕,这是湖南侠女葛健豪租的一个住所。屋前小院内,玉兰花开得正盛,香气逼人,桂花树结了满树果子。屋后,老香樟抽出嫩芽,随风摇曳。

院子里,一群风华正茂的青年学子在蔡和森的带领下抬桌子、搬板凳、布置会场,忙得不亦乐乎。屋里,毛泽东挥毫书写会标,一张一张地传到院子里,很快,白墙上就贴上了"新民学会成立大会"几个大字,学子们情不自禁地鼓掌欢呼起来。

蔡和森招呼大家坐下:"各位,请入座,我们现在开会。旭东,你先说。"

萧子升走到方桌前:"各位会员,去年冬天,毛泽东等同学发出倡议,集合同志,组织学会,创造新环境,为共同的活动,得到大家的响应。经过几个月的联络,现在终于水到渠成了。成立学会,目的在于改造我们的品性,进步大家的学问。曾子曰:'大学之道,在明明德,在亲民,在止于至善;苟日新,日日新,又日新。'做新民,做一代新民,正是我们大家共同的追求。所以,我们的组织就叫新民学会。现在我宣布,新民学会正式成立。"

大家欢呼起来。

蔡和森："现在请毛泽东宣读新民学会章程。"

毛泽东走向桌前："各位会员，我们新民学会是新文化运动的产物。它的特点，也就是它的灵魂，在一个'新'字。用新思想、新文化、新伦理武装会员的头脑、改造会员的品行、进步会员的学问，这是我们新民学会的初衷和使命。所以，我认为，新民学会的宗旨应该是革新学术，砥砺品行，改良人心风俗。为此，学会规定，每一个会员必须做到：第一，不虚伪；第二，不懒惰；第三，不浪费；第四，不赌博；第五，不狎妓。"

大家议论纷纷。有人说："这也太严格了吧。"

蔡和森："肃静。现在对章程进行表决。同意的请举手。"

有人犹豫，见大家都举手后也慢慢地举起手来。

蔡和森："通过。各位会员，根据会章，新民学会设总干事一人，干事两人。筹备组广泛征求了大家的意见，鉴于萧子升会员已经毕业，有相对充裕的时间从事学会工作，特推荐他为总干事，推荐毛泽东、陈书农为干事。请大家举手表决。"

全体举手同意。

蔡和森："通过。"

大家鼓掌。

萧子升："感谢大家的信任。不过我现在正在联络去法国读书。润之，学会的事情恐怕还得请你多劳累些。"

毛泽东："责无旁贷。我愿意为大家服务。"

蔡和森："我认为组织会员留法勤工俭学很有必要，应该成为学会当前的主要工作。润之，希望你在这方面多费些精力。"

毛泽东："虽然我对去外国读书并不感兴趣，但我愿意为大家服务。听杨昌济老师说，蔡元培、李石曾、吴稚晖在北京办了一些留法勤工俭学的预备学校，我可以给杨老师写信，请他帮忙联系。"

蔡和森的母亲葛健豪端着菜从屋里走出来："润之，留法勤工俭学是好事，你要多费点心。要是有可能，我老太太也想去法国开开眼界，学点新东西。"

大家都情不自禁地鼓起掌来。

葛健豪："孩子们，今天是值得纪念的日子。我特地去割了两斤肉，和森半夜里起来捞了些鱼虾，我们好好地庆祝一下。"

小院里一片欢呼。

1918 年 4 月，毛泽东、蔡和森、何叔衡等在长沙成立新民学会。这是新文化运动中长沙最先成立的以青年学生为主体的革命团体。青年毛泽东由此走上了寻求救国真理的革命道路。8 月 19 日，毛泽东来到了北京。

二

北京的夏天很热。周日，晚饭后，延年、乔年和柳眉在箭杆胡同洗了澡，回到法文进修馆，看见教室门口的路灯下有一个青年人坐在石头上看书，十分好奇，便走了过去。

灯光有些昏暗，青年人读得很专心，脸和书贴得很近，看不出是谁。陈乔年原本想吓唬人家一下，见是生人，未敢造次，便轻声问："这么用功，是谁呀？"

看书的青年这才抬起头来，看见他们三人，连忙站起来："我没有影响你们吧？"

陈延年说："对不起，是我们打扰你了。我们是进修馆的学员，刚刚从外面回来，看到你一个人在路灯下读书，因为没有见过，所以过来问问。请问你是——"

青年人合上书本，很认真地说："我叫毛泽东，是湖南省立第一师范学校的毕业生。这次来北京是为了湖南赴法勤工俭学的事，经章士钊先生介绍，借住在法文进修馆，怕影响其他人休息，就跑到路灯下来看书。我没有违反学校的

规定吧?"

陈延年惊喜得几乎叫出声来:"你就是毛泽东呀,我早就听说过了。我读过你的文章,还会做你发明的'毛氏六节操'呢。欢迎你到北京来。我们认识一下吧,我叫陈延年,这是我弟弟陈乔年,这是柳眉。"

毛泽东和他们一一握手。

陈延年指着毛泽东手上的书问:"什么书让你这么着迷?"

毛泽东:"是贵馆阅览室的《实社自由录》,我们长沙见不到,我想今晚把它看完,不然明天去北大就没得看了。"

陈延年一听是这本书,高兴地说:"这么说你也是无政府主义的信徒喽?"

毛泽东:"信徒谈不上,我只是对无政府主义理论感兴趣,特别是克鲁泡特金的互助论。"

柳眉跳了起来:"那我们就是同志啦,我们三个都信奉互助论。你肯定还没有吃饭吧?不如我们先互助一下。"

说着,柳眉把高君曼给她准备的稻香村点心递给毛泽东。陈乔年也从口袋里拿出姨妈塞给他的煮鸡蛋递了过去。

毛泽东连忙推辞:"我们初次见面,怎么好吃你们的东西?"

陈延年:"虽然是初次见面,可大家都是来勤工俭学的,又都对无政府主义感兴趣,是同志,就不要客气了。"

毛泽东被他们的真诚感动了:"那恭敬不如从命,我还真的饿了。"说着,津津有味地吃起点心来。

陈延年说:"润之兄,既为同志,就不要客气。你刚才说明天要去北大办事,需要我们帮忙吗?"

毛泽东忙说:"不用。我的老师杨昌济介绍我明天去拜见蔡元培校长,请他帮我安排在北大听课,长长见识。"

柳眉:"你想听谁的课?"

毛泽东:"我最想听陈独秀和胡适先生的课,如能如愿,也就不虚此行了。"

陈乔年看着毛泽东,神秘地说:"你放心,这事包在我身上,一定让你如愿以偿。"

"你——"毛泽东看着眼前这个比自己矮半头的小孩子,半信半疑。

陈乔年很得意地说:"陈独秀是我爸爸,胡适是我爸爸的朋友,放心了吧?"

毛泽东大为惊讶:"原来两位是仲甫先生的公子啊,失敬了!"

第二天上午,毛泽东来到蔡元培办公室拜访。蔡元培正在写字,听到有人敲门,问道:"你是湖南来的毛泽东吧?是杨昌济的学生,对不对?"

毛泽东恭敬地回答:"蔡校长好,我是毛泽东。"

蔡元培放下毛笔,热情地和毛泽东握手:"杨昌济向我推荐你,说你想到北大来旁听一些课程,是吗?"

毛泽东:"是的。"

蔡元培:"听课没有问题,但我想你首先需要解决的是吃饭问题。你看这样好不好,我在学校给你找个差事,这样你既可以听课,又能够解决温饱问题,你愿意吗?"

毛泽东有些疑惑地看着蔡元培。

见毛泽东不明白,蔡元培解释道:"我想推荐你到我们红楼图书馆做个助理员,给李大钊先生当助手,怎么样?"

毛泽东喜出望外:"给李大钊先生当助手,太好了!"

蔡元培笑道:"你可不要高兴得太早。我要和你说清楚,薪水不高,每月只有八块大洋,你看行吗?"

毛泽东毫不犹豫地说:"我愿意,谢谢蔡校长。"

蔡元培很高兴:"好,我正好要出去办事,路过图书馆,你跟我去见李大钊吧。"

蔡元培领着毛泽东来到图书馆,对李大钊说:"守常,我看你这儿挺忙的,

给你添个人手吧。"

李大钊："那太好了，这一大堆新书目录还没有人整理呢。"

蔡元培介绍说："这个年轻人叫毛泽东，湖南韶山人，新民学会会员，杨昌济的得意门生，刚刚从湖南省立第一师范学校毕业，来北京襄助湖南留法勤工俭学活动。他想借此机会来北大听听课，长长见识，就安排他先在你这里当个助理员吧，月薪八块大洋，够他吃饭的了。"

李大钊热情地和毛泽东握手："欢迎，欢迎，我这里正缺人手呢。回头我帮你办个听课证，你可以边工作边学习。"

毛泽东有些不好意思地问："守常先生，我暂时还没有住处，晚上可以住在这里吗？"

李大钊看了看蔡元培，说："可以吧，回头我让总务处给你搞一套被褥。"

图书馆一间堆放杂物的小屋成了毛泽东的临时住处。安顿下来的毛泽东抓住机会，赶紧看书。李大钊抱着新被褥进来，毛泽东连忙起身，感激地说："怎敢劳您大驾，您告诉我去取就行了。"

李大钊："举手之劳而已。你初来乍到，不熟悉，有什么困难就告诉我，不要客气。"

毛泽东连忙让座。

李大钊："刚才在看什么书呢？"

毛泽东："一本介绍无政府主义的杂志。"

李大钊："听说你也是无政府主义的信奉者？"

毛泽东："信奉还谈不上，好奇和感兴趣而已。"

李大钊："我倒是建议，像你这个年纪要多看一些不同思想理论的书，这对你开阔眼界、打开思路有益。"

毛泽东："李先生，长沙是个小地方，新书有限，我接触的新思想也很有限。"

李大钊:"你听说过《共产党宣言》吗?"

毛泽东:"听说过,但没有读过。"

李大钊:"那你知道俄国的十月革命吗?"

毛泽东:"知道的很少。"

李大钊:"走,你跟我来。"

李大钊领着毛泽东来到他的办公室,指着堆放在最里面的几个箱子说:"这几个箱子是我们图书馆新进的外国新书,你要是有兴趣,我就把整理目录的工作交给你做,这样你可以近水楼台先得月,先睹为快。"

毛泽东十分兴奋:"太好了! 谢谢守常先生,现在我就能看这些书吗?"

李大钊:"当然可以。"

毛泽东正式担负起了整理新书目的工作。图书馆的事情真是不少,除了整理新书目,毛泽东还要负责办理师生借书手续,每天忙得不亦乐乎。

这天,傅斯年和罗家伦来借书。傅斯年对毛泽东说:"你是新来的助理员吧,我想查一查最近都来了些什么新书,有目录吗?"

毛泽东:"新书目录正在做,因为量很大,还没有做完。"

傅斯年:"那就把已经做好的给我看看吧。"

毛泽东把正在登记的新书目录递给傅斯年。

傅斯年说:"你给我放在那个桌子上,我一会儿去查。"

毛泽东看了看他,把登记簿放到了书桌上。

傅斯年和罗家伦说了一会儿话,坐下来翻看新书目录,刚翻了几页就高声叫唤起来:"新来的助理员,你过来一下。"

毛泽东连忙走过来:"同学,你有什么事?"

傅斯年指着登记簿:"我问你,这个目录是你写的吗?"

毛泽东:"是的。"

傅斯年:"我说你字写得这么潦草,谁认得呀!"

毛泽东一时不知该说什么。

傅斯年摆起谱来："不好意思,你能给我念念这些书目吗?"

毛泽东的自尊心受到伤害,他强压不满,不卑不亢地说："这位同学,你说哪个字不认识,我告诉你。"

傅斯年瞪了毛泽东一眼："你写得这么潦草,我一个字都不认识。你一行一行念给我听吧。"

毛泽东终于忍不住了："一个字都不认识,北大还有这样的学生?那我就没有办法了。"

傅斯年愤怒地把登记簿摔在桌子上："你这是什么态度!我要向学校反映,扣你的工资。"

好几个同学围了过来。陈独秀正好走到一楼,闻声也走过来,看到傅斯年还在大嚷大叫,喝道："傅斯年,你这么大叫干什么?"

傅斯年："陈学长您来得正好,您看图书馆新来的助理员是什么素质,工作不认真,还不认错。"

陈独秀："有事说事,你这么嚷嚷能解决问题吗?"转身问毛泽东,"你是新来的助理员,叫什么名字,发生了什么事?"

毛泽东："我叫毛泽东。这位同学说我字写得太潦草,他不认识,要我一行一行读给他听。"

陈独秀连忙问："你是湖南来的?是易白沙的学生毛泽东吗?"

毛泽东："是的。"

陈独秀："哎呀,你就是二十八画生毛泽东毛润之啊,我们可是神交已久啦。来,认识一下吧,我是陈独秀。"

毛泽东惊喜地握住陈独秀的手,恭恭敬敬地鞠了一个躬："陈先生好!"

陈独秀看了看登记簿,对傅斯年说："傅斯年同学,这位毛泽东先生论学问可不在你之下。就说他这一手字,我看也是自成一体,堪称书法嘛。潦草是潦草了些,但也不至于不认识。他是新来的,业务还不熟悉,你作为北大学生会干部,应该帮助他才是。"

傅斯年顿时没了脾气:"好吧,算我倒霉,书我不借了。"

傅斯年走了。陈独秀对其他同学摆摆手:"都散了吧。润之,我办公室就在二楼,你们图书馆的上面,有空我们好好聊一聊。"

毛泽东十分兴奋,再次鞠躬道:"谢谢陈先生!"

三

郭心刚头缠一条白布,手举一张大字报,在食堂门口的台阶上静坐。大字报上写着一行字:强烈要求将告密者、大流氓张丰载开除出北大!

郭心刚在前门大街演出时被警察打了一警棍,精神受到刺激。那天他看到警察是张丰载带来的,就向校方揭露张丰载是告密者,但因为没有证据,没人相信,反而遭到一些人的误解,心里憋屈,一气之下走了极端。

同乡刘海威喊来白兰一起劝说郭心刚,郭心刚不但不听劝,反而越说越来劲,嚷嚷着不达目的决不罢休,急得白兰抱着他的胳膊直流眼泪。

不少学生前来围观。张丰载见状,带着一帮小兄弟不停起哄:"贼喊捉贼,陈独秀的得意弟子光天化日之下要流氓啦!"

郭心刚平素最敬重陈独秀,听到张丰载的喊叫,不顾一切扑向张丰载,与张丰载扭打起来。张丰载的小兄弟们一哄而上,刘海威和几个青岛籍的同学也扑了上去。双方扭成一团,白兰急得在一旁大叫。

李大钊闻讯,带着邓中夏等学生匆匆赶了过来。张丰载自知理亏,赶紧溜了。

第二天,北大校长室,蔡元培正在和《新青年》的同人编辑分析当前形势。他指着桌子上的一摞报纸说:"自上次活报剧事件之后,新旧两派的斗争进入了白热化阶段,并且由学术之争演变成了人身攻击。现在我们可是有点内忧

外患的味道啊。内忧：昨天，新旧两派学生居然在食堂门口打起来了。外患：北京大学成了一些媒体攻击的焦点，我蔡元培和陈独秀首当其冲，钱玄同和胡适也是被重点攻击的对象，一些政治势力如安福系也卷入了对新文化的围剿。"说着，拿起一张报纸，"我给大家念一段安福系机关报《公言报》的评论：'蔡氏夙隶国民党，比年复借教育家之美名，实行灌输社会革命、无政府主义等邪说，阴为破坏举动，而己则肥遁鸣高，聚群不逞之徒为之羽翼。'"

大家议论纷纷。

胡适愤然道："他们把蔡公和北大放到了政府的对立面，这事情就严重了，可见其用心险恶。"

蔡元培："京师警察厅总监吴炳湘告诫同僚：'诸君不可视蔡元培为一书生，当视为十万雄师，吾人不可不以全副武装对付。'"

陈独秀："这个吴炳湘很阴险，笑里藏刀，那天他对我说的话也暗藏杀机。"

蔡元培："所以我把诸位请来商量对策，现在形势很严峻呀。"

陈独秀："既然已经政治化了，那我们就不必再遮遮掩掩了，针锋相对吧。那天我从警察厅回来，当晚就写了一篇文章，题目叫《今日中国之政治问题》，公开声明我陈独秀不再信守二十年不谈政治的承诺，我破戒了。文章就在这一期《新青年》发表，算是对吴炳湘的一个答复吧。"

李大钊："我支持仲甫的意见，决不退缩。"

胡适想反对，但张了张嘴没说出来。

蔡元培看看陈独秀和李大钊，又看看胡适，说："我们当然不能退缩。但是，也要避免与政府发生正面冲突。我们要把争论限制在学术层面。在开展新文化方面，我们不但不能退缩，还要更加积极、主动。今天我就想和诸位商量两件事情：一是要拓展新文化的宣传研究平台，除《新青年》外，在北大再多办一些报刊；二是不能光说，还要践行。我想在北大成立一个进德会，按照新文化的标准，定上几条戒律，规范会员的行为。诸位觉得如何？"

胡适表态："我举双手赞成。"

蔡元培："大家如果没有意见，这两件事现在就可以操办起来。办新刊物的事情，仲甫多操些心。进德会我来主持。昨天发生的学生打架事件很令人担忧，现在是非常时刻，我们不能授人以柄。"

红楼告示栏前很快贴出了进德会成立的告示，许多师生都在观看和议论蔡元培亲自拟定的《北大进德会旨趣书》。

傅斯年高声朗读：

旨趣书以"三不"即戒赌、戒嫖、戒娶妾为基础，拟定了三个等级的会员条件，任师生员工选择承诺：

甲种会员，不嫖、不赌、不娶妾。

乙种会员，于前三戒外，加不做官吏、不作议员二戒。

丙种会员，于前五戒外，加不吸烟、不饮酒、不食肉三戒。

罗家伦吐了吐舌头："这条件够高的，看来我只能做个甲种会员了。"

傅斯年："我可以不做官、不当议员。我选择乙种。要我不吃肉我可做不到。"众人大笑。

北大红楼文科教室，西装革履的胡适站在讲台上："今天上课之前，我先和大家说一件事情。最近，蔡元培校长倡导在我们北大成立进德会，希望广大师生踊跃报名。这里我给大家念一念蔡校长亲自拟定的倡议书：'加入进德会的效用：第一，可以绳己，以本会制裁之，庶不至于自放；第二，可以谢人，以本会为范围，则人有以是等相囑者，径行拒绝，亦不致伤感情；第三，可以止谤，以本会为保障，苟人人能守会约，则谤因既灭，不弭谤而弭。北大师生，凡是要入会的均须填写志愿书，写明自己愿遵守的戒约，愿为何种会员，签名盖章，送交进德会评议会；经评议会审查通过即为会员；凡提名入会之人，均在《北京大学日

刊》上公布。'"

同学们热烈讨论起来。

当日下午,陈独秀主持召开文科教职员工大会,说:"各位同人,蔡校长倡导成立进德会,这是我们北大人践行新文化的一项举措,我们文科应该积极响应,做新道德的表率。今天这个会,就一项议程,请大家报名。我先表态,蔡校长报名做乙种会员,我不敢和他攀比。我这个人一向自由散淡,就从最基本的要求做起,我报名做甲种会员。"

胡适跟着表态:"我追随陈学长做甲种会员。"

钱玄同有意开玩笑:"我给大家透露点情报,据我所知,李石曾和梁漱溟已经报名做丙种会员,成'八戒'了。我呢,此生厌倦做官,所以我选'五戒',加入乙种。"

现场笑声一片。教授们纷纷报名。

刘师培不想报名,又怕陈独秀点他的名,悄悄溜出了会议室。

黄侃见刘师培走了,坐立不安,正想走,被钱玄同发现了。钱玄同问道:"黄大师,你是个高古人士,准备加入哪种呀?"

黄侃有些慌乱:"我考虑考虑,回家商量商量。"

胡适见辜鸿铭一直在那里闭目养神,用起了激将法:"辜教授想来是对进德会不屑一顾的啦。"

辜鸿铭突然睁开眼睛站起来,大声说:"非也!蔡校长是我们学校的皇帝,他的话对我来说就是圣旨。我报名做甲种会员。"

北大进德会很快正式成立。会场上,一条会标上赫然写着:北京大学进德会成立大会。

教务长宣布:"请进德会会长蔡元培先生讲话。"

蔡元培扫视全场,肃然说道:"各位会员,我先向大家通报一下情况。自《北大进德会旨趣书》发布以来,全校上下普遍响应,教职员工和学生纷纷递交申请书。截至今日,已有四百六十九人报名入会,占了全校人数的四分之一,其中教师七十六人,职员九十二人,学生三百零一人。北大将成为传播和遵守新文化、新道德的楷模。还有四分之三的人持观望态度,但我相信,在北大这方神圣的净土上,他们会做出正确的选择,让我们拭目以待吧。"

四

北大红楼陈独秀办公室,陈独秀和胡适、李大钊在研究创办新刊物的事情。

陈独秀:"前天,刘师培找到蔡校长,要求在北大办一个《国故》杂志,说是林纾的建议,由刘师培和黄侃做主编,意在与《新青年》分庭抗礼。蔡公是个好脾气,同意了。"

胡适:"现在蔡校长压力太大,有人说他在北大搞清一色,搞一言堂。多办几个杂志,多几种声音,一来可以堵别人的嘴,二来也确实能够起到活跃学术气氛的作用。"

陈独秀点头:"所以我找你们来商量,要把大家都发动起来,多成立几个学会,多办几个刊物,大家都来研究中国问题,国家才有希望。"

李大钊:"那天蔡校长布置之后,我就一直在琢磨这事。仲甫、适之,我们能不能办一个与《新青年》相呼应的月刊,以奋斗、实践、坚忍、简朴为宗旨。名字我都想好了,就叫《中国少年》,为中国创造新生命,为东亚开辟新纪元。"

陈独秀马上表示赞成:"守常,你这个创意好,我支持。"

李大钊接着说:"另外,我还想能不能在北大成立一个马克思主义研究会。我觉得马克思的理论是迄今为止所有理论中最科学、最革命的理论,我们中国人应该加强对这一理论的研究。"

胡适皱了皱眉头:"你这个想法有点冒进。马克思主义是暴力理论,政府很忌讳这个,容易惹麻烦。"

陈独秀："适之，我不这么认为，我倒是认为应该研究。现在中国人对马克思主义理论的了解说起来很可笑。前天我去参加一个研讨会，有一个人发言说，马克思主义就是'你的是我的，我的还是我的'主义，荒谬得很。"

胡适："我还是觉得不能太政治化。仲甫兄，你现在已经是焦点人物了，正站在风口浪尖上，得处处小心才是。"

陈独秀笑了笑："适之提醒得对。守常，你可以在名称上做点文章，不一定要那么直白。"

李大钊表示同意："行，那就叫马尔克斯研究会，迂回一点。"

胡适掏出怀表："哎呀，快十点了，我得赶紧回家。"

陈独秀笑道："适之，我听人说你现在得了'妻管严'，还真是啊！"

胡适无奈地说："你不知道我那个小脚夫人有多难缠，每天晚上一到十点就强迫我上床，说是奉母亲大人之命不许我熬夜。我不同意，她就来硬的，我还真拗不过她。"

陈独秀和李大钊哈哈大笑。

陈独秀打趣说："人家是英雄难过美人关，你这是教授难过悍妇关。好，你赶紧走吧，回去迟了夫人不让你进门那就麻烦了。"

陈独秀、胡适、李大钊一同下楼，胡适先走了。陈独秀看见一楼图书馆资料室有灯光，便问李大钊："谁这么晚了还在图书馆用功？"

李大钊："是新来的图书助理员毛泽东，他没地方住，临时借住在资料室，每天看书到大半夜，十分刻苦。"

陈独秀："这个毛泽东身上有一种特殊的气质，非常人所能及，以后定能成大事。我和他谈过话，只要一谈起来，你就会被他带着走。"

"这世界上还有能把你陈独秀带着走的人？太神了吧。"李大钊狐疑地问。

陈独秀并不反驳："我也很奇怪，不信你试试。"

李大钊："好，正巧今晚没事，我去和他聊聊。"

李大钊来到资料室门口，见毛泽东正在看书做笔记，就轻轻地敲敲门框。毛泽东见是李大钊，十分惊喜："守常先生，怎么是您？"

李大钊笑道："我和陈学长商量完事情，路过这里，过来看看你。"

毛泽东起身让座，然后站在李大钊身旁。

李大钊："你在看什么书？"

毛泽东答道："刚从那两个箱子里翻出来的《共产党宣言》，可惜只是一些从日文翻译过来的段落。"

李大钊："《共产党宣言》是马克思和恩格斯两人合作写的一篇大文章，在欧洲掀起过狂飙，可惜现在还没有中文译本，我也没有看过全文。"

毛泽东兴奋地说："虽然只是《共产党宣言》中的几段，但是读起来也非常令人震撼。先生说得对，我们应该多接触一些新思想，有比较才能有鉴别。"

李大钊看看毛泽东，又问："怎么样，最近对无政府主义有什么新认识吗？"

毛泽东回答："新认识谈不上。我在长沙接触到的新思想不多，相对而言，无政府主义的影响大一点。这次有机会看到国外这么多新思想，受冲击很大。我现在是抓住机会拼命地吸收，以后再慢慢地消化。"

李大钊："我们北大办的青年读书会，经常讨论一些理论和社会问题，你可以参加呀。"

毛泽东："我知道，我也很想参加，但不知道有没有资格。"

李大钊："没问题，这事我说了算。你不光可以参加读书会，还可以参加别的团体，比如新闻学研究会等。不但要参加，还要大胆地发表意见，要敢于辩论，这样才会有进步。"

毛泽东："太好了，谢谢李主任。这次有机会到北大来工作，接触到许多新事物，真是大开眼界。"

李大钊："最近碰到什么新鲜事了，说来听听。"

毛泽东："最近大家议论的热门话题是进德会。"

李大钊:"那你怎么看这件事?"

毛泽东:"我学识有限,见识也不深,就谈谈我的肤浅之见吧。修身养性自古有之,是'士'的一个显著特征。不过今天北大重提道德建设问题,又有特殊意义。"

李大钊来了兴趣:"有什么特殊意义,你说说看。"

毛泽东:"现在中国正处于大转型时代,旧道德土崩瓦解,新风尚尚未形成,大家难免无所适从,人心浮躁、道德失范也就在所难免。他律没有法度支持,自律就显得尤为重要。在这个浮躁的时代,只有能自律、有定力的人才能脱颖而出,成就大事。"

李大钊拍案而起,高兴地说:"好你个毛泽东,不简单呀!你能看到这一层,怪不得仲甫说你将来一定能成大事。"

毛泽东:"先生过奖了。我能向先生请教一个问题吗?"

李大钊:"你说。"

毛泽东:"我来到北大之后,有一个突出的感受,就是这里天天在创新,让人感到生机勃勃。可是反对的人也很多,而道德就是他们反对创新的一个武器。所以,这些天我一直在思考,讲道德与追求真理,两者之间是什么关系?"

李大钊:"那你想明白了吗?"

毛泽东:"还没有,懵懵懂懂的。"

李大钊:"那我帮你分析分析。道德是变化的,真理是永恒的。这大概是两者的一个区别。道德有新旧之分。拿旧道德去衡量新时代的行为,那就是逆历史潮流而动的卫道士,所以守旧就是失德。道德是用以自律的,而不是拿来责人的。道德是要躬行实践,而不是放在口里乱喊的。道德喊声愈高的社会,那社会必然愈加落后,愈加堕落。"

毛泽东钦佩地看着李大钊:"先生,我能做个笔录吗?"

李大钊:"不用录,以后我们会经常交流的。"

毛泽东:"先生,那您接着说。"

李大钊:"讲道德的要义是修身,修身的最高境界是追求真理。追求真理如同炼狱,就像唐僧取经,要经过九九八十一难。我们之所以创办《新青年》,就是要唤起和造就一大批像唐僧这样的取经者,为我们这个病入膏肓的国家找到一剂药方。这才叫讲道德,讲大德!"

毛泽东睁大了眼睛:"先生,您找到药方了吗?"

李大钊沉思片刻,说:"还没有。不过,我们已经在路上了。"

五

周末,李大钊把毛泽东带到青年读书会参加讨论。李大钊先向同学们介绍毛泽东:"同学们,今天我们读书会又增加了一位新会员。来,润之,你先作个自我介绍吧。"

毛泽东向大家点头致意:"各位同学好,我叫毛泽东,是湖南省立第一师范学校的毕业生,来北京襄助湖南留法勤工俭学活动,现在北大图书馆工作,请各位多多关照。"

大家热烈鼓掌。

陈延年把毛泽东拉到自己的座位旁边:"润之兄,你终于来了。"

李大钊宣布:"好,我们现在开始讨论。今天该谁主持?"

柳眉:"赵世炎。"

李大钊说:"赵世炎,你主持吧。"

赵世炎站了起来:"同学们,本周我们读书会的主题是俄国的十月革命,思考的问题是十月革命对中国有无借鉴意义。因为文字资料有限,先请邓中夏同学介绍相关情况并做主题发言。"

邓中夏开始介绍:"俄国的十月革命发生于1917年11月7日。当夜,在布尔什维克领导人列宁的指挥下,20多万起义士兵和工人占领了彼得格勒,并于

次日凌晨攻占冬宫,推翻了临时政府,召开了全俄罗斯苏维埃代表大会,选举成立了工农兵苏维埃政府人民委员会,列宁当选为人民委员会主席,建立了世界上第一个无产阶级专政的国家。十月革命是在马克思主义指导下进行的。起义成功当天,苏维埃政权就颁布了《和平法令》和《土地法令》,宣布苏维埃俄国退出世界大战,并建议一切交战国立即进行谈判,缔结不割地不赔款的和约。《土地法令》规定立即废除地主土地所有制,全部土地收归国有,交给劳动农民使用。这些都体现了马克思主义的社会主义原则。这就是十月革命的基本情况。"

陈延年和毛泽东在小声地议论着什么,旁边的张国焘也参加进来。柳眉向他们使眼色,示意他们小声点。可是陈延年和张国焘却小声争执起来。主持人赵世炎看不下去了:"陈延年,你们在嘀咕什么?现在是邓中夏的发言时间,不是你们的讨论时间。"

陈延年辩解说:"我们就是在讨论邓中夏提出的问题。"

赵世炎还是不大高兴:"有什么问题摆到桌面上来陈述,不要私下议论。"

邓中夏接着陈述:"我的情况介绍告一段落,下面是讨论阶段,我先做主题发言。我认为,十月革命是一个伟大创举,它把马克思的社会主义学说从理论变成了现实,建立了人类历史上第一个以公有制为基础的无产阶级专政的社会主义新型国家,这个意义怎么评价都不会过分。"

陈延年站起来:"我不同意邓中夏同学的观点!十月革命本质上是一次暴力革命,在手段上,它和历史上所有革命并无二致,谈不上什么创新。实行公有制是创举,但公有制应该是自愿的,应以互助为基础,而不应以剥夺和强迫为基础。"

张国焘反驳:"你这是无政府主义的观点,不符合中国的实际。"

陈延年看着张国焘:"请问张国焘同学,你没有做过,怎么知道它不符合中国实际?"

邓中夏接过话题："法国的圣西门做过,可惜失败了。"

毛泽东也加入辩论之中："我认为圣西门在岛上做实验没有普遍性。"

张国焘见毛泽东是新人,口气有些轻蔑："请这位新来的会员说我们大家都能听得懂的话,行吗?"

陈延年腾地从座位上站起来,冲到张国焘面前："张国焘同学,你什么意思? 毛泽东说的话难道你听不懂吗?"

陈乔年和柳眉也上来指责张国焘。

会场乱了起来,争论变成了争吵。李大钊拍拍桌子,示意大家安静。

李大钊："我看大家可以争论,但要注意言辞。现在大体上分为两派,一派是社会主义,一派是无政府主义。赞成社会主义的都有谁,举手我看看。"

邓中夏、赵世炎、张国焘、罗章龙、刘仁静等举手。

李大钊："赞成无政府主义的有谁?"

陈延年、陈乔年、柳眉、毛泽东、郭心刚、白兰、刘海威等举手。

李大钊："哈哈,旗鼓相当啊。"

柳眉："守常先生,我有个建议,我们来举行一场辩论会吧,题目就是'社会主义和无政府主义谁更适合中国'怎么样?"

李大钊："好啊,柳眉这个主意好,我赞成。不过这个题目太大,我看可以再聚焦一些。"

邓中夏："那就只谈十月革命对中国的借鉴意义,反对的一方可以从无政府主义的立场来谈。"

李大钊点头认可："我觉得很好。"

刘仁静："辩论会得有仲裁,不然分不出高低上下有什么意思?"

柳眉："守常先生就是仲裁呀。"

李大钊："那不行。这么大的问题,我一个人仲裁不了。再说大家也都知道我的观点。不合适。"

罗章龙提议:"那就请蔡校长和陈学长也来仲裁。"

李大钊:"蔡校长就算了,现在是敏感时期,不要给他添麻烦。"

毛泽东提议:"那就请胡适先生吧,他在美国待的时间长,对国外思潮知道得多一些。"

李大钊这才点头:"好啊,你们要是能把仲甫和适之请来,我愿意和他们一起做仲裁。"

柳眉大叫起来:"太好了,这事交给我了。"拉起陈乔年就往外跑。

陈独秀家,高君曼正在洗衣服,柳眉和陈乔年兴冲冲地跑进来。

高君曼:"这又不是星期天,你们俩怎么回来了,延年呢?"

柳眉:"延年在准备辩论会,我们俩是回来找您帮忙的。"

高君曼惊疑地看着柳眉:"找我帮忙?我能帮你们什么忙?"

柳眉附在高君曼的耳边说了一通。

高君曼听了,毫不犹豫地说:"行,今天晚上我把他们都请来吃饭,让他们吃人家嘴短,不答应也得答应。"

天色将晚,胡适、江冬秀和李大钊都来了。

高君曼问李大钊:"夫人怎么没来?守常你老是金屋藏娇可不行啊。"

李大钊:"小女生病,离不开人,内人让我代为致歉。"

陈独秀也回来了,一进门看到满屋的人,还有桌上热气腾腾的一品锅,不解地问:"君曼,你这是唱的哪一出,不年不节的怎么想起来请客?"

高君曼:"不是我请客,是柳眉请客。"

陈独秀更奇怪了:"柳眉为什么要请客?稀奇。"

一旁的江冬秀笑着说:"该不是你们家要娶儿媳妇了吧?"

胡适笑着说:"你就是嘴快,这话可不能乱说。"

高君曼笑了:"我还巴不得呢。实话跟你们说,是孩子们有事求你们。"

胡适："明白了,鸿门宴。柳眉,趁着我们还没有动筷子,你赶紧说事,说晚了这性质可就变了。"

柳眉："没事,您先吃饭。这是您的菜,胡氏一品锅。"

胡适："可别,等我这一筷子下去你再让我办事,就成了你行贿我受贿,我可就嘴短了,不办也得办。"

江冬秀给胡适夹了一个蛋饺："你一个教书先生谁给你行贿?赶快吃吧,这是大嫂特意从东兴楼叫的菜。"

胡适笑道："我这个傻媳妇可真是实诚,带上她不吃亏。"

大伙儿都笑了。

柳眉给大家倒酒。

陈独秀很高兴："难得柳眉今天这么殷勤。别卖关子了,有什么事就说吧。"

柳眉理了理头发,镇定了一下情绪,说："我们读书会要搞一场辩论会,想请三位先生来给我们做评委。我这就算是盛情邀请,预付出场费了。"

胡适打趣道："就这个事呀?那我可得多吃一点,不然的话,我的身价也太低了,传出去人家会说,胡适的出场费也就是个一品锅。"

六

赵世炎是天才的组织者,他把小小的会议室分成了三个区域:中间三把椅子,陈独秀居中,李大钊和胡适坐在两旁;左边是正方,俄国派团队;右边是反方,无政府主义团队。双方各派一名代表主述,其他人补充。一切安排就绪,大家入座。

北大来了不少同学,高君曼也带着鹤年和子美来旁听,会议室挤得满满当当。

辩论会开始,主持人邓中夏介绍情况："各位评委,各位同学,各位来宾,今

天是我们青年读书会举行的一场辩论会。辩论的题目是:俄国的十月革命是否适合中国?正方的主辩手是赵世炎,二辩、三辩、四辩是刘仁静、罗章龙、张国焘。反方的主辩手是陈延年,二辩、三辩、四辩是柳眉、毛泽东、郭心刚。今天我们还特别荣幸地请到陈独秀、胡适、李大钊三位先生做仲裁评委。现在辩论开始,首先请正方主辩手赵世炎陈述。"

正方赵世炎:"我们认为俄国十月革命对中国有很大的借鉴意义,因为俄国和中国国情很相似。中俄两国与西方列强相比,都是比较贫穷落后的国家,都是长期的封建专制国家,幅员辽阔、人口和民族众多,以农业为主。如果俄国的社会主义革命能够给俄国带来繁荣发展,那它对中国无疑将同样有很大的借鉴意义。陈述完毕。"

反方陈延年:"甲方忽略了一个基本事实,那就是俄国十月革命是一场流血的暴力革命,在我们这样一个人口众多的国家,暴力革命对社会生产力的破坏大到难以估计,历朝历代的农民起义就是证明。所以我们认为,中国不适合搞暴力革命,俄国十月革命在中国没有借鉴意义。陈述完毕。"

正方二辩刘仁静:"俄国十月革命对中国是否有借鉴意义,我认为最重要的是看它实行什么样的制度。俄国苏维埃政府成立后,废除了帝俄时期旧的等级制度,宣布国内各民族人民权利平等,废除教会一切特权;苏维埃政权接管了银行、铁路、工厂,后又将大工业国有化,实行对外贸易垄断,实行八小时工作制,由工人监督生产,没收地主、皇室、寺院的土地,分配给农民耕种,等等。这种社会主义的方式对中国的建设无疑有重要的参考价值。"

反方二辩柳眉:"依靠专政和国家机器维护统治秩序是一种落后的政体。以权力共有或协作的形式代替权力压迫的形式,这样才能使社会结构与社会制度建立在合作与和谐的基础之上。无政府主义倡导的平等、民主、自由集合、相互协助、多样性的五个基本原则,对于中国的治理应该具有更大的指导作用。"

……

双方辩手轮番上阵，唇枪舌剑，不时博得阵阵掌声。

辩论告一段落，邓中夏宣布茶歇。原来，高君曼特意为大家准备了稻香村的点心。趁着茶歇，陈独秀到外面抽烟，毛泽东过来向陈独秀请教无政府主义的一些问题。陈独秀对毛泽东说，他也有很多困惑，需要结合中国实际进一步探索。他希望毛泽东能够把对这些困惑的思考写出来发表。毛泽东答应试一试。

茶歇结束，邓中夏宣布继续开会，由仲裁团发表意见。

胡适发言："参加这个辩论会，我有三点新感受：一是形式新颖、活泼，是新风尚；二是思想活跃，显示了新人的活力和创造力，正如李大钊先生所说，彰显了青春的力量，给人以希望；三是担心，《新青年》的宗旨是不谈政治，现在的青年人特别是北大学子把注意力都放在政治问题上，这很危险。希望读书会以后多讨论些学术问题。"

李大钊表示他同意胡适先生的前两点意见，而对于第三点不敢苟同："天下兴亡，匹夫有责。当代青年特别是青年学生，必须把个人命运和国家命运结合起来。救国不是一句空话，首先要找到先进的思想，这就不能不谈政治。青年人要放开思想，努力探索救国之路。"

邓中夏最后请陈独秀先生做总结。陈独秀被青年人的激情感染，有些激动："我不是来做仲裁的，我是来学习年轻人的新思想、新观念的。受青年人的启发，我想讲一个题目——《我们这一代人的使命与责任》。我从来不讳言我是一个理想主义者，在这样一个还没有找到明确目标的时代和国家，我们的责任就是思考与选择。我们思考的是怎样才能救中国，我们选择的是走什么道路才能救中国。走什么道路，守常主张学俄国，适之主张学美国。多少年后，也许过上了好日子的中国人中有许多人会嘲笑我们，甚至会责骂我们。但是今天，我们决不会停止我们的探索。我相信，我们的选择必定是有意义的。"

七

红楼图书馆,几个学生在毛泽东的帮助下查看书目。

李大钊一阵风似的走进来,把毛泽东拉到门口,递给他一张听课证。

毛泽东:"先生,这是什么?"

李大钊:"北大新闻学研究会改组,蔡校长被选为新的研究会会长。研究会要吸收和补充新会员,我替你报了名,蔡校长批准了。今天下午研究会邀请《京报》社长邵飘萍来做《新闻工作的理论与实践》的演讲,你去听听吧。这是听课证。"

毛泽东高兴得要跳起来:"邵飘萍,久仰大名,如雷贯耳,人称'铁肩辣手',今天要见到真人了。谢谢先生引荐!"

李大钊:"这个邵飘萍是晚清的秀才,辛亥年在杭州做《汉民日报》主笔,后来又被上海《申报》社长史量才聘请为驻京特派记者,快笔如刀,被誉为新闻全才。去年秋天,他创办了《京报》,自任社长,热衷于宣传新思想。听了他的课,你一定会受到很多启发。"

毛泽东有点担心:"可是先生,下午我去听课,这儿的工作怎么办?"

李大钊:"我在这儿盯着。你就放心地去吧。"

下午,红楼四层大教室座无虚席。大黑板上方挂着横幅:北京大学新闻学研究会报告会。

蔡元培坐在第一排。毛泽东和罗章龙坐在第三排边上,认真地听邵飘萍讲课。

邵飘萍神采飞扬:"蔡校长创办的这个研究会叫新闻学研究会。什么是新闻学?我们新闻学研究会研究的内容有哪些?我想这是我们每一个会员首先必须了然于胸的基本常识。我认为,新闻学研究会研究的主要内容有以下几个方面,包括:新闻学之根本知识、新闻之采集、新闻之编辑、新闻之选题、新闻通讯法,等等。可以说,它是一个比较完整、系统的新闻学体系。我知道,各位会员都是或者是有志于做一个新闻记者的。那么,我想求教于各位会员,在当今时代,做一个合格的新闻记者,需要具备哪些基本素质？我想听听大家的意见。"

教室里,人们开始议论起来。

坐在第一排的哲学门学生陈公博举手站了起来:"我是有志于将来像邵先生一样去办报的。我认为,在当今中国各种思想交锋的大时代,要办好报纸,做一个出色的新闻记者,最重要的素质是博学。古今中外的历史、文学、宗教、哲学、天文、地理,乃至于风俗人情,应无所不晓,或至少能略知一二,这样才能融会贯通,捕捉到有用的新闻,写出好的文章。我之所以从广东南海跑到北大求学,就是要借助这个最高学府的平台,获取古今中外的各种知识,将来像邵先生一样,成为一个出色的报人。"

陈公博的发言引起了大家的议论。

哲学门预科学生罗章龙举手发言:"听这位会员仁兄的意思,当今时代,要胜任新闻记者的工作,首先得上大学,甚至得上北京大学才行,不然就当不了一个好记者？"

陈公博:"是这个意思。当今中国,那些滥竽充数的小报记者太多,这是中国报业的悲哀。"

教室里一片哗然。

邵飘萍:"各位,对这位陈会员的观点,大家有什么意见？"

人们议论纷纷。

毛泽东犹豫了半天,最后还是举手站了起来。

邵飘萍:"好,这位大个子同学,请你发言。"

毛泽东声音很洪亮:"我不能同意陈会员的观点,因为它至少是不够全面的。在当今时代,要做好一名新闻记者,知识和博学固然重要,但它不是唯一

的，甚至也不是最重要的素质要求。而且，知识并非全部来自学校教育，社会也是一所大学。我认为，要做一名出色的记者，比知识更重要的是人的思想、立场和职业操守。"

邵飘萍肃然起敬："好，请你说得具体一些。"

毛泽东："作为新闻记者，首先要有独立的思想，不能人云亦云。对所获取的信息，要进行独立的思考、分析、论证，去伪存真，由表及里，做出自己的判断。这其中，立场至为重要。你只有站在大众的立场上，站在历史潮流的前头，维护大多数人的利益和要求，你的文章才能够有助于社会的进步。当然，作为记者，你还必须严格地遵守职业操守，遵循新闻的客观性和真理性，敢于坚持真理，坚持实事求是，自觉地拒绝利益的诱惑和污染。现在我们身处乱世，操守和品行至为重要。"

毛泽东的发言再次引起教室的骚动。

陈公博有些尴尬，故意不看毛泽东，假装没事似的和身旁的同学搭讪。

邵飘萍有些兴奋，他指着陈公博说："陈会员，你对这位大个子先生的观点有什么评论？我很想听听你的辩论。"

陈公博不大情愿地站起来："尊敬的邵社长，据我所知，您说的这位大个子先生好像并不是我们研究会的会员，他只是我们北大图书馆的一名助理员，是一名役工。而且，他说的是土话，我根本听不懂，请原谅我没法也不愿意去评论他的观点。"

全场哗然。邵飘萍脸色大变，正要发怒，坐在第一排的蔡元培站了起来，生气地对陈公博说："陈公博同学，你刚才说的话让我非常难过。难道你认为你这个北大的学生就比他这个图书馆的助理员高贵吗？真是岂有此理！再说，你怎么知道毛泽东先生不是新闻学研究会的会员？告诉你，我就是他的介绍人。依我看，毛泽东对新闻学的认识要比你这个北大哲学门的学生深刻得多。"

陈公博红着脸低下了头。

蔡元培转身对毛泽东说:"润之,对不起,我替这位陈同学向你道歉。"

台上的邵飘萍猛地一拍桌子:"我说呢,原来你就是那个二十八画生毛泽东呀!杨昌济多次向我推荐你,我也看过你的文章《体育之研究》,很有见地。我说这位陈会员呀,蔡校长说得对。客观地讲,毛泽东对新闻学的见识要比你精辟、高明。毛泽东,我为新闻学研究会有你这样的会员感到高兴。欢迎你有空到我们《京报》去看看,我要跟你好好谈谈。"

教室里响起了热烈的掌声。

周日,毛泽东应邀来到位于北京琉璃厂小沙土园胡同的《京报》编辑部。

这是一个小四合院,邵飘萍把毛泽东引进室内,递上茶来:"这是茉莉花茶,北京人叫高茉儿。我们一边品茶,一边交心。"

毛泽东仔细地望着墙上挂着的"铁肩妙手"四个大字,若有所思。

邵飘萍:"润之,你想什么呢?"

毛泽东:"铁肩担道义,妙手著文章。您和守常先生一字之改,寓意深刻呀。"

邵飘萍:"怎么讲?"

毛泽东:"一个妙字,学生看到了先生对真理的执着、对信仰的坚守。"

邵飘萍:"说得好!这四个字就是我的新闻观,也是我为记者这个职业制定的操守。记者是无冕之王,理应具有崇尚真理、主持公道、唤醒民众、不怕牺牲的品性和操守。"

毛泽东:"先生的品性,学生受教了。"

邵飘萍:"润之,今天请你来,不是谈操守,而是想和你交流一下思想。"

毛泽东:"请先生指教。"

邵飘萍:"润之,那天你说要当一名好记者,思想和立场最为重要,我深以

为然。我很想知道你平时都读些什么书,信奉什么思想。"

毛泽东:"在长沙能读到的新书不多,凡是能找到的,我都读。要说信奉什么新思想,我还谈不上。比较而言,我对无政府主义的印象要深一些。"

邵飘萍:"润之,我以前也对无政府主义有好感,特别是对克鲁泡特金的互助论感兴趣。可是自去年以来,我开始对社会主义有感觉了。润之,你知道前年发生的俄国革命吗?"

毛泽东:"听说过。这次来北京,我常听守常先生和仲甫先生说起,也在图书馆里查阅了一些资料,还参加过图书馆青年读书会的讨论,但总的来说,还是零零散散,构不成完整的概念。"

邵飘萍:"李大钊是中国研究和宣传马克思主义的第一人,我也是受他的影响才接触社会主义的。"

邵飘萍说着,从书柜里搬出一堆资料:"你看,这是去年以来我收集和剪贴的关于马克思主义和俄国革命的资料,看了之后非常有启发。我打算找时间把这些材料系统地梳理一下,编成两本书,一本叫《综合研究各国社会思潮》,一本叫《新俄国之研究》。我相信,这两本书出版之后,一定会给中国思想界带来一股新鲜的空气。"

毛泽东一下子兴奋起来:"先生,我能看看这些资料吗?"

邵飘萍:"让你来就是看这些资料的。润之,世界在发展,我们搞新闻研究的不能滞后,要紧紧地跟上时代才行。"

毛泽东激动地站起来:"先生,我以后能常来您这儿吗?"

邵飘萍:"求之不得。《京报》的大门随时为你敞开。"

第十五章

一战结束之后

一

蔡元培夫妇被一阵急促的电话铃声惊醒。蔡夫人揉揉眼要起床去接电话,蔡元培起身:"还是我接吧,半夜里来电话,肯定是急事。"

蔡元培拿起电话,是汪大燮急促而兴奋的声音:"孑民,好消息,德国投降了,我们胜利了!"

蔡元培打了个哈欠:"伯棠兄真是龙马精神啊,这欧战结束早就是预料中的事情了,至于让老兄激动得夜不能寐,半夜打电话过来吗?"

汪大燮依然兴奋不已:"孑民老弟,快八十年了,中国第一次成了战胜国,你还睡得着觉吗?"

蔡元培不得要领:"人家连一兵一卒都不让你去,你算个什么战胜国? 有什么值得庆贺的?"

汪大燮:"孑民老弟,正因为人家不拿你当回事,我们才更要大张旗鼓地庆祝呀! 你自己都不高兴,人家能让你高兴吗?"

蔡元培感觉汪大燮话中有话,问道:"听你老兄的意思,我们得自己热闹起来?"

话筒里传来汪大燮响亮的声音:"当然,要闹出大动静来才好。"

第二天清早,北京城满街都是锣鼓鞭炮,满街都是欢庆的学生、劳工。东

单,克林德碑下聚满了欢乐的人群。几个老年人挡住了北大游行的队伍,一个老人站到队伍前头问学生:"后生,你们谁是头?"

邓中夏站出来:"大爷,您有什么事?"

大爷:"后生,我问你,你们知道这个牌楼是咋回事吗?"

邓中夏:"大爷,这是克林德碑呀。"

大爷又问:"那你知道这克林德碑是怎么立的吗?"

邓中夏点头道:"大爷,这可难不倒我们。这克林德是德国的驻华公使,因野蛮粗暴,庚子年被巡街清兵打死在这里。后来八国联军打进北京城,强迫清廷在这里给克林德立了个牌坊。"

大爷:"后生呀,你知道的是不少,但你知道因为这个克林德,咱北京死了多少人吗?我们这老哥几个,都是当年从义和团的死人堆里爬出来的。"

听完大爷的话,大家都愣住了。

郭心刚振臂高呼道:"同胞们,德国已经被我们打败了,我们拆除这个耻辱的克林德碑吧!"

整条大街一片叫好声。

中央公园,北京大学等学校在这里举行庆祝欧战结束演讲会。

赵世炎带着葛树贵、李小山等十几个长辛店工人也来了,人人手中都拿着小旗子。

李大钊和工人们亲切握手:"树贵,你们也来了。"

葛树贵激动地说:"李先生,好不容易我们中国打了个胜仗,我们能不来乐和乐和吗?"

李大钊:"光乐和不行,你们得登台唱主角才行。树贵,你记着我一句话,什么时候你们工人登台做了主人,我们这个国家才真正有救了。"

陈独秀在台上大声宣布:"有请北京大学校长蔡元培先生发表演讲。"

蔡元培穿着一套他平时很少穿的西服,兴奋地登上演讲台:"同胞们、同学们,灾难深重的世界大战结束了,我们协约国获得了胜利。这个胜利来之不易,我们要借这个东风,把国际间一切不平等的黑暗主义都消灭了,用光明主义来替代它。"

郭心刚高呼道:"驱逐强权,迎接光明!"

众人跟着高呼:"驱逐强权,迎接光明!"

蔡元培激动地提高了声调:"生物进化,恃互助不恃强权。此次大战,德国是强权论代表。协约国互助协商,抵抗德国,是互助的代表。德国失败了,协约国胜利了,也就是说,强权失败了,互助胜利了。同胞们,世界的大势,已到这个程度,我们不能逃在这个世界以外,自然随大势而趋了。我希望国内持强权论的、崇拜武断主义的、好弄阴谋、执着偏见、想用一派势力统治全国的,都要赶快抛弃这种黑暗主义,我们要为中国的光明而共同努力!"

台下又是一阵高呼:"驱逐强权,迎接光明!"

陈延年和毛泽东、邓中夏、陈乔年、柳眉、郭心刚、白兰等在人群中听演讲。陈延年激动地对柳眉说:"你听,蔡伯伯也是互助论的支持者,也是我们的同志。"

柳眉自豪地说:"何止蔡校长,现在半个北大都信奉互助论,我们的阵容越来越强大了。"

陈延年兴奋地一挥手,邓中夏、毛泽东、郭心刚、刘海威、张国焘、许德珩、罗家伦、傅斯年等一拥而上,将蔡元培高高抛起。

欢呼声中,李大钊登台演讲:"同胞们,我们这几天庆祝欧战胜利,实在是热闹得很。可是战胜的,究竟是哪一个? 我们庆祝,究竟是为哪个庆祝? 我老老实实讲一句话,这回战胜的,不是联合国家的武力,而是世界人类的新精神,不是哪一国的军阀或资本家的政府,是全世界的庶民。我们庆祝,不是为哪一国或哪一国的一部分人庆祝,是为全世界的庶民庆祝! 不是为打败德国人庆

祝,是为打败世界的军国主义庆祝!同学们、同胞们,今天在你们中间,来了不少长辛店的劳工兄弟。我要告诉各位,须知今后的世界,必将是劳工的世界。我们应该用此潮流为使人人变成工人的机会,不该用此潮流为使人人变成强盗的机会。凡是不做工吃干饭的人都是强盗,凡是用专制和强权压迫和剥削人民大众的人都是强盗。我要高呼,打倒强盗,劳工万岁!"

众人高呼:"打倒强盗,劳工万岁!"

集会结束,同学们簇拥着蔡元培、陈独秀、李大钊等从中央公园步行回北大。一路上大家谈笑风生,异常兴奋。

蔡元培问陈独秀:"适之怎么没来,不是说好他也要发表演讲的吗?"

陈独秀:"适之向来对搞群众运动不感冒,在家写关于丧葬改革的演讲稿呢。"

蔡元培:"丧葬改革,这是我们提倡新文化的一个突破口,应该支持。"

陈独秀:"我跟适之说了,他的讲座我一定去听。"

蔡元培:"好呀,我们北大的新鲜事越来越多了。仲甫,今天的集会让我突然有了一个新感觉,我觉得我们倡导的新文化运动现在好像到了一个拐点。"

陈独秀不明其意:"蔡公,此话怎讲?"

蔡元培:"我只是朦朦胧胧地感觉到,过去我们是在校园里、文人堆里,今天我们走进了社会,走近了大众,天地一下子宽广了。"

陈独秀:"蔡公,您的感觉太对了。刚才我听到守常在台上喊劳工万岁的时候,突然打了一个激灵,好像一下子接到了地气,有了新的活力。"

李大钊恍然大悟:"对,接地气,这就是蔡校长所说的拐点。"

蔡元培笑了:"守常不简单,一下子说到点子上了。我看你不能光当个图书主任,要兼教授。要论宣传鼓动民众,我看你比仲甫、适之都强。"

陈独秀对蔡元培说:"蔡公,守常提出在《新青年》之外再办一个《每周评论》,专门议论时事,发动民众。我看这件事应该提上日程了。"

蔡元培："我赞同,不光要办《每周评论》,还要把全校的力量都整合起来,多办一些刊物,借着欧战胜利这股东风把我中华觉醒之火趁势烧起来。"

陈独秀："好,回去我们文科就开会动员。"

二

黄侃从教学楼里走出来,看见刘师培站在布告栏前一边看告示一边摇头,走了过去。

布告栏上新贴的布告上写着:

> 讲座题目:关于丧葬礼仪改革的若干问题
> 讲座地址:红楼小礼堂
> 讲座时间:十一月二十四日
> 主讲人:胡适

黄侃歪头笑着问刘师培："刘大师有何感想啊?"

刘师培怒气冲冲："荒唐! 连安葬先人都要改革,祖宗也不要了,任这些人胡闹下去,国无宁日、人无宁日、鬼无宁日!"

黄侃："申叔兄,光发怒有什么用,我们该出手了。今晚林先生家见?"

刘师培："好,我去!"

晚上,林纾家里的聚会如约举行。黄侃、刘师培、辜鸿铭等一批京城名流以及张长礼、张丰载都来了。林纾从内屋走出,手拿一摞稿纸,神采飞扬地说:"列位,国运来了,周礼就该恢复了,老夫的灵感也来了。你们看,这是老夫新写的小说《荆生》和《妖梦》,我要把蔡子民、陈独秀、胡适、钱玄同这帮离经叛道的妖孽都送上道德法庭。"

黄侃拿出一张稿纸,兴奋地说:"林老先生,这是我为我们的杂志《国故》撰

写的发刊词。您看这句：'《国故》者，就是要唤醒我辈刷新颓纲、扇起游尘、挽救斯文之有志之士，合力围剿陈独秀、胡适等数典忘祖、乱国坏俗的谗慝。'"

林纾大为赞赏："好，开宗明义，旗帜鲜明，直捣黄龙，给劲！"

刘师培却不以为然："都是一个学府里共事的同人，这样点名道姓、撕破脸皮，恐怕不好吧。再说，这《国故》的开办经费还是仲甫给批的呢。"

黄侃："顾不上这些了。陈独秀就是蔡元培给北大弄来的一个毒瘤，他不倒，北大无宁日。"

林纾对刘师培说："申叔，我看你就不要对陈独秀抱什么幻想了。我告诉你们，北大很快就要取消学长制了，最迟到暑假。而陈独秀的这个文科学长能不能耗到暑假还很难说。据说汤尔和、沈尹默这些人最近常在蔡元培面前给陈独秀上眼药，他们那个新文化阵营已经开始分化了。"

张丰载插话："没错，我知道胡适和李大钊在很多问题上看法都不一致。李大钊主张直接议论政治，胡适主张只谈学术问题，陈独秀则是首鼠两端，比较暧昧。"

张长礼在一旁煽风点火："好啊，机会终于来了。各位大师在学术上发难，我在政治上动刀。明天我就给国会交议案，要求罢免蔡元培北大校长职务。"

辜鸿铭听了，勃然大怒："岂有此理！我辜鸿铭决不参与任何诋毁蔡元培的事情。列位，我告辞了。"说完，拂袖而去。

刘师培看辜鸿铭走了，连忙起身："各位，我身体不适，我也告辞了。"

林纾冷笑一声："腐儒。刚刚还笑话人家分化了，结果自己倒先散伙了。"

张长礼还是那句口头禅："恩师莫急，恩师莫急！"

林纾一瞪眼："我不急，我也不怕，我就是打鬼的钟馗！"

北大红楼会议室，蔡元培主持校委会："欧战胜利了，中国人的热情好像一下子被点燃了。这些天你上街去看看，什么新鲜事都有，我们北大也不例外。

仲甫,我听说,短短一个多月,我们北大校园里就冒出来二十多个报刊和学术团体。这个戏法是怎么变出来的?"

陈独秀兴奋之情溢于言表:"这还不是您蔡公号召北大要接地气接出来的吗?我们从教育部那里要了一笔科研经费,专项用于资助文科学术研究,鼓励师生办社团、办杂志,大家的积极性一下子就被调动起来了,真是雨后春笋、势不可挡啊!"

理科学长夏元瑮:"蔡公,当初你提出要多办社团、刊物,我还有顾虑,认为北大不具备学术研究的广泛基础,所以理科没动。现在我后悔死了。这文科社团一动起来,整个学校的风气都变了。"

教务长:"可不是吗?以前我们北大学生在讲堂以外就无所事事,到街上游玩闲逛的大有人在。外面都说八大胡同里最好的客人便是'两院一堂',两院说的是参议院、众议院,一堂说的就是我们京师大学堂。但自从近来兴办了各类学会、社团,风气大大不同了。志趣相投的同学聚到一起,或是研究问题,或是学习外语,再不流连那些瓦舍之地了。"

庶务长:"这文科一带头,其他各科学生也都纷纷效法,自发成立了社团,国文学会、史学会、数学会,还有跨系科的书法研究会、音乐会等。同学们好像一下子充满了活力,不但在课业上愈发用心,而且同学之间也更加和谐友爱。现在大家都尝到改革的甜头了。当然,研究深入了,争论的问题也就更多了。"

蔡元培高兴地说:"我的理想,就是让北大成为百家争鸣的大舞台。办杂志,就是为大家提供这个舞台。我听说文科的杂志争论得很厉害。"

陈独秀马上报告:"是的,文科这边,中国文学门的傅斯年和英国文学门的罗家伦等几位同学合创杂志《新潮》,学生救国会的许德珩等创办了《国民》,国文系的俞士镇、薛祥绥等创办了《国故》,主要是这几种杂志观点各不相同,针锋相对,吵得十分热闹。"

蔡元培点点头:"各位,北大新近出现了这么多学生社团,创办了这么多杂

志,是一件好事。学生们以创社团、办期刊的形式,培养自己的兴趣,向社会发表自己的言论,宣传自己的主张,是值得提倡和鼓励的。我们要做的就是加以引导,加强管理。有的社团应以研究学术为目的,有的可以陶冶情操、开阔视野,有的可以专门培养学生服务社会的精神。总之,我们北京大学要在学术自由和关心时事方面开一代风气。杂志、报纸和社团多多益善。各个学科尽可以广开门路,大胆试验。我想告诉各位的是,这只是北大改革的开始。体制的改革要跟上,比如现在实行的学长制,就是一个过渡性的临时体制。学校正在废门改系,下一步就是取消各科学长,成立教务处,统一管理学校的教学,各位学长要有这个思想准备。"

散会了。蔡元培招呼陈独秀:"仲甫,到你办公室坐一会,我和你说点事情。"

蔡元培边走边说:"仲甫,我刚才说的体制改革之事,你有什么看法?"

陈独秀:"北大要成为世界一流大学,一定要与世界接轨,这是趋势。学长制确实不能成为常态,所以我赞同您的改革方案。"

蔡元培:"那你想过没有,如果取消学长制,你准备做什么?"

陈独秀:"我现在正全力筹备《每周评论》。我觉得这个刊物是您所说的接地气的一个平台,我对它充满期待。现在只有守常和我在搞,人手不够,所以我想如果可能,以后就把主要精力放在这个刊物上。"

蔡元培:"仲甫,我一直有一个愿望,想编写一部权威的《中国通史》。思来想去,觉得你是目前最合适的人选,所以,我准备请你兼任北大国史馆编纂处主任,统筹领导《中国通史》的编辑工作。你意如何?"

陈独秀想了片刻,说:"不瞒蔡公,我现在主要兴趣在《每周评论》上。我以为,现实比历史更加要紧。"

蔡元培:"《每周评论》可以让守常多担一些,适之母亲过世,他回乡奔丧,听说昨天已经回来了,他也可以分担嘛。"

陈独秀:"适之和守常思路不同,常有争论,怕是搞不到一起去。"

蔡元培:"由你领衔,就不怕他们争论。具体的事让年轻人去干。"

陈独秀:"我找适之谈谈看吧。"

晚上,陈独秀、高君曼提着点心来看胡适。说来也巧,胡适正是11月24日在北大小礼堂做丧葬改革讲座时接到母亲病故电报的。因江冬秀怀孕,妊娠反应很大,不能长途劳累,胡适一人回乡料理母亲的后事。在家近两周,他坚持从简治丧,引发了很多议论,自己也累得够呛,掉了好几斤肉,回到北京,心力交瘁,在床上躺了一天,听江冬秀说陈独秀夫妇来了,赶紧起床相迎。

陈独秀看到消瘦的胡适,握住他的手说:"自然规律不可抗拒,别难过了。"

高君曼也安慰道:"就是,弟妹还怀着身子,这时候你可不能倒下。"

胡适点点头:"放心,我想得开。"

这是新租不久的一个独门小院子。胡适将陈独秀夫妇引进屋里,招呼江冬秀泡茶,请二人坐下。

高君曼赶紧拉住江冬秀:"不喝茶。冬秀,你怀着身孕,不好忙前忙后,进出都要当心些。最近还好吗?"

江冬秀摸了摸肚子:"谢谢嫂子关心。我皮实,没事的。你们谈,我去烧饭,再添几个家乡菜。"

高君曼站起来:"我来帮你。"

陈独秀拉胡适对面坐着,说:"适之,你奔丧这十几天,北大可是发生了很大变化。各科系学生大力兴办社团,热闹非凡,校内刊物也一下子出现了好几种。你的学生傅斯年等办了《新潮》,刘师培、黄侃也带着一些人办了《国故》,几个杂志为抢占阵地,几乎到了赤膊上阵的地步。"

胡适:"什么《国故》?不就是要复古吗?不过是些故国斜阳的呻吟而已。听说黄侃最近老拿他写的发刊词初稿到处征求意见,点名道姓骂我们俩,实际上是向我们示威呢。"

　　陈独秀："适之啊,骂我们的可不光是《国故》一家,这一次是联动,南北夹击,来势汹汹,不容小觑呀。"

　　胡适："新文化是在骂声中成长的。你陈仲甫还怕人家骂你不成?"

　　陈独秀："光不怕还不行,还要反击。"

　　胡适："没问题,我这就写文章和他们辩论。"

　　陈独秀："适之啊,还是你最懂我。今天我就是来和你商量这事的。蔡校长提出新文化运动要接地气,直面现实。我们就在《新青年》之外又办了一个《每周评论》,算是《新青年》副刊吧。蔡校长的意思是请你协助守常来主管这事,你意如何?"

　　胡适："这《每周评论》宗旨为何?"

　　陈独秀："《每周评论》与《新青年》各司其职。《新青年》侧重思想启蒙;《每周评论》侧重评述时事、批评现实,就一些政治、社会问题发表评论。"

　　胡适一听,心中生起一丝反感:"仲甫兄,你不是说二十年不谈政治吗?"

　　陈独秀皱起了眉头:"你怎么老抓住这个问题不放?那天我不是跟你说我陈独秀破戒了吗?再说,我早就说过,不谈政治不等于不研究现实问题。要真是那样,我们也办《国故》算了。"

　　胡适连忙解释:"仲甫兄误会了,我不是不赞同办《每周评论》,只是我对现实问题没有研究,也不感兴趣。现在我手上的事情太多了,《中国哲学史大纲》上卷马上要出版,蔡公要我当英语系主任,加上我的老师杜威教授准备来华讲学,我要为他联系和安排各种事务,真是千头万绪,实在忙不过来啊。"

　　陈独秀："我知道你忙,可是守常不是比你的事情更多吗?你看他办了那么多杂志和社团,真正成了青年领袖。适之,做学问固然重要,但是,国难当头,责任更重要啊。"

　　胡适不以为然,但表情还是很诚恳:"仲甫兄教导的是,我让您失望了。"

　　陈独秀意识到自己的话有点重,连忙摆摆手:"你别在意,我把你当知己才这么说。"

胡适:"仲甫兄,您看这样行不行,最近一段时间我就不参与《每周评论》编辑工作了,但我一定多多供稿。等忙过这一段,我就来接替守常,您看如何?"

陈独秀还想再劝劝胡适,高君曼端着一品锅走了进来:"来来来,大菜上桌啦!"

胡适立刻站起:"怎么好麻烦嫂子亲自端菜! 您请坐,我去拿碗筷。"说着,便向厨房走去。

看着胡适的背影,陈独秀怅然若失。

三

胡适去红楼开会,路上碰到傅斯年,便一同前行。

傅斯年有些激动:"先生,您总算回来了! 我们在北京都听说了,您此次回乡丧礼新办,掀起了好大的风浪。同学们既为您高兴,又为您担心。"

胡适的眼睛湿润了:"我先谢谢同学们的关心。这次我回家处理家母后事,改革了一些旧的丧葬礼仪,招来了一些非议,这都在预料之中。新文化的每一次改革、每一点进步都是很难的,我相信九泉之下的母亲定会原谅我、支持我。"

傅斯年见胡适眼圈红了,赶紧岔开话题:"先生,您在家乡办了一件大事,我们在北京也办了一件大事。这段时间,各科都在兴办杂志,我们不敢耽误。所以虽然先生不在,《新潮》筹备之事我们也已着手干了起来。现在杂志的第一期已经出版了。"

胡适欣慰地说:"没想到我走了不过十几天的时间,杂志竟已创刊完成。还是你们青年人干劲足啊。"

进了红楼,傅斯年指着左手边的走廊说:"先生,这两间就是我们《新潮》编辑部。"

胡适大感意外："你们竟有了自己的编辑部？"

傅斯年："这原来是图书馆仓库，是守常先生主动提出给我们做编辑部的。"

胡适走过去推开房门，第一眼就看见编辑部正堂上挂着母亲冯氏的遗像，十分意外，回头望向傅斯年。

傅斯年赶紧解释："先生，《新潮》编辑部现有十余人，其中大半可以算是您的门生，大家都对先生十分崇拜。在您回乡奔丧的这些日子，我们在这个编辑部里布置了灵堂，也算是我们小辈对太师母的悼念和尊敬。"

胡适深受感动，上前向母亲遗像鞠了个躬，又握着傅斯年的手说："谢谢你们，让你们费心了。回头你们把这相片取下来，我带回家去。"

傅斯年请胡适坐下，拿来《新潮》的样稿，递给胡适："先生，这就是第一期《新潮》。"

胡适接过杂志，看见杂志封面上写着英文名"The Renaissance"，颇为惊喜："Renaissance，中文意为复活、再生、更生，是欧洲文艺复兴运动的名字。这刊名起得好！"

傅斯年点点头，接过胡适的话说："这是子俊的主意，我们也都赞同。我们认为如今先生们所提倡的文学革命、思想革命，和欧洲文艺复兴是很相似的，所以我们用这个 Renaissance 做杂志的名字。"

胡适放下杂志，语重心长地对傅斯年说："我常想，如今社会上的杂志太多了，但良莠不齐，鱼龙混杂，难免引起人们思想上的混乱。现在所有刊物中，能仔细研究一个问题，按部就班地解决，不落在随便发议论的毛病里的，只有一个《新青年》。我想，这便是你们要努力的方向。"

傅斯年郑重地点点头："先生，我们知道了。"

胡适接着说道："所谓'新潮'，就是 Renaissance，是新文化，不是新政治。我期盼你们能利用《新潮》学习和传播欧洲的文艺复兴，致力于新文化运动。

要撇开政治,有意识地为中国打下一个非政治的文化基础。"

停顿了一会儿,看着傅斯年,胡适极其严肃地说:"孟真,我希望《新潮》二十年也不要讲政治。"

胡适上了二楼会议室,陈独秀、李大钊、鲁迅、钱玄同等都在。蔡元培见胡适来了,起身说:"适之来了,我们开会。今天,我找你们几个来聊聊形势,希望大家畅所欲言。形势者,一是天下大势,二是北大家事。仲甫,你是《每周评论》的主编,你就先给我们评论一下最近的大事吧。"

陈独秀:"最近的事,我看最重要的就是巴黎和会。巴黎和会的主角是美国,美国总统威尔逊在国会演说中提出:'要想世界永久和平,必须有一个新秩序,不应再用老一套的外交方式来解决战争问题,战胜国不应要求割地赔款,应该废除秘密外交,应该通过建立维护世界和平的组织来创立新秩序。'"

胡适拍案而起,兴奋地说:"美国到底是个讲公理的国家,我看这次公理战胜强权大有希望。"

蔡元培马上说:"公理能不能战胜强权,得看巴黎和会的结果。中国作为战胜国已经组成代表团,首席代表是外交总长陆徵祥。"

胡适:"我听说梁启超受徐世昌的委托正在欧洲游说,为巴黎和会中国提案吹风拉票。"

蔡元培:"梁任公这次倒是信心满满,到处鼓吹中国可以挽百十年外交之失败,从此获得大翻身。"

李大钊冷不丁甩出一句:"这个梁先生真是太可爱、太天真了。我看他是吃洋人的亏还没有吃够。"

鲁迅冷冷地说:"盲目乐观,不长记性,封建劣根性的典型表现。"

胡适:"二位过于悲观了吧?巴黎和会,起主导作用的是美英法三国,威尔逊的主张就是美英法三国共同的主张,所以我认为中国形势大好,前途光明。"

李大钊不以为然:"你别忘了,我们身边还有个虎视眈眈的日本呢。"

胡适马上说："你也别忘了，在美英法面前，至少现在日本还起不了主导作用。"

李大钊："那咱们等着瞧吧。"

蔡元培："现在国人眼睛都盯在巴黎和会上。我们北大的刊物，特别是《每周评论》，要把这个事情作为评论的焦点，多发表一些有见解的文章，适当转移一些人的视线。诸位懂我的意思吗？"

钱玄同插话道："听说有人正在策划向国会提交议案，逼蔡公辞职，还要把仲甫、适之和我赶出北大。"

蔡元培马上补充："岂止是国会，还有政府和舆论，现在是山雨欲来风满楼啊。"

鲁迅："教育部有人提醒我，说林纾要用小说跟北大论战，要我少掺和，不知是什么意思。"

陈独秀一听，赶紧说："豫才，你可不能少掺和，《新青年》还为你的新小说开着天窗呢，你可不能误事呀。"

鲁迅坦然道："放心，我的这篇《孔乙己》马上就完稿了。不过，仲甫兄，你逼稿也逼得太狠了吧。"

陈独秀："不是我逼你，是形势逼人。"

蔡元培对陈独秀说："仲甫，别把弦拉得太满了，静下心来研究研究威尔逊如何？"

陈独秀："您别说，我还真对威尔逊感兴趣了。我研究了他的很多演讲，发现他真可算是世界上第一个好人。"

胡适哈哈大笑："仲甫，我同意你的观点。"

陈独秀："这个威尔逊说的话很多，其中顶要紧的有两条，一是不许各国拿强权来侵害他国的平等自由，二是不许各国政府拿强权来侵害百姓的平等自由。我琢磨了一下，只要做到了这两条，公理必定战胜强权。所以，我准备在

《每周评论》上写一篇文章,说一说这位世界第一好人!"

蔡元培看着李大钊:"守常,你也写一篇吧。"

李大钊:"我不写美国,我写俄国,写一篇介绍俄国十月革命的文章。"

蔡元培又问胡适:"适之,你写一篇怎样?"

胡适:"蔡公,我最近太忙,下期吧。"

四

1918 年的冬天,因为第一次世界大战的结束,中国成了战胜国,北京的街头比往年热闹多了。

前门大街,报童大声叫卖:"看梁启超新著《国际联盟与中国》,称威尔逊的'国际联盟'是实现大同世界的最好手段;看新出版的《每周评论》,李大钊发表《新纪元》,呼吁中国走俄国道路;看李大钊新著《布尔什维克的胜利》,开创人类历史新纪元!"

外交部接待大厅,记者云集。中国出席巴黎和会代表团举行记者招待会,一脸严肃的陆徵祥坐在台上。

秘书向他附耳低语:"可以开始了。"

陆徵祥站起来向大家挥手致意:"女士们、先生们,今日召开记者会,是为了向诸位新闻界的朋友说明我们代表团此次赴法参加巴黎和会的行程和代表的构成。此次我们几位能作为战胜国代表参加在巴黎召开的和会,实在是毕生的荣幸。首先我为大家介绍一下代表团的情况。我们此次赴会的代表团包括全权代表、外国专家、秘书等,共计五十余人。鄙人陆徵祥,担任此次代表团团长。代表团其他主要成员还有驻法公使胡惟德先生、驻英公使施肇基先生,我们三人为全权大使,驻美公使顾维钧先生和驻比公使魏宸组先生为全权大使兼专门委员。日前,施公使、胡公使和顾公使已经赴巴黎开展洽谈,参与和会的预备会议。各位新闻界同人,即将在巴黎召开的和会之于中国是一次非

同寻常的机会,我国可以借助此次大会谋求某种程度的公平待遇,并对过去半个世纪以来所遭到的惨痛后果加以改正。本人身体一直抱恙,但一定竭尽所能,与诸位代表一道,在和会上为我国积极奔走。"

台下掌声一片,镁光灯频频闪现。

秘书宣布:"下面请记者提问。"

中国记者:"请问陆总长,您对此次会议的结果如何预测？我们的前景乐观吗？是否真可以如您所说,将半个世纪以来中国所遭受的惨痛后果加以改正？"

陆徵祥回答:"在这次大战中,我们中国为了协约国的胜利做出了不可忽略的贡献。在这里我可以透露,在我们输送十多万劳工参战之前,英法两国就曾允诺在战后和平会议上给予我们中国五个会议席位,对我们以大国相待。因此,我们对此次会议充满信心。"

美国记者:"请问陆总长,贵国此次向和平大会提交的提案包括哪些内容？"

陆徵祥:"我们代表团的提案一共有七项内容:一、废除外国势力范围;二、撤退外国军队、巡警;三、裁撤外国邮局及有线电报机关;四、撤销领事裁判权;五、归还租借地;六、归还租界;七、关税自由权。"

法国记者:"尊敬的总长,我们看到您所提的议案涵盖范围非常广,您认为在此次会议上这些要求都能得到满足吗？"

陆徵祥:"诸位想必都还记得,上个月徐大总统已经下令,将《辛丑条约》所遗留的克林德碑从东单移到了中央公园,碑文也改成了'公理战胜'。对于你刚才的提问,我只能说,我相信在这次会议上,公理定能战胜强权,我们中国人定可以一雪前耻,扬眉吐气。"

台下又响起一阵热烈的掌声。

中国女记者:"请问陆总长,您去巴黎开会,外交部事务怎么办？"

陆徵祥："民国政府已经任命外交部次长陈箓先生代理外交总长。同时，民国政府将正式成立国家外交委员会，作为中国外交的决策机构。"

日本记者："请问陆总长打算何时赴巴黎？"

陆徵祥："这个嘛，暂时无可奉告。我到了巴黎，你自然也就有答案了。"

大西洋上，浪涛汹涌，"华盛顿"号邮轮已经在风浪中颠簸了五天五夜。

陆徵祥和夫人正在船舱内休息，秘书敲门："陆总长。"

夫人走过去打开门，向秘书点点头，离开房间。

秘书匆匆走到陆徵祥身边，俯身低语："陆总长，有北京急电。"

陆徵祥倚在沙发上，闭着眼睛，示意秘书念下去。

秘书拿起电报念道："此次赴欧议和，关系甚重，主座以王正廷法律、外交夙著才望，特委任其为特命全权大使，已电由顾大使就近转知王正廷，其委任令亦寄美馆转交，并希陆公转与接洽，谆劝担任为盼。"

秘书刚念完，陆徵祥一下子坐了起来："怎么回事？本来南方政府就提出要自己成立代表团参加和会，大总统不是不允吗？"

秘书："大总统本来是拒绝南北双方协派代表的，但南方政府的王正廷博士已经到了纽约，自己联络并说服了美国。昨晚，美国派驻华公使芮恩施向大总统施压，大总统不得已点了头，才有了这个任命。"

陆徵祥气愤地站起来："处处看外国人的眼色，还谈什么外交？这王正廷的位次是怎么排的？"

秘书："任命书上没有明确，陈箓在电报上说排在您之后，是特命全权大使。"

陆徵祥："一个国家的代表团里有两个政府的人，日后必定问题重重。这个差事没法办，看来我得想个全身之计才行。下了船就给我安排与汪大燮通话。"

北京,紫光阁一角有几间平房,一间房子门口挂着一个醒目的木牌:中华民国外交委员会。

总统徐世昌和汪大燮及外交部代理总长陈箓走过来。

徐世昌在门口端详牌子:"好,这牌子做得有气派,就是这地方离我那儿远了点。"

汪大燮:"我还是离你远点好,大家都少点麻烦。"

徐世昌不悦道:"伯棠,这个节骨眼上你可不能躲清闲啊。陆徵祥去巴黎了,外交这一摊子光靠陈箓这个代理总长是撑不起来的。你这个外交委员会就是我总统府里外交事务的决策机构。巴黎那边怎么谈,全听你的。"

汪大燮讪笑道:"菊人兄,你糊弄鬼吧。一个曹汝霖就能把我的提案给否决了,我还能有什么决策?"

徐世昌不理汪大燮的埋怨:"不能悲观。好不容易得了一个战胜国待遇,你我得有所作为! 这可是天赐良机、天降大任啊。"

汪大燮:"眼下就有一个难题要决策。"

徐世昌:"你说。"

汪大燮:"巴黎和会我们去了五个人,但是给我们的代表席位只有三个。谁当常任代表负责主谈,这个人选至关重要。"

徐世昌:"陆徵祥是首席代表,王正廷是南方代表,这两个席位不能变。还剩一个席位,那就三个人轮流出席吧。"

汪大燮:"万万不可。这陆徵祥有病,多数时间住在瑞士。王正廷根本不懂外交,不能当主谈。"

徐世昌:"那你说怎么安排?"

汪大燮:"我的意见是,把顾维钧排到第二位,让他来当主谈。"

徐世昌:"那南方政府岂不是要闹事?"

汪大燮:"所以这事还得你这个总统出面决策。"

徐世昌想了想："行,就按你汪委员长说的办!"

五

北大图书馆阅览室,学生们都在安静地读书。陈延年、陈乔年在书架旁帮助整理书籍。柳眉给陈延年打下手,帮延年递书,延年却装作看不到,想绕过她取书,柳眉调皮地挡在延年面前。

陈延年无奈,小声地说："同志,图书馆是个安静的地方,不得嬉闹。"

柳眉："谁和你嬉闹了? 我想和你讨论个问题。"

陈延年："什么问题?"

柳眉："附耳过来。"

陈延年："公共场合,注意形象。"

柳眉："那就算了,以后再说。"

延年不再搭理她,抱着一摞书快步走开,柳眉朝他做了一个鬼脸。

李大钊走进来,对看书的同学们说道："同学们,图书馆要闭馆了,各位可将书借回去阅读。"

学生们开始收拾书本。

柳眉走上前去对李大钊说："先生,我都好几天没看见您啦! 您呀,现在恐怕算得上北大最忙的人啦!"

李大钊笑着问道："此话怎讲?"

柳眉扳着手指说："您看,您是图书馆主任,图书馆的事要您管。您又是《新青年》和《每周评论》的主编,还是新杂志《国民》的顾问和撰稿人。最近您又创办了马尔克斯研究会,还经常去长辛店工厂里搞调查研究。您看,还有谁比您更忙呢?"

李大钊哈哈大笑。

陈乔年在一旁插话道："不是马尔克斯研究会,是马克思研究会。"

柳眉:"是吗？我怎么记得是马尔克斯……"

陈延年:"你们俩说的都没错。李先生为了避免被当局查封,有意称其为马尔克斯而不是马克思,目的是让人家以为是研究马尔萨斯人口论的学会,这样就不会被当局找麻烦了。"

陈乔年不解地问:"研究马克思会惹麻烦吗？最近我在李先生这里看了一些马克思的书,倒觉得很受启发。"

李大钊:"你们已经开始自觉读马克思的书了,这很好。今后我们读书会的重点就是带大家读马克思的书。"

离图书馆不远处,毛泽东拿着一封信急匆匆地追赶走在前面的邓中夏:"仲澥兄,仲澥兄……"

邓中夏回头见是毛泽东,忙转身迎过去:"润之,是你喊我？"

毛泽东气喘吁吁:"是,有事相求。"

邓中夏:"何事？这么紧张啊。"

毛泽东递过手上的信:"我们新民学会的会员想发个倡议,请求政府和各种社会力量帮助全国各个乡镇设立书报室,以普及新文化运动。"

邓中夏:"这是好事情呀,需要我做些什么？"

毛泽东:"我们觉得新民学会的影响力和号召力不够,希望北大能带这个头,发起倡议。"

邓中夏:"好,《新青年》大本营就在北大,这件事北大挑头,责无旁贷。"

毛泽东:"你看这件事情该如何操作？"

邓中夏想了想,说:"我们去找守常先生吧,他一定会支持的。"

邓中夏和毛泽东匆匆走进图书馆,李大钊还在和陈延年、柳眉等整理书籍。看到他俩急急忙忙的样子,李大钊知道定是有事,便问:"你们这是从哪里来？"

邓中夏:"守常先生,润之和我有件事情向您讨教。"

李大钊：“仲澥，怎么突然客气起来了？什么事，快说。”

毛泽东上前把信递给李大钊：“守常先生，这是我刚刚接到的湖南来信。我觉得信中说的在理，就想找您来商量个办法。”毛泽东指着那封信说：“我的朋友熊光复，是新民学会会员，他在这封信上建议，由各大高校师生带头，联名要求当局在全国各个乡镇普遍设立书报室，向群众进行新文化和先进思想的宣传，逐步提高国民素质。”

邓中夏：“我觉得这是个好建议。目前新文化思想启蒙的受众大多是青年学生，若是能通过设立书报室宣传新思想，提高一般民众的素质，那再好不过了。”

看完信，李大钊说：“这确实是个让新文化接地气的好建议，只是这个建议实施起来很复杂，需要大量人力物力，最重要的是由谁来挑头。”

邓中夏：“润之建议我们北大挑头。”

李大钊沉思了一会，说道：“倡导新文化，北大当仁不让。不过，这事还要报告蔡校长由他定夺。”

邓中夏一听李大钊同意了，兴奋地说：“我来给蔡校长写信。”

夕阳西下，陈延年一个人坐在篮球架下思考。

柳眉悄悄走过来，看见陈延年心事重重，不忍打扰，就在一旁静静地看着。

陈乔年从宿舍里跑出来，看到他们俩，笑道：“我说我怎么找不到你们，原来跑这儿看落日来了。”

柳眉笑了：“你哥不是看落日，是静思。”

乔年凑上前问：“哥，你想家啦？”

延年先是一惊，继而像是想起了什么，突然站起来说：“对，我是该有个家了。”

一旁的柳眉愣住了，不知道陈延年说的是什么意思，心中竟然有一种莫名

的喜悦。

乔年欢喜地问:"哥,你想通了,想恋爱结婚啦?"

延年瞪了乔年一眼:"说什么呢,我是说我们应该组织个大家庭,实行互助共产主义。"

柳眉愕然:"我看你这些日子一直魂不守舍的,原来在想这个事情呀。"

延年点点头:"那天我在中央公园听蔡校长演讲时就有了这个想法。新文化要接地气,你说我们这些半工半读的人能不能组织起来搞个工团,实行互助,大家一起过日子。"

柳眉急道:"昨天我在图书馆就想和你讨论这个问题,可是你却不理我!"

延年大喜:"你也有此想法? 太好了,难怪我们是同志呢。"

乔年高兴地说:"我支持,你们干什么我就干什么。"

延年握紧拳头:"那好,周末读书会讨论时我们就把这个问题正式提出来,争取多一些同志参加。"

柳眉:"我觉得没有问题,守常先生一定会支持我们的。"

延年:"好,我们三个就是这个工团的发起人。来,我们对着落日许个愿吧,祈愿我们的互助工团成功。"

三个年轻人抬头仰望天空,虔诚地合起了双手。

……

周末,青年读书会如期举行,讨论的主题是巴黎和会。讨论已经接近尾声。主持人邓中夏说:"诸位同学,现在进行本次读书会讨论课的最后一个议程。郭心刚、刘海威等同学提出,希望以北京大学学生会的名义给参加巴黎和会的中国代表团发一份电报,要求中国政府正式提请巴黎和会废除1915年的中日协约即'二十一条'。傅斯年同学根据大家的意见草拟了这份电报,现在请他给我们念一遍。"

傅斯年站起来:"巴黎中国代表团专使公鉴:美威尔逊总统曾宣言,此次和平大会将巩固将来之和平,并扫除从前国际之不平等,寰球同钦。一九一五年中日条约,为有约以来最不平等之条约。北京学界全体本着巩固东亚永久和平之决心,敢请诸位将山东问题提交大会公决。青岛本是中国领土,德国昔日以武力向中国强借,今日也应因武力失败而归还中国。揆诸法律,日本断无继承德国权利的道理。务望诸位俯察青年学子一片爱国热忱,在大会上全力争取。北京学界全体同叩!"

大家齐声叫好,热烈鼓掌。

邓中夏:"如果大家没有意见,我就拿去征求其他学校意见了。好,今天的所有议程都结束了,大家散会。"

柳眉突然举手站起:"同学们,陈延年同学有一个倡议,现在请他发言。"

郭心刚马上说:"我反对,议题不能任意增加,我晚上没有吃饭,肚子早就闹革命了。"

柳眉赶紧说:"这好办,讨论完了让陈延年请你吃夜宵。"

"延年,你请客吗?"郭心刚看着陈延年问。

陈延年:"行啊。"

郭心刚:"说话可得算数。"

陈延年:"当然!"

郭心刚:"那你说吧。"

陈延年站起来:"各位同学,我一直在想一个问题。我们读书会不能光停留在思想和理论的探讨,更重要的是必须把理论与实际结合起来。所以我有一个倡议,成立一个半工半读的互助社,按照互助论的思想,组成一个互助会团体,试行互助式的共产主义。不知各位是否赞同?"

邓中夏:"延年,你这个想法并不新鲜,王光祈他们早就提出来了。理论上我是赞同的,不过操作起来难度很大。"

陈延年:"我和王光祈讨论过这个问题,他想搞大规模的,那个难度太大。

我想先做个小范围的实验,先在我们读书会和法文进修馆范围内试试。"

郭心刚:"我赞同。不过你得先立个章程让我们看看。"

陈延年:"今天我先做个倡议,如果大家觉得可行,我们就起草章程。"

柳眉举手:"我参加。"

陈乔年也举手:"我也参加。"

赵世炎站了起来:"我反对!我认为新文化要接地气,最重要的是要和工农大众相结合。我和邓中夏正在计划成立北京平民教育讲演团,准备先以长辛店为试点组织宣讲活动,同时做一些中国劳工现状的调查,希望大家踊跃参加。"

张国焘、罗章龙立马表态参加。

陈延年捅了一下身旁的毛泽东:"润之兄,你不是也信奉无政府主义吗?你参加我们的互助社吧。"

毛泽东笑了笑:"说实话,两个我都想参加。这北京就是不一样,新鲜事太多了。"

陈乔年一听毛泽东想参加,赶紧说:"那你就参加我们互助社吧,不过我们要在一个锅里吃饭,可没有那么多的辣椒哟。"

毛泽东笑着说:"小老弟,我知道你最怕吃辣椒,不过你也不要担心,我马上就要回湖南了。"

陈乔年:"不要紧,你先当个编外社员,试试看嘛。要是合适,你回湖南也可以搞呀。"

毛泽东:"行,我可以参加你们组织的劳作活动。"

邓中夏:"要我看呀,陈延年和赵世炎的倡议都不错,都可以试试。毛润之,长辛店的调研和宣讲你可不能缺席呀。"

毛泽东:"当然,我两边都参加。"

郭心刚看着陈延年说:"好了,讨论完了,该陈延年请客了。"

柳眉对郭心刚一瞪眼:"你就知道吃,李先生还没有总结呢。"

邓中夏马上说:"对,大家欢迎李先生讲话。"

大家鼓掌。

李大钊站起来:"我和大家一样也是读书会的成员,不是每次讨论都要我来做总结。不过,对今天的讨论,我很想说几句话。刚才陈延年和赵世炎两位同学提出了两个倡议,我听了非常兴奋。那天在庆祝欧战胜利的大会上,蔡校长说新文化运动到了一个拐点,我就一直在琢磨,我们应该怎样去利用这个拐点。今天你们提出的这两个倡议让我豁然开朗。你们不愧为新青年。所以,我由衷地赞同并支持你们把这两件事情做起来。当然,这些事情做起来很难,特别是互助社,更难。但是,事情总是要有人去做的,路是人走出来的,中国的路就在你们脚下。"

大家热烈鼓掌。

李大钊和读书会的青年们从红楼中走出,一阵冷风吹来,大家都不由自主地裹了裹衣服。

柳眉缩着脖子嘀咕道:"好冷的天啊,想把人冻死啊。"

"延年,你的承诺还兑现吗?"郭心刚的眼神怪怪的。

陈延年摊开双手:"我很想兑现,但是我没钱。"

柳眉马上说:"我有钱。你请客我出钱,怎样?"

陈延年瞪了柳眉一眼:"这有你什么事呀?"

郭心刚笑道:"怎么没她的事!互助嘛,今天我们就要打土豪。再说了,你们俩谁请客不都一样吗?干吗分得这么清?"

大家都会心地笑了。

李大钊看见学生们瑟瑟发抖的样子,便说:"今天大家讨论得都很好。这样吧,天色也不早了,天气这么冷,大家都饿了,今晚我请你们到隆福寺吃小吃去。"

一行人簇拥着李大钊欢快地向隆福寺走去。

李大钊点了豆汁、艾窝窝、豌豆黄、驴打滚等北京小吃。青年们围坐一桌，喝的喝，吃的吃，不亦乐乎。

李大钊对坐在身旁的邓中夏说道："中夏，你写给蔡校长的信，有反馈了。"

邓中夏激动地问："蔡校长怎么说？"

李大钊："前几日，蔡校长特意请我和仲甫先生、适之先生几位去开了个会，专谈你的这封信。"

众人放下碗筷，目光都投向了李大钊。

李大钊笑着说："蔡校长说他准备让北大校刊发表此文，他还嘱咐我们再研究一下，如何在深入推进新文化运动中搞好普及工作。"

邓中夏激动万分："我就知道蔡校长一定会支持我们！"

李大钊点头："新文化、新生活，是全体民众的事情，不能光在学术圈子里搞。所以，今天带你们到这里来，不仅是奖励，也是一个调研。"

柳眉眼睛滴溜溜直转："李先生，我们这就是调研？"

李大钊笑道："是啊，今天带你们来这，也是希望你们能借此机会认真观察体验一下北京平民的生活。只有调研好了，对平民生活有了了解，才能进一步研究推进平民教育的问题。"

赵世炎接话道："是啊，我这阵子在长辛店调研收获也很多。长辛店现有大工厂三个，工人两千五百多。工人工作时间长，强度大，工钱却很少。冬天要工作十个小时，夏天要工作十二个小时，每天工钱却只有三毛至一元不等。为什么工人们终日辛苦，却不得温饱呢？我想组织些人做深度调查。"

李大钊问："中夏，你怎么看？"

邓中夏："我觉得调研和宣讲要结合起来。宣传和鼓动民众可能更加迫切一些。目前平民识字者少，能阅读印刷品、出版物的人更少，所以若想进行普及教育，非进行演讲不可。而且依我看，这平民教育讲演团组织形式也不必复杂,可以几个人为一组,事先拟好题目,专到集市等人多的地方进行宣讲。"

张国焘表示赞同:"对,讲题也不必复杂,就先从生活常识、新闻时事之类讲起。"

罗章龙:"若是一般劳苦大众能通过我们的演讲略知一些时事,得到一些常识,最终能觉悟自己的地位和社会的病源,继而再做些积极的活动,那就达到我们的目的了!"

毛泽东激动地站起来:"我报名多参加平民教育讲演团的活动,这些年我在长沙天天和他们打交道,最知道他们需要什么!"

李大钊笑了:"好,看来我没有白白请你们吃饭。有收获!我看这个平民教育讲演团可以启动了。各位就是中国第一个平民教育活动的发起者,使命光荣,责任重大。让我们以豆汁代酒,为这份属于你们的光荣和责任庆贺吧。"

大家端起豆汁,邓中夏说:"为守常先生——"

陈延年:"为平民教育讲演团——"

李大钊:"为新文化,新生活,干杯!"

六

初春的北京,放眼望去还看不到什么绿色。破旧的马路上,一辆牛车缓缓前行。北风呼啸,那牛鼓起前胛,奋力拉车。赶车的车把式戴着棉帽耳套,脑袋被捂得严严实实,只露出眼睛。坐在他身后的毛泽东穿着单薄的长衫,昂首望向前方,头上也没戴帽子,一任北风撕扯着长衫,吹卷了头发。尽管是冰封大地,但冰雪已在悄悄融化,几株嫩绿的小草勇敢地顶破冰层,探出头来。看到这些,毛泽东不禁怦然心动,理了理被风吹乱的头发,露出欣慰的神色。牛车里面,坐着李大钊和邓中夏、赵世炎。

李大钊向着前面喊:"润之,你还是到车里来挤一挤吧,外面风大。"

毛泽东朝车里大喊:"不用啦,李先生。我不怕冷,在外面正好享受这北国

风光呢。"

邓中夏:"润之临时要跟来,该坐在外面。他本来和何孟雄约好去陶然亭的,可何孟雄被陈延年拉去搞工读互助社了。"

李大钊:"润之,欢迎你多参加北大的活动。你来北京多长时间了?"

毛泽东:"有半年了。"

李大钊:"来过长辛店吗?"

毛泽东:"和邓中夏、赵世炎来过一次,走马观花。这次先生来做专题调研,机会难得,可以近距离地了解工人的状况,我就跟着来了。"

李大钊点头:"马克思曾经讲过,产业工人是最先进的阶级,这句话是否符合中国实际,是一个很现实的课题。对中国工人的状况,我们了解得还很少。"

邓中夏:"长辛店我来过好几次了,我觉得马克思的话有道理。"

李大钊:"有没有道理,要靠我们自己去体验。润之,今天你做记录吧。"

毛泽东:"好的,李先生。"

一排排破破烂烂的工棚前面,一些衣衫褴褛的孩子在玩耍。

葛树贵领着李大钊、毛泽东、邓中夏、赵世炎等走进一家工棚。工棚里已经坐着五六位工人。李大钊向工人们致意。葛树贵向大家介绍:"这位就是我经常向你们提起的北京大学的李大钊教授,这几位后生是李教授的学生。他们来和大家聊聊天,想了解一下我们这里有什么难处。李教授,这几位都是我们这儿的老工友,有什么问题,您尽管问。"

李大钊向工友们抱抱拳:"各位师傅,打扰了。今天我们来,主要是想和各位师傅谈谈心。大家都知道,世界大战结束了,我们中国是战胜国。我们为什么能成为战胜国呢?是因为我们向欧洲战场派出了十多万的劳工,正是这些劳工用生命和汗水为我们国家争得了荣誉和权利。所以,这次欧战结束后,我们的校长蔡元培先生喊出了'劳工万岁'的口号。中国的劳工是世界上最勤劳最伟大的劳工,应该受到全社会的尊敬。我们今天来,就是想了解一下你们的基本情况,比如你们生活得怎样,对国家的政策有什么意见,包括你们有什么困难,有什么要求需要我们向社会和政府转达的。大家不要有什么顾虑,敞开说。"

葛树贵:"李先生,您就不用客气了,有什么事您尽管问,工友们一定会如实告诉你们的。"

李大钊:"好,好。仲澥,你来谈。"

邓中夏从提包里拿出一叠纸,给工人们每人发了一份:"各位师傅,这是一份油印的情况调查表,请大家帮我们填写一下,主要是每个人的基本情况。"

葛树贵接过调查表,面露难色:"我说仲澥同学,你这是为难我们啊,我们这儿的工人都不识字。"

邓中夏很是吃惊:"几位师傅都不识字?"

葛树贵:"这里就我打小上过两年私塾,认识的字统共不到一箩筐,我的这几位兄弟个个都是睁眼瞎。"

李大钊连忙起身:"对不起,是我们疏忽了。仲澥,别发问卷了。我们就和工友们聊天吧。润之,你负责记录。"

毛泽东连连点头。

邓中夏、毛泽东、李大钊等人都问了很多问题,了解到很多有用的情况。

吃过午饭,李大钊一行与工人话别。工人们握着李大钊的手,依依不舍。

回城的路上,邓中夏低头走路,一言不发。李大钊拍了拍他,问:"想什么呢?"

邓中夏面色凝重:"守常先生,今天的事让我很震惊,没想到长辛店的工人师傅绝大多数都是文盲。"

李大钊心情也是非常沉重:"是啊,这就是我们工人阶级的现状,他们的苦难超出了我的想象,真是太穷了。"

毛泽东期待地望着李大钊:"我在想我的同学熊光复的那封来信。平民教

育太重要了。李先生,我们赶快把平民教育讲演团组织起来吧。您看该从哪儿入手?"

李大钊答道:"我们不是有青年读书会吗?我看你们可以在北大办一个工人夜校,先从校内工人教育做起,然后逐步扩大到社会上。"

赵世炎一拍脑袋:"对呀,我怎么就没有想到呢!"

李大钊:"这事可以由新办起来的几个刊物牵头,《国民》《新潮》,加上《每周评论》和《新青年》,这样就不愁没有师资和经费了。"

邓中夏跳了起来:"太好了!今晚回去我们就开会商量。"

李大钊和邓中夏、赵世炎上了车。李大钊对毛泽东说:"润之,你也到里面挤挤吧。天快黑了,北方的风硬得很。"

毛泽东:"好的,我也正想向您请教几个问题呢。"

李大钊拉住毛泽东:"那就上车吧。"

夜色朦胧,牛车在寒风中行走。

李大钊问毛泽东:"今天累吗?"

毛泽东略一摇头:"不累。跟您在一起觉得时间过得太快了。"

李大钊问道:"你这是第二次来了,有何感想呀?"

毛泽东沉思片刻,答道:"李先生,我以前觉得产业工人生活应该没有问题,没想到他们的日子过得这么艰难。我看在中国,这工人的日子好像比农民还要差。"

李大钊:"这就是我们和欧洲、日本的国情差别呀。"

毛泽东:"我没有出过国,可是我知道我们的工业化程度与欧美国家没得比。"

李大钊:"现在欧洲的革命主要依靠工人阶级。像法国的巴黎公社,特别是最近发生的俄国十月革命,都是以工人为主体在中心城市发动的。在欧洲,工人阶级是最有觉悟、最讲纪律、最先进的阶级。"

邓中夏："我看我们国家的工人也不简单。他们虽然没有文化,日子过得那么苦,可是他们对国家的事情还是那么关心。今天我真是深受感动。"

毛泽东表示同意:"我也是。不过我觉得现在我们国家的工人太少了。真正要革命的话,主要还得靠农民。农民问题不解决,中国的问题就解决不了。"

李大钊向毛泽东投来赞许的目光:"润之,你提出了一个很好的课题,就是中国与欧洲的国情差别问题,这恐怕是我们在寻找中国出路时应该重点研究的一个问题,不然的话,我们就有可能走错路。中夏,我觉得我们的马尔克斯研究会要研究这个问题。"

不知不觉车已进入城中,赵世炎说:"守常先生,快到了,我们先送您回家吧。润之,你在哪里下车?"

毛泽东:"我去法文进修馆,蔡和森从河北过来,把我的铺位占了。"

第十六章

工读互助社

一

夜里 10 点多了,法文进修馆的一间教室里还亮着灯,陈延年、陈乔年、柳眉、郭心刚、刘海威和白兰等正在研究工读互助社章程。毛泽东走到门口,听到陈延年正在发言,就没有敲门,饶有兴趣地在门外听讲。

陈延年很兴奋,声音很大:"工读互助社简章共三条,我给大家念一遍:第一,社员每人每日必须工作四小时;第二,社员必需之衣食住由互助社供给,社员所需之教育费、书籍费由互助社供给;第三,社员工作所得归互助社公有。"

大家鼓起掌来。

陈延年望望大家,问:"怎么样? 各位还有什么要补充的吗?"

郭心刚:"我认为我们应当在简章中旗帜鲜明地宣布,工读互助社根据互助论的思想,实行没有任何约束的共产主义。"

陈延年说:"我同意。大家举手表决。"

大家都举手赞同。

刘海威:"我要补充一条,既然互助社实行共产主义,那么所有社员都应当明确宣布脱离家庭关系、婚姻关系。"

白兰一听,大吃一惊,不自觉地向柳眉看去,柳眉也一脸惊愕地看着白兰。

白兰:"刘海威你说这话是什么意思? 难道什么都可以互通有无吗?"

刘海威笑道："你误会了,我是说社员之间是同志关系,是指思想上、财产上完全通融的关系。这种同志式的关系应该不受家庭、婚姻和学校的羁绊。你理解成什么了?"白兰脸一下子红了,低头不再说话。

柳眉接着问："还要与家庭断绝关系呀,有这个必要吗?"

没等刘海威回答,陈延年抢先答道："有这个必要! 不劳动者不得食,这是共产主义的一个基本原则。我们要靠自己的双手养活自己、创造世界,而不是依靠父母家庭。"

柳眉反问："陈延年,你什么意思,难道你要与父母断绝关系吗?"

陈延年回答："不是要与父母断绝一切关系,而是要与家庭断绝经济关系。入社以后,不要让家里再给你寄钱了,你能做到吗?"

柳眉答道："这个行,明天我就给家里写信。"

陈乔年疑惑地看着陈延年说："哥,照你这么说,以后我们也不能回家吃饭了?"

陈延年肯定地说："当然! 不仅不能回家吃饭,也不能在学校吃饭,我们要办自己的食堂,吃大锅饭。"

刘海威叫起来："太好了! 做饭我包了,我父亲是鲁菜馆的厨师,我跟他学过,葱烧海参是我的绝活。"

白兰忍不住顶了一句："我们吃得起海参吗? 再说食堂还没有呢。"

陈延年说："我都看好了,把进修馆大门左边的那个院子租下来,后面几间房子做宿舍,前面的正好可以做食堂,可以供几十人吃饭呢。"

大家热烈鼓掌,齐声叫好。

散会了,陈乔年发现了站在门口的毛泽东,诧异地问："润之兄,你什么时候来的? 怎么不进去?"

毛泽东答道："我来好一会了,听你们说得那么带劲,就没打扰你们。"

陈延年走过来："润之兄,有何高见,快给我们说说。"

　　毛泽东："我听了你们的议论,很振奋,很受启发,很为你们高兴。"

　　陈延年："润之兄,别净说好的,说说你有什么建议吧。"

　　毛泽东："我觉得,第一,你们应该去听听蔡校长、陈学长和守常先生的意见,争取得到他们的支持。第二,我觉得你们应该先做试验,一开始不能搞得过大,先积累一些经验,再逐渐扩大。"

　　郭心刚："你别老是你们你们的,难道你不是我们的会员吗?"

　　毛泽东："我很快就要回湖南了。再说我没有钱,会连累你们的。"

　　刘海威马上说："我们都是穷光蛋,劳动挣钱呗。你来帮我办食堂怎样?"

　　毛泽东摆摆手："办食堂就算了,我做的菜要放辣椒,你们吃不了。我帮你们洗洗衣服吧,工钱你们随便给。"

　　陈延年一听,高兴了："好呀,那以后我的衣服就全交给你了。"

　　毛泽东笑道："没问题。"

　　大家都哈哈大笑起来。

　　此时,北大红楼二层会议室也亮着灯。蔡元培、陈独秀、胡适、李大钊等正在听取和研究邓中夏、张国焘、许德珩、傅斯年等人关于试办平民教育讲演团的汇报,以及中国大学学生王光祈关于工读互助团的报告。

　　邓中夏、王光祈汇报完毕,蔡元培首先讲话："我看了你们送来的这两份报告,又听了你们的汇报,感到由衷的高兴。我的一个感觉,有了这两个活动,新文化就能形成运动了。平民教育讲演团和工读互助团这两个组织可以说是新文化运动的两个实践基地,也是新文化运动深入社会和民众的一个标志,我举双手赞成。不仅我赞成,今天我还特意请来仲甫、适之和守常先生,请他们也要对你们的创举给予支持和指导。仲甫,你先表个态吧。"

　　陈独秀："年轻人比我们有闯劲、有创意,理应支持和鼓励。我想提两个建议。第一,我们要找一些人募集经费,要呼吁社会各界支持和资助这两项活动;第二,我们《新青年》和《每周评论》要分别开辟专栏,研究、宣传和讨论工读互助和平民教育演讲的意义,用以指导这两项活动。蔡公,向社会募集经费的活动还得您牵头才行呀。"

蔡元培马上表态:"都是新文化的事,责无旁贷,我牵头发启事。适之、守常,你们可都要签名呀。"

李大钊:"我全力支持。平民教育讲演团的下一步工作,我建议先从北大做起,从对北大校工教育做起,逐渐扩大到社会上。"

蔡元培:"这个想法好。怎么做,你们先拿个方案出来。有什么困难,请陈学长帮助解决。适之,你也要鼎力支持才是。"

胡适:"我今晚就写文章,为同学们的热忱喝彩助力。不过我要提醒各位同学,你们的主业是学习,不能因为搞这些社会活动耽误了学业。所以我提议,平民教育讲演团可以作为北大学生深入社会的一项课外活动,而工读互助团,则不能在北大开展活动,原则上,在读的北大学生最好也不要参加。如果北大学生都去搞工读了,势必耽误学业,得不偿失。"

蔡元培:"我觉得适之想得周到,这确实是个问题。王光祈同学,你怎么看这个问题。"

王光祈:"我认为工读互助团是全中国青年的事,不光是解决上学的问题,而是中国青年应该走什么路的大问题,甚至是中国要走什么路的大问题。所以,这不光是北大的事情。今天守常先生让我来做一个汇报,主要还是想得到各位导师的指导,并不是要在北大搞工读互助团。我的想法,工读互助团应该是全国性的,而且不分老幼。现在我还在论证和设计方案,并未实际行动。所以,我对适之先生的意见没有异议。"

蔡元培听了非常高兴:"我先表个态,我非常赞成王光祈同学的意见。我对互助论很感兴趣,认为它有实验的价值,所以我支持搞工读互助团,而且主张大张旗鼓地搞。等你的方案出来,我们再讨论怎样支持。当然,适之的意见

我也同意。已经上了北大，还是要把主要精力放在学习上。平民教育，不光是北大学生深入社会的需要，更是中国发展的需要，我们北大不仅要带头，还应该从我们自己先做起。北大怎么带好这个头，请仲甫和守常多考虑，尽快拿出个方案来。"

李大钊站了起来，还是他那习惯的演讲姿势："我赞成王光祈的意见，而且我认为工读互助，北大不能完全置身事外。一方面，我们作为这项运动的倡导者，要全力支持，悉心指导。另一方面，北大也确实有一些家庭困难的同学需要以工养读，不然他们交不起学费。所以，我认为不必强行规定北大学生不能参加工读互助团。我认为，工读互助团不是能不能搞，而是怎样搞的问题。完全按互助论的理论搞，恐怕未必适合中国的实际。"

邓中夏举手要求发言，蔡元培示意他讲话。邓中夏站了起来："我知道陈延年和郭心刚他们已经在做工读互助社的方案了，以法文进修馆为基地，正在召集社员。我恳请各位导师对他们给予支持。"

蔡元培："法文进修馆本身就是留法勤工俭学的预备班，搞工读是应有之义，我作为副馆长，当然要支持。仲甫，你那两个儿子可不是等闲之辈，你可不能遮住他们的光芒呀。"

陈独秀苦笑："蔡公知道，这两个小子根本不听我的，我管不住他们。他们要搞工读社，我支持。但是他们整天说要把中国建成互助共产主义社会，我听着悬乎，像是浮萍。"

李大钊："我支持让他们去试一试，试了才知道深浅。"

胡适："可以试，但要提醒他们注意工和读的平衡，处理好两者之间的关系，千万不能以工误读，更不能以工代读。这是我的忠告。"

蔡元培："好了，这个问题就这样了。王光祈同学，你也要多关注法文进修馆的工读社，对你搞大实验有好处。"

王光祈恭敬地回答："蔡校长，我会的。"

二

陈独秀在书房里写文章,高君曼在堂屋里教子美和鹤年背诵唐诗。外面有人敲门。

子美对背诗不感兴趣,听到敲门声,立刻起身对高君曼说:"妈妈,有人敲门。"

高君曼轻轻拍拍子美的头:"你这孩子,背诗不用心,耳朵倒尖,一心几用呀?"

子美兴奋地说:"肯定是延年哥哥回来了,我去开门。"

高君曼赶紧跟上,果然是延年和乔年。

延年抱起子美。君曼拉着乔年,进屋就喊:"老头子,儿子回来了。"

高君曼见延年和乔年满身灰尘,就问:"这黑灯瞎火的沙尘天,怎么想起回家啦?"

高君曼突然想起了什么,回头往院子里看了看,问:"柳眉怎么没来?"

乔年抢着回答:"她在学校给家里写信呢。"

高君曼不解:"怎么,她想家啦?"

乔年急忙解释:"不是想家,是给家里写信,要跟家里脱离关系。"

高君曼惊住了,忙问:"出什么事了?"

延年:"没出什么事,我们也是来和你们脱离关系的。"说着从兜里掏出一张纸,递给从书房出来的陈独秀。

高君曼傻傻地望着陈独秀:"老头子,你们又吵架啦?"

陈独秀冷笑道:"我就知道这两个小子回来没好事。"说着把那张纸递给乔年,"乔年,你给我们念念吧。"

乔年接过,念道:"陈延年、陈乔年自愿组织并加入工读互助社,践行互助论,试行互助共产主义。从即日起与家庭脱离一切经济关系以及所连带的责

任和义务。特此声明。"

高君曼急了:"你们因为组织这个互助社就不认父亲、姨妈和弟弟妹妹啦?你们这是什么互助社,是胡闹社!"

延年马上解释:"姨妈你误会了。我们不是来脱离血亲关系,而是来撇清经济连带关系的。就是说,从今天起我们不再用家里的钱,也不能回家来吃饭了。我们要自己养活自己。"

高君曼松了一口气:"你们哥俩不是早就自食其力了吗?"

乔年:"姨妈,以后我就不能来吃您做的一品锅了,也不能给子美、鹤年买糖葫芦了,因为我们互助了。"

高君曼笑了:"我明白了,你们这是小孩子过家家,闹着玩的。老头子,是你撺掇他们的吧。"

陈独秀笑出声来:"这两小子能听我的?你还不晓得他们什么事都能干得出来!是他们自己的主意。"接着爽快地说,"如果你们问我的意见,好,我明确地告诉你们,我支持!"

陈乔年高兴地说:"我就知道您会支持我们的。"

陈独秀接着说:"支持归支持,但有些话还是要跟你们说清楚。来,你俩到我书房里来,我要和你们好好谈一谈。"

高君曼嗔怪道:"你这老头子就是好为人师。孩子们好不容易回来一趟,又要听你的教训。"

陈独秀瞪了高君曼一眼:"你懂什么?工读互助社不是小孩子过家家,不给他们打点预防针,能行吗?"

子美一听过家家,拉着高君曼的手嚷嚷着:"我也要过家家。"

书房里,陈独秀和陈延年、陈乔年父子三人开始谈话。门外,高君曼焦急不安,不时趴在门上偷听。

陈独秀点上一支烟,说道:"今天我想正式和你们谈谈工读互助社的事,以示郑重,我希望你俩能够站着听。"

陈乔年站了起来。陈延年却不以为然:"您不是一向主张民主吗,为什么您坐着我们要站着?"

陈独秀点点头:"这个问题问得好。民主要讲,秩序也要讲。我和你们是父子关系、师生关系,父道尊严、师道尊严到哪一天都是要讲的。我让你们站着,就是要提醒你们,不要忘了自己的身份和位置。"

陈延年不服:"你不是口口声声反对孔教三纲的吗,怎么到了自己这儿就不灵了?"

陈独秀火气又上来了:"陈延年,我提醒你,注意你的态度和说话的口气。你要明白,今天我和你们的谈话,不是一般的谈话,我是要给你们上课的!"

陈延年还是不服:"是,您给我们上课。可是您别忘了,课堂上都是先生站着,学生坐着的。"

陈乔年一时忍不住,笑了起来。

陈独秀发火了:"陈延年,你这种态度,我们还能谈吗?"

陈延年毫不退缩:"我认为任何人都是平等的。你要是认为你是高人一等的人,那不谈也罢。"

陈独秀气得说不出话来。

高君曼赶紧推门进来:"对,延年说得对,人人生而平等。老头子,这是在自己家里,你讲那么多规矩干什么,跟自己的儿子摆什么谱啊。"

陈延年见姨妈进来,赶紧站起。

陈独秀也站了起来:"你看看,天下哪有这样的儿子?"

高君曼笑道:"行啦,别生气了。我看呀,这事怪你。好不容易父子三人坐在一起谈心,你干吗非要板起脸来训人?延年呀,你不要跟你爸爸计较,他就是这个脾气。"

陈延年:"我就是看不惯他这种封建家长制作风。"

高君曼："对,你说得太对了,他就是一个封建家长。"

陈独秀："我说你别在这跟着起哄了,行不行?"

高君曼："好,好,我不起哄,你们谈,我给你们炒花生去。延年啊,跟你爸爸好好谈。"

高君曼走了,陈延年和陈乔年也自觉地站在父亲跟前。陈独秀拿出一支烟,陈乔年帮他点上。

陈独秀抽了一口烟,情绪平和了一些："我之所以想跟你们谈得郑重一些,是因为你们要干的这件事不是小事。你们不是一时心血来潮,你们是在做一种实验,是在给中国人做一种实验,你们要有失败的思想准备。"

陈延年："我们不会失败的。"

陈独秀感到好笑："你看,我就知道你会是这种思想。你说说,你们为什么不会失败?"

陈延年答道："我们用的是世界上最先进的理论。"

陈独秀稳定了一下情绪,说道："延年啊,你的毛病就是太自负。现在欧美流行许多社会理论,你凭什么说无政府主义就是最先进的理论?"

陈延年答道："凭我对无政府主义这么多年的跟踪研究,我相信自己的判断力,无政府主义的互助论是能够救中国的唯一科学理论。"

陈独秀沉下脸来："幼稚!哪种理论最先进、最适合中国,这需要比较和实验,不能妄下结论。你如此狂妄,我看是中吴稚晖的毒太深了。"

陈延年一听,又耐不住性子了："您可以说我幼稚,但扯上人家吴伯伯干什么?"

陈独秀脸色阴沉下来："吴稚晖有学问不假,但他本质上是搞政治的,是个说变脸就变脸的人。跟这种人接触,你要留个心眼才行。"

陈延年显然不同意陈独秀的观点："您总是把人往坏里想,我不想和您讨论这个问题。"

陈独秀又生气了，声音大了起来："我不是在和你讨论，而是提醒你要注意这个问题，不然你会吃亏的。"

高君曼闻声推门进来："这是怎么啦，没说上两句又吵起来了？"

陈独秀摆摆手："算了，算了，没法谈。你说一句他有三句在那儿等着。"

高君曼拿眼色示意陈独秀消消气："他还是个孩子，你就不能耐心点？你平时跟守常、适之他们谈话不是挺随和的吗？怎么一跟自己的儿子就谈不拢了？"

陈独秀一甩手："前世孽缘。不谈了，我上厕所去。"推门走了。

陈延年尴尬地望着高君曼，不好意思地低下了头："姨妈，我也回学校了。"说着头也不回地走了出去。

高君曼急急忙忙往外就追，才跑了几步，突然蹲下来大咳不止。紧随其后的陈乔年追了上来。

陈延年听到咳嗽声，连忙转身回来扶起姨妈："姨妈，您没事吧？"

高君曼摆摆手："我没事，老毛病了。延年，你今天是怎么啦？是不是你爸爸真的出事啦？"

陈延年欲言又止，想了想，说："没有。姨妈，您别多心，我就是看不惯他那种做派。"

陈乔年还是忍不住："姨妈，一些报纸上老说爸爸经常夜不归宿，是真的吗？"

高君曼生气地说："瞎说。你爸爸每天晚上都在家里写文章，经常一宿不眠。现在林纾那些复古派对你爸爸攻击得厉害，一心想把他赶出北大，你们可不要上当。"

陈延年突然感到有些内疚，低下头来："姨妈，今天是我不对，让您伤心了，请原谅。"

高君曼拉住陈延年的手："没事，家家有本难念的经。我知道你对你爸爸

心里还是有疙瘩,你爸爸就是嘴上对你狠,其实他心里非常在意你俩。走,跟姨妈回家去。"

陈延年:"我得回法文馆,那边还有很多事情要办呢。有空我再回家看您吧。"

高君曼:"行,延年,你有事就回去吧。乔年,你今晚就住家里吧。花生都炒好了。"

陈乔年倒也不坚持:"好,我跟您回家。今晚我要吃个够,等互助社开张了就不能回家吃啦。"

三

陈延年急匆匆地回到宿舍,郭心刚和白兰带着几个陌生人在屋里说话。看见陈延年,郭心刚连忙起身把他拉到走廊。

郭心刚:"延年,不好意思,我以为你今晚不回来了。青岛来了几个老乡,没地方住,就到你这儿借宿来了。"

陈延年拍拍郭心刚的肩膀,表示并不在意:"我惦记着工读互助社的事,就赶回来了。你这些老乡是干什么来的?"

郭心刚答道:"是来请愿的,要求政府收回青岛,还带来了青岛人签名的万民折和吁请信。"

陈延年一听,马上说:"这是大事,应该支持。你就让他们住这里,我去找赵世炎'捣腿'去。"

郭心刚一把拉住陈延年:"延年,这事还得请你帮忙。青岛请愿团来的都是学生,两眼一抹黑,连请愿书往哪里送都不知道。"

"责无旁贷! 你说,要我做什么?"陈延年爽快地答应了。

郭心刚拉着陈延年的手回到宿舍,向其中一人介绍说:"这位是陈延年,是陈独秀先生的大公子。"又对陈延年说,"这是我表弟,是请愿团带头的。"

郭心刚的表弟赶忙上前与陈延年握手："给你添麻烦了,请愿的事还得请陈公子帮忙。"

陈延年转身对郭心刚说："这样吧,咱们把赵世炎、邓中夏他们喊来一起商量一下,看这事怎么办。"

郭心刚转身就走："好,我去叫他们。"

第二天,邓中夏和郭心刚带着青岛请愿团的学生来到红楼图书馆。看见李大钊夹着皮包正要出门,邓中夏赶紧上前："守常先生,有一件事情要耽误您几分钟。"

李大钊停下脚步："什么事? 怎么来了这么多人?"

邓中夏向李大钊介绍道："这是青岛来的请愿团的代表,他们来向政府送请愿书和万民折,要求政府出面收回青岛,并要求废除'二十一条'。"

郭心刚补充道："李先生,他们是我的老乡,不知道这请愿书该往哪儿送,就到我们北大求援来了。昨天晚上我们几个合计,这事还得麻烦您给出出主意才行。"

李大钊与青岛来的同学们一一握手："来,大家到我办公室去,我们一起商量吧。"

众人在李大钊的办公室落座,白兰给大家端上茶水。

李大钊问道："你们哪位是领头的? 把情况说说吧。"

郭心刚的表弟站起来："今天能见到李大钊先生,非常荣幸。我跟您汇报一下我们来的目的。"

李大钊朝他摆摆手："你坐下说。别着急,慢慢说。"

郭心刚的表弟情绪激动起来,声音有些哽咽："李教授,欧战结束后,我们青岛人足足放了一个礼拜的鞭炮。德国被我们打败了,大家都盼着政府出面把青岛从日本人手中要回来。我们受山东半岛几十万民众的委托,来北京递交请愿书和万民折。我们都是第一次来北京,不知道这件事情该怎么办,恳请

李教授点拨。"

李大钊接过请愿书和万民折认真看了一遍,又想了想,然后对大家说:"这个万民折和请愿书,代表了我们全体中国人共同的心愿。我们北大当然要响应和支持。我看这样,郭心刚,你去找一些字写得好的同学来,把这份请愿书抄上几十份,在北大等一些公共场合张贴,最好还能印成传单广为散发,以扩大影响、唤起民众。白兰和柳眉,你们去找一下胡适教授,请他帮忙把给美、英、法、意使馆的吁请信翻译成英文。至于万民折、请愿书和吁请信怎么送出去,正好蔡校长要找我商量事情,我向他做个汇报。他熟悉上层,认识的人多,渠道也广,肯定会有好办法。你们看行不行?"

大家欢呼起来。

过了没多久,李大钊夹着皮包兴冲冲地回来了。郭心刚和青岛来的同学赶紧围了上去。

李大钊:"同学们,蔡校长非常关注这次行动,表示我们北京大学要全力支持青岛请愿团的活动。刚才,他亲自和外交委员会委员长汪大燮通了电话,希望他给予支持和帮助。汪大燮已经同意今天下午在他的办公室接见请愿团的代表。"

大家高兴得热烈鼓掌。

李大钊继续分析:"同学们,汪大燮当过北洋政府的代理国务总理,他现在主持的外交委员会是中国外交事务的最高决策机构,由他出面交涉,相信青岛请愿团一定会不辱使命的。"

郭心刚和他的表弟紧紧地拥抱在一起,两个人激动地喃喃自语着:"青岛有救了,青岛有救了!"

李大钊:"我们的文科学长陈独秀先生也非常支持青岛请愿团的活动,他表示,《新青年》和《每周评论》不仅要刊登请愿团的请愿书和吁请信,还要连续发表一系列评论,督促政府加大收回山东半岛的力度。"

当天下午,北洋政府外交委员会接待大厅,中外记者闻讯赶来,大家议论纷纷。

一位外交官兴奋地宣布:"各位,中华民国政府已经同意接受青岛民众的请愿书和万民折。现在,递交仪式正式开始。"

三名请愿团代表手捧请愿书、万民折和吁请信登场,一身正装的汪大燮郑重地接过青岛请愿团递交的请愿书、万民折和致美、英、法、意大使馆的吁请信,并发表讲话:"女士们、先生们,刚才我经中华民国徐世昌总统和钱能训总理的授权,代表政府正式接受青岛民众的请愿书和万民折;同时,我还受美国、英国、法国和意大利国驻华使馆的委托,代为接受并转交青岛请愿团致上述四国使馆的吁请信。徐世昌总统要我转告大家,中华民国政府和青岛民众的心情和愿望是一致的。出席巴黎和会的中华民国政府代表团已经顺利到达巴黎,他们将和各战胜国一起商讨并解决战后中国和德国签订的有关条约问题,以维护中国的主权和民众的利益。美、英、法、意驻华大使闻讯后也都要我向大家转告,他们将秉承公平正义的原则,保证各大小国家的领土完整和政治独立。因此,我们有理由相信,在不远的将来,山东半岛将会被完整地交还给中国。我们毕竟是这场世界大战的胜利者,我们理应享受胜利果实。"

大家热烈鼓掌。郭心刚涨红了脸,和请愿团的同学紧紧拥抱在一起。

汪大燮接着说:"我注意到这次来北京请愿的全都是青年学生。你们是中国的希望与未来,希望你们回去以后安心地学习,学好本领,将来报效我们这个多灾多难的国家。"

汪大燮说得慷慨激昂,同学们更是激动不已。郭心刚情不自禁地振臂高呼:"中国万岁!"

同学们跟着一起高呼:"中国万岁!"

一时间,接待大厅里吼声震天。

第二天,前门火车站,社会各界聚集起来,敲锣打鼓欢送青岛请愿团回乡。

傅斯年、罗家伦、毛泽东、赵世炎、陈延年等人和披红戴花的请愿团同学话别。郭心刚、白兰、刘海威三个青岛籍学生和请愿团团长眼含热泪地紧紧拥抱。

陈乔年和柳眉抱着一摞刚刚印出来的《每周评论》赶来。柳眉把《每周评论》分发给请愿团成员，大声喊道："陈独秀先生发表文章，称赞美国总统威尔逊是主持公理、反对强权的世界上第一个好人，预言山东半岛回归有望！"

请愿团成员手持《每周评论》，集体向人群鞠躬致谢。

郭心刚的表弟眼含热泪，连连拱手作揖："谢谢，谢谢，我们总算不辱使命，完成任务了。"

汽笛长鸣，火车缓缓启动。

郭心刚和白兰泪水涟涟。陈延年拍了一下郭心刚的肩膀："我说两位，青岛要回归了，咱们的工读互助社也该开张了。"

四

法文进修馆一间小教室里，十三位男女青年围坐在一起，每一个人脸上都洋溢着对新生活的渴望。

陈延年庄重地走上讲台，朗声说："同志们，今天是一个值得纪念的日子，我们北京工读互助社第一个实验组诞生了。"

大家热烈鼓掌。

陈延年："今天应到社员十五人，实到十三人。"

台下一阵议论。

郭心刚小声嘀咕道："这还没开张就损兵折将，出师不利呀。"

陈延年："柳眉同志，你是负责登记报名的，请你给大家解释一下缺席的情况，并提出处理意见。"

柳眉站起来："一个星期前，家斌和周方两人前来报名，填写了入社登记表并交纳了入社费，此后就失去了联系。前天，我们按照他俩填写的地址去通知他们来开会,结果发现两人已经离开了北京。"

刘海威站起来:"《新青年》已经将我们第一批十五位社员的名单悉数登出。这两个人如此无组织无纪律,败坏了我们工读互助社的形象,我建议将他们开除出社。"

柳眉:"这两个人只是报了名,并没有参加互助社的任何活动,应视为自动离社。"

白兰:"我建议我们在《晨报》发表一则告示,说明家斌、周方二人现已出社,故不列入本社名录。"

陈延年:"我同意。如果大家没有意见,请鼓掌通过。"

大家鼓掌。

陈延年:"好,一致通过。同志们,从现在起,我们十三人就是一个大家庭的成员了。社内大家互称同志,诸位没有异议吧?"

大家一致表示同意。

陈延年:"那好,让我们先互相认识一下吧。来,先从这位同志说起。"

施存统站了起来:"我叫施存统,浙江金华人,今年二十岁,是浙江第一师范学校学生。我之所以参加工读互助社,是因为我向往一种无政府、无强权、无法律、无宗教、无家庭、无婚姻的理想社会的生活。我认为工读互助社可以帮我实现这个理想。我理解的工读互助应该是这样的关系,工是劳力,读是劳心,互助是进化。我们社员一边劳动,一边劳心,终身工作,终身读书。我向各位同志宣誓:从今天起,我即社,社即我。"他的发言引来大家一片掌声。

俞秀松接着站起来介绍:"我叫俞秀松,浙江诸暨人,今年十九岁,也是浙江第一师范学校学生。昨天,我给我的父母写了一封长信,详细解释了我来北京参加工读互助社的原因。我来的目的是:实现我的理想,和大家共同享受这甘美、快乐、博爱、互助、自由的新生活!"又是一阵掌声响起。

旁边的何孟雄腼腆地站起来,"我叫何孟雄,湖南酃县人,今年二十岁,现

在法文进修馆学习,同时在北大旁听。我参加工读互助社就是想尝试一种新的生活,别无他求。"

何孟雄话音刚落,旁边的一位女生站了起来:"我也一样。我叫易群先,今年十八岁,因反对父母逼婚跑了出来。我来这儿的目的跟这位何同志一样,是想过一种自由、开放的新生活。"大家都笑了起来。

柳眉等人也相继介绍了自己的情况。

陈延年继续主持:"各位社员,从明天起,我们互助社第一实验小组就正式开张了。法文进修馆大门西边的那个小院子我们已经租下来了。前面几间做食堂,后面几间给外地来的社员做宿舍。我们大家财产共有,一边做工挣钱,一边读书。白兰,你先把我们的财产公布一下吧。"

白兰拿出一个账本:"我们现在共有启动资金五百二十三块大洋。其中,社会各界的捐款三百五十块大洋,社员交纳的入社费和社员捐款共一百七十三块大洋,只是其中有五十大洋尚未到账。"

柳眉不好意思地站起来:"我本来是认捐五十大洋的,可是到现在还没有收到家里的汇款。我先欠着,等汇款一到我就交上。"

白兰:"因为我们人数不多,暂时的运转没问题,关键是看我们以后能不能挣到钱。"

陈延年:"现在我们落实一下分工。一是工读食堂,需要六个人;二是洗衣服,需要四个人;三是放电影,需要三个人。另外,我和陈乔年、郭心刚继续在《新青年》搞发行,白兰在使馆区做家教,这些工钱必须归公。这三项业务,大家分分工吧。"

刘海威:"我来搞食堂,郭心刚、延年、乔年、柳眉、白兰,你们几个来给我打下手吧。"

郭心刚马上响应:"没问题,别说给你打下手,就是当仆人也行。"

施存统、何孟雄、易群先三个主动申请了洗衣组工作。

俞秀松说："我什么都不会干,我去放电影吧。"

五

上海柳公馆,柳夫人手捧柳眉的来信,不住地抽泣。柳文耀掐着腰,在书房里来回踱步。

柳夫人突然发疯似的揪住柳文耀的衣服撕扯起来："柳文耀,你赔我女儿,你赔我女儿! 当初我说不让她去北京,你非要由着她。现在好了,她不回来啦,要和我们断绝关系。你还我女儿!"

柳文耀被拽得东倒西歪,大喊道："你发什么神经! 谁说柳眉不回来了!"

柳夫人不依不饶："这信上不是说得清清楚楚要和我们脱离关系吗? 还说如果我们不同意,她就登报。"

柳文耀把信抵到柳夫人眼前："你看看清楚,她说的是要和你脱离经济关系,而不是母女关系。"

"那还不是一样吗? 就是不认我这个妈了嘛。"柳夫人又呜呜哭了起来。

柳文耀："不一样! 她这是一时心血来潮,要和陈延年一起搞工读互助社,过互助式的共产主义生活。"

柳夫人："互助你就互助呗,干吗要和家里脱离关系? 柳眉从小就衣来伸手、饭来张口,她怎么吃得了这个苦?"

柳文耀叹了口气："这个陈延年就是爱走极端,以为他能包打天下,不知道天高地厚。这互助是穷人的事,他跟着掺和什么!"

柳夫人："你赶紧去北京,把柳眉带回来。"

柳文耀："我不能去。"

柳夫人："为什么?"

柳文耀："蔡元培领衔为北京工读互助社发起募捐活动,我也签了名,我不能出尔反尔。"

柳夫人一听,又大闹起来:"原来你柳文耀就是祸害女儿的罪魁祸首!你赔我女儿,你去北京把女儿给我领回来!"

柳文耀:"就你养的这个女儿,九头牛也拧不过她,我能把她领回家来?做梦吧。硬来是不行的!"

柳夫人:"那你说怎么办?"

柳文耀:"我不能去北京,你去!"

柳夫人:"我去?我一个妇道人家怎么去,亏你想得出来!"

柳文耀:"对。你去北京看着她。她要搞工读互助就由她搞去。你去看着她,常给她送些吃的,别让她受罪。"

柳夫人想了想,说:"行,我明天就去北京。"

柳文耀:"我给大姐发电报,让她陪你去找柳眉。"

几天后,北京火车站,从上海来北京寻女的柳母下了火车。柳文耀的姐姐迎上去与她相见,两人久别重逢,格外亲热。

柳眉姑姑看了看四周,好奇地问:"弟妹,我在这站台看了半天了,怎么没见到你的宝贝女儿?"

柳母答道:"我没有告诉她我要来。"

柳眉姑姑:"你这是唱的哪一出呀?"

柳母:"一言难尽。先不说这个,你给我找的搬运工呢?"

柳眉姑姑指着身后:"不在这儿候着了吗?"

柳母急道:"快跟我去车上把我的几个箱子搬下来吧。"

搬运工从车上搬下三个大箱子。

柳眉姑姑诧异道:"弟妹,你这是干什么,把家搬来了呀?"

柳母一甩手:"这次我就在北京扎下来不走了!"

柳眉姑姑笑了:"好啊,我正愁没人和我说话呢。不过,你这是为哪桩呀?"

柳母愤愤地说："为哪桩？还不是为你那个讨债鬼侄女！"

柳眉姑姑吃惊地问："柳眉怎么啦？"

柳母答道："她来信说是在北京参加了什么工读互助社，要跟我们脱离关系，声称跟一帮年轻人一起过什么共产主义生活，不认父母、不要家庭了。"

柳眉姑姑叫道："哎呀，那还了得！怪不得这丫头从来不来看我呢。我告诉你呀，这可是一种时髦，是北京大学一帮子教授兴起的新文化、新生活、新时尚。"

柳母更加气愤："就是这北京大学闹的，年轻人都六亲不认了。我呀，打明天起，天天去那个互助社找她，看她怎么个互助法。大姐，你得陪我一起去。"

柳眉姑姑欣然同意："好啊，我也要教训教训她。"

六

天刚蒙蒙亮，郭心刚就来到法文进修馆宿舍敲陈延年的门。

陈延年睡眼惺忪地开了门："这天还没亮就敲人家门，你不是梦游了吧？"

郭心刚："梦你个头啊。今天工读食堂开张，六点半开饭，现在不上工，到时候你让人家吃西北风啊？刘大师傅已经在前面发脾气了。"

陈延年打了个激灵："哎呀，差点误了大事。乔年，赶快起床！"

陈乔年衣冠不整地追出来："郭大哥，你们等等我。"

郭心刚头也不回地说："你去把白兰、柳眉叫醒，让她们赶快上工。"

陈乔年甚是为难："郭大哥，白兰姐是你女朋友，应该你去叫呀。"

郭心刚："这大半夜的我去叫不合适。"

陈乔年："那我去也不合适呀。"

郭心刚："你一个小屁孩有什么不合适？没人把你当色狼。"

陈乔年望着陈延年："哥，咱俩一起去吧。"

陈延年一瞪眼："让你去你就去。这点事都做不了，还搞什么工读互助？"

陈乔年无奈地说:"行,那我去试试,不知道能不能叫醒她们。"

郭心刚:"你就放心去吧,昨晚我和白兰约好了,你去敲窗户,两长一短,她就知道了。"

陈乔年一边比画一边说:"这是你们的接头暗号啊。"

陈延年看陈乔年还在用手比画,没好气地说:"别比画了,短的敲一下,长的连着敲十下。"

"哥,你也是和柳眉姐约好的吧?"陈乔年不忘打趣哥哥一句。

陈延年和郭心刚来到食堂,只见刘海威正围着围裙满头大汗地在和面。炉子已经生好了,灶上煮着稀饭、蒸着馒头,热气腾腾的。

陈延年不好意思地说:"海威兄辛苦,我们来迟了。"

刘海威头也不抬:"我就知道,要是指望你们这些少爷小姐,大家都得饿死。"

陈延年:"是,是,海威兄辛苦了。"

陈延年走进屋里。打通的三间房,正面摆了个香案,上方贴着一张红纸,红纸上写着四个大字"俭洁食堂",右手是厨房,左手一溜摆着五张餐桌,整洁、亮堂。

陈延年感慨地说:"太好了,从今天起这就是我们的家了。海威兄,劳苦功高。"

陈延年的夸赞反倒让刘海威不好意思了:"功劳是大家的,我得感谢大伙帮我圆了开饭馆的梦。不过这个饭馆不是我个人的,是我们大家的。这是中国第一个吃饭不要钱的饭馆,说不定以后将载入史册呢。"

郭心刚:"现在只是我们工读互助社的社员吃饭不要钱,将来到了共产主义社会,全世界所有人吃饭都不要钱。"

刘海威神往地说:"不知道到那个时候人们还能不能记得我们。"

陈延年郑重地说:"当然能记得。史书上会写着,北京大学斜对门,曾经有过一个互助社的大食堂,掌勺的是个山东大汉,有一手家传的葱烧海参的绝活。"

三个人大笑。

说话间,柳眉、白兰和乔年都来了。

白兰:"不好意思,我们起迟了。"

刘海威:"没关系,不过从明天起食堂的人五点钟起床就不能再耽搁了。开弓没有回头箭,现在我们是想停也停不下来了。"

柳眉:"没问题,今天我就去姑妈家拿个闹钟来。每天定个 morning call,不会误事的。"

五个人围坐在餐桌前,刘海威主持召开食堂工前会:"同志们,工前会是每日的必修课,以后每天早晨五点十分开始,任何人不得无故缺席。工前会主要是布置一天的工作任务,由我来主持,大家没有异议吧?"

陈延年:"没有,我们都听你的。"

刘海威:"好。今天的早餐有两个内容:一是外卖,六点半开始,供应炸油饼、包子、馒头和稀饭;二是社餐,供应馒头、窝头和稀饭,七点半开始。社员用餐在最里面的两桌。"

柳眉笑道:"海威兄,你也太抠门了吧,为什么不让我们吃油饼、包子?"

刘海威坦然回答:"油饼和包子是用来卖钱的,不过我估计今天头一天开张,油饼和包子很难卖完。如果有多余的,也可供应社员。"

陈乔年拍手道:"好啊,我们今天一定会有油饼和包子吃的。"

陈延年瞪了乔年一眼:"就知道吃。"

刘海威接着说:"下面我布置一下今天的工作。老郭和白兰在厨房给我打下手,延年、乔年负责接待顾客、端盘子,柳眉负责开票、收钱。早餐后,乔年、柳眉、白兰负责洗碗。如果没有特殊情况,大家要准时到位上岗。诸位有意见吗?"

大家齐声回答:"没有意见。"

刘海威:"现在大家各就各位,上岗工作吧。"

大家立刻忙碌起来。

陈延年、陈乔年和柳眉整理餐桌、椅凳,郭心刚和白兰跟刘海威到外面支锅炸油饼。

天亮了,大街上开始有人走动。早起卖菜的挑着菜筐沿街叫卖,无非是大白菜、胡萝卜之类。胡同口的厕所边上,上厕所的人越聚越多,开始排队了。

胡适穿着运动衣,脖子上扎着一条白毛巾,沿紫禁城护城河跑步过来,傅斯年和两个同学跟在他后面。跑过北河沿,胡适看见郭心刚和刘海威在法文进修馆街边炸油饼,好奇地走了过来。

胡适气喘吁吁:"郭心刚、刘海威,你们怎么在这儿摆上早点摊了?"

郭心刚:"胡教授,您忘了,这是我们工读互助社的食堂呀,今天开张。"

胡适一拍脑袋:"你瞧我这记性。最近都忙晕了,把你们的事情给忘了。不过我记得工读互助社成员主要是外地来的旁听生啊,你们俩是北大正式学生,搞这个不耽误学业吗?"

刘海威:"胡教授您放心,我们不会耽误学习的。我们开饭馆挣了钱还可以补贴学业呢。"

胡适笑了:"我看你们几个开饭馆未必能挣到钱。"

柳眉和陈延年跑了出来。

柳眉:"胡叔叔,您买点油饼和包子吧,我们给您优惠。"

胡适笑着说:"这可不行,你冬秀婶子不许我在外面吃早点,也不让我买东西回去,每天早上我只能吃她煮的豇豆稀饭和茶叶蛋。"说着转身对傅斯年说,"孟真,要不然你们买点,给他们捧捧场?"

傅斯年连忙摇头:"改日吧,今天身上没带钱。"

郭心刚连忙拿纸包上两个油饼递给傅斯年:"没关系,你可以挂账。来,拿着,俭洁食堂的第一位顾客就是你傅斯年了。"

傅斯年只好接过来:"你这是强买强卖呀。"

胡适笑了:"我给你们出个主意,找赞助登广告,宣传你们的俭洁食堂。把蔡校长写的招牌拍成相片登出来,保准能揽到顾客。"

胡适说完转身要走,看见了远处走来的李大钊,忙对柳眉说:"我看你们的生意来了。守常家住得远,肯定没吃早饭。来,我帮你们揽客。"

胡适高喊道:"守常兄,你过来。"

李大钊身着长衫小跑过来:"适之,你来买早点呀?"

胡适:"我不买早点,我是来做工的。"

李大钊:"此话怎讲?"

胡适:"我是俭洁食堂的义务宣传员。守常,给你个任务,买两个油饼、一笼包子。"

李大钊:"我还真的是来吃早点的,不过我吃不了这么多,给我来一个油饼,一碗粥吧。"

胡适:"守常兄,你也太抠门了吧? 俭洁食堂头一天开张,你要多支持。"

李大钊看着空手的胡适说:"那你买了几个油饼、几笼包子?"

胡适有些尴尬:"我有家规,不准吃外面的早点。"

李大钊笑了:"你呀,就是嘴上功夫。"说着,李大钊掏出一包银圆递给柳眉,"柳眉,这十块大洋存你们这里,以后我每天都来吃早点。"

柳眉不接:"李先生,我知道你是要照顾我们生意,但这十块大洋也太多了,听说您的薪水都拿去接济穷人了。"

李大钊:"那是瞎传的。蔡校长每月扣我三十大洋直接送给我夫人,所以我没有后顾之忧。你们不要有什么顾虑。适之……"

李大钊转过身来,发现胡适已经溜之大吉了。

七

清晨,陈独秀在小院子里做毛泽东发明的那套"毛氏六节操"。高君曼拿个饭钵急匆匆往外走,边走边说:"老头子,我出去一趟,等我回来吃早饭呀。"

陈独秀:"这一大早的你是要干吗去?"

高君曼:"今天延年他们办的工读食堂开张,我去那里买点早点,给他们架架势。"

陈独秀:"你呀,就是个操心的命,什么事都要瞎掺和。"

高君曼:"你讲点良心行不行! 我为谁呀,还不是为你们父子做感情投资?"

望眼欲穿的郭心刚老远看见高君曼来了,连忙冲屋里喊道:"延年、乔年,快出来,陈师母来了。"

乔年和柳眉跑出来迎了上去,一人挽着高君曼一只胳膊。乔年亲热地问:"姨妈,您怎么来了?"

高君曼乐不可支地说:"想你了呗。一大早起来,你爸爸就一个劲地对我说他要吃油饼。这不,找到你们这儿了。"

乔年笑了:"姨妈骗人,老头子从来不吃油饼的。"

高君曼一本正经地坚持道:"那得看是谁炸的油饼,大头儿子炸的油饼他能不吃吗?"

柳眉笑着对乔年说:"你傻啊,姨妈是来给我们捧场的。"

乔年得意地说:"你才傻呢,我当然知道。"

高君曼走到油锅前,正在炸油饼的郭心刚、刘海威赶紧鞠躬:"陈师母好!"

高君曼:"没想到你们两个北京大学的高才生还会炸油饼、做厨子,可真是不简单呀。"

郭心刚指着刘海威:"他是师傅,我是打下手的。"

刘海威笑着说："我也是赶鸭子上架。陈师母,我还想拜您为师呢。"

高君曼:"要论徽菜,还是胡适教授的夫人江冬秀做得地道。不过我也有拿手菜,山粉圆烧肉和老母鸡汤泡炒米,哪天我给你们露一手。"

刘海威:"好啊,能得到陈师母真传,不胜荣幸。"

高君曼指着几个铁盆和蒸笼说:"刘师傅,你给我来三个油饼,一屉包子。"接着又对陈延年说,"延年,你带我参观参观。"

众人簇拥着高君曼进屋。延年介绍说:"这房子一共两进,前院做食堂,后院是宿舍。"

高君曼:"不错,干净利落,像是开饭馆的,就是地方小了一些。"

陈延年:"隔壁还有三间,将来生意好了,我们把它也租下来,再放五张桌子。"

柳眉:"还要扩大呀?忙乎一早上了,到现在除了来捧场的,没有一个正经顾客。"

高君曼:"我看你们这个食堂要面向大众,依你们现在的条件,只能做学生餐和大众餐,不要一开始就想接大客,千万不要去和学士居攀比。"

刘海威:"陈师母是内行啊。我们的定位就是大众食堂,依托北大,服务同学,面向市民。"

高君曼:"这就对了。凡事都要量力而行。好了,我就不打扰你们了,家里还等着吃早饭呢。来,算账。"

乔年递上早点:"姨妈,您是我们食堂的第二位顾客。"

高君曼:"第一个是谁呀?"

柳眉:"李大钊先生。"

高君曼:"李先生真是个有心人。好,以后姨妈天天来吃你们的油饼、包子。"

高君曼刚走,后院就吵起来了。陈延年等人赶紧跑过去。

后院的七八个外地来京的社员都起床了。有的在读书,有的在背英语单词,有的在水池边洗漱。易群先和俞秀松在屋里拉扯着一个箱子,陈延年见状,连忙跑过去将他俩拉开,问:"你们这是干什么?"

易群先抢先说道:"陈延年同志,你来得正好,给评评理吧。"易群先把大家带进堂屋,案桌上摆着花花绿绿的十几件衣裳。易群先指着衣服说:"这些都是我的衣服,我们互助社实行共产主义了,既然共产了,就不能再有私人财产,所以我就把我带来的所有衣裳都拿出来,大家共有。我去动员俞秀松同志,要他把衣服也拿出来,可是他不肯。"

俞秀松辩解道:"你这位女同志好没有道理,一大早就跑来开我的箱子,拿我的衣裳。这箱子里都是我的私人用品和学习用具,没有衣裳。再说就是有衣裳,你一个女生也不能穿呀。"

大伙儿都笑了。

易群先毫不慌乱:"你的衣裳我是不能穿,可是其他同志能穿。共产主义不允许有私人财产,这是社规,你懂不懂?亏你还是大家推举的社委呢。"

俞秀松反问道:"谁说共产主义就一定要交衣裳,工读互助社的章程里有这一条吗?"

陈延年:"你们俩不要争论了。互助社社员的衣裳要不要悉数归公,没有明确的规定。易同志这个动议,可以提交社员大会表决。在此之前,还是维持原状。现在大家去食堂吃饭吧。乔年,你去法文馆宿舍喊一下何孟雄。"

法文进修馆的球场上,何孟雄和几个同学在做"毛氏六节操"。陈乔年跑过来喊道:"何大哥,食堂开饭啦,就等你了。"

何孟雄对毛泽东说:"润之,你没有地方吃饭,一起去吧。"

毛泽东:"我不是你们的社员,身上也没有钱,不合适吧?"

何孟雄:"没关系,你这种情况正好符合我们的互助原则。"陈乔年也极力邀请:"毛大哥,一起去吃吧。"两个人拉起毛泽东就走。

工读互助社的社员分坐两桌,第一次这样吃早饭,每个人都感到很新鲜。

刘海威很是激动:"同志们,这是我们工读互助社俭洁食堂的第一顿大锅饭。今天早上给大家加餐,每人一个油饼,一个包子,外加馒头、窝头和稀饭,不要钱,不记账,管饱管够。"

大家欢呼起来。

易群先突然站起来看了看毛泽东,说:"这位同志不是我们互助社的社员,怎么回事?"

毛泽东的脸一下红了起来。何孟雄连忙站起来解释:"这位毛泽东先生是我的老乡,昨晚住在法文进修馆,是我把他拉来吃早点的。"

易群先毫不留情:"请问何同志,你不知道我们互助社的章程吗?你有什么权力随便拉人来吃饭?他交钱吗?"

何孟雄尴尬地说:"我替他交。"

易群先:"你拿什么替他交?你既然已经参加互助社,就没有任何私产了。你总不能用公产替他交饭钱吧?"

何孟雄一听不高兴了:"这位女同志,谁说入了社就不能有私产了,章程里有这一条吗?"

俞秀松站起来帮何孟雄说话:"就是,这个女同志一大早就来开我的箱子要共产,太不像话。"

毛泽东连忙起身往外走:"不好意思,我不知道你们的章程,我走了。"

何孟雄急了:"润之,你不能走。今天她要是让你走了,我就退社。"

陈乔年和柳眉也拉住毛泽东:"毛大哥,你不要走。"

陈延年和刘海威、郭心刚嘀咕了几句,然后对大家挥挥手:"我看这样吧,润之兄的这顿早餐还是要算钱的,他要是没钱,先记在他的账上,让他洗衣服抵账。润之兄,这样行吗?"

毛泽东连忙点头:"行,行。只要你们不吵架,怎么都行。"

陈延年看着易群先："易同志,你同意吗?"

易群先："只要不违反互助社章程就行。"

陈延年："那好,同志们,我们开吃吧!"

第十七章

柳眉的烦恼

一

外交委员会办公处,代理外交总长陈箓拿着两个文件夹敲开汪大燮办公室的门,径直走到汪大燮面前,将两个文件夹往办公桌上一扔。

汪大燮有些诧异地看着陈箓:"什么重要文件要陈总长亲自来送?"

陈箓:"您自己看吧。"

汪大燮打开文件夹,是前几天刚送走的青岛民众的万民折、请愿书以及给美英法意使馆的吁请信。他一头雾水,问道:"怎么回事?"

陈箓:"完璧归赵,原样退回。"

汪大燮:"出什么事了?"

陈箓:"昨晚,日本驻华公使小幡酉吉紧急约见我和美英法意四国公使,声称山东半岛问题的核心不是中国和德国的利益之争,而是日本和德国的利益之争。小幡酉吉要求中国和美、英、法、意各国切勿在巴黎和会期间节外生枝,影响国际关系的大局。今天一早,徐大总统就把我和吴炳湘找去,要我把这份请愿书和万民折退还与您,并要求吴炳湘采取措施,严禁北京街头再出现类似的传单、标语。紧接着,美、英、法、意四国使馆也将青岛的吁请信悉数退回。"

汪大燮勃然大怒:"岂有此理! 泼出去的水还能收回来吗? 徐世昌想干什么? 拿我当猴耍,青岛不要了吗?"

陈箓:"徐大总统要我转告您,青岛还是要收回来的,只是要注意策略,不能把日本人惹毛了。小不忍则乱大谋。"

汪大燮余怒未消:"忍,他就知道忍。打败了要忍,打胜了还要忍,我看这个国家是中了邪了!"

陈箓感慨地说:"弱国无外交啊,这是铁律!"

汪大燮:"那还讲什么公理?对了,这四国使馆又是怎么回事,威尔逊的话也不算数了?"

陈箓:"美国使馆在退回吁请信时特意强调,美国对中国的态度没有任何改变。"

汪大燮:"我看未必。这就是信号,巴黎和会被人操纵了。"

陈箓恨恨地说:"何止是被人操纵!"

汪大燮听陈箓话中有话,忙问:"怎么啦?"

陈箓:"还没开谈,我们就自乱阵脚。代表团接到国内关于人员位次安排之后就炸了锅。王正廷大骂徐世昌歧视南方政府,施肇基撂了挑子,陆徵祥干脆跑到瑞士去了,现在那边主要靠顾维钧在维持。"

汪大燮:"这是预料之中的事。我已经分别给陆徵祥和顾维钧发了电报。日常由顾维钧出面,关键时候陆徵祥必须出马。"

陈箓:"汪委员长运筹帷幄、决胜千里,令人佩服。"

汪大燮:"这时候你就别说这些风凉话了,麻烦还是在国内,曹汝霖、章宗祥和陆宗舆这些人太卑鄙、太可恶。"

陈箓:"亲日派,势力不容小觑。"

汪大燮愤愤地说:"说来说去还是要看外国人眼色,真是窝囊透了!"

二

一身学生打扮的柳眉来到《晨报》编辑部,她穿着一件深蓝色的上衣,下面是一条刚刚过膝的黑色百褶裙,脚穿一双方口平跟的黑皮鞋,配上刚过脚踝的白色袜子,一身素雅的装束显得整个人单纯清秀,端庄大方。

柳眉的到来引得不少人注目。

编辑部主编是个学究模样的中年人,他热情接待了柳眉。柳眉恭恭敬敬地为主编递上一封信:"北京大学李大钊先生介绍我来贵报,这是他的推荐信,请您过目。"

主编看后说:"是柳小姐,您有什么需求,请直言。"

柳眉递过两张纸:"我们刚刚成立了工读互助社,这是第一实验组的社员名录,这是我们兴办的俭洁食堂、工读洗衣社和电影放映组的介绍,我们希望能在贵报刊登这些文件。请予支持。"

主编:"工读互助社是大家都很关注的新事物,我们很感兴趣,也做过报道。柳小姐送来的这个名录,属于社会新闻,我们可以刊登。但是关于食堂、洗衣社和放映组的介绍,这属于广告,是要收费的,不知柳小姐是否知晓。"

柳眉答道:"我们工读互助社成员都是学生,而且多数是外地来京求学的青年。工读就是勤工俭学,哪里有钱做广告呀?我是来请贵报赞助的。"

主编面露难色:"很抱歉,柳小姐,这事我做不了主,要经董事会讨论才行。现在北京报业竞争激烈,多数都亏损,估计这样的赞助很难通过。"

柳眉:"我们的启动资金多数是社会赞助的。贵报是有影响的报纸,请多多支持我们。"

主编不好意思地摇摇头,想了一会,拍着大腿说:"有办法了!柳小姐,登广告不行,但发新闻是可以的。我给你出个主意,你找个记者对你们的食堂、洗衣社做个采访,写成新闻稿,这样不仅可以在报纸上发表,其他媒体也可以转载。这样做不仅不要花钱,而且效果比广告更好。"

柳眉高兴地拍起手来:"太好了,那就请主编给我们写一篇报道吧。"

主编笑了:"你这个姑娘还真会办事。记者得你们自己去请,最好请专栏

记者。"

柳眉为难道："我是从外地来的，上哪儿去找这样的记者？"

这时，张丰载哼着小曲进来了："老谢，工作期间约美女谈话，违反社规呀。"

主编："丰载来了。你张大公子是京城名人，今天怎么想起屈尊到此？"

张丰载扬扬手中的稿纸："无事不登三宝殿，我给你送梅兰芳的稿子来了。"

主编兴奋地对柳眉说："柳小姐，你真够有运气的。踏破铁鞋无觅处，得来全不费工夫。你要找的记者来了。这位张公子，兼着北京和上海几家报纸的特约记者，他准能帮你。"

张丰载疑惑道："老谢，你这又在唱哪出呀？"

主编："你手上不是有《学海要闻》专栏吗？你帮帮这位柳小姐，她是工读互助社的。"

张丰载这才把目光移向柳眉，不看便罢，一看两眼立马放光："工读互助社，好题材呀，我愿意效劳。"

柳眉赶紧站起来："多谢张先生。"

张丰载："那咱们找个地方谈吧。"

柳眉："就借主编的办公室不是挺好的吗？"

张丰载："那哪行！采访不是三两句话的事情。这样吧，旁边有家咖啡馆，我请客。"

张丰载带着柳眉离开主编办公室，直奔报社旁边的咖啡馆而去。

此时，柳母和柳眉姑姑各坐一辆黄包车，来到法文进修馆门前。两人下车，付了钱，到了法文进修馆门房。门房里坐着一个看门的老头，柳母上前施礼，问道："老人家，我找柳眉，请问她在吗？"

门房老头看了看柳母，说："柳眉姑娘参加工读互助社了，你到隔壁的食堂看看吧。"

柳母诧异道:"食堂? 她去食堂干什么?"

门房:"年轻人出幺蛾子,办什么共产食堂,吃大锅饭,不要钱。"

柳母急得直朝柳眉姑姑摊手:"一个姑娘家,不好好读书,办什么共产食堂,这不是胡闹吗?"

两人来到俭洁食堂,正碰上白兰和郭心刚买菜回来。柳母上前问道:"请问这里是工读互助社吗?"

白兰:"是啊,您找谁?"

柳母:"我找柳眉,从上海来的。"

白兰迟疑道:"您是——"

柳眉姑姑:"她是柳眉的妈妈,我是柳眉的姑姑。"

白兰赶紧放下菜篮子:"是柳妈妈,快请,快请。"

柳母:"柳眉不在吗?"

白兰:"柳眉去报社联系广告了,估计快回来了。"

柳母:"陈延年两兄弟在不在?"

白兰:"他俩去北大揽生意了。"

柳母一听更蒙了:"你们还做生意?"

白兰:"柳妈妈,柳眉没跟您说吗? 我们工读互助社勤工俭学,靠劳动养活自己,这个食堂就是我们开的。您二位进来看看吧。"

柳母感到很新鲜:"好,我们就在这儿等柳眉回来。"

咖啡馆包间里,张丰载和柳眉已经谈论多时了。张丰载那双眼睛一直在柳眉身上打转,柳眉只当没看见,继续介绍工读社的情况。最后,她说:"张先生,我能谈的也就是这些了,这个文字稿留给您,您看还需要了解什么情况?"

张丰载:"柳小姐谈得太好了。这工读互助社是中国的新事物,大家都很

关注。你可是互助社的大功臣啊。"

柳眉："张先生过奖了。"

张丰载："一点不过。我初步设想,要在《学海要闻》专栏做一个系列报道。柳小姐,我们还要谈得深入一些才行哟。"

柳眉面露难色："今天不行了,我还要去俭洁食堂做工呢,十点半开工前会,不能迟到的。"

张丰载："你们俭洁食堂在什么地方?"

柳眉："北河沿法文进修馆旁边。"

张丰载一听,暗自高兴："那太好了,离我们北大很近。我还是北大法科的学生呢。"

柳眉："你是北大的?太好了,我们俭洁食堂主要是为北大学生服务的。"

张丰载："是吗?那你可要为我们服务啊。我和你一起走吧,咱们接着谈。"

柳眉："不麻烦张先生了。我先回去和同志们商量一下,看这件事情怎么办好。"

张丰载从未听过"同志"这个称呼,诧异道："同志?柳小姐刚才说什么?什么是同志?"

柳眉："我们工读互助社内部一律称同志。"

张丰载："这个称呼好。这样吧,你先回去,我下午去找你。咱们在哪儿见面?"

柳眉："请你到法文进修馆来吧。"

张丰载："好的,不见不散。"

柳眉回到俭洁食堂,一眼看见母亲,激动地扑了上去。

柳母捧起女儿的脸："来,让妈妈好好看看。瘦了,黑了。你说你在家里待得好好的,干吗非要到这里来受罪,这是何苦呀!"

柳眉："妈,我挺好的,就是想你和爸爸。"

柳母："你爸爸天天在家念叨你。眉子,跟妈回去吧,别在这里吃苦了。"

柳眉："那可不行！我现在参加了工读互助社,已经和家庭撇清关系了。"

柳母："这是什么话！你参加了互助社就不认我这个妈妈,不要爸爸和哥哥了？"

柳眉："妈,女儿怎么会不要你们呢！我们是在做试验,十几个志同道合的青年按照互助论的原则组成一个新的家庭,集体生活,边工作边学习,自给自足,自由发展。"

柳母："你们这是异想天开,胡闹！"

柳眉："不是胡闹,我们是要通过自己的努力为中国人的新生活蹚出一条新路子。"

柳眉姑姑打断柳眉的话："眉子,不是姑姑打击你的积极性,我就不相信像你这样从小娇生惯养、才十几岁的女孩子能够自己养活自己。"

柳眉："姑姑,我们不是有互助社吗？大家互相帮助。"

柳眉姑姑："有互助社你还问家里要钱,还一下子要那么多？"

柳眉："对了,妈,我要的钱您带来了吗？"

柳母："我正要问你,你要那么多钱干什么用？"

柳眉："我是替你们为互助社捐款的。"

柳母："你刚才不是说自给自足吗,干吗要我们捐款？我们不认捐。"

柳眉："那可不行,我都替你们认捐了,互助社已经把这笔钱入账了。"

柳眉姑姑笑道："我算是看明白了,你们这就是小孩子过家家,闹着玩的。"

柳眉领着妈妈和姑姑边参观边讲解,这时陈延年回来了。

整个上午陈延年几个人都在北大图书馆门前张罗工读社的生意。陈延年、陈乔年两兄弟登记来俭洁食堂入伙的人的名单,施存统、易群先、何孟雄招揽洗衣服的顾客,俞秀松和另外两个男生在卖电影票。在邓中夏和傅斯年的

帮助下,他们谈妥了两笔洗衣服和包伙的生意。有人还出主意,让他们去找协和女子大学预科学生谢婉莹,请她帮助联系卖电影票事宜。一个上午下来,还算有些收获。

回到俭洁食堂,看见柳眉母亲,延年、乔年赶紧上前鞠躬、问候。

柳眉姑姑拉着陈延年仔细端详:"你就是我们眉子死心塌地追随的白马王子呀。嗯,不错,文质彬彬、结结实实,就是黑了点。"

延年被说得满脸通红。

柳眉很严肃地对姑姑说:"姑姑,你不要瞎说,我们俩不是您说的那种关系。"

柳眉姑姑:"不是那种关系你跟他跑到北京来干吗? 到了北京你不住在姑姑家里,跟着他住进修馆,整天黏在一起,你说说这算什么关系?"

柳眉:"我们本来是同学,现在都参加了互助社,就更是志同道合的同志了。"

柳母:"你们互助社男男女女这么多人,都是这种关系吗?"

柳眉:"原则上是一样的,只是大家互相熟悉的程度不同。"

柳母:"延年,你说说。"

延年红着脸说:"柳伯母,我和柳眉现在就是同志关系,我把柳眉当成妹妹看。"

柳眉姑姑摇摇头:"你们呀,还像是小孩子,到什么时候才能长大呢!"

柳母对延年说:"延年,麻烦你和你父母说一声,我想去拜访他们。"

延年顿觉为难,低头说:"伯母,我们入社了,就不和家庭联系了。"

乔年在一旁叫道:"柳伯母,别听他的。我带你们去我家,让姨妈给你们做一品锅。眉姐,你同意吗?"

柳眉看着延年没吱声。柳眉姑姑看着柳眉,试探地问:"眉子,中午到姑妈家吃饭,把延年、乔年也叫上。要不,我们去便宜坊如何?"

"姑姑,这可不行,我们互助社有规定,不准到外面吃。再说,我们还要做饭呢,这可耽误不得。"

一旁的刘海威说:"二位伯母,中午你们就在这儿吃饭吧,尝尝我的手艺。"

柳母高兴地说:"行啊,你多做几个菜,我请你们大家吃饭。"

延年:"我们有规定,不能吃请,我们吃大锅饭。您二位可以自己点菜,不过得付钱。"

柳眉姑姑笑了起来:"眉子,今天你可让姑姑长见识了。好,今天我们就在你们这里开开眼界。大厨子,你要给我好好露一手,我还没吃过大学生做的饭呢。"

刘海威:"您就瞧好吧。乔年,你去学士居给我弄些海参、大虾来,我给两位伯母做几个拿手的鲁菜。"

开饭了。互助社的社员还是坐在里面的两桌,主食是白面馒头、窝头。两个菜是豆腐大白菜炖粉条、清炒土豆丝。同学们出去揽生意,忙了一上午,都饿了,个个狼吞虎咽。

柳眉的妈妈和姑姑单独一桌,她们两人点了四个菜:葱烧海参、清炒虾仁、京酱肉丝和酸菜粉丝汤。

柳眉妈妈看到女儿跟那些大小伙子一样啃窝头,心疼得直掉眼泪。柳眉姑姑看不下去,走过来说:"几位同学,我是柳眉的姑姑,看到你们吃这个我过意不去。我给你们加几个菜,表达一下我的心意,行不行?"

大家异口同声:"不行!"

柳眉姑姑有些尴尬。

施存统:"伯母,您的好意我们心领了。我们靠自己的劳动吃饭,吃得很香也很好。现在中国多数人还吃不到这样的饭呢。"

易群先还是那样直率:"伯母,我们来这儿是为了追求自由和理想,不是来追求享受的。"

柳眉姑姑闹了个满脸通红,十分尴尬:"不好意思,得罪了,得罪了。"

柳眉生气了:"妈、姑姑,你们吃完了就回去吧,别在这儿捣乱了。晚上我去看你们。"

柳母:"吃完饭,你陪我们出去走走吧。"

柳眉:"那可不行,吃完饭我还要洗碗,完了还要开社员大会商量事情呢。"

柳母无奈:"那我和你姑姑去北大看看。你爸爸给李大钊先生捎来一封信,我给他送去。回头我们再来找你。"

柳眉迟疑了一下,说:"下午我还约了记者来采访呢。"

柳母不高兴了:"你忙你的,我就在这儿等着。柳眉,我明确告诉你,这次来了我就不走了。"

刘海威见母女俩僵在那里,忙说:"伯母,我正好要去学校取点东西,一会儿我陪您去见李大钊先生吧。"

陈延年赶紧打圆场:"柳眉,我和乔年洗碗,你陪伯母走走吧,我们等你回来再开碰头会。"说着对柳眉使了个眼色,柳眉不大情愿地说:"那好吧。"

饭后,柳眉左手挎着母亲,右手挽着姑姑,三个人沿着街边慢慢走着。刘海威跟在后头,像个保镖。

柳眉:"妈,您到底要干什么?您这么做弄得我在同志们面前很没有面子。"

柳母:"我要干什么难道你不明白?我和你爸爸对你很不放心,很不理解。我怕你出事情,要在这儿看着你。你能理解吗?"

柳眉:"妈,我已经长大了。我自己的路自己走,你要相信我不会走邪路的。"

柳母:"可我看到的是你们在走极端。全中国那么多人,就你们这十几个人在过这种荒唐的生活。你们到底是怎么想的?"说着转身对着刘海威说,"小刘,你说说,你一个人人都羡慕的北京大学学生,为什么放着好好的书不读,要搞什么互助社?"

刘海威赶忙解释:"伯母,不瞒您说,这些天来,有很多人问过我这个问题,我也无数次问过自己。我为什么要参加互助社? 从个人原因来说,我家是青岛的,德国人和日本人占了我们的家园。我父母在日本人的工厂里做工,供养我上大学,很不容易。我参加互助社勤工俭学,自己养活自己,就是不想让父母太苦太累。从国家来说,几千年来,中国人活得太沉闷、太憋屈、太没有活力,我们需要尝试一些新的活法。人人都不去创造,不敢试验,我们这个国家就没有希望了。两位伯母,你们能理解我们吗?"

刘海威的话是那样情真意切,入情入理,柳眉妈妈和姑姑一时无言以对。

柳眉姑姑揉揉眼睛:"虽然我并不认可你们的做法,但是今天我确实被你感动了。"

说话间,他们来到了北大门口。

柳眉对刘海威说:"海威兄,麻烦你带我妈妈和姑姑去见李先生,我得回去开碰头会了。我上午联系报社的事情很重要,要和大家商量。"

刘海威冲柳眉挥挥手:"你放心。"

三

柳眉回到互助社,俞秀松正在主持碰头会,三个小组互相交流情况。

陈延年先介绍食堂的情况:"我们俭洁食堂的主要服务对象是北京大学学生和个别单身青年职工。经过这两天的努力,我们已经招揽到四十六份包饭,其中中饭二十七份,晚饭十九份。有些同学希望我们能够供应夜宵,现在我们还没有这个能力。"

易群先:"为什么不能提供夜宵? 我们每天晚上都学习到很晚,我们也需要夜宵。"

俞秀松:"夜宵的问题以后再说,先听延年同志把话说完。"

陈延年:"显然,每天四十六份包饭还不足以维持我们俭洁食堂的资金运转,我们还要努力扩大客源,特别是招揽散客。比如,今天中午柳眉母亲点的几个菜,我们获得的利润比一天的包饭还要多。所以,能不能够招揽到更多散客,是我们俭洁食堂生存下去的关键。"

俞秀松:"好,下面请施存统同志汇报洗衣组的情况。"

施存统:"我们洗衣小组的服务对象也主要是北大学生和单身职工。从这两天的情况看,不容乐观。学校附近有洗衣店,北大有人专门帮忙洗衣,有人收衣服,我们很难插进去,所以这两天我们一共才收到六件衣服,连跑路的钱都不够。我们商量,从明天起,洗衣组的工作时间从每天四小时增加到六小时,重点对单身教职工挨家挨户去攻关。"

俞秀松:"我汇报一下电影组的情况。两天下来,我们收获甚微。究其原因,思路不对。现在我们已经找到原因,从明天起,我们准备重点跑北京的女子学校,相信会有成效。"

刘海威气喘吁吁地跑来了,附耳对柳眉说,柳伯母她们已经见到李先生了。

俞秀松大声说:"刘海威同志,请不要开小会,说说你对办好食堂的建议吧。"

刘海威应声说道:"同志们,要想吃得好,就得客人多。请大家八仙过海,各显神通,帮我们俭洁食堂多招揽些顾客。最好每天都能有两桌酒席。这样,我们的收益才会大增。"

大家都笑了起来。

俞秀松:"柳眉同志,谈谈你联系登广告的情况吧。"

柳眉:"今天上午,李大钊先生介绍我去《晨报》洽谈广告事宜,喜忧参半。喜的是,十三人的社员名录,他们答应明天就登出来。忧的是,食堂和洗衣组、放映组的介绍他们认为是广告,不能免费登,要收钱,而且很贵。《晨报》的一个主编是个热心人,他给我引见了《学海要闻》专栏的一位记者。不过,那个记者让我觉得有些怪怪的。"

易群先很敏感:"现在坏人太多,他轻薄你了吗?"

柳眉答道:"那倒没有,我就是觉得他对我们工读社太感兴趣了。这个记者说下午还要来继续谈。是否接受他的采访和谈什么,请大家决定。"

俞秀松:"我看可以谈,大家同意吗?"

陈延年:"也只能这样了。要想活,就得八仙过海,不同意也得同意。"

俞秀松点点头:"那就一组出一个人接受采访。食堂组派谁?"

刘海威:"柳眉。"

陈延年:"洗衣组?"

施存统:"请何孟雄同志谈吧。"

俞秀松:"放映组?"

一位社员自告奋勇。

俞秀松说:"那好,就请你们三人做代表。老何,这边大家要学习和工作,你们在法文馆那边谈吧,在你的宿舍,行不行?"

何孟雄为难地说:"我的宿舍很乱,还有别人。"

柳眉:"那就在我的宿舍吧。"

易群先:"我也要参加采访,我喜欢和记者打交道。"

俞秀松环视四周,问:"大家有意见吗?"

没人吭声。

俞秀松:"那就这么定了,散会。"

当天下午,张丰载戴着墨镜,骑着一辆自行车,来到法文进修馆,柳眉在门口迎候,然后把张丰载带到馆里参观。

大腹便便的张丰载看看四周,说:"这个法文进修馆我还是第一次来。"

柳眉:"那我为您介绍一下。"

张丰载忙说："不用了，我们抓紧采访吧。柳小姐，咱俩在哪儿谈呀？"

柳眉："到我的宿舍吧，那里安静些。"

张丰载喜出望外："宿舍好呀，柳小姐的闺房我得去见识见识。"

柳眉："张先生，我们互助社非常重视您的来访，特意安排了四位同志接待您。"

张丰载像被迎头泼了一盆凉水："四个人，没必要吧？我们两人谈就行。"

柳眉："那几位同志已经在宿舍等候了，张先生请吧。"

张丰载有些犹豫："柳小姐，有一件事情我要向你说明，我的记者身份在北大从来没有公开，所以我不能采访北大学生，请你理解。"

柳眉："我们互助社有两名北大学生，都不在受访的四人之中。我们不安排您与他俩见面行不行？"

张丰载想了想："看在柳小姐的面子上，行吧。"

柳眉又说："对不起，我还没有请教您的大名呢。"

张丰载递过一张名片，柳眉接过，狐疑道："踩人？怎么叫这么个名字？"

张丰载："这是我的笔名，它比我的本名还要有名，你就叫我踩人吧。不相信的话您可以去翻翻《学海要闻》专栏，踩人就是专栏作者。"

两人来到宿舍，俞秀松、何孟雄和易群先早已在此等候。柳眉向张丰载一一介绍后又拿出那张名片："这位就是《学海要闻》专栏的著名记者踩人先生。"

易群先一下子笑了出来："踩人？还有叫这名字的，听起来像个打手。"

张丰载脸上挂不住了："这位小姐你上过学、看过报纸吗？"

易群先从容答道："上过学呀，现在在女高师旁听，报纸我也天天看呀。"

张丰载不屑地说："既然天天看报纸，怎么不知道'踩人'这个名字？"

俞秀松赶紧打圆场："踩人兄息怒，我们这位易同志心直口快，并无恶意，请不必计较。"

易群先："我就是觉得这个名字挺怪的，一下子没忍住，得罪了。"

张丰载一摆手："算了,我们开始采访吧。"

俞秀松赶紧说："好,那我先把我们工读互助社的情况向您介绍一下吧。"

张丰载："介绍就不必了,我时间有限,拣要紧的说。柳小姐,我看还是请你把你们十三个人,特别是你的家庭背景、学历和入社动机给我介绍一下吧。"

易群先忍不住问道："那还不是情况介绍吗?"

张丰载瞪了易群先一眼,易群先连忙捂住自己的嘴。

柳眉迟疑片刻,不好意思地说："张先生,十三个同志的情况我还真说不出来。俞同志是我们公推的社委,还是请他说吧。"

张丰载对其他人的情况并无兴趣,就说："那就说说你自己吧。"

柳眉无奈地说："我是上海震旦学校法文班的学生,没什么家庭背景,参加互助社也没有什么特别的原因,就是因为信奉无政府主义的互助论,同时感觉这是一种新鲜的生活方式。"

张丰载表示不相信："柳小姐,看你的气质和教养应该是出自名门,不可能没有背景。"

易群先还是嘴快："她不好意思说,我告诉你吧,她爸爸是上海大亨柳文耀。"

张丰载吃了一惊："柳大亨的千金,难怪如此优雅。"

他转过身来,又问易群先："这位漂亮的小姐,那你的爸爸又是谁呀?"

易群先看出张丰载是个势利之徒,高傲地说："我爸爸是易燮龙,你认识吗?"

张丰载更为吃惊："令尊就是国会议员易燮龙?岂止认识,我们还是哥儿们呢。"

易群先扑哧一下笑出声来："你才多大,就跟我爸爸是哥儿们,吹牛吧。"

张丰载："你可以回去问问你爸爸呀,看他知道踩人否。"

易群先："我才不问呢。哎,我跟你说,我是逃婚出来的,你可不能向我爸

爸告密呀,不然我就死定了。"

张丰载心中窃喜,嘴上却说:"易小姐,你放心吧。"

易群先忽然为自己的虚荣心后悔了,担心地问:"你真的认识我爸爸吗?我可没听他说起过您。"

张丰载故作认真地说:"我干吗要骗你,我真的和你爸爸是忘年交。"

易群先紧张起来:"坏了、坏了。今天认识你,我要倒霉了,怎么办?"

张丰载笑着问:"你紧张什么?"

易群先两眼发直,脑子不停地转着,很快一脸天真地对张丰载说:"踩人兄,您是个记者,不就是想挖点能卖钱的新闻吗,咱俩做个交易吧,如何?"

张丰载:"什么交易?"

易群先:"我再给你爆个料,告诉你一条柳眉的秘密,你就饶了我,千万不要告诉我爸爸,行吗?"

张丰载来了精神:"行啊,你说说看。"

易群先:"告诉你吧,这位柳眉同志的精神伴侣就是赫赫有名的陈独秀先生的大公子。"

张丰载一下子站了起来,盯着柳眉问:"柳小姐是陈独秀儿子的女朋友?"

柳眉脸红了,狠狠地瞪了易群先一眼:"踩人先生,您别听她瞎说,我和陈延年不过是震旦的同学,一般的同志关系。"

张丰载两个眼珠直打转:"陈独秀的儿子也在搞工读互助社,好啊,好啊,我一定要好好地写写你们。我能采访他吗?"

柳眉不知张丰载的险恶用心,脱口而出:"没问题,改天我介绍你们认识。"

俞秀松有点不耐烦了,问张丰载:"踩人先生,您到底还要不要听我们介绍工读社的情况了。"

张丰载想把陈独秀儿子挑头搞工读社的消息赶紧告诉张长礼,连忙站起来说:"这样,我带着这些文字资料先回去好好看看,有什么需要深挖的,我再来找你们。我忽然想起下午还约了别人，先走了。"

张丰载起身就走，大家一头雾水。

柳眉和易群先赶紧跟着去送张丰载，走到大门口，刚好碰上从北大回来的柳母和柳姑姑。柳眉诧异地问道："妈，你们怎么还没有走呀?"

柳母："我们在等你呀，你忙完了没有?"

柳眉："你们等我干什么? 我还要去食堂打工呢。你们先回去，晚上我去姑姑家看您。"

柳母："那可不行。我大老远从上海过来就是找你的，你不跟我回去我就不走。要不你去告诉那个小刘师傅，让他晚上再给我们炒几个菜，我们还在这儿吃。"

柳眉急了："妈，您给我留点面子行不行?"

张丰载好奇地问："柳小姐，这位是你母亲吗? 专程从上海赶过来的?"

柳眉："是的，还有我的姑姑。不好意思，让您见笑了。"

柳母见张丰载和柳眉说话，便问："这位公子是谁呀?"

张丰载："伯母好，我是报社的记者，专门来采访您女儿和工读互助社的。"

柳眉姑姑一听是报社记者，紧张起来："眉子，你的事情要上报纸吗?"

柳眉："我才不要上报纸呢，他是来采访我们互助社的。"

张丰载问柳眉："柳小姐，我能采访一下二位伯母吗?"

柳眉："不必了吧，您采访她们干什么?"

张丰载："既然是系列报道，就要全方位了解情况。我看这样吧，你去食堂打工去，我和两位伯母聊聊。你放心，我只是了解情况，将来怎么写，一定尊重你的意见。"

柳眉母亲连连摆手："这位记者，你走吧，我从来不接受采访。另外，我也希望您不要报道我的女儿，更不要涉及我们家庭。"

四

工读社的成员都是不到二十岁的青年学生,是新文化运动带来的新的思潮感染了他们,激励他们去尝试一种从未有过的新生活。这种生活虽然很艰难,但他们兴趣盎然。特别是一些富家子女,能够摆脱家庭,靠自己的劳动生活和学习,有一种巨大的心理满足和自豪感。他们满怀信心又千方百计地去寻找能够靠自己的劳动养活自己的工作。

北京协和女子大学小礼堂门口熙熙攘攘,聚集了不少男女学生。俞秀松和易群先等三人在门口支了张桌子卖电影票。易群先大声吆喝道:"看电影啦,最新的国产片《黑籍冤魂》!"

许多男女青年排队买票。

协和女子大学预科学生谢婉莹一下子招呼来了几十个青年男女。

租用女子学校礼堂放电影,主意是谢婉莹出的。她虽然年纪小,但已经是京城小有名气的社会活动家了。那天她去北大开会,正好碰到邓中夏和俞秀松在帮助工读社揽活,就问俞秀松:"你知道现在都是什么人看电影吗?"俞秀松不知道。谢婉莹告诉他:"很少有一个人出来看电影的。看电影是男女青年交往的一种手段,所以,你们要到女子学校去放电影,为那些追求女学生的男子提供便利和借口,这样你们才能有生意。"

谢婉莹这一招果然灵,今天电影生意刚开张,就来了很多人。她问易群先:"怎么样? 可以放映了吗?"

易群先兴奋地说:"我看差不多了,已经卖出两百多张了。"

俞秀松一听卖了两百多张,激动地大叫起来:"太好了! 谢小姐,散场后我请你吃夜宵去。"

谢婉莹婉拒道:"不必了。等你们开映了我就回家。"

易群先转身对俞秀松说:"那你请我吃夜宵吧。"俞秀松朝她瞪了一眼,转身离去。

春光明媚，工读互助社里一派热闹景象。青年们在户外晒太阳、读书。易群先教何孟雄跳舞，柳眉挨个给大家发糖果。郭心刚打趣道："柳大小姐，这是喜糖吗？"

柳眉："糖果都堵不住你这乌鸦嘴！这是我妈妈从上海带来的冠生园奶糖。咱们互助社不是不允许有私有财产吗？我就拿出来共产了。"

食堂里传来俞秀松激动的声音："同志们，初战告捷、初战告捷！"

郭心刚对柳眉说："看来又有喜事了。"

俞秀松："同志们，我们放映组昨晚在协和女子大学放电影，一晚上就卖出两百多张票，初战告捷，前景看好。白兰同志，我给你报账、交钱。"

施存统再报喜讯："我们洗衣组昨天也表现不俗，我们四个人在教职工宿舍挨家挨户招揽生意，一共收了二十多件。我们也盈利了。"

大家鼓起掌来。

郭心刚："双喜临门。今天是我们互助社成立以来收获最大的一天，我们要庆祝一下。"

陈乔年高兴地说："郭大哥，你请客吧。"

郭心刚："我老郭最近时来运转，心情甚好。互助社开张大吉，巴黎和会顺利召开，青岛回归有望，昨天考试我又得了个满分，陈学长通知我做快要开学的北京大学役工夜校的教员，这样一来，我留校工作就有望了。海威，今天中午你给同志们做几个拿手菜，我请客。"

大家纷纷鼓掌。

易群先质疑道："郭心刚同志，互助社不允许有私人财产，你拿什么请客？"

郭心刚："这你就不知道了。昨天我们白兰领了家教的工钱，这是她上个月挣的钱，跟互助社无关。我们用这个钱请客不行吗？"

易群先不依不饶:"那也不行!这个钱也应该交公。"

俞秀松指着易群先:"你这个同志是不是有点过分?人家上个月挣的钱凭什么要交给你?大伙说是不是?"

大家异口同声:"是!"

刘海威喊道:"好了好了,大伙帮我做饭去。"大家都跟着刘海威往食堂走。

易群先走在最后,大叫道:"我抗议,我绝食。"

进了食堂,大家在刘海威的指挥下忙碌着。郭心刚拿出一块大洋递给陈乔年:"乔年,你去买两瓶酒来,我们今天要开怀畅饮。"陈乔年接过钱欢欢喜喜地跑了。

柳眉和郭心刚在洗大白菜。柳眉对郭心刚说:"郭大哥,昨天晚上我听我姑父说巴黎和会中国没有发言权,青岛回归前景并不乐观。"

郭心刚:"怎么可能!威尔逊都发话了,徐世昌也夸了海口,我们又是战胜国,不会有问题的。"

柳眉:"我姑父说日本人不同意把青岛还给中国。北洋政府里有不少人替日本人说话。"

俞秀松插话道:"没错,现在国内的英美派和亲日派斗得很厉害。"

郭心刚:"谁是亲日派?"

俞秀松:"交通总长曹汝霖、驻日公使章宗祥和前驻日公使陆宗舆,以他们三个为首,据说后面还有段祺瑞和徐树铮。"

柳眉:"我姑父告诉我,曹汝霖、陆宗舆和梁士诒联合起来否定了民国政府向巴黎和会提出的由中国政府统一管理国内铁路的议案,实际上是受日本人指使的。"

俞秀松:"没错,中国不能管理国内的铁路,青岛就收不回来。"

柳眉又说:"我姑父说,外交委员会汪大燮委员长气得要辞职。"

郭心刚急了:"照你们这么说,青岛能不能收回来还不一定呢。"

柳眉:"我姑父说,青岛能不能收回关键看威尔逊帮不帮中国。"

郭心刚一下子泄了气："还得看外国人的眼色,中国人什么时候能主宰自己的命运啊。"

五

北大红楼图书馆,李大钊正在听毛泽东汇报新书目录整理情况,邓中夏、许德珩和赵世炎来了。邓中夏对李大钊说:"守常先生,我们来向你汇报成立平民教育讲演团的事情。"

李大钊很高兴:"好啊,到我办公室来吧。润之,你也过来听听。"

进了办公室,毛泽东给邓中夏、许德珩、赵世炎分别倒了一杯水,然后坐在一边做记录。邓中夏从包里取出几份材料送到李大钊面前:"守常先生,这是关于成立平民教育讲演团的几份材料。"

李大钊:"这个我待会看,你先说说情况吧。"

邓中夏:"根据您的意见,我们《国民》《新潮》编委和马尔克斯研究会几个社团在一起议论了一次,决定先在北大举办一个'校役夜班',也就是工人夜校,每个周三晚上为在北大工作的工友补习文化,讲解时事。在这个基础上,我们准备正式成立北京平民教育讲演团,向社会各界招募团员。我们草拟了招募启事和讲演团简章,请您过目。"

李大钊接过材料,赞道:"很好! 你们做得很及时。这件事你们向陈学长汇报了吗?"

邓中夏:"汇报了。因为'校役夜班'涉及地点和经费问题,我们专门请示了仲甫先生,他非常支持,当时就请庶务长过来把夜班的地点定下来了,还用两句话明确了平民教育讲演团的宗旨。"

李大钊:"哪两句话?"

邓中夏:"增进平民知识,唤起平民自觉心。"

李大钊笑了:"陈学长对他的那个自觉心还是念念不忘呀。好,有他和蔡

校长支持就好办。我建议再找些人认真讨论一下讲演团的招募启事和简章，尽快在《北京大学日刊》上刊登出来。讲演团以学生为主，人员不局限在北大，可以作为学生救国会的一个组织，这样号召力更大一些。"

毛泽东一听，高兴地说："那我也能参加啦？"

邓中夏："当然，非常欢迎。"

毛泽东："行，那我现在就报名。"

春天里，北京大学"校役夜班"开学了，许德珩和傅斯年带人在红楼小礼堂门口放起了鞭炮。四十多名校工，每人背个小书包，兴高采烈地走进礼堂，在前面几排坐下。讲台上方拉着一条横幅，上面写着：校役夜班开班典礼。

蔡元培、陈独秀、李大钊、鲁迅、钱玄同、刘半农、高一涵以及《国民》《新潮》杂志社的人都来了。

蔡元培问陈独秀："仲甫，适之怎么又没来？"

陈独秀："他在家翻译杜威的讲稿，说是实在脱不开身，要我向您请假。"

蔡元培摇头道："这个适之，我看他有点膨胀了，我得找时间说说他。"

主持人邓中夏宣布："北京大学校役夜班正式开学，首先请蔡元培校长致辞。"

蔡元培走上讲台："各位校工，各位同人，今天是个值得纪念的日子。我们北大校役夜班，也就是工人夜校，正式开学了。记得还是去年的 11 月 13 日，我在从中央公园回学校的路上对陈学长说，新文化运动要接地气。这才几个月的时间，我们的工人夜校就办起来了。我认为这就是我们开展新文化运动的一个成果，是新文化接地气的一个尝试。我们办这个夜校，就是要让那些没有读过多少书的穷人也能了解、接受新文化，并且在新文化的影响下成为一代新人。各位，我们是共和国家，我们的教育应该以平民教育为基础。平民教育普及了，才能实现教育的平等。今天只是一个开始，接下来我们还要组织平民教

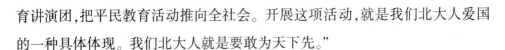

育讲演团,把平民教育活动推向全社会。开展这项活动,就是我们北大人爱国的一种具体体现。我们北大人就是要敢为天下先。"

大家热烈鼓掌。

当晚,百顺胡同一家妓院,张长礼躺在床上抽大烟,两个妖里妖气的女人在旁边伺候,一个捏肩,一个捶腿。张丰载兴冲冲地跑进来说:"你们先回避一下,我和二叔有要事商谈。"

张长礼有些不高兴:"你一惊一乍地又要出什么幺蛾子?"

张丰载嬉皮笑脸地说:"二叔,意外收获,今天我终于找到了陈独秀的软肋。真是天助我也!"

张长礼一愣:"什么软肋?"

张丰载:"他的两个儿子。"

张长礼:"什么意思?"

张丰载贴着张长礼的耳朵小声嘀咕着。张长礼听了,兴奋得都想跳起来:"走,咱们找林老爷子去。"

林纾还在东总布胡同的寓所伏案写作,仆人带张长礼、张丰载进入书房。林纾抬头看了一眼,冷淡地问:"这么晚了,有事啊?"

张长礼上前作了个揖:"恩师,小侄有两事禀报。"

林纾:"说来听听。"

张丰载赶紧禀报:"其一,您老的两篇大作我已经安排妥当,《荆生》下周在上海《新申报》发表,《妖梦》随后刊出。"

林纾:"甚好。此两篇小说发表,可出我一口恶气。我的小说一出来,陈独秀、胡适、钱玄同之流的日子就不好过了。"

张丰载:"其二,我了解到陈独秀唆使他的两个儿子在北京创办了一个工读互助社,纠集十几个男女青年实行无政府的共产主义。这些人宣传西洋的

异端邪说,诋毁政府,敌视家庭,既扰乱社会,也伤风败俗,已激起公愤。"

林纾停笔问道:"有这等事? 都是些什么人?"

张丰载:"多数是北大周围的人,陈延年兄弟是主谋。"

林纾:"蔡鹤卿、陈仲甫,他们把北大弄成什么样子了! 我要去总统府控告他们!"

张丰载:"还有,蔡元培、陈独秀、李大钊等煽动一些学生正在组织平民教育讲演团,准备把他们的新文化搬到街头、工厂、胡同里,听说您老就是他们攻击的活靶子。"

林纾气得咬牙切齿,在屋子里来回踱步:"这么晚了,你们来跟我说这些干什么,是存心要气死我吗?"

张长礼赶紧赔不是:"恩师莫急,恩师莫急。我们正在收集证据,准备在国会正式弹劾蔡元培,驱逐陈独秀。"

林纾并不领情:"这话你已经说了无数次了,我耳朵都听出茧子了,可每次都是不了了之。你让我很失望。"

张长礼感到有些惭愧:"恩师莫急,这次当真了。过去我是孤掌难鸣,现在有搭档了。国会议员易夔龙的女儿也被陈独秀的妖言迷惑,离家出逃,参加了工读互助社。易夔龙对陈独秀恨之入骨,正好可以利用。"

林纾对张长礼的话还是半信半疑:"你能不能给我个准话,什么时候提交驱陈议案?"

张长礼:"现在是巴黎和会期间,徐世昌要求吴炳湘加强京师治安,严防学生闹事,并严令教育部整肃大学校纪,正是天赐良机。我明天就去找易夔龙,争取下周提交议案。"

林纾:"好,我们双管齐下,一定要把陈独秀这个妖孽赶出北京。"

张丰载冷笑一声:"不,我们是三箭齐发。我这里还给他们准备了一出好戏呢。"

第十八章

"士"与小人

一

中南海紫光阁,蔡元培敲开汪大燮办公室的门,一进门就抱怨起来:"都说你伯棠兄春风得意搬进了紫光阁,怎么找了这么个犄角旮旯的地方?害得我找了半天!"

汪大燮苦笑:"有个地方待就不错了。知道这叫什么吗?边缘化!"

蔡元培:"明白。决策机构,机密不能外泄,得躲起来办公。"

汪大燮:"狗屁的决策机构,现在就是个聋子头上的耳朵——摆设。"

蔡元培摇摇头:"看来大有大的难处,您老也有牢骚呀。"

汪大燮摆摆手:"不说了,今天你怎么想起到我这儿来了?"

蔡元培:"别提了,晦气。一大早就被徐大总统叫到总统府,在门口排了一小时的队,进去后又被数落了半个小时。"

汪大燮:"他数落你什么?"

蔡元培:"说我鼓吹新文化,已经把北京大学弄成了动乱之源,必须悬崖勒马。说现在是巴黎和会敏感时期,要我自重并管好北大学生和教师,切勿节外生枝,破坏大局。"

汪大燮:"他这是做贼心虚。"

蔡元培:"我就不明白了,这巴黎和会不是战胜国的会议吗?我们是堂堂

正正地去分享胜利果实,为什么要战战兢兢的,反倒像个战败国?"

汪大燮冷笑道:"孑民,你太天真了。你还真觉得我们是战胜国吗?"

蔡元培:"我弄不明白呀,所以才向你请教来了。"

汪大燮:"你想知道些什么?"

蔡元培:"内政外交,越详细越好。"

汪大燮:"内政我顾不上也不感兴趣,外交现在是风声鹤唳,正处在火山口上,不知道哪天就会出大事。"

蔡元培惊问道:"怎么?巴黎那边不顺当?"

汪大燮分析道:"岂止是不顺当!简直是举步维艰!巴黎和会,说是战胜国的盛会,实际上是美英法意四国会议。意大利分量还不够,主要是美国总统威尔逊、英国首相劳合·乔治和法国总理克里孟梭。按规定,只有涉及中国利益时,我们才能派两个代表出席会议。这不,十几天了,中国连个出场的机会都没有。"

蔡元培:"弱国无外交,这个我懂。我关心的是山东半岛能不能要回来。"

汪大燮:"这就要看日本人的态度了。照目前情况看,前景不乐观。"

蔡元培:"有什么动向吗?"

汪大燮叹了口气:"家贼难防啊!梁士诒、曹汝霖这些亲日派不赞成中国统一管理铁路的提案,日本公使小幡酉吉也对我外交部提出了抗议,这些就是信号。"

蔡元培忙问:"威尔逊是什么态度?"

汪大燮笑笑:"前一段他一直唱高调,激起了中国人的热情,现在他不说话了。孑民兄,我有一种不祥的预感。"

蔡元培急道:"伯棠兄,民众已经被鼓动起来了,泼出去的水收不回来了。山东半岛要是出了问题,别的地方我说不清楚,北大我蔡元培可就掌控不住了。"

汪大燮拍拍蔡元培的肩膀："所以徐世昌找你来打预防针呀。子民，北大现在已经是中国人眼中的一面旗帜，全中国的眼睛都盯着你们呢。"

蔡元培凛然道："国家兴亡，匹夫有责，何况北大？"

汪大燮关心地说："子民啊，提醒你一句，我可听说有人要在国会搞提案罢免你，还有人提出要把陈独秀赶出北京。"

蔡元培："山雨欲来风满楼。前一阵子京城都忙着庆祝胜利，现在北大好像成了众矢之的了。"

汪大燮："子民老弟，现在看出你回国出任北大校长的意义了吧？这才几年，你们发动的新文化运动已经波及整个社会，不光是那些守旧的老夫子，就连那些政客和政府都发毛了。人的思想一旦觉悟，旧的统治就失去根基了。"

蔡元培："好啊，我们北大能够在中国点起这把思想启蒙之火，我这个校长就没有白当。"

汪大燮："子民，千万不能飘飘然。现在欧战胜利了，政府有了底气，就要腾出手来灭火了。你身边那些人，特别是陈独秀、李大钊、胡适，早就被人视为眼中钉、肉中刺。我看，政府早晚要对他们下手的。"

蔡元培："难怪刚才徐世昌一再对我说要对陈独秀严加管束呢。"

汪大燮："这就是预兆。"

蔡元培："不行，这北大的局面刚刚打开，我不能半途而废。"

汪大燮："子民老弟，你能这么想就对了。你我都是黄土埋了半截子的人，追逐了一辈子新潮，受了一辈子窝囊气，如今共和已经八年，世界大战我们也打赢了，这次再也不能任人宰割了。为了这个国家和那些后生，你我得有所担当才是。"

汪大燮的话使蔡元培深受感动："伯棠兄，跟你谈话，真是如沐春风。今天到你这儿来算是来对了。你放心，守土有责，义不容辞，该我们北大担当的我们决不退缩。"

蔡元培回到学校,发现案头上有一张参议院的通知单,转身询问跟进来的庶务长:"这是怎么回事?"

庶务长:"这是国会派人送来的,说是下周参议院要质询北大有关事宜,请您和陈学长到会。"

蔡元培:"国会到底要干什么?"

庶务长小声说:"听说有议员联名提案要罢免您。"

蔡元培拍案而起:"岂有此理!"

正如汪大燮所言,巴黎和会上中国代表团的境遇非常糟糕。富丽堂皇的凡尔赛宫,美英法三大巨头正在紧张酝酿瓜分一战胜利果实,而中国正是他们准备牺牲的对象。

外交总长陆徵祥叼着雪茄在中国驻法大使馆官邸里走来走去,顾维钧和王正廷坐在那里一言不发。

陆徵祥突然止步:"我来巴黎已经十几天了,美、英、法、意四国首脑一个也没有见到,国内汪大燮、林长民一天一个电报询问进展。既见不到人,又递不上去议案,还谈什么进展?"

王正廷气愤地站起来:"南方政府派我到巴黎来,我原以为是个美差,没想到这么窝囊。"

顾维钧:"你以为是让你风光来了?我早就说过,巴黎之行是高空走钢丝,走好了喝彩声一片,走不好就粉身碎骨,会落个丧权辱国、遗臭万年的骂名。"

陆徵祥:"现在看来,你我都得有这个思想准备呀。"

秘书来报:"大门前来了许多旅法华人,要求面见陆总长。"

陆徵祥连连摆手:"不见,不见,就说我去拜见英国人了。"

秘书面露难色:"陆总长,还是出面见一见吧。每天都有几十拨人来,我们实在挡不住啊。"

陆徵祥："他们要干什么？"

秘书："要求中国代表团在七项要求之外，追加取消'二十一条'的条款。"

陆徵祥："你告诉他们，我们已经正式提出了取消'二十一条'的请求。"

秘书怯怯地说："可是他们希望看到结果。"

陆徵祥愤然道："结果要等，哪有那么容易！我们不是每天都出去求爷爷告奶奶，请人家赏脸吗？"

秘书轻手轻脚地退了出去。

王正廷："威尔逊话说得漂亮，人却不打照面，这叫什么事？"

陆徵祥看看顾维钧，又看看王正廷："少川，我身体快顶不住了，得到瑞士去看病，这儿就交给你了。儒堂老弟，搞外交少川比你懂行，你就多担待些吧。"

王正廷："国事为大，你放心，我不会计较个人得失的。"

顾维钧感慨地说："苟利国家生死以，岂因祸福避趋之。国难当头，我不下地狱谁下地狱！"

二

北大红楼前，两个警察在告示栏上张贴京师警察厅的告示。有人大声念道："京城乃首善之地。为维护京师治安与稳定，巴黎和会期间，严禁在天安门、东交民巷、王府井大街、府前街、府右街、东单、西单等地游行、集会、演讲、散发传单、张贴标语等，违者严办。"

前门大街上，陈延年、陈乔年和柳眉蹬着三轮车给书店送《新青年》杂志。沿街报童叫卖声不断："国学大师林纾写小说《荆生》，痛斥陈独秀、胡适为叛逆；刘师培、黄侃创办《国故》，历数《新青年》数典忘祖！"

陈延年停住，对陈乔年说："怎么回事？乔年，你下去看看。"

陈乔年和柳眉拦住报童，买了两份《新申报》，问道："谁让你这样叫卖的？"

报童沉浸在畅销的喜悦中,没有注意到陈乔年的语气:"今天好运气,有人免费给我们送报纸,还说卖多了有奖励。"

正说着,又有几个报童捧着刚拿来的报纸叫卖:"看新出版的《神州日报》,《新青年》痴迷西洋邪教,组织互助社,实行'共产共妻'!"

柳眉大吃一惊,急忙又买了一份,看罢,双手捂脸蹲了下来。陈乔年连忙把她扶起来,诧异道:"柳眉,你怎么啦?"

柳眉突然站起来大喊:"你们别叫了,这些报纸我全买了!"

北大红楼二层文科学长室,《新青年》编辑部同人都来了。刘半农拿着《新申报》对鲁迅说:"鲁迅先生,你的对手来了。林纾老先生的这篇小说《荆生》要比你那篇《狂人日记》厉害多了。"

鲁迅冷冷地说:"怎么个厉害法?你说说看。"

刘半农抖了抖报纸:"我给你们念念吧。"

胡适:"别念了,你给我们说个大概就行了。"

刘半农:"好,你们听好了。《荆生》这个小说写了一个'伟丈夫'痛打狂生的故事。身体强健、武功高强的荆生夜宿陶然亭,听到隔壁有皖人田其美、浙人金心异以及新归自美洲、能哲学的狄莫三人饮酒作乐,口出狂言攻击孔子和古文。这'伟丈夫'荆生听得怒火中烧,破门而入,痛殴三人。田其美被打倒在地,狼狈不堪;近视的金心异掉了眼镜,趴在地上磕头,尚欲抗辩,'伟丈夫'骈二指按其首,致其脑痛如被锥刺;更以足践狄莫,遂使其腰痛欲断。结果,三个狂生大败,荆生大获全胜。"

高一涵:"我看这个林琴南还真是有才,写小说的功底堪比鲁迅。"

鲁迅淡然道:"我可比不上他,我只能动动笔杆子,这个林纾大师可是正儿八经在呼吁北洋政府出面镇压你们这些妖孽了。"

刘半农:"诸位,你们听出名堂了吗?这三个狂生是谁呀?'皖人田其美'是仲甫,'浙人金心异'是钱玄同,而那个'新归自美洲、能哲学的狄莫'自然非胡适之莫属了。你们三人可都是'以禽兽之言乱吾清听'的妖孽啊。"

大家都笑了。

李大钊拿着一摞报纸杂志走进来:"诸位,万箭齐发啦。你们看,这一期的《国故》,总编辑黄侃撰文公开抨击陈独秀、胡适等是数典忘祖、乱国坏俗的谗慝,说自己是刷新颓纲、扇起游尘、挽救斯文的有志之士。再看看这些无聊的小报,攻击新文化和北大的文章简直是连篇累牍啊。"

鲁迅拍案而起:"南北夹击,万箭齐发,来势汹汹,是可忍孰不可忍!"

电话铃响了,陈独秀提起话筒,是蔡元培的声音:"仲甫,看到今天的报纸了吗?"

陈独秀答道:"我们正在商量对策。"

蔡元培:"我也参加,我有话和你们说。这样,麻烦你们到我这儿来吧。"

陈独秀:"好,我们马上到。"

陈独秀放下电话:"走,我们去蔡公那里议事。"

众人来到校长室,蔡元培迎了出来:"来,来,各位教授请坐。"

大家坐定。蔡元培指着桌上一堆报刊说:"诸位都已经看到了,这阵势可是不小呀。还不止这些,前两天,徐世昌召见我,对我和北大严加训斥,口气十分严厉。昨天,我又接到国会的通知,要我和仲甫等人下周去国会接受质询。暴风雨真的来了,大家分析一下吧。"

李大钊铁青着脸说:"同一天,一南一北同时发声,一个利用小说搞影射,一个点名道姓公开宣战,再加上各种小报谣言满天飞,现在又冒出国会和警察厅来,肯定是蓄谋已久,而且大有背景。"

陈独秀愤慨地说:"从林纾的小说里我已经看到了一股杀气,这国会的通知更加证明他们要痛下杀手了,这背后一定有一股势力。"

刘半农:"这次不仅攻击仲甫、适之、德潜,还把矛头直指蔡校长,我看他们是要摊牌了。"

高一涵:"我仔细看了一下,还有不少是攻击工读互助社和平民教育讲演团的,显然是蓄谋已久。"

钱玄同把桌子拍得山响:"反击! 反击! 我已经急不可待了!"

一向沉稳的鲁迅也站了起来:"蔡公,冰冻三尺非一日之寒。依我看,新旧文化决战已经到来,该有个了结啦。"

大家的目光都聚集到蔡元培身上。蔡元培摆摆手,笑得有点勉强:"大家知道我蔡元培一向主张凡事要循序渐进,也一向认为新旧文化之争是学术之争,应该百家争鸣。新派也好,旧派也好,大家都是做学问的,都是在思考这个国家的出路,犯不上剑拔弩张,甚至你死我活。所以,前几天我还给林琴南寄去一封信,请他给刘应秋的书题词。个中含义,就是说私下里大家都还是朋友嘛。"

钱玄同叹了口气:"蔡公,您就是太厚道、太宽容了。"

蔡元培突然拍案而起:"厚道和宽容是有限度的。辜鸿铭说得对,温良不是懦弱。你们看看林琴南的这篇小说,妖言惑众,杀气腾腾,必欲置我等于死地而后快。再看看这国会议员张长礼、易夔龙的联名信是怎么说的:不罢免蔡元培,教育无出路;不驱逐陈独秀,京城无宁日。好嘛,国会的通知来了,京师警察厅的告示贴到家门口了,就连大总统也出面训示了。中国这么大,就容不下我北京大学这弹丸之地呼吸一点自由、新鲜的空气吗?"

没有人见过如此激动的蔡元培,大家都不由自主地站了起来。

蔡元培继续激动地说:"豫才,不,现在是鲁迅先生,你说得对,决战的时刻到了。再不奋起反击,新文化的火炬就要熄灭,科学与民主就会窒息而死,新北大就要重回老路,中国就会变成一具僵尸!"

蔡元培激动得剧烈咳嗽起来,他的情绪感染了在场的所有人。陈独秀递给蔡元培一杯水,蔡元培摆摆手:"仲甫,你是总司令,何去何从,你发话吧。"

陈独秀显然已经有了方案:"既然大家都同意反击,那我就布阵了。从明天起,四个杂志一起上阵。我负责《新青年》,守常负责《每周评论》和《国民》,适之负责《新潮》。大家都要写文章,火力齐开。不光是我们自己的四个杂志,还要发动同学们广泛地给各大报纸、刊物投稿,来它个地动山摇、天翻地覆!守常和适之,你俩在同学们中间有号召力,要把你们那些门生发动起来,让讲演团上街去。人家打上门来了,我们还能当缩头乌龟吗?不能再唱那些不讲政治的高调了。"

胡适叹了口气:"我本来是想一心做学问的,现在看来学问也做不成了。梁山不是上的,是被逼的。"

鲁迅正色道:"我的新小说《孔乙己》已经完稿,我还要再写一篇小说,和林琴南来个华山论剑、昆仑对决,我就是要和他比个高低。"

蔡元培的心情稍稍平静了一些:"你们都上阵了,我也不能作壁上观。我明天召集进德会开会,搞点活动,给你们助助威。"

陈独秀望望蔡元培,有点不得要领。

三

互助社后院宿舍里,青年们个个板着脸,一声不吭。施存统在看书,易群先则一脸不在乎。俞秀松激动地挥舞着手中的《神州日报》,冲着柳眉说:"柳眉同志,你要把这个事情说清楚,这篇文章是怎么回事?"

泪水在柳眉眼眶里打转:"我怎么知道怎么回事!我根本就不知道《神州日报》有这个《半谷通讯》栏目,更不认识这个署名'聊止'的记者。"

陈延年站出来:"你们不能这样对待柳眉同志,她是无辜的。"

俞秀松大声说:"陈延年同志,请你不要护短。"

白兰非常不满:"俞秀松同志,我们现在的敌人不是柳眉,而是那个聊止。"

何孟雄:"我觉得这个聊止就是那个叫踩人的记者。"

易群先一惊:"啊,不对吧?"

柳眉也不以为然:"怎么可能!踩人是来帮助我们的,怎么会写这样的文章?"

俞秀松对何孟雄说:"说说你的理由。"

何孟雄胸有成竹:"第一,这个踩人和我们谈过两次,给我的印象很差。两次采访,他总是盯着柳眉和易群先两位女同志,猥琐不堪,我看他动机不纯。"

施存统把书放下:"老何,你这算什么理由!我看你是吃醋了吧?"

何孟雄没理会,接着说:"我相信我的感觉,这个人很阴险。第二,这篇文章的作者好像对我们互助社成员的家庭背景和经历很熟悉。你看他说,工读互助社由一群受陈独秀新文化思想教唆的极端青年组成。除了陈独秀的两个儿子是发起者之外,还有因主张废除孝道而被学校开除的异端分子,有逃婚和私奔的女子,有专门和政府作对的暴力分子,等等。如果我没有记错的话,这些情况就是那个踩人在采访中最感兴趣的事情。"

易群先插话道:"我觉得不像那个踩人写的。他私下还采访过我两次,我说的那些主张这篇文章都没有写呀。"

何孟雄:"易群先同志,他关心的不是你的主张,而是要煽动舆论搞垮我们的互助社。"

俞秀松:"我们现在的处境很艰难。三个打工组惨淡经营,食堂还是没有顾客,洗衣组也揽不到生意,只有电影组目前勉强不亏本。长此以往,势必难以为继。现在又出了这档子事,颠覆了原本支持我们的社会舆论。同志们,我们不能坐以待毙,一定要挖出这个黑手。"

施存统慢条斯理地说:"我跟你们观点不一样。我觉得这篇文章对我们来说不是坏事。有人攻击我们,实际上是在给我们做免费广告,应该感谢他才对。"

易群先附和说:"我也是这种看法。这个聊止实际上是在宣传我们的主张。难道我们不是在追求绝对的自由,不是要与政府、社会和家庭做彻底的决裂,不是要反对私有财产、实行无政府的共产主义吗？如果是,我们有什么可怕的?"

施存统:"你们要是能够找到这个聊止先生,我倒是想和他认真谈谈孝道问题。"

易群先马上说:"我也想和他谈谈逃婚的问题。"

正说着,毛泽东敲门进来了。

陈乔年迎上去:"毛大哥,你怎么来了,想加入我们互助社吗?"

毛泽东:"我是来还饭钱的。刚才在门口碰到好几个陌生人向我打听工读互助社,我问他们找谁,他们说找易群先。我一看还有警察,就推说不知道,赶紧过来给你们报信。"

易群先一听,惊叫道:"坏了,一定是我父亲派人抓我来了。我不能跟他们回去,你们要帮帮我。"

毛泽东:"我估计他们很快就会找到这儿的,我进来的时候把前院的大门插上了。"

施存统镇定地说:"京城乃首善之地,他们还敢来抢人吗？难道我们这些人是吃素的？群先同志,你别怕,我来保护你。"

易群先:"你不知道,我爸爸手下那些人狠着呢。"

俞秀松对众人说:"不到万不得已,不能硬来。"

陈延年提议道:"我看还是让易同志到法文进修馆去躲躲吧。"

正说着,前院传来急促的敲门声,易群先吓得尖叫起来。

何孟雄镇定地说:"别怕,跟我翻窗户从小门到法文馆去。"

俞秀松马上说:"对,老何,你把易同志藏在你的宿舍里,这样安全些。"

何孟雄赞同:"行,只要易同志不嫌我宿舍乱就行。"

易群先连声说:"不嫌弃,不嫌弃!"

前院敲门声一阵紧过一阵。陈延年打开后窗,何孟雄跳下,施存统拉起易

群先:"走,我扶你跳出去。"众人手忙脚乱地帮助易群先翻过窗户。

何孟雄、施存统拉着易群先,猫着腰,贴着墙根来到法文进修馆后门。小铁门不高,何孟雄先翻过去,施存统把易群先托上铁门,和何孟雄一个前拉,一个后推,结果三个人一起滚了下去。

三人相视而笑,爬起来,猫一样溜进了何孟雄的宿舍。

估摸着何孟雄他们已经安全脱险,陈延年对陈乔年说:"开门去。"

陈乔年开门,警察和几个彪形大汉闯进来。郭心刚、刘海威、陈延年等从后院跑过来。郭心刚拦住警察,高声质问:"你们要干什么?"

警察:"我们受国会议员易爕龙委托前来寻找他的女儿易群先小姐。"

郭心刚:"为什么到我们这儿来找?"

警察:"有人举报易小姐受骗参加了工读互助社,就住在这里。"

郭心刚:"我们这里没有你们要找的易小姐,这儿都是外地来的学生。"

"我们要到后院看一看。"说着,警察就要到后院去。

郭心刚拦住他们:"你们有搜查证吗?"

"不是搜查,是例行检查,请不要阻碍我们执行公务。"

郭心刚还要争辩,陈延年说:"行,就让他们到后院检查吧。"

警察和几个人在后院宿舍转了转,一个人也没有,忙问跟来的几个人:"这里有你们要找的易小姐吗?"几个人摇摇头。

警察走到易群先的床前,问:"这个应该是女人的床铺,是谁的?"

白兰马上说:"我的。"

警察看了看白兰,对跟来的几个人说:"走吧。"

陈延年:"乔年,送送警察先生。"

陈乔年把警察一行送到门口,做了个手搭额头的姿势:"各位慢走,欢迎有空来我们俭洁食堂就餐。八折优惠。"

警察走后,毛泽东招呼大家坐下:"李大钊先生要我带话给诸位,这两天形势紧张,北大压力很大,工读互助社是社会关注的焦点,大家要提高警惕,防止被坏人钻空子。"

柳眉闷闷不乐:"明天我去找找那位踩人先生,问问他《神州日报》的文章是怎么回事。"

陈延年:"你到哪儿去找他?"

柳眉想了想,说:"他说他是北大法科的学生,明天我到北大去找找。"

郭心刚一听踩人是北大的,忙问:"他是北大的学生,叫什么名字?"

柳眉摇摇头:"我只知道他姓张,叫什么名字不清楚,他说他的笔名叫'踩人'。"

郭心刚:"北大学生当记者的不多,不难打听。明天我陪你去。"

柳眉像是想起了什么,说:"这个人有点怪,他说他不愿意暴露记者身份,特别嘱咐别安排北大的人与他见面。"

郭心刚和陈延年对视一眼,说:"我看这个人心里有鬼。"

散会之后,柳眉和易群先在北大法科到处打听踩人的下落,陈延年和郭心刚远远地跟在后面。

易群先拉住一个学生:"请问,你知道有一个叫踩人的学生吗?是个兼职记者。"

那个学生直眨眼睛:"踩人?还有叫这名字的,没听说过。"

一个教师模样的人走来,柳眉走过去鞠了个躬,问道:"请问老师,我向您打听个人行吗?"

来人停住,答道:"小姑娘,别客气,你打听谁?"

柳眉:"我是法文进修馆的学生,想打听北大法科一个姓张的同学,是个兼职记者,笔名叫踩人,您听说过吗?"

教师:"北大法科现在有四个年级,姓张的很多,没听说有当兼职记者的,更没有听说过这个奇怪的笔名。很抱歉,小同学,我不知道这个人。"

柳眉:"老师,我们应该怎么去找呢?"

老师笑了:"像你这样大海捞针找到的概率是很低的。这样吧,我领你们去教务处学生科看看,那儿有学生名录,或许能查到一些线索。"

柳眉高兴地说:"太好了,谢谢老师。"

老师带柳眉、易群先来到教务处,向女职员介绍说:"这两个女同学是法文进修馆的,想打听一个姓张的学生,你帮她们查查。"

女职员很热情:"没问题,刘先生,这事交给我们了,您去忙吧。"

刘先生对柳眉说:"小同学,你们在这儿查吧,我上课去了。祝你们好运!"

柳眉和易群先向刘先生鞠躬致谢。

女职员问:"两位小姑娘,你们要找谁?"

柳眉:"我们想找一个姓张的同学,是个兼职记者,笔名叫踩人。"

女职员又问:"你们就知道他这些信息吗?"

易群先马上说:"这个人戴着墨镜,分头,很骄傲,像个公子哥。"

女职员笑了:"光凭你们讲的这些是很难找到的。这样吧,我们有一本学生名录,登记着所有在校学生的基本情况。你们自己看吧,看能不能找到一些线索。"

陈延年和郭心刚躲在冬青树后。郭心刚说:"延年,我看咱俩别躲了,干脆进去和她们一起找得了。法科有我不少老乡和熟人,我去问问他们,省得她俩大海捞针。"

陈延年:"别急。凭我的直觉,这个叫踩人的肯定有问题。"

郭心刚:"何以见得?"

陈延年:"他既不敢说出自己的真实姓名,在法文进修馆又不愿与北大学生见面,说明他心虚,不想让我们知道他是北大学生,那我们就躲在暗处看看他到底是何方'神圣'吧。"

郭心刚:"可是这样她们能找到他吗?"

正说着,柳眉和易群先出来了,一看表情就知道她们一无所获。易群先突发奇想:"我有办法啦。咱们到广播室去请他们帮我们播送一个寻人启事,这样那个踩人准能听到。"

柳眉诧异道:"你傻呀,他要是故意躲着我们的话,这样做不等于向他通风报信吗?那就更找不到他了。"

易群先:"那你说怎么办?"

柳眉:"对了,那个踩人是骑自行车去我们法文进修馆的,我对他的车有印象,我们到车棚去看看,没准有他的车呢。"

车棚里摆着五六辆自行车。柳眉仔细地辨认,脑海里闪回那天在法文进修馆张丰载骑自行车的场景,随后果断地指着其中一辆自行车说:"没错,就是这辆!"

易群先迫不及待地问:"你肯定?"

柳眉:"我过目不忘,肯定没错。来,咱俩躲起来,就在这里等他。"

不远处,陈延年和郭心刚依然躲在冬青树后面。

大约过了半小时,张丰载果然戴个墨镜、吹着口哨过来了。

柳眉和易群先迅速上前堵住张丰载。易群先喊道:"踩人先生,别来无恙啊!"

张丰载猛地看见柳眉和易群先,心里一惊,四下张望,见没有其他人,立刻镇静下来,满脸堆笑:"柳小姐、易小姐,怎么会有机会在这里与佳人相遇?巧了,我正要找你们呢。"

易群先沉不住气:"骗人!你要找我们?我看你是要躲我们吧。"

张丰载:"这是从何说起,我为什么要躲你们?"

柳眉拿出那份《神州日报》晃了晃:"张公子,请你解释一下这篇文章是怎么回事吧。"

张丰载镇定了一下情绪:"我正要去问你们这篇文章的事情,我要写一篇

文章,揭穿这篇文章的谎言。"

易群先:"这篇文章真的不是你写的?"

张丰载摆出一副委屈的样子:"哎呀,柳小姐,你怎么能这样误解我？我是去帮你们的,怎么会害你们呢?"

易群先质问道:"那这个聊止又是谁？他怎么会知道我们那么多情况?"

张丰载继续编造:"你们工读互助社本身就是社会热点,褒贬不一,这很正常。"

易群先大大咧咧地说:"我也是这么认为的。我们不怕人家攻击,就当他给我们做广告了。"

柳眉暗中扯了一下易群先的胳膊,接着问张丰载:"聊止的这篇文章,重点是污蔑陈独秀先生唆使他的两个儿子败坏社会风气。他和我们互助社的关系,我们只和你谈过。你能解释这是怎么回事吗?"

张丰载:"哎呀,你们真是小孩。这陈独秀如今是京城争议最大的名人。你们看看这几天的报纸,攻击他的文章满天飞,说什么的都有。《神州日报》的这篇文章不过是沧海一粟。"

柳眉:"我问的是他怎么会知道陈延年和陈乔年还有我的一些情况,你这是在转移话题。"

张丰载:"你知道现在有多少记者在挖陈独秀的材料吗？道上有关陈独秀的新闻贵得很。金钱面前,他还有什么隐私藏得住呀?"

柳眉和易群先说不出话来。

张丰载见二人蔫了,来了精神:"二位小姐,陈独秀是我们北大文科学长,我怎么会攻击他呢？我正准备去找你们,就是想再找些材料,写篇有分量的文章,驳斥那些谎言,为陈先生和你们互助社正名。"

柳眉和易群先互相看了一眼。易群先天真地问:"这么说,你真是个好人?"

张丰载:"我是不是好人,你可以问你爸爸去。"

易群先看看柳眉,半信半疑地说:"我们就相信他一回,再和他谈谈吧。"

柳眉想了想:"行吧,我们到哪里谈?"

易群先看着张丰载,说道:"就到你们教室吧。"

张丰载:"那不行。我要是把你们两个大美女带到教室去谈话,那不成了轰动全校的大新闻了?这样吧,皇城根那边有个咖啡馆,我们去那儿谈吧。"

柳眉不愿意:"怎么又是咖啡馆呀?"

陈延年和郭心刚一直躲在冬青树后面注视柳眉、易群先和张丰载的一举一动。看见张丰载要走,郭心刚纵身跃起,却被陈延年死死地按住。

陈延年低声喝道:"你要干什么?"

郭心刚气愤地说:"我去戳穿他,这个流氓、混蛋、无耻之徒!"

陈延年吃惊地问:"你认识他?"

郭心刚恨恨地说:"岂止认识!老对头了。我说这个踩人为什么怕见我,原来是张丰载呀。此人是复古派林纾的学生,铁杆的保皇党,无恶不作的花花公子。我要去戳穿他。"说着又要起身。

陈延年再次把郭心刚摁住:"不行,现在不能戳穿他,我们要拿到真凭实据,搞清楚他究竟要干什么,受谁指使。"

四

林纾正在伏案看信,张长礼和张丰载把一大摞报刊放到林纾面前。张长礼兴冲冲地说:"恩师,您看,今天许多媒体都对您的小说《荆生》做出了反应,好评如潮啊。我看蔡元培、陈独秀的好日子到头了。"

张丰载接着奉承道:"林老,《荆生》已夺先声,《妖梦》必定更加不同凡响。我敢断言,林老这两篇小说必将载入中国文学史册。"

林纾看着桌子上一大摞报刊,一反常态地轻轻叹了口气:"缪子,你通知

《新申报》,《妖梦》就不要发表了吧。"

张丰载和张长礼都大吃一惊,忙问:"为什么? 出什么事啦?"

林纾将手上的信放到桌上:"你们看看这个吧。"

张长礼拿起信来看了一会儿,说:"是蔡元培给您的信,恩师,这是何意?"

林纾答道:"赵体孟要出版明人刘应秋的作品,请求蔡元培联系我和梁启超、章太炎、严复写个字或题个词。蔡鹤卿不计前嫌,亲笔致信于我,陈辞恳切,老夫很感动和惭愧啊。"

张长礼:"恩师何愧之有?"

林纾:"我视他为妖孽,他却奉我为大贤。两相对比,老夫焉能不愧! 思来想去,那篇《妖梦》是直接攻击蔡元培的,还是追回来不发了吧。"

张长礼:"恩师,您老心太软了。焉知不是蔡元培看到了您的小说心虚、害怕,想来软化您? 这是蔡元培的攻心计,您可千万不要上当。"

林纾:"应该不会,蔡元培的信是五天前写的,那时《荆生》还没有发表呢。"

张丰载:"林老,《妖梦》已经发排,恐怕撤不回来了。"

林纾一听,顿时紧张起来:"你马上给《新申报》发电,要他们务必停下来,有什么损失我负责赔偿。"

张长礼:"这违约金和补偿金加在一起可不是小数,还请老师三思。"

林纾:"金钱事小,人格事大。我老则老矣,不能背上个以怨报德的恶名。"

张长礼急了:"恩师,恕弟子直言,您也太容易上当、太容易妥协了。我们好不容易争取到大好机会,与政府合力围剿陈独秀那帮妖孽,不能轻易妥协啊。"

林纾摇摇头:"我不是妥协。小说可以不发表,但我的立场决不改变。我要给蔡元培写一封公开信,痛斥他纵容陈独秀、胡适之流数典忘祖、伤风败俗、毁我朝纲的罪恶行径,捍卫我桐城一派的正统地位。"

张丰载向张长礼使了个眼色,拍手道:"好! 老师果然是堂堂正正、一身正气的国学旗手。晚生佩服！"

林纾急忙催促张丰载："那我们现在就动手。你去发电报追回小说，我来写信申斥蔡元培。"

张长礼和张丰载出了东总布胡同。坐在汽车里，张长礼还对刚才的事耿耿于怀："不知道这个老夫子是怎么想的！写小说和写信有什么区别，都是骂蔡，何必多此一举。"

张丰载笑道："二叔，您是政客，不懂文人情怀。写小说是影射，指桑骂槐，写信是堂堂正正地亮明立场。老先生要的就是这个堂堂正正的劲。"

张长礼疑惑地看着张丰载："你小子该不会真要去发电报，把小说追回来吧？"

张丰载冷笑道："林老夫子太迂腐了，想把泼出去的水收回来，这不是痴人说梦吗？"

张长礼："那老夫子要是把这事告诉了蔡元培，将来三堂对质，你怎么办？"

张丰载露出狡黠的目光："我想赌一把。明天我也给蔡元培写封信，告诉他《妖梦》已经追不回来了。我再给他上点眼药，不怕他不和老夫子真刀真枪地掐起来。"

张长礼点点头："嗯，你小子这一招可是够损的。"

张丰载忽然想起一件事来："二叔，差点忘了，北大今天要大张旗鼓地搞进德会选举，不知蔡元培出什么幺蛾子。我们看看去。"

几个月来，北大红楼小礼堂第一次坐得满满当当。四大科学长领衔，许多大牌教授，包括章士钊、王宠惠、吴稚晖等都来了。主席台上挂着一条横幅：北京大学进德会选举大会。李大钊带着几个同学在台前台后张罗着。

钱玄同坐在胡适旁边，有些不解地问："这蔡校长葫芦里卖的是什么药？这么紧要的关头召开这种无关痛痒的会，还让大家自带纸和笔。什么意思呀？"

胡适笑道:"我也正纳闷呢。再说,这种会也不该守常在这儿忙乎呀。搞不懂。"

钱玄同指指前方:"你看,就连章士钊、王宠惠、吴稚晖、辜汤生、刘师培都来了,暗藏玄机啊。"

李大钊上台讲话:"北大进德会各位会员,现在开会,请蔡元培会长讲话。"

一身正装的蔡元培走上台来:"各位,北大进德会自去年成立以来,开展了许多有意义的活动,对北大建设特别是校风道德建设起到了很大作用。今天召开全体会员大会,只有一件事,投票选举进德会评议员和纠察员。因为最近以来,本校和社会上,包括一些报刊,时常有一些举报我们进德会某些成员细行不检的事情,影响了北大特别是北大进德会的声誉。为了严肃纪律,我提议在进德会内设立评议会和纠察队。纠察队的职责是检查纪律,评议会的职责是执行纪律。今后,对于违反进德会戒律的行为,经纠察员签名报告者,先由书记通信劝告,以观后效。假如以后依然有违规行为,经会员十人以上签名报告者,由评议员切实调查,如属实,开评议会宣告除名。评议员和纠察员应该严格执行进德会规则。下面请大家对我的这个提议进行表决。同意的请举手。"

全场所有人都举了手。

"同意的请放下。不同意的请举手。"没有一人举手。

"好,全体通过。现在我提议李大钊、高一涵、傅斯年、邓中夏、许德珩五人为监票员。如没有意见,请鼓掌通过。"

一阵掌声过后,李大钊登台:"各位会员,根据蔡元培会长的提议,本次选举采取无记名方式。选举教职员评议员六人,纠察员十人;学生评议员十五人,纠察员三十人。现在请各位自行写票、投票。"

吴稚晖把陈独秀拉到一旁,说:"我好不容易回一趟北京,你也不请我吃你们家的一品锅呀?"

陈独秀:"你不是号称吃素不吃荤吗? 这一品锅可是肉当家啊。"

吴稚晖:"谁说我老吴吃素。正相反,我是无荤不餐,你想馋死我呀。我问你,听说你两个儿子又跟你决裂了?"

"还不是你这老家伙教唆的!"陈独秀半真半假地说了一句。

吴稚晖:"你可不能倒打一耙。人家《神州日报》都说了,是陈独秀教唆他的两个儿子纠集一些男女青年搞'共产共妻',可没有我什么事呀。"

陈独秀:"你可知道这篇文章是谁写的? 他要干什么?"

吴稚晖:"谁写的我不知道,但他要干什么我知道。秃子头上的虱子——明摆着的事,这是冲着你来的。我看这阵式,不容小觑呀!"

陈独秀:"有本事冲着我来,拿我儿子说事,太不地道。你别说,这次还真的让他们找到我的软肋了。无论如何,这两个小家伙可不能出事。"

吴稚晖:"依我看,这北京要乱,还是让他俩回上海吧。这留法勤工俭学第一批已经办成,马上就要启程赴法了。至多到年底,延年他们差不多也该去法国了。"

陈独秀面露难色:"可是这两孩子不听我的,更何况他们正搞着工读互助社呢,忙得一身是劲。"

吴稚晖:"依我看,这个互助社长不了。"

陈独秀:"长不了你还鼓动他们去搞?"

吴稚晖:"嘿,你又倒打一耙! 这北京工读互助社可是你和蔡元培、李大钊一起鼓动起来的,完全不干我的事。你们把这些小孩子鼓动起来就不管了,任凭他们自己瞎闯,能办得下去吗?"

陈独秀:"我这里已经焦头烂额了,哪有精力管他们的事!"

吴稚晖:"我可告诉你,京师警察厅那里,你和李大钊都已经挂上号了。"

陈独秀:"这我知道。"

吴稚晖:"你呀,凡事锋芒毕露,又总是老子天下第一。我老吴送你一句

话,你愿意听吗?"

陈独秀:"洗耳恭听。"

吴稚晖:"木秀于林,风必摧之。"

陈独秀眨巴眨巴眼睛,一声冷笑:"你别忘了,我叫独秀,不是朽木。我也送你一句话,'咬定青山不放松,任尔东西南北风'。"

傅斯年出来招呼大家:"请各位回到座位上去,继续开会了。"

李大钊手持统计结果登台:"各位会员,投票结果已经出来了,现在我受监票组委托宣布选举结果。首先宣布教职员评议员名单。第一名,蔡元培,二百一十二票;第二名,陈独秀,一百五十二票;第三名,章士钊,一百一十一票;第四名,王宠惠,八十一票;第五名,沈尹默和马寅初并列,均得三十一票。以上六位当选为评议员。大家鼓掌!"

场上响起热烈的掌声!

钱玄同附耳对胡适说:"你看,蔡校长高兴得都落泪了。"

胡适点点头:"你知道他为谁落泪吗?那是为仲甫。"

钱玄同不解道:"他干吗要为仲甫落泪?"

胡适低声解释道:"一直以来,复古派到处造谣仲甫私德缺失、细行不检,甚至以此为由,要将仲甫赶出北大。这个时候,蔡校长搞进德会选举,仲甫以高票当选进德会评议员,这就狠狠地扇了那些造谣中伤仲甫的人一记耳光,堵住了他们的臭嘴。用心良苦啊!"

钱玄同点点头:"你说得有道理,姜还是老的辣啊。"